知られざる論客

シャルル・ペロー

新旧論争における童話作家

中島　潤

三恵社

はしがき

　グラン・シエークルと呼ばれる十七世紀末に、一冊の童話集が出版された。その本の作者としては、ピエール・ペロー＝ダルマンクールという若者の署名がなされていたが、後の世はこの書物を証拠もないまま、その父である老作家シャルル・ペロー作として見なすことになった。

　『赤ずきん』や『シンデレラ』、『青ひげ』、『眠れる森の美女』などといった、わが国においてもよく知られた昔話の作者が誰であったかという問題について、実は、確実な答えが出ていないことに驚く人は多いであろう。

　シャルル・ペローという作家は、これらの「コント」によって有名ではあるが、それ以外のことは、本邦でもフランスでも、あまり知られていない。詩人であるばかりか、新旧論争を戦った論客でもあり、コルベールに長らく仕えた公僕でもあった。その活動は多岐にわたるが、このような「コント」以外の事実についての不案内が本書の執筆の動機となっている。最も知られているはずの『コント集』の真の作者ですら、実は、確証がないとはなんたる皮肉であろうか。

　本書の目的は、そのようなペローという人物の知られざる側面を解明することにある。思わずも自らの名前を永遠にならしめた『コント集』については多くの論考が発表されていることから、とりわけ、ペローがその晩年に最も力を注いだと思われる「新旧論争」に繋がる諸作について論じたい。

　平成二十二年、名古屋大学に提出された博士論文（「シャルル・ペロー『古代人近代人比較論』と新旧論争」）をもとに、本書は出版された。その折りに貴重な時間を割き審査をしてくださった名古屋大学の松澤和宏先生はじめ、日比野雅彦先生、矢橋透先生、清水純夫先生、クレール・フォヴェルグ先生、鎌田隆行先生にお礼を申し上げたい。

　また本書に興味を持ち手にとって頂いた方々には、とりわけお礼を申し上げたい。ご意見、ご感想などがあれば、ぜひお聞かせいただきたいと思っている。

　最後になるが、本書の実現に尽力して頂いた三恵社の方々にもお礼を申し上げたく思う。

目次

序論		6
第一章　研究史		18
1．	十八世紀	19
2．	十九世紀	21
3．	二十世紀前半	22
4．	二十世紀後半以降	25
第二章　ペロー略伝		31
1．	ペロー家とその兄弟	32
2．	幼年・青年時代	37
3．	コルベールの吏員へ	40
4．	官僚ペローとルーヴル造営	42
5．	官職剥奪と『ルイ大王の世紀』まで	50
6．	新旧論争と晩年	54
第三章　新旧論争前史		59
1．	導入	60
2．	オペラ論争	60
3．	叙事詩論争	62
4．	八十年代以降	63
5．	『聖ポーラン』	68
6．	『ルイ大王の世紀』	71
7．	『ルイ大王の世紀』の反響	78
8．	ラ＝ブリュイエール	81
9．	ラ＝フォンテーヌ	83
10．	フォントネル	84
11．	論争の火種〜個人的怨恨	91
12．	結論	98
第四章　『古代人近代人比較論』「第一巻」		99
1．	作品の概要	100
1．	出版の経緯	100
2．	形式	103
3．	登場人物	108
4．	舞台	112
2．	「第一巻」「第一対話」	117

1.	偏見の打破	117
2.	近代派優越の根拠	124
3.	科学技術の発達	127
4.	キリスト教	130
5.	「古代若年説」	132
3.	「第二対話」	140
1.	導入	140
2.	建築	141
3.	クロード・ペロー～近代優越の体現者	142
4.	古代人への偏見～建築を巡って	145
5.	彫刻および絵画	152
6.	ル＝ブランとペロー	159
4.	結論	164

第五章　『古代人近代人比較論』「第二巻」（雄弁）............166

1.	ペローの「雄弁」概念	167
2.	ペローにおける言語論	172
3.	歴史	176
4.	プラトン	178
5.	さまざまなジャンルについて	181
6.	書簡文学	185
7.	デモステネスとキケロ	190
8.	説教	193
9.	結論	200

第六章　『古代人近代人比較論』「第三巻」（詩歌）............201

1.	導入	202
2.	ホメロス	206
3.	キリスト教叙事詩と叙事詩論争	211
4.	演劇	221
5.	古代人に知られなかった三つのジャンル～オペラ	239
6.	古代人に知られなかった三つのジャンル～雅な恋愛詩	245
7.	古代人に知られなかった三つのジャンル～ビュルレスク	247
8.	ラ＝フォンテーヌ	250
9.	結論	254

第七章　ボワローの反論と和解............255

1.	導入	256
2.	ボワローという人物	257

3．	女性論争	259
4．	『ナミュール占領についてのピンダロス風オード』と『D氏への手紙』	264
5．	『ロンギノス考』	269
6．	和解	297
7．	結論	300

第八章　『古代人近代人比較論』「第四巻」 301
（天文学、地理学、航海術、戦争術、哲学、音楽、医学）

1．	導入	302
2．	『今世紀フランスに現れた有名人』	310
3．	天文学	312
4．	地理学・航海術・戦争術	314
5．	哲学	316
6．	医学	320
7．	音楽	321
8．	結論	328

結論 329

書誌 340

序論

序論

　　シャルル・ペローの文芸についての運命はなんと奇妙な運命だろうか。社交界の、ギャラントリーまたはプレシオジテの作家、王権とその時代の公式擁護者、さらに引退してからはキリスト教詩人と当時は認識されていたが、もし六十代になって、その作者であることを否定されることもあるコントという小品を書いていなければ、一般大衆には知られてはいなかったであろう（・・・）。専門家だけしか『聖ポーラン、ノールの司祭　悔悛についてのキリスト教書簡詩およびあらたな改宗者へのオードつき』（1686）も、『アダム、または人間の創造、その堕罪と償い：キリスト教詩』（1697）も読むことはないであろう。今日のリセの生徒は、学校の課題でしか『ルイ大王の世紀』（1687）や四巻の『古代人近代人比較論』を知ることはない。その反面、親指小僧やサンドリヨン、赤ずきんちゃんとオオカミ、または青ひげにお目にかかったことのない人間が世界中のどこにいるだろうか。[1]

　シャルル・ペローという名前を聞いて、今日では、論争家の面を思い起こす人は、フランス文学史を学んだ人などごく一部しかいないであろう。日本においてもディズニー映画の影響が強く、『サンドリヨン』は『シンデレラ』と普通呼ばれ、『白雪姫』がペロー作とされたり、ペロー原作のコントがグリム原作と平然と書かれているというように、混乱した状況である[2]。さらには、『コント集』以外の翻訳本はいまだ一冊も出されたことがない。この状況が良きにせよ悪しきにせよ、フランスもこれと大差がないといっていいであろう。有名な『コント集』は子供向け・大人向け・研究者向けと様々な版が現在流通しているが、それ以外となると心許ない。未だに個人全集が発売されたことがなく、新刊本で手にはいるのは辛うじて『回想録』など数編などにすぎない。童話作家ペローではなく、官僚、論争家、詩人など多種多様な面を持つペローの知名度はそのお膝元のフランスにおいても、それほど深くはないようだ。

　本論の目的に一つとして、日本においてほとんど知られることのない、ペローという作家の『コント集』以外の側面を紹介することがある。『比較論』にとどまらず、マニアンが挙げるようなキリスト教叙事詩『聖ポーラン』や『アダム』は、ペローが近代派の論拠とした「信仰」を叙事詩で体現させようと計画した作品であり、『ルイ大王の世紀』に至って

---

[1] Charles Perrault, *Contes*, introduction, notice et notes de Catherine Magnien, Librairie générale française, 1990, p. 9.

[2] 　片木智年は、ユーロ・ディズニーに関する記事において、「フランス人は白雪姫やシンデレラが自国のペロー原作のものであることを忘れているのではないか」という記事を目にしたことがあるという（片木智年、『ペロー童話のヒロインたち』、せりか書房、1996, p.8-9.）。ジャック・ザイプスもアメリカにおける同様の状況を報告している（Jack Zipes, « Les plus célèbre des inconnus – Perrault aux États-Unis », *Europe*, No. 739-740, novembre-décembre, 1990, pp. 131-138.）。

は十七世紀後半に起こった「新旧論争」の引き金を引いた作品であるといえる。叙事詩だけでなく、喜劇、ビュルレスク、プレシオジテ、オペラ、寓話詩など古典主義の時代に行われたほとんどのジャンルに関わっていたことは、彼の多才さを示すとともに、ペロー（家）の多面性を反映していた。

　本論において扱われる『古代人近代人比較論』*Parallèle des Anciens et des Modernes*（以下、『比較論』）は、1688 年から 1697 年の十年間にわたり全四巻が出版された。全巻で千四百ページにも及ぶ膨大な著作であり、文芸だけに留まらず、彼自身がコルベールのもとで王用建築物監督官としてフランス国内の設計・施工を監督する立場となった建築という分野をはじめ、造形芸術一般から天文学や医学などの自然科学、地理学、航海術、兵法、哲学、音楽に至るまでさまざまなジャンルにおいてフランスの古代に対する優越を論証するという壮大な構想を持つ著作であった。新旧論争における近代派の立場を表明し、詳細に論じた本作は、邦訳はいうまでもないが、二点のリプリント版を除けば、十七世紀末からこれまで再び出版されることはなかった。ジャック・バルシロンおよびピーター・フリンダースによると、本書はいままで他言語にも翻訳されたことがないという[3]。サント＝ブーヴは『月曜閑談』において、『比較論』についてこう論評している。

　　　　芸術、科学、科学、雄弁そして詩歌という五つの対話を、ペローは彼らに語らせている。

　　　　なかでも取り上げ、立ち止まることのできるのがこの最後の点についてである。ペローは詩歌を理解していない。

　　　　彼はそれを理解していない。でも、それについて極めて斬新で機知に富んだ多くの思想を投げ掛け、批評的科学は、多かれ少なかれ、以来これらを活用してきた。彼は思いがけなく幸福な理解力を持っていた。少なくとも彼は詩歌の一部分を理解していた。しかし、その根本と目的については理解していなかった。

　　　　翻訳から詩人を判定できると彼は考えていた。その精髄や偉大さ、繊細さに入り込む努力をすることなくホメロスやテオクリトスを彼は語った。ほかの芸術に関しても同様である。彼はヴェルサイユがパンテオンを凌駕していると信じており、イノサンの泉をうち負かすのにヴァル・ド・グラースを引き合いに出す。

　　　　これを読んでいると、真実と虚偽、不完全が各ページに混ざり合っていることが分かる。[4]

　サント＝ブーヴが『比較論』を特徴付けた「真実と虚偽、不完全」の混在という言葉ほど、本作の性格を言い当てたものはないであろう。本論の目的の一つは、十七世紀末のフランスに現れた肯定的、否定的両側面をもつこの大作における主張とその意義を検討する

---

[3] Jacques Barchilon & Peter Flinders, *Charles Perrault*, Twayne Publishers, Boston, 1981, p.26.
[4] *Causeries du lundi*, tome V, Garnier frères, 1853, p.214.

ことにもある。

　新旧論争は『比較論』に先立つ、上述の『ルイ大王の世紀』（1687年1月27日に朗読）をもって始まったとされる。ルイ十四世の痔瘻からの快気を祝うアカデミーの席において発表したこの524行の小詩は波紋を広げ、「新旧論争」と称される騒動に発展する。文芸や芸術における進歩について議論になったのはこれが最初ではないが、イタリアにおいてもかつて経験しなかった規模の論争であるとフュマロリが評価するように[5]、ただ単に「新旧論争」といえばペローによって仕組まれたこの事件に始まるものを指すことが多い。ボワロー及びペロー相互の個人的怨恨という要素はさておき、直接の火種はすでに七十年代に起こった、オペラ論争、聖史論争および碑文論争に見ることができる。このいずれにもペローは関与し持論を開陳した。広義の新旧論争は、1687年よりも遙か前に始まっていたともいうことができる。

　このように、ペローは常にある種の芸術論争に参加してきた。この原因については様々に考えられるだろう。歴史的な文脈で考えるならば、ペローが活躍した十七世紀後半は、フランス文化またはフランスそのものの絶頂期から、その後の衰退期をも含む政治的・文化的な激動期であった。ほぼルイ十四世の治世と一致し、のちにヴォルテールがこれを「ルイ十四世の世紀」と呼称するように、一人の絶対君主の名の下にあらゆるものが展開した時代であったといえる。ルイ十四世の治世は大雑把に捉えるならば、1685年のナントの勅令の廃止の前後で分けることが便利であろう。その前半は、十七世紀フランスにおいて様々な文化が花開いた時代であり、ルイ十四世の治世における初めの四半世紀がちょうど当てはまる(1661-1685)。親政開始からフォンテーヌブロー勅令に至るこの二十五年間こそ、経済的にはコルベールの重商政策の甲斐なく停滞期にあったが、王が青年期から壮年期に至るに軌を一にして、政治的繁栄とともに文化的にも古典主義文化が花咲き、その活力を維持していた時代である。古代社会における「進歩観」を考察したドッズは、「進歩の期待と進歩の実際の経験との間には大きな相関関係がある。文化が前五世紀におけるように広範に発展している時には、進歩への信頼は広くゆきわたるが、ヘレニズム時代のように、進歩が専門化した科学においてのみ顕著であるところでは、進歩への信頼は主に科学の専門家だけに限られる。ローマ帝国の最後の数世紀の場合のように、進歩が事実上の停止状態にあるところでは、以後の進歩への期待感は消滅する」[6]と結論付けるように、ルイ十四世の治世、とりわけその前半における文化的、政治的繁栄は、ルネサンスから引き継いだ古代社会への信頼とともに、正反対の未来を指向する「進歩の期待」を育み準備した期間であるといえよう。

　しかし、この「ルイ大王の世紀」も永遠に続くことはない。後半は、アザールが「ヨーロッパ精神の危機」の時代というように、既成の物を突き崩すだけの力が胎動し始めた時

---

[5] Marc Fumaroli, «Querelle des anciens et des modernes: sans vainqueur ni vaincus», *Le débat*, numéro 104, avril 1999, p.78.

[6] ドッズ他著、桜井万里子他訳、『進歩とユートピア』（叢書ヒストリー・オヴ・アイディアズ：14）、平凡社、1987, pp.53-54.

代である。未来と過去とのバランスは崩れ、新旧論争はこの時期に勃発した。ルイが衰えると共に、フランスは対外的にも国内的にも停滞期に入る。治世のうち残りの三十年間がこの時期に当たると考えられる（1686-1715）。マントノン夫人の影響力の下、改心した王は 1685 年、これまで徐々に行われてきたプロテスタント迫害の総決算としてナントの勅令を廃止する。この結果多くのプロテスタントがヨーロッパの新教諸国、とりわけオランダ及びドイツに追放されることとなり、経済的損失は絶大であった。十八世紀、ベルリンの人口の内、三分の二がフランス系移民であった。宗教的非寛容はプロテスタントに対してのみ吹き荒れたわけではない。治世の最晩年には、ジャンセニスムの中心地であったポール・ロワイヤル・デ・シャン大修道院を破壊させたこともここに付記しておくべきであろう。ペローが『比較論』を書かねばならなかった原因には、このような歴史的要素も深く関連していた。

　対外的には、現状の国力に見合わない国威発揚を目的とした相次ぐ戦乱にのめり込んでいく。1688 年にはアウグスブルク同盟と呼ばれるオーストリア、ドイツ諸侯、オランダ、イギリス、スペインとの戦争が始まり、これが九年間続く（ファルツ戦争または九年戦争とも呼ばれる）。ファルツ選帝侯の死去に伴い東方への領土拡大を狙った戦争であったが、ライスワイク条約によってストラスブールの領有が確定しただけで、この間に獲得した領土のほとんどを手放さざるを得なかった。1701 年には、前年のスペイン国王カルロス二世死去に伴いスペイン継承戦争が勃発する。オランダ、オーストリア、イギリスなどと戦火を交えたこの戦乱は、1714 年、ルイ十四世が死去する前年まで続くこととなる。ブルボン家はスペインの王座を確立することに成功したが、北米植民地の一部（アカディア：現在のノヴァ・スコシア）を失うなど、得るところがほとんどなかったと戦略的には評価されている。いずれにしても、これらのうち続く戦乱はフランス国民にはもたらすものはなく、残されたのは疲弊した経済と重税だけであった。大作家が現れ絶頂を極めた古典主義もその例外ではない。フォンテーヌブロー勅令と期を一にするようにして、停滞期に入ることになる。

　1628 年生まれのペローは年齢的には、偉大な古典主義作家の世代に属していた。ラ＝フォンテーヌ（1621 年生まれ）よりも七歳年下、モリエール(1622 年生まれ)よりも六歳年下、ボワロー(1636 年生まれ)よりも八歳年上、ラシーヌ(1639 年生まれ)よりも十一才年上であり、ルイ十四世（1638 年生まれ）よりも十歳年長であった。『ルイ大王の世紀』（1687）の時点でモリエール、コルネイユはすでになく、ラシーヌも劇作を引退、第一線から退いていた。「凡ては言ひつくされた。人は餘りにも遅く來た。人あつて以來、考へる人あつて以來、もう七千年以上たつてゐる」[7]とラ＝ブリュイエールがいうように、古典主義を彩った大作家たちはその活動を止めようとしていた。一方、六十才を目の前にしていたペローに反して、ピエール・ベール(1647 年生まれ)や、フォントネル(1657 年生まれ)など次の世紀の先駆けとも言う人物は壮年期に差し掛かり、旺盛な創作意欲を保っていた。黄金世代の

---

[7] 関根秀雄訳、『カラクテール』（上）、岩波文庫、1952, p.35.

文士たちが、守った古典主義の規則や信仰への従順さは、守るべき規範として依然残されていたが、十八世紀の幕開けともなる新たな可能性も胎動していた。

　世界史的な観点からいえば、古代と近代の対立はフランスのみならず、奇しくもイギリスにおいても起こっていたことを付け加えるべきであろう。ドライデンはすでに、帰還したチャールズ二世を歓迎した『帰ってきたアストライア』*Astraea Redux*(1660)において、二十数年後ペローが『ルイ大王の世紀』において用いる、「アウグストゥスの世紀」を君主の治世になぞらえた比喩をすでに用いている[8]。スウィフト Jonathan Swift(1667-1745)は、『書物戦争』*The Battle of the Books* (1704)において、ボワローとペローの論戦が波及したことによって、イギリスに起こった「新旧論争」について、古今どちらにも与することなく両派の論争の愚劣さを諷刺していることは良く知られている。スウィフトのパトロンでもあったウィリアム・テンプル William Temple(1628-1699)による、『古代と近代の学問について』*Upon the Ancient and Modern Learning*(1692)という古代の学芸の優秀さを認めた論文が事件の発端であった。これに、ウィリアム・ウットン William Wotton(1666-1727)というケンブリッジ大学の学者が、『古代近代学問論』*Reflections upon Ancient and Modern Learning* (1694)によって反論を加えた。個人的な怨恨や「フィラリス書簡」と呼ばれる偽書騒動もあり、結局、ウットンやベントレイ Richard Bentley (1662-1742)などを中心とする近代派と、オックスフォード大学のクライスト・チャーチ・カレッジの学者たちを中心とする古代派によって、イギリス版の新旧論争が戦われることとなった。

　「新旧論争」と十七世紀末に呼ばれる論争であったが、「近代 moderne」という単語と「古代 ancien」という単語が対比的に用いられる例は十七世紀前半までは稀なことであった。ローマ人は両者の対立の前提となる通時的関係には無関心であり、これらは中世社会を通じて徐々に構成されていったとカリネスクは述べる[9]。ジャン・メナールによれば、ガブリエル・ゲレ Gabriel Guéret(1641-1688) による『新旧作家の戦争』*La guerre des auteurs anciens et modernes* (1671)は、十七世紀前半を過ぎた時点においても両者が対立的に用いられた稀な例であるという[10]。この原因は主に「近代 moderne」という単語にあり、この語の使用法は未だ定まったものではなった。ラテン語形の 「近代 modernus」は、古典ラテン語には存在せず後代の修辞学者が生み出した単語であることから、ペダンチックなニュアンスが存在し、一般に用いられることは稀であった。「第一巻」を論じる折りに引用するが、ペローが近代派優越の根拠として挙げたキリスト教の「信仰」の存在という論拠となり、『プロヴァンシャル』をフランス近代散文の頂点と見なしたパスカルの『真空論序言』(1651)では、「近代 moderne」という単語が、決して用いられていないことに注意すべきで

---

[8] *The Works of John Dryden in verse and prose with a life*, by John Mitford, vol. I, New York, Harpers and Brothers, 1837, p.7.

[9] マテイ・カリネスク、富山英俊・栂正行共訳、『モダンの五つの顔』、せりか書房、1989, pp.24-25.

[10] Jean Mesnard, « Être moderne au XVIIᵉ siècle », p.15. (*La spiritualité / L'Épistolaire / Le Merveilleux au Grand Siècle : Actes de 33ᵉ congrès annuel de la North American Society for Seventeenth Century*, (Biblio 17 : no. 145.), Tübingen, GNV, 1989.).

あろう。「モダン」の意識は醸成されつつあったが、いまだこれを指し示す適切な用語法を持たなかったのである。二つの時代の対立という概念上の問題は十分に意識されているものの、十七世紀中葉において「古代（人）ancien／近代（人）moderne」という語学上の対立はいまだ一般的なものではなかった。いっぽう、科学技術の発展に寄与した「方法」を確立した人物として『比較論』でも高く評価される「近代」哲学の父デカルトの代表作『方法序説』(1637)においては、「第二部」において「近代 moderne」という単語が使用されるのは一度のみ[11]であり、幾度も現れる「古代 aicnien」との対で用いられている。ペローの論敵ボワローが、古典主義理論を明確に表現した『詩法』(1674)にも「近代 moderne」は一度も現れることはない。

　ヴォルテールがのちに「ルイ十四世の世紀」と総称し、ペローは「ルイ大王の世紀」と呼称し「アウグストゥスの世紀」に対比させたように、八十年代以降に『比較論』を筆頭に「近代 moderne」という題名を持った著作が現れるようになったことは、フランスにおいて（あるいはドライデンのようにイギリスにおいて）、自らの生きる時代を少なくとも古代人のものとは異なった時代として捉える意識が広まったことの証であった。ラ＝ブリュイエールは「(…)人は唯、古人のあとから、近代人の優秀な人たちのあとから、落ち穂を拾って歩くだけである」[12]や「人は古人と近代人中のえらい人たちとをその養ひとしてゐる。彼等を搾りにしぼつて能ふ限りのものを彼等から吸ひとり、それで以て己の著作をふくらませる。そして愈々一廉の作家となり、さあもう獨りで歩けるぞと思ふと、彼等に楯つき、彼等を踏んだり蹴つたりする。さながら、おいしいお乳をたつぷり飲ませて貰つてがつちりと丈夫に育つた子供たちが、その乳母たちをぶんなぐるさまに似てゐる」[13]と書き、『カラクテール』(1688)冒頭の一章でしかない「精神上の著作について」のみに、六度も「近代 moderne」という単語を使っている。デカルトやパスカルを経て、七十年代初頭には「近代／古代」という対比が稀であったとメナールがいう時期を経て、七十年代から八十年代に至る過程で、フランス人に「モダン」の観念が強く意識されだした結果、『ルイ大王の世紀』の朗読という象徴的事件が起こるとともに、ラ＝ブリュイエールが「近代 moderne」を多用することに繋がったと見ることも可能であろう。

　フランス文学史上において「新旧論争」という言葉は、一般に本論が対象としている十七世紀末から十八世紀初頭にかけて起こった論争、その主たる対象を芸術、とくに文芸とする論争を指し示すことがほとんどである。本論が対象としているのは、主にペローとボワローが関与した1687年の『ルイ大王の世紀』の朗読に始まり1694年のアカデミー・フランセーズにおける両者の公式和解に終わる「新旧論争」である。しかし、「古きもの」と「新しきもの」が対象となった広義の「新旧論争」はこの時代にはじめて起こったもので

---

[11] 「つぎに古代人の作図的分析や近代人の代数学についていえば、いずれもはなはだ抽象的な事柄の上に広がるだけであって、なんの用をもなさぬように見えるばかりでなく、前者はつねに図形の考察のみに限られるために、構像力をひどく疲らせることなしには理解力を働かせることができない」（落合太郎訳、『方法序説』、岩波文庫、1953, p.29.）.
[12] 関根訳、『カラクテール』（上）、pp.35-36.
[13] 関根訳、『カラクテール』（上）、p.40.

はなかった。文芸に関する論争に限定してみても、古典古代からそれは存在した。

　古代ギリシャ語においては近代語における「進歩」を指し示す単語がなかったという[14]。プラトンのイデア論は、永遠の実体である「イデア」という不変の世界を前提としたものであった。その「想起＝アナムネーシス」でしかない現実の世界がどうあれ、イデアは厳然とそこに存在し続け「進歩」という変革を要請するものではなかった。しかし、ある一点の理想に向かって時間とともに世界が変わり行くという思想は、僭主制、寡頭制、衆愚制の三政体が時とともに入れ替わるという、ポリュビオスの政体循環史観を典型とした永劫回帰の「循環史観」とともに、キリスト教的な直線史観が登場する前に現れていた。ヘシオドスによる「黄金時代」から「青銅時代」、そして現在の「鉄の時代」へと至る歴史観は、進歩と正反対ながら直線史観ということができよう。

　一方でキリスト教はユダヤ教を基盤に「新たな」予言者を得て成立したという事情もあり、ギリシャ的な「永劫回帰」ではなく、進歩の裏付けとなる直線史観を持っていた。ペローがひそかに帰依したジャンセニスムの論拠となっていた、アウグスティヌスによる「地上の国」と「神の国」の対立・抗争による「普遍史」はその典型であった。アダムの原罪から「神の国」の実現までには八つの発展段階が想定されていた。カリネスクが「モダンという観念が、ある時間意識の枠のなかでのみ、つまり直線的で、逆行せず、かならず前方へと流れる歴史的時間の枠の中でのみ想定されていたことは確かだ」[15]というように、ユダヤ・キリスト教的時間意識が進歩の概念の構成に決定的な役割を果たしたことは間違いがない。

　『比較論』の「第一巻」において、「神父」すなわちペローの代弁者は次のような古典作家の作品において、文芸においてもすでに千七百年後と同様の議論が行われていたこと紹介している。それは、ボワローが心酔し自らの『書簡詩』*Epîtres*(1669-95)の模範とした、ホラチウスの『書簡詩』*Epistulae* (紀元前 19 もしくは 18)[16]に見える一節である。

　　　「百年前に死んだ作家は、古代の完璧な作家に列するべきでしょうか、それとも近代の軽蔑すべき作家に列するべきでしょうか？作家は百歳であれば、古代人であり卓越しています。それに一月や二月足りないとすれば、崇拝すべき古代人の数に入れるべきでしょうか、それとも現在も未来も嘲笑される新入りの数に入

---

[14] ドッズ他、*op.cit.,* p.9. カリネスクは、同様の指摘として、古典古代社会には「モダン」の観念がなかったとしている（カリネスク、*op.cit.,* p.23.）.
[15] カリネスク、*op.cit.,* p.23.
[16] ホラチウス『書簡詩』「第二巻」におけるアウグストゥスに宛てた「古い詩と新しい詩」によると思われるが、ペローなりの改変がなされている。「「百年たった作家なら、/ まともな古典の作家だろう」。/ 「それよりたった一カ月、/ または一年後に死んだ / 作家はどちらに入るのです。/ 古代作家に属するのか、/ 現代人や後世の / 人の無視する作家ですか」。/ 「数カ月、または一年後の者は / 古典の作家と呼ぶべきだ」。/ このお許しを利用して、/ 馬の尾の毛を少しずつ / 一本、一本ぬくように、/ コンスルの年を遡り / 年の古さで「能力」を / 評価しようとする者は、/ 「つもった塵」の例のように / 矛をかわされ、負けるでしょう。/ 葬式の神リビティーナに / 聖別された死者ばかり / 評価しているわけですから」（鈴木一郎訳、『ホラティウス全集』、玉川大学出版部、2001, pp.623-624.）.

れるべきでしょうか？一月や二月、一年くらい足りないからと入って、古代人に列さないわけにはなりません。これが許されるのであれば、一年を取り除き次にまた一年と、馬の尻尾から毛を一本一本抜くように、その時間の集合をずっと減らしていくと、死んでいなければ作家を評価しない人や、亡くなってから何年経ったかによってしかその取り柄を評価できない人を狼狽させてしまうでしょう」と（ホラチウスは）いいました。このテーマについて、ホラティウスはこのように考えており、彼の憤慨をこう説明しました。[17]

さらに、『弁論家の対話』*Dialogus de Oratoribus*(105 頃)は、タキトゥス Cornelius Tacitus(55 頃-120)の著作のうち初期のものとされるが、「第二巻」において対話者の一人の「神父」がこれを約十ページに渡って引用している。現在では通常タキトゥス作とされる本書が神父＝ペローによって、クインティリアヌ Marcus Fabius Quintilianus(35 頃-100)作として見なされていることはともかく、ウェスパシアヌス帝政下（在位 69-79 年）を舞台に交わされる「対話」は、共和制期に繁栄を極めた弁論術と、政体の変化により重要度を減じた当代の弁論術を比較するという、ペローが千六百年後に構想するものと類似の特徴を有していた。

マルク・フュマロリによると、十七世紀および十八世紀に絶頂を迎える新旧論争の直接的な源泉はルネサンスに求められるという[18]。詩人でもあり、人文主義者としてイタリア語、ラテン語双方で著作を行ったペトラルカは、ギリシャ・ローマの古典時代の研究を進めこれを再現する努力をするとともに、同時代の神学や法学、またゴチックと揶揄されるようになる芸術様式を指して、「近代的 modernus」と呼んだという。さらに彼は現代に先立つ中世を「暗黒 tenebrae」と呼び、「光」の古代社会と対比させるとともにその「再生」を強調した。「古代＝中世＝近代」という時代区分の起源が今日ではふつうルネサンスに求められるように、中世おいては静的な時間意識が変容を遂げたことは、のちの「新旧」論争の出現にとって決定的な意味を持った。

一方、十六世紀フランス・ルネサンスにおける「古代派」の代表者として挙げるべきであるのは、モンテーニュであろう。フュマロリによると、ボワローやダシエ夫人 Anne Dacier(1647-1720)などの古代賛美者の原型がすでにモンテーニュに見えるという（『エセー』「自惚れについて」）[19]。

それでわたしは、あの古代の豊富偉大な霊魂の所産を、わたしの想像と願いとの究極をさえはるかに凌いでいると結論する。彼らの述作は単にわたしを満足さ

---

[17] Charles Perrault, *Parallèle des anciens et des modernes,* tome I, Coignard, 1688-1697,pp.18-19. (rééd., Munich, Eidos Verlag, 1964.).
[18] *La querelle des anciens et des modernes*, précédé d'un essai de Marc Fumaroli, Gallimard (Folio classique), 2001, p. 8.
[19] *Ibid.*, pp.12-13.

せるばかりではない。驚嘆させる。わたしはそれらの美を鑑賞する。それを究極までではないまでも、少なくともそれを自らは望むことができないのだとわかるまで、深く見きわめる。何事を企てるにしても、わたしはプルタルコスが或る人について言ったように、美の女神たちに犠牲を供えてその加護を乞うのである。[20]

　モンテーニュにとって、「自然」はなによりも古代人の著作に現れており、近代人が論拠とする新世界の発見や科学上の進歩に心を動かされることはない。ルネサンスによる「再出発」は、ギリシャ・ラテンの古典世界を「再発見」させた。ただ引用した、古代人への全面的な賞賛と信頼に満ちたモンテーニュの感慨に見えるように、「ルネサンスじたいは、教会の権威を古代の権威に置き換える以上のことはなしえなかった」[21]。中世を通じて支配的な教会への全面的な信頼は、古代人へのそれへとすり替わるとともに、一連の宗教改革に見られるように両者への疑念も醸成した。広義の新旧論争におけるルネサンスの意義は「あらゆる形態の知的権威と訣別するための、一連の合理的で批判的な議論を生み出した」[22]ことにある、とカリネスクは言う。ペローが『比較論』「第一巻」において古代人の権威、衒学者の過剰なまでの賞賛に対して異議を申し立てた起源はここにまで遡ることができる。十七世紀に入りルネサンスから数世紀がたち、その成果を継承した者たちはその「再発見」にもはや驚愕することもなくなった。人々はその僅かな数世紀に達成されたことを重視するようになった。十七世紀末に、それまでの権威に異議申し立てが行われたのも、上述した「近代 moderne」と「古代 ancien」という対立が明確に意識されたことによる。それは、ドッズの引用にもあるように『ルイ大王の世紀』がもたらした「文化的繁栄」を裏付けとしていた。たしかに繁栄を謳歌している内はそれを祝福しているだけで良かった。論争が表面化するためには、同時に現状への疑念が強まる必要がある。それが、ルイ十四世時代後半に、経済危機、対外戦争、文化的沈滞、反宗教改革などの否定的側面とともに明らかになる。

　このような時期に、シャルル・ペローの残した『古代人近代人比較論』は、一つの転換点を画す「ヨーロッパ精神の危機」の時代において、彼の伝記的事実から関連づけられる進歩の論拠とともに、時代の精神を映し出した著作であると考えている。本論の目的の一つとしては、思想史の流れにおいて本作で述べられた論拠がどのような位置づけにあるのかを探ることにある。

　新旧論争の発端となった『ルイ大王の世紀』の朗読において、近代派としてのいわばマニフェストを行ったペローは、おそらくその時点で構想を持っていたと思われる本作品に時を置かず取りかかることとなる。本論文では「新旧論争」の期間（これを便宜的に、『ルイ大王の世紀』が朗読された 1687 年 1 月 27 日から、アカデミーにおいてボワローとペロ

---

[20] Montaigne, *Essais*, liv. II, Chp.17.（関根秀雄訳、『モンテーニュ随想録（全訳縮刷版）』、白水社、1995, pp.1152-1153.）.
[21] カリネスク, *op.cit.*, p.36.
[22] *Ibid.*, p.37.

ーの新旧両者が和解した 1694 年 8 月 4 日としておく）に書かれた「第一巻」から「第三巻」だけでなく、和解後の 1697 年に出版された完結編「第四巻」や、この前後に書かれた新旧両陣営の様々な記述を参照することによって、近代派としてのペローの思想を探る。

　『比較論』の記述を参照することが中心となる本論であるが、その次に重要な文献を挙げなければならないとすれば、それは彼の『回想録』*Mémoires de ma vie* である。『回想録』は、学生時代の生い立ち、コルベールの下で働いたエピソードからこの関係の破綻に至るまで、ペロー個人の生い立ちだけでなく、当時の宮廷内部の様子やその宮廷人たちのさまざまなエピソードの記述が含まれており極めて興味深い文献である。しかし奇妙なことに、二ページに満たない 1687 年のアカデミーでの『ルイ大王の世紀』の朗読とその直後の上記の記述をもって唐突に終了してしまっている。その執筆時期は、ペローの晩年 1702 年頃であると推定されるが、本論でもっとも重要になると思われる部分が欠落しているのは、故意または絶筆のどちらによるのかはわからない。ペローが作者であることについて長らくの議論が行われてきた『コント集』の「作者探し」の問題や、新旧論争の経緯を知ろうとするものにとって、この絶筆は痛恨の極みであるが、この『回想録』はそもそも出版を目的に書かれたものではない。おそらく家族に向けて書かれたものだが、だからこそ歯に衣着せずに心情を吐露している場面が散見される。ベルニーニに対する過度な嫌悪、逆に兄クロードの関わったルーヴル宮コロナードの設計者に関する記述などがそれである。いずれにせよ、新旧論争の時代は、『回想録』に直接描かれているわけではない。本論の目的の一つは、この『回想録』の描かなかった部分を、描かれた部分で解き明かすといってもよいだろう。ただし、出版を前提にしないゆえの資料的な欠点も指摘されていることも注意すべきである。建築史家のピコンは、パスカルの『プロヴァンシャル』(1656-1657)が、ペローの兄ニコラの助言をもとに書かれたとする証言などはこの『回想録』にしか見えないものであり、全面的にこれを信じるべきかの問題は残るとしている[23]。

　本論の構成としては、「第一章」に研究史としてこれまでのペロー研究を振り返る。『比較論』自体を単体で扱った文献はきわめて少ない。「コント」研究が主要部分を占めているのは古来変わることがないが、そのなかでもコントに限らず作家研究としてペローを総体的に扱っているものがいくつかある。「第一章」以降にも適宜、後代の発言は紹介されるが、本章では、十八世紀以降、論争家としてのペローがどのように捉えられてきたかという変遷も紹介する。

　「第二章」は、ペローの略伝である。ペローが近代派の領袖として新旧論争を戦ったのには、彼の伝記的事実が色濃く反映されていた。科学技術から文芸、信仰にいたるまで多岐に渉る論点が『比較論』には含まれている。ピエール、クロード、ニコラ、シャルルのペロー兄弟はだれもが様々な分野において一定の功績を残した人物であった。『比較論』の論拠には、家族からの影響が反映されていることは見逃すことができない。本章では、主として『回想録』に描かれた証言をもとにペローの「略伝」が構成される。

---

[23] Charles PERRAULT, *Mémoires de ma vie*, Macula, 1993, pp.17-18.

「第三章」は、「新旧論争前史」が述べられる。ペローが 1687 年に『ルイ大王の世紀』を朗読したのは突発的事件ではなかった。例えば、オペラや叙事詩をテーマに、それまでにさまざまな論争を経験し計画的にこの事件に及んだことが推測される。ジャン・メナールが「近代」と「古代」の語学上の対立がいまだ稀であったという七十年代にこれらが行われていることは、ペローらの「モダン」意識がこの時期に徐々に形成されていったと仮定することができるのではないか。また、ペロー（家）とボワローと個人的な怨恨関係は五十年代から続く根強い火種であった。本章では『比較論』執筆に思い立つまでの経緯を分析する。

　「第四章」から「第六章」は、『比較論』においてペローが述べた近代派の主張について検討が為される。各章は『比較論』「第一巻」(1688)、「第二巻」(1690)、「第三巻」(1692)に対応しており、近代派としてのペローの論拠が示された「第一巻」および、詩歌について論じられ、『ロンギノス考』などボワローの本格的反論を引き起こした「第三巻」がとりわけ重要であると思われる。造形芸術、雄弁、詩歌についてペローがどのように論じ、その論拠がどこにあったのかを探る。

　「第七章」は、ボワローからの反論に割り当てた。『比較論』「第三巻」の発表までエピグラムを連発するだけで反論らしき反論をなさなかったボワローであるが、1693 年以降、いくつかの反論を行うことによって、にわかに議論は活発化する。ボワローの主張は果たしていかなるものか、ペローが「第三巻」までに述べた論拠に対して効果的であったか、といった疑問に基づき「詩の立法者」のテクストを分析する。

　1694 年に、アカデミーの席において、ペローとボワローは和解を行うことになる。「第八章」は和解後にペローが発表した『比較論』「第四巻」について論じられる。天文学にはじまり、航海術や音楽など先行する三巻で論じられなかった近代フランスの成果が論じられる「第四巻」によって、足かけ約十年にわたって書き続けられた『比較論』は完結する。

　最終章の「結論」において、ペローの近代派思想の意義について総括が行われるであろう。

　「序論」を締めくくるにあたって、最後に本論で使用した『比較論』のテクストについてについて述べておきたい。本論を構成するのに使用したのは、1964 年にミュンヘンのEidos Verlag から出版された『比較論』のリプリント版である（Charles PERRAULT, *Parallèle des anciens et des modernes*, Coignard, 1688-1697 (rééd., Munich, Eidos Verlag, 1964.).)。Slatkine からも同様のリプリントが出ているが（*Parallèle des anciens et des modernes*, Genève, Slatkine, 1979.)、テクストはいずれも十七世紀に Coignard から出版されたものと同一であり、縮尺の関係で前者を使用したに過ぎない。

第一章　研究史

第一章　研究史

1．　十八世紀

　ペローによる『古代人近代人比較論』は、現在まで一度も再版されることなく放置され
てきたことは既に述べた。そのような関係からか、筆者の知見する限り、『比較論』を単独
に扱った著作はいまだ発表されたことがない。しかし、本作品についていくらかの考察が
なされている文献が全くないわけではない。『比較論』へのアプローチとしては、主に二方
面からのものに分類することができると思われる。第一に、ペロー研究者が、ペロー作品
群の一部として触れている場合、第二に新旧論争の文脈において捉えようとしている場合
がある。第一の文脈も第二の文脈も厳密に言えば、不可分なものであると思われるが、以
下に、時代順に『比較論』やペローに纏わる主要な先行研究を概略する[24]。

　1703 年にペローが死去し、1711 年にボワローが死去するとともに「第二次」新旧論争と
呼ばれる論争が再燃することになる。これはギリシャ語の大家ダシエ夫人 Anne
Dacier(1647-1720)が『イリアス』の「散文訳」を出版するとともに、その「序文」におい
て、ペローが「第三巻」で論難するホメロス作品の風俗の下劣さを認めながらも、表現に
おいて高貴で、力強いことを主張したことに始まる。これに、オペラ作者であったウダー
ル＝ド＝ラ＝モット Antoine Houdar de La Motte(1672-1731)が、ダシエ版『イリアス』を
改編し、『十二編に縮めた韻文訳イリアス』 Iliade en vers français et en douze chants とし
て公刊し、これを時代の趣味に合うように修正された訳業と正当付けた。デカルト主義者
テラソン Jean Terrasson(1670-1750)は近代派として、「理性」のもとに近代の優越性を主
張し、『ホメロスのイリアス批判』 Dissertation critique sur l'Iliade d'Homère(1715)を発表
するとともに、フェヌロンは『アカデミーへの手紙』において、基本的には古代派の立場
に立ちながらも、近代人の進歩の可能性を認める柔軟な態度を示した。

　古代アレクサンドリアの学者たちの論争に端を発する「ホメロス問題」を出発点とした
これらの論争の基本はすでに、ペロー＝ボワローによる論争にすでに現れており、十七世
紀後半の論争がアルノーの仲介によって、唐突に終了したことにより満足な結論を得るこ
とのなかった余波と考えることが出来る。ダシエ夫人など『比較論』において言及のあっ
た人物が論戦に参加していることから、「第一次」新旧論争との連続性を考慮して、「第二
次」新旧論争、もしくは「前史」の章に詳述する 1670 年代の「叙事詩論争」等を「第一次」
と呼称することにより「第三次」新旧論争と呼ばれることもある論争であるが、十分に議

---

[24] 邦文文献の中で最も当作品を詳細に扱っているのは、杉捷夫の『フランス文芸批評史』(1977)である
と思われる。本書において『比較論』が扱われるのは、第四章「十七世紀の批評（その二）」においてであ
る。『フランス文芸批評史』という題名であることから当然のことであるが、扱われている対象が広範であ
る本作品に対して、杉氏が扱った分野は勿論「文芸」に限られ、「第三巻」に関してのみの論考に留まって
いる。貴重な研究であることは否定のしようがないが、四巻全体の研究というには不足があることは間違
いがない。

論が尽くされたとはいえないといえ、ペロー＝ボワローの論争において既に『比較論』や『ロンギノス考』によって提示されていた、ホメロス問題、理性の問題、古代人の風俗の問題などが蒸し返されていることから、研究者によって様々な位置づけがなされている。いずれにしても、十七世紀末から十八世紀初頭に掛けての論争に特徴的であるとカリネスクが言う三つの議論、「理性をめぐる議論」、「趣味をめぐる議論」、「宗教をめぐる議論」が再び論じられることになった。

　ペローの死後、1724 年には既に、作者を「ピエール・ペロー＝ダルマンクール」ではなく「シャルル・ペロー」とした『コント集』[25]が出版されるとともに、1729 年には、ロバート・サンバー Robert Samber 翻訳による初めての英語版『コント集』が出版される。『コント集』(1697)がペローの名前ではなく、三男ピエールの署名がなされて出版されたことは良く知られている。これまで様々な研究者が、ペロー説、三男説、両者の共同説などを唱えてきているが、当時十九歳の息子が全てを自作したとは考えにくく、すくなくとも父親シャルルの関与が多かれ少なかれ存在したと考えるのが妥当であると思われる。しかし、誰が真の作者であるかを決定づける証拠はいまだ現れていない。現在流通している『コント集』の殆どの版は、シャルル・ペローを作者として表紙に載せながらも、テクストにおける「ピエール・ペロー＝ダルマンクール」という署名は尊重し、そこに注記することによって矛盾を解消する手段を取っている。テクストにはシャルル・ペローの名前がどこにも見あたらないのに、書籍の著者名にはペローの名前が掲げられるという矛盾の起源は十八世紀に求めることができる。

　デカルトによる「理性」を根拠に進歩の理想を振りかざして新旧論争を戦ったペローに対して、十八世紀の思想家はその思想の先駆者として比較的好意的であったと言えよう。ダランベールは、『ペロー賛』を書き、新旧論争におけるペローの主張の大旨を評価しているとともに、『ラ＝モット賛』においても近代派の後輩とともに賞賛が与えられているが、ここでは、ヴォルテールの見解を引用したい。『ルイ十四世の世紀』 Le Siècle de Louis XIV(1751) は、『比較論』がルイ治世下に達成された近代人の成果を網羅的に論じるという目的を持っていたのと類似するものの、「政治」と「信仰」については「変化しないもの」として論じることを頑なに拒否したペローと異なり、これらを含めて既に歴史となった数十年前の世界の概観を示そうとする目的を持っていた。ヴォルテールは、ペローが言及されるのに相応しいこの書物において彼に言及することは少ない。本論中でいくつか引用したが、ルーヴル・ファサードを設計した建築家クロード・ペローについての言及はいくつか見られ、非常に高い評価を与えているのに比べ、弟のシャルルについては、「人名録」の項目になっているのみである。「一六三三年生。クロードの弟。コルベール配下の建築総監として、絵画、彫刻、建築のアカデミーの態勢を整えた。文学者連中は、ペローが自分たちの役に立つので、その保護者の存命中は彼の友情を求めたが、やがてこれを見捨てる。人々は、ペローが、古代人をけなしすぎる、と非難した。だが、彼の大きな間違いは、古

---

[25] *Contes de M. Perrault, avec des moralités*, nouvelle édition, Gosselin, 1724.

代人を下手に批判し、これと太刀打ちできるものとして、例にひけるような人物さえも、敵に廻してしまったことである。この論争は、ホラティウスの時代と同様、党派間の争いになり、今後もずっと続くだろう。イタリアでは、今だに、どれほど多くの人が、ホメロスを比類のない詩人と呼んでいることか、彼らは、ホメロスをいやいや読むことしかできず、毎日アリオストやタッソーを夢中になって読んでいるのだ。一七〇三年没」[26]とヴォルテールはペローを紹介する。生年が誤っているのはともかく（本当は 1628 年）、戦略的失敗を批判しながらも、遠回しにペローの主張を認めていることが読みとれよう。注目すべきなのは、文学事典でも建築事典でもない一般的な百科事典において、今日ではクロードがペローの兄であると紹介されることが殆どであるのに反して、ペローが「クロードの弟」として紹介されている点である。クロードの項目には、「シャルルの兄」と書かれることはなく、「優れた物理学者、偉大な建築家として、コルベールの庇護のもとに芸術を奨励、ボアローの反対にもかかわらず高い世評を得た」[27]とあるように手放しの賛辞を与えている。

2．　十九世紀

　ロマン主義の勃興とともに、民族意識の高揚に伴ってフランス伝統の民間伝承に由来するペローの『コント集』への再評価が始まった。

　『カトリーヌ・ド・メディシス』 *Sur Catherine de Médicis*(1830-1842)「第一部」（「カルヴァン派の殉教者」）においてバルザックは、『サンドリヨン』の「ガラス verre の靴」という民間伝承に由来する表現に理性的な解釈を持ち込み、「現今の vair という語は、百年も前からすっかり廃れてしまったため、に、ペローのお伽噺の無数の版では、恐らく小栗鼠皮でできていたに相違ない『サンドリヨン』のあの有名な上靴が、verre（玻璃）でできているように表記されてある」[28]と疑問を呈し、フローベールは、1852 年 12 月 16 日ルイーズ・コレ宛書簡において「最近、ペローのお伽話を読みました。素敵な、実に素敵なものですよ。(…)でも、フランス人がこの世にある限り、ポワローがこの人物よりも偉大な詩人として通るんですからね。」[29]と述べ、アナトール・フランスは『わが友の書』 *Le livre de mon ami*(1885)において、「あの王達や、可愛い王子達や、日のやうに美しい王女達や小さな子供を面白がらせたり恐がらせたりする食人鬼共、ああいつたものは昔は神々や女神だつたので、幼年期の人類を恐れと喜びで一杯にしたのでした。『拇指小僧』、『ポー・ダーヌ』、『青髭』などは遠い所から、ずつと遠い所から來た古い尊ぶべき物語です」[30]と語らせた。ギュスターヴ・ドレ Paul Gustave Doré(1832-1883)が版画付きの『コント集』を出版したのも十九世紀半ばであった(1867 年)。

---

[26] ヴォルテール、丸山訳、『ルイ十四世の世紀（4）』、pp.283-284.
[27] 丸山訳、『ルイ十四世の世紀（4）』、p.283.
[28] 『バルザック全集（23）』、東京創元社、1975, pp.78-79.
[29] 『フローベール全集（8）』、筑摩書房、1967, p.108.
[30] 大塚幸夫訳、『わが友の書』、第一書房、1934, p.295.

十九世紀においてロマン主義の時代の到来とともにペローの「コント」が再評価される
に及んで、『比較論』自体が再版されることはないものの、研究対象の一部として取り上げ
られるようになる。「序論」で引用したサント＝ブーヴによる『比較論』への考察は、その
ような潮流に乗ったものである。最も時代をさかのぼると思われる「新旧論争」を対象に
した研究はこの時代に生まれることになる。イポリット・リゴー Hippolyte Rigault による
『新旧論争の歴史』（1859）[31]がそれに当たる。リゴーの著作は現代の研究の先駆けとして
貴重なものであると考えられ、カリネスクも「いまもってその重要性を失っていない研究」
[32]と評価するが、しばしば事実誤認や誤記がみられる[33]。つづいて、同類の書としてジヨに
よる『フランスにおける新旧論争』（1914）[34]も、ルネサンスからペロー＝ボワローによる新
旧論争までの展開を概略したものである。こちらは、スラツキンからリプリント版が出て
おり、リゴーの著作よりは手に入れることは容易である。
　十八世紀中盤に至って童話作家としての名声の高まりとともに、未刊行テクストの発刊
がいくつか行われるようになった。リュカス Hyppolite Lucas(1807-1878)は、未刊行であ
った三幕の小喜劇『ウーブリ売り』L'Oublieux(1691)[35]を出版するとともに、フォルネル
Fornel は『十七世紀の珍品小喜劇集』（1884）においてペローの『フォンタンジュたち』Les
Fontanges(1690)[36]を収録している。これらの喜劇については、本論「第六章」において再
び取り上げる。

3.　二十世紀前半

　ポール・ボンヌフォン Paul Bonnefon(1861-1922)は、主にボエティウスやモンテーニュ
に関する著作を残した研究者であり、本論でも頻繁に引用することになるペロー『回想録』
の完全版を初めて出版した人物である。家族のために書かれ、出版を目的としていなかっ
たものの、この『回想録』は既に十八世紀に、次世紀のジョルジュ・オスマンに先立ちパ
リ改造計画を提案し、サン＝ルイ島の破壊まで計画に盛り込んでいた建築家パット Pierre
Patte (1723-1814)によってその一部分が出版されていた（*Mémoires de Charles Perrault :
de l'Académie française, et premier commis des bâtiments du roi : contenant beaucoup
de particularités & d'anecdotes intéressantes du ministère de M. Colbert. A. Avignon,
1759.*）。パットの版にラクロワが序文を付けた稀少版（*Mémoires de Ch. Perrault,*

---

[31] Hippolyte Rigault, *Histoire de la querelle des anciens et modernes,* Hachette, 1856.
[32] カリネスク、*op.cit.*, p.42.
[33] たとえば、190 ページにおいて、『比較論』「第一巻」における「神父」の発言をさして、「この一節が『比
較論』において宗教的な概念が登場する唯一の例であり、ペローがデマレの手を借りながらもキリスト教
における神的真実から引き出された論拠によっている唯一の例である」。しかし、ギリシャ・ローマ文化＝
異教に対する現代フランス文化＝キリスト教という対立軸はペローの思想においては重要なものであり、
この一例に限らず本作品においてもしばしば登場するテーマである。
[34] Hubert Gillot, *La querelle des anciens et des modernes en France*, édition de Nancy, 1914.
[35] Charles Perrault, *L'oublieux*, Académie des bibliophiles, 1868.
[36] *Petites comédies rares et curieuses du XVII⁰ siècle*, tome II, A. Quintin, 1884, pp.251-290.

précédés d'une notice par Paul Lacroix, Librairie des bibliophiles, 1878.） も存在したが、これも一部の改編・削除が行われており不完全なものであった。ボンヌフォンは、草稿を再検討し注を施すとともに、その全貌を初めて明らかにした（*Mémoires de ma vie*, Paris, Renouard, 1909.）。本書には、兄クロード・ペローの旅行記（1669 年の当地及びその旅程に存在する建築物の視察を兼ねた旅行。おそらく、コルベールに報告書として提出するために書かれたもの）である『ボルドーへの旅』*Voyage à Bordeaux* が併録されており、クロード自筆によるデッサンが含まれるとともに、同行した長兄ジャン・ペローが病に陥り客死するまでが日記の形で残されており、こちらも貴重なテクストである。今回、使用したのは上記ボンヌフォンによる版から『ボルドーへの旅』[37]を除き、ペローによる『回想録』のみをリプリントし、これにアントワーヌ・ピコンが序文を付けた版である（*Mémoires de ma vie*, Macula, 1993.）。ボンヌフォンはさらに、 « *Revue d'histoire littéraire de la France* »において『戯作アエネイス』（*L'Enéide burlesque, Revue d'histoire littéraire de la France*, 1901, pp. 110-142.）、クロードによる『トロイの壁』の「第二歌」(Claude Perrault, *Les Murs de Troie*, 2e chant, *Revue d'histoire littéraire de la France*, 1900, pp. 449-472.) などの未刊行テクストを掲載した。十九世紀において、すでに『コント集』のみしか語られなくなっていたペローのその他の未知の作品を発掘・紹介したボンヌフォンの功績は計り知れない。

　ボンヌフォンは、未発表もしくは十七世紀以来再版されることのなかったテクストを出版するだけでなく、新旧論争期におけるペロー研究をも同誌に発表している。一年ごとに発表された三編の論文（« Essai sur sa vie et ses ouvrages », 1904, pp.365-420. / « Charles Perrault littérateur et académicien l'opposition à Boileau », 1905, pp.549-610. / « Les dernières années de Charles Perrault », 1906, pp.606-657.） は、未知の資料から様々な伝記的な事実を明るみにしていた。« Essai sur sa vie et ses ouvrages »においては、ペロー家の兄弟、とりわけクロードとペローの関係を、自ら校訂した『回想録』をもとに検討するとともに、ペローの活動の多くが兄弟の影響下にあることを明らかにし、のちにソリアノが「集団性」collectivitéと呼ぶことになる概念をすでに提示していた。コルベール麾下の吏員としての活動を検討した本論に続く、失寵から新旧論争勃発に至るまでを詳細に論じたのが、« Charles Perrault littérateur et académicien l'opposition à Boileau »であった。少ないながらも『比較論』の考察がなされていることもさることながら、数年おきに出版された『比較論』の間に書かれた様々なテクスト、ペローとボワローだけでなく、ユエ、ラ＝フォンテーヌ、フュルチーエル、ベールなど新旧論争においては傍流の役割しか与えられることのない作家たちとの関係を、未刊行の書簡などを発掘することによって明らかにしていることに本論の価値があると思われる。« Les dernières années de Charles Perrault »においては、ペローの晩年の活動について詳細な検討が為されている。いずれに

---

[37] 『ボルドーへの旅』も、近年になって、ボンヌフォンが校訂したテクストが再版されている(Claude Perrault, *Voyage à Bordeaux*, L'insulaire, 2000.)。

しても、今日紹介されるペローの伝記は、いくつかの批判や訂正があったのは事実ながら、ボンヌフォンが行った研究の上にいまだ立脚している。『回想録』は後述するザルッキによって英語版[38]が出版されており、こちらも本論を執筆するにあたり参照した。

　ボンヌフォンの研究を受けて、ペローの伝記的著作として新聞記者であり著述家でもあったアレー André Hallays (1859-1930)による『ペロー家』(« Les Perrault », Perrin, 1926.)が出版されている。基本的には、ボンヌフォンが校訂した『回想録』が示したアウトラインに沿って、ペロー家の伝記的事実が記述される。一般向けに書かれた概説書の趣が強いが、フェヌロンのアカデミー入会式(1693 年 3 月 31 日)の折りに朗読された『ヘクトルとアンドロマケの対話』Dialogue d'Hector et d'Andromaque, tiré du VIe livre de l'Iliade など、ペローの全集がいままで編まれたことがない状況において、さまざまな「選集」にも収録されていない作品が掲載されていることに価値があると思われる。ペローが青年時代に住んだヴィリー＝シャティオンの屋敷や、1672 年にペローと結婚することになるマリーの実家ギション家の調査などが含まれており、新聞記者らしい実証的調査に基づきボンヌフォンの著作に含まれなかった新事実が散見される。

　国民国家の成立に呼応して勃興した民族意識は、やがて自国民の精神的ルーツとしての伝統を、民間伝承を通じて解明しようとする民俗学を生み出すことになる。フランスにおける民俗学の先駆者として名高いサンティヴ Pierre Saintyves(1870-1935)による、『ペローのコントと類似物語』Les Contes de Perrault et récits parallèle (1923) [39]は、古代ギリシャから連なる文芸の文脈で『コント』を読み解くのではなく、フランス固有の民間伝承という文脈で読み解こうとする試みであった。『コント』研究の流れにおいて、1953 年は革命的な年であったと言わねばならない。現在主に流通している 1697 年度版の二年前に書かれた、モロッコ革装丁が施された豪華写本が発見された。ながらく 1697 年に「ピエール・ペロー＝ダルマンクール」の署名がされた版が初版本とされてきたが、ここには 1697 年版に存在する『サンドリヨン』、『巻き毛のリケ』、『親指小僧』が含まれておらず、『仙女たち』は含まれていたが不完全なものであった。この写本は競売にかけられたのちアメリカ・モーガン図書館により落札され、ペロー研究者バルシロンにより、発見の三年後 1956 年に発刊されることになる (Tales of Mother Goose, the dedication manuscript of 1695, reproduced in collotype facsimile with introduction and critical text par Jacques Barchilon, vol. I: Texte and vol. II: Facsimile, New York, the Pierpont Morgan Library, 1956.)。

---

[38] Charles Perrault, *Memories of my life*, edited and translated by Jeanne Morgan Zarucchi, University of Missouri Press, 1989.
[39] Pierre Saintyves, *Les Contes de Perrault et récits parallèle*, Robert Laffont, 1923.

４．　二十世紀後半以降

　二十世紀後半におけるペロー研究の動向は、マラルト Malarte が作成した文献目録『1960年以降の批評に見るペロー』(1989)[40]によって容易に探ることができる。これは、『十七世紀フランス文学誌』Papers on French Seventeenth Century Literature による叢書 « Biblio 17 »に入れられたもので、百六十六の文献が紹介され二百字程度の梗概が付されている。巻末の作品別索引によれば、『コント集』を扱った文献だけで四十七を数えるのに対し、『比較論』に多少なりとも触れた文献は十二に過ぎない。『コント集』およびジャンルとしての「コント」、『眠れる森の美女』など個別の作品は別立てで扱われており、各論文が重複することなく一つのインデックスに示されているので、『比較論』との差はより大きいものとなる。つまり、そのほとんどがコント関係の論文もしくは著作で占められているのである。しかし、コントに限らずペロー（作品）を総体的に扱ったものもいくつか見いだすことができるとともに、このような目録が発刊されたことはペロー研究が成熟しつつあることの証であると思われる。後述するが、実際に « Biblio17 »によって、九十年代から二十一世紀初頭に掛けて、これまで研究対象とならず忘れ去られていたペローの著作のいくつかが発刊されることになるからである。

　二十世紀後半における、ペロー研究として真っ先に挙げるべきはソリアノ Marc Soriano(1918-1994)によるものである。伝記的ペロー研究として本論でも最も参照し、様々な側面を持つペローの全貌を、深層心理学の手法を取り入れながら論じたソリアノの一連の著作は、これまでに存在したペロー研究のなかで最も詳細なものであると思われる。コント研究者としてサンティヴの研究を継承した、『ペローのコント：学問文化と大衆伝統』(1968)[41]および、その成果を発展させた『ペロー文書』(1972)[42]に提示された伝記的事実の集積は本論でも幾度か言及したが、「双子性」gémellité という聞き慣れない単語よって強引に深層心理学的に解明しようとしている嫌いはあるものの、いまだ高い資料的価値を保っていると思われる。

　新旧論争を「鎮めがたい兄弟喧嘩」ととらえ、古代派も近代派も「同じ穴の狢」であり、現在は互いに攻撃し合ってはいるものの、いずれは和解をするものとソリアノは捉える。ボワローに対する論争に「兄弟殺し」の感覚を感じていたのではないか。ペローは和解を夢見ながらも、裏腹にそれを不可能なように行動している、という。『回想録』に見える、ペローは双子で生まれたがその兄フランソワが生後六ヶ月で死んでしまったという事実から、コレージュ・ド・ボーベー時代に教師や他の生徒と論争を好んだことを始め、ボワローとの新旧論争に至るまで、常に論敵を作ることで、双子の兄という自らの分身を失った

---

[40] Claire-Lise Malarte, *Perrault à travers la critique depuis 1960 : Bibliographie annotée* (Biblio 17 : no.47.), Tübingen, GNV, 1989.
[41] Marc Soriano, *Les Contes de Perrault, culture savante et traditions populaires*, Gallimard, collection « La Bibliothèque des idées », 1968.
[42] Marc SORIANO, *Le dossier Charles Perrault*, Hachette, 1972.

その喪失感を埋めていたのである、という趣旨はソリアノが一貫して主張するところである。この「双子性」という概念から、ソリアノはペロー一家の「集団性」という概念も引きだしている。ペローと兄のクロードやピエールなどが密接な関係にあり、ペロー研究には不可欠な要素であることを、ボンヌフォンは上記の論文において「シャルル・ペローのキャラクターと作品群を健全に判断するためには、彼のみを語って家族を切り離すことは出来ないであろう」[43]とすでに強調していたが、兄弟との関係だけでなくこれを友人関係（ペローが初めて自作したとする『戯作アエネイス』が友人ボーランとの共作であったこと）や親子関係（今日ペローの代表作とされる『コント集』には、シャルル・ペローの名前はなく、三男「ピエール・ペロー＝ダルマンクール」の署名があること）にまで押し進めている。「集団性」、「双子性」というソリアノが初めて明示的に使用した概念は、筆者が本論を執筆するにあたって大いに役に立ち、しばしば引用させてもらった。

　ソリアノは、『コント集』を校訂・出版するとともに（Charles Perrault, *Contes*, textes établis et présentés par Marc Soriano, Flammarion, 1989.）、十七世紀に刊行されたあと一度も日の目を見ることのなかった多くのテクストを本書に併録した。本論で言及したものであれば、『コウノトリに癒されたカラス』*Le Corbeau guéri par la cigogne* (1673)や、抄訳ではあるが『ファエルノの寓話集』*Fables de Faërne*(1699)がこれにあたる。さらに、ソリアノはこれまで作者未詳とされデマレ・ド・サン・ソルランの作品集に収録されていた、『定規とコンパスの恋』*Les Amours de la règle et du compas*(1641)をペロー作と断定しここに掲載している。

　ソリアノによる業績の集大成として引用すべきなのが、1990 年『ヨーロッパ』誌の「ペロー特集号」である[44]。ソリアノ自身の小論«Charles Perrault, classique inconnu »(pp.3-11.)をはじめとして、ソリアノが主張したペロー一家の「集団性」との関連で、ニコラ(Jean Dagincourt, « Une nouvelle légende pour un nouveau saint Nicolas »(pp.23-39.))、ピエール(Jacques Sircoulon, «Pierre Perrault, précurseur de l'hydrologie moderne »(pp.40-47.))、クロード(Antoine Picon, « Claude Perrault » (pp.48-53.))に関する小論が含まれるとともに、『比較論』においても近代派優越の論拠とされる、ビュルレスク（Giovanni Doloti, « Perrault, écrivain burlesque »(pp.54-62.)）やフェミニズム（Béatrice Didier, « Perrault féministe ?» (pp.101-113.)）との関連論文が掲載されており、コント研究に留まらないペロー研究の可能性を示したと思われる。さらに、フォントネルの死後に友人によって編まれた詞華集『詩の気晴らし』(1757)においてペロー作と言及をされていながらも、それまでどの作品集にも取り入られることのなかった田園詩『ヒツジに変身した羊飼い』*Métamorphose d'un berger en mouton* をその文体からペロー作と断定し 1691 年作のものと推定するとともに、全文をここに収録している。

　フランス語による文献とともに、英語圏の研究についても言及しておきたい。

---

[43] Paul Bonnefon, « Essai sur sa vie et ses ouvrages », *Revue d'histoire littéraire de la France*, 1904, p.365.
[44] *Europe,* No. 739-740, novembre-décembre, 1990.

意外なことに英米、とりわけアメリカ人によって発表されたペロー研究はかなりの数が存在する。ジャック・バルシロンおよびピーター・フリンダースによって出された『シャルル・ペロー』(1981) [45]は、上述の『ペロー文書』と同様の伝記的著作である。« Twayne's World Authors Series »という叢書の一冊として出版された本書は、その名が示すとおり、ある作家の作品なり伝記的事実を概略的に紹介することを目的としている。両者はその序文において、「本書の第一目的は、彼のおとぎ話は世界中に知られていながらも、実際にはよく知られていない十七世紀のフランス人作家をアメリカの読者に紹介することである。それゆえ、その人間および作家の包括的な描写をできる限り行った」とうたわれていることからもその執筆の趣旨は見て取れる。さらに、「本書は英語で書かれ、標準的な長さの初の批評的伝記である」との記述もあり、英米での研究熱の高まりを示している。本書の功績のひとつとは、文献目録にフランス語圏において見落とされがちな多くの英語による論文の存在が紹介されていることがある。そのいくつかは今回本論を執筆する上で非常に役立った。

　『比較論』が扱われているのは、本書「第三章」の半ばであり九ページわたっている。ペローの概説書によく見られるように、本章でも『ルイ大王の世紀』から説き始められており、『比較論』をはじめ、あまり扱われることのない『女性礼賛』、『有名人』、『美術陳列室』など新旧論争期のペロー作品の概略とその解説がされており、上述の能書きに違わない内容になっている。『比較論』についても、「第一巻」、「第二巻」、「第三巻」のみならず、あまり論じられることのない「第四巻」についても、短いながらもその概略がされておりペロー研究の入門書としては最適の内容を備えている。『比較論』については、「ペローの文体は全体にわたって快活であり、その論調は重苦しくも衒学的でもない」[46]と一定の評価を下しながらも、その問題点をいくつか指摘している。たとえば、「しかし、あとからくることを優越性と混同する傾向があり、これは進歩に対する一種の盲目的な偏向である。「大きいことはいいことだ」という近代的信念と類似したものだ」[47]という指摘は尤もであろう。上述したように、バルシロンは1695年版の『コント集』豪華写本をはじめて刊行した人物であったが、近代科学発展の体現者として『比較論』において言及されるホイヘンスの書簡を調査し、ペロー家とりわけクロードとのはかなり親しい関係であったことを明らかにするとともに（ « Les frères Perrault à travers la correspondance et les œuvres de Christian Huygens », XVIIe siècle, no. 56, 1962, pp.19-36. ）、未刊行であった『キリスト教の思想』Pensées chrétiennes を出版した功績も見逃せない。

　ザルッキも、アメリカ在住のペロー研究者であるが『ペローの近代派のためのモラル』[48]を同時期に出版している。こちらも « American University studies »という叢書に納められた著作であり、上述の『シャルル・ペロー』よりも短く二百頁にも満たないが、コントを

---

[45] Jacques Barchilon & Peter Flinders, *Charles Perrault*, Boston, Twayne, 1981.
[46] *Ibid.*, p.2.
[47] *Ibid.*, p.47.
[48] Jeanne Morgan Zarucchi, *Perrault's Moral for moderns,* New York, Peter Lang Publishing, 1985.

通じてペローの「近代性」を探るという構想は、これまで文学や民俗学的見地から『コント集』を研究したものが殆どであったが、ポストモダニズムの勃興という思想動向のなかで、「近代人」としてのペローという新たな視点を導入したものであった。ペロー及び広義の新旧論争において「近代性」を論じようとする潮流は近年の研究、たとえば、メルセンヌ神父 Marin Mersenne(1588-1648)から始まり、ペローやボワローをはじめとしてイギリス、ドイツ、イタリア（ただし仏訳されている）など十七、十八世紀の新旧論争に関連する三十あまりのテクストのアンソロジーに、フュマロリが二百頁を越える「ミツバチとクモ」 Les abeilles et les araignées と題された序文を付けた『新旧論争』(2001)[49]や、比較文学の見地から英仏独伊だけでなく、ポルトガル、オランダ、スカンジナビア諸国における「近代性」を考察した『近代性の夜明け 1680-1760』(2002)[50]など、十七世紀末の新旧論争をより広い視点で捉える試みに繋がっている。とりわけ、前者は本体が資料的価値を持つとともに、そのスウィフトの『書物戦争』の一節から取られたタイトルを持つ「序文」も広範な思想史的な立場から新旧論争という現象を考察したものであり、すでに本論の「序文」においていくつか引用しているように、ペローの「近代派」思想を検討する上でおおいに啓発された。

　ペローの忘れ去られたテクストが、「発掘」されるにつれ『比較論』に関連するモノグラフィーも現れるようになった。イギリスの研究者ハウエルズは『比較論』に関していくつかの論文を書いているが、そのどれもが示唆に富んだものといえると思われる。なかでも、 The Modern language Review に発表された『『比較論』における対話と話者』(1983)[51]は、『比較論』を扱った論考がきわめて少ない中で貴重な存在であるといえる。『比較論』における話者、つまり「神父」、「騎士」、「裁判所長官」それぞれの役割について注目し、ペローがなぜこの三人を話者として選択したのかを分析している。また、登場人物の三者の発言を分析し、その傾向によって三者の性格の差異だけではなく、テクスト内においてどのような機能を果たすのかを説明しており、きわめて興味深いものである。三者の身分および性格などが、ペローの意図的な産物であることを明解に描き出した論文として評価されるべきである。

　『比較論』「第二巻」で自身が語っているように、「神父」が近代派としてペローの分身であった。また「裁判所長官」は明らかに古代派である一方で、「騎士」はペローが主張するほど中立の立場ではないとハウエルズは言う。『比較論』を一読すれば、神父および騎士対裁判所長官という構図は明らかであろう。ハウエルズは、この二人がキリスト教の権威（神父）と社交界（騎士）を代弁しているという。このように社会的身分から三人の登場人物を考察した後で、『比較論』における鼎談からその役割が分析されていく。登場人物の

---

[49] La querelle des anciens et des modernes, précédé d'un essai de Marc Fumaroli, Gallimard (Folio classique), 2001.
[50] L'aube de la modernité 1680-1760, Amsterdam / Philadelphia, John Benjamins Publishing, 2002.
[51] Howells, R. J., « Dialogue and speakers in the « Parallèle des anciens et des modernes »», Modern Language Review, 1983, vol. 78, no.4, pp. 793-803.

中でもっともハウエルズが重視するのが、「騎士」である。ペローは彼を、裁判所長官と神父との中間の人物であるとしているが、その深層においては異なる。「彼（騎士）は彼らがともに話しかけなければならない「中間」であり、彼らが説得すべき「紳士」である。彼は問題と読者の間の「中間」であり、彼の常識、月並みの礼儀、限定された注意の範囲は議論を日常の基準に留めさせる。彼はただの単純な男なのである」[52]。ハウエルズは様々な騎士の発言を引用しながら、彼が理論家ではなく、体験を判断基準とし日常から判定を下しているという。その点で騎士の立場は控えめなものにはなるが、反駁がより難しくなる。たとえば、騎士が科学の進歩に興味を示すのはそれが目に見えるからであり、文芸への関心にしても、悲劇や叙事詩よりは、喜劇や寓話、寸鉄詩や書簡など日常の現実に近いものを好むのである。対話において、理論的な判断を下すことは全くなく、これらを日常と対照させようとするのである。これらのことから、騎士の役割には、抽象的な概念から具体的な説明をほどこすという役割があり、近代派の主張をより説得力のあるものにする役目が生じるとハウエルズは言う。さらに、議論とは関係のない物質的な状況（雨が降っている、暑いなど）を報告する役割、議題をかえる狂言廻しの役割を担っており、神父の説明についてさらに詳細を質問することによって、読者を理解に導く役割も担っているという。つまり、「神父は一般的な真実を、騎士は特定の逸話や比較を提供する」[53]のである。この騎士と神父による、抽象と具体、短い発言と長い発言の組み合わせが読者に対して心地よいリズムを生み出し、読みやすくさせている。騎士の発言には、食物や動物への言及、またはそれらに関係して笑劇や喜劇への傾倒が見られることが指摘されるのも興味深いところである。

　ハウエルズは、結論として、裁判所長官が「過去」、騎士が「現在」、神父が「普遍」に対応しているという。本論文は、登場人物の三者の発言を分析し、その傾向によって三者の性格の差異だけではなく、テクスト内においてどのような機能を果たすのかを説明するきわめて興味深いものである。三者の身分および性格などが、ペローの意図的な創作の産物であることを明解に描き出した論文として評価されるべきであろう

　最後に近年の動向として、『十七世紀フランス文学誌』による叢書《Biblio 17》におさめられた、ペロー作品の積極的な再版について述べておきたい。マラルトによる『1960年以降の批評に見るペロー』がこの叢書におさめられたことについてはすでに述べたが、未刊行であった『キリスト教の思想』(1694)[54]、十七世紀以来再版されることのなかったビュルレスク詩『トロイの壁』 *Murs de Troie ou l'origine du burlesque* (1653)[55]および『今世紀フランスに現れた有名人たち　実物通りの肖像画付』(1696, 1700)[56]がそれぞれ、ペロー

---

[52] Ibid., p.797.

[53] Ibid., p.800.

[54] Charles Perrault, *Pensées chrétiennes* (Biblio 17. no.34.), texte établi, présenté par Jacques Barchilon, Tübingen, GNV, 1987.

[55] Les Frères Perrault et Beaurain, *Mur de Troyes ou l'origine du burlesque,* Livre I (Biblio 17. no.127.), texte établi, présenté par Yvette SAUPÉ, Tübingen, GNV, 2001.

[56] Charles Perrault, *Les Hommes illustres qui ont paru en France pendant ce siècle* (Biblio 17. no.142.), texte établi, avec introduction, notes, relevé de variantes, bibliographie et index par D.J. Culpin,

研究者の序文および注釈が施されて出版されている。『キリスト教の思想』はジャンセニスムに帰依し、「信仰」を進歩の根拠としたペローの思想を解明する上で、『トロイの壁』ははじめて出版されたペロー作品であるとともに、兄との合作であることからソリアノのいう「集団性」を指摘する上で重要であろう。『有名人』は『比較論』と同時に構想されていた作品であり、芸術から科学技術まで広範に論じた『比較論』と同様に、既に没した「十七世紀に現れた有名人」、つまり文人、芸術家、政治家、宗教家などを網羅的にその肖像版画とともに紹介した作品であった。これらの作品については、この叢書が大いに役立ったのはいうまでもない。本叢書に限らず今後、『比較論』や『聖ポーラン』をはじめとする忘れ去られた重要テクストが再版されることを願って止まない。

Tübingen, GNV, 2003.ただし、リプリント版はこれ以前に存在していた（Charles PERRAULT, *Les Hommes illustres*, 1696, 1700.(rééd., Genève, Slatkine, 1970.)）。

第二章　ペロー略伝

第二章　ペロー略伝

1．ペロー家とその兄弟

　　シャルル・ペローは、1628 年 1 月 12 日、パリ高等法院弁護士ピエール・ペロー Pierre およびパケット・ルクレール Paquette Le Clerc の第七子としてパリに生まれている。ジャルの辞典によると、この翌日に双子の兄であったフランソワとともに、サン・テチエンヌ・デュ・モン Saint Etienne du Mont 教会で洗礼を受けている[57]。この兄は出生から六ヶ月後に死亡したことがペロー自身の『回想録』において語られている[58]。さらに、『回想録』などにおいてもペローは言及することはないが、生年不詳ながら十三歳で死んだマリーという姉がいた。また、クロード・ペロー『ボルドーへの旅』には、名前は不明であるがもう一人の姉の存在が言及されている。ソリアノの研究によると、ペロー家はおそらくトゥーレーヌの出であり、父の代に財をなしパリに出てきたのではないかという[59]。典型的な法服貴族であり、ブルジョワ階級であったといえるであろう。ともかく、シャルル・ペローはこの町人階級の家庭において末っ子として生を受け、様々な分野においてその多くが、多少なりとも名をなすことになる兄たちに囲まれ成長する。ボンヌフォンも指摘するように[60]、ペローを理解するためにはこの兄たちとの関係を切り離すことができないように思われる。夭折したフランソワをのぞく五人について簡略にその経歴を述べてみたい。

　　マロル神父 Michel de Marolles(1600-1681)は、ペロー兄弟を称して次のような詩を残している。

> 　　四人のペローは道徳と絵画に詳しく
> 　　医学においても、美術においても
> 　　多方面に視線を引きつける
> 　　そのひとりによるウィトルウィウスによって建築は理解される。[61]

　　マロルの短詩は、兄弟のいずれもが何らかの才能を持ち、十八世紀的な広範囲の才能を示したことが当時から知られていたことの証拠となる。兄たちの多彩な能力がのちの新旧論争において、近代フランスを擁護する上でなんらかの影響を与えたとは間違いがないで

---

[57] Auguste Jal, « *Dictionnaire critique de biographie et d'histoire* », Henri Plon, 1872, p.1321.
[58] *Mémoire*, p.109.
[59] Marc Soriano, *Le dossier Charles Perrault*, Hachette, 1972, pp.378-380. 以下 « *Le dossier* » と略記する。
[60] 「シャルル・ペローのキャラクターと作品群を健全に判断するためには、彼のみを語って家族を切り離すことは出来ないであろう(...)」 (Paul Bonnefon, « Essai sur sa vie et ses ouvrages », p.365.).
[61] Michel de Marolles, *Le Roy, les personnes de la cour, qui sont de la première qualité, et quelques-uns de la noblesse qui ont aimé les lettres ou qui s'y sont signalés par quelques ouvrages considérables,* sans lieu ni date, p.43.

あろう。

　長兄はジャン・ペロー Jean (1609-1669)である。両親が結婚した翌年の 1609 年に生まれている。このジャンという弁護士はほとんど表舞台に出ることはないものの、ペローは大いにその能力を評価していたようだ。「わたしの長兄はきわめて有能な弁護士であり、その職について完全に知り、ほかの同僚にはないほど才気と雄弁を持っていたのであるが、この職ではほとんど成功することはなかった。彼は力があったが、それを活用させることがなかったのだ」[62]と『回想録』において、ジャンについて語っているが、父ピエールやシャルルと同じく弁護士として生活をした人物であること位しか知られていない。のち、1669 年 10 月 30 日、三男クロードと共にボルドーへ旅行したおりに当地で客死する[63]。

　次兄はピエール Pierre (1611-1680)である。同名の父ピエールの死(1652)にともない、その二年後パリ総徴税官の官職を購入したのがピエールであった。ル・サージュ『チュルカレ』*Turcaret*(1709)にも描かれる通り、徴税官は台頭する法服貴族に典型的な官職であり、さらに「閑職」でもあった。ピエールは、弁護士資格を取ったものの放棄した末弟シャルルをその吏員として登用した。時間の自由が利くこの地位は、ペローが文芸に打ち込む上で大いに役立つことになった。成人後の処女作『イリスのポルトレ』が書かれたのはこの折りであった。「いずれにせよ、兄がパリ総徴税官の職を購入し、わたしに吏員になって彼とともに暮らすことを提案したので、わたしはこれを受け入れたが、法廷で服を引きずって歩くよりも、ここでそもそもそれ以上の安らぎと楽しみを見出したのである。わたしは彼と十年間働いたことになる。1654 年の初めに始まり、コルベール氏のもとで務めるため 1664 年に辞めたからである。徴税委託の仕事はそれほど忙しくもなかった。お金を受け取りにいって、それをそのころまだ王立財務局とは呼ばれていなかった国庫なり、徴税を割りあてられた個人なりに持っていくだけであったので、わたしは再び学習を始めた」[64]とペローは回想している。ピエールはそののち元同僚であったコルベールの勘気により、ペローもその顛末を不満げに語るように、1664 年にこの官職を手放さざるを得なくなる。コルベールの重商主義政策に伴う経済改革、租税徴収の規則化を目指した改革による犠牲者であるといえる。

　以下にも述べるように、クロードが科学技術、ニコラが信仰に関して末弟に大きな影響を与えたように、ピエールは文人としてペローに影響を与えた。「第三巻」を論じる際に詳述するが、オペラの誕生はペローにとって古代人には知られなかった総合芸術の誕生として歓迎され近代派優越の論拠となるが、ボワローを始め古代派は総じてこれを高く評価することはなかった。1674 年、ピエールはシャルル・ペローと共同で『オペラ論』*Critique de l'Opéra*(1674)を書きその擁護に努めるとともに、『エウリピデス、ラシーヌ氏による二つの悲劇『イフィジェニー』に関する批判および両者の比較』*Critique des deux Tragédies*

---

[62] *Mémoires*, p.122.
[63] この際の詳しい描写は、クロード・ペローによる『ボルドーへの旅』に描かれている (Claude Perrault, *Voyage à Bordeaux*, L'insulaire, 2000, p.116.) 。
[64] *Mémoires*, pp.122-123.

33

d'Iphigénie d'Euripide et de Mr. Racine et la comparaison de l'une avec l'autre(1677)を単独で書いた。これは、近年まで手稿のまま残されていたが、ブルックス他によって発表されることとなった[65]。近代人及び古代人の作品を翻訳によって「比較」するという手法とともに前に付された「対話」は、のちのペロー『比較論』に繋がるものである。さらに、イタリア・モデナ生まれのビュルレスク作家タッソーニ Alessandro Tassoni (1565-1635)の英雄滑稽詩『盗まれた水桶』*La sacchia rapita*(1622)の翻訳 (*Le seau enlevé*(1678)) や『ドン・キホーテ批判』*Critique du livre de Dom Quichotte* (1679)などの仕事もピエールによるものである。このような人文科学に関する著作とともに、ピエールには『泉の起源について』*De l'origine des fontaines*(1674)という現在の水文学に繋がる科学的著作があったことも付け加えておく[66]。

　三兄はクロード・ペロー Claude (1613-1688)である。様々なペロー作品で「医師兼建築家」médecin-architecte として言及されるクロードは、末弟シャルルに次いで今日でもよく知られている人物である。ルーヴル宮の東ファサードの設計者としてクロードの名前が引かれることが多く、「ペローのコロナード」として呼ばれる場合が多い。ただし、コロナードの作者としての資格については、当時から疑義が投げ掛けられており、真の作者については未だ議論の決着が付けられていないことを付記しなければならない。『回想録』において、クロードが真の設計者であることが繰り返し強調されていることは、逆に、異議が多かったことの反映になるともいえよう。建築家としてのクロードの実績としては他に、パリ天文台(1667-1672)や未完成に終わったサン・タントワーヌの凱旋門[67]が挙げられる。建築学に関しては独学であり、『諷刺詩』「第四歌」冒頭を典型としてそのことをボワロー一派に揶揄される一方で、建築に関する理論的な著作をいくつか残していることが特筆される。コルベールに献じられたウィトルウィウス『建築書』の翻訳 (*Les Dix Livres d'architecture de Vitruve, corrigés et traduits nouvellement en français avec des notes et des figures* (1673)) を始め、古典建築様式を研究した『五種の円柱の構成』*Ordonnance des cinq espèces de colonnes selon la méthode des anciens* (1683)などの著作は現代においても再版され比較的簡単に手に入れることができる[68]。

　そもそもクロードの専門は医学であり、建築家として活躍する前には医師としての学位を取得していた。科学アカデミーの設立 (1666) とともにその初代会員として選出されるが、ここでの分担は解剖学を中心とする医学であった。有名な挿話として、医師クロードは幼少のボワローを診察している。その見立ての正誤は判明でないながらも、少なくとも、

---

[65] William Brooks, Buford Norman et Jeanne Morgan Zarucchi, « *Philippe Quinault. Alceste suivi de la Querelle d'Alceste Anciens et Modernes avant 1680*», Droz, 1994, pp.123-159.

[66] 水文学者としてのピエールについては、Jacques Sircoulon, « Pierre Perrault, précurseur de l'hydrologie moderne », *Europe*, No.739-740, 1990, pp.40-47.を参照。

[67] フランシュ・コンテ平定 (1668) を記念して計画されたものの、未完のまま 1716 年に解体されてしまったという (*Mémoires*, pp.199-201.)。

[68] *Les dix livres d'Architecture de Vitruve, corrigés et traduits en 1684 par Claude Perrault*, Mardaga, 1995.や Claude Perrault, *Ordonnance for the Five Kinds of Columns after the Method of the Ancients*, Santa Monica, U.S., Getty Research Institute, 1993.などを参照した。

成年になったボワローはクロードの診断結果によって病気が悪化したと回想しており、両者の間に禍根を残した。ボワローは建築家として「素人」であるクロードの実績を揶揄する一方で、医師としてのクロードをも諷刺詩の題材として槍玉に挙げる。「人殺し」クロードを題材としたエピグラムも多く発表し、クロードもこれに反発した。新旧論争がペロー家とボワローとの個人的な怨恨の側面が有ったことを示すエピソードである。ともかく、クロードは医学を始めとする自然科学の分野での著作もいくつか残しており（『動物自然学のための覚書』*Mémoire pour servir à l'Histoire naturelle des animaux* (1676)、『自然学試論』*Essai de physique* (1684)など）、ヴォルテールがのちの『ルイ十四世の世紀』において高く評価したように、ひとかどの科学者として認識されていた。『比較論』の「第一巻」が出版された直後、1688年10月にクロードが七十五年の生涯を閉じたのは、王立動物園においてラクダの解剖をしていた折り、謎の感染症に襲われたからであった。いずれにしても、科学分野に関して多岐の興味を示しある程度の実績を残したことから、新旧論争を語る上でクロードはペローにとって最も重要な存在であった。近代派の論拠とした科学知識の蓄積に関する情報源となったとともに、兄自体が近代優越を体現する人物として捉えられていたのに違いがなかろう。

　文芸にもクロードは興味を示した。『アエネイス』「第六歌」のビュルレスク風改作である『戯作アエネイス』は二十世紀初頭まで未刊行であったが[69]、後述するペローの友人のボーラン、ニコラ、クロード、シャルル・ペローの四人の共作であった。初めて刊行され、ペローの実質的なデビュー作となった『トロイの壁』「第一巻」は、ニコラ・ペロー、クロード、シャルルの共作であった。この続編である「第二巻」は、「すべて医者の兄によって作られたものである」[70]とペローは述べている。さらに、ボワローからの執拗な中傷に反抗し、シャルルと共同で『コウノトリに癒されたカラス』*Le Corbeau guéri par la cigogne* (1673)という短詩も発表している。

　　　　ペロー氏に関して普通にいえることは、彼が持っていた才能のどれかで彼よりも優れた人は何人もいたが、その天才と能力が一度に様々な方面に及んでいた人物は皆無であった。[71]

　新旧論争と同時に執筆されたと思われる『有名人』「第一巻」*Les Hommes illustres qui ont paru en France pendant ce siècle avec leurs portraits au naturel* (1696)において、ペローは三兄についてこのように評している。クロードは、ペロー自身とともに多種多様な才能を併せ持った、来るべき十八世紀における百科全書派的な人物であったといえるであ

---

[69] ボンヌフォンによって草稿が校訂・発表された(« *L'Énéide burlesque* », *Revue d'histoire littéraire de la France*, 1901, pp. 110-142.)。

[70] *Mémoires*, p.114.　こちらもボンヌフォンによって初めて刊行された(Claude Perrault, « *Les Murs de Troie, chant II* », *Revue d'histoire littéraire de la France*, 1900, pp. 449-472.)。

[71] *Les Hommes illustres qui ont paru en France pendant ce siècle*, Günter Nan Verlag, Tübingen, 2003, p.178.

ろう。ボワローとの長年の確執、ル=ヴォー一派とのルーヴル問題など同時代においては科学者として両極端の評価を下されたクロードであったが、次の世紀にはヴォルテールが『ルイ十四世の世紀』において「優秀な自然学者、偉大な建築家としてコルベールの庇護の下、技芸を押し進めボワローの意図に反して名声を得た」[72]というように相応の評価を得ることになったようだ。サント=ブーヴも、「ペローは、すべてにしたり顔な男であった。今の時代なら、代わる代わるに鉄道とヴォードヴィル劇場を建設したであろう。ロンドンの水晶宮のアイデアを提供し、ダゲレオタイプを改良しただろう」[73]と述べるようにクロードの才能の多面性を指摘している。

　四兄は、ニコラ Nicolas (1624-1662)と名付けられた。『回想録』などでは「ソルボンヌの博士」の兄と呼ばれる。その名の通り、神学を専門とし、1648 年『誰がわれらに善を明らかにするか』 *Quis ostendet nobis bona?* という論題で学位を取得している。この年は上述した『戯作アエネイス』が共同で書かれた。神学者として、「兄は大いに勉強したことにくわえ、神がキリスト教の精神の内奥に入り込むように彼に恩寵を施してくださったのであり、彼よりもキリスト教の真の体系について理解していたものはほとんどいないともいえる」[74]との評価を弟シャルルは与えている。ニコラに関して特筆すべきは、ソルボンヌによるジャンセニスト攻撃おいて積極的に大アルノー Antoine Arnault (1612-1694)の弁護を買って出たことが挙げられる。

　アントワーヌ・アルノーは、1656 年、インノケンティウス十世およびアレクサンドロス七世に糾弾されていたジャンセニストの命題のいくつかを弁護したかどで、ソルボンヌに告発された。アルノーは、五つの命題のどれもヤンセニウスによって公認されていないことを論理的に主張したが、アルノーおよびニコラを含む七十二人の支持者はソルボンヌの教職から追放された。この事件の折り、知人でもなかったアルノーの弁護にニコラは立ち上がっている。

　　　アルノー氏を糾弾しようと人々がソルボンヌに集まっていたそのときに、兄たちとわたし、ペパン氏と何人かの友人たちは、何が問題になっているかを、とことん知りたいと思っていた。わたしたちは博士の兄にそのことを教えてくれるようにお願いをした。わたしたちは亡き父の家に集まった。(...) 徴税官の兄はこの会合のことを、ポール・ロワイヤルに住んでいたリュイヌ公爵執事のヴィタール氏に説明した。ピエールは、アルノー氏が重大な犯罪で告発されているのであるという意見を打ち払うためにも、ポール・ロワイヤルの紳士たちはソルボンヌで何が行われているのかを大衆に知らせるべきであるといった。一週間後、ヴィタール氏は、わたしと兄が住んでいたサン・フランソワ・オ・マレの住居に訪ねてきて、パスカル氏の『プロヴァンシャル』の一番はじめのものを持ってきた。「これが一

---

[72] *Œuvres complètes de Voltaire*, tome 8, Hachette, 1859, p.464.
[73] *Causeries du lundi*, tome V, Garnier frères, 1853, p.205.
[74] *Mémoires*, p.115.

週間前にあなたがわたしに頼んだことの成果です」と手紙を見せながら彼はいった。[75]

　『プロヴァンシャル』の執筆動機にピエールと共にニコラの関与が存在したことは、ペローの『回想録』にのみ見える話であり、何人かの研究者によって疑義が持たれていることを指摘しなければならない[76]。このように、ペロー自らジャンセニストであることを公言することはないものの、この厳格な教義に極めて親近感を示していた家族の出身であることは間違いがない。信仰に関してのみは、ペローが、デカルトよりもパスカルに近い立場を取ることの要因になったとも考えられる。『イエズス会士のモラル』 *La morale de Jésuites, extraite fidèlement de leur livres*(1667)という作品を死後出版している。

２．幼年・青年時代

　ペローの幼年時代については、彼の『回想録』を元に紹介する。

　母親に読み書きを教わったペローは、父や兄と同様に弁護士となるべく教育を受け、八歳のおりコレージュ・ド・ボーベー[77]に入学する。ソルボンヌにほど近いジャン・ド・ボーベー通りにありこの約十年後にはニコラ・ボワローも通うことになるこの学校において、ペローは優秀な生徒であったようである。しかし、アイルランド人生徒や教師とのいざこざからペローはこの学校を飛び出してしまう。1644 年、ペロー十六歳のことであった。親友であったボーランという人物が共に学校を辞め、ペローの自宅において「三、四年の間」共同学習を始めることになる。「聖書のほとんどとテルトゥリアヌスのほとんど、ラ・セールとダヴィラの『フランス史』」[78]を読み、さらには「ウェルギリウス、ホラティウス、コルネリウス・タキトゥスやそのほかほとんど全ての古典作家」を読んだという。また、テルトゥリアヌスの『女性の衣服について』という作品をフランス語訳したという[79]。いずれにしても、このボーランという友人との出会いがペローを創作の道へと誘うこととなる。

　『回想録』によると、 1648 年、この二人がいつものように自習をしていると、ボーランが『アエネイス』「第六巻」をビュルレスク風に翻訳してみることを提案したという。この計画に大いに興味を持ったニコラやクロードはこの翻訳に参加し、なかでもクロードがも

---

[75] *Ibid.*, pp.120-121.

[76] たとえば、ピコンによる論文 « Moderne Paradoxe »を参照（*Mémoires*, pp.18-19.）。

[77] ボーヴェー司教ジャン・ド・ドルマン Jean de Dormans によって 1370 年に設立された。十七世紀にはジャンセニスムが盛んとなるとともに、ペローの他にボワロー、シラノ、ラシーヌなどが在籍した。

[78] エンリコ・カテリノ・ダヴィラ Enrico Caterino Davila (1576-1631)は、『フランス内戦史』*Storia delle guerre civili di Francia* の作者で、これを 1630 年に出版、1644 年には仏語訳された。また、ジャン・ド・ラ・セール Puget de La Serre(1600-1665)は『今世紀の有名人賛』*Panégyriques des hommes illustres de notre siècle* や『親愛なるアンという名のオーストリア王家の皇妃、王妃、王女の歴史と肖像』*L'histoire et les portraits des impératrices, des reines et des illustres princesses de l'auguste maison d'Autriche qui ont porté le nom d'Anne* の作者で、これらは四十年代に出版されている。

[79] これらの少年時代の回想については、*Mémoires*, pp.110-113.を参照。

っとも多くの分量を担当したとペローは述べている。この企てが源になり、のちに『トロイの壁、またはビュルレスクの起源』(1653)というペローの処女作[80]が出版されることになる。

　スカロンを筆頭としてビュルレスクは当時の流行の一端を担っていており、兄たちとの合作であるとはいえ、これをいち早く取り入れ作品を創ったことは流行に敏感なペローの性癖がこの当時に既に現れていたことを示している。また、処女作が合作であったことは、将来のペロー作品のいくつかも合作であったり（『オペラ論』、『コウノトリに癒されたカラス』）、兄たちの学問分野の強い影響下にあったことの先取りであるといえるだろう。息子ピエール＝ダルマンクールの書名がある『コント集』に関しても同じことがいえる。

　1651年7月、父ピエールや長兄ジャンにならい、弁護士になるべくオルレアン大学に学位取得へ向かう[81]。ペローも回想するように、この当時、学位を取得することは容易かったようで、短い口頭試問を受け金銭を支払うだけで、ペローのみならず同時に受験した二人の友人共々全員合格したことが『回想録』には描かれている。弁護士になったものの、兄たちと同様に、この職業を嫌悪していたとペローは告白している。ちなみに、このオルレアン旅行が、知りうる限り、ペローがパリ近郊から離れた唯一の例であった。

　二度しか弁護をしなかったという短い法曹生活ののち、パリ総徴税官職を購入した兄ピエールの下で吏員としての生活をはじめることになる。ペローはこの職を1654年から1664年までの十年間務めることとなる。上述のように、この職は下働きであるとはいいながら、ペローにとって大いに実りのあるものであったようだ。

　　　アカデミー・フランセーズ会員であり『フィリスの目の星への変身』の作者であるセリジ神父[82]の相続人から兄が買ったすこぶる美しい蔵書は、その多くの良書の中にいると喜びを感じてしまうことからも、たいへんなお買い得であった。わたしは詩作も始め、『イリスのポルトレ』はわたしが制作した殆ど初めての作品である。[83]

『イリスのポルトレ』*Portrait d'Iris* は1658年に執筆され、翌年スグレ Jean Regnault de Segrais(1624-1701)などの編集による『ポルトレ集』に収録された。同年に書かれたと思われる『声のポルトレ』*Le Portrait de la Voix* という作品もペロー作として収録されている。「ポルトレ（肖像）」とは、人物の性格や容姿などを雅な表現で描き出すものであり、小説や芝居の中で発達したが、のちにはサロンにおける知的遊戯として流行した。ボワローによって、モリエールによって批判されるプレシオジテや、ギャラントリーという流行の様

---

[80]　『回想録』においては言及されていないが、ソリアノはペローの処女作として、『定規とコンパスの恋』*Les Amours de la règle et du compas*(1641)を挙げている。
[81]　*Mémoires*, pp.120-121.
[82]　ジェルマン・アベール、サン・ヴィゴール・ド・セリジ神父 Germain Habert, Abbé de Saint-Vigor de Cérisy (1614-1654)は、アカデミーの創立メンバーの一人である。
[83]　*Mémoires*, p.123.

式によって頭角を現したことは、ピコンがいみじくも「何でも屋」[84]と形容した常に時流を追い求めるというペローの嗜好を端的に表していると思われる。

『イリスのポルトレ』に関しては、のちにそのオペラ台本を擁護することになるキノーPhilippe Quinault (1635-1688)との挿話が残されている。

> わたしはこの『イリスのポルトレ』をヴィリーでつくったが、いいかげんな着想によるもので、発表されたときに世間が思ったほど良いものであるとは思えなかった。キノー氏がわれわれに会いにヴィリーを訪れ、わたしは彼にこれを読んだ。彼はこれをいたく気に入り、わたしはその写しをあげた。パリに戻って、彼はこれを意中の一人のお嬢さんに見せると、彼女はこれを彼が自分のために作ったものであると思った。彼はこの勘違いをそのままにしておくほうが有利であると考え、その誤解を解く必要があるとは考えなかったので、このポルトレはキノー氏の名前でパリ中を駆け回った。[85]

自作を盗まれたペローはキノーに対して怒ることなく、逆に二人には友情が芽生えたという。すくなくとも、既に名前をなしていたキノー作と誤認されることにより、ペローの名声が逆に上がったことは間違いがない。兄ピエールと友人であったコルベールは、このころ既に優れた詩人としてペローの名前を書簡に書き記しており[86]、この事実は、のちに宰相の片腕として活躍する端緒として考えることが出来るかも知れない。いずれにしても、キノーとの友情は、七十年代における「オペラ論争」においてペローがピエールともに、キノー＝リュリによるオペラという「流行」のジャンルを擁護する原因にもなったと考えられる。

ポルトレというジャンルで本格的に詩人としての活動をはじめたペローは、『愛と友情の対話』*Dialogue de l'Amour et de l'Amitié*(1660)を続けて発表した。ペローが述懐するところによると、この詩はイタリア語にまで翻訳されるとともに、当時の財務卿フーケの気に入るところとなり、彼はこれを金箔絵入りの羊皮紙に書き取らせたという[87]。

そもそも、フーケにペローを引き合わせたのは兄のピエールであった。1657年、兄弟の母パケット・ルクレールが死去し、パリ近郊ヴィリーの別荘[88]はピエールが相続した。この別荘は二人によって改装され、邸内には装飾をこらした洞窟がペローによって作られた。ペロー家に出入りしていた詩人パンシェンヌ Étienne Martin, sieur de Pinchesne(1616-1680)編集の詞華集の題材(『楽しいヴィリーの館へのロンドー集』*Recueil*

---

[84] « Moderne Paradoxe »を参照（*Mémoires*, p.27.）。
[85] *Ibid.*, pp.123-124.
[86] William Brooks, Buford Norman et Jeanne Morgan Zarucchi, *op.cit.*, p.xxx.
[87] *Mémoires*, p.124.
[88] 現在のエソンヌ県のコミューヌ、ヴィリー・シャティヨンに存在した。ボンヌフォンによると、ペローが作らせた洞窟は十九世紀末まで現存していたという(Paul Bonnefon, « Essai sur sa vie et ses ouvrages », *Revue d'histoire littéraire de la France* , 1904, p.378.)。

de rondeaux pour l agréable maison de Viry）にもなったこの洞窟は、ピエールと親交の
あったコルベールの注目するところとなり、のちにペローが彼の吏員として建築を中心と
したフランス国内の芸術制作に参加する遠因ともなった。ピエールを中心とした交際によ
って、ペローは前述のフーケ、パンシェンヌ、ラ＝フォンテーヌやキノーなどの知己を得
ることとなった。さらに、近代化が優越の根拠ともなったル＝ブランともヴォーの屋敷で
知り合ったと思われる。

　いずれにしても、これらが当時流行であったプレシオジテの作品であったことは注目に
値する。ペローが兄たちと共に初めて書いた作品がビュルレスクの作品であったように、
ここでもまた流行に従う「何でも屋」としての姿勢を見せている。これらのジャンルは全
て古代には存在しなかったものであり、新旧論争においてペローはこれらのジャンルを擁
護することとなる。流行を追い求めるペローの姿勢は、晩年に『コント集』に関与するま
で続き一貫したものになる。

　1661 年には、『鏡またはオラントの変身』 *Le Miroir ou La Métamorphose d'Orante*[89]を
発表している。

3.　コルベールの吏員へ

　　　彼（コルベール）は、何度も手を付けられそのたびに未完成で置かれてきたル
　ーヴル宮を完成させるだけでなく、陛下の栄光になる多くの記念物を建てさせな
　ければならないと考えた。たとえば凱旋門、オベリスク、ピラミッド、墳墓など
　といったものだ。つまり、彼が計画していたもの以上に大きく壮大なものはなか
　った。彼は陛下がすでになされた偉大な功績を後世に残すため、多数のメダルを
　鋳造しなければならないと考え、偉大で相当な功績がその後続くであろうと予想
　もしていた。その偉業は、祭典や仮装行列、騎馬パレードなどの娯楽のような君
　主に相応しい催しで彩られなければならない。扱われ方が偉業自体と同じく、陛
　下の栄誉になるべきであり、外国でも広められるように、機知や思慮をもって描
　かれねばならない。彼は何人かの文人を集め、彼の傍らでこの件について意見を
　求め、文芸に関わるものごとに関する小委員会のようなものを作りたいと考えた。
　彼はすでにシャプラン氏に目を付けていた。[90]

　1657 年以来、フーケの邸宅に出入りしていたペローはここで多くの知己を得た。その中
に、当時の文壇における大立者であったシャプランが含まれていた。モリエールのコメデ
ィ＝バレエ『うるさがた』 *Les Fâcheux* が初演され、ルイ十四世がヴォーの屋敷を訪れた

---

[89] 鈴木敏弘による翻訳が存在する。ただしかなりの改変が加えられている（鈴木敏弘原案監修、斑鳩サハ
ラ他著、『鏡あるいはオラントの変身　シャルル・ペロー創作童話集』、竹書房刊、1999 年。）。本邦におい
て、『コント』以外のペロー作品が、「全文」翻訳出版されたほとんど唯一のであると思われる。
[90] *Mémoires*, pp.125-126.

「饗宴」を決定的な理由として1661年に「フーケ事件」が起こり、時の権力はコルベールへと移る。1663年にはペローの人生にとっての転機が訪れる。財務卿に就任したコルベールの指示により、小アカデミーが設立される。のちの碑文・文芸アカデミー Académie des inscriptions et belles-lettres である。フランス全土の芸術制作を管理し、親政を開始したルイ十四世を神聖化することを目指したコルベールは、その一環としてフランス国内の記念物に掲げられる碑文を審査するアカデミーの設立を考えた。初期メンバーとして、シャプラン Jean Chapelain(1595-1672)、ブールゼ Amable de Bourzeis(1606-1672)、カッサーニュ Jacques Cassagnes(1636-1679)が既に選ばれていたが、当初の計画としては四人のメンバーが必要とされていた。ここで、シャプランの指名により、ペローが推薦されることとなる。

> 　コルベール氏はシャプラン氏に、わたしが総徴税官の弟であり、ひとつは講和について、ひとつは陛下の結婚についての、二編のオード[91]の作者であるのかと尋ねられた。シャプラン氏はそのとおりであると述べ、「わたしは彼の詩風にはたいへん満足しているし、枢機卿も旅行のおりそれを読んで大変楽しまれた。ただし彼の散文のものも見て置いた方がよいでしょう」とおっしゃった。シャプラン氏が自ら進んでダンケルクの占領について散文を書くようにわたしに依頼することを二人は合意された。君たちがわたしの最初の作品集にあるようにこれを書いたのである[92]。それはお気に召し、1663年2月3日に、シャプラン氏と共にわたしは、与えられた指令に従ってコルベール氏宅に向かった。[93]

　引用のように、1663年の時点でペローは碑文・文芸アカデミーの正式会員として認められた訳ではなかった（正式会員と認められるのは1667年）[94]が、一種の能力試験を経てペローはめでたく採用されると共に、秘書としてコルベールの許でその官僚的能力を発揮していくこととなる。『回想録』に述べるところによると、小アカデミー会員としての実績として、スイスとの同盟を記念するメダルや王太子のモットー作成、ゴブラン織の銘の作成などが挙げられているが、その仕事の大部分を占めたのは、印刷に付される原稿の検閲作業であったようだ。後の新旧論争に関して重要なのは、碑文を監督した経験もさることながら、国内外の芸術家に与えられる恩給受給者の選定作業にペローが関与していたことであった。シャプランが中心に人選を行っていたものの、ペローの関与も推定することがで

---

[91] 『講和についてのオード』*Ode sur la paix*、『陛下の結婚についてのオード』*Ode sur le mariage du Roi* は、1660年別々に出版された。

[92] この処女作品集は『散文韻文作品集』*Recueil de divers ouvrages en prose et en vers*(Coignard, 1675.)と題され、『陛下によるダンケルクの占領に寄せる演説』（pp. 88-98.）が含まれている。

[93] *Mémoires*, pp.127-130.

[94] 碑文・文芸アカデミーの公式サイトによると、シャプランなど上述の三人に関しては1663年以降会員と認められているのに対して、ペローは1667年以降である（http://www.aibl.fr/index.html. 2009年12月20日）。

きる。『回想録』においては、選定作業に直接加わったことを述べてはいない。しかし、「王の建築の予算から文人に配分するために、コルベール氏が十万リーヴルの基金を立てたときには、アカデミーはまだ完全に立ち上がってなかった。雄弁や詩歌、自然学やその他の学問など、フランスに限らず他国のものでも認められたのもは、年金を受け取った。あるものは千エキュ、あるものは二千リーヴル、あるものは五百エキュ、千二百リーヴル、千リーヴル、最も少ないもので六百リーヴルであった。この年金はイタリア、ドイツ、デンマーク、スウェーデンのほかに北のはずれの国にまで届いた」[95]と事細かに回想していることから、恩給給付作業の中心に近い立場にいたことは間違いないであろう。恩給受給者リストに駆け出し詩人ボワローの名前が含まれず、シャプランを攻撃する『諷刺詩』「第七歌」、ペローを攻撃するソネ『ゆかりの女性の死に寄せて』*Sur la mort d'une parente*(1664)が制作されている。少なくとも、ボワローにとっては落選の原因をペローの関与と考えていたのであろう。ボワローの怒りは相当なもので、シャプランとコルベールを攻撃する匿名作品『カツラを取られたシャプラン』*Chapelain décoiffé*(1665)および『怒れるコルベール』*Colbert enragé*(1665)の制作に参加している。これは『ル・シッド』のパロディーであり、ラシーヌ、ラ＝フォンテーヌ、フュルチエールの集まった酒場「白十字亭」が発信元となっていた。いずれにしても、ペロー＝ボワロー間の個人的怨恨は新旧論争の根深い原因の一つと捉えることが出来る。

4．官僚ペローとルーヴル造営

　ペローはシャプランの推薦により小アカデミーの一員となるとともに、コルベールの吏員・秘書として約二十年間彼に仕えることになる。これからの二十年間は『回想録』において最も詳細に語られている期間である。この書物に従えば、コルベールの下でペローが残した業績は多岐に渡り、小アカデミーが本来目的とする碑文の校閲のみならず、様々な分野にわたっている。翻って、詩人ペローの活動が最も停滞する時期であると見なすこともできるであろう。文人としての才能をシャプランに認められ、実際にコルベールによって『陛下によるダンケルクの占領に寄せる演説』*Discours sur l'Acquisition de Dunkerque par le Roi* (1663)においてその才能が確証されることによって小アカデミーに所属すると共に、コルベールの吏員・秘書ともなったペローであったが、この時期の詩人としての活動は極めて限られたものとなっている。コルベールの死去に前後してペローはこれらの職を全て放棄せざるを得なくなり失脚するが、それ以降の創作量と比較してみるとこのことは一目瞭然である。吏員・秘書となったことで、多忙になるとともに詩人としての活動の比率が減少した。また公的な人間となったことによりその創作も、1650年代のように過度に流行を追いかけることも、1680年代以降のように新旧論争を引き起こすほど過激な言説を繰り返すこともなく、基本的にはコルベール公認、ルイ十四世公認の芸術観に依拠した

---

[95]*Mémoires*, p.142.

作品をいくつか作り出すことになる。つまり、この二十年間の活動において注目すべきものは、役人としてのものがその大部分を占める。

　しかし、この空白の二十年間は近代派ペローにとって最も重要な準備期間であったと考えることもできる。建築を中心とした様々な芸術分野を監督することによって、近代フランスの古代世界に対する優位性を確信したのは間違いがないからである。『古代人近代人比較論』「第一巻」の「第一対話」においては、建築、絵画など造形芸術という、ペローがこの時期直に触れ、指導した分野を中心に論じられている。小アカデミーにおいて、大量の原稿に目を通したこともペローの近代派理論の成立に大きな影響を与えたことは間違いないであろう。

　広範囲にわたるペローの活動において、もっとも華々しく注目に値するのが、建築分野におけるそれであろう。コルベールは財務卿に就任した翌年には、建築総監 surintendant des Bâtiments にも就任する。さらにその翌年の 1665 年、ペローは、建築第一吏員 premier commis de bâtiments に就任する。1671 年にはアカデミー・フランセーズ会員、1672 年にはコルベールによって新設された建築総監督官 contrôleur général des bâtiments という名誉職的な肩書きを得ることになる。

　「建築第一吏員」もしくは「建築総監督官」としてのペローの業務として第一に挙げられるのは、ルーヴル宮東ファサードの建設問題であろう。ヴェルサイユ宮の新築計画と平行して行われていたルーヴル宮改造計画は、東ファサードに関しても主席建築家ル＝ヴォーの設計案がすでに存在し、その一部の施工が始められていた。新しく建築総監に就任したコルベールは、前任者ド＝ラタボン Antoine de Ratabon(1617-1670)が承認した設計案に満足せず、パリ在住の建築家に意見を求めた上で、新規に設計案を練り直すことになった。この時点で、ペローの兄クロードは自らの設計案を提出しており、のちに採用されることになるものとほぼ同一のものであったという。ペリスタイルを用いるという案はペローのものであり、クロードがこれを浄書して提出したという証言が『回想録』に見える[96]。このコロネードの作者をクロード・ペロー（及びシャルル・ペロー）に帰することに関しては、当時から論争があり、ソリアノも最も解決困難で奇妙な問題であるとしている[97]。ペローはこの問題に関しては譲れなかったようで、『回想録』の大半がルーヴル宮造営時の回想に当てられていることもこの問題とは無関係ではあるまい。ボワローを筆頭とする古代派からは、クロードを作者とすることには当時から難癖が付けられ続けた。

　いずれにせよ、クロードの設計案は評判も良好でコルベールも満足するものであったが、結局、イタリアから建築家を招聘することに決定した。紆余曲折があった上で、コルベールの知人であるベネディッティ神父という人物の紹介により、ベルニーニ Gian Lorenzo Bernini(1598-1680)を招聘することに決定された。ルイ十四世は当時の教皇アレクサンドルに書簡をしたため、ベルニーニをフランスに呼ぶことを求めた。

---

[96] *Ibid.*, p.148.
[97] Soriano, *Le Dossier*, p.132.

フランス側のベルニーニに対する歓待ぶりは異例なものであった。リヨンなど道中の街では王族待遇の扱いを受け、パリ入城ののちもベルニーニのみならず同行してきた息子や弟子に対しても家屋や家具、料理に始まる「想像できる限りの歓待」を与えた。1665 年 5 月末に、このイタリア・バロックの巨匠はパリに入城した。

　ベルニーニはこの時点でルーヴル宮の構想を纏め上げていたことが『回想録』には見ることができる。コルベールから設計に対する意見を求められた折の挿話を以下のように語っている。

　　　　1665 年 6 月 4 日、聖体の祝日に彼は陛下にまみえ、陛下から想像できうる限りの歓待を受けた。自分やド・シャントルー氏やコルベール氏以外に入ることのできないすこぶる清潔な部屋から、彼は自作の設計を提出させた。コルベール氏は何人かの高位の人にもこの喜びを与えようと望まれ、許可された。二週間位してから、設計をなすのに必要なものを何でも与えるように命を受けていたフォッシエ氏が言うには、わたしが望めば設計を見せてくれるという。わたしはこの申し出を受け入れ、彼の設計を見た。翌日、コルベール氏はわたしにそれを見たのかどうかをきいてきた。わたしはそれまでに何も考えていなかったが、見ていないと答えることを決心した。わたしがコルベール氏に真実を言わなかった最初で最後であると断言することができる。「それは大変大きいものなのだよ」と、コルベール氏はわたしに言った。「おそらく支柱なしの円柱があるのではありませんか」と、わたしは問うた。「いや、三分の一が壁にくっついているのだ」。「門は大きいのですか」と、わたしは言った。「いいや、厨房の中庭の門よりも大きくはないねえ」と、彼は言った。わたしはル＝ヴォー氏や殆どの建築家の設計が陥った欠陥に同じくキャバリエ・ベルニーニも陥っていることを気づかせるようなことを申し上げた。[98]

　あくまでも、ペローの回想ではあるが、コルベールによる国威発揚政策の実行の中枢にいかにペローが以下に関与していたかが垣間見える。ベルニーニはフランスに滞在した翌年までの間に、イタリアで準備してきたルーヴル宮の設計だけでなく、彫刻家、画家、舞台装置家、仕掛け花火師、脚本家などとして活躍した多種多様な才能を発揮しようとした。しかし、フランス人芸術家の策謀[99]によりその才が正当に評価されることはなかった。ペローについても、「陛下の惨めな騎馬像を作りそれが君主にふさわしくないので陛下がそれを古代人の頭に挿げ替えさせたとしても、彼はきわめて優秀な彫刻家であった。彼は凡庸な建築家であったが、この面が過剰に評価されていた」[100]というように、『回想録』にはベル

---

[98] *Mémoires*, pp.155-156.
[99] ラ＝ブリュイエールは、その『アカデミー入会演説』*Discours de Réception de l'Académie*（1693）において、ベルニーニの不幸として、フランス人芸術家による策謀があったことに言及している。
[100] *Mémoires*, p.158.

ニーニの仕事のそれぞれに、吏員として小アカデミー・メンバーとして立ち会ったペローの否定的感想が書き連ねられている。

　いずれにしても、ベルニーニの設計は採用されず、ルイ十四世の騎馬像や胸像などを残しローマに帰還することになる。設計作業は再開された。翌 1667 年、ル＝ヴォー及びクロードの青写真のうちから、最終決定を下したのはルイ十四世であった。

　　　兄の設計を高く評価していたといっても、コルベール氏は依然としてル＝ヴォー氏に設計を描かせた。その後、もっとも気に入るものを選んでいただくために、彼は二つとも陛下にお見せした。わたしは二つの設計が提示された場所に居合わせた。それはサンジェルマンの陛下の小部屋でのことであった。そこには陛下と護衛隊長、コルベール氏とわたししかいなかった。陛下はこの二つを注意深くご覧になったあとで、コルベール氏に二つのうちどちらが最も美しく施工するにふさわしいかを尋ねられた。コルベール氏は、わたしが審判であるならば、回廊がないほうを選ぶでしょうといった（建物に沿って並べられ、アパルトマンの小部屋を繋ぐ屋根付きの回廊をなすといった、このような円柱列にペリスタイルという名前はまだなかった）。その設計はル＝ヴォー氏のもので、これにはわたしはたまげた。しかし、その設計に対する好意が示されてすぐに、陛下は、「わたしなら、もう一つの方を選ぶ。より美しく荘重な感じがする」とおっしゃった。[101]

　フランスにおける芸術作品・芸術家の監督作業と共に、『回想録』にも多くのページが割かれ、のちの新旧論争の論拠ともなった仕事に、フランス国内の建築のみならず、土木事業を主とした様々な科学事業にも関与した点である。科学者についても文人と同様に恩給の対象となっており、ペローは職務上国内外での科学的業績の詳細についても知る必要があり、その進展を知悉していたと思われる。科学技術の進歩は『比較論』において、近代派の依拠する最も強力な根拠となる。

　1666 年には科学アカデミーが設立される。1630 年においてメルセンヌ神父 Marin Mersenne(1588-1648)邸において持たれた会合に起源をもつ同会は、デカルトやガッサンディ、パスカルが集まり情報交換や議論の場として機能していたが、これ以降、国家管理の対象となり、国威発揚政策に組み込まれていく。設立時、ペローはコルベールの吏員兼秘書として、クロードの入会に尽力したことが『回想録』に見ることができる。

　　　きみたちの伯父さんにアカデミーへの入会に承知させるのに、わたしは大変骨を折った。認められたことについて兄が光栄に思わなかったからではなく、あのような秀でた人々のなかに入るのに必要な能力が自分にはないから、というのであった。人並みはずれた才能持っているのにもかかわらず、この謙虚さは誠実な

---

[101] *Ibid.*, pp. 182-184.

ものであった。わたしも加わって、家族で彼に承諾するように勧めたが、結論を出させるのには大いに苦労した。[102]

　結局、クロードは設立と同時にアカデミーに入会する。解剖学者としての入会であった。コルベールの死後に全ての官職を解かれるまでに、エタンプ川をパリに導水する計画、ロワール川やゴブラン川をヴェルサイユに導く計画、鉱石採掘、ポンプ塔の計画、ヴェルサイユ運河の測量、水準器の製作、ヴェルサイユの運河掘削など様々な事業に関与したことが語られている。ミディ運河を掘削したことで名高いリケ Pierre-Paul Riquet(1604?-1680) とこれらの土木事業について検討したことが『回想録』に見える。当代の高名な科学者たちにくわえて、アカデミー会員クロードの関与が考えられるほか、水文学の先駆者とも考えられている、ピエール・ペローの助言も大きな存在であったと考えられる。六十年代、七十年代のペローはこのような官僚としての仕事に忙しかったが、文人としての一面も消え去ったわけではなかった。1671 年、コルベールの推薦によりペローはアカデミー・フランセーズ会員に選出される。必ずしも会員になることを熱望していたわけではなかったという語り口でペローは以下のように述べている。

　　そのころコルベール氏は、アカデミー・フランセーズについての消息をわたしに訊かれた。わたしをその一員であると勘違いしていたので、このことについては何も知らないし、その一員になる栄誉を浴していない旨を答えると、彼は驚いた様子でわたしもその一員になるべきであるといった。「陛下がたいへん愛されている会であるし、残念ながら仕事のためにそうそう通うことができないので、そこで起こることを君から知らせてもらえたらとても安心なのだが。次に空位になる場所を所望しなさい」と付け加えた。[103]

　コルベールから推薦されたものの、何人かの新会員の選出を見送った後にペローは、1671 年 11 月 23 日、入会式を迎える。座席番号はかつてボワローの兄ジル Gilles Boileau(1631-1669) が座った「二十三番」であった。
　このように望まなかった入会であったかもしれないが、アカデミーの席はこの世を去る 1703 年まで、ペローにとって貴重な活躍の場となっていく。新旧論争が勃発し和解が行われて場所であるばかりでなく、辞書編纂作業をはじめとしたアカデミー本来の業務も精力的にこなしたことが分かっている。さらに会の運営改革にも相当の功績があったことが『回想録』には見える。入会演説を公開する提案、会員を投票用紙で選出することとする提案などを行ったとペローは述べている。「投票」に関して、ペローは併せてこれを簡便にするための「機械」を自ら作成している。

---

[102] *Ibid.*, p.138.
[103] *Ibid.*, p.189.

選挙をしたりオフィシエを選ぶために、断然便利な小さな機械をわたしは制作
　した。わたしはこの出費を喜んで払った。[104]

　機械への関心はペローに特徴的である。のちの『比較論』においても、「絹のストッキン
グを織る機械」など、さまざまな機械への関心が述べられているからである。これらの改
革はコルベールの指示の下に行われていたもので、ペローはその忠実な実行者であったと
いえる。ペローは明らかにそのことを自覚していた。非公開であったアカデミーの入会式
を公開で行うという提案（これはペローの次の入会者フレシエ Valentin Esprit Fléchier
(1632-1710)から導入された）について次のように回想している。

　　わたしがいったことは至極もっともなことであったし、さらに大多数がわたし
　の考えがコルベール氏から吹き込まれたものであると想像したものだから、みな
　声をそろえて賛成した。古い習慣の頑固な遵法者であるシャプラン氏のみが、新
　しいことは何もする必要がないと主張して、しばらくこれに反対したが、だれも
　彼に同調しなかった。[105]

　寡作ともいえるこの時期に詩人ペローの活躍として、挙げることができるのは、のちの
新旧論争において近代派の論拠ともなる「オペラ論争」にピエールとともに参加したこと、
「絵画論争」に参加したことであろう。詳細については、「新旧論争前史」および『比較論』
でオペラ及び絵画が論じられるおりに述べるが、ここではその概要だけを記す。
　のちの新旧論争において近代絵画の最高峰として捉えられたのがル＝ブランであった。
1668 年の『絵画』 *La Peinture* に始まり、1687 年の『ルイ大王の世紀』 *Le siècle de Louis
le Grand*、1689 年の「第一巻」を経て、1697 年の『今世紀フランスに現れた有名人たち
実物通りの肖像画付』「第一巻」に至るまで、一貫した傾向であった。
　ペローとル＝ブランの共通点は多い。フーケの失脚のあと、ルイ十四世親政下で一躍
フランス国内のみならず国外に対する文化政策を担う重責を得る時期もほぼ同時であると
いってよい。フーケの後を襲ったコルベールに対してもこの二人は同様の信頼を得ることに
なる。ル＝ブランもペローと同様に、ルイ十四世の絶大な賞賛を得て、1661 年に主席画家
に指名され、ヴェルサイユ宮殿の造営を始めとする国家的計画において、影響力を発揮す
ることになる。このような状況下で、発表されたのがペローの『絵画』(1668)という作品で
あった。582 行にも及ぶ十二音綴詩は、フランス絵画を古代絵画と対比しつつ、ル＝ブラン
を賞賛するという内容になっている。
　当時、ル＝ブランは、『アレクサンドロス大王とポルス』 *Alexandre et Porus* （1673）に

---

[104] *Ibid.*, p.195.
[105] *Ibid.*, p.192.

代表されるアレクサンドロス大王連作に心血を注いでいた。しかし、より直接的な表現を望んでいたコルベールの政治的意向を受け、ペローはル＝ブランに対して、ルイ十四世の偉業、つまりオランダ戦争を戦って大勝利を収めている君主をなぜ直接描くことをしないのかと諫めるために書かれたのが本作品であった。ここには、絵画アカデミーの内部抗争も関連しており、ル＝ブラン派とミニャール Pierre Mignard(1612-1695)によって戦われた色彩と素描の優劣論争がそれであった。ミニャールは色彩を重視してアレゴリーによって間接的に表現することを好み、ル＝ブランは、素描つまり図案そのものを重視していた。

　『オペラ論』(1674)は、ペローの経歴においてはじめての「論争書」というべきものであった。ペラン[106]およびカンベール[107]によってフランス語での創作が既に始められていたオペラは、既に人気を得ていたイタリア語作品の影響も加わり、新たな音楽・演劇ジャンルとして人気を博していた。バレエの情熱を失いつつあったルイ十四世もこの新しい様式に多大な関心を抱いていた。そのオペラに目を付けたのがリュリであった。彼はこのジャンルを独占しようと画策し、成功する。

　　そのころリュリはオペラを作曲する権利を一手に引き受け、そのあらゆる利益を得たが、これは相当のものであった。オペラはサルカマン家のご婦人たちが歌い主役を演じた小さなオペラによって確立された。まずイッシー村の金銀細工師の家でこれは歌われ、成功を収めた。わたしは最初の上演に連れて行ってもらったが、それは心地よいものであった。ペラン神父という方が歌詞を作り、カンベールが作曲した。この音楽牧歌劇の幸運な成功によって、他のオペラが彼らによって作られたが、それは公開上演され喝采を浴び、詩人や音楽家や俳優にとっても実りのあるものであった。それまでばかにしていたリュリは、彼らがなした大きな利益を目にして、陛下にオペラの制作を一手に収め全ての利益を得ることを請願した。ペランとカンベールは反対し、コルベール氏自身も、パリにおける新しい娯楽の発明者、少なくともその推進者の手からこれを奪うことは筋が通らないと思われ、全くこれに賛成されなかったし、フランス人の音楽研究を完成に近づけるためには、喜劇や悲劇についてそれぞれが気に入るように創って上演する俳優にこれを提供するように、音楽にしろ歌詞にしろオペラを作曲する権利をみなに残しておくのが時宜にかなうと考えておられた。リュリは陛下に大変な労力や執拗さでその下賜を求めたので、陛下は意地悪く彼が全てを投げ出してしまうことを恐れられ、この娯楽には彼がなしには済まないし、彼が望むものを与えるようコルベール氏におっしゃった。これは翌日に実行され、多くの人々、特にわたしにも大いに驚くこととなった。コルベール氏が全く反対の考えであることを

---

[106] ピエール・ペラン神父 Abbé Pierre Perrin (1620-1675)は、ルイ十四世の叔父ガルトン・ドルレアンに仕えていた。

[107] ロベール・カンベール Robert Cambert (1628 ?-1677)は、ルイ十四世の母アンヌ・ドートリッシュの音楽総監で、のちにイギリス、チャールズ２世の音楽総監になる。

知っていたからである。[108]

　さらに、リュリはモリエール劇団からパレ・ロワイヤル劇場を取り上げる策謀を実行に移す。ペローはこれをコルベールに提案し認められることになるが、得たものといえば木戸銭無しにいつでも入場できたこと位であると『回想録』でぼやいている。いずれにしても、音楽リュリ、脚本キノー、舞台美術ヴィガラーニの三頭体制でフランス国内のオペラ上演を独占することになる。

　1674 年の夏、国王はヴェルサイユに滞在し饗宴を催したが、その折りに上演されたのがリュリ＝キノーによる『アルセスト』*Alceste*(1674)および、ラシーヌによる『イフィジェニー』*Iphigénie*(1674)であった。『アルセスト』は王命により制作された理由もあり、ルイ十四世はいたく気に入ったが、当時の一般的な評判によると、リュリ＝キノーの前作と比べれば期待はずれであると共に、ラシーヌの『イフィジェニー』のほうがより評判を取ったようである。七月には、『カドミュスとエルミオヌ』*Cadmus et Hermione*(1673)の再演に切り替えられてしまう。二人の成功を妬んだ三文文士や音楽家が、『アルセスト』に対して陰謀を働いたとまで考える人物が現れた。

　ペローは旧友キノーとリュリを擁護するために、7月4日の初演の日から二週間とたたず、同月 16 日に『オペラ論』は出版される。これは『オペラ論』はフランスで書かれた初めてのオペラに関する本格的な考察であると考えられている。

　内容は後述するが、近代的演劇としてのオペラを擁護した『オペラ論』を受けて、二つの副産物が生まれていることを述べなければならない。ひとつは、ペローらの『アルセスト』擁護に対して再反論をラシーヌが行ったことであり、この『イフィジェニー』「序文」は新旧論争においては多弁なボワローと正反対に、沈黙を貫き通したラシーヌが唯一持論を述べたテクストとして知られている。いっぽう、ラシーヌ『イフィジェニー』の発表から三年ののち、ピエール単独で『『イフィジェニー』に関する批判および両者の比較』が書かれることになる。これはペローの『比較論』と極めて類似した構想を持っていた。第一に、近代派の論拠を主張（ここでは、フランス近代演劇の古代ギリシャ演劇に対する優越性）をするに当たって、「対話」という様式が用いられていること。第二に、「第一部」と題された対話ののちに「第二部」として、仏語訳したエウリピデス『タウリスのイフィゲニア』およびラシーヌ『イフィジェニー』が比較対照のため併録されていることである。絵画・建築などの造形芸術から始まり、文芸や科学技術までを対象とした『比較論』と構想の壮大さこそ違え、ピエール・ペローは弟が十数年後に着手する構想をすでに実現していた。

　アカデミー入会の翌年、ペローは結婚する。トロワ出身で十九才のマリー・ギションという地方領主の娘であった。一方、ペローは四十四才になっていた。

---

[108] *Mémoires*, pp.225-226.

わたしは結婚したとき、コルベール氏へ承諾をもらいにいった。わたしがその
人の名前と誰が父親であるかを言うや否や、持参金はいくら入ってくるのかと彼
は尋ねた。わたしは七十万リーヴルが入ってくると答えた。「それは少なすぎます
ね。わたしはあなたのためを考えていると思ってくれていいのですよ。デュ・メ
ッス氏にたいしてわたしがしたことをご存知ですね。あなたにも必ず同じように
やって差し上げられます。もっと有利な持参金を持ってくる実業家のなかから、
娘を一人選んであげましょう」と彼はいった。「でも、あなたがおっしゃっている
のは愛情による結婚ではまったくないわけですよね」と彼は続けた。「わたしは彼
女が修道院を出て以来一度しかあっていないのです。そこに彼女は四歳のときに
入れられたのです。でもご両親は十年来の知り合いですし、以来ともにとても親
しく付き合ってきました。彼らは知り合いですし、彼らもわたしを知っているの
で、彼らと完璧に暮らしていけると確信しています。ムッシュー、これがわたし
を納得させた主な理由なのです」。[109]

　コルベールの勧めにもかかわらず、一種の政略結婚を選ばなかったことは、のちの『女
性礼賛』*Apologie des femmes*(1694)における結婚賛美につながる。華美な生活を望む不実
な女性を攻撃したボワローに対して、そのような女性の存在を認めながらも、しばしばそ
れは夫に原因があり真に幸福な結婚が存在することを説いた。ともかく、マリーとの間に
四人の子供をもうけている。長男シャルル・サミュエル（1675 年 5 月 25 日生まれ）、次男
シャルル（1676 年 10 月 28 日生まれ）、三男ピエール（1678 年 3 月 21 日生まれ）ととも
に、ペローの姪であったレリチエ嬢 Marie-Jeanne L'Héritier de Villandon が自作の『マル
モワザン』*Marmoisan*(1695)をペロー家の娘に献じていることから、詳しいことは判って
いないが娘の存在が想定されている。三男のピエールが、のちに『コント集』の「作者」
となる。ペローが 1703 年に死去するまでに生き残ったのは、長男シャルル・サミュエルだ
けであった。

　結婚の翌年、『オペラ論』が出版された 1674 年には、『選集』*Recueil de divers ouvrages
en prose et en vers* がル・ラブルール書店 Le Laboureur から出される。三百ページ強の本
書にはこれまでに出版された全ての作品が含められた。これはペローの生前に編まれた唯
一の作品集となった。

５．　官職剥奪と『ルイ大王の世紀』まで

　五十代を迎えた順風満帆なペローの人生に暗雲が漂い出す。三男ピエールが生まれた同
年、1678 年 10 月、妻マリーを天然痘で失う。またコルベールとの関係が徐々に崩れてい
った。四男ジュール＝アルマン Jules- Armand Colbert, Marquis d'Ormoy et de Blainville

---

[109] *Ibid.*, p.223.

(1663-1704)をペローの後釜に据えようとコルベールが考え始めたのである。

　　　この変化によって私の仕事はすこぶる厄介なものになった。コルベール氏は不機嫌で気難しくなり、なだめたり抗ったりするすべはなかった。そのころ、ドルモワと呼ばれていた、息子のド・ブランヴィル氏に、彼は自分のもとで建築について仕事し、わたしとほとんど同じ役割を担わせたいと望んでいた。このことからわたしはその役割をすべて彼に引き渡すことを余儀なくされたが、そもそもコルベール氏は気分を損ねているのではなく、息子がこのようにコルベール氏を継いで、建築について成し遂げられたことのすべての栄誉を得るためであるということがわかっていた。[110]

　さまざまな工作を受けたのであろうが、コルベールの死後（腎臓炎を患ったのち、コルベールは 1683 年 9 月 6 日死亡する）には、ペローはこれまでに得た全ての官職を破格値で手放すことを余儀なくされてしまう。

　　　わたしは建築に関する書類をすべて整頓し正確な目録をつけて送ってから、黙って静かに引き下がった。コルベール氏が亡くなったとき、わたしは随分奇妙な扱い方をされた。二万五千エキュ[111]の価値があったわたしの官職は、二万二千リーヴルで買い戻され、ル＝ブラン氏とルノートル氏には二万リーヴルが、すばらしい職務に対する褒賞として与えられたのであるが、この金額は約六万六千リーヴルで売られたわたしの官職の代金から出ていたのである。[112]

　さらには小アカデミーからも追われ(1683 年)[113]、アカデミー・フランセーズ会員以外の全ての肩書きを失うことになる。この人生の一大転機の心境を以下のように回想している。

　　　自由で安らいだ気分であったので、二十年近くも休みなしで熱心に働いて五十歳も過ぎたのであるから、程よい休息になり息子の教育にも専心できるのではないかと考えた。そういう意図で、わたしはサン・ジャック街の家に移ることにした。ここはコレージュにも近いことから、子供を送るのにきわめて便利であった。快適に過ごせるのであれば、風紀がそれほど確かではない寄宿舎に入れてしまうよりも、子供は父親の家で寝起きするほうがいいしと判断したからであった。子

---

[110] *Ibid.*, p.231.
[111] この当時、1 エキュは 3 リーヴル（フラン）に相当していた。
[112] *Mémoires*, pp.232-233
[113] 「残れていたならば良かったであろうが、こうしてわたしは小アカデミーから追われた。だが、さらにこんな苦痛を受けなければならなかった」(*Ibid.*, p.235.)とペローは回想しているものの、上述の碑文文芸アカデミーの公式サイトでは、その根拠は不明であるが 1703 年まで会員資格があったと記されている。

供たちには家庭教師をつけ、わたしもしばしば授業をするように心がけた。[114]

　このように、公職を追われて以降、ペローは遠ざかっていた執筆活動やアカデミーにおける活動を再開する。ヴェルサイユからパリに戻ったペローの活動は、アカデミーにおいては主に発刊が予告されながらも延び延びになっていた辞書編集作業を中心に、執筆活動においてはのちに新旧論争を巻き起こす、キリスト教を論拠とした近代フランスの古代世界に対する優位性を証明する作品群を中心に展開していくことになる。七十年代前半までは、アカデミーに積極的に関与していたことは既に見た。その欠席者の多さに堪りかね、出席者には精勤賞ともいうべき金のジュトンを与えることを提案し精力的に活動していたペローであったが、失脚前後の時期に至るとその出席率は大いに下っていた。ボンヌフォンの調査によると、アカデミー議事録から 1683 年以降、大いにその出席率が向上しているという。さらに、上記引用にも見えるように、ペローの個人的な活動としては残された四人の子供の教育が重視され、その副産物としてさまざまな「コント」群を生み出していくことにもなる。「コント」は八十年代半ばからサロンにおいて流行し始めたジャンルであった。1703 年に死去するまでの二十年間は、個人的な不幸に見舞われたものの、ペローを語る上で欠かすことの出来ない「新旧論争」および「コント」の二つを生み出した極めて豊穣な時期であるといえよう。

　しかし、ボワローとの地位の差は歴然としていた。駆け出しの頃、ペローやシャプランを激しく攻撃したボワローも、1678 年にはラシーヌと共に修史官に選出されていた。ラシーヌは周知の通り、ルイ十四世の事実上の王妃となった愛妾マントノン夫人の厚い庇護を受け、ボワローにしても、多くの宮廷人の支持を得ていた。ヴェルサイユにおける力関係は、1670 年代半ばを境に逆転した。ルイ十四世は、このマントノン夫人の影響のもと、信仰を基調とした生活に回帰していく。八十年代以降のペロー作品を読み解くには、この「信仰」というキーワードは極めて重要なものとなる。

　1682 年に発表された、『ブルゴーニュ公誕生を祝う神々の饗宴』*Banquet des dieux pour la naissance du Duc de Bourgogne* は、君主が愛好するオペラを基調として書かれた小品であり、王孫ブルゴーニュ公ルイの誕生を祝うという体裁を取っている上で、二重の追従をねらった作品であった。しかし、国王が徐々に信仰に傾きオペラなど奢侈な見せ物から足が遠ざかるようになると、ペローは『悔悛についてのキリスト教書簡詩』*Epître chrétienne sur la pénitence* を、1684 年にアカデミーで朗読する（出版は 1686 年）。さらに翌々年には、野心作ともいえるキリスト教叙事詩『聖ポーラン』*Saint Paulin*(1686)を発表する。

　現在のボルドーに生まれ、詩人としても知られる聖人、ノラのパウリヌスを題材とした『聖ポーラン』は、1685 年 11 月 18 日に国王允許が与えられ、同年 11 月 20 日に印刷が終えられている。ペローがこのようなテーマで二千行にも及ぶ叙事詩を構想したのには理由

---

[114] *Ibid.*, p. 233.

がある。十七世紀中頃に、「聖史論争」と呼ばれることもある論争を引き起こす作品群が連続してあらわれた時期にその一因を求めることができる。

　叙事詩を作る場合、伝統的なギリシャ・ローマ神話に取材するべきか、もしくは聖書を中心としたキリスト教的な伝説に取材すべきかという問題はルネサンス以降からあった。イタリアにおいてはすでに十六世紀には、タッソーが『エルサレム解放』(1578)を発表し、多大な賞賛を得ていた。むしろ、近代人の信仰には関係のない死滅した古代神話ではなく、旧約聖書や新約聖書などのキリスト教の奇跡に基づいた叙事詩を作るべきであるというのが近代派の主張であった。『聖ポーラン』は『比較論』で主張される近代派の論拠である、キリスト教という「真実」の信仰の存在という論拠を体現しようとした試みであった。

　十七世紀後半以降、近代派の主張に従って書かれた叙事詩が続々と出現することになる。代表的なものとして、スキュデリーの『アラリック』(1654)やシャプランの『聖処女』(1656)などが挙げられる。異教の神々を含まないキリスト教的叙事詩に最も熱心に取り組んだのがデマレ・ド・サン＝ソルランであったが、この種の詩はどれも成功を収めることはなかった。シャプランやデマレなどと親しかったペローは、この時彼らにどのように応えたかは判明ではないが、十年以上経たのちに自作で応えることになったのが『聖ポーラン』という作品であった。さらに、1685年にナントの勅令が廃止されるように、カトリックの信仰に傾斜していったヴェルサイユの歓心を再び買おうとする目的にも適っていた。1686年に出版されるにあたって、既に朗読されていた『悔悛についてのキリスト教書簡詩』および『新たな悔悛者のためのオード』 *Ode aux nouveaux convertis* という二編がこれに付されるとともに、これらはボシュエに捧げられており、とりわけ演劇を嫌悪し真のキリスト教文学の出現を望んでいた「モーの鷲」の助力を願おうという意図が窺える。

　当時のアカデミーにおける最重要課題は、フランス語の標準辞書をいち早く完成させることであった。1635年にアカデミーが設立された当初の目的は、絶対王政において一つの統一言語を知らしめる役割を持つ辞典を編纂することであったが、それから半世紀以上経た現時点でもいまだ完成に至っていなかった。『D氏への手紙』 *Lettre à M.D.* (1693)において、「あなたは « les opéras » と書かれていますが、« les opéra » と書くべきであって、印刷屋の間違いなのでしょうが、もしあなたがお間違いになられたのでしたら、アカデミーにもっと頻繁に参加するべきでしたね」[115]とオートゥイユに引きこもりがちなボワローを皮肉るように、ペローも委員としてこの編纂作業に参加していたが、その遅々として進まない様子が『回想録』にも描かれている。

　そのようなおり、フュルチエール Antoine Furetière(1619-1688)の事件が発生する。フュルチエールは、1662年に既にアカデミー会員に選ばれていたが、この遅滞を見かね、専門用語に特化した辞典であるという口実の下に、自ら編集した辞典を自ら発刊する允許を得てしまう。辞書編纂という、コルベールから得たアカデミーの排他的特権を侵したとして、

---

[115] Paul Bonnefon, « Charles Perrault littérateur et académicien l'opposition à Boileau », *Revue d'Histoire littéraire de la France*, oct.-déc., 1905, p.591.

その返上が求められたが、おそらく自身の健康問題からいち早く標準辞書の実現を望んでいたフュルチエールはこれを拒否する。1685年1月21日には、フュルチエール追放は可決されてしまう（アカデミー史上、現会員の除名が行われたのはこれが最初である）。ここで、フュルチエールが激しく抵抗し、これに反論するために書かれたのが、『論駁書』*Factums*(1687)であった。そもそも、フュルチエールは、ボワローやラシーヌなど後に古代派と呼ばれるものたちと親しい関係にあった。1665年には、コルネイユ『ル・シッド』を下敷きにした『カツラの取れたシャプラン』*Chapelain décoiffé* という作品を共同で執筆したことは既に述べた。シャプランは、コルベールにペローを強くその吏員として推薦した人物であり、古代派とはことなる文学観を持つということで、その後も、特にボワローによって中傷の的とされてきた。フュルチエールとペローが対立する素地はこの数十年前から存在していたといえるであろう。ペローはアカデミー側の立場に立ちフュルチエールとの交渉にあたり、ボワロー、ラシーヌは国王にフュルチエールの弁護を行った。いずれにしても、1687年にはアカデミーにおいて、出来る限り早くこの辞書を完成させるという決議がなされ、1694年にそれは完成・刊行されることになる。一方、フュルチエールは、1688年にこの世を去り、その辞書は1690年に出版される。

　このように、ペローとボワローなど古代派との確執な長年存在する上に、ペローの個人的状況として、コルベールからの失寵により地位を失いその回復を願っていたという状況が加わる。社会的には、アザールがいう「ヨーロッパ精神の危機」の時代に差し掛かり、栄光の時代は既に去り引き続く対外戦争によりフランス社会は疲弊するに至った。信仰においては「不寛容」の時代が始まり、フォンテーヌブロー勅令による新教徒追放が行われるとともに、ピエール・ベールなどの自由思想家によるカトリックへの懐疑主義の適用は、フランス絶対主義王政の成立根拠を危うくした。すでに、象徴的な意味での「十七世紀」は終焉を迎え、「十八世紀」は始まっていた。

　このような時代に、『ルイ大王の世紀』は朗読されることになる。

6．新旧論争と晩年

　本論でもっとも重要になるべき新旧論争以後の記述を『回想録』には残さなかったペローの晩年は、その人生の中でも最も劇的であったといえる。『比較論』と『コント』はのちの文学史において彼の評価を決定付ける意味合いを持っていたことは間違いがなかろう。最も興味深い時期の「肉声」が遺されていないのは悔やまれるが、本論で問題となる『比較論』や『ルイ大王の世紀』など新旧論争関連の作品群は軽く触れるに留めるとして、それ以外の活動について年代記風に纏める。

　1687年初頭の『ルイ大王の世紀』に続いて、すでに『古代人近代人についての枝葉の議論』を発表し、ペローとほぼ同一の進歩観を表明していたフォントネルに対して、『天才』

Le Génie[116]という書簡体詩をフォントネルに献じる。『ルイ大王の世紀』と同様に、『天才』はもともと、1688 年 7 月 12 日、ラ=シャペル Jean de La Chapelle(1651-1723)の入会式のおりに朗読された。のちに、『比較論』「第一巻」の巻末に付されることとなるが、ボンヌフォンをはじめさまざまな批評家によってペローの最高傑作の一つとして捉えられている。『ルイ大王の世紀』を朗読したものの、古代派から期待したような反論が得られなかったことが引き金となり、「だから韻文でいったことを散文で真剣に述べ、しかもそれについての真意を疑う余地がないように述べる」[117]ためペローは『比較論』の執筆を志す。

　1687 年および翌年前半は、この「第一巻」の執筆に時間を費やしたと考えられる。これ以外の活動についてはあまり知られていない。「第一巻」の印刷が終了した 1688 年 10 月 30 日から二十日余り前の、11 日にクロードが死去している。王立動物園においてラクダの解剖をしていた折り、謎の感染症に襲われたからであった。

　1689 年も、アカデミーにおける活動や子供の教育を除いては、「第二巻」の執筆に時間を割いたと思われる。『フィリプスブルク占領にまつわる王太子殿下へ捧げるオード』*Ode à M*^{gr} *le Dauphin sur la prise de Philisbourg* と言う小品が書かれたことのみが知られている。

　翌 1690 年は、『比較論』「第二巻」が出される（1690 年 2 月 15 日印刷完了）。その他小品として、『アカデミー・フランセーズへのオード』*Ode à l'Académie française*（『メルキュール・ガラン』1691 年 1 月号掲載）、詩作品『狩り』*La Chasse* や、はじめて試みた劇作品である喜劇『フォンタンジュたち』*Les Fontanges* が書かれている。版画集『美術陳列室』*Le Cabinet des Beaux-Arts* においては、ルーヴルのコロネードはクロードが作者であることを示そうとしている。

　新旧論争に心血を注いだ八十年代後半から九十年代前半のうちで、1691 年は興味深い年である。喜劇『ウーブリ売り』*L'Oublieux* および韻文コント『グリゼリディス』*Grisélidis* が発表されるからである。喜劇は既に『フォンタンジュたち』で試みられていたが、残されたテクストは一幕しかなくおそらく未完成のものであった[118]。この二作品はともに彼の生前に出版されることはなく、執筆から約二世紀後の十九世紀後半に初めて世に出ることになった。この経緯でもわかるとおり、両作品は出版を目的として書かれたものではないようだ。おそらく親しい者や身内の間で行われた会での上演を目的に書かれたものであろう。『フォンタンジュたち』が一幕しかなく、『ウーブリ売り』が三幕ながらごく短い理由はここにあると思われる。

　『グリゼリディス』は、アカデミーで朗読後、『雄弁詩歌作品集』*Recueil de plusieurs pièces d'éloquence et de poésie*（pp. 143-202.）に発表された。コント自体は行商人による青表紙本と呼ばれる形態によって「民間伝承」として根強く読まれていたものであるが、パリ、特にサロンにおいてこれが流行し始めるのが、ほぼ 1685 年からであるといわれる。

---

[116] 抄訳であるといえ、松浪未知世による翻訳が存在する。『コント集』を除いて邦訳が出版されている数少ないペロー作品の一つである。（窪田般彌編、『フランス詩大系』、青土社、1989, pp.237-238.）。
[117] *Mémoires*, p.238.
[118] *Petites comédies rares et curieuses du XVIIe siècle*, tome II, Paris, A. Quintin, 1884, pp.257-290.

この流行は 18 世紀初頭まで続く。『グリゼリディス』の発表後、1693 年には『愚かな願い』 *Les souhaits ridicules* を「メルキュール・ガラン」11 月号に発表、翌年には上記の二作に加え『ろばの皮』 *Peau d'âne* が新たに加えられた「第二版」が発表される。1695 年には、これら三作品に「序文」が新たに書き加えられて「第四版」として出版されるに至る。ペローの「コント」が数度にわたって出版されたことは、ペローの作品の評判が悪くはなかったこととともに、コントというジャンルがある程度流行していたことを示すであろう。ペローがコントを作ったということに対する、古代派からのあからさまな揶揄があったものの[119]、これらの韻文コントが下地となり、『サンドリヨン』や『赤ずきん』が含まれる「散文コント」に繋がってゆく。グリゼリディスの夫、大公の憂鬱質の性格が幸福な結婚にも影を落とし、彼女の貞淑さを試そうと様々な試練を加えるが、それを神が彼女に与えた試練であるという受け止め方をするという筋書きは、信仰に傾倒していったペローの立場が現れている。またこのような貞女への賛美は、近代派を構成したサロンの女性連には好意的に受け止められるに違いが無く、1690 年に既に朗読されていたボワロー『風刺詩』「第十歌」への反論となると共に、1694 年に書かれる『女性礼賛』へ繋がってゆく。

　「第三巻」が出た 1692 年には、ふたたび新たなキリスト教叙事詩『世界の創造』 *La création du monde* を発表する。翌、1693 年からは、これまで複数のエピグラムを発表するのみでペローの『比較論』を真面目に取り合わなかったボワローも、「第三巻」が詩歌を扱った内容であったこともあり、反論らしいものを書き始める。『ナミュール占領のオード』 *Ode sur la prise de Namur* の「はしがき」においてペローを嘲笑し、その一家の「珍妙さ」に及ぶと、『D 氏への手紙』に付された『陛下へのオード』 *Ode au roi* をボワローへの反論として執筆する。上述した韻文コントの第二弾『愚かな願い』が「メルキュール・ガラン」に掲載されたのもこの年であった。

　年が改まって 1694 年は、新旧論争が一応の和解を見た年として捉えられるが、近年のうち最も波乱に富んでいたと思われる。さまざまな折りに朗読されてきたボワロー『風刺詩』「第十歌」が出版される。さらに、『ロンギノス考』 *Réflexions critiques sur quelques passages de Longin* において、『比較論』への本格的反論がなされる。ペローは『風刺詩』に対して『女性礼賛』で応戦する。

　「第十歌」の主張は単純である。ラテン作家ユウェナーリス『諷刺詩』「第六歌」を換骨奪胎し、当世風の例を挙げながら女性の不品行をあげつらい友人に結婚すべきでないことを説いている。信仰に基づき夫の数々の仕打ちに耐え抜いた「貞女」グリゼリディスの物語を既に発表していたペローがこれを受け、結婚すべきであると説いたのが『女性礼賛』であった。本作には、幼少の頃の病気が原因で不具になり（一説によるとこの時の手術の執刀医がペローの兄クロードだとされる。真偽はともかく、ボワローは自らの障害の責任がクロードにあるとして、ことあるごとに攻撃していた）、一生独身で暮らしたボワローへ

---

[119] ボワローによるエピグラム『P＊＊＊氏を讃えるピンダロス第一オードのビュルレスク風パロディー』 *Parodie burlesque de la première ode de Pindare à la louange de M. P**** (Nicolas Boileau, *Œuvres complètes*, Gallimard (la bibliothèque de la Pléiade), 1966, p. 264.) など。

の激しい人格攻撃が含まれていた。

このように個人攻撃を交えた論争は険悪化し、共通の友人が仲裁に入るとともに、ペローの兄ニコラがかつて弁護した、ブリュッセルに亡命中の大アルノーが仲立ち人として登場する。しかし、策略によってか、アルノーが裁定をおこなった書簡が、ペローに届く前に、ボワローなど古代派を始め、パリ市中で回覧されるという事件が起こってしまう。いずれにしても、アルノーの裁定は古代派寄りのものであり、ペローに対する非難を含んだ厳しい内容であった。

8月4日、ボワロー、ペローの両者でアカデミーにおいて公式の和解なされることとなる（この四日後の、8月8日、アルノーはブリュッセルで客死する）。和解に伴って、「第四巻」に予定されすでに書き進められていた内容（古今の韻文作品の個別比較）は大幅に変更を余儀なくされ、結局は「科学技術」を扱うこととなる。

これまでに見てきたとおり、ジャンセニスムに親近感を持ちアルノーを個人的に尊敬して止まなかったペローは、この和解前後に『キリスト教の思想』*Pensées chrétiennes* を書き始める。『グリゼリディス』の「第二版」および序文が付け加えられた「第三版」が出版されたのもこの年であった。また、アカデミー会員として長年の懸案であった「アカデミー辞典」がようやくの刊行を見たのも 1694 年のことであった。

翌年は、「散文コント」の一部がはじめて現れる。現在主に流通している 1697 年度版ではなく、モロッコ革装丁が施された豪華写本が書かれたのがこの年であるとされている。ながらく 1697 年に「ピエール・ペロー＝ダルマンクール」の署名がされた版が初版本とされてきたが、1953 年に、この 1695 年版が発見された。この写本は競売にかけられたのちアメリカ・モーガン図書館により落札され、ペロー研究者バルシロンにより、発見の三年後 1956 年に復刻されることになる。子供の教育のため、このころペローがコントというジャンルを活用していたことが、レリチエ嬢の書簡に見える。これまでに発表された二編に加え、『ろばの皮』と「序文」を含んだ『韻文コント集』*Contes en vers* が出版される。

1696 年には、「メルキュール・ガラン」二月号に、『眠れる森の美女』が別個に掲載される。言語の面においては「アカデミー辞典」は、卓越した当代フランス語の優越性を記念する事業であったが、同時に言語のみならず様々な文芸学芸によって表現された卓越性の概観を描くことをペローは画策する。『今世紀フランスに現れた有名人たち　実物通りの肖像画付』がそれであり、「第一巻」は 1696 年に、「第二巻」は 1700 年に出版されることになる。『比較論』「第四巻」が出されるこの翌年には、『コント集』というペローの名を不滅ならしめた小品が出版されるとともに、デマレから受け継がれた念願であったキリスト教叙事詩の三度目の実作『アダム、または人間の創造、その堕落、その償い』*Adam ou la création de l'homme, sa chute et sa réparation* の出版を見ることになる。

『コント集』がペローの名前ではなく、三男ピエールの署名がなされて出版されたことは良く知られている。作者探しは本論の目的ではないので問題の要点のみを記すが、これまで様々な研究者が、ペロー説、ピエール＝ダルマンクール説、両者の共同説などを唱え

てきているが、当時十九歳の三男が全てを自作したとは考えにくく、すくなくとも父親シャルルの関与が、多かれ少なかれ、存在したと考えるのが妥当なところである。しかし、誰が真の作者であるかを決定づける証拠はいまだ現れていない。現在流通している『コント集』の殆どの版は、シャルル・ペローを作者として表紙に載せながらも、テクストにおける「ピエール・ペロー＝ダルマンクール」という署名は尊重し、そこに注記することによって矛盾を解消する手段を取っている。

　ペローの父および兄と同じ名前を持つこのピエールは、伝記的事実が殆ど知られない長男、次男と異なり、いくぶんの文才を持ち合わせていたのであろう、自分と同じ末っ子に愛情をペローが注いだことは間違いがない。しかし、上述したように、ペローが死亡する1703年まで生き残ったのは、長男のシャルル＝サミュエルだけであった。

　ピエールはどうも粗暴な性格を持っていたようだ。ソリアノによると、ピエールは乱暴で短気であり、兄弟のうちで誰かが1686年に接骨医に連れて行かれている事実を述べ、これがおそらくピエールではないかとしている。また、理由はわからないが、彼はギョーム・コールという若い隣人と決闘し死なせてしまう。それは実にその『コント集』がでた1697年の3月もしくは4月のことであった。この出来事が原因か、彼は父親に王太子連隊の少尉の職を買ってもらい従軍するが、1700年に戦死する[120]。子供の教育に精を出し、父親の関与無しでは成立しなかった『コント集』の署名までした息子を失う七十を超えた父親の心境はいかなるものであっただろうか。

　『コント集』ののちの最晩年というべき時期においても、ペローの活動意欲は旺盛であり続けた。ラシーヌが亡くなる1699年には、ペローの手になるイタリアのラテン詩人の翻訳、『ファエルノの寓話集』 Fables de Faërne を出版、ピエールが戦死した1700年には、『有名人』「第二巻」が出版されると共に、未刊となったが『建築図案集』 Recueil de dessins d'architecture を準備し、クロードこそがルーヴルのコロネードの作者であることを証明しようとはかった。1702年には、「コルベール氏はわたしに、多くの工具の勘定が清算されていないこと、とくにルーヴルで働いていたものについて苦情を言ったが、わたしがこの回想録を書いている1702年になってもまだ清算されていないが(…)」[121]という記述があることから、『回想録』の執筆を行っていたことがテクストから判明する。七十才を超えたペローは、アカデミーにも頻繁に出席し、1703年4月30日のアカデミーに出席したのち、エストラパド広場の自宅で、5月15日から16日の夜に死去する。17日に彼の小教区、サン＝ブノワ教会に葬られた。

---

[120] 以上のソリアノの指摘は Marc Soriano, *Le conte de Perrault, culture savante et traditions populaires*, p. 355.を参照。
[121] *Mémoires*, p.231.

第三章　新旧論争前史

第三章 新旧論争前史

1．導入

　1697 年に始まる新旧論争を始め、本章に述べた「オペラ論争」や「叙事詩論争」など様々な論戦にペローの名前を見ることが出来る。『ルイ大王の世紀』の朗読という劇的事件に目を奪われがちながら、七十年代には既に新旧論争はすでに始まっていた。七十年代初頭には「近代/古代」という対比が稀であったとジャン・メナールはいう。七十年代から八十年代に至る過程で、フランス人に「モダン」の観念が強く意識されだした結果、『ルイ大王の世紀』の朗読という象徴的事件が起こるわけであるが、この二十年間に何が論じられたかを振り返ることは無駄なことではあるまい。『比較論』はこれらの先行する論争の集大成を目指し書かれたことから、この大作を書くに至るまでの履歴を参照することが重要になる。

　ペロー研究の第一人者マルク・ソリアノは、精神分析学的アプローチで「常に論敵を造ってしまう」というペローの性質を論じている[122]。ペローが双子として生まれてきたこと、つまり 「双子性」を彼は重視する。『回想録』の冒頭に述べられるように、フランソワという双子の兄がいて、しかも六ヶ月で夭逝してしまったことから、ソリアノはペローのこの幼児体験が彼の後世に決定的な影響力を与えたと考える。ペローの作品に合作が多いこと（シャルル、ニコラ、クロード共作の『トロイの壁』(1653)など）、ボワローを始めとした論敵を多く作ったことは、乳児期に起こった片割れの欠如が原因であるとしている。このような精神分析によるアプローチの妥当性は本筋から離れるの置いておくとして、ペローが常に何らかの対象と戦い続けるとともに、兄のクロードが科学技術、ニコラが信仰に関する論拠の源となっていたように、ソリアノがいう「集団性」、つまり一人で対処するのではなく複数人で対処したという指摘は当を得ていると思われる。

　本章では、本論の中心的なテーマとなる『古代人近代人比較論』における議論の詳細に入る前に、いくつかの論争について概略してみたいと思う。1670 年代に論じられた、「オペラ論争」および「叙事詩論争」については、『比較論』「第三巻」においてこれらが再び論じられる折りに取り上げるので簡略にその流れを記し、ここでは主に八十年代の動向について詳しく述べる。

2．オペラ論争

　1674 年の夏、国王はヴェルサイユに滞在し饗宴を催したが、その折りに上演されたのがリュリ＝キノーによる『アルセスト』および、ラシーヌによる『イフィジェニー』であっ

---

[122] ソリアノによる *Le dossier* や *Le conte de Perrault, culture savante et traditions populaires* などの著作を参照。

た。『アルセスト』は王命により制作された理由もあり、ルイ十四世はいたく気に入ったらしいが、この当時の一般的な評判によると、リュリ＝キノーの前作と比べれば期待はずれであると共に、ラシーヌの『イフィジェニー』のほうがより評判を取ったようである。『アルセスト』は七月には、旧作の『カドミュスとエルミオヌ』（1673）の再演に切り替えられてしまう。二人の成功を妬んだ三文文士や音楽家が、『アルセスト』に対して陰謀を働いたとまで考える人物が現れた。クロード・ペローは、ピエール・ペロー、シャルル・ペロー、シャルル・ル＝ブランと共にパレ＝ロワイヤルでこれを観劇しており評判の不当さを書簡に書き残している[123]。

　一方、ボワローはこの新たな様式、「オペラ」を批判した。1663 年から 1664 年に掛けて書かれたとされる『諷刺詩』「第二歌」において既に「無謬の詩人をウェルギリウスと思っても／脚韻をふむその段にゃ出てくる名前はキノー殿」[124]と、キノーをウェルギリウスと比較してちぐはぐさを諷刺し、その文才を認めることがなかった（ただし、まだこの時点でキノーは一編のオペラも書いていない）。死後出版された『オペラのプロローグ』*Prologue d'opéra*(1678-1679 ?)では、「オペラを作ることは決して出来ない。音楽は物語ることが出来ないからだ。必要なだけ広く情念を描くことは出来ず、さらに、真に崇高で勇敢な表現を盛り込むことがしばしば出来ない」[125]と述べるように、一貫して批判的な姿勢をとった。

　キノー＝リュリによる新たな芸術ジャンルであるオペラを擁護せんと書かれた『オペラ論』は、ペローの経歴において初めての「論争書」というべきもので、7 月 4 日の『アルセスト』初演日から二週間とたたず、同月 16 日に出版されている。さらに、『オペラ論』はフランスで書かれた初めてのオペラに関する本格的な考察であると考えられる。

　いっぽう、ラシーヌ『イフィジェニー』の発表から三年ののち、ピエール・ペロー単独で『『イフィジェニー』に関する批判および両者の比較』(1677)が書かれることになる。これはペローの『比較論』と極めて類似した構想を持っていた。第一に、近代派の論拠を主張（ここでは、フランス近代演劇の古代ギリシャ演劇に対する優越性）するに当たって、「対話」という様式が用いられていること。第二に、「第一部」と題された対話ののちに「第二部」として、仏語訳したエウリピデス『タウリスのイフィゲニア』およびラシーヌ『イフィジェニー』が併録されていることである。原語ではなく仏語訳で比較して足りるという姿勢は、ペローと同一である。絵画・建築などの造形芸術から始まり、文芸や科学技術までを対象とした『比較論』と構想の壮大さこそ違え、ピエール・ペローは弟が十数年後に着手する構想をすでに実現していた。

　ペローが早い時期からこの芸術に関与したことは、のちのちの新旧論争でオペラを近代が到達した演劇及び音楽の到達点として肯定的に扱う一因となった。

---

[123] 1674 年 1 月 24 日付書簡。William Brooks, Buford Norman et Jeanne Morgan Zarucchi, *op.cit.*, pp.x-xi を参照。

[124] 守屋訳、『諷刺詩』p.32.

[125] Nicolas Boileau, *Œuvres complètes*, p. 275.

3．叙事詩論争

　十七世紀において悲劇やオードが含まれた「大ジャンル」のなかでも、叙事詩は最も高尚なジャンルとされ、『イリアス』、『オデュッセイア』および『アエネイス』はその模範とされた。最も高尚なジャンルとされたからか、十七世紀の詩人たちは古代派であればあるほどこれらを神聖視し、実作することを忌避する傾向にあった。ペローはこの傾向を戒め、異教の神々の登場しない近代フランスに相応しい「真実」に基づくキリスト教叙事詩の登場を期待するとともに、『聖ポーラン』(1686)、『世界の創造』(1692)および『アダム』(1697)という作品を実作をした。

　1650 年前後から、フランス語による宗教叙事詩を作ろうとする試みが突如として盛んになるが、そのほとんどは近代派とみなされる作者によって書かれることになった。サン・タマン Marc-Antoine Girard, sieur de Saint-Amant(1594-1661)は、『救われしモーゼ』 *Moïse sauvé*(1653)を、デマレ＝ド＝サン＝ソルラン Jean Desmarets de Saint-Sorlin (1595-1676)は『クローヴィス』*Clovis*(1654)、スキュデリー Georges de Scudéry(1601-1667)は『アラリック』*Alaric*(1654)を、シャプラン Jean Chapelain(1595-1674)は『聖処女』*La Pucelle*(1656；前半十二章のみ)を発表するなど、フロンドの乱以降二十年はこの種の試みが数多く発表された。ペローによる試みはその中でも最も遅い創作であった。俗語によりキリスト教叙事詩を実現させようという試みは、前世紀からイタリアで始まっていた。アリオスト Ludovico　Ariosto(1474-1533)の『狂えるオルランド』*Orlando Furioso*(1516)やタッソー Torquato　Tasso (1544-1595)による『解放されたエルサレム』*La Gerusalemme liberata*(1581)は既に全ヨーロッパ的な成功を収めていた。また、フランスでの流行と同時期に書かれた、ミルトン John Milton(1608-1674)による『失楽園』*Paradise Lost*(1667)や『復楽園』*Paradise Regained*(1671)は現在でも古典として読み継がれる作品となった。

　五十年代以降のフランスにおける叙事詩の試みは、最も高尚なジャンルとされる「叙事詩」において、ただ単に古代人の作品をその内容まで模倣するのではなく、近代的な「信仰」の問題を含んだ作品を実現させるという意図が含まれていた。このような試みは、ヴォークラン＝ド＝ラ＝フレネー Jean Vauquelin de la Fresnaye(1526-1606 または 1608)などによって、フランスにおいても前世紀からすでに存在していた。これらの人物の中でも、最も執拗に自作を含めた宗教叙事詩を擁護した人物としては、デマレ＝ド＝サン＝ソルランの名前を挙げなければならないであろう。

　デマレはキリスト教文学の実現を擁護すると共に、異教の要素を含む文芸を徹底的に批判する『マグダラのマリア』*Marie-Madeleine*(1670)、『エステル』*Esther* (1670 年。ただしボワヴァル Boisval という偽名を使用)、『フランスの語および詩のギリシャ・ラテンのそれとの比較』*Comparaison de la langue et de la Poésie françaises avec la grecque et la latine, et des Poètes grecs, latins et français*(1670) 、『陛下への書簡詩』*Épître au Roi,* (1673 年。『クローヴィス』の第三版巻頭に掲載)、『キリスト教的主題のみが英雄詩に相応

しいことを証明するための論文』 *Discours pour prouver que les sujets chrétiens sont seuls propres à la poésie héroïque*(1673)、『英雄詩弁護』 *La Défense du Poème héroïque; satire contre Despréaux et contre l'Art Poétique*(1674)と立て続けに作品を発表していく。デマレがこのように連続的に発表した作品で主張したことは何か。それは異教に対するキリスト教の優越、古代文学に対するフランス文学の優越、ひいては古代全体に対する近代フランスの優越である。キリスト教の優越を述べることは必然的にそれを信仰するフランスの優越性を示すことになる。新旧論争において、ペローが明確に主張した「信仰」を理由にした近代の古代に対する優越という論点は、この時点ですでに準備されていたと考えることができよう。カリネスクは、十七世紀後半に行われた「モダン」に関する議論を概括し三つの論点を挙げ、その一つとして「宗教をめぐる議論」の重要な要素として「宗教叙事詩」の勃興を挙げている。[126]

　古代派にとっては、天使や悪魔といった登場人物を叙事詩に使用することは不信心の誹りを免れないとともに、詩歌に求められるのは「真実らしさ」vraisemblanceであり、キリスト教という「真実」vérité自体に異物を混ぜ合わせるという背徳行為になるというのがその趣旨であった。この考えはボワローの『詩法』*Art poétique*(1674)の一節(「斯かるが故にわが国の詩人はそれに絶望し / 昔ながらの装飾を彼等の詩から追い出して / 古代の詩人が想像で作った神々同様に / 神や聖者や預言者を活躍させんと思ったり / 読者を地獄に引き込んでアスタロットやリュシフェール / ベルゼブットの邪神達登場させるが無駄なこと / 基督教徒の信仰の実に恐ろしき教義では / 心浮き立つ装飾は受け入れられるものではない」)[127]を一例にして定着し、この戒律は後々まで影響力を保つこととなった。一方で、近代派にとっては、古代人の信仰した異教の神々の登場しない「モダン」な叙事詩の成功は即ち近代派の勝利を表した。ペローがこのジャンルの実現に並々ならぬ意欲を注いだのは、その実現はボワローに対する勝利を意味するからであった。

　デマレ＝ド＝サン＝ソルランを経てペローに受け継がれた、キリスト教叙事詩への熱望は、1686年の『聖ポーラン』という実作によって結実し、たとえば、『色欲論』*Traité de la Concupiscence* の「第十八章」などにおいて、異教の神々が盤踞する作品について不快感を表明することもあったボシュエの賞賛を受けるまでになるが、古代派の反応は惨憺たるものであった。反論と言うよりも、黙殺とも言うべき古代派からの「反応」が、自ら回想するようにペローの『比較論』を執筆する動機の大部分を占めた訳であるから、「叙事詩」というジャンルは、当初から『比較論』の中心的なテーマとして据えられていたと想定するのは当然である。『比較論』において、叙事詩は「第三巻」において論じられる。

４．八十年代以降

---

[126] カリネスク、*op.cit.*, pp.41-54.
[127] 守屋訳、『詩法』、p.85.

コルベール麾下の吏員・秘書として、ルイ十四世治世下の文化行政に関わるとともに、創作活動から遠ざかっていったペローであるが、「略伝」にも述べたとおり、七十年代後半から次第にコルベールから疎んじられるようになる。『回想録』においてもその事実が述べられていることは既に述べた。その理由として、コルベールは四男ジュール・アルマンにペローの職を継がせたいと考えていたことがあった。いずれにしても、八十年代の始めにペローは全ての公職を手放す羽目に陥ってしまう。ボンヌフォンによると、ペローが公職を手放した時期は正確にはわからないが、コルベールが亡くなる 1683 年 9 月 6 日時点にはその手続きが完了していたのであろうと推定がなされている[128]。ソリアノはこの時期に関して 1681 年という説を提示している[129]。

　いずれにしても、ペローは建築総監督官や小アカデミー会員などの公職を手放すこととなった。唯一彼に残った肩書きは、アカデミー・フランセーズ会員だけであった。このように、公職を追われて以降、ペローは遠ざかっていた執筆活動やアカデミーにおける活動を再開することになる。アカデミーにおいては発刊が予告されながらも延び延びになっていた辞書編集作業を中心に、執筆活動においては、のちに「新旧論争」の原因となり五十年代から七十年代に掛けて数多く制作されながらもどれも成功をみることのなかったキリスト教叙事詩を中心に、信仰による近代フランスの古代世界に対する優位性を証明する企画を持つ作品群を中心に展開していくことになる。

　さらに、ペローの個人的な活動としては家庭内の教育が重用され、その副産物としてさまざまな「コント」群を生み出していくことにもなる。1683 年には五十五歳であったシャルル・ペローにとって、ここから 1703 年に七十五歳で死亡するまでの、二十年間はもっとも多作であった時期である。1687 年に勃発する「新旧論争」の原因の一つには、ボワローやラシーヌが名誉ある地位に昇りつめていたのに対して、社会的に追い込まれ起死回生を狙ったという側面があることは間違いがない。

　復帰後第一弾の作品として考えられるのが、『ブルゴーニュ公誕生を祝える神々の饗宴』および『怒れるパルナソス』 Le parnasse poussé à bout である。いずれも 1682 年に発表されており、前者はその題名にもあるとおり、同年 10 月 16 日に誕生したルイ十四世の孫ブルゴーニュ公の誕生を祝うものである。いずれも新旧論争を論じる上で、問題になる作品ではないが、復帰の第一弾として、その内容をヴェルサイユつまり宮廷に向けていることに意味があると思われる。ヴェルサイユにおいてペローは公職を追われ、のちに新旧論争において激しく反目しあうことになるボワローとの地位の差は歴然としていた。1678 年にはすでに、ボワローはラシーヌと共に修史官 historiographe du roi[130] に選出されると共に、周知の通り、もとスカロン夫人であり、1683 年に国王と極秘結婚するマントノン夫人の厚い庇護をラシーヌは受けていたし、ボワローにしても多くの宮廷人の支持を得ていた。

---

[128] Paul Bonnefon, « Charles Perrault littérateur et académicien l'opposition à Boileau », p.549.
[129] Soriano, *Le Dossier*, p.824.
[130] この官職について、ボワローがどの程度の成果を上げたかは解っていないという。ボワローの死後 1726 年に火災で原稿が消失し、きわめてわずかな断片しか残っていないという（守屋訳、『詩法』、p.16.）。

ヴェルサイユにおける力関係は、1670 年代半ばを境に逆転したといってよい。「こうして古代派はきわめて優勢になっていた。彼らは公然と「ヴェルサイユの人士」となった。アカデミー・フランセーズの近代派は、熱心に王の人格と功績を称えるものと共同しても無駄であった。1677 年以降、国王によって指名された古代派は、独占ではないにしてもその栄光の特権を保持していたのは明白であった」とフュマロリは言う。[131]

さらにルイ十四世は、国王庶子の養育係から成り上がったマントノン夫人の影響のもと信仰を基調とした生活に回帰していく。1685 年の「ナントの勅令」の廃止にはじまる、新教徒への迫害は彼女の影響力が発揮された例として顕著なものであるが、ルイ自身華美な生活から、徐々に質素な生活を送るようになる。若い時分はバレエを踊るような君主であった彼が、このような束縛の下でも愛好し続けたのがオペラであった。リュリとキノーは近代派の中でも例外的な存在であった。『神々の饗宴』は、君主が愛好するオペラを基調として書かれた小品であり、王孫ブルゴーニュ公ルイの誕生を祝うという体裁を取っている上で、二重の追従を狙った作品であるといえよう。「オペラ論争」において擁護したジャンルであることはもちろん、『比較論』においてはオペラとコントの類似性をペロー自ら指摘しており[132]、のちの『コント集』に連なる系譜を持つ作品であると思われる。

『神々の饗宴』の冒頭は、このような作品には決まり切った定式から予想されるように王室への追従で始まっている。

> マダム、ブルゴーニュ公殿下御誕生に対して全世界からお祝いが送られてきたであろうことは疑う余地がありません。なぜならば、これほど大規模で全世界的な喜びがしるされたことはなかったのですし、民衆たちは未だかつてないほど偉大な君主に対する愛情や情熱、崇拝の念と釣り合いをとらせようとしたのでしょうから。マダム、でもおそらく、神々に相応しくこの喜びに相応しい壮麗さで、神々が天界において喜びを表したことを誰からもお知らせになられてないでしょう。そこに臨席し自らこれを見る幸運を得ましたので、お送りする正確で忠実な報告をお読みになれば、お喜びになるものと思いました。[133]

ムーサに連れられたペローは神々の宮殿に到着する。地上の世界では見られないほど壮麗な神殿には、もうすでに様々な神々が、ルイ大王治世下に起こった王孫誕生という慶事を祝福しようと集結していた。そこで、ユピテルの独唱によってこの小オペラは幕を開ける。

> 勝利の君主ルイの血の下に
> 全ヨーロッパはふるえ

---

[131] *La querelle des anciens et des modernes*, précédé d'un essai de Marc Fumaroli, p.180.
[132] *Parallèle*, III, pp.283-284.
[133] Charles PERRAULT, *Contes*, Flammarion, 1989, p.155.

天下に比類なきものを
　見いだすことは出来ない。[134]

　マルスとウェヌスの二重唱など、ブルゴーニュ公誕生を記念し大王の治世を賞賛する歌を神々が披露し、最後には再びユピテルが登場しこの宴の席をしめる。その内容は、上記のようにこの種の作品に付き物の賛美と追従であり、指摘すべきものは少ないように思うが、苦境に立たされたペローの初めての反応がこの作品であり、政治的には追従を目的とし、またその内容においては、『比較論』において批判される古代の神々をその登場人物として用いる古典主義的な作品ながらも、近代的なオペラという形式をその一部に用い、のちの『コント』への関連が指摘できるような描写が含まれている点において、本作品は重要性を持つものと考えられる。
　このような作品は明らかにヴェルサイユに向けて書かれていたが、以上のような状況から、古代派が「ヴェルサイユの人士」となったとフュマロリがいうように、ペローにとってヴェルサイユ＝宮廷は味方の多い場所でなくなっていた。官僚であったときは常にコルベールの居室の側で起居したものの、居場所の奪われたペローは活動の場所をヴェルサイユからパリに移していくことになる。この移動により、サロンにおいて流行のコントというジャンルに触れ、『コント集』が生まれる要因にもなった。「略伝」に引用したようにペローが、サン＝ジャック街に引っ越したのもそのような理由がある。
　七十年代前半までは、アカデミーに積極的に関与していたことが『回想録』にも見られ、欠席者の多さに堪りかね、出席者には精勤賞ともいうべき「金のジュトン」を与えることを提案し、精力的に活動していたペローであったが、失脚前後の時期の出席率は著しく低下していた。当時のアカデミーにおける最重要課題は、フランス語の標準辞書をいち早く完成させることであった。1635 年にアカデミーが設立された当初の目的は、この辞典を編纂することであったが、それから半世紀以上経た現時点でもいまだ完成に至っていなかった。ペローも委員としてこの編纂作業に参加していたが、その遅々として進まない様子が『回想録』にも描かれている。標準語の確立は絶対王政によるフランス全土の統制に不可欠であるとともに、古典語に匹敵する近代語としての地位を得る上で成し遂げねばならなかった。
　アントワーヌ・フュルチエールは、1662 年にアカデミー会員にすでに選ばれていたが、この遅滞を見かね、専門用語に特化した辞典であるという口実の下に、自ら編集した辞典を独自に発刊する允許を得てしまう。辞書編纂という、コルベールから得たアカデミーの排他的特権を侵したとして、その返上が求められたが、おそらく自身の健康問題からいち早く標準辞書の実現を望んでいたフュルチエールはこれを拒否する。1685 年 1 月 21 日には、フュルチエール追放は可決されてしまう（アカデミー史上現会員の除名が行われたのはこれが最初である）。フュルチエールが激しく抵抗し、これに反論するために書かれたの

---

[134] *Ibid.*, p.159.

が『論駁書』である。この「第二巻」において、ペローがマルモン＝ド＝メッサンジュ Claude Mallement de Messanges(1653-1723)の作品のタイトルを剽窃したとして非難がされている。上述の『神々の饗宴』*Banquet des dieux* が、マルモン＝ド＝メッサンジュによる『神々の祝宴』*Festin des dieux* と類似しているというのである。

　　　これらの方々の作品を同様の厳密さで検討するならば、立派に反論してみせる根拠があるでしょう。たとえば、ブルゴーニュ公殿下の誕生についての作品が宮中で演奏されたことをペロー氏は大いに鼻に掛けておられました。これは『神々の饗宴』という題名を付けられましたが、三ヶ月以前に同様の作品を『神々の祝宴』という題名で印刷に掛けられていたマルモン・ド・メッサンジュ氏を剽窃されたということができましょう。祝祭であれ祝宴であれ、もしくは饗宴であっても大した違いはありません。そのお話はすべて同様なもので新しいものでもありません。しかし、その仕上げや表現には若干の差異があるのですから、わたくしは彼を剽窃者と呼ぶつもりはなく、単純に能のない模倣者もしくは「贋造者」と名付けるでしょう。[135]

　マルモン＝ド＝メッサンジュの作品が先行することは疑いがない。いずれにしても、この世紀の作家一般に当てはまることであるが、ペローが競作を好み（例えば『ヴェルサイユの迷宮』*Labyrinthe de Versailles*(1667)。サン＝テヴルモンと）、そのテーマやアイデアとして他人の作品を利用することがしばしばあった（初期のビュルレスク作品、『コント』など）ことの一例として扱うことができよう。

　そもそも、フュルチエールは、ボワローやラシーヌなど古代派と呼ばれるものたちと親しい関係にあった。1665 年には、コルネイユ『ル・シッド』を下敷きにした『カツラの取れたシャプラン』という作品を、この三者に加えてラ＝フォンテーヌと共に書いている。シャプランは、コルベールにペローを強くその吏員として推薦した人物であり、古典主義演劇の理論家としての面はともかく、キリスト教叙事詩の執筆に精を出すなど古代派とは幾分ことなる文学観を持つということから、特にボワローによって中傷の的とされてきた。フュルチエールとペローが対立する下地は、この数十年前から存在していたといえるであろう。ペローはアカデミー側の立場に立ち、フュルチエールとの交渉にあたり、ボワロー、ラシーヌは国王にフュルチエールの弁護を行った。いずれにしても、1687 年にはアカデミーにおいて、出来る限り早くこの辞書を完成させるという決議がなされ、1694 年にそれは完成・刊行されることになる。一方、フュルチエールは、1688 年にこの世を去り、その辞書は 1690 年に出版されることとなる。

---

[135] 引用はソリアノによる(Soriano, *Le Dossier*, p.194.)。

5.『聖ポーラン』

　アカデミーの活動と平行して、ペローは『神々の饗宴』他に続いて、本格的な復帰を印象づける作品を準備していた。現在のボルドーに生まれ、詩人としても知られる聖人、ノラのパウリヌスを題材とした『聖ポーラン』（1686）[136]がそれである。1685 年 11 月 18 日には国王允許が与えられ、同年 11 月 20 日に印刷が終えられていることから、フュルチエールに関する一連の事件と平行して書かれていたことがわかる。ボンヌフォンが引用している、1684 年 7 月 30 日付ユエ宛ての書簡[137]において、「六歌からなる二千行を超える長詩」についての構想を語っていることから、コルベールの死の翌年にはこれが既に構想されていたことがわかる。ペローがこのようなテーマで二千行にも及ぶ叙事詩を構想したのには理由がある。上述したように、聖史論争と呼ばれる論争を引き起こす作品群が連続してあらわれた十七世紀中ごろにその一因を求めることができる。

　イタリアにおいては、すでに十六世紀にはタッソーが『エルサレム解放』（1581）を発表し、多大な賞賛を得ていた。とりわけ、自国の歴史を主題とした叙事詩の場合、わざわざ古代神話を引用することは不自然に感じられたであろうことは想像に難くない。むしろ、近代人の信仰には関係のない死滅した古代神話ではなく、旧約聖書や新約聖書などのキリスト教の奇跡に基づいた叙事詩を作るべきであるというのが近代派の主張であった。

　『聖ポーラン』の執筆の意図は以下のようなことが推察される。まず、異教の神々を登場させないキリスト教叙事詩への試みはいくつかなされていたが、どれも成功を収めたとはいえない代物であった。さらに、1685 年にナントの勅令が廃止されるように、ルイ十四世の愛妾となったマントノン夫人の影響の下、カトリックの信仰に傾斜していったヴェルサイユの歓心を再び買おうとすること。さらに、彼女はもとスカロン夫人であり、初期のビュルレスク作品『トロイの壁』を彼に捧げたペローと一定の面識があったこと、が想像される。この機会に「信仰」を前面に打ち出すことによって、とりわけ彼女の歓心を買おうとする意図があったのではなかろうか。また 1686 年に出版されるにあたって、『悔悛についてのキリスト教書簡詩』および『新たな悔悛者のためのオード』という二編の詩がこれに付されるとともに、これらがボシュエに捧げられており、演劇を嫌悪し真のキリスト教文学の出現を望んでいた彼の助力をとりわけ願おうという意図が窺える。

　そもそも、ペロー家はジャンセニスムを傾向として持つ敬虔な家庭であった。ペローやその兄弟たちもこの家庭で育ち、多かれ少なかれ信心深い傾向を持っていたと思われる。特に、ソルボンヌ博士であったニコラはアルノーと面識がなかったにもかかわらず、彼の弁護に立ったという。さらに、パスカルが『プロヴァンシャル』を執筆する遠因となったのがニコラであるとペローは『回想録』において主張していることは既に述べた。

　長らく仕えたコルベールからの失寵、同じくして起こるルイ十四世の改心、また敬虔な

---

[136] 本作に関しては、白石嘉治の論考「叙事詩のなかの聖人像～シャルル・ペロー『聖ポーラン』をめぐって」（西川宏人編、『フランス文学の中の聖人像』、国書刊行会、1998、pp.31-55.）が参考になった。
[137] Paul Bonnefon, « Charles Perrault littérateur et académicien l'opposition à Boileau », p.560.

家庭環境、これらがこの時期の作品群を方向付けているといえる。長らく宮廷の華やかな生活に慣れ、信仰の道からは遠ざかっていたが、八十年代を迎えて一つの切っ掛けとともに改心をするという経過が、ルイ十四世およびペローに共通してみられることは興味深い。『聖ポーラン』に付された二編の詩が、『悔悛についてのキリスト教書簡詩』および『新たな悔悛者のためのオード』という「悔悛」という語を含むタイトルを持っていることは、ペローおよび彼が助力を請おうとしているルイ十四世の伝記的経緯を考えると示唆的である。

　『聖ポーラン』は次のような詩句から始まる。

　　　　　われらの愛の対象、崇めるべき贖い主
　　　　　哀れむべき人間の鎖を断つために
　　　　　死という厳しき法を受け
　　　　　汝の恩寵によりわが心と声は活気付く。[138]

　叙事詩の定番である女神「ムーサ」に霊感を願う歌い出しではなく、神にその恩寵を願う形式をとる。6月22日を祝日とする歴史上の人物としてのノラのパウリヌス[139]は、353年頃ボルドーに生まれ、431年にイタリアのノラに死んだ聖職者、詩人である。裕福な貴族の家庭に育ったパウリヌスは執政官など世俗の官職を歴任するとともに、ノラの司教フェリックスに感銘して洗礼を受け政界を引退、バルセロナやノラで司教をつとめた。司教となってからはラテン詩人としても三十五編の詩を現在に残し、アンブロシウス、ヒエロニムス、アウグスティヌスなどと親交を深めた。『神の国』（第一巻第十章）を引用し、同郷人モンテーニュも『エセー』「孤独について」において、「ノラ市が蛮族に破壊されたとき、そこの司教であったパウリヌスはすべてを失った上で捕虜になったが、神様にこう祈った。「主よ、私がこの損失を感じませんように。主もご存じのように、彼らはまだ、私のものに何一つ手をつけておりませんから」」[140]と述べ、異人の侵攻に対してすべて財産を投げ出したとされるボルドー生まれの先輩の善行を描き出している。ペローの描くポーランの生涯も無私な聖職者としてのものであるが、歴史的事実とは異なり幾分の創作が含まれている。簡単にその概要を記すと、ある未亡人に懇願されたポーランは彼女の息子の身代わりとして、アフリカの地に奴隷として連れて行かれる。聖職者の身分を隠しつつ菜園で働くがやがて露見し、当地のゴンテール王の息子トラジモンによって目出度く帰還が許されるという筋立てである。

　印刷前に『聖ポーラン』がボシュエに送られた。ボシュエはこの叙事詩に対して満足を示しており、ペローの執筆動機は成し遂げられたように思えた。

---

[138] Charles Perrault, *Saint-Paulin, évêque de Nole*, 1686, p.1.
[139] 歴史的人物としての聖ポーランについては、日本基督教団出版局編、『キリスト教人名辞典』、日本基督教団出版局、1986。を参照した。
[140] 原二郎訳、『エセー』（二）、岩波文庫、1965、p.55.

『聖ポーラン』の詩を頂戴いたしました。ありがたくもわたしにこれを捧げて
くださるという光栄に預かりました。作品全体の序文として効果的に書かれた献
呈文は、良識と謙虚さに満ちております。詩も偉大な美しさに満ちあふれ、立派
な人々の評価を大いに得ることでしょう。そのほかのことはお目に掛かったとき
にお話ししましょう。[141]

　しかし、『聖ポーラン』に対する一般の反応はペローが意図したものではなかったようだ。

　引退後のなにかの活動にと、『聖ポーラン』という詩を書いた。これは大成功を
収めたが、相当な才気や名声がある人々からさまざまな折に反対を受けた。いく
つかの良くない詩句があったのは事実である。ただ悪意ある人々がその箇所だけ
を暗記しては、仲間内でべらべらしゃべっていたのだ。[142]

　ここにある「悪意ある人々」とは勿論、ボワローとラシーヌのことを指しているのであ
ろう。この作品における、ペローの目論見についてソリアノは以下のように述べている[143]。
ルイ十四世の世紀に異教の神々を題材とした叙事詩がふさわしいのかどうかという論点で
ペローは、ボワロー、ラシーヌに異を唱えるのだが、ここでペローはナントの勅令廃止直
後という時期を見計らいつつも、ボシュエに献辞を捧げ好意的に受け取らせるという根回
しをしながら、古代派の退路を断とうとした。沈黙をすればペローの主張を認めたことに
なり、逆に反論すると、キリスト教文芸の出現を願うボシュエに反対するだけでなく、王
をはじめマントノン夫人など多くのものを敵に回すことになる。しかし両者の反応はこの
いずれにも依らないペローの期待にそぐわないものであった。それは『聖ポーラン』を中
傷してまわることであった。
　この『聖ポーラン』という作品は、ボワローやラシーヌを論争に引き込むという役割を
果たさないばかりか、いままで一度も再版されたことがなく、ペローの経歴において重要
な作品には成り得なかった。これは、二重の失敗を犯した作品と位置づけることができる
と思われる。その失敗の原因として、ソリアノはいくつかの点を推察している[144]。作品が
限定された読者のみを対象としたこと。厳めしい題材を使用し、しかもその作品が比較的
長いものであったこと。これらのことが、ラシーヌおよびボワローの沈黙を招いてしまっ
たと推察を行っている。つまり、ペローの次回作は、より短く簡潔でより多くの読者や聴
衆に向けて向けられたものであり、かつ、キリスト教叙事詩というような厳粛なものでは

---

[141] 1685 年 12 月 25 日付ペロー宛の書簡による(*Œuvres complètes de Bossuet, évêque de Meaux*, tome XLIII, J.A.Lebel, Versailles, 1819, p. 6.)。
[142] *Mémoires*, p.235.
[143] Marc SORIANO, *Le dossier,* p.211 et al.
[144] *Ibid.*, p.212.

なく、より堅苦しくない形式のものが望まれる。できれば、その発表は多くの芸術家が注目する時間と場所を選んで劇的に行われることが望ましい。それは、フュルチエールの問題で一層の注目を集めていたアカデミーということになるであろう。

6. 『ルイ大王の世紀』

　『ルイ大王の世紀』の朗読は、1687年1月27日、ルイ十四世が前年から患っていた痔瘻（現代医学の観点からいうと、肛門周囲膿瘍であったといわれる）[145]から快復したことを祝ってアカデミーが催されたおりに行われた。レニエ・デマレやサン・テニャンの詩と共に、ペローと同じくアカデミー会員であったラヴォー Louis Irland, Abbe de Lavau (?-1694)によって朗読され、十二音綴で書かれた作品の主題は、新旧論争において近代派の主張するところとなる、近代が古代に対して匹敵する水準にあること、またしばしば優越さえしているということであった。ペローが同様のことを主張したのは、なにもこの小詩がはじめてのことではなかった。『聖ポーラン』をはじめとして様々な作品において、直接的ではないにしても、すでに示唆されていた。ペローの主張に対してこれまでは大した反論が行われることがなかったが、ルイ十四世の快気祝いの席、アカデミーの場という場所の要素と「ヨーロッパ精神の危機」という時代的背景の要素とが混ざり合い、これまでの論争とは異なり様々な文人が巻き込まれ、その持論を披露する文学史上で「新旧論争」と呼ばれる事件にまで発展させることに成功する。すでに述べた「オペラ論争」や「叙事詩論争」についても時代や状況など多くの要素が原因となり勃発したものであったが、『ルイ大王の世紀』を発端とする「第一次」新旧論争は、ペローが意図的に準備し、火を付けることに成功した点で区別しなければならないであろう。

> 　　美しい古代は常に尊敬すべきものであった、
> 　　しかし崇拝に値するとわたしは考えたことがない。
> 　　わたしは膝を屈することなく古代人を見る。
> 　　彼らは大きい、それはほんとだ、しかし人間だ、我等と同じく。
> 　　そして不当になる恐れを抱くことなく比較することが出来る、
> 　　ルイ大王の世紀とアウグストゥスの美しき世紀を。[146]

　しばしば引用されるこの六行を読むだけで、ペローの意図は明らかであろう。ギリシャ・ローマ文化を軽視することはないものの、それへの過信・盲信を激しく批判している。近

---

[145] このルイ十四世の痔瘻手術については、大村敏郎、「ルイ十四世時代の医療事情」（『日仏医学』、vol. 17 (1), 1984, pp. 27-34.）に詳しい。

[146] *Siècle de Louis le Grand*, 1-6.(Charles Perrault, *Parallèle des anciens et des modernes*, Coignard, tome I.).この一行目から六行目までだけ、杉捷夫氏の翻訳を引用させていただいた（『フランス文学批評史上巻』、筑摩書房、1977, p.210.）。以降の『ルイ大王の世紀』の引用は全て拙訳である。

代対古代という対立軸において、近代がいかに優れているのかを文面では論じているのであるが、これを「ルイ大王」の時代対「アウグストゥス」の時代という対立軸に置き換えることによって、古代派の反論を封じ込めようとする意図が感じられる。近代派の主張を否定することは即ち、ルイ大王の治世をも否定する可能性を孕んでしまう。

　『聖ポーラン』においては、古代の異教対近代のキリスト教という対立が用いられ、ラシーヌやボワローは直接的な反論を回避した訳であるが、『ルイ大王の世紀』においてはこれが二人の君主の治世という世俗のものに置き換えられている。『聖ポーラン』が二千行を超える大作であったのに比較して、本作はルイ大王の世紀を賞賛しながら、近代の優越性を簡単明瞭に主張するため、524 行と「簡潔」な作品となっている。また、のちの『比較論』で述べられた論点の多くを既に含んでいる。

> 先入観によってわれらの眼前に置かれた
> 上辺だけの覆いを取り除こうと欲するならば
> その目は数多の下品な誤りを賞賛するのに疲れているが
> われわれ自らの光を時には使おうと欲するならば
> 古代すべてを崇拝することはできないし
> 今日においては過信することなく
> 科学の賞を彼らと争えることを
> 軽率を冒すことなくはっきりと理解するであろう。[147]

　古代人に対するいわれのない好意的「偏見」は、『比較論』「第一巻」の「第一対話」において詳述される問題であり、ここでも真っ先に取り上げられている。自らの理性的な「光」を正しく使うことが出来るならば、「偏見」は自ずと崩れ去るであろう。デカルトが「明証的に真理であると認めるものでなければ、いかなる事柄でもこれを真なりとして認めないこと」という第一格率から「方法」を始めたように、偉大な古代の著述家に関しても同じ作業を行わねばならない。

> われわれの祖先の時代には神々しかったプラトンは
> 時に退屈なものになり始めている。
> 古代の味方の翻訳者も
> その優美さと機知を保つことはできない
> 貪欲で毅然とした読者によって
> 対話篇全体が読まれることはないであろうから。
> だれもが高名なアリストテレスの不評を知っている
> 自然科学に関しては、ヘロドトスの歴史よりも不確かであると。

---

[147] *Siècle*, 11-18.

もっとも知性のある者が魅了されたその著作は
　　わが国のもっともつまらぬ教師にもほとんど読まれていない。[148]

　プラトンが退屈になり始めているであるとか、アリストテレスがほとんど読まれていないなどという刺激的な主張を交えることも、冒頭の六行と同じ劇的な効果をもたらしたに違いない。このような過激な主張が混ぜられていることが『ルイ大王の世紀』の特徴であるが、これは散文で書かれた対話『比較論』に関しても同様であった。しかし、『比較論』全四巻を論じる折りに詳述するが、古代人の作家を過度に卑下するような発言はどちらかといえば近代派の登場人物「騎士」に割り振られ、ペローが自らの分身と認める近代派の「神父」は、古代人の価値を認めながらも、近代人がよりすぐれていることを主張するのが常である。「ソクラテスとプラトンが世界の舞台に続いて現れた曲芸師である」といった「騎士」の過激発言については、「第二巻」の「序文」でペローは責任をとらないと明言しているのである[149]。ペローの本音が、『ルイ大王の世紀』か「騎士」かどちらにあるのかは分からないが、古代派を挑発するには十分な効果があったと思われる。
　上に引用した十七から十八行にも見えるように、ペローが近代フランスの優越性の論拠としているのは「科学」の発展である。近代フランスの勝利が、ルイ大王のおさめた数々の軍事的勝利に重ね合わされ語られる。これらの勝利は軍事技術の発達に恩恵を得ていることは言うまでもなかろう。科学技術の発展進歩という論拠は、『比較論』「第一巻」で述べられるとともに、軍事技術は特に「第四巻」において詳述される。「第二巻」の「序文」に、「近代人が明白に優越しているその他の技芸」とあるように、文芸や芸術に比べても古代人より明らかに科学は勝っていると考えていた。望遠鏡による天文学の発展、顕微鏡による生物学を始めとする諸科学の発展、血液循環の発見などが、その例として挙げられているが、いずれも古代には知られていなかった近代人による発見であることは異論がないであろう。実際には「雄弁」が扱われるという予定変更が行われるものの、近代派の論拠が概略的に扱われる「第一巻」のあとの「第二巻」には当初、科学技術の進歩が扱われる予定であった。『ルイ大王の世紀』における、論理展開も同様であった。

　　偉大な神よ、比類無き技が
　　この賞賛すべきレンズという幸福な秘密を発見して以来
　　それによって地球上でも天高くであっても
　　どれだけ離れていようが、われわれの目には遠すぎるということはなく
　　今日人間の知識は、計り知れぬそのサイズによって
　　どれほどの物事について、増加しただろうか！
　　(...)

---

[148] *Siècle*, 19-28.
[149] *Parallèle*, II, Préface.

幸いな変化の糧となる栄養が作られる

　　有益な血管について

　　彼はその構造も使い道も知らない

　　自身の体の崇高なる組み立てすらも。[150]

　ガリレイの望遠鏡による天体観測やマルピーギによる顕微鏡観察は『比較論』においても言及される。またハーヴェイの血液循環の発見についても同様である。

　以下、デモステネスやキケロ、カトーの雄弁について触れたのち（71-102 行）、詩歌を論じる。「雄弁」（「第二巻」）のあとに「詩歌」（「第三巻」）を論じるという構造は『比較論』と共通している。登場順に、ホメロス、ホラティウス、メナンドロス、ウェルギリウス、オウィディウス、マルティアーリス、エンニウスなどが古代人代表として挙げられる。

　　メナンドロスは確かに希有な才能を持ち

　　それは無限の巧みさで観客を楽しませた。

　　ウェルギリウスも確かに崇拝に値し

　　オウィディウスはさらに不滅の名誉に相応しい。

　　だが今日崇拝される希有な作者が

　　まだ生きていたとしたら崇拝されたであろうか？[151]

　科学技術の進歩による類推から、時間とともに知識が蓄積するとともに文芸も進歩するに違いないという主張は、『比較論』でも繰り返し述べられる。一方、近代人においてペローの称賛の的となり、近代フランス優越の根拠となるものとして、レニエ、メナール、ゴンボー、マレルブ、ゴドー、ラカンを賞賛したあとで、次のような作家が挙げられてる。

　　未来の人類によってどれだけ愛されるであろうか

　　雅なサラザン、愛すべきヴォワチュール

　　純なモリエール、ロトルー、トリスタンや

　　さらにその時代の他の数多の楽しき者たちが？[152]

　ここで注目すべきはペローが選択した作家群の名前はもちろんのこと、『ルイ大王の世紀』以前から対立し、こののち論争を戦わせることになるボワローとラシーヌの名前が当然ながら見えないことであろう。ヴォルテールが『ルイ十四世の世紀』において「だが、彼の大きな間違いは、古代人を下手に批判し、これと太刀打ちできるものとして、例にひけるような人物さえも、敵に廻してしまったことである」と語ったように、ペローは意図

---

[150] *Siècle*, 41-46 および 63-66.
[151] *Siècle*, 149-156.
[152] *Siècle*, 177-180.

的にこの二詩人を削除した。

　十七世紀フランス悲劇においてペローがもっとも賞賛するのはコルネイユである。ペローが、演劇の三分野と考える、喜劇、悲劇およびオペラについては『比較論』「第三巻」の後半で論じられる。

　　　　だが高名なコルネイユの運命はどうであろうか
　　　　フランス演劇の名誉であり驚異で
　　　　偉大な出来事の中に高貴な感情の
　　　　英雄的な美を加えることを知っていた彼の？[153]

　次に述べられるのは絵画である。ペローは古代の画家が奇跡を起こしたという逸話には懐疑的である。古代ギリシャのゼウクシスの描いた葡萄を鳥が啄もうとしたなどといった類の逸話がもし本当であるとしても、それが即ち優れた画家であることを意味するわけではないという。ゼウクシスやアペレスといった古代の伝説的画家における逸話については「第一巻」において再び取り上げられることとなる。

　　　　これらのずっと古い時代の有名な画家たちは
　　　　途方もない才能に恵まれていたのであろうか？
　　　　そして彼らの崇拝者たちがわれらにしつこくいう
　　　　希有な奇跡によってそのことを判断すべきであろうか？
　　　　鳥を欺くのにそれほど偉大な技が必要であろうか
　　　　幕を巧く描いたからといって完璧な画家であろうか？[154]

　たとえば、過去においてはラファエロの技量は人間業とは思えないものであった。しかし、イタリア人は光の効果を正確に表現することを知らなかった。近代的な空間把握の基となる遠近法も不完全であった。これが有効に使用されるには、ル＝ブランを待たなければならなかった。

　　　　このようにして、常に模倣不可能のル＝ブランは
　　　　自らの作品に極めて真実の表情を与え
　　　　その有名な作品は将来
　　　　我等の子孫にとって驚嘆の的となるであろう。[155]

　ペローがル＝ブランを近代人の到達した精華として長編詩『絵画』(1668)において賞賛し

---

[153] *Siècle*, 181-184.
[154] *Siècle*, 199-204.
[155] *Siècle*, 241-245.

たが、それはコルベール指揮下の吏員としてこの「筆頭画家」に、もっと直接的にルイ十四世の治世を賛美するような作品を作るように求めたという政治的な側面があった。

　次に、彫刻に関して、傑作とうたわれているラオコーン像やヘラクレス像の欠点を指摘する（たとえば、ラオコーン像に付された息子たちの像が父親に比して小さすぎる、など）。それに比べ、ヴェルサイユを彩る様々な彫刻群の理性的な構成の優越性を説く。ジラルドンのアポロン像、ガスパール兄弟による太陽神の乗る馬、バティストの作品であるアーキス像などがその例として挙げられる。

　ペローが考えるに、近代人の成果の集積地がヴェルサイユである。「ヴェルサイユを彩る新たな傑作」であるこれらの絵画や彫刻は、あくまでも近代フランスが到達した完成の一部分でしかない。

> いますぐこの楽しい場所に出かけよう
> 我等の目がこれほど多くの物を堪能する。
> それは宮殿ではなく、一個の完全な街で
> 規模においても壮麗で、材質においても壮麗である。
> いいや、むしろ一個の世界であり、大宇宙の
> 様々な奇跡が集められているのである。[156]

　『比較論』においては、実際に神父、騎士、裁判所長官の三人の話者がヴェルサイユという「楽しい場所に出かけ」、ここを舞台としてほとんどの対話が展開する。ヴェルサイユが、フランス芸術の頂点として述べられるのは、その完成度もさることながらペローがその造営に大きく関与したという伝記的事実に基づく。

　次に音楽について述べられる。ここではオペラ作者リュリが近代の優越性の論拠として挙げられる。ギリシャの音楽家の技量については様々な伝説が伝えられ、その優越性は認めるところであるが、古代には多声音楽が存在しなかったことを指摘する。絵画では遠近法がそうであったように、これはペローがつねづね指摘する時代に伴う技術や知識の蓄積が欠如していたことを改めて喚起しようとしたのであろう。

> もちろんギリシャは比類なき声を持ち
> その究極の甘美さは耳を魅了したし
> その才気に満ちた大家たちは抒情詩を
> リュリのように自然に感動的に作曲した。
> しかし和音の快い出会いが作り出す
> 信じがたい甘美さをまったく知らなかった
> ギリシャがなした偉大な評判にもかかわらず

---

[156] *Siècle*, 283-288.

ここではこの美しき技は不完全であった。[157]

　このように様々な芸術の近代フランスにおける成果を例示したのちに、ペローはその進歩の原因をうたいあげる。

　　　あらゆる芸術は様々な秘訣によってのみ構成され
　　　それは好奇心の強い者たちの習わしが発見したものである
　　　この発明された有益なものの集合が
　　　日々絶えず純化され増えてゆく。[158]

　このように、あらゆる技芸は様々な知識で構成されており、科学技術の進歩が否定できないように、その蓄積は時とともに増加するのが当然であるゆえ、あらゆる技芸の進歩も否定することができないという。進歩の基準が明白な科学技術と同じく、その判断が趣味に大きく依存する技芸、とくに文芸や美術とが同じ基準で判断できるかといえば疑問が残るところではある。近代フランスがのちの世代に必然的に凌駕されることを、ペローは全く想定していない点においても問題があると思われる。「「新旧論争」じたいは、シャルル・ペローひきいるモダンな精神をそなえたフランスの著述家たちが、進歩という科学的観念を文学と絵画に応用可能であると判断した時点から始まった」[159]とカリネスクが言うように、理性の領域と趣味のそれをペローは同一視した。
　以下、最終行の 524 行まで、ルイ十四世の治世への賛辞が連ねられる。

　　　時代というのは互いに異なっているというのは事実である
　　　それは賢明であったり、無知であったりする。
　　　しかし、卓越した君主の幸福な治世が
　　　その価値のしるしの原因であるとすれば
　　　いかなる世紀がその王のために人々に崇められ
　　　ルイ大王の世紀よりも好まれることがあろうか?
　　　不滅の栄光がルイ大王を取り巻き
　　　偉大な王のもっとも完璧な模範であるルイ大王の。[160]

　近代フランスに様々な天才が出現した原因の一つとして、その治世があるというのだ。『ルイ大王の世紀』という題からも当然のことではあるが、この結末部分は前半の過激さと比べるとあまりにも印象が薄い。相次ぐ対外戦争や経済不況、飢饉などによって停滞期

---

[157] *Siècle*, 389-396.
[158] *Siècle*, 423-426.
[159] カリネスク、*op.cit.*, p.42.
[160] *Siècle*, 459-466.

に差し掛かっていたその治世の後半に突入していたのにもかかわらず、常套句として歯の浮くような賛辞を行っているということは、ルイ十四世を盾にして、古代派を貶め近代を称揚する目的があったことを再び指摘しておく。

7. 『ルイ大王の世紀』の反響

　いずれにしても、この「事件」はペローの『回想録』をはじめとして、ボワローがのちに書くことになったエピグラムにおいても言及がなされており、その反響の大きさを知ることができる。アカデミーの席に居合わせた人物の反応をいくつか紹介するべきであろう。ボンヌフォンは、「印刷されたことによって、ラヴォー神父がすばらしく朗読されたときには存在した魅力がこの詩から消え失せてしまったのは事実である。この作品の根拠となる主張によって文壇が彼を激しく非難することが危惧されている。この主張はデプレオー氏を憤慨させ、怒りを爆発させその過ちに公然と抗議をしないでは朗読を聴くことができなかった。彼は時間が許せばすぐに反論を書くことを公に約束した。会衆はみなこの抗議に、詩には送りもしなかった賞賛を進んで送った」[161]というフュルチエールの証言を引用しているが、ペロー自身もその『回想録』において、この時の状況を述べている。

　　　そうしてわたしは『ルイ大王の世紀』というちょっとした詩を書いたが、アカデミーで行われたこの朗読の席では大いに称賛を受けた。それは陛下が受けられた大手術からの快気を祝って、アカデミーの喜びをあらわそうと集まった日であった。これらの賛辞はたいそうデプレオー氏をいらだたせたので、ながながと小声でぶつぶついったあと立ち上がり、このような古代の偉人たちを非難する朗読をするなどとは恥ずかしいことである、といった。当時ソワッソンの司教であったユエ氏は、古代人の味方をするのであれば、わたしのほうがそのことをよく知っていて適当ではあるし、皆聴くために集まってきているのであるから、黙るようにと彼にいった。以来、怒りのあまりデプレオー氏はわたしを攻撃するためだけにエピグラムをいくつか作ったのだが、古代人に関するわたしの考えを突き崩すことは全く出来なかった。ラシーヌ氏はわたしの作品についてお世辞をいい、大いに賞賛したが、それがわたしの真の考えを表現しておらず、まったくの冗談にすぎず、実際、この詩の中に盛り込んだことと全く反対のことをわたしが考えているという前提においであった。まじめに述べたことを周りに信じてもらえないこと、またそれをとにかく信じないような振りをしていることが残念であった。だから韻文でいったことを散文で真剣に述べ、しかもそれについての真意を疑う余地がないように述べる決心をした。これが四巻の『比較論』を書いた理由であ

---

[161] Paul Bonnefon, «Charles Perrault littérateur et académicien l'opposition à Boileau », p.563.

り原因である。[162]

　フュルチエールおよびペローの証言はともに、朗読中にもかかわらずボワローが激高してしまったことが見て取れる。ホメロスやプラトン、アリストテレス、デモステネスなど古代人を批判する一方で、マレルブ、コルネイユ、モリエールの名前がルイ大王の世紀におけるフランスの成果と称揚されるのは当然としても、ボワローが『詩法』であからさまに批判したゴンボーやゴドー、サラザン、ロトルーの名前がそこに含まれていることは自らへの挑発行為と考えたとしても不思議はあるまい。さらに、近代人として列挙されている文学者はすべて1687年の時点で故人であるものの、ボワロー自身やラシーヌなど古代派と目される人物の名前が見えないことに怒りを覚えたであろう。

　件の『回想録』はこの一節を最後に唐突に終了する。この『回想録』の執筆時期（1701年から1702年と考えられる）を考えれば、著者死亡によって執筆が断絶してしまったものと考えるのが妥当であろう。したがって、コントと並んでペローの文学史的事跡において重要な新旧論争に関連する著者自身の回想が存在しないということになる。

　さて、『ルイ大王の世紀』は、ボワローをその場では激高させたのは確かであるが、一般的な文学史のいうように侃々諤々の議論をすぐさま巻き起こしたという印象からは程遠い。『回想録』に言うように、「まじめに述べたことを周りに信じてもらえな」かったのであるから、当初は古代派といわれる文人からはまともに取り合ってもらえなかったという印象が強い。『ルイ大王の世紀』における古代へ中傷があまりに酷すぎたゆえに、真面目な反論が期待できなくなってしまったことから、過激な発言は「騎士」の担当とするなど、ペロー自身その後の作品、とりわけ『比較論』においては中傷の度合いをゆるめ、古代の価値を認めながらもより近代人のほうが優れているというスタンスに変更することになる。

　ペローが証言するように、ラシーヌはこの件に関して再び沈黙を決め込んだようである。自分の創作に関係のない文学論争にはほとんど関わらなかったラシーヌはさておき、フュルチーエルが回想するように「時間が許せばすぐに反論を書くことを公に約束した」はずのボワローは、反論とは呼ぶには難しい得意のエピグラムだけをいくつか発表した。その理由の一つには、ボワローの健康問題があった。少年時代ペローの兄、クロードの手術を受けるなど、ボワローは生来病弱であったことが知られている。とりわけ、九十年代にはいると、オートゥイユの屋敷に引きこもり、ヴェルサイユに参内することすら控えていたことがブロセット Claude Brossette(1671-1743)との書簡にみることができる。ボワローからの本格的反論は、1694年まで待たねばならなかった。ボンヌフォンが引用している匿名のエピグラムには、「ペローよ、二人の残忍な敵と / 君はことを起こしてしまった / 一人は皮肉屋で怒りっぽく / 一人は信心家で、よりたちが悪い」[163]とあるように、この二人の修史官は一筋縄でゆく相手ではなかった。ペローが挑発しようとした相手は、結果的にど

---

[162] *Mémoires*, pp.235-238.
[163] Bonnefon, « Charles Perrault littérateur et académicien l'opposition à Boileau》, p.565.

ちらもすぐさま反論に移ることはなかった。また、ペローの賛辞の対象者である国王をはじめとした「ヴェルサイユの人士」から、期待の反応を引き出すことができなかった。「王はペローとフォントネルの意気込みをくじこうとはしなかったが、自らは古代派の古典的な讃辞において自分の栄光がより安泰だと感じたのである。この新旧論争は、したがって平等の争いだったのであり、コルベールよりも見識のあったルイ一四世は、近代派に有利な裁定をしようとは求めず、争いの対象は今日にいたるまで開かれたままの状態にある」[164]というフュマロリの記述にも見えるように、ペローの目論見はまたしてもあてが外れようとしていた。

『ルイ大王の世紀』が朗読された 1687 年 1 月 27 日に近い時期にボワローが作ったと推定されるのが、『ホメロスとウェルギリウスに逆らった詩がアカデミーで朗読されたことに纏わるエピグラム』 *Epigramme sur ce qu'on avait lu à l'Académie des vers contre Homère et contre Virgile* である。

> このあいだ、クリオが詩神に苦情を言いに来た
> この世界のある場所で
> ホメロスやウェルギリウスといった人々が
> 生彩なく無益な詩人扱いされていることを。
> 「そんなことはありえないよ。からかわれたのだよ」
> と怒れるアポロンは答えた。
> 「どこでそんな下劣なことがいわれよう？
> ヒューロン族、トピナン族のあいだでいわれているのか？」
> 「パリにおいてです」「じゃあ、狂人の病院でか？」
> 「いいえ、ルーヴル宮殿、アカデミーの真っ最中にです」[165]

健康問題があったにせよ、ボワローから直ぐに成された反応が上記のようなエピグラムのみであったことから、「まじめに述べたことを周りに信じてもらえない」とペローが受け取ったのも尤もである。ペローが論争を挑もうとした二人の修史官よりも、『ルイ大王の世紀』は別の古代派的思想をもつ人物に反響を起こしたようだ。現在では決して多く語られることのない、エチエンヌ・パヴィヨン Etienne Pavillon(1632-1705)やフランソワ・ド＝カリエール François de Callières(1645-1717)といった作家の反応を、この当時の雰囲気を伝える意義のあるものとしてソリアノは引用している[166]。

カリエールに関して、ペローは『比較論』「第一巻」において述べる。

---

[164] フュマロリ（マルク）、天野恒雄訳、『文化国家』、みすず書房、1993, p.247.
[165] Nicolas Boileau, *Œuvres complètes*, p.257.
[166] Marc SORIANO, *Le dossier*, p.216.

挙げ句の果てには、『詩の歴史』[167]という題名の寓話があらわれ、そこで作者は古今の作者を笑い者にして喜んでいるが、単刀直入に「二人の近代人作家」を賞賛しているのである。これがわたしの考えとは正反対であるという文句を付ける気はないが、この種の話題に関する意見の多様性ほど許されており、楽しいものはない。しかし、彼がわたしの言うことを理解しなかったこと、もしくは理解しない振りをしたことで、わたしは彼を許しはしない。[168]

　ソリアノも『ルイ大王の世紀』が、『聖ポーラン』において不足していたものを補い、簡潔でより一般の読者を対象とした点において評価を下している。しかし、同時にその不手際をも指摘している。第一に、簡潔を旨とした反面、詩歌や建築、絵画、音楽など多くのジャンルを論じてしまい、そのどれもが表面的で浅薄なものになってしまったこと。第二に、デカルト主義に基づく科学技術の進歩に重点を置きすぎたゆえに『聖ポーラン』ではその論拠の中心となっていた信仰に基づく芸術という観点が曖昧になってしまったことである[169]。ソリアノが指摘したこれらの欠点について、ペローは十分に自覚していたと思われる。上に引用した『回想録』に見られるように、『ルイ大王の世紀』で主張したことが真剣に受け取られていないと感じ「真意を疑う余地がないように述べる決心をした」と自ら述べている訳であるし、表面的で浅薄であった様々なジャンルの進歩についても、信仰に基づく芸術に関しても、散文によって『古代人近代人比較論』という大著で、詳細に述べられることになる。

　ボワローやラシーヌは、『ルイ大王の世紀』の直後には纏まった反論を示すことがなかった。しかし、十七世紀フランス文学を彩る中心的作家からの反応がなかったわけではない。『ルイ大王の世紀』を端緒に起こった新旧論争における主張として、ラ=ブリュイエール、フォントネル、ラ=フォンテーヌの反応を見てみたい。

8.　　ラ=ブリュイエール

　通常の文学史では古代派として扱われることの多いラ=ブリュイエールであるが、その主張には近代派的な面も見られ、ボワローやラシーヌのような筋金入りの古代信奉者とは一線を画する。ラ=ブリュイエールは、『テオフラストス論』*Discours sur Théophraste*(1688)において、近代派の意見に全面的に与することはなく、『カラクテール』と同様に、古代派への共感を残しながらも、近代派ペローと近い発言をも行うことになる。

---

[167] François de Callières, *Histoire Poétique de la Guerre nouvellement déclarée entre les Anciens et les Modernes*, 1687.
[168] *Parallèle*, I, Préface.
[169] Marc SORIANO, *Le dossier*, p.214.

まさしく近代人であるわれわれは、数世紀の後には古代人となるであろう。[170]

　ラ＝ブリュイエールは、古代人と近代人に差異を認めない。フォントネルがいうように、どんな時代であれ木々の大きさは変化しないように、自然である人間も変化しない。古代人が近代人に祟められているように、十七世紀のフランス人ものちの世代には同様に祟められるであろうと、ペローの言う「時の要素」、つまり進歩の可能性を認めている。ルイ大王の世紀のフランスが最高点であり、のちの進歩を認めなかったペローよりも穏当な思想に感じられる。しかし、例えば『比較論』においてホメロスにおける古代人の風俗が劣っていることが延々と非難されているように、『カラクテール』(1688)においてラ＝ブリュイエールは、ことさらに古代人の難点を論うことには難色を示す。

　　　古代人の著作に関しては、われわれが後代に期待するのと同じような寛容さを持とう。[171]

　ラ＝ブリュイエールは、ボワローのように古代人が近代人よりも全ての点において優れているという視点には立たない。ペローのように進歩を認める立場に対しても同様である。さらに、『比較論』「第一巻」において、ペローが激しく非難した、古代人を賞賛するあまり近代の進歩を見ようとしない「偏見」に凝り固まった偽学者の問題に関しては、ほぼ同じ意見を述べている。

　　　古代人の格言やローマ人、ギリシャ人、ペルシャ人やエジプト人などからひかれた例しか評価しない学者がいる。現在世界のお話は彼らにとって味気ないものなのだ。彼らを取り巻きともに生活している人間に心を打たれることはなく、彼らの風俗に注意を払うこともない。はんたいに、女性や宮廷人もしくは学識はないけれども才気ある人々は、昔のことには興味を持たず、目の前に起こること近くにあることに貪欲である。[172]

　「学識はないけれども才気ある人々」とともに、女性が含まれていることには注目すべきであろう。ボワローは女性の美的判断力を認めることをしなかったが（たとえば『諷刺詩』「第十歌」(1694)を参照）、ペローはのちの『女性礼賛』において、その能力を大いに賞賛することになったからである。

---

[170] *Les caractères ou les mœurs de ce siècle par La Bruyère précédé du Discours sur Théophraste*, Hachette, 1868, p.xxvii.
[171] *Ibid.*, p.xxviii.
[172] *Ibid.*, p.xxi.

9. ラ＝フォンテーヌ

　ラ＝フォンテーヌは、当代の碩学ユエ Pierre-Daniel Huet（1630-1721）に宛てた『ソワッソンの司教に宛てた書簡詩』*Epître à monseigneur l'Evêque de Soissons*(1687)において持論を述べる。ラ＝フォンテーヌが手紙を宛てたユエは、ペローの証言に見たように『ルイ大王の世紀』の朗読のおり激高したボワローを宥めた人物であり、基本的には古代派の立場を堅持しながらも、ペローとは彼が吏員時代からの友人であり、新旧両派とのつながりを保ち続けた。

　ラ＝フォンテーヌはまず自らが古代派であることを明確に表明する。

　　　　いったい、彼（クインティリアヌス）の後を追い、今日われわれの内で
　　　　彼の時代においてこれほど評価されている古代人にだれが匹敵するであろうか？
　　　　これがわたしの感想であり、あなたの感想であるに違いない。[173]

　しかし、ラ＝フォンテーヌの感想は、近代人が古代人に匹敵することはあり得ないとまで断言するほど確固たるものではないようだ。古代派であると自負するラ＝フォンテーヌにしても、古代人の盲目的な崇拝は認めるわけではない。例えばボワローが『詩法』においてひたすら古代人を模倣することを勧めることに反して、自らの創意工夫でこれを当代風に変更することもいとわない態度を見せている。

　　　　数人の模倣者が、マントヴァの牧人に
　　　　本物の羊のように付き従う愚かな家畜であることを認める。
　　　　わたしは別の方法でこれを用いている。導かれながらも
　　　　思い切ってしばしば一人で歩むようにしているのである。
　　　　このような慣習を常に行っていることがわかるであろう。
　　　　わたしの模倣は単なる隷従ではない。
　　　　われわれの師がかつて従った
　　　　着想や言い回し、法則のみを取り上げている。
　　　　優れたところに満ちた箇所があり
　　　　歪めることなくわたしの詩句に取り入れることができるなら
　　　　わたしはこれを移し替え、わざとらしくならないように
　　　　古代を自家薬籠中の物とするよう努める。[174]

　これらの詩句には、ラ＝フォンテーヌが創出したといってもいい寓話詩というジャンル

---

[173] *Œuvres de La Fontaine*, tome 6, Lefèvre, 1827, p.150.
[174] *Ibid.*, pp.150-151.

を擁護する意図が働いているのであろう。彼の『寓話詩』のほとんどは古代人の作品、アイソポス、パエドルスやプルタルコスから引かれているものの、古代人にとって寓話は詩歌のジャンルを構成する物ではなかった。ボワローも『詩法』において寓話詩については全く語ることがないし、アリストテレスは『弁論術』「第二巻」において、「しかし寓話は民会演説向きのものである、そして同じような過去の事件は見出すのに困難であるけど、寓話を工夫するのは容易であるという美点を持っている」[175]というように、アイソーポスなどの散文寓話を修辞学の分野として扱っているのである。「わたしの模倣は単なる隷従ではない」と一節は、古代人に取材しながらも新たなジャンルをうち立てたラ=フォンテーヌの自負心に由来しているのであろう。『比較論』「第三巻」において、ペローもラ=フォンテーヌを、「ラ=フォンテーヌ氏のものは、まったく新しいもので、素朴さ、驚異、冗談があり、その性質は彼特有なもので、まったく別の方法で魅了し感動させ動かします」[176]と、「新たなジャンルの創設者」であると認め高い評価を与えている。

１０．　フォントネル

　むしろ、『ルイ大王の世紀』への反応として特筆すべきものは、近代派にあったと思われる。中でも、『比較論』に先だって発表されたフォントネルの『古代人近代人についての枝葉の議論』*Digression sur les anciens et les modernes*(1688)は注目に値する。近代が古代に対して優越しているという命題を、動植物学などの知識を用い証明しようとした彼の試みはペローを大いに勇気づけたようである。『天才』*Le Génie* という書簡体詩をフォントネルに献じたことはこれを裏付ける。『天才』はもともと、1688 年 7 月 12 日、ラ・シャペルのアカデミー入会式のおりに朗読されたものである。のちに、『比較論』「第一巻」の巻末に付されることとなるが、ボンヌフォンをはじめさまざまな批評家によってペローの最高傑作の一つとして捉えられているものである。

　コルネイユの甥であるとともに、科学知識の普及につとめ、十七世紀後半及び十八世紀前半のちょうど百年を生き、ペローとボワローによる第一次新旧論争と共に、第二次新旧論争にも関与したフォントネルは、自らの叔父と同様に劇作家で地位を得ようと志したが、詩人としての才能は薄かった。演劇への情熱を生涯持ち続けたというが、文学史における彼の本領はむしろ科学知識の大衆化に尽力したことであろう。不本意ながらも最初に文学的な名声を得たのは『新死者との対話』*Nouveaux dialogues des morts*(1683)であり、ここで人間精神を曇らせる「偏見」を告発した。

　1686 年に出版された『世界の複数性についての対話』*Entretiens sur la pluralité des mondes* は、コペルニクスの天文学を社交界の夫人に理解できるようサン・テヴルモン風の軽快な文体によって解説したものであった。1674 年に初めてパリに出て以来、サロンに出

---

[175] 『アリストテレス全集(16)』、岩波書店、1995, p.161.
[176] *Parallèle*, III, pp.303-304.

入りし、女性たちに科学や思想の問題を対話風の簡便な文体で提示したという意味におい
て、十八世紀の啓蒙思想家の先駆けであるという評価も成り立つ。社交界においてベスト
セラーになった本作は、あくまでも、ルネサンスの文人に備わっていたギリシャ・ローマ
の教養を持たない女性向けに書かれたものであった。フュマロリは、「フォントネルの読者
は、モンテーニュの知恵の科学的背景に存在したプラトンやアリストテレス、プトレマイ
オスの宇宙論を知らなかった」[177]と、これらサロンの女性達を評し、ルネサンス的な教養
の枠組みが十七世紀末に至って変質をはじめていたことを指摘している。

　1686 年の『神話の起源』および翌年の『神託の歴史』*Histoire des oracles* は、古代人の
残したこれらの物事が妄想に基づくものであると主張することにより、キリスト教をも同
様として非難しようとする姿勢を見せており、十七世紀的なリヴェルタンから十八世紀的
な啓蒙思想へと進展する上で過渡的な人物であると考えることが出来よう。『神託の起源』
における「金の歯」の挿話は、フォントネルの批判精神を表したものとして有名である。
十六世紀ドイツにおいて、ある子供の歯が金の歯に生え替わった。これを診た学者連中が
神から与えられた奇跡であると主張し、様々な著作が著された。金銀細工師が見てみると
巧妙に金箔が張られたものであったという挿話であるが、フォントネルはこれを、「存在し
ないがその理由がわかるものよりも、存在するがその理由がわからないものによってわれ
われの無知が確信されるということはない。つまりこれは、真実に導く原則を持たないば
かりか、いとも容易く誤謬に順応してしまうという性格を持っていることを意味している」
[178]と批判し、人間が誤謬に陥りやすいこと、これを防ぐにはデカルト的な方法を使用しな
ければならないことの一例として引用している。

　いずれにしても、1687 年に新旧論争が起こるやフォントネルは近代派に組み込まれるこ
とになった。翌年に『古代人近代人についての枝葉の議論』を発表、ペローのものと一見
よく似た思想を表明するものの、フォントネル自身の独自性を保ち得た。新旧論争の最中
の 1691 年、四度落選した末にアカデミー・フランセーズ会員に選ばれ、97 年には科学ア
カデミー会員となると共にその翌々年には同会の終身書記となる。科学知識の普及に努め
両世紀の橋渡しをしたと評価すべきフォントネルであるが、実際に科学研究を行ったわけ
ではなかった。十八世紀に入ってからの著作、『科学アカデミー史』*Histoire de l'Académie
royale des sciences* や『アカデミー会員頌』*Éloges des Académiciens* のように様々な科学
および科学者に通暁することによってその新知識を、彼が生涯通い続けたサロンを通して
伝播することにより、その一般化に貢献したという評価が妥当であろう。

　フォントネルの『古代人近代人についての枝葉の議論』は小品ながら注目に値すべき先
品である。近代が古代に対して優越しているという主張においてペローとフォントネルの
あいだには多くの差異があるわけではないが、近代派にはそれなりの賛同者が存在してい
たのは事実であるにもかかわらず、『ルイ大王の世紀』以降ペローと同様に近代派の優越性

---

[177] *La querelle des anciens et des modernes*, précédé d'un essai de Marc Fumaroli, Gallimard (Folio classique), 2001, p. 18.
[178] *Œuvres de Fontenelle*, Didier, 1852, p.162.

をはっきりと主張したまとまった著作を書いたのは、おそらくフォントネルただ一人であるからだ。フォントネルの主張は、得意分野であった科学知識を駆使し、世の中の盲信を解こうとする。

> 古代人と近代人の間における優越性の問題は一方できわめて広範であるが、かつて野山にあった木々が今日の木々よりも大きいのかどうかを知るということに帰結する。それが大きいのであれば、ホメロスやプラトン、デモステネスは、近年において追いつかれることはない。しかし、かつてと同じくらいわれわれの木々が大きいのであれば、われわれはホメロスやプラトンやデモステネスに追いつくことが出来る。[179]

植物の成長と人間の歴史の対比は、『ルイ大王の世紀』においてペローがすでに行っていることであるが、古代人が近代人よりもより才能があるのであれば、古代人の頭脳がより強固で繊細な繊維で作られ、動物精気に満たされており、木々もより大きく美しかったであろうというのである。ところが、フォントネルはそのような事実は認められないという。古代賞賛者は、古代人が良趣味や理性の源泉であり、これらを生み出すために自然は枯渇してしまったというが、自然学に依ってみればこのような論理は認めることができないという。

> 自然は常に同一なある種の生地を手中にしており、様々な方法でこれを絶えずこねくり回して、人間や動物や植物を生み出すのである。もちろん、今日の哲学者や演説者、詩人よりもより繊細な粘土で、プラトンやデモステネスやホメロスをよりよく作ったのではない。[180]

木々の大きさが時代によって同一であるとしても、国や地域すなわちその気候によってこれが変化するということはあり得る。フランスの土地はエジプト人の行った推論には適していないだろうし、オレンジの木はイタリアほどよく育つということはあるまい。この変化は人間の頭脳にまで拡大できるものである。しかし、技術や文化は、土地とは異なり簡単に移植することができる、とフォントネルはいう。

ギリシャ語の本を読むことは、ギリシャ人と結婚するのと同じ効果をもたらすとフォントネルはいう。隣り合うほど近い国家の差異は、書物が交流することによって容易く消え去るが、離れすぎてしまうとこれは不可能である。印刷術の発明による知識の蓄積・伝播が近代の繁栄の要因であるという考えは、『比較論』の「第一巻」に引き継がれる。私見であると断りながらも、熱帯や寒帯は科学には適しておらず、実際にエジプトやマウレタニ

---

[179] Fontenelle, *Œuvres complètes*, tome 2, Fayard, 1989, p.413.
[180] *Ibid.*, p.414.

ア、スウェーデンでこれらが生まれた例がないとまで断言する。このように理論付けをして、次のような結論をフォントネルは導き出す。

　　　時代は人間の間にいかなる自然的な差異をもたらさないが、ギリシャの気候やイタリアの気候、フランスの気候はあまりに似通っているので、ギリシャ人やローマ人やわれわれに感じうる差異をもたらすことがない。何らかの差異があったにしても、それは簡単に消し去られてしまい、われわれより彼らの有利になることはない。近代人も古代人も、ギリシャ人もローマ人もフランス人もつまりはまったく完璧に等しいのである。[181]

　ほかの芸術に比べて、雄弁や詩歌はある一定数のごく限られた「見解」だけが必要であり、主に想像力の「敏捷さ」に依存している。ところが、人間はわずかの時代ではごく少数の「見解」しか集めることができない。想像力の「敏捷さ」は長い経験の連続を必要とせず、それがなしえる完成を得るために大量の法則をも必要としない。しかし、自然学や医学、数学は無限の「見解」で構成されており、推論の正確さに依存し、常に完成されている。フォントネルは、近代が古代に優越していると認めるものの、ペローのように科学技術の蓄積による進歩を、雄弁や詩歌に適用することには若干の躊躇いを見せる。学問を「著者たちの書いたことを知ること以外に目的をもたない」学問と「理性のみ」が司る学問に分け、前者を歴史、地理、法律、外国語や特に神学、後者を幾何学、算術、音楽、自然学、医学、建築学などに振り分けた、『真空論序言』*Préface pour un traité du vide*(1651)におけるパスカルの思想に近似している。

　ここで、ペローと同様に、フォントネルは「推論の正確さ」の根拠としてデカルトの存在を挙げる。

　　　デカルト氏の前は、もっと安易に推論をしていた。過去の時代はこの人物がいなくてきわめて幸せであった。思うに、彼が教えてくれた法則に従えば、その大部分は誤りであり、きわめて不正確な彼の哲学自体よりも評価すべき推論する方法は彼がもたらしたのだ。ついに、彼はわれわれの自然学や形而上学の良書だけでなく、宗教や倫理、批評など精密さや正確さがそれまで見られなかった書物においても君臨することになった。[182]

　フォントネルはデカルト主義者であったことは間違いないが、神の存在証明や「コギト」に関しては顧みなかった[183]。しかし、彼が『方法序説』などでうち立てた「方法」に関しては高く評価する。同じく、ペローも、デカルトによる神の存在証明や自動機械の思想に

---

[181] Fontenelle, *Œuvres complètes*, tome 2, p.416.
[182] *Ibid.*, p.420.
[183] 赤木昭三訳、『世界の複数性についての対話』、工作舎、1992、p.199.を参照。

87

ついて「第四巻」で批判しながらも、その「方法」についてはフォントネルと同様に「第三は、古代人にはほとんど知られていなかった方法の使用であります。これは今日話したり書いたりする人には、ごく親しまれているもので、申し上げましたとおり、教え喜ばせ説得するという雄弁の主要な三目的に至るために有益なものであります」[184]と「第二巻」の末尾において、近代の進歩の根拠としている。

> 雄弁や詩歌について古代派と近代派の主要な争点となっているが、それ自体はそれほど重要でないにしても、古代人は完成点に到達したと思われる。すでに述べたように、少しの期間でここに到達することができるのであり、それまでにどれだけ必要かは正確にはわからないからである。[185]

　ペローにとって『比較論』執筆の目的は、主に「雄弁」と「詩歌」の優越性を証明するためであった。当初の構想に依れば、「第一巻」に進歩の根拠および造形芸術、「第二巻」に科学技術が論じられたのち、雄弁と詩歌の進歩を証明する予定であった。しかしフォントネルは、新旧論争において文芸の論争をそれほど重要視しない。雄弁についてのデモステネスやキケロが完成点に達したと認め、詩に関してはウェルギリウスが世界で最も美しいと述べる。また、「わたし個人の趣味によれば、キケロはデモステネスに勝り、ウェルギリウスはテオクリトスやホメロスに、ホラチウスはピンダロスに、ティトゥス=リウィウスとタキトゥスはギリシャ人の歴史家すべてに勝ると思われる」[186]とローマの優越を認めている。ギリシャがローマに劣るのは、時間という進歩の要素から論じられたもので、この思想はペローにも共通している。フォントネルがいうのは、十七世紀で言えば自由思想家、十八世紀で言えば啓蒙主義者が求めたような、批判精神の重要さである。「方法」に従い是々非々で「偏見」なく検討・評価すべきと言う主張はペローのものと同様であるが、ホメロスよりもシャプランが優越し、ラファエロよりもル=ブランが卓越しているというように結論ありきでほとんど全ての分野において近代が優越すると主張したペローの導いた答えとは大きく異なると言わねばならない。

> わたしの意図は批評の細かい詳細にそれほど立ち入ろうとするものではない。彼らが到達したかどうかを検討すると、ある種のものについて古代人が最終的な完成に到達することができたり、できなかったりしたのであるから、偉大な名前については惜しまずに尊敬するべきであるし、彼らの過ちについては容赦せずに、近代人のように扱うべきであることをご理解いただきたいのである。[187]

---

[184] *Parallèle*, II, p.294.
[185] Fontenelle, *Œuvres complètes*, tome 2, p.421.
[186] *Ibid.*, p.422.
[187] *Ibid.*, p.423.

フォントネルはこのような自由検討への障害として、ペローが「第一巻」で検討するように「偏見」の問題を指摘する。

　　　　それがギリシャ語やラテン語であるから、彼らの名前がわれわれには心地よく聞こえる。その時代の第一級の人であったという評判、これらは彼らの時代にしか真実ではない。彼ら賞賛者の数が膨大に上ること、これは長い年月の間に増加すると言う余裕があったからである。これら考慮すると、近代人に偏見を持っているというほうがまだよいであろう。偏見のために理性を放棄することに飽き足らず、人々はしばしばもっとも理にかなわないものを選択しようとするのである。[188]

ここで、フォントネルは次のように提案する。

　　　　古代人が何らかにおいて完成点に達したと言うことが見いだされても、それを超すことができないと言うことで満足しよう。しかし、彼らは同等になることができないと言うのはやめよう。これは彼らの賞賛者にとっては手慣れたいい方だ。どうしてわれわれは彼らに匹敵することがないのだろうか？人間の資質として、われわれはこれを主張する権利がある。[189]

　フォントネルにとっては、近代人の優越や天動説に纏わる迷信などを自由に検討する「権利」が重要であった。老境に差し掛かったペローが『ルイ大王の世紀』でボワローに対して起死回生を企図したような、進歩の「事実」が重要ではなかったのである。フォントネルはこのような、進歩に纏わる主張を展開した上で、近代人の文芸のいくつかについては明白に古代人の同種のものを凌駕していることを主張する。

　　　　わたしはこの予言をもう少し進めることさえできる。ある時代にはローマ人が近代人であったし、そのときには古代人であったギリシャ人に持たれている頑固さを彼らは嘆いていた。それぞれの時代の違いが、われわれからすると、われわれから大いに隔たっていることによって消滅している。われわれにとっては、彼らはすべて古代人であり、普通にギリシャ人よりもローマ人を好むことを渋ることはない。古代人と古代人の間には、一方が一方に勝るということに不当さはないからである。しかし、古代人と近代人の間であると、近代人が勝ってしまうということは大きな混乱になるであろう。我慢をし長い世紀を経てから、われわれはギリシャ人やローマ人の同時代人になるのである。多くのことで彼らよりもわ

---

[188] *Ibid.*, pp.423-424.
[189] *Ibid.*, p.424.

れわれがはっきり好まれることが躊躇われないのを予想するのは簡単である。ソフォクレスやエウリピデス、アリストファネスの最良の作品も、『シンナ』や『オラース』、『アリアーヌ』や『人間嫌い』やよき時代のその他多くの悲劇や喜劇に太刀打ちできないであろう。だから、正直に同意すべきである。このよき時代が過ぎてから数年が経っているのである。『テオゲネイアとカリクレイア』や『レウキッペとクレイトポン』が、『シリュス』や『アストレ』、『ザイード』や『クレーヴの奥方』に比較されようとは思わない。雅な書簡や、コント、オペラなどそれぞれに素晴らしい作者が出た新ジャンルさえあり、古代はこれに対抗することができないし、明らかに後代も追い抜くことはできないであろう。[190]

　『シンナ』、『オラース』などコルネイユの作品や、トマ・コルネイユによる『アリアーヌ』は古代人の悲劇よりも優れたものであり、『シリュス』や『アストレ』は古代人の物語よりも優れている。フォントネルが出した結論自体は、ペローが『比較論』で論じたのと近いものであったからこそ、後代の進歩については根本的に立場が異なるものの、ペローは力強く感じ『天才』を送ったのであろう。是々非々で検討する姿勢ながらも、近縁者コルネイユの作品を挙げているのはともかく、『比較論』や『ルイ大王の世紀』でペローがラシーヌについて一言も言及しなかったように、古代派作家への意図的な沈黙が感じられる。

　いずれにしても、『古代人近代人についての枝葉の議論』は、『比較論』に先立つ近代派の考察でありペローがのちに主張する論点の多くが見いだされる。フォントネルが古代人への偏見を暴き出し近代人に正当な評価を求めていることはペローと同じ考えであるが、フォントネルはさらに未来の進歩をも前提としていることを指摘しなければならない。

　　　しかし、われわれもいつかは古代人になるのである。とりわけ、例外的な科学であり、もっとも困難でもっとも開発されていない推論する方法において、われわれの子孫がわれわれを訂正し追い越すというのは当然のことではなかろうか。[191]

　『比較論』（とりわけ進歩の根拠を扱った「第一巻」「第一対話」）において、ペローは信仰と王権の名の下に「ルイ大王の世紀」を頂点として考え後代の進歩を認めることがなかった。フォントネルが十八世紀啓蒙思想の先駆者とされるのに対して、ペローの保守性をここに見いだすことができる。この点については、『比較論』の該当個所を論じる際に再度取り上げる。

---

[190] *Ibid.*, pp.428-429.
[191] *Ibid.*, p.421.

１１．　論争の火種～個人的怨恨

　上述したように、ボワローの出生は健康的に幸福なものではなかった。

　新旧論争が十七世紀後半に勃発したことにはそれなりの前提があることを述べたが、ことにボワローおよびペロー（家）のみ焦点を当てると、そこに個人的な感情の要素が多く含まれていることが見えてくる。

　ボワローは腎臓結石の手術を、1646 年もしくは 1648 年に受けている。一説によるとこの手術の執刀医がクロード・ペローであったという。この手術が失敗であり、ボワローに一生の後遺症を残したことが真実かどうかは、今となっては知りようがないが、ボワローは自らの不具の原因として、この手術を生涯恨んでいたと考えられる[192]。いずれにしても、ボワローが幼少のおりにクロード・ペローによる治療を受けていたことは確実であり、新旧論争の終結直前にペロー『比較論』への本格的な反論として書かれた『ロンギノス考』(1694)において、その時の事情の回想が行われている。クロード・ペローは既に 1688 年に亡くなっており、一方の当事者のみの証言であるから、あくまでも論争の激しさが極まったおりに書かれた証言であることを差し引いて考えなければならない。しかし、父の死後（1657 年）兄ジェローム・ボワローの家に身を寄せていたおりに、ボワローがジェロームの妻ルイーズ・バイエン Louise Bayen の薦めによってクロード・ペローの治療を受けたことは間違いのない事実として描写されている。

> 　お亡くなりになった医師である兄上が二つの大病を治したとおっしゃり、大いなる手助けをしたと認められていたにせよ、彼に恩義など殆どない。しかしながら、兄上がわたしの医者では決してなかったことは確かである。まだ幼いおりにそれほど危険ではない熱病になったおり、住まわせてもらっていた親戚の一人が医者で、二三度問診に彼が呼ばれ、わたしの治療を行った。それから三年後に、その同じ親戚は再び彼を連れてきて、当時から患っている呼吸の病気の診察をさせた。そして彼は脈を計って、ありもしない熱を見つけたのであった。そこで足から瀉血をすることを勧めたが、わたしが患っていた喘息の治療としては奇妙なものであった。その晩から彼の治療を行わなければならないほど、わたしは狂っていたのだ。その結果、呼吸の困難は収まることなく、翌日にはおり悪く歩いたものであるから、足が膨れてしまい三週間も床に就くこととなった。これがわたしが受けた治療のすべてである。あの世の彼が許されることを神にお祈りしよう。[193]

　ボワローのいう「呼吸の病気」、つまり喘息はこれから二十数年を経た、1687 年における

---

[192] Nicolas Boileau, *Œuvres complètes*, p.978.
[193] Nicolas Boileau, *Œuvres complètes*, pp.494-495.

ラシーヌ宛の書簡[194]にも見えるように、宿痾として彼を蝕むこととなる。クロード・ペローの治療に問題が存在したかどうかはさておき、少年ボワローはこの医師による治療に疑問をもち、自らの不健康の原因をそこに帰して考えるようになった。個人的怨恨の始まりである。『詩法』「第四歌」の冒頭において、ボワローは「フィレンツェの医師」として、医師でもあり建築家でもあったクロードに対して激しい中傷を行っている。かなり長い引用になるがボワローの怨恨の深さが理解できると考え、その部分のすべてを以下に引用する。

> いつの事だかフィレンツェに一人の医者が住んでいた
> 物知りぶった法螺吹きで噂じゃ名うての人殺し
> 吾人一人がこの町の不幸の種となっていた。
> 此処では孤児が殺された父親返せと要求し
> 彼処じゃ兄弟彼により毒殺されたといって泣く
> あるものは梅那の盛られ過ぎ或る者瀉血のせいで死ぬ
> 彼の看立てで風邪引きが胸膜炎になり変り
> 偏頭痛でも彼によりゃやがては精神錯乱だ
> 到る処で嫌われて到頭町から立ち去った
> 友人大方没したが一人残った友人が
> 見事な構えの邸宅にこの医者殿を連れ帰る
> この友人は裕福な僧院長で建築狂
> さてこの医者は生まれつき建築の才あったのか
> 建物ざっと見た途端マンサール張りの口を利き
> 建築中の応接間正面部分が気に入らぬ
> 玄関口が暗いので彼処に移すべきである
> また階段の設えはこうした方が良いと言う
> 友人はそれは尤もと石工に修理を依頼する
> 石工はそれ聞き成程と頷き設計やり直す
> さても聞くだに面白い奇談の要点纏めれば
> つまりは件の人殺し非道の術を断念し
> さてそれからというものは定規と曲尺手に持って
> ガレーヌスのいかがわしい学問の道振り捨てて
> 藪井竹庵それからは良き建築家になったという[195]

　ペローが自らの古典主義美学のエッセンスとして制作した『詩法』に二十四行に渡り、

---

[194] 1687年5月26日付ラシーヌ宛て書簡において、ボワローは「呼吸の病気」を患っており体調が悪いことを告白している（Nicolas Boileau, *Œuvres complètes*, 1966, pp.734-736.）。
[195] *Art Poétique*, IV, 1-24. 守屋訳、『詩法』、pp.101-102.

92

しかも冒頭において、ペロー家の人物の中傷を行うことは極めて異様に映るのではないであろうか。これらの詩句の後に、上に引用した「石工の才能あるならば寧ろ石工になるがよい」（25 行目）という有名な詩句が続くのであるが、個人の才能の有無、分相応不相応を論じるための「序詞」としては長すぎるであろう。

　医者としてはともかく、『詩法』において「良き建築家」と評価されているように見えるクロード・ペローも、同時期の別のエピグラムにおいては、その評価さえも取り消されていることは付記するべきであろう。1676 年にヴィヴォンヌ公に送った書簡の中に見え、クロードの死後 1694 年の『選集』*Œuvres diverses* において初めて出版される『ある医者へ』*A un médecin* というエピグラムを参照したい。これは後述する、『詩法』へのペロー家の反撃である、『コウノトリに癒されたカラス』(1673)年に対する回答であるといってよい。

> はい、わたしは詩の中で言いました、有名な殺人者が
> 不毛なガレノスの学問を捨てて
> 無知な医者が巧みな石工になったと。
> でも、わたしはあなたについてそのように語るつもりはなかったのです
> わたしのムーサ、リュバンは全く正しいのです。
> 正直に言いますと、あなたは無知な医者であって
> 巧みな建築家でもないのです。[196]

　上記のヴィヴォンヌ公への書簡において、コルベールの吏員でありクロードの弟であるペローが、『詩法』における「フィレンツェの医師」の描写に抗議をしたので、ある友人がコルベールから制裁を受けるのではないかと心配したにもかかわらず、上記のエピグラムのように、「誠実な修正」を行ったとボワローは述べている。

　ボワローにおける、クロード・ペローへの怨恨はこれに留まることがない。同じく、上記のヴィヴォンヌ公宛の書簡において、ボワローは未だ呼吸器系の病気が癒えないことを告白し、ガレー船指揮官としての元帥の功績を称えながら、唐突にもクロード・ペローの話題に筆は進む。

> 殿下、パリにはペローとかいう健康と良識の大敵であり、いっぽうではキノー氏の親友である医者がいることをご存じでしょう。惨めな気持ちからか、むしろその職業で得られる収入がほとんどなかったことからか、ついに彼は別の職業を選びました。ウィトルウィウスを読んで、ル=ヴォー氏とラタボン氏と交際し、建築に身を投じることになりましたが、医者をやって多くの健康を損なったのと同じくらい、数年の内に酷い建物を多く建てたといわれています。[197]

---

[196] Nicolas Boileau, *Œuvres complètes*, p.1040.
[197] *Ibid.,* p.781.

さらに、「誠実な修正」の後日談として以下のような挿話が語られている。

　　　しかしご覧ください殿下、人々の精神が成熟しているというのに、この「修正」
　　は建築家を落ち着かせるどころか怒らせてしまい、悪態をつき不平を言って、わ
　　たしの年金を取り上げるといって脅してきたのです。これに対してわたしは、恐
　　れているのは彼の治療であって脅迫ではないと返答しました。この事件の結末と
　　しては、わたしが年金を手にすることになり、建物にいんちきをしたことによっ
　　て建築家はコルベール氏と仲違いしてしまい、神は庶民を哀れんでおられないの
　　か、この男は医学に再び身を投じたのです。[198]

『詩法』「第四歌」の出版ののち十年を経て、クロードが死去（1688年）したのちも以下
のような寸鉄詩をペローに宛てて書いている。

　　　人殺しの君の伯父さんが
　　　わたしを病気から治したと、君は言う
　　　彼がわたしの医者なんかでなかった証拠に
　　　わたしはまだ生きているではないか。[199]

「叔父」というのはクロードを名指ししていないように見えるが、ボワローは、1701年
に出される「愛蔵版」において、「兄」にこの単語を差し替えているという。また、新旧論
争の発端となったといわれる、アカデミーにおける『ルイ大王の世紀』の直後には、当事
者でもないクロードをカリグラやネロなどと同列に並べてエピグラムを作っている。

　　　ホメロスや、ウェルギリウス、アリストテレス
　　　プラトンを咎めたからといってペローを非難してはなりません。
　　　彼にはお兄様や
　　　GやN、ラヴォー、ガリグラ、ネロ
　　　太ったシャルパンティエなんかの仲間がいるんだそうだ。[200]

「お兄様」というのは間違いなくクロードであると思われる。上述のように、新旧論争

---

[198] *Ibid.*, pp.782-783.
[199] *Ibid.*, p.264.
[200] *Ibid.*, p 258. シャルパンチエ Charpentier, François(1620-1702)はアカデミー会員でありクセノフォン
の翻訳などを行った。大変に太っていたという。「G」と「N」という人物については判明していないが、
ブドール Boudhors, Charles(1827-1911)によれば、前者がグラモン Philibert, comte de
Gramont(1621-1707)であり後者がヌヴェール公、フィリップ・マンシーニ Philippe Mancini(1641-1707)
でないかと推測されている（*Ibid.*, p.1043.）。

94

の始まった時点で、次兄ピエール（1680 年没）や四兄ニコラ（1662 年没）などの他の兄たちはすでに死亡しているのに対して、三兄クロードのみが健在であったからだ（翌年没）。

これらの感情的な攻撃に対しペロー側も黙っていたわけではない。ペローはクロードと共同で、ボワローの反撃する痛烈な韻文コントを書くに至った。

『コウノトリに癒してもらったカラス、またはこの上ない恩知らず』*Le Corbeau guéri par la cigogne, ou l'ingrat parfait* は、1673 年に書かれた。これはピエール・ベールの『歴史的・批評的辞典』の校訂を行ったジョリー Philippe Louis Joly(1712-1782)が草稿を発見しその注釈の中で引用していたが、ジャコブによって 1842 年になってはじめてペローの作品集に納められることとなった[201]。ともかく、 1670 年には、ボワローは『詩法』の制作に取りかかり、同年には朗読が始められていたことから[202]、クロードとシャルルは、『詩法』「第四歌」冒頭のクロード批判の内容を知っていた可能性は否定できない。

長い引用になるがここにその全文を再現することを試みたいと思う。ペロー家とボワローの確執の経緯がペロー家の視点によって描かれており極めて興味深いと思われる。

気高い本能を持ち、美しい羽根で
新しい数多の歌を知っている
薄暗いボカージュに沿って
水のせせらぎにあわせ
心地よい囀りを加える
そのような鳥ではない一匹の鳥のこと
それは山賊のような鳥
運の悪く、黒く、卑しい
美しく、みどりで花咲く
草原を飛んでも
ゴミ捨て場に
自らの酷い食欲を満たすため
見ることもなく通り過ぎてしまう。
一言で言ってしまうのであれば
殺戮の現場からきた一匹のカラスが
優しく賢明なコウノトリに対して
叫びながら逃げ込んだ。
のどが詰まって仕方がない、と彼は言う。
のどに骨が刺さって
もう話すことが出来ないのです。

---

[201] *Mémoires: contes et autres œuvres de Charles Perrault*: précédés d'une notice sur l'auteur par Paul L. Jacob, Charles Gosselin, 1842, pp.275-278.
[202] 守屋訳、『詩法』、pp.14-15.

この仕事に熟練のコウノトリは
素早く、すんなりと
のどから骨を引き抜いた。
そして、激しい虐殺がどうにかならないかと
肉食鳥に警告した。
彼は約束した。しかし思うがままに
厄介な運命は彼を操っている。
度し難いこの生き物は
さらに同じ災いを受けて
同じ治療に頼ったのである。
コウノトリはこのように二回も
必要であれば彼に手を貸してやった。
しかし、これほど貴重な善行の
成果を見てみようではないか。
ある日、この大食いの妬み屋は
小作地にいるコウノトリが
大きく広々とした寝床を立てるのを見たが
それは美しく対称的で
未だかつて無かったものであった。
なんてことだ！彼は怒った
おれはカアカア鳴いたり
引き裂き、噛みつき、突き刺して
通りがかりのものに悪態をついたり
最低の汚い言葉を吐くことしかできない。
それなのにコウノトリは
故郷に幸せを運び
両親には忠誠を尽くして
人々に愛される。
あらゆる害毒や
あらゆる魔術から
家々を守るであろう。
最も重篤な病を癒し
建築物に関しては
最も優れた巨匠にうち勝つであろう！
いやいや、これは人をばかにしたことだ。
悪徳だ、しかも大変な悪徳だ

これほどの才能を持つことは。
ああ！過ちを明らかにしたいものだ。
様々な羽根の数多の鳥たちが
あそこに集まってきたが
その近隣を美しくした
賢明なコウノトリが立てた巣を
賞賛することしかしない。
コンパスと定規で建てたような
完璧な傑作だとか
本当のところ鷲がすむのに相応しい
邸宅であるとか彼らは言った。
本当のところ、と妬み屋はまた話し始める
彼の建物は神々しいし
視覚を魅了するものである。
しかし、医学を捨てた方が
さらに良いであろう
その無知から日々
助けになるどころか
数多の人を殺しているのであるからと。
コウノトリはこの演説を聞いて
怯えることなくこういった。
わたしは巧みにやったのに非難される。
わたしが二度も抜いた骨が
喉に残っていたならば
その喉は毒されて
わたしの名声を傷つけることは無かったろう。
しかしまあ、彼は完璧な恩知らずなのだ。
善行の恩を侮辱で返すのだから。 [203]

　いうまでもなくカラスはボワローを暗示しており、治したのにもかかわらずその恩を仇で返されるコウノトリはクロード・ペローを喩えているのであろう。嫉妬深く殺戮を繰り返してばかりいることは、『詩法』などにおいて多くの詩人を愚弄したことを暗示し、コウノトリが美しい建物を建てていることは、クロードが建築家としてルーヴルやサン＝タントワーヌの凱旋門などの設計を行ったことを暗示しているのであろう。

---

[203] Charles PERRAULT, *Contes*, Flammarion, 1989, pp.95-97.

１２．結論

　十七世紀の末に起こった新旧論争が勃発するまでの道のりを概観した。論争は偶発的に起こったのではなく、オペラや叙事詩などのテーマは長い準備期間を経ているとともに、『ルイ大王の世紀』の朗読に始まる論争は、ソリアノの言葉を借りれば、ペローがおそらく意図的に時期や状況を選んで爆発させた「爆弾」[204]であったといえる。

いずれにしても、『ルイ大王の世紀』において主張したことを、散文で明確に述べることを意図した『比較論』「第一巻」を、ボワローからの反撃を予想しながらも、1687 年から約一年半かかってペローは書き上げることになる。前作の失敗を反省し、散文で古今の比較を交えながら明確に論じるとともに、フォントネルが示した近代派の思想が反映されたものとなろう。

---

[204] Soriano, *Le Dossier*, p.213.

第四章　『古代人近代人比較論』「第一巻」

第四章 『古代人近代人比較論』「第一巻」

（古代人への偏見および建築・彫刻・絵画）

1．作品の概要
1. 出版の経緯

『比較論』が執筆されるきっかけとして、ペローは次のように回想している。1687 年 1 月 27 日『ルイ大王の世紀』の朗読の後日談である。

> まじめに述べたことを周りに信じてもらえないこと、またそれをとにかく信じ ないような振りをしていることが残念であった。だから韻文でいったことを散文 で真剣に述べ、しかもそれについての真意を疑う余地がないように述べる決心を した。これが四巻の『比較論』を書いた理由であり原因である。[205]

前章で述べたように、『ルイ大王の世紀』によって古代派を大いに挑発し、ボワローを激 怒させたにもかかわらず、冗談としか受け取られなかった反省に立ったことが『古代人近 代人比較論』をペローが執筆した要因であった。引用の『回想録』は、おそらく彼の子供 のために書かれたもので、もともと出版を企図しておらず、その全体も二十世紀になるま で出版されなかったが[206]、その記述の内容から考えると、ペローの最晩年である 1700 年〜 1702 年頃のものと考えることができる。新旧論争も 1694 年に一応の決着を見、七十代の

---

[205] Charles PERRAULT, *Mémoires de ma vie*, Renouard, 1909 (rééd. Paris, Macula, 1993.), p.238.
[206] 『回想録』は不完全版が数度にわたって死後出版されたが、完全な形で初めて日の目を見るのは 1909 年を待たねばならない。このボンヌフォンによる注釈付き版は、クロード・ペローの『ボルドーへの旅』 *Voyage à Bordeaux* を併録し出版された。現在手に入る版として、上記のボンヌフォン版『回想録』のみ のリプリントにアントワーヌ・ピコンが序文等をつけた版が出回っている。『ボルドーへの旅』に関しては L'insulaire からリプリント版が出ている(Claude Perrault, *Voyage à Bordeaux,* L'insulaire, 2000.)。この 突然の終了に関して、ジャンヌ・ザルッキもその理由については判然としたことは述べていない。マニュ スクリを点検した彼女は以下のように述べている。「(...) ここまで来てペローは、文人としての経歴の中 でもっとも中枢となる事件を書くにあたって、小休止したに違いないというのが適当である」 (Charles Perrault, *Memories of my life*, edited and translated by Jeanne Morgan Zarucchi, University of Missouri Press, 1989, p. 115.)。ペローの伝記的な状況だけでなく、本文にもこの『回想録』が出版を目的 とせず、主に家族に対して書かれたという印がしばしば現れている。たとえば、「こうして『アエネイス』 「第六巻」を訳し終え、わたしはできる限りきれいに清書すると、彼は墨ですこぶる美しい二つの版画を そこに添えました。この原稿は家族の本しか置いていない棚にあります」(Charles Perrault, *Mémoires de ma vie*, p. 113.)。「徴税官であったきみたちの伯父さんが、ここでわたしが話している医者であったきみた ちの伯父さんの人物描写をすこぶる上手にしてくれているので、ここでは伯父さんが語り忘れた彼の人生 のいくつかの状況を報告するだけで止めておきます」(*Ibid.*, pp. 114-115.) などの一節を引用することがで きるであろう。家の配置はもちろん家族や親近者、親しい友人にしかわからないものであり、そもそもこ のような人物に対して書かれたのでなければ、このような書き方はなされないであろう。また「きみたち の伯父さん」という書き方は、彼の息子たち（またはその存在が推定されている娘）のことが念頭にある と思われる。

老境にさしかかったペローの回想ではあるが、公表を前提としていないからか、いまだ近代派として自負心を垣間見せる。しかし、残念ながら、『回想録』は 1697 年 1 月 27 日の「事件」以降の記述がなされていない。新旧論争及び「コント」というペローの最も豊かな晩年の告白が残されていないことは、ペロー研究者にとって恨めしい結末であった。いずれにしても、この回想自体は、1694 年アルノー仲介による和解を経て書かれていることから、穏当な口調で綴られている。

　前章でも述べたとおり、最晩年の十五年は、世俗的に窮地に陥ったペローではあったが、もっとも豊穣な才能を発揮した時代であった。『コント集』や『比較論』はさておき、喜劇（『フォンタンジュたち』（1690）、『ウーブリ売り』（1691））、キリスト教叙事詩（『世界の創造』（1692）、『アダム、または人間の創造、その堕落、その償い』（1697））、寓話（ペローによる翻訳『ファエルノの寓話集』（1699）[207]）、はては一種の名士伝（『今世紀フランスに現れた有名人たち』（1696-1700））が発表され、さまざまな文芸様式を試みた。「ルイ大王の世紀」に登場した名士を網羅的に紹介する『有名人』自体が、次世紀の百科全書派的傾向を先取りしているともに、自らの創作活動自体も多くの様式を網羅した。『比較論』の構想も『有名人』とおなじく、文芸をはじめ造形芸術一般から天文学や医学などの自然科学、地理学、航海術、兵法、哲学、音楽に広がっており、ペロー自らがコルベールの吏員として参与した太陽王の治世になされた偉業を紹介するとともに、古代文化に対する優越を称揚する構想からなされた。その意味では、ペローが回想するように『ルイ大王の世紀』の時点で『比較論』が急に構想されたのではなく、ある程度の準備を経ていたのではないかと類推することができよう。

　上に引用した『回想録』は『ルイ大王の世紀』の朗読から約十五年を経た後に書かれているが、この事件により近い証言として挙げられるのが、『比較論』「第一巻」の「序文」における記述である。「第一巻」が 1688 年 10 月に印刷に付されていることから、『ルイ大王の世紀』の朗読からの一年と十ヶ月の間に書かれたものであろう。

　　　　多くの紳士が、わたしがその立場をあまり守ってはいないというように感じたと親切に好意的に仰るので、わたしの詩（『ルイ大王の世紀』）には真面目なことしか書かれていないことに疑問を残さないように、散文でこれに答えたいと思った。一言で言えば、だれもが否定できないように、古代人が卓越しているといっても、近代人はそれに引けを取ることはないし、多くの物事において追い抜いてさえいると確信したのである。わたしが考えていること、この対話で証明しようするのはまさにこのことなのである。[208]

「第四巻」の「序文」においてもほぼ同様の執筆動機を述べている。

---

[207] ガブリエレ・ファエルノ Gabriele Faerno(1510 頃-1561)。クレモナ生まれのラテン語詩人。
[208] *Parallèle*, I, Préface.

101

正直で楽しい楽しみにし、そうしてわたしの余暇が無為に消え去らないように、『古代人近代人比較論』を書こうと決心したとき、様々な理由で自分の選択に満足をした。その主題は文人が扱いうる最も美しいものの一つのように思えた。それは、いわば、世界のさまざまな時代にたどり着いたさまざまな完成の度合いを検討すべきあらゆる科学と芸術を含んでいたからであった。この計画はわたしにとっては賞賛すべきものでもあり、今日ほどあらゆる科学と芸術が繁栄したことはないことを示し、われわれの時代に敬意を表するしかなかったからである。しかし、より喜ばしかったのは、わたしの計画に誰も苦情をいわないと思われたことであった。この時代の卓越した人の功績を称揚しても、気分を害することはなにもないと考えていたし、あらゆる古代人に対して幅を利かせている偏見による際限のない賞賛にすこしは反対したり、その真の価値に与えるべき評価を減じることがあったりしても、これらの作家たちは、相当の時間によってわたしから隔てられているので、彼らもこれを最も愛する者も自分が侮辱されたと思うなどとは考えなかった。[209]

　「朗読事件」当日にはボワローが激高し「反論」を書くことを宣言しながらも、即座にそれが書かれることはなかった。むしろ、いくつかのエピグラムが発せられたのみで、ボワローからの本格的反論は『ロンギノス考』(1694-1710)を待たねばならなかった。しかし、「まじめに述べたことを周りに信じてもらえない」というように、古代派からの反論が即座になされなかったわけではない。ボワローや新旧論争に関しては基本的に沈黙を守っているラシーヌからの反論がなされなかっただけであって、『ルイ大王の世紀』はそれなりの波紋を広げたことは間違いがない。

　なかでも、ペロー自らが上記の「第一巻」「序文」において言及しているのが、前章「新旧論争前史」でも述べたようにロンジュピエール（『古代人論』*Discours sur les Anciens*(1687)）及びフュルチエール（『論駁書』（1687））の例であった。ロンジュピエールに関しては、「ある有名な注釈者がその注解の序文の中でわたしを仰天せしめたのは本当である」[210]との一節で取り上げるのみ、フュルチエールについては反論を試みているものの、些細な揚げ足取りへの再反論でしかなかった。『ルイ大王の世紀』において、マイアンドロス川（現メンデスレス川。トルコ共和国中部を流れる）をギリシャの川と注釈を付けていることに対して、フュルチエールがこれを小アジアに流れる河であると皮肉ったことへの長々しい反撃であった。小アジアは、「アジアのギリシャ」とも呼ばれていたことを論拠に、このような些細な揚げ足取りを批判し、

---

[209] *Ibid.*, IV, Préface.
[210] *Ibid.*, I, Préface.

この批判をより詳細に検討すると、それがより詳しい回答に値するものではな
　いことがわかるであろうし、この対話に取りかかっていることを批判した作家が
　原因ではなく、わたしの詩がお遊びであると思い、わたしの本当の気持ちを含ん
　でいるとは思わずに、本当らしいことはおろか真実さえもない逆説を支持して気
　晴らしをしていると思った人たちの目を覚まさせることのみが目的なのである。
　[211]

　　と述べ執筆動機の一つとしている。「最初の二つの対話に『ルイ大王の世紀』を併載しな
ければならないと考えたが、それは原因になっただけではなく、問題の状況をよく理解す
る必要が若干あるからだ」[212]と言うように、これを『比較論』「第一巻」に再録し、問題と
なった「注釈」もそのまま載せていることは、フュルチエールへの挑発と捉えることがで
きる。古代派からの反応は芳しいものではなかったものの、近代派とくにフォントネルか
らの反応は前章で引用した『古代人と近代人についての枝葉の議論』(1688)に代表される
ように、心強いものであったにちがいない。上記の状況とは逆にフォントネルに捧げた『天
才』という短詩も「第一巻」に併録したのは当然であろう。
　　ロンジュピエールにしても、フュルチエールにしてもペローが期待した論争に繋がる本
格的な反論とはいえるものではなかった。前章でも述べたように、文芸理論家として最も
権威を保ち不倶戴天の敵であったボワローを引きずり出し、これを論破すべきであった。

2.　形式

　　『比較論』を執筆するに当たって、ペローは「対話」および「比較」という様式を用い
た。『愛と友情の神の対話』(1660)において、すでに「対話」の実作を試みていたペローで
あったが、近代派の論拠を主張するに当たって、このジャンルを選んだ意図はいかなるも
のであったか。
　　そもそも全編がほぼ対話で成り立ちつつも戯曲作品ではない「対話文学」いうべきジャ
ンルは、十七世紀フランスには、今日よりも一般的なものであった。その源流を辿ればソ
クラテスの問答法による「産婆術」、プラトンによる「対話編」にたどり着くであろうが、
ルネサンス以後の近代文学においても古代人に範を求め哲学的、道徳的な論議を主題にし
た作品が生まれた。エラスムスによる「対話集」に始まり、ガリレオ『天文対話』*Dialogo
sopra i due massimi sistemi del mondo*(1632)、ラ＝モット＝ル＝ヴァイエ『古代人に模し
た四つの対話』*Quatre dialogues faits à l'imitation des anciens*(1630)などの作品を挙げる
ことができよう。新旧論争期の作品としては、近代派を公言していたフォントネルによる
『世界の複数性についての対話』 (1686)は多くの版を重ねた。十八世紀においても、ディ

---

[211] *Ibid.*, I, Préface.
[212] *Ibid.*, I, Préface.

ドロによる『ラモーの甥』*Le Neveu de Rameau*(1762-1773)、ルソーによる『ルソー、ジャン＝ジャックを裁く〜対話』*Dialogues de Rousseau juge de Jean-Jacques* (1772-1776) など世紀を代表する作家に用いられた様式である。「対話」という形式ゆえに、必然的に哲学上、政治上などの論争や批評を主眼として書かれることが多いのが特徴である。古代人と近代人を「比較」しその優劣を論じようとしたペローの意図に適った様式であった。「比較」parallèle という様式も、古くは最古の文芸批評といわれるアリストパネス(紀元前446頃-385頃)『蛙』*Bátrachoi* (紀元前405)における二大悲劇詩人ソフォクレスおよびエウリピデスの「比較」に始まり、ラ＝ブリュイエール『カラクテール』(1688)「第一章：文学上の著作について」におけるコルネイユとラシーヌの比較[213]など様々に行われてきた。

　ペローが、この『比較論』を書くにあたってとりわけ参照したと思われる作品を二点挙げることが出来ると思われる。タキトゥスの『弁論家の対話』*Dialogus de Oratoribus*(105頃)およびピエール・ペローの『エウリピデス、ラシーヌ氏による二つの悲劇『イフィジェニー』に関する批判および両者の比較』(1677)がそれである。

　タキトゥスの『弁論家の対話』は彼の著作のうち初期のものとされ、『比較論』「第二巻」において神父が数十ページにわたって引用していることから、ペローがこの作品を参照していたことは確実である[214]。現在では多くの研究者によってタキトゥス作とされている本書が神父＝ペローによって、「かつて何人かの学者はこれをコルネリウス・タキトゥスのものとしており、作品の最後には普通そう印刷されていましたが、今日では、これがクインティリアヌスのものであることは揺るぎないとされております」[215]と語られ、クインティリアヌス作として見なされていることはともかく、ウェスパシアヌス帝政下（69-79）を舞台に交わされる「対話」は、ペローが千六百年後に構想するものと類似の特徴を有していた。タキトゥス自身が弁論家を志したものの挫折した経緯もあり、共和制から帝政に移行し存在意義を失いつつある「弁論術」について議論が行われる。『比較論』のように神父の主張がすなわちペローの主張であることは明言されず、タキトゥスの意図がどこにあったかは分からない。共和制時代の精神を賛美する登場人物の一人「マテルヌス」は修辞学を辞めて悲劇の執筆を志したことが描かれていることは、歴史に転じたタキトゥスとの類似性が認められる。また「メッサラ」は修辞学校における弁論術の訓練を退廃的だと説く一方で、別の登場人物「アペル」は、当代の弁論術はより洗練したものに発展していると説く。神父＝ペローは自らこの作品の構造について、「まず彼は三人の対話者を導入します。その名前は、セクンドゥス、マテルヌス、アペルといい、最初の二人は古代人の味方であり、最後の者は近代の味方であります。最後のアペルというものは、マテルヌスを非難します。彼は同様に良い演説者であるのに、悲劇を作るのに全ての時間を使っているのが間違いだというのであります。これは雄弁に秀でることよりも、誠実で心地が良く有益であるものではありません。もし演台に立つのであれば、彼にとっては、それは簡単なことで

---

[213] La Bruyère, *Les Caractères*, « Des ouvrages de l'esprit »，§54.
[214] *Parallèle*, II, pp.198-223.
[215] *Ibid.*, II, p.198.

あったでしょう。マテルヌスは反対に、弁護をするよりも詩を作ることの方が、より誠実で心地よく有益であると主張いたします。これらについて、双方から、雄弁や詩歌を賞賛したり、それぞれにどのような優越性が主張されうるのかなど、極めて美しい事柄が無数に語られます。結論の出ないこの議論の最後には、他の二人よりもより頑固な古代派であるウィプサニウス・メッサラが現れます。特にその根拠になっていること、つまり古代人や近代人において、どの演説者が最も雄弁であるのかを知ることが問題であることが説明されます」[216]と解説している。

　いずれにしても、登場人物が「古代派」（メッサラ）と「近代派」（アペル）に分かれて対話を交すこと、雄弁（散文）と詩歌（韻文）の優劣が論じられ両者が峻別されその特徴が論じられること、古今の優劣が論じられることなど、『比較論』と共通する要素が見いだせることが理解できよう。

　ペローはすでに、七十年代に『オペラ論』（1674)という、「対話」および「比較」という手法を使用した作品を書いていることを指摘しなければならない。エウリピデスの『アルケスティス』およびキノーのオペラ『アルセスト』（1674)を比較し、後者の近代性を賞揚するという形式は、のちの『比較論』の原型となると考えられる。

　さらに、ペローの念頭にあったのは、兄ピエールによる「対話」作品であったと思われる。ピエール・ペローは、シャルルよりも十七才年長の次兄であり、種々の才能を持ち合わせた兄弟の中でも文学的才能をより多く持ち合わせていた。シャルルが文芸の道を選択するに至ったのも、父の遺産で購入したパリ総徴税官としてピエールが、彼を吏員として雇ったことが原因であった。この「閑職」がシャルルに文芸・社交活動を行う余暇を与えたことは『回想録』で述べられている[217]。1674 年、ピエールはシャルルと共同で『オペラ論』を書きその擁護に努め、イタリアのビュルレスク作家タッソーニ[218]の『盗まれた水桶』の翻訳（1678）や『ドン・キホーテ批判』(1679)[219]などの仕事も行った。そのピエールが、『エウリピデス、ラシーヌ氏による二つの悲劇『イフィジェニー』に関する批判および両者の比較』(1677)という「対話」を残している。本作はながらく刊行されず、手稿のままフランス国立図書館に保管されていたが[220]、1994 年に至り、ブルックス他によってはじめて公になった[221]。

---

[216] *Ibid.*, II, pp.199-200.
[217] *Mémoire*, pp.122-123.
[218] タッソーニ Alessandro Tassoni(1565-1635)自身が、近代派的な思想を持ち合わせており、フランスにおける新旧論争の直接的な原因ともされる (Rigault, *Histoire de la querelle des anciens et des modernes*, pp.73-75.)。また、オルドリッジは、進歩の概念を文芸にまではじめて持ち込んだ人物として捉えている（ドッズ他、*op.cit.*, p.144.）。
[219] 『ドンキホーテ批判』も、後述するように「対話」の形式を取っていた。こちらも長らく未刊行であったが、バルドンによって校訂・出版されている（*Critique du Livre de Dom Quichotte de la Manche par Pierre Perrault* (1679). Manuscrit publié avec introduction et notes par Maurice Bardon, Paris, Imp. les Presses Modernes, 1930.）。
[220] « *Critique des deux Tragédies d'Iphigénie d'Euripide et de M°. Racine et la comparaison de l'une avec l'autre, dialogue par M°. PERRAULT ; receveur général des finances à Paris* », Bibliothèque nationale de France, fonds anciens, No. 2385.
[221] William Brooks, Buford Norman et Jeanne Morgan Zarucchi, *Philippe Quinault. Alceste suivi de la*

『比較論』「第三巻」において演劇が論じられる折りに詳しく触れるが、これらの作品は1670年代における「オペラ論争」に関連する論争作品であったことは指摘せねばならない。十六世紀末にイタリアで生まれたオペラは、まもなくフランスに導入されイタリア人マザランなどの庇護の下に発展を見ることになった。当初はイタリア語で上演されていたオペラも、1670年代に入るとフランス語による創作が試みられるようになった（ペラン Pierre Perrin(1620-1675) およびカンベール Robert Cambert(1627-1677) の『ポモーヌ』*Pomone*(1671)）。この新たなジャンルに目を付けたのがリュリであった。音楽を伴うという意味ではオペラと類似したジャンルである、コメディー・バレエに携わっていた彼は、1670年以来バレエを自ら踊ることがなくなりその嗜好を失おうとしていた国王へ、新たな創作を披露するために目を付けたのがオペラであった。リュリは、オペラの独占上演権を取り付けるとともに、モリエールの死後にはパレ・ロワイアル劇場の上演権を奪い取った。台本作家にはキノー、舞台装置家にはヴィガラーニ Carlo Vigarani(1637-1713)を得、このトリオで十数本のオペラを1687年、リュリが死去するまで上演してゆく。

　論争が起こったのは彼らの第二作『アルセスト』(1674)の折りであった。第一作『カドミュスとエルミオーヌ』（1673)ほどの成功が挙げられなかった本作について、ペロー家の兄弟は陰謀の存在を想定した。エウリピデスの原作『アルケスティス』よりも本作の近代性を称えた上述の『オペラ論』がシャルルおよびピエールによって発表され、異なるテーマながらも同作者の『タウリスのイフィゲニア』を原典とする『イフィジェニー』を発表したラシーヌは、その「序文」で、生涯にほとんど唯一と考えられる「新旧論争」への関与を示し、オペラ派を批判した。1670年代において、演劇という枠組みが存在しながらも、近代演劇及び古代演劇の優越性が争われたこの「オペラ論争」は、十数年を隔てて行われる「新旧論争」の先駆的な事件であったということが出来る。『イフィジェニー』の発表から三年もたちながらも、このような状況下でピエール単独で書かれたのが『『イフィジェニー』に関する批判および両者の比較』であった。

　この『『イフィジェニー』に関する批判および両者の比較』は、ペローの『比較論』と極めて類似した構想を持っていた。第一に、近代派の論拠を主張（ここでは、フランス近代演劇の古代ギリシャ演劇に対する優越性）するに当たって、「対話」という様式が用いられていること。第二に、「第一部」と題された対話ののちに「第二部」として、仏語訳したエウリピデス『タウリスのイフィゲニア』およびラシーヌ『イフィジェニー』が併録されていることである。原語ではなく仏語訳で比較して足りるという姿勢は、ペローと同様である。絵画・建築などの造形芸術から始まり、文芸や科学技術までを対象とした『比較論』と構想の壮大さこそ違え、ピエール・ペローは弟が十数年後に着手する構想をすでに実現していたといえよう。

　本作の「緒言」は以下のように始められる。

Querelle d'Alceste Anciens et Modernes avant 1680, Droz, 1994, pp.123-159.

『盗まれた水桶』という詩の翻訳における「緒言」もしくは「省察」において
わたしがいったことは、古代および今世紀の作家の著作に対してのわたしの評価
に関するものであったが、突飛な気まぐれや嫌悪感、無分別な好み、誰それに対
する嫉妬から言ったことではないし、ましてや、わたしが両者に生み出してしま
った争いの批判者や、判事、審判者になろうという自惚れや欲望によるものでも
ない。[222]

　ピエールにとって、『盗まれた水桶』の翻訳は、シャルルにとっての『ルイ大王の世紀』
のような存在であった。近代派の思想を表明し、次の作品を書かせる触媒となった。
　「比較」という構想について、ピエールは本作「緒言」において以下のように語ってい
る。

　　　今世紀のあらゆる作品の中から、古代人の作品よりも優れている多くの作品の
　　名前を挙げることができるであろう。このような雄弁作品、英雄詩や叙情詩、悲
　　劇や喜劇が現れ、古代ももはやこれらに対抗はできないことを栄光とともにわた
　　しは主張する。みなはわたしが誰のことを話しているのかを知っている。しかし、
　　これはわたしがすでに述べたことであり、それによってしかわたしの命題は証明
　　されないので、古代と近代の作品を比較してこの二つをお互いにどちらにも有利
　　でない同一の舞台に乗せることによって、わたしの命題やら、非難をされた無鉄
　　砲さやらが判定できると考えた。[223]

　ピエールの構想においては、『タウリスのイフィゲニア』もしくは『イフィジェニー』と
いう作品に関してのみしか実現されることはなかったが、ピエールが言う「雄弁作品、英
雄詩や叙情詩、悲劇や喜劇」に関してはのちに、ペローが大々的な構想において実現する
ことから、これは『比較論』の原型であるということができよう。
　「対話」という形式に関しても、『比較論』への影響が見られる。対話に登場する人物は
『比較論』と異なり、「クレオビュル」Cléobule（近代派）および「フィラルク」Philarque
（古代派）の二人である。『比較論』における「神父」と同じく、クレオビュルがピエール
の分身であると想定することが出来る。『比較論』においてはその「序言」において、後述
するように「神父」の発言のみがペローの意見であることが認められているが、本作にお
いては、フィラルクの発言に「とりわけ、それは仲間の一人が持ち合わせていたあなたの
『盗まれた水桶』という詩の翻訳の前に掲げられた「緒言」についてであります。主に、
あなたが古代人に匹敵するとされるだけでなくより好んでおられる当代の作家とともに、
あなたが古代作家について語られていること、あなたがなされた比較についてであります」

---

[222] *Ibid.*, p.125.
[223] *Ibid.*, p.127.

[224]とあることから、クレオビュル及びピエールの人格は同一視される。

「対話」および「比較」という手法を、新旧論争に適用したのは『比較論』とまったく同一であり、その議論の内容も十数年後の作品と同一の点が多い。

3. 登場人物

『比較論』における登場人物は、ピエールの作品と異なり、「神父」abbé、「騎士」chevalier および「裁判所長官」président の三人である。その性格は「第一巻」の冒頭に掲げられているとおりである。これらの三人が、千数百ページに及ぶ『比較論』の対話者であり、その他の人物はいっさい登場しない。各巻に付された「序文」および『ルイ大王の世紀』など論争に関連のあるテクストが納められた「付録」を除いては、そのほとんどが対話で書かれている『比較論』であるが、「第一巻」の冒頭には対話の舞台、人物、日時などの状況説明が掲げられている。ペローの言葉を借りて、この三人の人物の概略を紹介する。

> それぞれがそれぞれに長所のある三人組であり、その性格はまったく異なっている。裁判所長官は、何世紀も生きたかのような知識ある人間の一人であり、なされたこと、言われたあらゆることを良く知っている。若かりし頃からの美しき知識に対する限りない愛は、彼が汲み尽くした古代人の作品へ敬意を抱かせ、近代人が古代人と同様のことを成し遂げたとも、成し遂げることが出来るとも考えない。[225]

『イフィジェニー』における「フィラルク」、『オペラ論』における「アリスティッペ」に当たる役割を果たし、古代派の代弁者として見なすことの出来るのが「裁判所長官」である。文学に限らず古代文化に対する並々ならぬ知識を有するが、「神父」の主張する近代とりわけフランスにおける進歩を認めようとしない頑迷さを持つ人物として描かれている。

> 神父も知識人であると見なすことが出来るが、他の者よりは考えが豊かである。彼の知識は考え抜かれ熟考から消化された知識であり、彼の言うことはしばしば読書によっているが、それを我がものとしているので、独創的のように見え、新しい優美さがある。彼はその財産を磨こうと心がけている。その財産は豊かであるから、しばしば熟考することで、数多の新しい考えを引きだす。最初はしばしば矛盾しているように見えるかも知れないが、検討してみれば、意義と真実に満ちていることがわかる。彼はその価値を、時や場所、人物を考慮することなく、それ自体で判断している。古代から残った優れた作品を大いに評価をしていると

---

[224] *Ibid.,* p.130.
[225] *Parallèle*, I, pp.1-2.

いっても、われわれの世紀にも同じような判断を下している。同じ道筋であれ、新しく違ったものであれ、近代人は古代人と同じくらい進歩しているし、しばしばそれ以上であると確信しているのである。[226]

「神父」はペローの代弁者である。『イフィジェニー』における、「クレオビュル」、『オペラ論』における「クレオン」の役割を担う。『比較論』は「神父」の発言を中心に進行し、「裁判所長官」は彼に説得され、論破され、ときには感心させられる。ペローが影響を受けたと思われる先行するピエール・ペローの作品などにおいては、「対談」の形式を取っていたが、『比較論』においてはここに第三の登場人物「騎士」が加わり「鼎談」になる。

　　　　騎士は、裁判所長官と神父の中間の位置を取っている。実際には、同水準のものではないが、彼には学問や才能があり、そこに多くの精神の活発さや陽気さが加味されている。[227]

　議論を戦うのはおもに前二者である。「騎士」は「中間の位置」とはいいつつも、むしろ神父よりの立場を表明することが多い印象がある。議論に関係することは少ないが、折りを見て話題を変更する、もしくは「騎士は行われようとしていることにはほとんど気にせず、それについて楽しい冗談を言うことばかりを考えた」[228]と報告されるように、議論に関係する挿話を語ることによって、堅苦しくなりがちな論争に変化を与える役割が「騎士」には割り振られているように思われる。

　「古代人の功績については、『ルイ大王の世紀』の折りに、彼らは何度か議論をすでにしていた」[229]三人の旧友が、「ヴェルサイユに旅行したときに、宮殿が飾られている古代であり近代である美しい作品に囲まれて興奮し、そのテーマをいわば論じ尽くした」[230]おりの対話という形式を『比較論』は取る。

　ハウエルズが指摘するとおり[231]、神父、騎士、裁判所長官はそれぞれアンシャン・レジームにおける三つの身分を表現しているのであろう。神父が第一身分、騎士が第二身分、裁判所長官は第三身分のそれぞれに相当する。ペロー自らは法服貴族という第三身分出身であるが、自らの代弁者を「神父」としたのはどのような意図があったのであろうか。ペローがその理由について語ることはないが、信仰に徐々に傾斜し、近代派優越の論拠として、キリスト教という信仰の存在を念頭に置いていたことに理由があるのではなかろうか。この点については、ボワローも疑問を感じたらしく、後年、『ロンギノス考』（1694）におい

---

[226] *Ibid.*, I, pp.3-4.
[227] *Ibid.*, I, p.4.
[228] *Ibid.*, I, p.5.
[229] *Ibid.*, I, p.5.
[230] *Ibid.*, I, p.5.
[231] Howells, R. J., « Dialogue and speakers in the « Parallèle des anciens et des modernes »», *Modern Language Review,* 1983, vol. 78, no.4, pp. 793-803.

て、ペローが自らを投影した人物がなぜ、「神父」という地位であるのかが理解できないと述べている[232]。

> 何人かの学者たちが折り悪く『ルイ大王の世紀』の作者に対して立ち上がり、古代人に対する尊敬に欠けているとして糾弾をしたのは、この区別をしなかったからであります。彼は古代人を賞賛しておりますが、全ての作品を賞賛するのではなく、古代人に対して手加減すらしており、例えばホメロスの詩の中で非難すべきことを見つけたときでも、よりよく作ることを許さなかったその時代を非難するだけで、その天分を非難するのではなく広大無辺で比類のないものと扱っているのです。[233]

　以上は神父の発言であるが、この「神父」はその名前からも分かるとおりペロー本人ではない。この点において、ピエールによる『イフィジェニー』の話者の一人が、ほぼ彼と同一視されたことと異なる。いずれにしても、「近代人は古代人と同じくらい進歩しているし、しばしばそれ以上であると確信している」神父がペローの意見を代弁していることは一目瞭然であり、ペロー自身もこのことを次のように「第二巻」「序文」においてはっきり認めている。

　近代派寄りの見解をほぼ支持しており、時には突拍子もないことを発言する「騎士」に関しては、「第二巻」において、「騎士」の発言に関してはペロー個人の見解ではないことが明示されている。

> 　わたしは自分の意見がほんとうに理解されれば満足であるので、神父の言うことしかわたしの責任ではなく、対話における騎士のもののすべてはこれに当たらないし、これからの対話で彼がいうことすべてもそうではない、ということをお知らせする義務がある。彼はしばしば題材を誇張するが、この人物はほんの少し大胆な命題を主張するために導入したものである。であるから、彼の辛辣な機知の全てをわたしが保証するものではない。たとえば、ソクラテスとプラトンが世界の舞台に続いて現れた曲芸師であるとか、メズレーがトゥキディディスよりも明確に物語を書くと主張したり、クインティリアヌスが当時の古代人の雄弁家に与えた影響力は彼の本心ではなくまったく別のことを考えていたと主張したり、このように奇妙な矛盾を主張する場合である。[234]

---

[232] 「第六考察」において、「彼は自分に神父という名前と付けているが、どうしてこのような教会身分をとりあげたのかがわたしにはよく分からない。この対話は極めて世俗のことしか話題にされていないからだ」(Nicolas Boileau, *Œuvres complètes*, p. 518.).

[233] *Parallèle*, I, pp. 87-88.

[234] *Ibid.*, II, Préface.

ここで注目すべきは神父とペローの明らかな同一性が作者によって保証されたことよりも、近代派よりの見解をほぼ支持しており、時には突拍子もないことを発言する「騎士」の定義であろう。のちの「第三巻」の「序文」においては、

　　　前巻の序文で語ったことを繰り返しておくのがよいと思う。それは、わたしは神父が話したことにしか責任がなく、騎士が好き勝手にいっていることはこれにあたらない。支持できることをいっていないにしても、しばしば彼は題材を誇張しているからである。[235]

　「第二巻」に続いて「第三巻」においても、繰り返し「神父」の意見のみがペローの見解であると主張していることからして、「神父」の意見のみならず「騎士」の意見さえもペローの見解と誤解を受け、何らかの問題が発生した可能性を指摘することもできるであろう。「第一巻」においては「神父」、「騎士」および「裁判所長官」の「役割」が特に明示されていなかったことも、この間に明示すべき何らかの原因が発生したことを想像することができる。

　「裁判所長官」に関して具体的に誰を指しているのかという明示はなされない。しかし、彼の役割は明白である。三人によってボワローやペローのテクストが引用されることもあることから[236]、ペローがこの「裁判所長官」の描写に関して古代派の誰か個人を想定していたわけではないようだ。古代のみが比類なきものと考える「神父」の敵対者の役割を担っているが、ラシーヌやボワローのような実際の論敵とは異なり、「神父」による説得によりしばしば近代人の優越を渋々ながらも認めることがあったり、「神父」が近代フランスの卓越の成果として見なしているヴェルサイユを訪れ、単純に感嘆の念を表していることからも、少なからずの柔軟性を兼ね備えた人物であるように描写されてはいる。

　また、「裁判所長官」は地方在住者である。出身はパリであるのか、地方であるのかは明示されないが、二十年来パリ（もしくはヴェルサイユ）を訪れることがなかったことが、「第一巻」「第二対話」に示されている。（「あなたはこの地方の方ではないですし、二十二年間も来られなかったのですから、わたしが管理人の役目を務めて、これから見る部屋の名前と用途を申し上げましょう」）[237]。「裁判所長官」がしばしば単純にヴェルサイユの壮麗さに感嘆していることは、地方出身者であるという設定が関係していると思われる。後進地域である地方に居住するからこそパリ（およびヴェルサイユ）の進歩や繁栄に盲目であるという言い訳が「裁判所長官」には成立するとともに、パリ付近に居住しながらも古代人を礼賛し続ける現実の古代派たちの頑迷さをいっそう印象づける働きをなす。

　むしろ、役割の明白な古代派「裁判所長官」はさておき、近代派「神父」と、どちらか

---

[235] *Ibid.*, III, Préface.
[236] たとえば、「第三巻」における「D氏（デプレオ）」への言及(*Ibid.*, III, p.239.)や同巻における神父による『ルイ大王の世紀』への言及(p.81.)などが挙げられる。
[237] *Ibid.*, I, p.110.

というと近代派である「騎士」の役割を分割したことに、ペローの戦略性を見いだせると思われる。おそらく、『ルイ大王の世紀』において、古代派を挑発しようとするあまりに、近代派の論拠とともに、プラトンが退屈になり始めているであるとか、アリストテレスが少人数の小学生教師にしか読まれていないなどという刺激的な主張を混在させたことから、本章冒頭で引用した「まじめに述べたことを周りに信じてもらえない」という結果に繋がったことへの反省が原因の一つであると思われる。ラシーヌが、「わたしの作品についてお世辞をいい、大いに賞賛したが、それがわたし（ペロー）の真の考えを表現しておらず、まったくの冗談にすぎず、実際この詩の中に盛り込んだことと全く反対のことをわたしが考え」たように、それまでも多数存在した古代派に対する単なる中傷と考えられたことを反省しての戦術と捉えることができないであろうか。自らの作品の登場人物でありながら、「騎士」の発言には責任を持たないという、無責任とも取られかねない明言はこのような文脈から解釈できると思える。

　新旧論争は大雑把に考えれば、サロンを中心としたパリの人士とヴェルサイユを中心とした宮廷人士の対決であった。「新旧論争前史」でも述べた通り、相次ぐ対外戦争や飢饉、ルイ十四世の改心に伴う反宗教改革は、ヴェルサイユの雰囲気を重暗く沈滞したものにしていた。いっぽう、パリのサロンには未だ「ルイ大王の世紀」の余韻が残り十八世紀にもつながる自由な空気が残されていた。パリの生活を謳歌する法服貴族、商工業者などの新興ブルジョワ階級、またはサロンを構成する女性などアンシャン・レジームの中央から離れた「第三身分」が、「第一」、「第二身分」を構成するヴェルサイユの人士に向かって疑義を唱えたという構図の大枠は間違ってはいまい。確かに、ペローはコルベール麾下の役人としてヴェルサイユで権力を握った。しかし、八十年代を境にパリに活動拠点を移さざるを得なくなった。同じく法服貴族出身のボワローは、はじめはコルベールを揶揄し「白十字亭」にとぐろを巻く売れない詩人であったものの、いつしかヴェルサイユの構成員となるに至った。ペローの出自は「裁判所長官」と同じく第三身分であるものの、新興「貴族」として「騎士」の一面を持ち合わせるとともに、新旧論争においてはキリスト教信仰を盾に進歩を主張する聖職者＝神父という一面も持ち合わせていたといえるであろう。

　　　4．舞台

　「第一巻」から「第四巻」にいたる膨大なテクストのうち、神父、騎士、裁判所長官のみが登場人物として対話を繰り広げるが、その舞台に関しても極めて限定されている。全巻を通じてほとんどの対話がヴェルサイユ（宮殿および庭園）で行われるからである。

　ヴェルサイユが対話の舞台として選択した意図についてペロー自らが語ることはないが、その代理人たる神父が「第一巻」冒頭において暗示を与えている。

　　　　われわれがこれから行くところに短所はありません。埋め尽くしている美術品

やわれわれの時代の人物の豊かさは、わたくしに多くの証左を与えてくれます。その何人かを古代の偉人より優れているか、少なくとも同列に置くことに躊躇はしないでしょう。[238]

　ペローにとってヴェルサイユは近代フランスの到達した進歩を象徴する場所であったことは想像に難くない。その宮殿に君臨する「ルイ大王」を頂点に、近代科学および芸術の優越性を示す宮殿のみならず、その内部を彩る絵画や彫刻などの造形芸術や様々な調度品、そこを舞台に繰り広げられる悲劇、喜劇、オペラやバレエは十七世紀フランスの精華である。さらに、宮殿を取り巻く庭園やそこで催される様々な饗宴も同様である。庭園自体が芸術作品としての価値を持つだけでなく、大運河などの造営は土木技術発展の賜であった。ペローが、「第二巻」や「第三巻」で扱われる文芸のような進歩の判断が付きにくい趣味に関わるジャンルではなく、建築というジャンルを「第一巻」のテーマとして持ち出してきた理由は、この時代の明白な繁栄にあろう。

　ヴェルサイユの起源は、ルイ十三世が建てた狩猟用の小屋にある。1651 年から、「隠れ家」として狩猟や散歩にヴェルサイユを利用していたルイ十四世は、この地を大々的に再構築しフランスの威信を懸けた大宮殿及び大庭園を造営することを思い立つ。それは 1660 年のことであるとされ、造営は翌年の 1661 年にはじめられ、ある程度の完成を見るまでには四十年の歳月を要した。後述する、ペローが設計した「テティスの岩屋」が完成後二十年も立たない内に取り壊されたことにも見えるように、その後もルイの治世に渡って増改築が繰り返された。ヴェルサイユは即ちルイ十四世の治世、「ルイ大王の世紀」そのものであり、ルイ個人を象徴する地であった[239]。ルイのヴェルサイユ、とりわけその庭園に対する執着は凄まじいものがあった。国王自ら、ヴェルサイユ庭園を案内するにあたっての小冊子、『ヴェルサイユ庭園紹介法』*Manière de montrer les jardins de Versailles*(1690)[240]を著すほどであったことは良く知られている。この偏愛を知ってか、「第一巻」の最後で古代派裁判所長官は、「背景となっている緑のなか、その輝きを増している水のもとでの金と様々な色の大理石の混合は、魅力的で、全体的に想像を絶する、いわくいいがたいものを成していて、想像でしか生き残っていない、詩人が話すところの魔法に掛かった宮殿につれてこられたかのようです」[241]と手放しで庭園を絶賛することになる。

---

[238] *Ibid.*, I, p.10.
[239] ルイ十四世がパリを離れヴェルサイユに移住するきっかけとなったのが、宰相マザランとともにパリから一時期待避することを余儀なくされたフロンドの乱（1653）であると説明されることが多い。しかし、ルイが最終的にヴェルサイユに居を定めるのは、1682 年になってからであり、フロンドの乱からは二十九年が経ている。王母アンヌ・ドートリッシュが死ぬまで（1666）は、チュイルリーがその主な住居であり、それ以降はサン・ジェルマン・アン・レーに住んだ。この時期でも冬季にはパリの諸宮殿に住居することが多かった。1674 年、75 年、77 年と段階的にヴェルサイユに移っていき、1682 年の春になりやっと未完成のヴェルサイユに定住することとなった。
[240] *Manière de montrer les jardins de Versailles par Louis XIV*, Éditions Réunion des Musées nationaux, 1992.度重なる改築に伴って、幾度も改訂版が出された。
[241] *Parallèle*, I, pp.249-250.

113

ペローは、「第二対話」においてアウグストゥスの治世におけるローマ市改造事業に準え、ヴェルサイユと「指導者の偉大さ」を次のように対比する。

　　　それは本当でして、ヴェルサイユにつきましては、かつて煉瓦造りでありアウグストゥスがすべてを大理石造りにしたローマのものと同じことがいえます。この宮殿では全てのものが増加し、指導者の偉大さに日に日に比肩するようになっているのは当然であります。[242]

　ヴェルサイユは君主とその臣下のための住居の役目を持つばかりでなく、オペラ、バレエや音楽などさまざまな公演が催された。宮殿および庭園自体が十七世紀フランス芸術の真髄を示しているだけでなく、その内部での催しも当時の芸術・文芸の水準を示すものであり、一種の祝祭空間とも呼ぶべきものであった。そのような祝祭の最たるものとして挙げるべきは、ルイ十四世の愛妾であったド・ラ・ヴァリエール嬢に捧げられた、サン・テニャン、モリエール、リュリという人物が参加した『魔法の島の悦楽』*Fête des Plaisirs de l'île enchantée*(1664)と呼ばれる祭典である。ヴェルサイユ宮殿を中心として芸術家や職人、出入り商人などが居住する都市が新しく作り出された。

　現在は取り壊され跡形もないが、ヴェルサイユ庭園にはペロー設計の建築物も存在した。「テティスの岩屋」と呼ばれていたものがそうで、方形の小建築物であった。1665 年もしくは 1666 年に建てられたものであり、宮殿北翼にあたる箇所に存在したという。のちにこの北翼の建設のため、ペロー自らが語るように 1684 年に取り壊された[243]。この岩屋については、ペロー自らが『回想録』において、その着想・設計を述懐している。

　　　陛下がヴェルサイユに岩屋を建てることを命じられたとき、地球の上方に「並ぶもの無き」という標語のある太陽を紋章とされており、ほとんどのヴェルサイユの装飾が太陽とアポロンの話から取られていることを考えた（なぜなら、ラトナからのアポロンとディアナの誕生が、現存するヴェルサイユの泉の一つに取り入れられていたからだ）。小公園の隅にある水盤には日の出も用いられており、岩屋があった公園の別の隅（なぜなら、これはその後壊されるのである）には、地上を一回りしたあとでテティスと寝るアポロンを置くのがいいのではと考えた。それは皆のために善をなそうと働いた後で、ヴェルサイユに休みに来られる陛下を表現するためであった。わたしは医者の兄に自分の考えを話すと、彼はそのデザインを書いてくれたが、これは正確に施工された。[244]

　この回想を読む限り、構想はペローのものであると共に、設計は兄クロードのもののよ

---

[242] *Ibid.*, I, p.247.
[243] *Mémoires*, pp.207-209.
[244] *Ibid.*, pp.208-209.

うだ。すでに指摘したように、ここにもペロー一家の集団性を見ることが出来よう。ルーヴル・コロネードの設計が弟ペローのペリスタイル案が取り入れられ完成したように、テティスの岩屋も、ペローの構想を下にクロードの手によって設計されたのである。

　ペローにとって「テティスの岩屋」に加え、コルベールの指揮下でフランス国内外の文化事業の監督にあたった時期の仕事場がヴェルサイユであった。1661 年に始まる本格的造営と時期を同じくして、コルベールに採用されたペローのキャリアはほぼ一大土木事業の進展と重なり合っている。たとえば、ヴェルサイユの大運河を掘るための導水計画に関与したこと[245]、兄クロードが「水の小道」の設計を行ったこと[246]などが『回想録』には見ることが出来る。

　ところで、『比較論』「第一巻」の国王允許は、1688 年 9 月 23 日に与えられており、初めて印刷に付されたのが 1688 年 10 月 30 日であるとの記載がある[247]。ちなみに、「第一巻」における科学技術の進歩の論拠を体現し、おそらく様々な情報を提供していたと思われる兄クロードは奇しくも同月に亡くなっている(1688 年 10 月 11 日)。ペロー作品の多くが出されたコワニャール書店 Coignard[248]が「第一巻」の版元であった。

　　　　この前の春の良い天候の日の間に、裁判所長官某、神父某、騎士某は、ヴェルサイユのあらゆる美を正確に見ようと決めて、このような大きな企てに必要な時間をかけることを決めた。陛下がリュクサンブールを訪問されたり、最近の別の遠征で不在であったので、宮殿から栄華の大部分が欠けていたことを彼らは知らなかったかも知れないが、計画にとっては都合が良かった。しかし、延期しないことを決めた。障害がなく全てをより簡単に見る機会が与えられるからであった[249]

　先ほど引用した「第一巻」の冒頭には以上のような記述がある。この「春」というのは、1688 年春というのが妥当ではないかと考えられる。

　ところで、この三人がヴェルサイユにいた日数は何日なのであろう。「第一巻」の最後に、「へとへとに歩き疲れて、多くの傑作や技術、自然をみることができませんでした。夜のみがその散歩を止めさせ、休息をとるために帰ることを強いることが出来ました」[250]という神父の発言があることから「第一巻」と「第二巻」の間に少なくとも一晩の休息が入り、「第二巻」末にも、「それはよいことであります。もう遅いですから、ヴェルサイユの美し

---

[245] *Ibid.*, pp.214-215.
[246] *Ibid.*, pp.209-208.
[247] *Parallèle*, I, extrait du privilège du Roi.
[248] パリ・サン＝ジャック通りに存在した。ジャン＝バティスト・コワニャール Jean-Baptiste Coignard (1667-1735)は、『アカデミー辞典』(1694)の初版を担当している。
[249] *Parallèle*, I, pp. 1-2.
[250] *Ibid.*, I, p.252.

さを見終えようとするならば、朝早く起きてなければなりません」[251]という騎士の発言が存在することからもう一晩が加えられる。「第三巻」の末には、「どうか少し休んで、何か冷たいものを飲みましょう。それから、散歩を出来なくさせ続けている雨があれば、思う存分この読書と議論をすることが出来るでしょう」[252]との神父の発言があるのみで、天候によって議論を中断せねばならないという理由が示されるのみであり、「第四巻」の冒頭もこれを受け「雨が続いているので、われわれが残していた問題について議論し、神父さまの覚え書きを読むしかないように思われます。ここには古代人のもっとも美しい場所と近代人のものが対比されています」[253]という騎士の発言から始まっている。ペローは、「第四巻」の最後に、この疑問に対する答えを用意している。「様々な場所を廻って三日になりますが、ひと月かけても見終わらないほどの多くの美しいものが園内には未見のまま残っています。同時にあらゆる種類の技術や科学について話してから三日になりますが、まったく語られなかった多くのことがあるのは変わりませんし、たとえ長時間を費やしたとしても、検討していないことは無限とあるでしょう」[254]と、神父は三日間滞在したことを明言するのである。

　ところで、周知の通り本作品は、1688年から1696年にかけて完成された。しかし、これを読む限り「第一巻」においてなされた舞台設定が「第四巻」まで踏襲されていることがわかる。つまり舞台設定としては、「第一巻」から「第四巻」までは数日しかたっていないのにもかかわらず、彼らが対話している内容自体には十年の変動があるということになる。新旧論争に一応の終止符が打たれた1694年以降に書かれたと考えられる、科学技術について論じられた「第四巻」においては、現実とテクストの時間進行には最低でも八年の差異があり、この間にも様々な科学的発見が為されているのにもかかわらず最新の成果については言及を避けているような印象を受ける。「第四巻」において言及される科学技術の進歩は、調べる限り1688年以前のものに限定されている。ペローがヴェルサイユにおける吏員を退いてから(1683)、または彼の主張の論拠となっていたクロードが死んでから(1688)、最新の進歩について情報が疎くなっていたことが理由であるか、『比較論』という作品の整合性を保とうと努めて言及を避けたためかは詳らかではない。結果的に『比較論』各巻は理性に基づいた、広い意味での「三単一の法則」をできる限り守るという近代的な作品として成立することになったことは、興味深い事実として指摘するに値すると思われる。

---

[251] *Ibid.*, II, p.302.
[252] *Ibid.*, III, p.317.
[253] *Ibid.*, IV, p.1
[254] *Ibid.*, IV, p.276.

２．「第一巻」「第一対話」

　「第一巻」は、1688年に出版された。『比較論』全四巻の内、「第一対話」および「第二対話」と前後半に分かたれ、二部構成を持っているのは、「芸術と科学について」*en ce qui regarde les arts et les sciences* という副題を持つ「第一巻」のみである。前半が、「古代人に好意的な偏見について」*de la prévention en faveur des Anciens* という副題を持つ。「第一対話」で扱われる内容は、個別の進歩の具体例や新旧比較ではなく近代派の主張の一般を論じていると考えることが出来る。『比較論』においてはこの「第一巻」「第一対話」を除けば、「雄弁について」（「第二巻」）や「詩歌について」（「第三巻」）、といったその巻で扱われる具体的な議題を示しているが、「第一対話」のみが個別の芸術ジャンルの副題を持たないことから、芸術及び科学一般について概括的に述べることに意図したものに違いがない。ここではもちろん、近代フランスの優越性が概略的に述べられ、その原因が示されていることから、『ルイ大王の世紀』における主張を発展させたものと考えることが出来る。

　「第二巻」および「第四巻」においてある程度の構想の変更が加えられるが、この初期の構想は終わりのない議論に発展する可能性のあった新旧論争においては効果的なものであったと考えられよう。結論は「第一対話」において明白に示されている故に、議論の進捗状況に従いさまざまな議題を付加することが可能になった。いずれにせよ、「第一対話」はペローの新旧論争における論拠が、総合的にしかも『ルイ大王の世紀』よりも明確に表現されている点で、重要な意味を持つと考えられる。

　　１．　偏見の打破

　「第一巻」の「序文」において、様々な議論を行うことが予定されているこの著作において、始めになすべきこととして述べられているのは、あらゆる偏見、とりわけ古代人に対する偏愛の打破である。「第一対話」が、個々の芸術ジャンルを論じる前に置かれているのは、まさしくこのような理由からである。

　　　　ここにわたしが発表する第一の対話は、人々が持つ古代人に対してあまりにも好意的な偏見を扱っているが、問題について公正な判断を下すことをつねに妨害する物事を出来る限り破壊することから始めなければならないと思ったからなのである。[255]

　ペローが考える偏見とは二種類がある。古代人への偏見および近代人への偏見である。古代人への肯定的偏見は、必然的に近代人の過小評価に繋がる。膨大な『比較論』は次の言葉から始められる。

---

[255] *Parallèle*, I, Préface.

それ自身に真の価値があって、古さが付け加えられたあらゆるものごとに対して、大いに崇拝することは、これほど自然で道理なことはない。わたしたちが先祖たちに抱いている愛や尊敬をいっそう強くさせる正当で普遍的な感情であり、こうして法則や習慣はさらに真正で揺るぎないものになるのである。しかし、行き過ぎによって良きことが悪しきことになったり、そのすばらしさに応じて悪いものとなることがつねであった。はじめは賞賛すべきこの崇拝もしばしば、あとになってからけしからぬ迷信に変化し、ときには偶像化にまで行き着いた。[256]

　煎じ詰めれば、『比較論』の全文はこれらの迷信や偶像化を打ち壊すために書かれている。カリネスクによれば、古代人と近代人の対立が認識されるとともに、前者に対して批判的精神を適用し逐一検討するという態度はルネサンスに準備されたものであった[257]。ペローによる引用の「批判的」な態度は、既に数世紀の準備を経ていたものであるが、これは、直接的には、デカルトからの影響を指摘することができる。存在するあらゆる事物を疑い一つ一つ検討していくという態度は、ペローが『比較論』の至る所で賞賛するデカルトの「方法」との類似を示す。どれほど信じられてきた価値だとしても、無批判に受け入れられてきたものを一旦は疑ってみるべきであるという主張が、デカルトの方法的懐疑の出発点であった。「最も公平に分配された」理性によって古代人への盲信を再検討する必要を述べるペローの意図は、『方法序説』Discours de la méthode (1637)「第二部」における「第一格率」、「明証的に真であると認めることなしには、いかなることをも真であるとして受けとらぬこと」の精神との類似性を示す。「古代以来夥しい発展をとげていることを証明することができない芸術や科学はまったく存在しない」という近代フランスにおける明晰な進歩を自明のものとして、「第二格率」の「研究しようとする問題のおのおのを、できうるかぎり多くの、そうして、それらのものをよりよく解決するために求められるかぎり細かな、小部分に分割すること」に従い、多種多様な芸術・科学分野に分割し、「第四格率」にしたがい網羅的に再構成しようとの試みが、『比較論』の目論見であると言い換えることも出来よう。『情念論』Les Passions de l'âme (1649)において、既に、「伝えられる個人の学問がいかに不備であるか、何にもましてこれがよく現れているのは、情念に関する古人の文書である」[258]と宣言するに至ったデカルトの影響は『比較論』をはじめとしてペロー作品の至る所に見いだすことができる。

　では、「第一対話」においては、これらの古代人への偏見はどのように扱われているであろうか。ペローの「対話編」においてそのような偏見を体現するのはやはり「裁判所長官」の役目となる。地方出身の裁判所長官がヴェルサイユを初めて訪れる前に、それがチヴォ

---

[256] *Ibid.*
[257] カリネスク、*op.cit.*, pp.31-36.
[258] *Les Passions de l'âme*, Première Partie, Article 1. 邦訳は、花田圭介訳、「情念論」、p.165.（『デカルト著作集（3）』、白水社、1973.に所収）。

118

リ（ローマ近郊の都市）やフラスカーティ（ローマ南東部のコムーネ）よりも美しいということに疑問を抱いていることが述べられるのは象徴的である。ミケランジェロが偽造し、地面に埋めた大理石像を当時の好事家たちはペイディアスなど古代ギリシャ人のものなどと鑑定して騒ぎ立てた挿話や、デモステネスやキケロなど古代人が詩文において破格を使っていたとしても賞賛されるのに、逆に近代人がこれを行うことが認められないことなどが「第一対話」では報告される。ピンダロスやプラトンの作品に対する男性による崇拝にたいして、女性がそれにほとんど興味を示さなかったという挿話も、男性の偏見を暴き出すとともに、女性の柔軟性を例示しており、のちに『女性礼賛』(1694)において、女性の徳目を賞賛したことを先取りしている。

　人文科学だけでなく、自然科学についても同様である。

　裁判所長官が、近代人が追加した要素よりも初めて発明を行った古代人の功績の方を称えたり、古代には素晴らしい発明があったが戦乱など様々な要素によって失われた事実があることを反論として提示するが、これらもすべて神父によって「偏見」の一種として見なされる。

　ラ＝ブリュイエールは、『比較論』が発表された 1688 年、『人さまざま』の「判断について」において、以下のように述べている。

　　　或種の精神の前で學問の恥辱に堪へるには一種の厚かましさがいる。彼らの許
　　には學者に對する抜き難き偏見があるからである。彼らは學者から上流の作法も
　　世渡りの法も社交の適正もはぎ取つて、素裸にして之をその書齋その書籍に追ひ
　　やるのである。無知は何の苦勞もいらぬ安穏な身分であるから、人は舉つて之に
　　くみする。だから無知は、朝廷にも町方にも一つの多數黨を形成して學者の一黨
　　を壓倒する。[259]

　一般に、ラ＝ブリュイエールは古代派として紹介されることが多いが[260]、時により近代派的な見解を表明することもあり、辛辣で簡潔な表現は極めて興味深い。ここで「學問」と呼ばれるのは、ギリシャ・ローマ的な教養のことであるのは明らかである。十七世紀末「ヨーロッパ精神の危機」の時代は、その紐帯となっていた古典的教養に対する危機でもあった。ラ＝ブリュイエールも危惧するように、ルネサンス以来行われてきた古典的「學問」への異議申し立てが行われ、新旧論争はその象徴的事件として記憶されるべきものとなった。「第一対話」においては、近代派の論拠としてこのような「學問」が「偏見」の原因として槍玉に挙げられる。

　進歩が明白となった現代においても、このような「偏見」が残されているのにはどのような原因があるのか。神父＝ペローはこれを「衒学者」の問題として捉える。『比較論』に

---

[259] *Les Caractères et les mœurs de ce siècle*, Des jugements, §18. 翻訳は、関根訳、『カラクテール（中）』、pp.216-217.
[260] たとえば、『フランス文学事典』、白水社、1974, p.803.

119

おいては、「学識ある savant」や「博学な érudit」などの単語はこのような否定的な文脈で使用されることが多い。ペローが言う「衒学者」や「偽学者 savatasse」などの単語は、必ずしも知識人全般を揶揄し教養主義を否定しているわけではないことは自明である。ペロー一家そのものが文芸、科学、信仰に渡る「知識人」の集合であったし、パスカル、デカルトをはじめとする哲学・科学の巨人を賞賛する箇所は『比較論』に限らず枚挙にいとまがない。ペローが言う「偽学者」とは、近代の成果に反して、古代人に対する間違った信仰、ペロー自身の言葉を借りれば「宗教」を根強いものにしている、印刷術によって駆逐されたはずの特権を持った人々の残党なのである。

これらの近代に対して目を開かない頑迷な「偽学者」とはどのような性質をもった人物なのであろうか。「天が古代には拒んだ数多の光を分け与えられたわれらの時代の美に目を開かないという偏見や忘恩」[261]を持つこれらの「偽学者」に関しては既に引用した部分もあるが、さらにペローは「序文」において以下のように語っている。

> 古代人に執着し古くさい作者がなにを言っているのかを理解する才能しか認めず、あいまいな一節のもっともらしい説明や、損なわれた箇所の都合のいい復元に驚きの声を上げ、古代人の書物の謎に入り込むことばかりに知性を使うことが義務であると考え、学識に関わらないものは全て軽薄なものであると考えている、ある種の騒がしい学者たちのことをいうのである。[262]

このような偽学者の古代人偏愛についてペローは「宗教」と呼んでいる。古代作家の作品を解釈することにだけ全力を傾けるだけでなく、意味不明な箇所をも「崇拝」し、これらを「神託」として捉えてしまう。理解できない箇所を理解できないものとすることを潔しとしないことには理由があると神父＝ペローはいう。

> ほとんど全ての学者や、古代に熱中した信者の敬意を抱いている性向というのはここにあるのではないですか？それを理解するには、香炉を手に持ってその作家の取り柄について節度ない賞賛をぶちまけ、彼らにはわからない難解な場所を神託のように思っている多くの注釈者をみるだけでいいのです。[263]

このような偽学者の崇拝は、彼らだけではなく教育を通じて拡大再生産をされていく。神父＝ペローは次のように語る。

> 教師から受けた印象に従い、気づくことなく死ぬまで生徒のままでいる人がいます。幼い頃を初めて過ごした場所のように、子供の頃に読んだ古代人の作家へ

---

[261] *Parallèle*, I, Préface.
[262] *Ibid.*
[263] *Ibid.*, I, p.13.

の愛を保っている人もいます。その場所や作家は若き日の心地よい思い出を起こさせるからです。精神や趣味の度合いに比例して、古代人の作品を愛するのだ、などということ聞きつけて、彼らの作品に魅されていると苦労して主張するものもいます。優れた作家を完璧に理解できるという長所を持ち上げようと努めるものもいます。他のものが泥や闇の中にいるのと違って、真の源泉からよいものをくみ出し光の中心でそれらをみているように思っているのです。ずっと政治的なものたちの中には、自分自身や自作品だけを評価していると責められないために、この世の何かを賞賛することが必要と考え、近代人を賞賛しないで済まそうと古代人を全力で賞賛するものもいます。[264]

　ペローのいう学校教育における「刷り込み」は、自らが正規のそれを受けなかったことを反映している気がしてならない。八才半ばのペローはボーヴェー学院に入学する。『回想録』にも見えるように、当時の初等教育はラテン語中心で行われており、帰宅後、父ピエールと暗誦の復習を日課にして励む姿は、必ずしもこの古典語に対して批判的ではない。しかし、ペローが学校生活を放棄したのは「教育」の結果であった。哲学を好み議論好きだったと回想するペローは、「古くさく使い古されていた」論法を駆使するアイルランド人生徒と対立したうえに、彼らを理由もなく擁護する教師に愛想を尽かし、教室を飛び出して二度と戻らなかったという。ザルッキはこの箇所について、「『回想録』を執筆当時、ペローは少なくとも十五年間新旧論争に巻き込まれてきており、この事件は、彼の近代派としての視点がにわか仕込みで彼の本意を反映していないという批評に反論を加える」[265]という見解を示している。注目すべきは、ペローは古代人の作品自体をこのような「偏見」の原因とはしていない点である。近代人の作品が古代人の作品に対して「理性的」に考えれば優れているのは自明の事実であるが、古代人の作品個々の優れた点については認めようとする姿勢は、『比較論』に限らず新旧論争において一貫している。学校を飛び出したペローは、馬のあった友人ボーランともに独学を始めるが、その勉強法について以下のように回想している。

　　われらは、聖書のほとんどとテルトゥリアヌスのほとんど、ラ・セールとダヴィラの『フランス史』を読んだ。テルトゥリアヌスの『女性の衣服について』という論文を翻訳した。わたしたちは、ウェルギリウス、ホラチウス、コルネリウス・タキトゥスやそのほかほとんど全ての古典作家を読み、いまでも持っているが、その抜粋を作った。この抜粋をつくる方法はわれらに極めて有用であった。[266]

---

[264] *Parallèle*, I, pp.99-100.
[265] Charles Perrault, *Memories of my life*, edited and translated by Jeanne Morgan Zarucchi, University of Missouri Press, 1989, p. 30.
[266] *Mémoires*, p.111.

フランス人作家とともにラテン作家も平行して学んでいる。おそらくこれは、当時の学校教育の内容から著しく外れたものではないであろうが、新旧論争を経た老人がウェルギリウスやホラチウスを、ラ・セールやダヴィラといった近代人作家を同列に扱っていることに注目がされよう。「ほとんど全ての古典作家」を網羅的に読んだ上で、これの要点を抜き出し分析するという作業を行っている。少年の思いついたことながら、ペローの近代的「方法」を反映している一節であるとともに、「抜粋」という作業については、『比較論』においても同様の作業を行い比較するという手続きを踏むことになるので興味深い。学校教育への否定的見解は一貫しており、「第二巻」「序文」においても、「その指導のもとにおかれた若者の精神に深くこれ（古代人への偏見）を根付かせることを職業としたものがいる。角帽と長い黒の法服をまとい、世界で一番美しいものであるだけでなく、美の理想であるかのように古代人の作品を推薦した」[267]と述べている。イエズス会を暗に批判したとされるこの一節[268]は、ジャンセニスムに親近感を持つ家庭で育ったペローのせめてもの仄めかしであった。

　学校教育における回想として、法曹資格取得以降、二度しか法廷に立たなかったという、法学位取得時のものも興味深い。少し長いがこのエピソードを引用したい。

　　1651 年の 7 月、すでに話したように、サンス大司教猊下の副司教を勤められたヴァレ氏、まだ健在のマンジョ氏とともに、オルレアンまで学位を取りにいった。そのころはいまのように学位をとることは難しいことではなく、それはほかの民法や教会法もおなじであった。到着したその同じ日に、受かってしまっておこうという気まぐれがわれわれに起こった。夜の十時に学校の門をたたくと、従僕が窓までやってきて話をし、われわれが何を望んでいるのかをわかったので、お金の準備ができているかどうかを訊いてきた。準備ができていることを告げると、われらを招きいれ、博士を起こしにいった。博士は三人でやってきて角帽の上にナイトキャップをかぶったまま、われわれに質問をした。蝋燭の薄光の中で三人の博士を見ていると、その光はわれわれがいる丸天井の厚い暗闇に消え入るようで、わたしには冥界から尋問にやってきたミノス、アイアコス、ラダマンテュスを見るように思えた。だれだか思い出せないが、質問をされた一人が大胆にもこう答えた。「結婚は夫と妻の合法的な連合であり、人生から分割不可能な内密な関係を包含する」、といいながら記憶している限りの都合のいいことをこのテーマについて述べた。次にほかの質問がなされたが、たいした事を答えることができなかった。ほかの二人が次に質問されたが、最初のものよりも出来がよくなかった。でも三人の博士は、これほどよく受け答えをし、知識のこれほどあるものを二年来見ていないとわれわれに言った。われわれが質問されている間に後ろで数えら

---

[267] *Parallèle*, II, Préface.
[268] ジョルジュ・デュビィ、ロベール・マンドルー著、前川貞次郎、島田尚一訳、『フランス文化史II』、人文書院刊、1969 年、p.145.

れていたお金の音が、われわれの回答を今までにないほどよいものであると思わせることに、なんらかの効果を与えたと思う。翌日、サン・クロワ教会を見たのち、橋の上にある聖処女の銅像を見、街中に多くのいざりの男女がいるのを見て、パリに道をとった。同月の二十七日に、われわれは全員弁護士に合格した。[269]

大学における教員が戯画化され、その旧態依然とした教育制度への批判ともなっている。神聖化された高貴な古典を、下賎で滑稽な事件に書き換えるというビュルレスク風の描写は、『回想録』が書かれた五十年以上も前にペローが取り組んだ様式であり、ここにもその名残がとどめられている。

文芸を伝承するのは知識人である。知識人のうち「偽学者」が明白な進歩を認めないことが停滞の理由である。デカルトやパスカルを「偉人」として賞揚する一方で、旧態依然とした知識人は近代派の批判の的となる。書物を媒介した知を備えた人物を、闇雲に批判するのではなく。是々非々によってペローは「知識人」を検討する。

時代の変化によりこの「知識人」の定義も変化し新たなものが求められているとペローはいう。確かにルネサンス以降、古典古代の知識はフランス人にとって有益なものとして君臨した。多くの「ユマニスト」と呼ばれる知識人が登場した。神父＝ペローが「どの人よりもそれ（学識）を身につけていた人」[270]と呼ぶスカリジェル（父）Jules César Scaliger(1484-1558)の知識量も、進歩という歴史の必然によって乗り越えられてしまったという。時間に伴う知識量の増加は、近代優越の主要な根拠の一つであった。神父＝ペローは次のように、「常に科学の奇跡と見なされていた」[271]と、ローマ最大の著述家であるウァロ Marcus Terentius Varro(紀元前 116-27) の学識を最高のものとする裁判所長官に反論する。

　　あなたが仰ることをするのは可能でしょう。しかし、そのような助けが必要ないのです。今日あらゆる芸術やあらゆる科学について、いままでなかったような完全な知識をわれわれは有していると主張しているのですから。詩歌が問題であるときでも、タッソーもアリオストもまったく必要とはしていませんし、同様に絵画が問題でも、ラファエロやティツィアーノやパオロ・ヴェロネーゼは必要としません。学識に関しては、古代人を凌駕することを考えても、スカリジェルやチュルネブ[272]やカゾボン[273]を必要としない知識人たちがわれわれの中にいます。名前を挙げたのは、大変な偉人であるのは事実ですが、その名声の大部分は、その時代の大衆の深い無知によるということができるのです。彼らが纏っている学

---

[269] *Mémoires*, pp.120-121.
[270] *Parallèle*, I, pp.38-39.
[271] *Ibid.*, I, p.62.
[272] アドリアン・チュルネブ Adrien Turnèbe(1512-1565)。ユマニスト。
[273] イザク・カゾボン Isaac Casaubon(1559-1614)。ジュネーヴ生まれのユマニスト。

問よりも、その無知は彼らを輝かせるのに少なからず役立ちました。[274]

　いまや古典的知識は古いものとなり、「ルイ大王の世紀」がその最先端に君臨すると主張するのである。

　２．近代派優越の根拠

　「第二巻」の巻末において、注意力散漫な騎士のために近代優越の根拠を「箇条書き」で神父は語る[275]。この箇所が唯一『比較論』において神父＝ペローの論拠が総括的に提示されているので、「第一巻」を扱う本章にも引用する。第一に、「時間」の要素である。科学の発展に準え、文芸においても必然的にその進歩を享受できるという考え方である。第二に、時間に伴う様々な知識の蓄積という効果、第三に、デカルトを論拠にする古代人には知られていなかった新しい「方法」の発見、第四に印刷術による知の拡大、第五に作品を発表する機会の増加、最後に、創作によって得られる名声と報酬の差異についてが主張されている。

　「第一対話」における神父＝ペローの主張も大筋は上記と変わりがないが、ここでとりわけ詳論されているのが「第四の理由」、印刷術の発明である。ペローは印刷術の発明される前の時代について次のように述べている。

　　　われわれに与えてくれたのは、印刷術と膨大な書物です。つまり、いわば文学
　　の様相を変えてしまったのです。写本や希有な印刷本しかないときには、借りて
　　きた写本や書物は返さないといけないものでしたから、研究者たちは読んだもの
　　のほとんど全てを記憶しました。聖書は少数の人間だけが所有できる遺産で、教
　　父の著作は大きな図書館にしか、しかも離ればなれにしかなく、すこしは考慮す
　　べき作家に関しても同じことでありました。この記憶するという義務が彼らをし
　　て大いに学識があるように見せましたが、思索や熟考により有効に使うべき時
　　間の一部を差し出したのですから、研究の本質は損なわれました。[276]

　書物は、聖職者や大学人など一部の特権を持った人々の独占物であった。印刷物の発明により知的遺産の大衆化が実現されたという。

　　　今日では事態は正反対です。記憶をするということは、もうほとんどありませ
　　んし、ふつう読んだ書物は自分のものとなり、必要なときに参照し、昔のように
　　記憶に頼ることよりも、これを写すことでより確実に部分を引用することができ

---

[274] *Ibid.*, I, pp.62-63.
[275] *Ibid.*, II, pp.294-296.
[276] *Ibid.*, I, pp.63-64.

ます。これが様々な方法で同じ一節が引用されるのをよく見かけるようになった
理由だったのです。念入りによく考えてそれらの作者を読むことだけでよく、わ
れらが若い頃でさえしていたように、長い抜粋を作ることには楽しみを感じては
おりません。これは本が稀少であった時代から来た習慣であるからです。本が豊
富にあることは、文壇に別の変化をもたらしました。昔は作家の作品の判断を行
うのは専門の学者しかおらず、その職務を大いに賞賛していましたが、今日では
誰もがこれに参加できます。翻訳によってギリシャ人やローマ人がどのような民
族であったのかがわかり、学識があることが人を別の人種にすることではないと
いうことがわかりました。[277]

　「われらが若い頃でさえしていたように、長い抜粋を作ることには楽しみを感じてはお
りません」という箇所は、上述したようにペロー自身が学校を飛び出して、ボーランと独
学をした折りの経験が反映されているのであろう。印刷術の発明は書物の大衆化を実現す
るとともに、学問研究の質を改善した。
　印刷術の発展および書物の大衆化が、ヨーロッパの文化に与えた影響を指摘することは、
ガルガンチュアがパンタグリュエルに宛てた書簡(1532)において、葡萄酒のようにプレス機
から絞り出された書物によって、「学識豊かなる人々、世にも博学なる師匠、宏壮なる書院、
満天下に充ち溢れ居り、プラトン、キケロ、パピニヤヌスの時代と雖も、現時見らるるが
ごとき勉学の便はなかりしならむと愚考仕り候」[278]とラブレーが書くように十六世紀から
様々に行われていた。活版印刷の発明(1445年頃)が宗教改革（1517年以降）を推進したこ
とは良く知られている。はじめは教会・大学関係者対象に限られていた出版物も、印刷業
者が俗語書籍の普及を促進させることにより、書き言葉による「国語」の標準化・規格化
を推進した。印刷術の進展は、俗語を書き言葉の規範であったラテン語に比肩させ、アカ
デミーを中心とした国語の標準化作業を推進するに至った。ペローがいう知識の伝播とい
う要素だけではなく、フランス語の古代語に対する地位向上に寄与したことはいうまでも
ない。新旧論争においては、すでに「前史」に引用したように、フォントネルの『古代人
近代人についての枝葉の議論』(1688)に印刷術による知識の蓄積という指摘がなされていた。
　印刷術や書物の大衆化というペローの指摘において興味深く、独創的であると思われる
のが、ロンサール Pierre de Ronsard (1524-1585)の評価である。神父＝ペローは、書物の
大衆化による知識の伝播によって彼の評価が一変したことを指摘する。

　　　ロンサールのみがこの証拠となります。彼が詩歌を作ろうとしはじめたときに、
　　　宮廷詩人のジャン・ドラ、バイフ、ベロー、ジョデルやその他がその作品に現れ

---

[277] *Ibid.*, I, pp.64-65.
[278] François Rabelais, *Pantagruel*, tome 2, VIII. 渡辺一夫訳、『ラブレー第二の書パンタグリュエル物
語』、ワイド版岩波文庫、1991.

125

る学識に驚嘆いたしました。[279]

　十五世紀後半に活躍したロンサールに対する評価の下落が、印刷術との関連で述べられていることは、今日のわれわれにとってぴんと来ない。活版印刷の登場という「知識革命」によって、十六世紀詩人の地位が相対的に低められたと神父＝ペローは考える。

　　　ロンサールは世界で輝き始めたとき、おそらく、パリには一ダースの馬車も、一ダースの綴れ織りも、一ダースの博識な人間もいませんでしたが、今日では家の全てが綴れ織りに覆われ、全ての街が渋滞し、精神的な作品を理性的に判断するのに十分な知識のない人間を捜すのに苦労するでしょう。[280]

　十九世紀人サント＝ブーヴによって激賞されるロンサールに、十七世紀フランス人のペローが、ほとんど評価を与えていないことは注目に値しよう。十七世紀に入ると、ロンサールの評価はおしなべて低いものとなり、評価の対象として見なされることはほとんど無くなってしまう。ボワローは『ロンギノス考』「第七考察」において、「われわれはその好例をロンサールとその模倣者、デュ・ベレー、デュ・バルタス、デポルトに見ることができる。前世紀には万人の称賛を受けた彼等が、今日には読者を持っていない」[281]と述べ、近代派としてボワローから嘲笑されたシャプランにしても「隷属的かつ不快な古代模倣」として激しく非難を行っているという[282]。サント＝ブーヴも、「二世紀あまりの歴史のさげすみに身を晒し」[283]と嘆くように、詩歌を扱う「第三巻」において神父＝ペローも、

　　　本心からそう話しているとしても、彼と同類の人間であり、ホラチウスに匹敵するデュ・ペロン枢機卿[284]が、ロンサールを比類なき詩人として話しているのですし、言葉の過ちを犯すことを、「ロンサールに平手打ちを食らわす」[285]と当時はフランス中で言われていました。説得力ある偉大な功績の証拠にもかかわらず、今日ではロンサールや彼の行った古代人のきちがいじみた模倣は馬鹿にされるばかりであります。[286]

　と、ロンサールを否定的に捉えている。

---

[279] *Ibid.*, I, p.66.
[280] *Ibid.*, I. p.67.
[281] Nicolas Boileau, *Œuvres complètes*, p.523.
[282] 『フランス文学事典』、白水社、1974、p.304.
[283] Sainte-Beuve, *Poésies*, II, « A Ronsard », 1863.
[284] ジャック＝ダヴィ・デュ＝ペロン Jacques Davy du Perron(1556-1618)。外交官かつ枢機卿を務めたバロック詩人。
[285] リトレによると、« donner un soufflet à Ronsard »という表現は、同義の意味で「ロンサール」の代わりに「ヴォージュラ Vaugelas(1585-1650)」が使用されることもあったという。
[286] *Parallèle*, III, p.162.

3．科学技術の発達

　「第二巻」の引用においては、項目として挙げられていないが、ペローの論拠としてしばしば挙げられるのに「科学技術の発達」がある。

　　　　先入観によってわれらの眼前に置かれた
　　　　上辺だけの覆いを取り除こうと欲するならば
　　　　その目は数多の下品な誤りを賞賛するのに疲れているが
　　　　われわれ自らの光を時には使おうと欲するならば
　　　　古代すべてを崇拝することはできないし
　　　　今日においては過信することなく
　　　　科学の賞を彼らと争えることを
　　　　軽率を冒すことなくはっきりと理解するであろう。[287]

　『ルイ大王の世紀』の冒頭では、「先入観」を取り除くのであれば科学の発達は古代人に匹敵できるとしている。ルイ十四世快気祝いのアカデミーの席で朗読されたことから、「科学の賞を争える」と幾分控えめな表現であるが、「第一対話」より詳細により大胆に根拠が述べられる。

　ペローはルネサンス以降とりわけ十七世紀になされた科学技術における進歩を強調する訳であるが、その事実は科学史的には自明のものと思われる。科学技術を論じることになる「第四巻」は、「天文学、地理学、航海術、戦争術、哲学、音楽、および医学について」 *Parallèle des anciens et des modernes, où il est traité de l'astronomie, de la géographie, de la navigation, de la guerre, de la philosophie, de la musique, de la médecine* と題されている。地理学や哲学など今日では一般に自然科学とされないものが含まれ、学問の領域分けがわれわれからすると奇妙に映るかも知れないが、例えば、その筆頭にあげられた「天文学」を取ってみても、ルネサンス以降の発展は著しかったことは否めないであろう。古代人天文学者を代表してプトレマイオスおよびヒッパルコスを挙げ、次のような近代人学者の業績を列挙する。カスティーリア王アルフォンソ十世、ポイアーバッハ、コペルニクス、チコ・ブラーエ、ケプラーといった人物の名前が神父によって引用される。天文学の進歩が明白であるのは間違いが無かろう。

　いずれにしても、ペローによれば近代科学による進歩および知識の蓄積は近代人優越の論拠の根幹をなすものであった。上述した印刷術の発明による知識の大衆化はこれを裏付けする。「第一巻」「序文」において、控えめであった『ルイ大王の世紀』とは異なりペローは自信満々にその成果について述べている。

---

[287] *Siècle le Louis le Grand*, 11-18.

127

われらの世紀の始まりからこのかた、どれほどの知識が増えたであろう。フランスとイギリスにおけるアカデミーの設立以来それは顕著であり、望遠鏡や顕微鏡を使って、巨大または微少な物体において無数の種が発見され、対象とする科学にほぼ無限の広がりを与えた。古代人の航海術との相違をみてもそれは明らかであって、彼らはほとんど地中海沿岸から出ることはなかったが、今日では、幹線道路が世界のあらゆるところを通過するのと同じくらい、一直線で安全な航路を開いている。完璧な知識を持っている人々だけでなく、生半可な知識しかない人でも、古代以来夥しい発展を遂げていることを証明することができない技術や科学はまったく存在しない。[288]

　天文学や医学といった中世以来の大学教育の伝統に基づく自由七科や専門課程教育における分野だけでなく、進歩の恩恵は知識の大衆化によってより卑近な分野にも広がっていることを神父＝ペローは主張する。「第一対話」において挙げられるのが、「絹のストッキングを編む機械」[289]である。

　　このような驚異的な機械を発明した人の名前が知られていないのは残念であり、不当なことです。ごくふつうに考えつき、発明するのにはただ最初に生まれてくるだけでよい、数多の機械の発明者名を覚えさせられているというのに。[290]

　パスカルが計算機を考案したように、ペローも「機械」へひとかたならぬ関心を持っていたことは間違いがない。すでに引用したように、「選挙やオフィシエを選ぶために、断然便利な小さな機械をわたしはつくった。わたしはこの出費を喜んで払った」と、アカデミー・フランセーズにおける投票作業を簡便化するために、機械を自作したことを『回想録』に述べている。

　裁判所長官の反論は、「古代人からあらゆる技術や科学を学んだのは、近代人であるということしか言うべきことはありません」[291]というように、古代人が様々な技術の基礎を作り上げた、このことこそ名誉あることであり、近代人は若干の上乗せをしたのみであること、また、「しかし、あなたは時代と共に驚嘆すべきものがいくら失われたかを考えておられますか」[292]と反論するように、古代人には近代人には残されなかった失われた技術が存在していたことの二点である。

---

[288] *Parallèle*, I, Préface.
[289] 「絹のストッキングを編む機械」に関しては、1690 年に出版された『美術展示室』*Cabinet des beaux-arts* にも言及がなされている。ピコンによるとアンドレ Hindret という人物によってイギリスからこの機械は持ち込まれたという(ピコンによる論文 « Moderne Paradoxe »を参照 （*Mémoires*, p.38))。
[290] *Parallèle*, I, p.78.
[291] *Ibid.*, I, pp.85-86.
[292] *Ibid.*, I, p.79.

これらの反論について、神父＝ペローは次のように退けている。まず、はじめて発明したことの優位性に関しては、例えば造船技術しても「この最初の発明者という栄光は考えているほど大きいものではないのです」[293]という。初期の小舟の作り方はビーバーから、布の織り方はクモから、狩りについてはキツネやオオカミから模倣によって学び取っただけであって「必要という自然の知恵を逃れることのない」[294]発明である。「近年の人間による巧みな省察から幸運にも発見された」[295]発見とはその性質が異なるというのである。

> 正直にいいますと、古代人は最初に多くの物事を発明したという優位性を常に持ち続けるでしょうが、わたしは近代人がより精神的でより驚異的なものを発明したことを主張するでしょう。お望みであれば、なんの根拠も理由も無しに、近代人よりも偉人で天分があったとしても、古代人が偉大な人物であることには同意しますが、彼らの仕事が今日のものよりも優れていることにはならないことは言い続けるでしょう。[296]

失われた古代の発明という主張についてはもっと手厳しい。ペローはイタリアの法学者であり蒐集家パンチローリ Guido Panciroli (1523-1599) という人物の著作を引用し以下のように反論する。

> それらが失われた古代であることを喜んで検討し、わたしはそれが三つあることを発見しました。一つ目はそのほとんどが、もはや現用ではないもので、円形競技場であるとか、円形劇場、バジリカ、凱旋門、オベリスク、公共浴場、それに類した様々な建物であり、第二には同様の改良品の発明によって捨てられたもので、破城槌、弩、三段オールの帆船、緋色染料、樹皮から作られた紙などがあります。最後には純粋に想像上のもので、可鍛性のガラスであるとか、四、五十歩も離れた海上の船舶を焼いたというアルキメデスの燃える鏡などです。第一の古代のものについては、当時にはたくさんの輝きや偉大さを放ったと思いますが、より壮麗なものでさえ、似たようなものを作ることは、われわれには造作もありません。その証拠に、建て始められた凱旋門は、われわれが見た模型通りに完成しますと、古代人のどのものよりも大きいです。コンスタンティヌス帝の凱旋門が最大でしたが、これがぎりぎり主要アーケードの下を通る位なのですから。大きな浴場を作るのも造作ないですが、われわれの衣服が清潔であることやその豊富さから、いつも入浴するという耐えられない束縛が省かれ、どんな浴場よりも快適です。第二の失われた古代については、古代人は大した栄誉を得ることはあ

---

[293] *Ibid.*, I, pp.75-76.
[294] *Ibid.*, I, p.76.
[295] *Ibid.*, I, p.76.
[296] *Ibid.*, I, p.86.

りません、より美しく優れた発明に屈するべきでありますから。そういうわけで、われわれはもう破城槌や弩を使う代わりに爆弾や大砲を使い、われわれのガレー船がより便利が良いので、もう三段オールの帆船は作られません。[297]

　科学技術の進歩は自明なものとして誰もが認めるところであった。新旧論争におけるペローの躓きのひとつとして、科学技術には明白であった進歩を、趣味の領域である文芸にまで拡大して論じてしまったことがあるのは当時から指摘されていた。このような拡大解釈は進歩の実現者であった科学者によって為されたわけではないことをカリネスクは強調する[298]。科学技術のように、進歩が明白である分野にとって新旧論争はむしろ起こり得ないことは明らかであった。

　　4．キリスト教

　　　聖典に関しては限りない自制や尊敬、崇拝をもっております。ですから、古代人の異教作家にたいしてそれがもてないのでしょう。[299]

　科学技術の発展と並んで、近代派の拠り所となっていたのがキリスト教の存在であった。誤った異教の神々ではなく、真実の信仰に照らされた十七世紀フランスは、古代世界よりも必然的に高位の存在であるとの考えである。王権神授説による絶対王政の支配は、ルイ十四世に擬似的な神性を与えることとなった。ルイ大王は神の代理人として振る舞い、キリスト教の異教への優越を認めないことはその支配への抵抗をも意味することとなった。ペローがキリスト教を、近代派優越の根拠として考えていたのは、晩年国王の愛人となったマントノン夫人が信仰に回帰していたという時代状況、さらには、自身が厳格なジャンセニスムに親近感を持つ家庭に生まれ育ったという理由以上に、古代派への牽制の効果を求めたものであろう。異教の古代人を過度に賞揚することは、ルイ大王の治世の否定に繋がりかねない。「第三巻」において詳述するが、1680年以降、ペローがキリスト教の信仰に基づく作品を立て続けに発表するのは、デマレ＝ド＝サン＝ソルランによるキリスト教叙事詩実現の悲願を受け継いだという理由とともに、聖俗ともに権勢を誇ったボシュエの歓心を得る目的があったと思われる。実際に、ペローによるキリスト教叙事詩の第一弾『聖ポーラン』（1686)はボシュエに捧げられた。
　「第四巻」を論じる折りに詳述するが、近代科学、とりわけ近代天文学の出現は中世までのキリスト教的世界観を転覆させる危険性を孕んでいた事実は良く知られている。ペローは「第四巻」でも天文学の発展及びキリスト教信仰の存在を近代優越の論拠として述べているが、この二つの領域に存在する根本的対立については巧みに避けていることを指摘

---

[297] *Ibid.*, I, pp.79-81.
[298] カリネスク、*op.cit.*, p.42.
[299] *Parallèle*, I. p.42.

しておかねばならない。

> 騎士：　地球は太陽の周りを回っているのであり、太陽が地球を廻っているのではないというコペルニクスの説のところで、どうしてあなたはお止めになりませんでしたか？
> 神父：　わたしはそんなところで止めはしません。これは天文学の本質からいえば重要ではないからです。これを前提とする体系は、天体の運動すべてを容易く解釈するのに発見された方策と見なすべきです。[300]

　「権威にはいまはどんな力もなく、神学と判例にしかこれはありません。神が聖書の中で語られるとき、または教会の口によるときでも、頭を下げ服従しなければなりません。君主が法律を決めたときには、神自らによる分け前として、それが由来する権威に従い尊敬しなければなりません」[301]と神父が語るように、神学と法律はペローにとって普遍のものと考えられている。この二元論は後述するパスカル『真空論序言』における学問の二分類に由来すると思われるが、その意味で信仰と法律（ルイ大王の治世）は不変のものとして、進歩の原理の適用から免れている。

　デカルト的な理性に基づく「方法」を駆使し近代の優越を説くペローであったが、こと信仰に適用することについては批判的である。

> デカルト氏がこの原則を神の存在証明のために用いたことは驚きであります。これを疑うほど不幸で他人を疑わせたとしたら、わたしは彼のように振る舞ったでしょう。悪い論理で証明することよりも、あることを疑わせることぐらいましなことはないからです。[302]

　キリスト教と進歩の関係については、「第三巻」を扱う折りに詳しく述べる。ここでは、ペローの進歩思想は必ずしもデカルトに全面的に依拠するものではないこと、また、信仰に関してはジャンセニズム、とりわけパスカルの「厳格主義」の影響が色濃いことを指摘するだけに留めておく。

　キリスト教や科学知識の蓄積などが、新旧論争におけるペローの論拠となっていることを概略した。フォントネルが未来への発展の可能性を示唆していたのに対して、ペローは「ルイ大王の世紀」を唯一無二のものとしてその後の進歩を認めていないことはここで指摘しておくべきであると思われる。

> いわば完成の極みにたどり着いたわが世紀を見て喜んでおります。昼間が夏至

---

[300] *Ibid.*, IV, p.30.
[301] *Ibid.*, I, pp.92-93.
[302] *Ibid.*, IV, pp.192-193.

にいたって増えないように、数年来、その進歩はより遅くなっていて、感じ取れないもののようです。おそらく、後代の人々を羨むことが、われわれにはそれほど多くないと考え喜んでいます。[303]

　ペローが「ルイ大王の世紀」を進歩の頂点と考え、その後の衰退を予言したことには、第一にヴェルサイユの歓心を買おうとする政治的意図があったと思われる。進歩の例外として「判例（法律）」を挙げたことには、その治世の前半の絶頂期を支えたという自負を持つ王政による支配を正当化する意図があったのは間違いがないであろう。文芸をはじめ科学技術までを進歩の対象としたペローであったが、その進歩の論拠としての「信仰」はその埒外におかれ、デカルトが「理性」によって神の存在証明を試みたことは強く非難されることになる。ここには、次項で述べるように「著者たちの書いたことを知ること以外に目的をもたない学問」と「実験と推理のもとにあるすべての学問」を峻別しており、パスカルの影響を見てとることができる。

　　5．「古代若年説」

　騎士：　説明しないといけないですが、世界の寿命というのはそのまま人間のそれと同じと考えるべきでしょうか。子供時代があり、少年時代、完全な年代があり、現在は老境にあるというのは本当でしょうか。人間の性質というのは一人の人間のようなものでしかなく、その人間は世界が子供時代の頃子供であり、青年時代の時に青年であり、壮年期には完全な人間であり、いまは世界も彼も老境にあることは確かです。すると祖先の最初は子供であって、われわれは老人で本当の世界の古代人なのではないでしょうか？
　神父：　その考えは極めて正しいです。慣習が違った風に配列したのです。古代人と名の付くものはその後継者よりも巧みであるという先入観が一般的にありますが、それは自分の父親や祖父が自分よりも多くの知識を持っていて、曾祖父はさらにそうであると子供が想像し、少しずつ十分さの概念と能力の概念を年齢に与え、時代が深まれば深まるだけ偉大なものであると一般に考えられていることによるのです。いっぽうでは、父親の子供に対する、老人の全ての若者に対する優位はただ経験にあり、最後に生まれてきたものは先に生まれたものよりも大きく適応していることは否定が出来ません。最後に生まれたものは先達の遺産を受け継ぎ、自らの作業や研究で得た新しいことを多くそこに付け加えたからです。[304]

---

[303] *Ibid.*, I, pp.98-99.
[304] *Ibid.*, I, pp.49-51.

歴史を人間の一生に喩え、古代人を年長者ではなく逆に若者であるとし、近代人を多様な知識・経験を積み重ねた熟年と捉える思想は、直線史観に基づくキリスト教的な進歩観であるといえる。アウグスティヌスは、アダムから「神の国」の実現までを八つの段階に分け、アダムの誕生からノアまでを幼年期と位置づけ人間の一生に模した救済史観を提示していた。神父＝ペローのこのような歴史観の源泉は、直接的には信仰に関して彼が深く帰依したパスカルに求めることが出来ると思われる。

おそらく1651年に書かれたとされる『真空論序言』において、パスカルは古代人に対する過度な尊敬心に釘を差している。パスカルが、自らの自然学研究の集大成として企画した未完の『真空論』に対する「序言」において、のちの近代派に似た立場を表明していることは極めて意義深いと考えられる。古代人に対する偏見を取り除くことから、論を進めようとする姿勢はペローのものと類似している。

> 人々が古代人に対していだいている尊敬心は、そんなに力みかえらなくてもよいような学問分野においても、今日では非常な程度に達しており、古代人の思想のすべてが神のお告げと同様に見なされたり、その不分明なところが奥深いのだとされたりしている有様である。そんなわけで、今では新説を主張するのは危険なしにはできないし、どんなに強力な理論でも、一冊の本から文章ひとつを引いてくれば、たちまちつぶしてしまえるほどである。[305]

近代人の古代人に対する盲目的な尊敬心を批判するとともに、パスカル自らは古代人を尊敬しないわけではないことを告白する。そこで、この尊敬心を検討するにあたって、パスカルは学問には二つの分野が存在することを主張する。この分類こそが『序言』においてもっとも独創的な主張であり、ペローその他のちの近代派の主張とは大きく異なる箇所であると思われる。パスカルが、本作品において繰り返し主張する「理性」に則って、持論を述べているように思われる箇所である。

> この重要な区別を注意して行なうには、前者はたんに記憶に依存し、純粋に歴史的であり、著者たちの書いたことを知ること以外に目的をもたないのに、後者は推理にのみ依存し、全く断定的であり、隠れた真理を探求し発見することを目的としていることを、考える必要がある、第一の種類のものは、それらを含んでいる書物が……であるから、制限されたものである……。[306]

このような学問の例として、歴史、地理、法律、外国語や特に神学を挙げ、パスカルはこれを「著者たちの書いたことを知ること以外に目的をもたない」学問と定義する。つま

---

[305] 前田陽一・由木康・津田穣訳、『真空論序言』、p.65.（伊吹武彦他監修、『パスカル全集』、第一巻、人文書院刊、1959年.）。以下邦訳は上記のものを引用させていただいた。
[306] *Ibid.*, p.65.

りすべての事象は文献の中に書かれているのであるから、これを参照することが最重要であり、ここに何かを付加することは厳に戒められるべきである。フランスの初代の王がだれであったとか、経度何度がどこを通るかなどという事柄は、パスカルがここでいう「書物」の中にのみ含まれる内容である。これらの学問においては、「それらについてわれわれを啓発しうるのは、たんに権威のみである」[307]という。ここで第一に考えられているのは、神学である。聖書に書かれていることのみが真理であって、人間の理性を超越したものであると考えられているのである。

　一方で、権威ではなく「理性」のみがその学問を司る分野も存在する。

　　　　同様なことは、感覚や推理のもとにある問題についてはいわれない。そこでは権威は無用である。それらは理性によってのみ知られるべきものである。権威と理性とはそれぞれ違った権利を持っている。前の場合には権威がだんぜん有利であり、後の場合には理性が代って支配する。しかも、この種の問題は精神の能力に相応しているので、精神はそこで全く自由にその力を展開する。精神の尽きることのない豊饒さはたえまなく生産し、その創意は終ることも絶えることもありえないのである……。[308]

　パスカルはこのような学問の例として、以下に引用するようなものを挙げる。このような学問については進歩の事実は当然であるという。

　　　　かように、幾何学、算術、音楽、自然学、医学、建築学等、実験と推理のもとにあるすべての学問は、完全になるためには増し加えられなければならない。古人は、彼らに先だつ人々によって、それらがたんに略書きされているのを見出した。われわれはそれらを、受けた時よりも完成された形にして、後に来る者に残すであろう。
　　　　それらの完成は時間と労苦とによるのであるから、われわれの労苦と時間とは、われわれのと切り離した彼ら(古人)の努力よりも得たところがすくないかも知れないが、それにもかかわらず、両者を合わせるならば、それらを別々にしたものよりも効果が多いはずである。[309]

　パスカルはこの二分法をもって学問を峻別する。しかし、今日ではこれらの学問に対する態度が入れ替わっている場合があるという。後者に対して理性的判断や実験に頼ることなくただ権威に頼ろうとする者、いっぽうで、前者に対して理性的な態度で臨もうとする者が存在する。パスカルは文芸をどちらのカテゴリーにも含めることはない。科学だけで

---

[307] *Ibid.*, p.66.
[308] *Ibid.*, pp.66-67.
[309] *Ibid.*, p.67.

なく文芸の明白な進歩も認めない古代派の姿勢を批判するとともに、信仰や法に関しては理性的検討を拒み、デカルトに批判的であったペローの姿勢と通じるものがあるであろう。

『真空論序言』と呼ばれるように、テクストは後者の「実験と推理のもとにあるすべての学問」に関する論文の序言として構想されたものであろう。パスカルの論点はこの後者の学問に焦点を絞っていく。

峻別化とともに、古代人への尊敬心にも限界をもうけるべきであるとパスカルは言う。もし、古代人がある種の近代人のように権威に囚われ自らの知識に何事をも付け加えなかったとしたら、後世はその恩恵に与ることが出来なかったであろう。近代人はこの古代人に倣い古代人を越える努力をするべきであるという。古代人も自らの受け取った知識に多くの事柄を付け加えることによって新しいものを生み出したのであるから、近代人もことさら彼らに対して控えめになる必要はないと主張するのである。

> 自然の秘密は隠されている。自然はつねに活動しているけれども、人々はつねにその作用を発見しはしない。時間が時代から時代にわたってそれを開示する。自然はそれ自身としてはつねに同じであるが、つねに同じようには知られない。
>
> その知識をわれわれに与える実験はたえず増加する。そして実験は自然学の唯一の原理であるから、帰結もそれにともなって増加する。
>
> このようにして、人々は今日、異なる意見や新しい説を、軽侮や忘恩をすることなしに、採用することができる。なぜなら、古人が与えた最初の知識は、われわれにとって、段階として役立ったし、これらの利益によって彼らを乗り越えしうるという恵をわれわれは彼らに負っているからである、というのは、彼らに導かれて或る段階まで登ったればこそ、われわれはわずかな努力でより高く登ることができ、またより少ない労苦と光栄とをもって彼らの上に出ることができるのである。われわれが、彼らには認めることのできなかった事物を発見しうるのも、そのためである。われわれの視野は彼らより広い、また彼らが自然のうちに認めえたすべてのものを、われわれと同様に知っていたとしても、彼らはわれわれほど多くは知らなかったし、われわれは彼らより多く見ているのである。[310]

より高いところにいる位置するゆえに、遠くまで見ることが出来るという比喩は、伝統的に繰り返し語られてきた「巨人の肩の上に乗ったこびと」という比喩を思い起こさせる。フュマロリによると、この比喩はベルナール・ド＝シャルトル（Bernard de Chartres (1130頃-1160)。「シャルトル学派」の中心的学者）に由来し、十二世紀にジャン・ド・サリスビュリ（ソールズベリーのジョン Jean de Salisbury (Joannis Saresberiensis) (1115頃-1180)。イギリス生まれの哲学者、歴史家。シャルトル学派の一員とされる）に受け継がれ

---

[310] *Ibid.*, pp.68-69.

たという[311]。「かれらは（こびと）、学問上の累積的な蓄積によって、絶対的な関係で見れば、より多くのことを知っている。しかし相対的な関係で見れば、学問に対するかれらじしんの貢献はあまりに僅かなので、かれらをピグミーに譬えることも可能となるのだ」とカリネスクが分析するように[312]、遠くを見渡せるかもしれないが、あくまでも近代人は「こびと」であった。しかし、ここでパスカルは敢えて、「古代人＝巨人」、「近代人＝こびと」といった物理的な彼我の差異を前提とした表現を採用しない。古代人、近代人共に人間であり、ただその視野の差のみを問題にしているのである。シャルトルのベルナールの比喩においては、アンチモダンであったこの比喩は、パスカルにおいてはその傾向が著しく減じられている。オルドリッジが指摘するように[313]、近代人こそが古代人であるという逆説、人類の歴史を一人の人間のイメージに準える比喩とともに、巨人の肩に乗る人間とは、新旧論争に特徴的な比喩のひとつであり、ペローにも共通するものであった。

　ここで、再びパスカルは古代人を過大に崇拝しこれに異を唱えることが罪悪とされている傾向を批判する。ここで興味深いのが人間と動物の差異を導入し批判している点である。パスカルは、このような傾向を「人間の理性を不当に扱い、動物の本能と同列におくこと」であると糾弾する。理性の働きは常に知識を増大させるという性質を持つ。いっぽうで、本能は、「蜜蜂の巣は、千年前にも今日も同じくきちんとした形を保っていた」ように、同一状態に留まるものである。

　人間は人生の始まりには何も知ることがないが、自らの経験と共に先人が残した「書物」による知識によって絶えず学び、同時に自らの知識をこの「書物」に書き加えることによって進歩しているのである。こうして、一人の人間の人生は、人類の長い歴史に譬えられることとなる。

　　　そういうわけで、人類は今、古代の哲学者たちが現代まで生き残っていたとしたら、彼らのもっていた知識に、彼らの研究が長い世紀の助けによってえたであろうものを附加したと思われるような状態にあるのである。そこで格別な特権によって、一人一人の人間が日々に学問に進歩するのみでなく、全体としての人類が、宇宙が老いていくにつれてたえず前進するのである。それは、同じことが、各人の異なった時期に起るように、人類の経歴のうちに起るからである。そういうわけで、長い世紀の過ぎゆく間における人類の経歴は、つねに生存したえず学んでいく一個の人と同様に見なすべきである。そこからわれわれが悟るのは、われわれが古代の哲学者たちにおいてその古代性を尊敬するのはいかに不当であるかということである。なぜなら、老年は幼時からもっともかけ離れた年齢であるとしたら、この宇宙人の老年は、その誕生に近い時期に求めるべきでなく、むし

---

[311] *La querelle des anciens et des modernes*, précédé d'un essai de Marc Fumaroli, Paris, Gallimard, 2001(Folio classique), p.21.
[312] カリネスク、*op.cit.*, p.27.
[313] ドッズ他、*op.cit.*, p.142.

ろそれよりもっとも遠い時期に求めるべきであることを了解しない人があろうか。われわれが古人と呼んでいる人々は、実は万事に新人で、ほんらいは人類の幼時を形づくっていたのである。そして彼らの知識にその後の世紀の経験を附加したのがわれわれであるから、われわれが他人のうちで尊敬しているこの古代性を見いだしうるのは、実はわれわれのうちにおいてである。[314]

　人類の歴史を人間の人生に譬えることは古来行われてきた。古代人を老人とし時代が下ると共に年齢が若返っていくという考えが優勢であったが、ここでのパスカルの主張はそれを逆転させたものである。人類が一人の人間であるならば、むしろ古代のほうが幼年時代であり、時代が下るに連れて歳もとり成長するという考え方である。こうした比喩は、すでにフランシス・ベーコン Francis Bacon(1561-1626)『ノーウム・オルガヌム』*Novum Organum*(1620)[315]に見ることが出来る。「フランシス・ベーコンは、確かに、古代と近代のあいだの関係にかんして、じぶんとその世代の見解を表現する新たな強力な直喩を、はじめて生み出した思想家であった」[316]とカリネスクが言うように、アウグスティヌスにも遡ることのできるこの逆説的比喩に決定的な意味を見いだし、後代にも影響力を残した思想家としてベーコンを捉えることができよう。十七世紀以降、「古代若年説」の基づく様々な論者によるこの比喩は利用されていく。

　翻訳家として名を成し「アカデミー事典」を編集するとともに、『陛下に捧げられた凱旋門の碑銘のためのフランス語擁護』*Défense de la langue française pour l'inscription de l'arc de triomphe dédié au Roi*(1676)において、記念物の碑文はラテン語ではなくフランス語で書かれるべきであるとしたフランソワ・シャルパンチエ François Charpentier (1620–1702)は、言語の側面でペローに影響を与えた人物であると思われるが、『フランス語の卓越性』*Excellence de la langue française* (1683)において、同様の意見を述べている。

　　われわれに訳の分からぬ尊敬を吹き込む古代という名前が、われわれを誤らせるのであった。年齢的に進んだものよりも若い者のほうが劣るに違いないように感じるからだ。世界の中ではわれわれは新しいので、周りのもの全てを新しいと考えてしまう。われわれの世紀は全世界の年齢においては父の時代よりも最も年

---

[314] 『真空論序言』、p.70.
[315] 「ところで古代について人々が抱いている意見は、全くいい加減なものでほとんど言葉そのものにも合っていない。たしかに世界の年経たことおよび老齢をば、古代と見なすこともできるが、これはわれわれの時代にこそ帰せられるべきであって、昔の人々の場合にあったような、世界のより若い［早い］年代にではない。というのは、その年代はわれわれから言うと、昔であり年経てはいるが、世界そのものから言うと新しくかつ年少であったからである。そして実際あたかも、経験と人が見・聞き・考えたことの多様と豊かさのゆえに、若い人よりも老いたる人から、人間関係のことについての、より多くの知識と、より成熟した判断とを期待するごとく、同じようにまた昔の時代よりもわれわれの時代からも（もしそれが自らの力を知り、試みかつ伸ばそうとするつもりなら）、はるかに大きなものを当然期待すべきであって、それは無数の実験や観察で、豊かにされ積み重ねられた、世界のより進んだ時代だからである」（ベーコン著、桂寿一訳、『ノヴム・オルガヌム（新機関）』、岩波文庫、1978、p.824.）。
[316] カリネスク、*op.cit*, p.38.

を取っているのに、いわばわれわれから数を読むものであるから、われわれの世紀を最も若いと思うのである。[317]

　さらに、フォントネルも『古代人近代人についての枝葉の議論』（1688）において同様の思想を披露している。

　　　全世紀の人間を一人の人間と比較することは、古代人近代人の問題すべてに関係するであろう。教養あるよき精神は、いわば、全世紀のすべての精神でできているのである。この時間の間に教養を身につけたのは同じ精神でしかない。だから、この人間は世界の始まりから現在までいき、切迫した必要事だけに関わっている子供時代から、詩歌や雄弁など想像力の事象に成功し、少ない確実さながらも推論することを始めた青年時代があったのである。現在は壮年時代であり、かつてないほどより強くより光をもって推論をしている。しかし、戦争の情熱に長らく捉えられずに、科学を軽蔑し遠回りすることがなかったとしたら、より進歩していたことであろう。[318]

　古代は幼年時代であったからこそ、古代人が犯した誤謬については大目に見、むしろ実験という方法を欠いていたのにもかかわらず、大きな成果を残したことを褒め称えるべきであるとパスカルは言う。例えば銀河をはじめとする天文学上の知識にしても、望遠鏡という実験手段を持たなかった故なのだ。だから、真空の問題にしても同様に考えるべきであるという。アリストテレスは、「自然は真空を嫌う」（真空嫌悪）としてその存在を認めなかったが、彼らには近代人の持つ新しい実験という手段を持たなったのであるから当然の話である。そこでパスカルは、この『真空論序言』において以下のような結論を述べることになる。

　　　われわれは彼らの言ったことの反対を確言することができる。またしょせん、あの古代性がいかに有力であるにせよ、真理は、新しく発見されたものでも、つねにそれ以上に有力であるはずである。というのは、真理は、それについて人々が抱くあらゆる見解よりもつねにより古いものであり、もしそれが認識され始めた時に存在し始めたと想像するならば、その本性を知らないことになるからである。[319]

　ペローが永遠の進歩を認めずに、ただ近代フランスが人類の歩みの頂点であるとした一方で、パスカルは将来にもわたる永続的な進歩を主張しているという点など相違点も存在

---

[317] François Charpentier, *Excellence de la langue française*, tome I, 1683, pp.557-558.
[318] Fontenelle, *Œuvres complètes*, pp.425-246.
[319] 『真空論序言』、p.72.

するが、のちに『古代人近代人比較論』で述べられる近代派のほとんどの主張はこの『真空論』に出尽くしてしまっているといえるであろう。

３．「第二対話」

　　１．導入

　　　　第二の対話は建築及び、不可分である二つの仲間、彫刻と絵画を扱っている。
　　　建築は必要が人間に教えた最初の技術の一つである。推測するに、この巧みな対
　　　話に導入された彼らが、全ての芸術のうちで建築を語らずして、ヴェルサイユの
　　　建築物を見るということはほとんど不可能である。[320]

　「第二対話」（副題「建築、彫刻、絵画について」 *en ce qui regarde l'architecture, la sculpture et la peinture*）においては、造形芸術、なかでも建築、彫刻、絵画を主とし、ペローがもっとも多くの知識・経験を備えていたと考えられる建築が深く扱われる。コルベールの指揮の下、フランス国内で施工される建築物の監督を行うとともに、自らも「テティスの岩屋」などいくつかの設計案を提示した。さらに、「ルーヴル宮コロネード」に関しても、ペローの案が含まれているとの述懐がある。医者として教育を受け建築家としても活躍した兄のクロードは、ペローにとって科学技術に関して近代フランスの優越を体現する人物であり、このコロネードの設計を担当したとされている。ペローにとって建築の発展とは、クロードが仏訳を手がけたウィトルウィウス『建築書』「第一書」 *De Architectura*[321] の言葉を借りれば、「こうして、建築家は天賦の才能に恵まれていなければならないし、また学習にも従順でなければならぬ。なぜなら、学問なき才能あるいは才能なき学問は完全な技術陣をつくることができないから。そして願わくは、建築家は文章の学を解し、描画に熟達し、幾何学に精通し、多くの歴史を知り、努めて哲学者に聞き、音楽を理解し、医術に無知でなく、法律家の所論を知り、星学あるいは天空理論の知識も持ちたいものである」[322] とあるように多岐に渡る学問的成果の総合であり、科学的かつ芸術的な進歩を明示する手段であった。ペローおよびクロードの処女作となった『トロイの壁』において、墨縄やコンパスなど大工道具を探すアポロンがビュルレスク風作品として描かれていたこと[323] も、彼らの建築への愛着を証明する上で示唆的であると思われる。
　また、ローマ建築に関しては、ローマ・アカデミーが存在した関係上、さまざまな遺跡の測量図がフランスに持ち込まれており、ペローもこれをもとに批評を行っているが（ペローは一度オルレアンに学位を取得しに出向いただけで、生涯パリおよびその近郊で過ごした）、十七世紀に残っていたのはあくまでも遺跡であり比較対象が完全な状態で存在しないからこそ「第一巻」で取り上げたのかも知れない。それは、絵画や彫刻に関しても同様

---

[320] *Parallèle*, I, Préface.

[321] Claude Perrault, *Les Dix Livres d'architecture de Vitruve, corrigés et traduits nouvellement en français avec des notes et des figures,* Coignard, 1673.

[322] 森田慶一訳、『ウィトルウィーウス建築書（普及版）』、東海大学出版会、1979 年、p.3.

[323] *Les Murs de Troyes, ou L'origine du burlesque* (1653) (Réédition：*Les Murs de Troyes ou l'origine du burlesque.* Livre 1：Les Frères Perrault et Beaurain, texte établi, présenté et annoté par Yvette Saupé, 2001.).

であり、文芸作品とは異なり古代の現物がほとんど残されていない点で、古代派からの反論を封じ込めることができる。

　道中行われた「第一対話」を受けて、一行はヴェルサイユに到着する。神父はまず自らが管理人の役割を務めることを宣言し、建物の外観及びその用途について簡潔に説明する。騎士の薦めによって三人がまず向かったのは、テクストにおいては「大階段」と呼ばれている場所であった。現在「王妃の階段」と呼ばれている箇所である。「戦争の間」や「平和の間」を通りつつ、そこに飾られたパオロ・ヴェロネーゼ『エマオの巡礼者』*Pèlerins d'Emmaüs*(1559 頃)やル＝ブラン『ダレイオス一家』*La famille de Darius aux pieds d'Alexandre* (1660)などの絵画、彫刻、金銀細工などを見ながら宮殿内部を巡ってゆく。

　2．建築

　ペローの話を聞く前に十七世紀における建築の状況を概観しておきたい。

　フランスにおいては、十七世紀は古典主義の時代であった。ギリシャ・ローマ建築に範を取り五つのオーダー（トスカナ式、ドリス式、イオニア式、コリント式、コンポジット式）を用いるフランス古典主義建築（イタリアのように過度な装飾は好まれなかったという事実から、「古典的バロック」と呼ばれることもある）は、直接的には十五世紀イタリア・フィレンツェに始まったルネサンス建築の流れを汲んでいる。曲線よりも直線、非対称よりも対称を指向し、過度な装飾を避けると共に建築の各部間に存在する比率が重んじられた。なかでも整数比による音楽的な和声の比率が建築における美を決定付ける要素と考えられた。フランスにおいては、イタリアのようなバロック建築が繁栄することはなかった。建築史においては、文学史とは異なり規範からの逸脱を意味する「バロック」は「古典主義」時代を引き継ぐ時代であり、美術史の概念を適用したフランス文学史における「バロック」との時系列上の差異に注意する必要があろう。フランスにおいてバロックという呼称される様式が栄えたのはむしろ彫刻であった。後述するように、ルーヴル宮ファサードの改築にあたっても、イタリアのバロック建築家の大物であったベルニーニ（1598-1680）の設計案ではなく、紆余曲折があった上で一介の医師であり素人建築家であったクロード・ペローの設計案が採用されている。

　十七世紀フランスにおける建築の代表的作品としては、いうまでもなくヴェルサイユ宮殿を挙げなければならない。もともとは、ルイ十三世が狩猟用に建てた小屋が存在するのみであったヴェルサイユに、息子ルイ十四世が王宮の建設を思いついたのは、1660 年のことであるといわれている。ルイ・ル＝ヴォー Louis Le Vau (1612-1670)の指揮下に、その翌年 1661 年から造営がはじめられ、彼の死後もこの事業はジュール＝アルドゥアン・マンサール Jules Hardouin Mansart (1646-1708)が引き継いだ。ヴェルサイユの新宮殿と庭園においては「魔法の島の悦楽」などさまざまな祝典とともに演劇、バレエ、オペラなど上演芸術が開催され、建築のみならず造形芸術や文芸をも包摂する濃密な空間となるに至っ

た。『比較論』においては「第四巻」の最後にほんの少し数ページ論じられるだけであるが、アンドレ・ル=ノートル André Le Nôtre (1613-1700)による庭園の存在も神父=ペローの論拠となっていた[324]。室内装飾は、筆頭画家シャルル・ル=ブラン Charles Le Brun (1619-1690)が担当したが、彼については「絵画」の項目で後述する。

　ヴェルサイユ以外の建築物に目を移してみると、教会建築に関しては、マンサールによる聖母訪問会修道院付属礼拝堂(1634)、ヴァル・ド・グラース聖堂(1645)、リベラル・ブリュアン Libéral Bruant(1636-1697)による廃兵院(1670-1679)およびマンサールによるその付属教会など、城館建築については、ル・ヴォーによるランベール邸館(1642)、ヴォー・ル・ヴィコント城館(1661)などが代表作として挙げられる。

3. クロード・ペロー～近代優越の体現者

　ペローは建築に関しては大きなこだわりを持っていた。ペローによる『回想録』のほぼ三分の二は在官当時の職務、とりわけルーヴル宮の改築計画に関する回想で占められている。自慢が過ぎるとも感じられる様々な回想の中で、ペローの建築というジャンルに対する自負が顕在している箇所がいくつも存在する。「第二対話」においても、建築物における遠近法の研究成果として、神父=ペローは次のようにクロードの著作を引き合いに出す。

　　　わたくしはこの真実を数多の別の例から証明することが出来ますが、『五種の円柱の構成』の序文と最終章をおすすめする方がよいと思います。そこでは、比率の変更の欠点が広く扱われており、この件に関して普段引き合いに出される二人のミネルヴァの物語に完璧に答えます。あなたがわたしにお話下さる準備があると思いますが。[325]

　ルーヴル宮の改装計画が持ち上がった折り、当初はフランス人建築家（ル=ヴォー、クロード・ペロー）の設計でこれを遂行しようとする方針であったが、どの青写真も決定打とはなり得なかった。当時イタリア美術界の大立者で、その生涯の晩年に達していたベルニーニを招聘することになる。フランス滞在中のベルニーニの世話をペローも任されることになるのであるが、ペローによると最終的には兄クロードの設計案が採用されることになることから、皮肉を交えたベルニーニ評は極めて手厳しいものとなっている。

　　　陛下の惨めな騎馬像を作り、それが君主にふさわしくないので、陛下がそれを古代人の頭に挿げ替えさせたとしても、彼はきわめて優秀な彫刻家であった。彼は凡庸な建築家であったが、この面が過剰に評価されていた。彼は自分の国の人

---

[324] *Parallèle*, IV, p.277.
[325] *Ibid.*, I. p.152.

物や作品以外賞賛し評価することがなかった。かれはきわめてしばしばミケラン
ジェロを引用し、いつも次のように言うのが聞かれた。「ミケランジェロ・ブオナ
ローティがよくいったように」。[326]

　別の箇所では次のように、とりわけ建築への才能に疑問を呈している。

　　　一言で言えば、装飾と舞台装置以外では建築関係において彼は何も優っている
　　所がないと思う。[327]

　ペロー全般の特徴としてイタリア人芸術家をフランス人よりも一段下に見る傾向がある
[328]。それは、ペローが唱えていた「ルイ大王の世紀」における完成というテーゼを考える
と必然の帰結である。理性的に考えれば、「あとから来た者」が進歩の面において多くを享
受することは当然だからである。建築に関しても、もっとも完成を見たのが本世紀のフラ
ンスなのであり、もちろん、イタリアは古代よりは優れているのは確かであるが、いまだ
完成途中であった。ゆえに、この老バロック芸術家を評してこのような評価を与えること
が出来たのであろう。ただし、ベルニーニに対する辛辣な批評はペロー『回想録』特有の
ものとみなすべきである。同じフランス人といっても国王の命でパリ滞在中のベルニーニ
に付き添うことを命じられ、一年半の滞在記録をほぼ毎日付けていたシャントルーの「日
誌」においては、ベルニーニ評は、ペローによる意地悪く自信過剰なイタリア人といった
ものと正反対であり、ルイ十四世とも華美壮麗を好む趣味において一致していたことが描
かれている[329]。
　いずれにしても、ルーヴル宮において近代の優越性が示されるのは、そのようなフラン
ス人の手によってでなければならない。ペローがその論拠とするのが、結局採用されるこ
とになった（とペローは考えている）クロードによる設計案である。

　　　君たちの伯父さんはのちに施工された設計とほとんど同じものを作った。コル
　　ベール氏にわたしがこれらを見せると、たいそう気に入り、このような美しいも
　　のがプロの建築家でないものによって作ることができたことは信じがたかった。
　　この設計図は二枚あって、ひとつは幾何的なもの、ひとつは遠近法的なものであ
　　り、簡素な木のはめ込み細工に入れられ、わたしの家具預かり所の大ダンスの中
　　にある。ペリスタイルの案はわたしのもので、これを兄に伝えると、賛成し設計

---

[326] *Mémoires*, p.158.
[327] *Ibid.*, p.162.
[328] 例えば、「詩歌が問題であるときでも、タッソーもアリオストもまったく必要とはしていませんし、同様に絵画が問題であるときでも、ラファエロやティツィアーノやパオロ・ヴェロネーゼは必要としません」（*Parallèle*, I, p. 62.）.
[329] Paul Fréart de Chantelou, *Journal de voyage du cavalier Bernin en France*, 1885, rééd. Macula, 1994.

に加えたが、できる限り、彼は限りなくこれを美しくした。[330]

ベルニーニやル＝ヴォーなど実績のあるプロの建築家ではなく、医師上がりのクロードの設計案が採用されたことについては次のように述べる。

　　　　コルベール氏は兄の建築における能力を知ってはいたが、思うに、その設計を施工するのに躊躇いがあったし、建築に関して、建築家の中でも最も有名な人々の設計よりも、医師の案を好むということは奇異なように感じたのであろう。パリの大家たちの間には、この決定に対して嫉妬がきっちり巻き起こり、ひどい冗談が作られた。医者の手の元に落ちたのであるから、建築は病気になったのだなどといわれた。[331]

　『比較論』にはクロードが様々な論拠として神父によって言及される。しかし、本作においてコロネードの設計者として紹介されることはない。そもそも、クロード設計という歴史的事実には疑義が投げかけられている。当時からも、フランソワ・ドルベ François d'Orbay(1634-1697)は、設計から二十年の歳月を経た 1694 年に、ボワローと結託しその師であるル＝ヴォーの作品であるとこれに異議を申し立てている。ボワローは「しかし、科学アカデミーの方々は、ウィトルウィウスの翻訳の優秀さも、彼の弟が長所として語っていることについても認められていません。さらにお望みであれば、施工されたのは高名なル＝ヴォー氏の設計であることを証明してくださる建築アカデミーの著名な方々の名前を挙げることも出来るのです。この偉大な建築作品も、天文台も凱旋門も大学の医師の作品であることは真実ではありません」[332]と述べるとともに、フォントネルは「（クロードは）科学のため、とりわけ美術のために生まれたよう人で、師に教えて貰うことなくほとんど全てを持ち得ておられました。彼は建築については完全な知識を持っていました。コルベールはフランスとイタリアの著名建築家のルーヴル宮正面設計案のなかから、彼の設計を採用しましたが、これはどれよりも気に入られたもので、その側面や寸法についても今日見られるようにそのままに施工されました」[333]と述べ、「ルーヴル問題」は新旧両派の立場と密接に関係するものであったといえよう。ルーヴル・ファサードの帰属問題は、クロードの関与を全面否定する研究者も存在するが[334]、ヴォルテールが「設計者はクロード・ペロー、ルイ・ルヴォーとドルベが工事を担当した。ペローがいろいろな機械を工夫し、これを使ったからこそ、縦五十二ピエの石がいくつも運べたわけで、あの堂々たる建物の切妻壁は、こうしてできたのである。道は近きにあり、人これを遠きに求むか……ルーヴル

---

[330] *Mémoires*, p.148.
[331] *Ibid.*, p184.
[332] Nicolas Boileau, *Œuvres complètes*, p.495.
[333] *Œuvres de Fontenelle*, tome II, Peytieux, 1825, p.397.
[334] たとえば、Laprade, *François D'Orbay, architecte de Louis XIV*, Fréal et Cie,1960.などを参照。

144

宮の入口のようなものは、ローマのどの宮殿にもないが、これができたのは、ボアローが、事もあろうに、笑い種にしようとした、あのペローのおかげだ」[335]と言うように、疑問点はあるもののともかくクロードの発案によるものとすることに現在では落ち着いている。[336]この問題に関しては、ペロー研究者ソリアノも最も解決困難で奇妙な問題であるとしている。[337]

　いずれにしても、ペローがその造営に関与し、本作においても舞台となっているヴェルサイユとともに、兄クロードが設計したとされるルーヴル宮は近代フランスの「勝利」の象徴的な実例であった。『回想録』において、もしくは、刊行されることはなかったものの『建築図案集』（1700）において執拗にまで帰属証明を行ったことは、家族の名誉だけにとどまらない近代優越の論拠と捉えていたことの現れであろう。

　　　4. 古代人への偏見～建築を巡って

　しかし、クロード・ペローを筆頭とした近代フランス人建築家の存在にもかかわらず、「あなたはお好きなことを仰りますが、わたしはヴェルサイユが、チヴォリやフラスカーティほど価値あるものなのか疑問を抱いています」[338]と裁判所長官がいうように、古代人への「偏見」は根強く存在するとペローは考えている。「第二対話」でも建築という分野において、古代人に対する偏見がいかに持たれているかということから議論は進められる。

　　　　正直にいいますと、アウグストゥスの宮殿がどんな流儀で建てられていたのか、ルクルスの庭園の美はどこにあるのか、またはセミラミスの庭園の偉大さは何かなどと、才気ある人がそれを知ろうと大変な苦労をしているのに、同じ才気ある人がほとんどヴェルサイユに興味がないのには理解しかねるのです。[339]

　「第一対話」でも検討されたように、古代人への盲目的な肯定的偏見が語られる。『比較論』の舞台となったヴェルサイユは近代における進歩の象徴的存在であった。ペローは、ヴェルサイユとともに、クロードの名前を出すことはないながら、ルーヴル宮コロナードの成果を強調することを忘れはしない。

　　　　古代においては、われわれが今いるような二百トワーズもの正面がある建物が見られるでしょうか！さらにいえば、建物のマッスや規模は建築家に依存するの

---

[335] ヴォルテール、丸山訳、『ルイ十四世の世紀（3）』、p.16.
[336] 当のルーヴル美術館自身が、コロナードの設計を、「解剖学者でもあったクロード・ペローをはじめとする委員会は、1667年コロナード翼の建設を決定した」と少なくともペローの指揮によるものであると紹介している（http://www.louvre.fr/. 2009年12月20日）。
[337] Marc SORIANO, *Le dossier*, p.132.
[338] *Parallèle*, I, p.6.
[339] *Ibid.*, I, p.109.

145

ではありません。異論があろうはずがありませんが、ルーヴルの正面のみにおいて、古代人の建物には一つもない美しさがあると主張します。このファサードの設計が提出されたとき、極めて喜ばれました。円柱が長さ十二ピエのアーキトレーヴと同じ長さの正方形の天井を支えている荘厳な柱廊は、美しいものに慣れている人々の目をも驚かせました。しかし、その施工は困難と考えられ、このようなものを見たことがあるのは絵の中だけでしたから、実際の宮殿主要正面のモデルとするよりは、この設計は絵画として描くならば綺麗であると考えられました。[340]

　では、古代建築と近代建築の差異はどの点にあるのか。ルーヴル宮のコロネードやヴェルサイユと古代建築が具体的にどの点で優劣があるのであろうか。ウィトルウィウスが言うように、「美的」および「技術」的側面を持つ建築というジャンルにおいて最も重視されるべきは、「規模」と「設計」であるとペローはいう。

　　　建物の中には二つ考慮すべきことがあります。マッスの大きさと構造の美しさであります。マッスの大きさというのは出費をした王侯や民衆の名誉になりうることであります。しかし、本当に考慮すべきなのは、設計の美しさや施工の綺麗さでしかありません。さもなければ、ギリシャやローマの建築家よりも、単純な三角形でしかないエジプトのピラミッドのなかでもいちばん詰まらないものの設計者をより評価するべきでしょう。[341]

　科学知識の進歩、とりわけ数学の知識の発展が建築学の優越に大いに寄与しているという。単に大きな構造物を建てるだけであれば、ピラミッドのように古代エジプト人にも可能であった。マッスは壮大さを演出する上で、ペローが吏員として従事したように、国威宣揚政策を採る君主にとっては重要な課題ではあるが、それだけでは不十分である。そこで古代人には知られていなかった科学知識が必要となってくる。「二百トワーズ(一トワーズtoise＝約 1.95 メートル)もの正面がある建物」であるヴェルサイユや、「円柱が長さ十二ピエ（一ピエ pied＝0.3248 メートル）のアーキトレーヴと同じ長さの正方形の天井を支えている荘厳な柱廊」からなるルーヴル宮は、君主にとって必要最低限の壮大さという美的価値を備えた上に、また古代人が論じたウィトルウィウス的な均整さという美的価値を兼ね備えている点で古代建築を凌駕するとペローは論じるのである。
　裁判所長官は、古代建築のアーキトレーヴは、一枚岩から出来ているからこそ美しいと主張する。エフェソス神殿のアーキトレーヴは、十五ピエ以上あり古代人建築家はこれを持ち上げるのにディアナの加護を祈ったところ、翌朝にはしかるべき位置に載せられてい

---

[340] *Ibid.,* I, pp.174-175.
[341] *Ibid.,* I, pp.173-174.

146

たという。神父は、一枚岩であるからこそ美しいという主張は認める。しかし、古代人が現代人のような進歩を原因とする知識を持ち得ていたならば、そんなに苦労する必要はなかったのであろうと推測する。

　　　その建築家が石の切り方を知っていたのならば、困ることはなかったでしょう。しかるべき線に従って、何片かに刻んでアーキトレーヴを作ったでしょうし、これはずっと堅固だったでしょう。しかし、五十四ピエ四方、幅八ピエ、十五プスの厚さしかないルーヴルのペディメントのような二つの石を持ち上げなければならないとしたら、このディアナの建築家はどうしたでしょう。これは極めて壊れやすいものであり、彼もその女神も決して成功することはなかったでしょう。一枚でしかアーキトレーヴを作ることのなかったので、大きな柱間を作ることが不可能であったことは、円柱を対にすることや、この方法で間隔を広げることを困難にしました。この円柱を整理する方法は、建物に多くの優美さや力を与えます。あらゆる技術において、一直線や石を切ることほど、数学がもっとも活用される創意工夫のあることはおそらくないでありましょう。[342]

　近代人の進歩の果実である技術自体こそが、古代人が苦心した小規模なものではなく壮大な建築を実現する原動力であるというのである。そのような技術を用いることによって、壮麗さだけではなく「優美」や「力」などといった建築規模だけでは作り出すことの出来ない美的価値を生み出すことができるという論法である。「像の力や石を切り出すことによって建物が自立しているように見える驚くべき隅迫り持ち」[343]や「半円式でほとんど平面な丸天井」[344]などという古代人には実現不可能であった驚くべき技術を列挙する。

　　　これが決して古代人の知ることのなかったことであり、石を浮かせて支えるどころか、持ち上げるための良質の機械を発明することもできませんでした。石が小さければ、担いで建物の上にまで運んだでしょう。かなりの分量があったならば、昇るにつれて土を盛って傾斜を作ることによって、これらを転がし外装の仕上げができた都度これを取り去ったでしょう。このことは確かに当然なことでありますが、創意工夫はまったくなく、近年発明された機械にはまったく似つきません。この機械は、好みの高さに持ち上げるばかりか、決められた位置に正確にこれを据えるのであります。ウィトルウィウスの中に記述されているように、石を持ち上げる何らかの機械があったことは事実であります。しかし、機械の専門家は、まったく役に立たないものであるか、ほとんど役に立たなかったものであ

---

[342] *Ibid.*, I, pp.170-171.
[343] *Ibid.*, I, p.171.
[344] *Ibid.*, I, p.171.

ることに同意しております。[345]

ペローがどのような機械を想定していたのかは詳らかではない。しかし、その仕事柄から自ら最新の建築機械に接する場面が多かったようである。兄が科学者であったこともあり、最新機械に造詣が深く、機械の進歩に関しては「第四巻」にある程度触れられているが、自らも機械を発明・製作することがあったことが『回想録』に触れられている。その『回想録』において、上記と同様のエピソードが語られている。『比較論』における「石を持ち上げる建築機械」に関する挿話は、ペローの実体験に基づくもののようである。

　　　ネロ宮殿の主要正面に六立方トワーズの石があるということをいっているが、彼（ド・シャントルー氏）が立方トワーズの代わりに平方トワーズと言おうとしているとしても、きわめておかしな話である。それにド・シャントルー氏は、このような石を持ち上げるのにどのような機械が使われたかという心配について、無数の奴隷を使っていたのである、ということを付け加えている。なんと都合のいい解決策だろう！[346]

ド・シャントルーとは、プッサンの友人として長らくイタリアに住み、ベルニーニのフランス招聘の折り随行し後に出版されることになる「日記」を残した、ポール・フレアール Paul Fréart de Chantelou(1609-94)のことである。細かい数値が異なっているものの、『比較論』に取り上げられたものとほど同じエピソードである。『回想録』は1702年頃、ペローの最晩年に書かれたものであるから、『比較論』よりは後の述懐ではあるものの、この事件はベルニーニの在仏中のものであるから、1665年及び66年に実際にあったことなのであろう。

すでに述べたような「ストッキングを編む機械」などに見られるように、ペローは、機械を近代における進歩の根拠とし好んだ。このような意味で、ペローをディドロの先駆者として捉えるピコンも述べるように、機械は近代人の優越性のシンボルであった[347]。しかし、機械論的な世界観に同意を示すのにはためらいがあったようである。「第四巻」を論じる際にふたたび取り上げるが、デカルトの理性主義とともに、パスカルのジャンセニスムによる厳格主義を受け入れたペローにとって、「自動機械」という概念は受け入れがたいものであった。

　　　騎士：そうなのであれば、自動機械についてあなたが考えられるところをどうかお教え下さい。動物は意識を持たず機械に過ぎないと言う意見のことをいっています。

---

[345] *Ibid.*, I, pp.172-174.
[346] *Mémoires*, p.175.
[347] *Ibid.*, p.38.

神父：デカルトがその考えを持った最初の人ではないことをまず申し上げます。これはスペインに由来し、きわめて面白く巧みなものと思いますが、あまりに矛盾しており、理解が難しすぎるのです。[348]

ところで、ウィトルウィウスが聖典とされているのにもかかわらず、古代建築よりも近代建築の優越性を示すことは矛盾しているように思われる。

つまり建築家への賛辞は円柱やピラスター、コーニスを利用することではなく、判断力を使いこれを配置し美しい建物に構成することなのです。[349]

このように古代人が残したオーダーと呼ばれる様式は継承しつつも、「判断力」を伴った利用法をなし得たことが近代人の優越と主張するが、「第二巻」で扱われる「雄弁」における宗教演説、「第三巻」で扱われる「詩歌」におけるオペラのような、古代人の知らなかった新しいジャンルの確立を以て近代人の優越を論じることは行われない。建築というジャンルの優越を主張するにあたって、その論拠は、美的価値ではなく、いきおい進歩の科学的側面に重点を置かざるを得なくなったように思われる。

建築に関してペローは二種類の美を区別するべきであるとしている。この二種類の美は、建築だけでなく、ありとあらゆる分野に適用できることを、「第二巻」においても述べている。

わたしの考えをよりよく説明するために、建物には二種類の美があることを話しましょう。自然で明確な美はつねに喜ばせ、慣習や流行からは逃れています。極めて高いであるとか、広大であるとか、つなぎ目がほとんど見えずに滑らかで平らな巨石で建てられていたり、垂直であるべきものは完璧に垂直であり、水平であるべきものは水平であったり、強いものが弱いものを支えていたり、四角の像は真四角で円形のものは真円であったり、生き生きとしてはっきりした穹稜とともにすべてが念入りに刻まれているなどといったものであります。このような美は、あらゆる趣味、あらゆる国、あらゆる時代に属しています。恣意的でしかない別の美が存在します。目が慣れているからという理由で喜ばせ、価値あるもので選ばれれば同じく喜ばせただろうというものよりは、好まれているというだけの利点しかありません。円柱やアーキトレーヴやフリーズ、コーニスやその他の建築の要素に与えられる図案や比率がこの種のものになります。[350]

このあと騎士は、衣服の流行に比べてギリシャ人の生み出した建築装飾は「恣意的な美」

---

[348] *Parallèle*, IV, p.182.
[349] *Ibid.*, I, p.129.
[350] *Ibid.*, I, pp.138-139.

でしかないことを指摘する。それに反論して裁判所長官は、実際には、建築装飾はギリシャ人のものが近代フランスにおいても踏襲されていることを指摘する。「恣意的な美」と「自然で明確な美」という美的範疇を建築に導入した神父＝ペローにとって、現実のフランス建築が古代人の建築をモデルとしており、ペローが特に称揚するヴェルサイユやルーヴルもウィトルウィウスをはじめ古代人が規定した「オーダー」に従っているという事実は厄介な問題であったと思われる。遠近法が導入された絵画、多声音楽が発達した音楽、さまざまな文学ジャンルが分岐した文芸に比べ、建築分野は技術的な革新が成されたことは確かながら、外見的には古代建築が残した格率「オーダー」に従っており、建築の美的価値において直ちに古代建築を上回ったと主張しづらい。

　ペローが提示した「解決策」は、「流行」にこの近代フランスの優越性を委ねるという消極的なものであった。

　　　　その違いは衣服が建物、とくに相当な装飾を用いる建物ほど長持ちをしないということからきます。例えば帽子が七八百年も長持ちするとすれば、円柱の柱頭のようにしばしばその図案を変えることはないでしょう。ある時は平板であったり、ある時は尖って見えたりするのは、一年の内に二、三度形を変化させるからで、いつも同じものを着けているように見せないために、新しい形をそこに与えるからです。突然の流行の変革が起こるわけです。建物は揺るぎないもので、新しいものを建てるときには、喜ばせるという同じ恵みを受けるために、最も成熟し喜ばしいと思われるようなものにするのです。こうして建築物が飾られる装飾が長続きするのです。[351]

　近代フランスが、古代人の残した建築装飾を継承しているのは、建築が衣服と異なり永続性をもつ芸術分野であり、見るものを喜ばせるという目的のために、仮に古代人の残した建築装飾を採用しているだけだと主張するのである。絵画や文芸などはその様式に加えられた改革を主張する一方で、建築に関してはオーダーという様式が未だ採用されているのにもかかわらず、様式の改革を主張せずにペローがいうところの「自然で明確な美」を主に近代人優越の根拠として挙げるということは、ペローが主張する近代建築の優越性のみならず、様式の多様性に基づく他の分野に関する優越性も揺るがせてしまう可能性がある。

　ペローはこの主張の欠点を補うためか、古代人の残した様式が流行によって変化を被っていることを主張する。コリント式オーダーにしても、時代により微調整が行われ、新形式が前形式を淘汰していったことをペローは主張する。このように、普遍と考えられている古代人のオーダーに関しても流行があることを主張し、ペローは以下のように結論付けるのである。

───────────────

[351] *Ibid.*, I, pp.141-142.

ほとんど全ての他の建物の装飾も同じ運命をたどっていることがおわかりでし
　　ょうし、これでその主たる美しさは慣習と順応によることがわかります。[352]

　このような結論を導き出したのには、『五種の円柱の構成』(1683)[353]においてクロード・
ペローは古代人が残した五つのオーダーを研究し、ウィトルウィウスが説くオーダーの比
率には全くの統一性がないことを指摘していたことも関係する。古代人の建築物において
同一のオーダーを用いていても、個体差があることは知られていた。このような個体差は
どうして生じるのか。それは、建築物の立地条件による視覚補正を目的としたものである
ということが主張されていた。
　このような議論を経た上で、ペローの議論の的は、近代建築の優越性を積極的に肯定す
るというよりも、古代建築の正統性を突き崩す方へ向かっていく。近代建築にも継承され
たオーダーという様式になんら蓋然性がないこと、つまり「恣意的な美」であることを証
明することによって、近代建築の優位性を確保する狙いがあったと思われる。イタリア・
ルネサンスにおいてとりわけ重視されたオーダーという概念の蓋然性を否定することによ
り、イタリア建築に対するフランス建築の優越性を主張する意図があったのではないであ
ろうか。それは、ペローが晩年の『回想録』に至るまで、ベルニーニに対する悪意を抱き
続けたことを想起せざるを得ない。

　　　　このような建築における比率が自然美を持つならば、独りでに人間はこれを知
　　るでしょうし、それを判断するために研究はまったく必要ないでしょう。さらに、
　　古代からわれわれに残されている美しき作品や最も優れた建築家の書物にあるよ
　　うに、無限に違いを生じることはないでしょう。[354]

　そもそも、このようなオーダー（柱式）を定式化したのは、イタリアの建築家セルリオ
Sebastiano Serlio(1475-1554)である。その『建築書』*L'architettura*(1537)において、五つ
のオーダーをはじめて全般的に記述し、図版を使って説明し誰もがそれを扱えるようにコ
ード化した。クロードの論じる「五つのオーダー」という範疇も、セルリオに由来するも
のであった。本書により古代に由来するオーダーは建築美の基幹をなすものとして捉えら
れ、権威化されることなった。ルネサンス以降の建築論は、オーダーにおける比例関係が
いかに建築美を構成しているかという点で進められ、その様式自体に疑問を呈されること
はなかった。ダ・ヴィンチによる「ウィトルウィウス的人間図」（1487頃）も、建築比率が
人体比率に対応しているという『建築書』「第三巻」の記述に則ったものと捉えることがで

---

[352] *Ibid.*, I, p.143.
[353] クロードのオーダー研究については、*Claude Perrault, Ordonnance for the Five Kinds of Columns after the Method of the Ancients*, Santa Monica, U.S., Getty Research Institute, 1993, pp.1-44.に詳しい。
[354] *Parallèle*, I, p.145.

き、オーダーの比率にはなんらかの美が内在しているという「信仰」を基礎としていた。

　建築の話題を締めくくる最後に、裁判所長官＝古代派は必ずしも神父の議論によって納得した様子ではない。『比較論』においては、裁判所長官の役割はあくまでも神父＝ペローに説得され論破され納得することであるから、珍しい一節であるといえるかも知れない。上記のような矛盾に気が付いていたのか、身内の設計したルーヴル宮をあまりにも持ち上げることに対して引け目を感じたのか、ペローはこのような結末を選択したのかも知れない。

　　　　神父：　しかし、これは完全に施工されて、真っ平らで空中に吊られたの大きな天井の一個の石材も失うことなく、これは維持されているのです。さらに、このファサードは比類なき端正さと壮麗さで建設されたのです。これらは規格外の大きさの石ですが、継ぎ目はほとんど見えず、柱廊の後部も全てこのような処理が施され、ファサード全域で目立つ継ぎ目はまったく見あたりません。突出部においてこれらを隠すピラスターの側やニッチの胴蛇腹に合わさるように注意がされており、それぞれの段は各柱廊の端から端まで一個の石で出来ているかのように思われます。これは古代人や近代人のものでさえどの建物にも見いだせない建築美であります。

　　　　裁判所長官：　そうしますと、あなたのご意見ですと、われわれは建築に関しては古代人に優っているということですね。思いも寄らなかったことですし、まだ信じられませんが。しかし、お願いですが、われわれが彫刻の面で追い抜いたとどうしてわかるのでしょう。この件は劣らず聞くに面白いでしょうし、おそらく証明するのが難しいでしょう。[355]

　　5．　彫刻および絵画

　『比較論』においてもっとも評価されている彫刻家は、フランソワ・ジラルドン François Girardon (1628-1715)であった。トロワに生れ、ローマに長く滞在しベルニーニの影響を受け 1650 年ころ帰国。宮廷ではシャルル・ル＝ブランの下で，ベルサイユ宮殿の装飾に携わるとともに、バロック様式の典雅な作品を残した。『比較論』においては、「水の運動が像に運動を与え、ここに水浴びをするニンフたちは、本当の水の中で水浴びしているようではないですか。これらはあらゆる法則に則った浅浮き彫りであり、有名なジラルドンによるものです」[356]と紹介される『ニンフたちにかしずかれるアポロン』 Apollon servi par les nymphes(1666)やソーの宮殿のミネルヴァ像が紹介される。ジラルドンに関連したエピソードで、ペローが快く思わなかったベルニーニ作ルイ十四世の騎馬像の頭部が、その弟子

---

[355] *Ibid.*, I, pp.175-177.
[356] *Ibid.*, I, pp.247-248.

ジラルドンによってすげ替えられたという事件があった。

　　　　キャバリエ・ベルニーニは約束に従って陛下の騎馬像に取り掛かっていたが、
　　それは世界で最も美しいものになるはずであった。この像は莫大な経費がかかっ
　　ており、大変な工夫で苦労してヴェルサイユにまで運ばれたが、不快極まりない
　　ものとみなされ、陛下はその置き場所からこれを取り払われ、陛下に似せようと
　　していた頭を取り外し、ジラルドン氏が古代のものから形を取った頭をその上に
　　乗せた。この作品で、まったくうまくいかなかった理由は知るよしがない。ある
　　人は年齢から彼は呆けてしまったのであるといい、またある人は自分の設計が受
　　け入れられなかったことの悲しみからこのような復讐を行ったのであると主張し
　　た。[357]

　十七世紀のフランス彫刻史は必ずしも華やかなものではなかった。彫刻というジャンル
は、ヴェルサイユなど城館を彩ることを主目的としており、現在のように「作品」として
自律性を備えたものからは離れていた。ベルニーニを始めジラルドンの他、この時代の彫
刻に主に携わった芸術家としては、アントワーヌ・コワズヴォー Antoine Coysevox
(1640-1720)、ピエール・ルグロ（父） Pierre Legros (1629-1714)、ピエール・ルグロ（子）
Pierre Legros (1666-1719)、ピエール・ピュジェ Pierre Puget (1620-1694)などが挙げら
れる。
　絵画に目を転じてみると、彫刻よりも華やかな印象を受ける[358]。二十世紀に「再発見」
されたジョルジュ・ド＝ラ＝トゥール Georges de La Tour(1593-1652)や、「フランス版画
の父」と称される、ナンシー生まれでありイタリア滞在後ののち帰郷し当地で活躍したジ
ャック・カロー Jacques Callot (1592-1635)は、パリというフランス史の中心を離れた画家
として記憶されるべき存在である。また、アントワーヌ Antoine Le Nain (1588 ?-1648)、
ルイ Louis (1593-1628)、マチュー Mathieu (1607-1677)のル＝ナン兄弟もアカデミズムか
ら離れた作家として捉えることができる。三人三様の特徴を持った画家であったが、「ル＝
ナン」という署名しか書かれていない場合も多く、作品の帰属が曖昧であるが、農民を題
材とした素朴な生活を細密に描き出した。その写実主義的傾向は上記の画家たちと共通の
ものであり、のちにクールベによって再評価が行われることとなる。『農民の食事』*Le repas*
du paysan や『農民の家族』*Famille de paysans* が知られている。
　このように中央のアカデミズムから漏れた現実主義・写実主義的画家が存在する一方で、
ギリシャ・ローマなどの歴史画や神話、またはその画法に基づいて王侯貴族の求めに応じ
て肖像画など現代を題材とした作品を描いた画家たちが存在した。『比較論』において話題
に登るのもこの種の画家たちである。リシュリューの肖像を描いたことで名の知れたフィ

---

[357] *Mémoires*, p.182.
[358] 十七世紀のフランス絵画史については、高階秀爾、『フランス絵画史・ルネッサンスから世紀末まで』、
講談社学芸文庫、1990.の「第二章：十七世紀フランスの絵画」、pp.41-114.を参考にした。

153

リップ・ド・シャンペーニュ Philippe de Champaigne（1602-1674）や、ルイ十四世やボシュエの肖像を描いたイアサント・リゴー Hyacinthe Rigaud（1659-1743）の名を挙げることが出来よう。

　ニコラ・プッサン Nicolas Poussin (1594-1665)は、フランスにおける古典主義の創始者と考えられている。生まれはノルマンディーのレ・ザンドリ Les Andelys 近郊であり、ルーアン及びパリで画法を学んだとされているが、のちは生涯のほとんどをローマで過ごした。1624 年にローマに赴いたが、このころの初期作品にはマニエリスムの影響を強く受けていた。のちに、古典主義的な様式に回帰し、神話や聖書を題材とした静的で端正な画風を保つことになる。1640 年から十八ヶ月間不本意ながらパリに旅行し、故国のパトロンを得るとともに、1648 年に設立された王立絵画アカデミーにおける地位を強めた。プッサンの画風は、フランス王立絵画アカデミー公認の様式となりのちの画壇に与えた影響力は計り知れない。プッサンと同様に人生の殆どをイタリアで過ごしたクロード・ローラン Claude Lorrain (1600-1682)も、風景画家としてヨーロッパの様々な君主から注文を受け名声を博すとともに、後代のイギリス絵画に影響を与えた。シャルル・ル＝ブラン(1619-1690)は、これらの巨匠の跡を継ぐ人物として、絶対王政下に名声を博した代表的画家であり、ヴェルサイユ宮殿の室内装飾を手がけるなど王属の芸術家として活躍をした。

　いずれにしても、理解するにはある程度の知識と教養を要する文芸とは異なり、絵画は観衆の視覚に訴えることから、より多くの大衆を対象とすることのできる芸術分野である。コルベールはルイ十四世の治世を称揚するため、国威宣揚政策にこの有効なメディアを活用することを考えた。絵画は国王が推進中であった様々な大建築計画、ルーヴル宮やヴェルサイユの内部を彩る格好のメディアとなることであろう。彼の許でフランス全土の芸術作品を監督する立場にあったペローにとって、建築と共に、絵画は勝手を知った分野であった。

　彫刻に関する神父＝ペローの主張も、建築に関してのものと同様である。古代人による彫刻が優れたものであることを認めた上で、近代人彫刻を礼賛する。ここでも、近代の美的優越性にはあまり重点が置かれず、技術的優越性が強調される。たとえば、衣服の「襞」の表現において、近代人の技術は古代人のそれを上回っているという。

　　　古代人はわれわれと同じように、自らの試みに最善を尽くしたのであると確信しておりますが、服を着た像において襞がそうであるように、主要部分の作り方は拙く、繊細さなどどこにありましょうか？上手に布を着せるということをまったく重要ではないと、彫刻家は考えるべきではありません。襞の美しい選択やこれを羽織る偉大で高貴な方法は価値のある秘訣であり、衣服に軽快さをあたえることほど困難なことはおそらくないでしょう。襞がまったく不自然で、布のわずかな厚みを表現しないとすれば、材質の塊と静止の下で、その像は群衆の中の捕虜のように窒息してしまいます。古代人の殆どはたれ布を裸体に対して巻きつけ、

隣同士に小さな襞をたくさんつけること以外の繊細さを持ちませんでした。今日
では、こんな小細工をすることなく、思う存分にたれ布を薄く見せることができ、
襞の始まりや襞が途切れているところでさえ、わずかな厚さを与えることが出来
ます。[359]

　古代彫刻に対する「偏見」についても建築に関する議論とほぼ同様である。神父＝ペロ
ーは、ルネサンス以降崇拝されてきた、「マルクス・アウレリウス帝騎馬像」（現カピトリ
ーニ博物館収蔵)や「トラヤヌスの記念柱」（トラヤヌス帝の功績を称えた高さ約三十メート
ルの大理石円柱。ローマ・トラヤヌス広場。113年完成)を取り上げる。前者について、

　　古代であるという資格が一つの彫刻作品に対して重要であり、大きな価値を持
　つとすれば、遠い国にあるという状況や三、四百里の旅行がこれを見るのに必要
　であるということは、それに価値や名声をもたらすことに貢献をしています。マ
　ルクス・アウレリウスを見るのにローマまで行かねばならなかったときは、この
　有名な騎馬像に匹敵するものはなにもありませんでしたし、これを見た人の幸福
　を羨んでも羨みきれませんでした。パリにこれを持つ今日では、どれほど立派に
　鋳造され、王宮のある中庭に置かれオリジナルと同じ美や優美さを持っていよう
　が、いかにこれが蔑ろにされているかは信じられないほどです。この像は確かに
　美しく、運動があり、生命がありますが、全てにおいて度が過ぎております。[360]

　上述したように、書物の流通を始めとする情報メディアの変化が、盲目的な古代人への
信仰をうち砕いたという論旨は、既に述べたものと同様である。「トラヤヌスの記念柱」に
関しても、レプリカがパリに持ち込まれ人々が殺到したが、いまやこれを鑑賞に来るのは
好事家のみであると、神父＝ペローは言う。これらのレプリカは、ローマにおけるフラン
ス・アカデミーの会長に宛て、コルベールが寸分違わない古代人の胸像柱や柱頭などをパ
リに送らせる指示を出したことの結果であった[361]。このような理由で優位性を持つに至っ
た近代人の彫刻作品の実例として、ペローが挙げるのはなによりもジラルドンの作品であ
る。『比較論』における対話の舞台がヴェルサイユ庭園であったことからジラルドンの作品
が多く目に付いたと考えることも出来る。
　そもそも、ペローにとって彫刻とは、芸術のうちでも美しい物ではあるが、最も単純な
ものであるという。

　　それには同意いたしますが、驚くべきことではありません。彫刻はまさに人間

---

[359] *Parallèle*, I, pp.180-181.
[360] *Ibid.*, I, pp.185-186.
[361] ジョルジュ・デュビィ、ロベール・マンドルー著、前川貞次郎、島田尚一訳、『フランス文化史II』、人
文書院刊、1969年、p.178.を参照。

155

の精神と創意を駆使したもっとも美しい芸術の一つであります。しかし、もっとも単純で限られたものであるとも言うことができ、特に、丸彫り像だけが行われている場合に顕著です。美しいモデルを選び、心地の良い姿勢をとらせ、それを忠実に写し取るだけでいいのです。時の神が様々な反省を行うきっかけを与え、実行するための教訓を集める必要はないのです。人間が十分な才能を持って生まれ、熱心に作業をすることで十分なのです。[362]

　「第一巻」における彫刻に関する議論は短めである。建築が半分以上の約七十ページ(pp.109-177.)、絵画については、区切りは必ずしも明確ではないが、「大変な暑さが通り過ぎましたので、散歩をするのはどうでしょうか」[363]と騎士が発言し議論がうち切られる一節までとすると、四十ページ強(pp.197-242.)を占めるに対して、彫刻に費やされたのは二十ページに過ぎない(pp.177-197.)。「もっとも単純で限られたもの」とあるように神父＝ペローは、同じ造形芸術でも建築及び絵画より彫刻を下位においていると思われる。

　このようなペローの思想にはルネサンス以降議論が盛んになった「パラゴーネ」[364]という問題があった。

　イタリア語の「比較」といった意味をもつこの言葉は、芸術史においては絵画や彫刻など相互の優越比較論のことを指す。ルネサンス以降のイタリアにおいて頻りに議論され、ダ・ヴィンチとミケランジェロによる議論はよく知られている。彫刻は三次元のものをそのまま三次元で表現できるからこそ優れているというミケランジェロと、三次元のものを二次元で表現するからこそ、技法が必要となる絵画のほうが優れていると主張するダ・ヴィンチが争った。実際には、十六世紀初頭には、絵画の地位が飛躍的に高まることによってこのような議論は収束していくが、さまざまな芸術を分類し比較検討する試みは、映画や写真など新たな芸術が確立した二十世紀までも続いている。

　「絵画」の項目で述べるが、「人物の描写」、「情念の表現」、「全体の構成」という三つの要素を重視したペローにとって、遠近法や明暗法といった技法は、古代絵画との差異を示す上で有効な要素であり、最も重視すべきものであった。科学的な基礎を持つ遠近法は「理性」が司るものであると神父＝ペローは言う。三次元のものを三次元で表現する「単純な」彫刻にはそのような新たな技法の存在を指摘することは困難であった。

　彫刻であれ建築であれ他の造形芸術に関してペローがまとまった形で論じたのはこの『比較論』が始めてのことであったが、絵画というジャンルに関してはすでに先例があった。それは、1668 年に発表された『絵画』という作品である。ペローはこの『絵画』という詩によほど自信を持っていたのか、『比較論』においても、その一部が騎士によって朗読

---

[362] *Parallèle*, I, pp.188-189.
[363] *Ibid.*, I, p.243.
[364] パラゴーネと美術との関係については、『西洋美術研究：No.7　特集「美術とパラゴーネ」』、三元社、2002 年.を参照した。

されている[365]。『ルイ大王の世紀』で述べられた、ギリシャ・ローマ時代において一定の学芸上の繁栄を認め、中世を暗黒時代としつつ、現在をその完成点と認める「進歩のモデル」は、『比較論』においても踏襲されているが、絵画の面においてこの「モデル」を述べた人物として、ヴァザーリを挙げることが出来る。ヴァザーリ Giorgio Vasari(1511-1574)は、『画家・彫刻家・建築家列伝』(1550) *Le Vite de' più eccellenti pittori, scultori, e architettori* において、古代人において頂点にあった芸術がローマ帝国の滅亡と共に衰退し、暗黒の中世ののち、チマブーエによってよみがえり、マサッチョ、ブルネレスキを経てミケランジェロによって完成されるというモデルを描いていた。

ペローの描いたモデルも、ヴァザーリと同様のものであった。

いまは絵画のことが問題になっていますので、これが繁栄した様々な時代に従って区別をすることからはじめる必要があり、三つの分類が出来ます。アペレスやゼウクシスやティマンテスの時代で、これらの偉大な画家については書物が多くの奇跡を伝えています。ラファエロ、ティツィアーノ、パオロ・ヴェロネーゼやその他イタリア人の卓越した巨匠の時代、さらにわれわれの時代になります。[366]

「第一対話」でも述べられたように、古典古代ののちの中世を「暗黒時代」とし、イタリア・ルネサンス、近代フランスという三段階に渡る歴史の「進歩」の階梯は、ペローの主張だけでなく、ヴァザーリにみるように、この時代の進歩主義者には共通した雛形であった。

ゼウクシスが描いた葡萄に鳥が啄みに来たといった、伝説的な絶技を盾に裁判所長官は古代人の優越を主張するが、ベネディクト九世の命でジョット Giotto di Bondone (1267 頃-1337)がフリーハンドで正円を描いてみせた挿話[367]が彼の美的価値を計るのにもう語られなくなったように、神父はこのような職人的な技巧だけでは優劣を測ることが出来ないと言う。

ここで神父は絵画には三つの要素があるという。

わたしのいうことをよくわかっていただくため、絵画において三つのことを区別しなければなりません。それは、人物の描写、情念の表現、全体の構成であります。人物の描写においては、輪郭の正確な描画を含むだけでなく、本物の適切な絵の具を塗ることも含みます。情念の表現によって、表情の様々な性格や、なしたいこと、考えていることを示す人物の様々な態度を意味し、一言で言えば、

---

[365] *Parallèle*, I, pp.236-237. 『絵画』の引用された部分は、497〜508 行である。
[366] *Ibid.*, I, pp.197-198.
[367] ヴァザーリ『画家・彫刻家・建築家列伝』に見える挿話。実際には十一世紀の教皇ベネディクトゥス九世ではなく、ボニファティウス八世(在位 1294-1303)であるという（ヴァザーリ、平川祐弘他訳、『ルネサンス画人伝』、白水社、1982 年、p.384.）。ヴァザーリの誤解をペローもそのまま引き継いでいる。

それは魂の底に起こっていることなのです。全体の構成は、登場人物の的確な組み合わせのことで、調和して置かれ、プランの位置に従って色彩がぼかされていることを意味します。[368]

　絵画を学ぶ者は、まず「人物の描写」という第一要素から段階を踏まねばならないのはいうまでもない。近代派のつねづね主張する「時間の要素」を神父は強調する。

　　絵を描くこと学ぶものは、人物の輪郭を描き、自然な色でこれを塗ることからはじめます。次に、その人物に美しい姿勢を与え、命があるように情念をうまく表現しますが、絵の構成を上手に配置し、明暗法を上手に割当て、遠近法を守ってあらゆるものを配置するために、守るべきことを知るのは長い時間の後なのです。[369]

　古代絵画に関しては勿論、長い時間とともに到達した完成には至っていないとする。

　　彼らの芸術がなしえた進歩の蓋然性から判断する限り、これがアペレスやゼウクシスなどが到達したと思われるただ二つの絵画の要素であります。これらの作者たちは、自らの作品でわれわれに伝えているのですから。全く知られないか、知られても不完全であった、絵画の第三要素は絵の構成に関係し、説明いたしました法則と物の見方に従うものです。[370]

　古代人が近代人に劣るのは、第三の要素である「全体の構成」である。神父は、第一の分野を「感覚」、第二分野を「心」、そして論拠となる第三分野を「理性」が司るものとして捉え、この原理は音楽や雄弁術にとっても同様であるとする。最も魅力的で神々しい理性的に構築された和声やフーガ（第三の要素）を退屈な混乱と捉え、美声（第一の要素）のみを好む人物への類似を示唆し、古代絵画と近代絵画を比較するのではなく、むしろ、イタリア絵画とフランス絵画がその対象になるべきことを主張するのである。

　神父はここで、ヴェロネーゼの『エマオの巡礼』（1559頃)とル＝ブランの『ダレイオス一家』(1660)の比較を提案する。神父は『巡礼』が、人物には生気があり最も美しい絵画の一つであることを認める。ヴェロネーゼに描かれた人物は、キリストの復活という奇跡に全く注意を払っていないように見えるという。神父は、この絵に関して、「いずれにせよ、画家としては、主題の構成のしかるべき統一をよく守っておりませんし、彼は歴史家としてこれを作っているのであると主張します」[371]とその欠点を指摘する。

---

[368] *Parallèle*, I, p.209.
[369] *Ibid.*, I, p.210.
[370] *Ibid.*, I, p.211.
[371] *Ibid.*, I, p.226.

一方、ル＝ブランの絵に関して神父は、ヴェロネーザに認められた欠点は存在しないとする。遠近法などの法則は遵守され、

　　　　『ダレイオス一家』にはこれらの難点があるとは思えません。これは全ての法則が守られた、真実の一編の詩であります。行動の一致は、ダレイオスの天幕に入るアレクサンドロスであります。場所の一致は、そこに居るべき人物しかいないこのテントです。時間の一致は、アレクサンドロスがヘファイスティオンを彼と間違えても仕方がない、ヘファイスティオンはもうひとりの私であるからだ、という場面であります。どのような気配りで全てのものを一つの目的に向かわせているのかを見ると、これほど関連づけられ、統一され、いうなればこの話の表現ほど一体であるものはありません。登場人物の様々な態度やその情念の独特の表現を考慮しますと、これほど多彩で変化に富んだものはありません。[372]

とル＝ブランを近代絵画が到達した最高点として評価する。

　　6.　　ル＝ブランとペロー

　　　　このようにして、常に模倣不可能のル＝ブランは
　　　　自らの作品に極めて真実の表情を与え
　　　　その有名な作品は将来
　　　　我等の子孫にとって驚嘆の的となるであろう。[373]

『ルイ大王の世紀』には、近代人、特に十七世紀フランスの古代に対する優越性がさまざまに述べられていることは既に述べた。この 532 行にも及ぶ長詩のなかで、近代人の優れた作家としては、コルネイユ、モリエールなどの今日の文学史でも大作家として扱われる文士に加え、レニエ、メニャール、ゴンボー、ゴドー、ラカンなど今日では一般的な文学史には登場しない作家を近代人の優越性の証拠として挙げるほか（論敵であるボワロー、ラシーヌの名は挙げていない）、音楽においてはリュリの名前を挙げその論拠としている。この人選が妥当かはともかく、この長詩において扱われる題材として、上記の文芸と共に多くの行数を割いて語られるのが絵画についてであり、その論拠として引き合いに出されるのがシャルル・ル＝ブランただ一人であることに注目をしたい。十七世紀フランス絵画史においては、より重要視されることが常の、プッサンなどの名前は見あたらない。これらの画家を差し置いて、ペローはこの長詩でル＝ブランのみを賞賛し、フランス絵画の優越性の論拠として十分であると考えていたと結論づけざるを得ない。では、この問題作に

---

[372] *Ibid.*, I, p.227.
[373] Charles Perrault, *Siècle de Louis le Grand*, 241-244.

おいて、なぜ彼はル＝ブランの作品群のみに、今日では奇異と感じるほどの賛辞を送ったのであろうか[374]。

ペローのル＝ブラン礼賛は 1687 年に始まったものではない。1668 年の『絵画』に始まり、1688 年の「第一巻」を経て、1696 年『今世紀フランスに現れた有名人たち　実物通りの肖像画付』「第一巻」に至るまで、一貫した傾向である。このル＝ブラン賛美を理解するためには、それがペローの人生と密接に絡まり合ったものであることを考える必要がある。「略伝」にも述べた内容と重複する箇所もあるが、これを振り返る。

ペローがル＝ブランとの関係を持ち始めるのは、1657 年以降のことと考えられる。パリ総徴税官の役職を 1654 年に購入した次兄ピエールのもとで、吏員のような仕事をしていたペローは、この兄の紹介で当時権勢を誇っていた財務総監フーケのもとに出入りするようになる。この職は閑職といってよく、ペローはこの時期に創作活動を開始することになる。一方、ローマにおいてプッサンのもとで修行を終え帰国したル＝ブランは、ペローと同じ時期にフーケのもとに出入りするようになり、豪奢なヴォー・ル・ヴィコント館の内装等を担当することになる

フーケの失脚のあと、ルイ十四世親政下で、一躍フランス国内のみならず国外に対する文化政策を担う重責を得る時期もほぼ同時期であるといってよい。フーケの後を襲ったコルベールに対しても、この二人は同様の信頼を得ることになる。ペローは、当代文壇の大物シャプランの推薦を得ることにより、もともとは実兄ピエールの同僚であったコルベール信任を得て、彼の吏員兼秘書という地位を得る。また同時に、新設された小アカデミー（のちの碑文・文芸アカデミー）の創立メンバーにもなることによって、以降、国家管理を強めるフランスにおける創作活動の方向性に関して、多忙なコルベールに替わって決定権を持つという絶大な権限を持つことになる。

一方、ル＝ブランも、ルイ十四世の絶大な賞賛を得て、1661 年に主席画家に指名され（受諾するのは 1664 年）、ヴェルサイユ宮殿の造営を始めとする国家的計画において、影響力を発揮することになる。また、1662 年にコルベールによって創設された王立ゴブラン製作所においてはその指導者として君臨した。ここでは、ゴブラン織りと呼ばれる有名なタペストリーだけではなく、室内装飾や家具、什器に至るまでの制作活動が統制され、集中して行われることになる。当時のルイ十四世の書簡には、「朕は、わが主席画家ル＝ブラン氏に、彼と彼の卓越した作品に感服したという証を送りたいと思う。このことは遍く認知されていることであり、彼は過去の時代のどの高名な画家よりも優れている」[375]とあるというように、その信任は計り知れない。このような状況下で、発表されたのがペローの『絵

---

[374] ペローが、ル＝ブラン以外の画家について賛辞を送ることがまったくないわけではない。晩年に出版した、十七世紀に現れこの世紀末の時点までに亡くなった政治家、芸術家、宗教家などあらゆる有名人を肖像付で紹介した、『今世紀フランスに現れた有名人たち　実物通りの肖像画付』においては、ル＝ブランと並んで、ニコラ・プッサン、ピエール・ミニャール、シモン・ヴーエ、ジャック・ブランシャールなどが選ばれてはいる。ただこの作品は網羅的なものであり、『ルイ大王の世紀』などにおけるル・ブランのみに向けられた賛辞とは性格の異なるものであるといわなければならないだろう。

[375] Michel Gareau, *Charles Le Brun: First Painter to King Louis XIV*, New York, Abrams, 1992, p. 34.

画』という作品なのである。

『絵画』は 1668 年に出版された。おそらく、それ以前に絵画アカデミーの席などで朗読されている可能性が高く、その制作は 1667 年の 9 月から 10 月半ばに掛けての間であろうことが指摘されている[376]。582 行にも及ぶ十二音綴詩は、フランス絵画を古代絵画と対比しつつ、ル＝ブランを賞賛するという内容になっている。のちにペローは「第一巻」において絵画を題材に近代人の古代人に対する優越性を論じることになる。

この長詩はこのように始まる。

> そして汝、名高いル＝ブランよ、われらが時代の誉れよ
> ニンフとその愛のお気に入りよ
> 汝だけがその高い技によって
> その秘密のうち明け話の全体を知ることに値し
> 熱心な耳でその詩句の中の
> 汝が仕える彼女の天性と美を聞くがよい。[377]

以降、ル＝ブラン賛美が延々と続く訳だが、ここでは、なぜル＝ブランが他の画家にもまして優れているのかという理由はまったく語られない。コルベールの秘書でありフランスにおける芸術活動の監督者ペローが、主席画家ル＝ブランを賞賛するのがまるで当然であるかのようだ。『絵画』は「第一巻」で主張されることの先駆けともいうべきものであるが、いくつかの相違点が存在する。現代のフランス、つまりその作品や芸術家、君主を称揚するという目的は二作品共に明白であるが、『絵画』においては、古代人の作品や画家についてほとんど語られることがなく、よしんば語られるにしても近代人の優越性を示すために引き合いに出されるのみである。たとえば、伝説的なギリシャの画家であるゼウクシスについては、『絵画』および『比較論』ともに言及がある。しかし、そのトーンはまったく異なっている。

> ゼウクシスやアプレイオスやティマンテスの絵などの
> ずっと古い時代のその他の師匠の
> ギリシャ人が自慢にする有名な傑作は
> 立派にその右側におかれた。
> 左側には軽蔑し恥ずべき
> 無知な画家の数多の絵が置かれ
> それは精神も生命も魅力もない作品で

---

[376] Charles Perrault, *La Peinture*, édition présentée, établie et annotée par Jean-Luc Gautier-Gentes, Genève, Droz, 1992, p.14. 以下、『絵画』のテクストの引用は、全て本書による。
[377] *La peinture*, 7-12.

目の毒となり感動をさせなかった。[378]

　このような古代画家に対する扱いの差異は、その執筆理由から考えれば納得できよう。一方で、ル＝ブランの芸術を賞賛しながらも、ペローの置かれた立場の反映が見え隠れしている箇所がある。

　　　しかし、ル＝ブランよ、これからは準備しなければならない
　　　この有名な征服をわれわれの目に見せてくれ
　　　君主自ら戦闘の中心にあり
　　　彼の華々しい模範で兵士が活気づいた。
　　　　　（...）
　　　見せてくれ、ドゥエーが武器を手に降伏せんとしたとき
　　　テレーズはその魅力の優しさを振りまき
　　　先ほどまで血と涙が流れていた場所に
　　　見るだけで数多の花を咲かせたことを
　　　灰燼に帰さんとしていたリールが
　　　降伏を迫ろうとする襲撃の火によって
　　　勝利者に城門と城塞を開き
　　　マルスの誇り高き怒りがいまだ轟き煙立つおり
　　　町はこの君主に多くの美徳が現れているのを認める
　　　多くの血の犠牲の下に得られるべきであり
　　　敗れなければ得ることのなかった
　　　支配者を与えてくれたことを天に感謝したことを。[379]

　当時、ル＝ブランは本作品中にも語られるように、『アレクサンドロス大王とポルス』（1673）に代表される「アレクサンドロス大王連作」に心血を注いでいた。しかし、より直接的な表現を望んでいたコルベールの政治的意向を受け、ペローはル＝ブランに対して、ルイ十四世の偉業、つまりオランダ戦争を戦って大勝利を収めている君主をなぜ直接描くことをしないのかと諌めているのである。ここには、絵画アカデミーの内部抗争も関連していた。ル＝ブラン派とミニャールによって戦われた色彩と素描の優劣論争がそれである[380]。ミニャールは色彩を重視してアレゴリーによって間接的に表現することを好み、ル＝ブランは、遠近法に基づく理性的な構図による素描つまり図案そのものを重視していた。
　『絵画』における政治的ル＝ブラン賛辞に対する同時代の反発としては、モリエールの

---

[378] *Ibid.*, 489-496.
[379] *Ibid.*, 373-376, 393-404.
[380] 絵画論争については、大野芳材、「ル・ブランと色彩論争」（高橋明也編、『フランス近代素描展』、国立西洋美術館、1992、pp.297-303.）に詳しい。

ものが挙げられる。1668 年の末にサロンで朗読された『ヴァル・ド・グラースの栄光』*La Gloire du Val-de-Grâce*[381]において、モリエールは、ペローのル＝ブラン礼賛を受け、ミニャールの才能のほうに賛辞を送っている。ミニャールは特にフレスコ画に秀でており、フランスにこの技法を導入した先駆者と考えられていた。モリエールはそうして、正当な価値を持った画家を重用すべきであるとコルベールに進言するのである。しかし、ル＝ブランの主席画家就任に対して反対の意見を公然と主張しアカデミーの外にいたミニャールに対して、ペローは密かに友情を感じており、その一端が『有名人』[382]にも現れているほか、この二人の隠れた信頼関係はさまざまに指摘されている。『絵画』という作品は、絶対的なル＝ブランを賞賛しつつも、その方向性の間違いを指摘しなければならないという役割を負った、ペローにとっては苦渋の、そして極めて政治的な作品であるといわなければならない。

　『絵画』から「第一巻」までには二十年の歳月が横たわる。この間に、ペローとル＝ブランの境遇にも大きな変化があった。権勢を誇ったペローは公私ともに不幸に見舞われることになる。1678 年に、その六年前に結婚したばかりの妻マリーを二十五歳の若さでなくしたことを皮切りに、1681 年には、次第に疎遠になっていたコルベールのもとを去り、さらにその死後には、小アカデミーから追放されるとともに、保持していた公職を三分の一の値段で転売する羽目になり、アカデミー・フランスセーズ会員以外一切の公職から身を引くことになる。新旧論争で対立するボワローとラシーヌはそれぞれアカデミー・フランセーズ会員選ばれ、さらに修史官に就任することにより、両者の力関係は逆転するにいたった。かつてル＝ブランの主席画家就任とその専横に異議を唱えたミニャールと、ル＝ブランの関係も同様である。同じく、政治的な理由およびミニャールの策謀によりルーヴォワに嫌われたル＝ブランも、一度は画家としてのさまざまな役職を剥奪されるなどの苦境に立つ。ルイ十四世の変わらぬ庇護があったものの、ルーヴォワによるさまざまな攻撃を受けるにいたり、1688 年に引退し、1690 年 2 月 12 日に死去する。同年、ル＝ブランよりも七歳年長のミニャールが主席画家に就任し、二十数年越しの念願を果たすのである。この様な状況下で、新旧論争が準備され先の『ルイ大王の世紀』の朗読にいたったことを理解する必要がある。ペローとル＝ブランの立場は変化してしまったが、そのル＝ブラン賛美は変わることがない。

　　　ル＝ブラン氏の偉大な絵は日々描かれ美しくなっています。それなしでは作品の本体を損なってしまう運動を楽しいものにするために、滑らかにするために、賢明な絵筆が加えたものを時が滑らかにし、彼のみが与えることの出来る新たな数多の優美が付け加えられているのです。[383]

---

[381] ロジェ・ギシュメール他編、『モリエール全集（7）』、臨川書店、2001, p.238.以降を参照した。
[382] のちに、ペロー自らもこのヴァル・ド・グラースのフレスコ画に関して、「ヨーロッパにおいて描かれた最も偉大なフレスコ画」という評価を与えている（*Hommes illustres*, tome I, p.92.）。
[383] *Parallèle*, I, pp.235-236.

つまり、ル＝ブランは古代のみならず、当代フランスに先立ついかなる時代、たとえばイタリア絵画にも優越するというのである。近代派の領袖ペローは、ル＝ブランとともにフランスの芸術を監督したという時代が過ぎても、彼の作品群を賞賛して止まない。それは、ル＝ブランを否定することは自らが監督し作り上げたと考える「ルイ大王の世紀」の芸術の価値を否定することに繋がるという理由が大きいのであろう。

　ペローとル＝ブラン、くしくも二人の「シャルル」の経歴にはかなりの類似性が存在し、ペローのル＝ブラン賞賛には時代によってその目的の相違があることを見た。コルベールの片腕としてフランスの文化政策の方向付けについて大きな権力を持っていたペローが、主席画家としてその一翼を担っていたル＝ブランを他の画家よりも賛美するのは当然であるといえる。また、当代のフランスにおける芸術を、ある意味作り上げたという自負があるペローが、新旧論争において実作者であり監督者でもあったル＝ブランをことさら持ち上げるということは尤もなことであろう。

　しかし、ミニャールの件にも見られるように、ル＝ブランが完全無欠な画家であると、ペローが本心から考えていたかどうかについては疑問を挟まざるを得ない。最晩年（1702頃）に書かれた『回想録』において、ベルニーニの発言を借りて、ル＝ブランの欠点を指摘している次のような箇所がある。

　　　　「わたしには陛下が美しいものに精通しておられるのかどうかわからない。そのためには建築作品をいくつか鑑賞しないとならないでしょう。いまや陛下は彫刻というものを鑑賞したのであるから（自作の胸像のことを言っている）、建築についてより判断をできるようになっておられるであろう」と彼はいった。彼はル＝ブラン氏には、脚は短いよりは常に長めに作るべきであるといった（彼の言うとおりで、これはル＝ブラン氏の欠点であった）。[384]

　1665 年、ルーブル宮増築のために招かれたベルニーニは、ル＝ブランを始めとするフランス側の芸術家から反感を買い、彼の設計案は却下され帰国することになるが、その滞在中、ペローはこのイタリア人と様々なやりとりを持つことになる。ここに引用した箇所は、ペローが思いつくままにベルニーニの発言を書き留めている箇所であるが、ル＝ブランに対しただならぬ賞賛を公私に繰り返してきたペローが、その欠点を気にくわないイタリア人に指摘され、それを追認するということには違和感をおぼえざるを得ない。

4．結論

　『ルイ大王の世紀』を受け書かれた『比較論』「第一巻」の執筆の切っ掛けとなったのは、

---

[384] *Mémoires*, p.173.

アカデミーで古代派を挑発しようと書かれたこの詩が、古代派から芳しい反応を得られなかったことを端緒にしていた。韻律に縛られ持論を自由に展開できない韻文ではなく、散文でこれを書くことを決意したのはこのような理由があった。

　「第一対話」においては、古代人に対する過度に好意的な偏見について論じられた。ボワローおよびラシーヌは、近代における進歩を直視しない偏見を体現した人物として想定されていた。「第一対話」で述べられた、進歩の根拠は「時間の要素」と基礎とするものであった。科学技術を典型として、知識の蓄積はその進歩に必然的に寄与するに違いない。そのような象徴的な存在として、ペローは印刷術の発明を挙げていた。さらに、デカルトによる「方法」の考案は、偏見を脱し正しく考える術を与えたという点で、近代派の論拠となり得るものであった。しかし、信仰を不可侵なものとして考え、デカルトの理神論的傾向に批判的であったペローは、ジャンセニストの家庭に育ったこともありパスカルへの接近を見せることになる。パスカルの『真空論序言』は、ペローが新旧論争において主張したことの多くを先取りしていた。

　「第二対話」においては、建築、絵画、彫刻といった造形芸術が論じられた。造形芸術は、文芸とことなり直接的に観衆の感覚に訴えることから、国威発揚政策を掲げた「ルイ大王の世紀」においてはとりわけ重視され、また実際に繁栄した。コルベールの吏員として国内外の芸術作品制作を監督する立場にあったペローにとって、これらの分野は勝手を知った領域であるとともに、兄クロードは近代フランス建築の象徴的存在として捉えられていた。

　造形芸術は、進歩の根拠を述べるとともに具体例を示すためには格好の題材であった。十七世紀末に起こった新旧論争は、基本的には文芸論争であり、門外漢のボワロー、ましてや論争にほとんど参加しなかったラシーヌからの反論に期待することはできない。「第二巻」においては、「雄弁」が論じられる。最も強硬な古代派からの反論が予想される「第三巻」の出版までにはしばらくの時間が必要であった。

第五章　『古代人近代人比較論』「第二巻」（雄弁）

第五章　『古代人近代人比較論』「第二巻」（雄弁）

1．　ペローの「雄弁」概念

　「第一巻」の「序文」においてペローは、『比較論』の目指す「近代フランスの優越性」を証明するための筋道を示している。建築および絵画彫刻といった造形芸術から証明を始め、次の天文学や自然学などの諸科学を通じ、近代フランスの確固とした優越性を示したあとで、雄弁及び詩歌という文芸のジャンルに至るアウトラインが示されていた。

　　　　そのあとの対話は天文学、地理学、航海術、自然学、化学、工学などあらゆる
　　　　その他の知識を扱うが、これについては古代人に対して優っているということは
　　　　議論の余地がないことである。これは、優越性が争われているだけでなく、われ
　　　　われが大いに劣ると主張されている雄弁と詩歌に至るためである。[385]

　「第一巻」は、「学芸と科学について」*en ce qui regarde les arts et les sciences* という副題が付けられているが、「第一対話」において論じられたのは近代派ペローが考えるところの進歩の根拠についてであった。つぎに、「第二対話」において、論じられるのは、建築、彫刻、絵画という造形芸術分野であった。しかし、当初の構想とは異なり、「第一巻」の一年半後に書き上げられた「第二巻」には大きな路線変更がなされていた。

　　　　前巻の「序文」では、読者にお届けする最初の対話において、以降の対話で雄
　　　　弁と詩歌に至るために、天文学、地理学、航海術、自然学、数学などに関する、
　　　　近代人の古代人に対する優越性をお見せする約束をしたが、二つの事柄がわたし
　　　　の決定を変えさせ、ここでは雄弁について扱うことになった。[386]

　このように、ペローの腹案では『比較論』の執筆の最終目標は、雄弁及び詩歌における近代人の優越性を証明することにあった。反論が少ないと思われる、科学技術に関する論議を先に行おうとしたのはそのような理由によるのであろう。
　しかし、「第二巻」で扱われるのは、「雄弁」であった。同じく「序文」においてペローはその理由を解き明かしている。

　　　　それは第一に、数人の友人が、今日の雄弁が古代人のものよりも優るとも劣ら
　　　　ないことを、いかに証明するかに興味を持っているからである。もう一つは、わ

---

[385] *Parallèle*, I, Préface.
[386] *Ibid,* II, Préface.

たしがこれを扱うのに後込みをしており、苦手に思っているゆえに、ただ問題の
要点に専念するかわりに、近代人が明白に優越しているその他の技芸を担ぎ上げ
るだけであろう、という噂が流れたからである。[387]

　ペローは、科学技術における優越性よりも文芸におけるそれを有効に論証する難しさを認
識した上で、証明の順序を敢えて変えることにしたという。
　「第一巻」の印刷完了が 1688 年 10 月 30 日、「第二巻」が 1690 年 2 月 15 日に印刷完了
されていることから、この一年数ヶ月の間に当初の予定を変更し続編を書き上げたのであ
ろう。1689 年 7 月 1 日付のユエへの書簡において、「雄弁の対話は完成しており、見直し
をして今にも印刷を終わらせようと思っています」[388]とあるように、1689 年半ばには執筆
が終わっていたという証言は、「第一巻」の発表から遅くない時期に路線変更が行われたこ
とを示唆している。
　「第一巻」と「第二巻」の間のペローの活動として特筆されるべきことはあまりない。
奇しくも、「第一巻」印刷の直前にクロードが亡くなっている(1688 年 10 月 11 日)ことが私
生活において最大の事件であろうが、『比較論』以外の著作に関しても、『フィリップスブル
ク占領について王太子殿下に捧げるオード』*Ode à Mgr le Dauphin sur la prise de
Philisbourg*(1689)を、2 月 7 日のアカデミーの席で発表しているぐらいで、「第二巻」以降
の旺盛な創作活動と比較するとその寡作ぶりは顕著である。
　現代人の感覚で言えば「雄弁」といえば、演説や説教など口頭による発表を原則とする
文芸ジャンルを思い浮かべるかもしれない。しかし、ペローの念頭におかれている「雄弁」
とはもう少し範囲の広いようだ。フュルチエールは「上手に話す技術」[389]と簡便に定義付
けるとともに、デモステネスとキケロを「雄弁のプリンス」と捉えることによって今日的
なイメージに近い語義も提示している。この「第二巻」で扱われるジャンルを列挙してみ
ると、演説や説教など「狭義」の雄弁だけでなく、哲学や歴史、小説、書簡などが含まれ
ており、ペローが想定した「雄弁」の範囲とは、「散文」で書かれた文学という範囲を飛び
越えている。哲学や歴史もその検討の範囲内に含むことから、「散文」で書かれたこれらの
諸学をも含む広義の文芸を指すのであろう。
　ペローが「第二巻」のテーマとして選択した「雄弁」とはいかなるものであろうか。い
わゆる雄弁術の伝統が希薄であり、修辞法としてはおもに和歌などでさまざまな技法を持
ちながらもその歴史を異にしているわれわれにとって、ペローの論じる「雄弁」が西洋世
界においてどのような地位を持っていたかを実感することは容易くない。「第一巻」の建築

---

[387] *Ibid*, II, Préface.
[388] Paul Bonnefon, « Charles Perrault littérateur et académicien l'opposition à Boileau », p.575.
[389] 「雄弁：女性名詞。上手に話す技術、説得するために適切な事物を話す修辞。デモステネスとキケロは、
雄弁のプリンスであった。前者はギリシャ人にとって、後者はローマ人にとって。説教壇の雄弁は法廷の
雄弁とは異なる。ここでは恩赦を勝ち取るために全力で雄弁が使用される。ペリクレスは、急流のような
雄弁とか稲妻のような雄弁とか呼ばれた。修辞を教授する雄弁術の教師も存在する」(*Le dictionnaire
universel d'Antoine Furetière*, préfacé par Pierre Bayle, Le Robert, 1978.).

学や絵画などの造形芸術、「第四巻」で扱われる天文学や解剖学はさておき、『比較論』においてペローが中核として位置づけていた「文芸」がなぜ、「雄弁」および「詩歌」に大別されているのかを知る手がかりともなるであろう。

　『アカデミー辞典』に、« éloquence »という語は見出し語として、ペローが編集に関わった「第一版」から登場している（1694）。しかし、その扱いは悪く、「« locution »を参照せよ」とあるだけである。見出し語として、初出するのは「第三版」である（1718）。そこには、極めて簡潔に、「上手に語り説得する術」とある[390]。用例に目を転じてみると、「説教壇の雄弁」、「弁護団の雄弁」、「雄弁に満ちた演説」などの用例が挙げられている。法廷での弁論や、説教師の法話などという具体例は、上に引用したフュルチエールのものと大差がない。

　いっぽう、これらの « éloquence »の比較対象となる、古代ギリシャ・ローマにおける「雄弁」とはどのようなものであろうか。

　古代における、「雄弁」は、弁論術における一分野として認識されていた。この弁論術を組織化したのは、前五世紀から四世紀に掛けて活躍した弁論術の教師たちである。古代ギリシャにおける都市国家の政体に関連して、弁論術が立身出世のために必須の能力となったからである。さまざまな弁論術に関する著作が現れたが、その中でも、最も後代に影響を与えかつ体系的なものはアリストテレスによる『修辞学』であるとされている。

　いっぽう、古代ローマに目を転じてみると、ギリシャ都市国家群の没落と呼応するように衰えた弁論術は、ローマ共和制下に再生することとなった。アリストテレスにおいて、体系付けられた弁論術はさらに技法的なものとして完成させられていく。クインティリアヌス Marcus Fabius Quintilianus(35 頃-100 頃)による『弁論家の教育』 *Institutio Oratoria*(95 頃)においては、弁論作成の五つの段階は、創作論における唯一の古典的理論とされ、構想、配置、措辞、記憶、演出から成り立っていた。古代における雄弁（術）は、『アカデミー辞典』の定義よりもより広い範囲に至っていたことが理解されるであろう。

　古代世界において隆盛を誇った弁論術は、タキトゥスが『弁論家の対話』を書くに至った原因となったように、ローマ帝政期に至り言葉による議論の地位が低下したことにより、さまざまな要素を含んでいた弁論術も、作文をするための実際的学問に限定されるようになった。この傾向はさらに、中世を経てルネサンスに至り印刷物の普及により文章表現の技法が研究されるにいたってより顕著なものとなった。

　「ですから作者の名前はおいておき、互いにこれを抜き取り、作品を作品として雄弁を雄弁として戦わせなくてはなりません。これが健全に偏見なく審判するために唯一の方法なのです。順序立てて進めるために、雄弁とは何かと言うことについてまず同意することから始めなければならないと考えます」[391]という神父＝ペローは、「第二巻」の議論において雄弁の定義づけから始めなければならないという。デカルトの「第一格率」に従い、デ

---

[390] *Nouveau Dictionnaire de l'Académie française dédié au Roi* [2e édition], 1718.
[391] *Parallèle*, II, p.41.

モステネスやキケロといった古代の雄弁術の巨人を、その名前にまとわりついた名声や権威を削ぎ落とし、予断なく判断しなければならない。

「第二巻」において、ペローは雄弁の目的を、次のように定義している。

> 　第三は、古代人にはほとんど知られていなかった方法の使用であります。これは今日話したり書いたりする人には、ごく親しまれているもので、申し上げましたとおり、教え喜ばせ説得するという雄弁の主要な三目的に至るために有益なものであります。[392]

「第一巻」で述べられた、デカルト的「方法」の導入は雄弁をも改良したのは言うまでもないが、ここで述べられる「雄弁」定義は、上記の辞書によるものと大差がない。神父＝ペローは、キケロの「雄弁とは豊かさと装飾を伴い話すことである」などという定義を引き合いに出しつつその不具合を指摘し、

> 　この三つの定義は、都合が良くすばらしく入念なものですが、わたしたちは全ての種類の雄弁、歴史家、哲学者、雄弁家のそれや、そのほかさまざまな種類のものを話さなければなりませんので、うまく話すということ全てのジャンルに合致するものが一つもありませんから、これが利用できるとは思えません。[...]ですから、扱う性質や場所、時、人物にしたがえば、雄弁とは一般的に、うまく話すという技術に他なりません。[393]

と述べ、裁判所長官はこの定義を受け入れることになる。「第一巻」で行われたのと同様に、神父＝ペローは古代人に対する偏見を打ち破ったのち両者を比較すべきであると考えている。「よく話す技術」という点においては同意を見た神父と裁判所長官であったが、ペローはその力点の違いを指摘し、古代人の化けの皮を剥がそうと試みる。

まず、クインティリアヌスの述べた五つの範疇に準拠しつつ、神父＝ペローは、「措辞」の重要性を強調する。

> 　雄弁を判断しようと思うのであれば、扱われている物事の価値を脇においておくだけでなく、賞賛したり非難したりする人物の威厳もそうしなければなりません。しかし、これらはすべて雄弁に本質的なものではありません。一言でいえば、雄弁は話す内容に依拠するのではなく、措辞に依拠するのであります。[394]

古代人の雄弁が、近代人のもつ雄弁と異なり、重視すべき「措辞」以外の多くの夾雑物

---

[392] *Ibid.*, II, p.294.
[393] *Ibid.*, II, pp.42-43.
[394] *Ibid.*, II, p.259.

170

が含まれていたことを指摘するために、ペローは演説のもたらす効果と、演説自体を切り離して考えるべきであるとする。

　　　結果の大きさは、必ずしも原因の力の大きさの証拠ではありません。弱い声でもよく響く場所ではよく聞こえますし、大変強い声でも音を消してしまうような反響しない場所ではそうではありません。平凡な風が太洋に恐ろしい波を起こす一方で、強風でも池や湖に微細の波をたたせるだけなのです。これは雄弁には特に真実であり、聴衆の数が多いということほど、大きな効果を得るのに貢献することはありません。ですから、話題の演説者によって引き起こされる運動は、多くの庶民の中にあっても、彼らの有利になるとは結論付けるどころか、凡庸な聴衆しかいないとしたら、彼らの雄弁も凡庸な成功であったろうと考えることが出来ます。[395]

　古代人の演説の聴衆がおもに一般大衆を対象としていたのに対して、近代人の聴衆はそれと大いに異なるという。

　　　これを聞いているのは不安を覚えた騒がしい庶民なのではありません。それは厳粛で賢明なる会衆なのであり、無数の紳士が集まっており、その大部分は説教者と同じくらいに知性と教養を持っており、静かに座りながら言葉の端々までも検討しており、精神や心理、理性の問題に関しては、なかなか満足をしない人たちであります。[396]

　さらに、演説者のおかれている立場も必然的に異なる。神父＝ペローは雄弁というジャンルの進歩にも「信仰」の存在が寄与していると考える。

　　　しかし、われわれの説教師と古代の演説者の間には大きな違いがあり、古代人は人間のために、純粋に人間的な利益のためにしか話すことはありませんでしたが、われわれの説教師は神の側から、永遠の救済の側から話しており、告げられた真実に無限の尊敬を払うべき聴衆に語りかけているのです。[397]

　雄弁に携わる人物に差異があるとするのであれば、近代人の雄弁と古代人の雄弁には必然的に内容的な差異があるに違いない。政治演説や法廷演説が主であった古代人の雄弁の内容と、キリスト教に基づく説教との内容には必然的に差異が存在しよう。異質な二つの雄弁を比較しようとすることは不可能であるとの疑問がわくのも当然であろう。ペローが、

---

[395] *Ibid.*, II, pp. 256-257.
[396] *Ibid.*, II, pp. 257-258.
[397] *Ibid.*, II, pp. 267-268.

「措辞」のみが雄弁の重要事であると断言したのはこのような理由も依るのであろう。

　「措辞」のみが雄弁の条件であるとするならば、それ以外の要素は不純物である。ここでペローは古代の雄弁術に備わっていた要素を捨象してしまうのである。デモステネスが、「発声」を演説における重要事であると考え、「雄弁の本質は発声にしか存在しない」[398]と主張したことに対して神父＝ペローは批判を加える。「古代人の身振りというのは見るに恐ろしいものであり、演台の上で手足を一度に動かし手足を打ったり力いっぱい叫んだりしながら行ったり来たりをして、彼らの雄弁を我慢する手段はなかったということです」[399]と騎士が皮肉るように、身振り手振りなどの演説者による「演出」は、そもそも後代にそのまま伝わり検討できる性質のものではないとともに、二次的要素でしかないというのである。

　「措辞」以外の要素を捨象すべきと考えるペローの論拠は、「措辞」つまり言葉を構成することから生まれる理性的思考を重視することにあると思われる。

　　　われわれに真実の観念を示すことがないからといって、古代人の演説者の発音や身振りを非難することは軽率かもしれません。いえることと言えば、度を越えた激しい方法が当時の人たちを喜ばせたとしても、われわれの時代において、とりわけフランスにおいて、間違いなく喜ばせるものではありません。わが国ではすべてが簡潔で自然であり、理性の範囲内に収まっていることが望まれるからです。繊細で敏感な人々であったと主張されているギリシャ人やローマ人が、仰るような方法で叫んだり苦しんでいる演説者に同調するのかが理解できません。話者に慎みや尊敬が欠けていると通常は見なされる金切り声や、度を越えた身振りほど、繊細な人々には耐えがたいものはないに違いありません。[400]

２．ペローにおける言語論

　古代人と近代人の雄弁を語るおりには、媒体としての言語の優劣が問題となろう。「新旧論争史」においても述べたように、いまだ影響力を保っていた古典語とフランス語とを比較するという試みには、不動の権威を積極的に検討しようとする意図が働いており、近代派のこのような目論見から導かれる結論は自ずとフランス語の優越性を強調するものとなった。フランス語がギリシャ語やラテン語などに勝らないまでも、比肩することが出来るのではないかという議論は、デュ＝ベレー Joachim du Bellay(1522-1560)『フランス語の擁護と顕揚』*Défense et illustration de la langue française*(1549)を典型に、前世紀のプレーヤード派の主張に既に見ることが出来た。十七世紀において、このような試みは、フランス絶対王政や古典主義が頂点を迎えていた、おおよそ七十年前後に続けてなされること

---

[398] *Ibid.*, II, p.261.
[399] *Ibid.*, II, p.264.
[400] *Ibid.*, II, pp.265-266.

172

となった。

　小アカデミーにおいて、「碑文」の校閲作業をペローが行っていたことは既に述べた。フランス王国の威光を国内外に知らしめる作業として、ペローは次のような事業が成されたことを回想している。

　　　　彼（コルベール）は、何度も手を付けられそのたびに未完成で放置されてきたルーヴル宮を完成させるだけでなく、陛下の栄光になる多くの記念物を建てなければならないと考えた。たとえば凱旋門、オベリスク、ピラミッド、霊廟などといったものだ。つまり、彼が計画していたもの以上に大きく壮大なものはなかった。陛下がすでになされた偉大な功績を後世に残すため、多数のメダルを鋳造しなければならないと考え、偉大で相当な功績がその後続くであろうと予想もしていた。その偉業は、祭典や仮装行列、騎馬パレードなどの娯楽のように君主に相応しい催しで彩られないとならなかった。[401]

　言語間の優劣の問題は、フランスの勢力伸張と密接な関係を持つ。ペローがコルベールの吏員として監督にあたった、ルイ十四世の国威発揚政策に伴って起草される「碑文」を、「ルイ大王の世紀」に相応しい近代語フランス語で書くべきか、伝統に従ってラテン語で書くべきかという問題が持ち上がった。1663年には既に、現在の碑文・文芸アカデミーにあたる「小アカデミー」が発足しており、ここにペローは下記に登場するシャルパンティエ(1620-1702)とともに会員として選ばれていた。ルネサンス以降、ダンテやデカルトが言語の選択において俗語であるイタリア語（トスカナ方言）やフランス語で書くという重大な選択を行ったことは周知の事実であるが、十七世紀後半の「碑文論争」はプロパガンダという政治的要素が関連しており、より複雑な様相を呈することとなった。

　「第一巻」を論じた折りに登場したが、ル=ブランの描いたヴェルサイユ宮殿の戦勝記録画に添える銘を、小アカデミーに所属した近代派と見なされるこのシャルパンティエが起草した。この銘に対して冗長であるとボワローは立ち上がった。たとえば「ライン渡河」といえば簡潔であるところを、「奇跡的なライン渡河」と書くように徒に誇張を行うことについてシャルパンティエを批判した。ルイ大王の住居に飾られる以上、ルイ自身がこの絵について解説することもあろうし、このようなわざとらしさは避けるべきであるとボワローは主張したのである。コルベールの後任者のルーヴォワがこれに賛成し、ラシーヌとボワローに助けられ、同じく碑文アカデミー会員のランサンRainssant(1640-1689)による簡潔なものがルイ十四世によって採用された。このような経緯について簡潔に報告されているのがボワロー『確銘の文体についての論稿』 *Discours sur le style des inscriptions* であった。この小品には、「ラテン語は簡潔さにおいて高貴であり力強く、われわれの言語でこれを捉えることは困難です。しかし、そこに到達するために、努力せねばなりません。

---

[401] *Mémoires*, pp. 125-126.

すくなくとも、他の場所にあってもよろしくなく、とりわけこのような折りには耐え難い駄弁や誇張を銘に詰め込むことは避けねばなりません」[402]といった言語の比較に関する考察も行われていた。

すでに、『陛下に捧げられた凱旋門の碑銘のためのフランス語擁護』（1676）において、記念物の碑文はラテン語ではなくフランス語で書かれるべきであると主張していたシャルパンティエは、『フランス語の卓越性』（1683）を発表する。

このような試みは個々の著作のなかでは行われていたことであるが、もっとも早い例としては、前世紀における『フランス語の擁護と顕揚』*Défense et illustration de la langue française*(1549)にその萌芽を見ることができる。この種の著作で最も影響力を持ったのが、デマレによる『フランスの語および詩のギリシャ・ラテンのそれとの比較』（1670）であった。デマレの著作は、自らのキリスト教叙事詩を擁護するものであり、古典語とフランス語という対立軸だけでなく、ギリシャ・ローマの神々を扱った叙事詩およびキリスト教を題材に取った叙事詩という別の対立軸をも持つものであった。デマレはさらに、『英雄詩弁護』（1674）や、『フランス詩と国語の擁護』*Défense de la poésie et de la langue française*（1675）などを発表し、特に後者の作品はペロー自身に捧げられており、「ペローよ来たれ、フランスが助けよと君を呼んでいる」[403]と加勢を呼びかけた。

このように言語の問題は、雄弁のみならず叙事詩などの詩歌にも関連する重大な問題であった。

ペローの出発点は、フランス語および古代語に上下の差を認めるのではなく、特に韻文における外国語学習者の理解困難を強調する立場にある。フランス語が必ずしも古代語よりも優れているものではないという見解は、古代派ボワローだけでなくシャルパンティエにも共通したものであった。古代語の韻文という文体を理解不可能なものとして、優劣をむしろその内容に求めようとするのがペローの便法であった。

> 正直にいいまして、ギリシャ詩やラテン詩をフランス語訳によって判断することは難しいでしょうし、例えば、ご存じのようにマロル神父の翻訳や、極めて美しく優れたスグレ氏のものであっても、ウェルギリウスの価値を判断することは出来ないでしょう。韻文という制約から、様々な箇所で意味や意図が変化させられるからです。[404]

散文に比べ韻文の評価を外国人が正当に行うことの困難を主張することは極めて妥当な判断であると思われる。しかし、ペローは雄弁のみならず詩歌もその「比較」の範疇に予定しており、ギリシャ人やローマ人から見れば外国人たる神父＝ペローがこれらの評価を

---

[402] Nicolas Boileau, *Œuvres complètes*, p.612.
[403] Jean Desmarets de Saint-Sorlin, *La Défense de la poésie et de la langue française, adressée à Monsieur Perrault*, Legras, 1675, p.20.
[404] *Parallèle*, II, p.5.

下し、しかもフランスの優越性を証明しなければならない。フランス語テクストはともかく、外国語であるテクストをどのように比較・評価すればいいのであろうか。ペローの取った便法とは、韻文をも散文になかば強引に変換させるということであった。

　　　しかし、翻訳が散文である場合、しかも教養ある人の手になる場合は、原文における作者の感情や意図がそのまま存在するように思います。トロイ包囲の物語や攻防する英雄たちの行い、ホメロスの感情、彼が語らせる会話や、一般的には文体や措辞には入れないものなど、ホメロスのギリシャ語原文よりは上品さが少ないかも知れませんが、『イリアス』のラテン語訳やフランス語訳で味わうことが出来ると思います。[405]

　ペローは、文体や修辞などの要素を捨象した上で、これを評価しようとしているのである。つまり、ホメロスのテクストとそのフランス語訳は、前者を後者が上回らないまでも、ほぼ同等の価値を持っていると主張している。この主張は当然ながらのちのボワロー『ロンギノス考』において激しい反論に晒されることとなる。韻文には特有の文体があり翻訳が困難であるものの、これは教養ある翻訳家にかかれば克服可能になるという怪しげな主張の真偽はともかく、言語個々に特有の詩作法から逃れた散文作品、つまりここで問題となる「雄弁」の作品であれば、その困難はより小さいものになるのは当然である。ペローはこのあと、「シャルパンティエの著作」（おそらく上述の『フランス語の卓越性』）に言及しつつ、相対的で穏健な態度を示し、フランス語が古典語に比肩することを述べる。

　　　あなたがいわれたように、それぞれの言語には特有の優美さや上品さがあり、この問題についてシャルパンティエ氏の卓越した書物が教えてくれますように、フランス語はこれに関してどの言語にも劣ることはないのですから、ギリシャ語にあるのとおなじ優美さや味わいをモークロワ氏がフランス語に見いだされたとしても驚くに値しません。ダブランクールが、原語と同じくらい楽しいルキアノスの対話を示してくれたことには誰もが同意しています。ロンギノスはデプレオー氏の手を経てもなにも失うことはなく、アルキアスのための演説は、キケロの原文と同じくパトリューの翻訳においても、雄弁であり韻律的であります。驚くべき、そして紛れもない逆説をあなたがたに主張しようと思います。あらゆる偏見から逃れていれば、原語で読むよりも良訳でラテン作家を読むほうがしばしば有利になるでありましょう。[406]

穏健な相対論に基づくように見えながらも、フランス語の地位を古典語同等に位置づけ

---

[405] *Ibid.*, II, pp.5-6.
[406] *Ibid.*, II, pp.6-7.

ようとする意志が見える。『比較論』において言及される言語は様々にあるが、その表現形態である文芸作品について言及されるのは、ギリシャ・ローマの古典語およびフランス語によるもの以外には、イタリア文学の範疇に入るものが比較的頻繁に言及されている[407]。当時の一般的な傾向ながらも、英語やドイツ語はいうまでもなく、スペイン語によるものも、ペローの論理の埒外にあることは間違いがない。ましてやヨーロッパ外の言語に関する知識をペローはあまり持ち合わせていなかったようだ。興味深いのは、例外的に、「第四巻」において、中国語に関する神父＝ペローの発言が登場するが、その内容は覚束ないものである。

> 中国人は、その言語にある言葉と同じだけの文字を持っていますが、われわれはフランス語の全ての言葉を構成するのに二十三の文字しか持っていません。われわれの表記法のほうが遙かに中国人のものよりも優れていることは疑いがなく、我が国では子供が読み方を学ぶのにほとんど時間を必要としないのに、中国では、六十年も勉強したのに書かれたことの全てを読むことが出来ない老人がいるのは本当のことなのです。[408]

　そもそも、ペローは伝統的古典語の片割れであるギリシャ語についての知識をあまり持ち合わせていなかった。「略伝」においても見たように、少年時代にコレージュで受けた教育はともかく、そこから友人と飛び出して自習をしたというが、そのおりの教材として使用したのはフランス語かラテン語の著作であった。新旧論争を通じて、古代派からこの欠点についてしばしば揶揄されている（たとえば、ボワローによる批判は頻繁であり、『ロンギノス考』において「ギリシャ語に傾倒したことのある人間なら間違いもなく誰でも知っていることを彼はご存じないのである」[409]などと嘲笑の種となる）。『比較論』全四巻においても、引用されるのはラテン語ばかりでありギリシャ語の引用は一片も現れることがない。古典時代と一括りで述べられることが多いが、ローマ人のほうがギリシャ人よりも「近代人」であることから、ギリシャ文化よりもローマ文化のほうを、概して高い評価を神父＝ペローが与えていることは、ローマ人がギリシャ人よりも「近代人」であったことを根拠としていた。これは、ペローが、そもそもラシーヌのようにギリシャ語の広範な知識を持ち合わせていなかったことにも由来するのではなかろうか。

3.　歴史

---

[407] ペローの兄、ピエールはタッソーニの『盗まれた水桶』を仏訳出版しているようにイタリア語を深く理解していたとともに、『回想録』にはベルニーニの発言として多くのイタリア語が引用されており、その弟もある程度はこの言語を理解できたものと見なすことが出来る。
[408] *Parallèle*, IV, pp.120-121.
[409] Nicolas Boileau, *Œuvres complètes*, p.535.

上に述べたような「雄弁」に関する総論を終えたあとで、個々のジャンルに対話は移る。「第二巻」において、始めに論じられるのは「歴史家」の「雄弁」である。近代派の神父によって検討の対象になる古典は、トゥキディディスとティトゥス＝リウィウスである。

　　　　いずれにしても、本題に入り、歴史家から始めましょう。歴史家に特有である
　　　雄弁を最高に持っているとして、ギリシャ人の中ではトゥキディディスが一番で
　　　あり、ローマ人ではティトゥス＝リウィウスが一番とされているように思います。
　　　410

　「歴史」についての神父の主張は、トゥキディディスを批判することに終始する。最初にティトゥス＝リウィウスの名前を出すもののその批評はほとんど行われず、近代人の歴史家が具体名として提示されることもない。騎士によってメズレーの名前や、神父によってコルドモワの名前が示されるが、優越性の理由が明示されることもない。「措辞」において比較判断すべきであるという主張も実行されない。
　まずトゥキディディス『戦史』においてケルキラ人やコリント人に途方もない長さの演説をさせていることを非難する。神父はその演説自体が美しいことは否定しないが、歴史家が演説を直接あるがままに書き取ったわけでもないのに、これを真に話されたものとして伝えていることを問題としているのである。

　　　　それ自体を考えれば極めて美しいと思いたいですし、雄弁の美しい作品集がで
　　　きるとおもいます。しかし、それらはしかるべき位置にいないのですから、極め
　　　て悪い結果を招いています。歴史書のなかにある直接的な演説が真に話され、こ
　　　れを書き取った幸福な歴史家は自著に入れて、読者にこれを知らせるのは、これ
　　　ほど心地よいことはありません。こうした歴史家自身が朗読されたのを聞いたと
　　　思われるからですが、彼がその言葉そのものを知ることはないと確信するとき、
　　　本当の歓びは得られません。良識に従えば、歴史家はその内容しか伝えることは
　　　ないでしょう。411

　裁判所長官の反論は、このような演説を挿入することにより自然を「模倣」しているというものであった。神父はさらに古代人の歴史が小説や寓話のようなものであるばかりではなく、歴史にとって重要事項である事件の日時をほとんど明記していないことを指摘する。ルイ十四世によるフランシュ・コンテ征服を例に取り、近代人の歴史においてはそれらが全て明記されていることを述べる。

---

410 *Parallèle*, II, p.84.
411 *Ibid.*, II, pp.86-87.

一言で言えば、裁判所長官さま、歴史の文体が当時は未だ成立しておらず、直接的な演説や、日付の欠落、重要でない名前の欠落や、筋の大道には重要ではないいくつかの状況の欠落など、賞賛されているほとんどの美しさは歴史の美しさではなく、小説や詩歌の美しさなのです。われわれの歴史家が今日そのような極めて簡単で便利なことをしないのも、古代人を模倣しなかったという過ちではなく、同じ過ちに陥らなかったと言うことであります。[412]

　神父＝ペローの主張がここまで消極的であった理由は何であろうか。「直接的な演説や、日付の欠落、重要でない名前の欠落」がない故に、近代人歴史家の「雄弁」そのものが優れているとはあまりに苦しい論拠であると思われる。

４．　プラトン

　続いて、神父＝ペローによって槍玉に挙げられるのはプラトンである。『ルイ大王の世紀』において既に「我等の祖先の時代には神々しかったプラトンは　／　時に退屈なものになり始めている」[413]という意見を表明していたペローにとって、このギリシャ哲学の巨人に対する評価も、「偏見」として厳しい批判に晒されることとなる。

　　　　プラトンは対話の技術を知らないわけではなく、それが行われる舞台を確立し、その登場人物の性格を選び出し保ったことは認めるべきですが、普段は最も我慢強い人も辟易させる長さで、しばしば最も注意深い人、敬意を抱いている人、御しやすい人を絶望させるような曖昧さであったことは同意すべきであります。それが推移している場所や風俗の正確な描写、導入する人物の作り方や扱われる主題ではない様々な小さな事件の叙述は、いままで比類のない奇跡とか魅力であるとか考えられてきましたが、今日では同じように喜ばせる性質を持ちません。人は問題にたどり着くことを望んでおり、それに役立たないものは、いくらそれ自体が美しくても退屈なのです。[414]

　プラトンの対話編は長すぎ、語られる内容が曖昧であるというのが神父の指摘である。騎士は、神父に同調して「美について」という副題がついた『ヒッピアス（大）』において美の本質がいつまでたっても語られないことを非難する。神父＝ペローは、アテナイ全盛期のプラトンではなく後続するヘレニズム期のルキアノスを、「長くもなく曖昧でもない」としてより評価している。騎士のプラトン批判は、

---

[412] *Ibid.*, II, pp.95-96.
[413] *Siècle*, 19-20.
[414] *Parallèle*, II, pp.112-113.

178

わたしはプラトンとソクラテスを、世界の劇場へ続々と上ってきた二人の曲芸
　　師と考えているのです。時に優れたことを言いますが、彼らは常に謎のある深遠
　　な訳の分からない話に落ち込みます。それは彼らの運命なのです。ときにとても
　　美しく創造的であったとしても、彼らの言う論理的な物事全てよりも、それを説
　　明する苦労によって多くの人の支持をながらく得たのです。[415]

　とまで言わせることになるが、この「ビュルレスク的」発言に関しては、自らの本意で
はないことをペローは「序文」の中で語っていることは既に述べた。
　では、近代的な「雄弁」とはどのようなものか。『比較論』自体が「対話」という様式を
用いているものの、「対話編」というジャンルは近代において主要なものではない。説教壇
や演壇における「雄弁」については最後に論じることが示されていることから、プラトン
の対話編に相当するものとして神父＝ペローが想定するのは、哲学的宗教的な考察が行わ
れる口頭の発表を想定しない散文の著作ということになるであろう。

　　　この文学ジャンルにおいて、今日の優れている作家の多くは彼らに対抗するこ
　　とができるでしょうが、その中から一人だけ取りあげることで十分でしょう。そ
　　れは高名なパスカル氏で、十八通の「プロヴァンシャル」であります。これを読
　　んだあまたの人の中で、一瞬でも退屈したという人は一人もいないと請け合える
　　でしょう。[416]

　ペローの兄ニコラが、パスカルに『プロヴァンシャル』を書かせる遠因となったことは
既に「略伝」で述べた。しかし、『回想録』におけるペローの証言を裏付ける証拠は他に存
在しないことも紹介した。少なくとも、ペローは死の直前までニコラの助言によってこの
十八編から成る手紙が書かれたと信じていた。
　『比較論』で述べられている他にも、『プロヴァンシャル』は当時の文人にとって散文の
模範とされていた。たとえば、セヴィニェ夫人は、「ときどき楽しみのために「小さな手紙」
を読んでいます。なんで魅力でしょう。完璧な文体、繊細な冷やかし、自然で、優雅で、
あれほど美しかったプラトンの対話編の子孫として相応しいものがほかにあるでしょう
か」[417]と散文作品の模範として『プロヴァンシャル』を取り上げている(1680 年 12 月 21
日)。いずれにしても、パスカルの散文は、それまで専門的な神学者に限られていた複雑き
わまりない神学論争を、簡潔な言葉で誰にでも理解できるように一般化したことは間違い
がないであろう。意外なことに、「第一巻」でも述べた『真空論序説』など、『比較論』に
おいて述べられている論拠を先取りしていたパスカルに関して、ペローが本作品で言及し
ているのはこの一度だけであることは指摘するに値しよう。ルイ大王の信仰への傾倒、フ

---

[415] *Ibid.*, II, p.111.
[416] *Ibid.*, II, p.122.
[417] *Lettres de Mme De Sévigné*, Firman Didot frères, 1856, p.621.

ォンテーヌブロー勅令に始まる新教徒への弾圧、ペローとボシュエとの関係などを鑑みれ
ば、ペローが大っぴらにパスカルをこの時期に賞賛できない状況が存在したのではないか
と類推できる。『比較論』の試みとともに平行して構想された『有名人』において、パスカ
ルと大アルノーを扱うべきかという問題が起こったことは後述する。

　「第二巻」にのみ現れる「パスカル」という名前であるが、手放しの賞賛というべきも
のである。

　　　　　すべてがそこに存在し、言語の純粋さ、思考の高潔さ、理論の確実さ、冗談の
　　　繊細さ、いたるところに他では見られない魅力があります。[418]

　十八編しかない『プロヴァンシャル』に、プラトンやルキアノスの全著作を比較するこ
とに裁判所長官が疑問を挟むと、

　　　　　巻の数や大きさは問題ではありません。プラトンの対話全てよりも十八の手紙
　　　により機知があり、ルキアノスよりもより繊細で常に純粋ながらも誠実な冗談が
　　　あり、キケロよりも力強い論理と技法があり、さらに、対話の技術がその全体に
　　　見いだせるので、巻の小ささは非難と言うよりも賞賛の対象になるのではないで
　　　しょうか？真実を話しましょう。このジャンルの文学でこれよりも美しい物はな
　　　にもありません。[419]

とまで神父は断言してしまう。

　最後に、「騎士」の発言ではあるが、近代派の優越の根拠として建築においては兄クロー
ドが論拠となっていたように、「雄弁」優越の論拠としてピエール・ペローの著作がここで
引用されていることを指摘しなければならない。

　　　　　この数日間、わたしは泉の起源を扱った本を読みました。この本は二部に分か
　　　れており、第一部には哲学者が様々な時代に考えたことが含まれており、第二部
　　　には作者の意見が説明、証明されています。第一部では、二十二人の哲学者の意
　　　見が報告されており、最初がプラトン、最後がロオー氏であります。この題材の
　　　様々な意見の相違を見ることは楽しいことですが、とりわけ、プラトンやそれ以
　　　後の古代人の曖昧さと、われわれの時代に近づくにつれて増す近代人の哲学者の
　　　明晰さがそうでした。プラトンの意見を読んだときにはなにも理解できず真夜中
　　　にいるようですが、アリストテレスになると曙が現れてきたときのように、少し
　　　の光が垣間見えます。はっきりした目立つものは何も見えませんが、哲学者から

---

[418] *Parallèle*, II, pp.122-123.
[419] *Ibid.*, II, pp.123-124.

哲学者に移っていくにつれて、光は増大し、ついにわれわれの時代の哲学者にいたって、真昼になり、はっきりと全てのものが見えるのです。この『泉の起源』という本ほど、思考を説明する方法について、われわれと古代人にある差異がよく理解できるものはおそらくありません。[420]

ピエール・ペローが残した『泉の起源について』（1674）[421]という現在の水文学に繋がる科学的著作が引用されていることは、シャルル・ペロー及びペロー家の「集団性」を証明する一例となると思われる。

5．　さまざまなジャンルについて

次に議題に登るのが、神父が言う「二次的」なジャンルである。韻文について、「大ジャンル」叙事詩、悲劇を頂点として叙情詩や喜劇などが従属するというヒエラルキーは古典主義に顕著なものであった。「偉大な雄弁」に対して、これから述べられるような小説やコントなど下位に置くことは、古代派、近代派に関わらず当時広く受け入れられていた考えであるといえる。

　　　　　この繊細さの判定者と同じくらい簡潔に、礼儀正しく語る同じような作家がわれわれにはおりますが、ペトロニウスについて猥雑さが理由であったように、彼の書物はその悪口を理由に省略するのが相応しいですので、その二人はどちらも話さないでおきましょう。「アストレ」や「クレリー」、「シリュス」や「クレオパトラ」に相当する古代人の作品をお示し下さることをお考え下さい。[422]

このようにボワローに対する皮肉を述べつつ、神父は古代人に小説が存在しないことを主張する。それゆえに、ボワローは『詩法』において小説の規則を立てることはなかったし、その桎梏から逃れて自由に創作することの出来る数少ないジャンルであった。裁判所長官はペトロニウス『サテュリコン』を例に取って反論を行おうとするが、神父のその「猥雑さ」を非難されてしまう。近代人の小説も猥雑なものが多いが、アエネアスとディドーの恋愛を典型として、古代派が信奉するウェルギリウスのほうが何倍も危険であるととって返す。韻文としての新旧比較はともかく、「雄弁」として近代人の小説と古代人の叙事詩を比べた場合、

　　　　　しかし、古代人が作品の中で情念を扱う方法は、慎みにおいて清純であるとい

---

[420] *Ibid*, II, pp.102-103.
[421] 本作については、ラロックが序文を付け詳細な注釈を施した英語版が参考になる（Pierre Perrault, *On the origine of Spring*, translated by Aurele Larocque, New York, Hafner Publishing, 1967.）.
[422] *Parallèle*, II, pp.127-128.

われるウェルギリウスを例外とすることなく、何千倍も危険であり、われわれの
小説の中には、アエネアスとディドーが雨で余儀なく洞窟に隠れて過ごすといっ
た悪例はありません。[423]

　と、古代人の欠点を猥雑な「風俗」を原因とし、近代人の優越性を神父は強調する。ホ
メロスとウェルギリウスの二大叙事詩人に関しては「第三巻」で詳しく論じられる。
　このような「二次的」ジャンルに纏わる議論において、注目すべきは「第二巻」の数年
のちにペロー自ら実作することとなる「コント」というジャンルの扱いである。1691 年に
朗読されるとともに出版される『グリゼリディス』は韻文で書かれていたが、1695 年以降
に随時発表されていく『眠れる森の美女』を始めとした八編の「コント」は散文で書かれ
ることとなった。
　『回想録』においても『比較論』においても、ペロー自らが八編のコントを自作したこ
とへの言及は行われない。三男ピエールの署名で出版されることになる『コント集』は真
の作者が父子どちらかであるかの議論は未だ解決を見ていないことは既に述べた。ペロー
の分身である神父が、本人の意図に反して自らの名前を永遠にならしめた「コント」とい
うジャンルに対してどのような見解を抱いていたのかは興味深い。
　様々な話題が上記のように展開される本作品において、「コント」への言及は四巻を通じ
て二カ所しかない。本章で問題となる「二次的な」ジャンルを述べた「第二巻」がその最
初である。以下のように「コント」は論じられる。

　　　　裁判所長官：　われわれに残されたミレトスのお話の断片だけで、言葉の洪水
　　　に溺れた狂気の事件の集合でしかないわれわれの小説やヌーヴェルの全てよりも
　　　価値があります。
　　　　神父：　ミレトスの物語はきわめて子供っぽく、われわれのろばの皮のお話や
　　　ガチョウおばさんのお話などと比べられる程度のものです。ルキアノスやアプレ
　　　イウスの『黄金のろば』だとか、『レウキッペとクレイトポン』の恋愛だとか、注
　　　目するのに値しないその他と同様に、不潔さに満ちています。テオゲネイアとカ
　　　リクレイアの愛という『エチオピア物語』というものがありますが、これは今日
　　　の同様に作品と競うことの出来るものです。[424]

　このように、「コント」は「二次的な」ジャンルとして神父には認識されている。裁判所
長官が近代フランスの小説よりも価値があると考えるミレトス物語は、一般名詞としての
「ろばの皮の話」[425]や「ガチョウおばさんの話」程度の価値しか持たないものとして神父

---

[423] *Ibid.*, II, p.131.
[424] *Ibid.*, II, pp. 125-126.
[425] ペローが韻文コント『ろばの皮』を発表するのは、「第三巻」の発表の二年後 1694 年であるから、自
作のタイトルを批判の材料として使用する意図はなかったと思われる。« conte de Peau d'Âne »や« conte

は退けているのである。1690年の時点で、ペローは「コント」を子供っぽい否定的なジャンルとして捕らえていることが理解できる。しかし、このペローの「コント」観は、1691年の『グリゼリディス』発表の以降に変換を遂げることになる。

　以下の引用は、詩歌について論じられた「第三巻」の終盤、古代人には知られることがなく、近代人によって発明されたオペラやビュルレスク、プレシオジテの分野について論じられる場面である。次に引用するのは「神父」の発言である。

　　　　あなたは『詩法』の戒律にえらく自信を持っておられますね。指摘なされたように、ホラチウスはアリストテレスと同じ規則を、その時代の慣習と状況にのみ基づいて作ったのであり、普通の悲劇を話しながら、「機械による神々」の登場を非難しても驚くべきことではありません。しかし、話題の詩歌の性質について彼が推論していたならば、われわれがオペラと呼んでいるような種類の演劇が劇分野の完成に欠けていることに気づいたでしょうに。真実性と驚異が、この詩歌の二つの軸のようなものであります。喜劇は真実性の上に全てが展開し、驚異は許容されませんが、悲劇は驚異と真実性が混じっております。全てが真実性の中にあるような劇詩があるように、反対に、全てが驚異で構成されているような別のものが必要であったのです。悲劇が両端の中央にあり、真実性と驚異が混ざっているように、例えばそれはオペラのようなものであります。わたしが申し上げること証明として、喜劇で美しいことの全てはオペラには欠点であり、オペラにおいて魅力的なことは喜劇において滑稽であることがおわかりでしょう。喜劇においては、すべてが同じ場所で起こらなければなりません。オペラにおいては、舞台の変化ほど心地よいことはありません。場所が変わることだけではなく、地上が天国に、天国が地獄にかわることもそうなのです。喜劇にいては、すべてが普通で自然でなければなりませんが、オペラにおいては、すべてがとてつもなく、自然を越えていなければなりません。この詩歌のジャンルほど壮大なものはなく、プシシェのコントのような老婆のコントが最も美しい主題を提供し、よく導かれ整った筋書きよりも多くの楽しみを与えるのです。[426]

　ここでは、オペラの題材を提供するという重大な役割をコントに担わせている。オペラの台本作者として語られることも多いキノーと親交が深かったこともあり、ペローはオペラという近代に誕生し発展したジャンルを近代の優越性の根拠として、「第三巻」や『オペラ論』を主に様々な機会に論じていることは既に述べた。古代人から学んだ喜劇や悲劇というジャンルではなく、近代人自らが創り出したジャンルとしてオペラを称揚する。進歩の証明たるオペラに題材を提供するのであるから、コントの地位というものは自ずと、「第

---

de ma Mère l'oie » という語は、昔話一般を指示する一般名詞として使用されていた。
[426] *Parallèle*, III, pp. 282-284.

二巻」で述べられたような「子供っぽい」ものではあり得ない。「第三巻」において、コントの評価は大幅に改訂されたということができよう。では、ペローのコント観の変化にはどのような原因が存在したのであろうか。それはいうまでもなく、ペロー自身がコントを作るようになったことにその原因を求めることができると思われる。

コント自体は行商人による青表紙本と呼ばれる形態によって根強く読まれていたものであるが、中央の文壇、特にサロンにおいてこれが流行しはじめるのが、ほぼ1685年からであるといわれる。この流行は18世紀初頭まで続くが、ペローが自作のはじめてのコント『グリゼリディス』を、アカデミーで朗読した後に出版するのが、1691年のことである。その後、1693年には『愚かな願い』をメルキュール・ガラン11月号に発表、翌年には上記の二作に加え『ろばの皮』が新たに加えられた「第二版」が発表される。1695年には、これら三作品に「序文」が新たに書き加えられて「第四版」として出版されるに至る。ペローの「コント」が数度にわたって出版されたことは、ペローの作品の評判が悪くはなかったこととともに、コントというジャンルがある程度流行していたことを示すであろう。ところで、この「第四版」の「序文」は以下のように始められている。

　　　　この童話集に収められた作品は一篇ずつ別に発表されたものですが、世間の人
　　　びとの受け入れ方を見ていると、一度にまとめて出版しても嫌われることはない
　　　という、確信めいたものがもてるようになりました。なるほど、好んで生真面目
　　　に見られたがっている人びと、それも、これらが全くの作り話であって、題材も
　　　そう大したものではないことを見抜くだけの知性のある人びとは、軽蔑の眼で見
　　　てきました。けれども趣味のよいかたがたがそのように判断しなかったことを知
　　　って、私は満足を覚えたものです。
　　　　そういうかたがたは、これらのいわばとるに足らぬ作品がただそれだけのもの
　　　ではないことを、役に立つ教訓を含んでいることを、外見上の陽気な語り口は、
　　　ひたすら作品の内容が頭の中に気持よく入るように、読者が学びながら楽しめる
　　　ように、選ばれたものであることを見抜いて喜んでくれました。そのおかげで私
　　　は、軽薄なことにうつつを抜かしたという非難を、怖れずにすまそうと思えばす
　　　むのです。ところが、私の相手には、道理だけでは満足せず、古代ギリシャ・ロ
　　　ーマ人の権威と手本を持ち出さなければ心を動かさない人びとが多勢いるので、
　　　その点でも彼らを満足させようと思います。[427]

ここに表現されているコント観も、「第三巻」における「神父」の発言によるものと大差がない。「第二巻」に述べられていたようなコントに対する否定的な世論に反論を展開し、コントに肯定的な意義を見いだすことにより、「第三巻」との整合性を計ると共に自作を前

---

[427] Charles PERRAULT, *Contes en vers*, Préface, 1695. 翻訳は新倉朗子氏のものを引用させていただいた（新倉朗子訳、『完訳ペロー童話集』、岩波文庫、1982年.）。

184

もって擁護しているのであろう。ただし、「これらのいわばとるに足らぬ作品」という表現のように、コントの価値に対して一定の留保を加えていることには、ペローが「コント」を作ったということに対する、古代派からのあからさまな揶揄があったことが関連していると思われる[428]。このような留保の感情が、後年に発表されることのなる『サンドリヨン』や『青ひげ』などの八編の散文コントとそれに付随した「モラリテ（教訓）」からなる『コント集』を自作とすることなく、息子のピエール＝ダルマンクール作として発表させるに至ったことに繋がるのかもしれない。

　新旧論争におけるペローの主張は、古代派ボワローのように必ずしも一貫したものではない。『比較論』のように、十年にわたって書き続けられた作品においては、論争の展開を受けてその非一貫性はさらに顕著なものとなる。そもそも、ペローが、よくいえば、順応性に優れた作家であったことは指摘しておくべきであろう。新旧論争期にその議論の対象となり、自らも『女性礼賛』という詩を書き女性を擁護しその愛を受け入れることのない男性の末路の哀れさ（生涯未婚であったボワローのことを指していると思われる）を風刺した、「女性」という論点についても、1686年、『聖ポーラン』の巻頭に掲げられたボシュエに対する書簡において、後年ボワローが諷刺するのと同じく、女性の不徳を語っておきながら、『諷刺詩』「第十歌」をみるや、女性側に寝返ってしまうのである[429]。このような順応性はペローの特質である。ペローがはじめて作品を出版したのは、友人のボーラン、実兄のニコラおよびクロードの四人の合作になる『トロイの壁、またはビュルレスクの起源』(1653)という作品であった。これは『アエネイス』「第六巻」を下敷きにした、当時流行のビュルレスク作品である。さらに、ペローが実際に詩人として認知されサロンへ出入りするきっかけとなるのが、『イリスのポルトレ』と『声のポルトレ』（ともに1658年）という、これも当時流行であったプレシオジテ作品と言うべきものであった。ペローの「コント」についても当時のサロンにおける流行をいち早く取り入れた結果に他ならない。女性を批判していながらも、女性擁護に転向したことと共に、ペローの「コント」創作は、新旧論争においてサロンの女性の支持を取り付ける目的があったように思われる。

6．　書簡文学

　フランス文学史において、書簡が一つのジャンルとして認識されたのは十七世紀のことである。十六世紀後半から続いた宗教戦争が一端の終息を見、「サロン」と呼ばれる社交の場が形成されるとともに、リシュリューによって郵便制度の整備が進められたことが書簡というジャンルが発展した一つの要因であった。検閲制度を伴う国家のための情報統制戦略として進められた郵便整備は、十三世紀から続くパリ大学飛脚の特権が無効とされるこ

---

[428] ボワローによるエピグラム『Ｐ＊＊＊氏を讃えるピンダロス第一オードのビュルレスク風パロディー』 *Parodie burlesque de la première ode de Pindare à la louange de M. P**** (Nicolas Boileau, *Œuvres complètes*, p. 264.) など。
[429] Charles PERRAULT, *Saint Paulin, A Messire Jacques Bénigne Bossuet*, 1686.

とによって、1643年に全ての通信が国営で行われるように整備された。

　郵便制度とともに書簡の交換が活発したことは事実であるが、この時代の書簡文学の代表的作家と考えられる、ゲ＝ド＝バルザック Jean-Louis Guez de Balzac(1597-1654)およびヴォワチュール Vincent Voiture(1597-1648)の作品は、一般的に考えられるような「書簡」とは異なっている。彼らによる「書簡」とは、発表を前提に書かれたものであり、純粋な私信とは一線を画する。当時盛んであったサロンにおいて朗読されることを前提とし、その形式として「書簡」という様式が選択されたのである。十七世紀前半の書簡文学は基本的に発表を前提として書かれたものであり、彼らに続くビュッシー＝ラビュタンやサン・テヴルモンにしても同様のことがいえる。

　十七世紀の書簡文学において最重要の作家と考えられるのが、セヴィニェ夫人 Sévigné, Marie de Rabutin-Chantal, marquise de(1626-1696)である。シャプランやメナージュに師事し文学に親しんだ。十八才のおりにセヴィニェ侯に嫁いだが、二十五才にして未亡人となり、残された子供たちの教育に専念することになる。愛情を注いだ子供のうちのひとり、フランソワーズ＝マグリットはグリニャン伯に嫁ぐことになるが、パリを離れて夫の任地であるプロヴァンスに発たねばならなくなる。以降、最愛の娘に対して基本的に週に二回ずつ書簡を二十年以上にわたって送り続けることとなる。

　バルザックやヴォワチュールと異なり、セヴィニェ夫人の書簡は公開されることを前提として書かれたものではない。あくまでも「私信」とであり、彼女の生前にはこれらの書簡が知られることはなかった。その一部分が初めて出版されるのは死後一年を経た、『比較論』「第四巻」が発表される1697年のことであった。古代派の排斥するオペラに関して「私はオペラの全てを讃える」[430]と書き、ボワローの仇敵であったシャプラン、古典主義者であったがボワローとはそりが合わなかったメナージュに師事していたことは、セヴィニェ夫人が近代派に近い立場であったことを思わせる。しかし、その書簡が世間に知られるようになったのは新旧論争よりもあとのことであり、近代優越の論拠に打って付けの本作は、『比較論』において言及されることはなかった。

　「第二巻」において論じられる「書簡」作家は、バルザックとヴォワチュールである。

　サント＝ブーヴが、「バルザックは散文にこれを適用することによってマレルブの作品を完成させたという名誉を得る」[431]というように、ゲ＝ド＝バルザックは、マレルブがフランス古典主義における韻文の約束の確立者と見なされるように、フランス古典主義散文を確立した作家として捉えられる。マレルブがその韻文理論について著作を残さず「デポルト注解」においてその思想を汲み取ることが出来るように、バルザックもその主著『手紙』 Lettres(1618-1654)においては、郷里アングレームの見聞が書き連ねられるのみで、その理論はその形式や弟子のひとりであるオジエ François Ogier (1597頃-1670)が書いた『弁明』 Apologie(1627)に読みとらなければならない。当時、「バルザックのように話す」という表

---

[430] Madame de Sévigné, *LETTRE CDLXIX A MADAME DE GRIGNAN*, A Vitré samedi pour dimanche en décembre 1675.
[431] Charles-Augustin Sainte-Beuve (1804-1869). *Port-Royal.* 2 / Sainte-Beuve, p.57.

現が存在するほど模範として重用されたものの、マレルブが「ポール＝オー＝フォワンの人足」に聞くべきだと言ったように、誰にでも理解されうる文体と語彙における簡潔さを旨とするその「雄弁」は、神父＝ペローが「若い頃バルザックがこの文彩（誇張法）を少し使いすぎたのは事実ですが、最後の作品群においては、これはずいぶん改善されました」[432]と批判するように、必ずしも古典主義に適うものではなかった。しかし、ボワローも新旧論争においてペローに反駁した『ロンギノス考』「第七考察」において、「彼（バルザック）は実際に素晴らしい才能を持っていた。彼ほど言語について知悉していた人物はなかったし、言葉と文章の韻律の特性を理解した人物はなかった」[433]という評価を与えておりのちの古典主義を準備した人物として捉えるのが妥当であろう。

　ともかく、バルザックにとって「雄弁」とは、控えめで簡素なものであるべきであった。

　　　　　　真の雄弁とは公共広場のおしゃべりに似ても似つかず、その文体はギリシャ人
　　　ソフィストの大げさな俗語とも大きく隔たっている。[434]

「散文の立法者」とも見なされていたバルザックについて、神父＝ペローはどのような見解を示すのであろうか。後述するヴォワチュールに比べ言及も少なく、「少しの手直しする必要」があるというように、あくまでも「雄弁」の先駆者といった扱いでしかない。

　　　　　　しばらく前から評価しない傾向にありますが、当時の喜びであり未だに心地の
　　　よい作品をバルザックはどれほど作ったでしょうか。正直にいいますと、若いと
　　　きに彼の書いたものは、すこし手直しする必要があるでしょうが、それにしても、
　　　多くの精神と彼に特徴の表現の高貴さが存在しないものはひとつもありません。
　　　好きなことが言われていますが、われわれの韻文と同じように耳を喜ばせる散文
　　　の美しい音と調和は彼のお陰であります。文章に韻律を与えたのは彼であり、そ
　　　の威厳ある数が最も大きな美しさを作ったのです。[435]

「しばらく前から評価しないとう傾向があります」と評価されるバルザックとくらべ、「第二巻」において、ヴォワチュールはより多く語られる。彼はしばしば、バルザックの後継者と見なされることがあるが、生年はバルザックと同年である。文人として登場する時期はバルザックとそれほど変わらないながら、最も評価されるべき「書簡」の多くが四十年代に書かれていることが理由となっているのであろう。「自然さ」を基調とする彼の書簡は、ランブイエ館を中心とする社交界で愛されることとなる。バルザックよりも文体に作為がないことから、書簡作者としての名声はヴォワチュールに移ることとなった。ヴォ

---

[432] *Parallèle*, II, p.156.
[433] Nicolas Boileau, *Œuvres complètes*, p.525.
[434] Jean-Louis Guez de Balzac, *Œuvres divers 1644*, éd. Roger Zuber, 1995, pp.159-160.
[435] *Parallèle*, II, pp.154-155.

ワチュールの書簡は、『比較論』においてペローが賞賛するとともに、ボワローを筆頭とした古典主義の批評家にも受けの良いものであった。ボワローも『諷刺詩』「第九歌」において、「ところでお前は知らぬのか畏れも多きこの山で / 頂上極めぬ奴ばらは真逆様にころげ落ち / ホラチウスやヴォワチュールに肩を並べるどこでなく / ピュール師ともども泥の中這いずりまわるということを」[436]と、ホラチウスと同格の者としてヴォワチュールを見なしている。バルザックが比較的早く評価を下げてしまったのに対して、社交界の趣味に合致していたヴォワチュールの書簡は、十七世紀の書簡というジャンルを代表する作家として認められるだけでなく、「自然さ」を基調とした十七世紀古典主義文学における散文の模範として認められるようになった。

　セネカやプリニウス、キケロに比してヴォワチュールをひときわ評価する騎士に対して、神父＝ペローおよび裁判所長官は、ヴォワチュールが優れた散文作家であるということに異論はないようだ。

　裁判所長官が最も評価する小プリニウスの書簡に関して、神父＝ペローも高い評価を与えている。では、プリニウスとヴォワチュールの差異はいかなるものであろうか。それは、さまざまな作為を取り除いた「自然さ」という要素である。

　　　正直にいいますと、プリニウスの書簡は優れていますし、これ以上に激しく感動させるものはほとんど古代にはありませんが、多くの場所に見せかけがありすぎて、巧く語ろうとする大きな欲望が読者を憤慨させますし、彼の高尚な文体よりも、考えること無しに楽しませるヴォワチュールの自然で寛いだ技法のほうが好まれることを確信しております。[437]

散文におけるヴォワチュールの自然さを評して、神父＝ペローは次のように語っている。

　　　裁判所長官：　ヴォワチュールの中に輝かしい何かがあることには同意いたします。
　　　神父：　それは確かにあります。それは対句や言葉遊びから来るものではない真の輝かしさであり、自然にその題材の内部から来たものであります。彼が考えているものの中に過ちはなく、彼は首尾一貫して推論し、些事に至るまで全てに根拠があるのです。[438]

セネカの問題点はまさしくこの「自然さ」にあると、ペローはいう。

　　　文体は全体的にあまりに華美であり、扱われる題材の過度な不均衡さと同じく、

---

[436] *Satire*, IX, 25-28. 守屋訳、『諷刺詩』, pp.136-137.
[437] *Parallèle*, II, pp.146-147.
[438] *Ibid.*, II, p.145.

疲労を感じさせます。セネカは、もちろん、かつて存在したもっとも美しく偉大な精神です。しかし、過度に飾りたててばらばらで、過度な断片によって細切れになっているのです。[439]

　一方で、キケロにおいてはセネカに欠けている自然さが存在しているとペローは考える。良いラテン語を学ぶ者にとっては最適の教材である、という古代人のうちでは最高の評価を与え、ラテン語の模範として十全な性格を有していながらも、それをフランス語で模倣することは困難なことではないという。

　　　実際には、その模範は模倣するのが難しいものではなく、関連する問題について自らを話しながらキケロと同じくらい常識的で優雅に書き、良いラテン語で表現されたのと同じくらい良いフランス語で表現する無数の人がいます。[440]

　書簡以外のキケロの「雄弁」に関しては、このとデモステネスを論じたあとに議論され、ここで詳細にその優劣が表明されることはない。

　詩の領域でマレルブが行おうとした純化作業を、散文においてはバルザックが行い、文法においてはヴォージュラ Claude Favre de Vaugelas(1585-1650)が行ったことはよく指摘される。最後に、ヴォージュラに関して少し述べておきたい。

　サヴォワ公国出身であったヴォージュラは、パリに出てランブイエ夫人のサロンをはじめとする上流社交界に出入りした。このサロンや宮廷での観察をもとに、『フランス語覚書』(1647)を発表し、発音や語彙などについてフランス語のあるべき姿を説いた。ヴォージュラによれば、それは「良き慣用」によるものである。いずれにしても、ヴォージュラは、理想的な社交界人とされたオネットオムの言語を定義し、自然さと簡潔さを旨とする古典主義的なフランス語を確立する道を開いたといえるであろう。現代の文学史家には高く評価されるヴォージュラであるが、『比較論』におけるその扱いは、今日ほど良いものではないことは指摘しておくべきであろう。ヴォージュラが『比較論』において言及されるのは二カ所しかない。いずれも「第二巻」においてであり、一つ目は、フランス人が古代ギリシャ語やラテン語などの、母語以外の言語を真に理解することの難しさを神父が説く場面で、外国人であってもほぼ完璧にフランス語を話し、それを論じることまでしたサヴォワ公国出身のヴォージュラが、裁判所長官の判例として引き合いに出される。また、デカルトが「方法」を提案し、その哲学においても「方法」に準じて論じていた一方で、アリストテレスに関して、「彼は極めて教養がありましたが、他人に教えることを自分で実行することができませんでした」[441]と神父は述べる。これに関して、騎士は「アリストテレスはヴォ

---

[439] *Ibid.*, II, p.148.
[440] *Ibid.*, II, pp.149-150.
[441] *Ibid.*, II, p.58.

ージュラのようなものです」[442]と切って捨ててしまう。ただし、この発言に同意できなかったのか神父はすぐに、ヴォージュラが自らの教えに背いていることは稀であることを述べている。いずれにしても、ヴォワチュールやバルザックほどの重要性をヴォージュラには与えていないことが確認できよう。

7.　デモステネスとキケロ

　神父＝ペローは既に「第一巻」において、「古代人作家がいうべきことと反対のことをいったときには、これは反語と呼ばれます。誤った格を使ったときには、代用と呼ばれ、十行や十二行の耐え難い余談は転置法と呼ばれるのです」[443]と、デモステネスやキケロが破格を用いていても賞賛されるのに対して、近代人がこのようなことを為せば非難の対象にしかならない「偏見」を批判していた。デモステネスおよびキケロが古代人最大の雄弁家であることは、ラ＝ブリュイエールは『カラクテール』「教壇について」において、

　　　　モオの・・・様と教父ブールダルウは、わたしにデモステネスとキケロとを想出させる。二人とも教壇の雄辯家中錚々たる人であるが、偉大なる模範たるべき運命をもつた。一方は悪しき批評家を生み、一方は悪しき模倣家を生んだ。[444]

と述べており、古代人の高名な演説者を挙げるおりにこの二人の名前が挙げられるのは通例であった。

　「きわめて忠実で正確な翻訳」によって比較するというように、デモステネスのテクストは、「第二巻」冒頭に予告されたように、「フランス語で」提示される。ここで例示されるのは『ピリッポス弾劾』の「第四演説」である。

　ボワローが、ロンギノス『崇高について』を「デモステネスは引き締まり簡潔であることで偉大であり、反対にキケロは拡散し広がっていることで偉大である」[445]と翻訳しているように、神父＝ペローの突破点はこの「簡潔さ」であった。

　　　　「雄弁とは豊富に装飾と共に話すことである」と言ったキケロが雄弁に与えている定義は、この演説の出だしには適当ではなく、これほど無味乾燥で飾り気のないものはありませんし、ちょっとした雄弁の表現や、少しは格調高い演説で必要な文彩である隠喩の一つすらありません。[446]

---

[442] *Ibid.*, II, p.58.
[443] *Ibid.*, I, p.24.
[444]　関根訳、『カラクテール（下）』、p.117.
[445] Nicolas Boileau, *Œuvres complètes*, p.360.
[446] *Parallèle*, II, pp.162-163.

このように神父=ペローがデモステネスを批判するのは、ボワローが賞賛した「簡潔さ」が度を超え、無味乾燥にまで達しているという点である。詩歌についての助言ながら「調子を更に整えよ技巧を凝らして単純に / 驕らず気高く虚飾なく気持ちの良いもの書き給え」[447]と『詩法』において勧められるように、古典主義において重視された理性的な簡潔さに関する論点については、ペローもボワローもその主張する点は変わりがない。デモステネスの演説にこれを認めるか、認めないかが争点となっている。ではデモステネスの「簡潔さ」と近代人の求める「簡潔さ」には差異があるのであろうか。神父=ペローは、二種類の「単純さ」が存在するとしてこれを金属に喩え次のように論じる。

　　　　小市民や村人や無知な人による子供の論理に見られるような、弱弱しさや貧弱さからくる単純さであり、その論理はありふれた考えの連続でしかなく、更にありふれた表現によります。もう一つの単純さは力や豊穣さから来て、多くを考えてほとんど話しはせず、社交界の良い習慣を幸福な天才に加えて、あらゆるものの高貴な考えを作り、真実と共通して極めて正当で正確な表現に閉じこめる才能を持った厳粛な人の論理におけるものであります。[448]

と述べ、デモステネスの単純さは、長年金のように崇拝されてきてはいたが、錆を落としてみると銅や真鍮くらいの価値しかないとまで神父は断言する。
　一方、キケロに対する評価は、デモステネスよりも高いものとなる。『ウェレス弾劾演説』*In Verrem*(70)を例に挙げ、デモステネスからキケロまでに存在する三百年の時間を理由に優越性を述べる。近代人が古代人に対して必然的に優越するように、ル=ブランがラファエロに優越するように、ローマ人の雄弁がギリシャ人の雄弁に勝ることは、ペローのこれまで論じたことから鑑みれば当然の帰結である。

　　　　正直にいいますと、キケロを高く評価しております。デモステネスに対しては、彼は近代人でありますから、彼の行っている仕事についてより多くのことを知っていました。更に、知識があり育ちも良く、巧く言うという技術において多くの新発見が為された時代に彼は生まれたのであります。この二人の演説者の差異を理解するためには、ウェレスに対して書いた第二の演説を読むだけで良いのです。ここでは、シチリアにおいて、多くの優れた彫刻作品に対して彼が働いた窃盗を非難しております。[449]

しかし、キケロの雄弁にしても、十七世紀のフランス人から見れば当然乗り越えられてしまうべき存在である。キケロの持っていた天賦の才能は評価するものの、時間の要素を

---

[447] *Art Poétique*, 101-102. 守屋訳、『詩法』, p.48.
[448] *Parallèle*, II, pp.174-175.
[449] *Ibid.*, II, pp.184-185.

考えれば、「我等が生きているこの時代に汝（ホメロス）を生んだとすれば、/ 汝が生まれた時代のせいにされている数多の欠陥は / 汝の上品な作品を冒涜することはないであろう」[450]と『ルイ大王の世紀』に歌われているように、彼の雄弁はより素晴らしいものとなったであろう。ペローの主張はここでも一貫している。

「第二巻」におけるキケロ批判は手が込んでいる。『比較論』全四巻を通じて、裁判所長官と神父の議論により、たとえば演劇であれば、近代人はモリエール、古代人はアリストパネスを代表とし実例や引用を交えて近代人の優越性が証明されるという手順を踏む議論が、ここでは少し異なっていることを指摘したい。つまり、神父は持論を展開しない。実質的には、「建築」や「絵画」など他で述べた持論の言い換えに過ぎないが、タキトゥスの引用をもって神父＝ペローはキケロを批判するのである。

タキトゥスによる『雄弁家についての対話』*Dialogus de Oratoribus* が、『比較論』とよく似た構造を持っていることはすでに「第一対話」を論じたおりに述べた。

そもそもペローはタキトゥスに親しみを持っていた。『回想録』において、少年時代の思い出として、「わたしたちは、ウェルギリウス、ホラチウス、コルネリウス・タキトゥスやそのほかほとんど全ての古典作家を読み、いまでも持っているがその抜粋を作った」[451]と述べるように、ラテン作家の内でも特に親しんだようだ。

キケロのみを崇め、当代（ウェスパシアヌス帝政期）の雄弁家を蔑ろにすることに不満を持つ近代派アペールは、次のようにその「偏見」を批判する。

> 今日の雄弁がキケロのものと異なるとしても、この二つの雄弁は二つとも良いものではありませんか？演説の形式やジャンルは時とともに変化します。ガイウス・グラックスは古いカトーよりも豊かであり、クラッススはグラックスよりもより正確で飾られています。キケロは他より簡潔で磨かれ高揚しています。コルウィヌスはキケロよりより甘美で節度があり、用語法は練られています。わたしは誰が一番雄弁であるか検討しませんが、雄弁の相貌が常に同一ではなく、あなたがたが古代人とする演説者にもいくつかの種類があることを証明するので十分でしょう。雄弁は他の良いものと異なっても必ずしも支障はありませんし、違ったふうに判断すれば、古代のものにしか尊敬が払えず新しいものを毛嫌いするのは、人間の不正な意地悪さの結果なのです。カトーよりもアッピウス・ケクスを何人かが賞賛していることを疑うことが出来ましょうか。過剰で高ぶり、力みすぎアッティカ風の機知がないと、キケロでさえ非難する人がいるのは確かであります。[452]

ローマ帝政初期においてすでに「新旧論争」は存在した。『弁論家についての対話』にお

---

[450] *Siècle*, 114-116.
[451] *Mémoires*, p.111.
[452] *Parallèle*, II, pp.202-203. 翻訳はペローの引用する出典不明の仏訳に依った。

いて既に、ペローが論じている古いものに対する過度の崇拝からくる「偏見」という観点が述べられており、このような議論は古来繰り返し行われてきたことが理解できる。様々な雄弁家の作風を比較することはペローと同じであるものの、タキトゥスはその文体の違いから来る差異にも言及しており、近代の優越という論点を曲げることのないペローと比べ、個々の趣味の違いを認めていることから幾分の柔軟性をもった考えが提示されている。

　いずれにせよ、ペローの代弁者たる神父がこの引用を行った意図は、裁判所長官のキケロに対する偏見をうち砕くことが目的であったのは明確であろう。しかし、キケロについてのみ、代弁者が持論を述べずタキトゥスの引用に仮託して自説を示唆したのはどのような理由があるのであろうか。ペローの意図は明白ではない。ただ、古代人、とりわけタキトゥスという第一級の作家の作品においてすでに「新旧論争」が行われており、キケロの権威に対する異議申し立てが行われていることを示すことにより、古代派の反論を効果的に封じ込めようとする意図は存在したと思われる。

8.　説教

　デモステネスやキケロの雄弁に匹敵する、近代人の手になる「雄弁」とは、どのようなジャンルになるのであろうか。古代民主制とは異なる政治体制をもつフランスにおいて、民衆に語りかけ説得する弁論術は馴染みの薄いものとなってしまっていた。信仰に基づく「説教」というジャンルがそれであった。

　十七世紀は説教が一個の文学ジャンルとして認識された稀な時代であった。反宗教改革を機縁にして、カトリック教会はその権勢を盛り返さんと説教および説教師を利用した。ジャンセニストはその教義から説教よりもむしろ著作に専念したことから、このジャンルにおいて重要な位置を占めることはないが、オラトリオ会およびイエズス会は重要な説教師を多数輩出することになった。ニコラ・コエフト Nicolas Coeffeteau(1574-1623)、ジャン・ピエール・カミュ Jean-Pierre Camus(1584-1652)、ヴァンサン・ド・ポール Vincent de Paul(1576-1660)、クロード・ド・ランジャンド Claude de Lingendes(1591-1660)などの説教の実践を通じて、六十年代に至りいくつかの理論的著作が発表されることにより、説教による雄弁は最盛期を迎えることになる。リッシュスルス Richesource による『説教壇の雄弁または説教師の修辞』 *L'Eloquence de la chaire ou la rhétorique des prédicateurs*(1662)やド・オートヴィル Nicolas de Hauteville(1600-1660)による、『うまく論じる技術』*L'art de bien discourir*(1666)などの理論的著作が現れた。説教をいかに行うべきかという理論が整理されるとともに、ペローが近代における説教の最高点と考える、ボシュエ、ブールダルー、フレシエというという三人、または言及がないながらも三人に劣らずの名声を誇ったマスカロン Jules Mascaron (1634-1734)が現れ頂点を極めるのがこの後のことである。「第二巻」の巻末に古今の雄弁を比較するため、上述した古代人の作品とともに、ボシュエ、ブールダルー、フレシエの三人の説教師の演説が収録されている。

ペローが『比較論』を書いた九十年前後において説教というジャンルは、純粋な信仰を持つ信者にのみ語りかけられ評価されるものではなく、ペローが名を挙げるボシュエやブールダルー、フレシエなどの大御所を除けば、信仰から離れ、ある種の「見せ物」として機能していた。説教が大多数の人を集め、その評価が説教師の名声を決定し出世の手段となった時期は、十七世紀以外には見いだすことが出来ない。ラ＝ブリュイエール『カラクテール』「教壇について」においてこの傾向を苦々しく批判する。

　　　　ヤソ教の演説は今や一つの催し物になつた。その魂ともいふべき福音書的荘重はもうそこには認められない。それは、容姿風貌のよさ面白さや、聲の抑揚や、身振りの巧妙や、措辞の選擇や、長い引用などによつて、取つて代られた。人はもうつゝしんで聖なる御言葉をきいてはゐない。それは數ある慰みごとの一つなのである。それは張りもあるし張り手もある一種の賭け事なのである。[453]

　「偉大な雄弁」は「社交的な雄弁」に地歩を譲っていた。この傾向は説教だけでなく、追悼演説にも見られた。

　　　　所謂弔辭なるものは今日ではたゞ、それがキリスト教的な演説からかけ離れゝば離れるほど、換言すれば瀆聖的頌讚に近づけば近づく程、多くの聽衆によろこびきかれるのみである。[454]

　ペローよりも一歳年長のボシュエは、ヴァンサン・ド＝ポール Vincent de Paul (1581-1660)の指導の下、司祭になった。それまでに著作や説教を行っていたものの、有能な説教師として名を挙げるのは七十年前後のことであり、ペローはこのときコルベールの配下の官僚として大きな権力を握るに至っていた。1669年の『アンリエット＝マリー・ド・フランスの追悼演説』と翌年の『アンリエット・ダングルテールの追悼演説』により、名声はとみに上がることになった。ペローと対照的に八十年代に入ってもその権勢は高く、「モーの鷲」としてカトリック教会を擁護するとともに、絶対王政の理論的支柱となりフランス教会、ガリカニスムの最大の擁護者として、プロテスタント、マールブランシュのデカルト主義、リシャール・シモンの聖書解釈、フェヌロンの静寂主義、さらには演劇と戦ったことは良く知られている。新旧論争においては、基本的には古代派の立場に立ちながらも、ペローとの良好な関係を保ち続けた。ボシュエは、福音書の簡潔さに則り、込み入った修辞を避け、決まったテクストに囚われずにあらかじめ梗概をメモ書きしながらも、聴衆の反応を見ながら自らの記憶を頼りに演説を行ったという。当時の評価は、ブールダルーやフレシエに及ばなかったが、要職に就くことにより七十年代以降説教を行う機会が

---

[453] 関根訳、『カラクテール』（下）、p.103.
[454] *Ibid.*, pp.114-115.

減ったことがその理由であった。

　「第二巻」の本文対話において、ボシュエの名前が引用されることはない。しかし、「第二巻」本文の末尾に付された付録において、上述の『英国女王の追悼演説（アンリエット＝マリー・ド・フランスの追悼演説）』*Oraison funèbre de la Reine d'Angleterre* の一部が引用されており、ボシュエに対して高い評価が与えられていたことがわかる。八十年以降、窮地に陥ったペローがボシュエに対して、『聖ポーラン』を捧げ、一定の賞賛を得ていたことは既に述べた。しかし、ジャンセニスムへの親近感を常に持ち続けていたペローにとって、ボシュエという人物は必ずしも全面的に賞賛できる人物ではなかったと思われる。これは、ボワローにとっても同様であり、古代派への理解を持ちながらも、『色欲論』(1694)においては、キリスト教徒だと自認する詩人たち、とりわけ、女性を貶めた『諷刺詩』「第十歌」を書いたボワローを、名指しすることはないながらも、偽りの信心家としてボシュエは非難した。

　上述したように、ボシュエの説教師としての名声は、その当時、今日の文学史で語られるほど高いものではなかった。むしろ、当代第一の説教師として名を馳せたのはルイ・ブールダルー Louis Bourdaloue(1632-1704)であった。イエズス会士として、1669 年から、王太子の教育係として説教から離れたボシュエの跡を襲い、当代一流の説教師として評価されるに至った。セヴィニェ夫人は、ブールダルーの演説に感銘を受けその熱狂を『書簡』に書き残している。ボシュエとの共通点もある。ともに演劇を攻撃対象としたことだ。アウグスティヌスが『告白』（「第三巻」「第二章」）において、演劇による風俗の乱れを指摘したように、典礼劇や受難劇が栄えた中世を除き宗教人がこれを敵視することは一般的であった。パスカルも、『パンセ』において「すべての大がかりな気ばらしは、キリスト教徒の生活にとっては危険なものである。しかし世人の考え出したあらゆる気ばらしのうちで、演劇ほどおそるべきものはない。演劇は情念のきわめて自然なまた微妙な表現であるから、情念を刺激し、われわれの心のなかにそれをかきたてる」[455]と書き残している。ブールダルーは、『偽善について』*Sur l'hypocrisie* において、『タルチュフ』を攻撃した。ボシュエにしても、ブールダルーにしても、説教という「雄弁」の性質から、キリスト教を第一とする意味では近代派に近い考えであるが、近代派が手放しで褒め称える演劇、とりわけオペラに関しては手厳しい。また、ブールダルーは、パスカルによる『プロヴァンシャル』のイエズス会批判に最良の反論を行った人物とされている。しかし、その名声ゆえ、ジャンセニストと近い関係にあったペローにしても、ブールダルーの演説は近代優越の根拠の一つとして引用せざるを得ず、『コンデ公追悼演説』*Oraison funèbre de Monsieur le Prince Condé* を「第二巻」の末尾に転載している。ブールダルーの名前が死後忘れ去られた原因について様々に考えることが出来るが、その一つとして、彼の説教の性質があると考えられる。ボシュエと異なり、即興を排し綿密に構成を行ったうえで語られた彼の説教は、教育することを目的としており、簡素かつ明晰なものであったといわれる。古典主義的・近代

---

[455] 伊吹武彦他監修、『パスカル全集』、第一巻、人文書院刊、1959 年、p.29.

的ともいえる彼の説教であったが、ボシュエのように即興を含んだ情緒的な躍動が欠けていたといわれる。

『テュレンヌ氏の追悼演説』*Oraison funèbre de M. De Turenne* が「第二巻」に収録されている、フレシエ Esprit Fléchier(1632-1710)は、南仏ペルヌの貴族の家に生まれた。司祭職に就いたあとパリに出て、コンラールやスキュデリー嬢、デズーリエール夫人などプレシオジテの社交人と交わった。ボシュエと共に、王太子の教育係に指名されることとなった。ボシュエと異なり彼の名声が高まるのは、この後のことで、1672年、モントージエ公夫人の追悼演説を行うことにより、説教師としての名声を得ることになった。

フレシエの演説は、プレシオジテの人々と多く交わっていたことから、厳格なボシュエの演説と異なり、優雅な性格から社交界の婦人たちに大変愛されることとなった。十七世紀後半における、説教師のうち最もペローに近い人物と考えることが出来るであろう。

彼の説教はその軽薄さゆえに、フェヌロンおよびラ゠ブリュイエールに非難された[456]。

口頭の演説における近代人の優越について、神父゠ペローが最初に引用するのは、意外なことにも「世俗」の演説であるル゠メートルのものである。アントワーヌ・ル゠メートル Antoine Le Maître (1608-1658)は、ル゠メートル・ド゠サシの兄であり、弁護士であったが、1637年にその職を捨てポール・ロワイヤルで最初の隠士となった。俗世間を離れてから行った雄弁に関しても高い評価が与えられているが、引用されるのは、『大法官セギエ氏による書簡を紹介することについての高等法院で行われた演説』« *Harangue prononcée au Parlement sur la présentation des lettres de M. Séguier, chancelier de France* »(1636)という世俗の演説である。

　　この演説が為されて五十年以上が経ちながらも、書かれたばかりのように、偉大な純粋さの中に文体が存在していることは注目すべきです。言語にいまだ蔓延っていた粗野、言葉遊び、対句、わけのわからない言葉、演説者や聴衆を当時魅了していた大げさで解りにくい話しぶりや当時の悪徳から、この卓越した人物は身を守っただけでなく、長い年月の後でしか慣例化しなかった説明するための完璧な方法を理性の力で先取りし、理解していたことは素晴らしいことであります。このまったく途方もない雄弁が、おそらくもっとも質の低いものの一つであります。これを名誉と財産で満たしてしまうという理由だけで、比類無い謙遜さでこの言葉の貴重な才能を諦めたことを考えると、このすばらしい人物について十分なイメージをつかむことが出来ません。フランスにおいて彼の功績がどのように評価されたにしても、いまだ十分には注目はされなかったのです。いずれにしても、この一人の演説者だけでアテネやローマの優れた演説者に準えるのをためら

---

[456] 追悼演説がキリスト教から離れてしまっていることを批判する、上記に引用した『カラクテール』の一節で批判されている人物はフレシエであるという（関根秀雄訳、『カラクテール』（下）、岩波文庫、1952, p.115.）。

うことはありません。[457]

　「第二巻」の出版時にはすでに五十年以上も過去に発表された、ル＝メートルの演説を、ペローは必ずしも手放しで賞賛することはない。半世紀も経た、しかもペローが近代優越の論拠としているキリスト教を題材にしない演説においても、古代人の演説者に勝っているという例示をしたい為だけに、ル＝メートルの演説は引用されているのであろう。まえに、雄弁の題材は優劣の論拠とするべきではないと論じた神父であるが、題材に関しても、古代人と近代人の間には大きな差異があると強調している。題材とはとりもなおさず、「信仰」のことである。

　　　しかし、われわれの説教師と古代の演説者の間には大きな違いがあり、古代人は人間や純粋に人間的な利益に対してしか話すことはありませんでしたが、われわれの説教師は神の側から、永遠の救済の側から話しており、告げられる真実に無限の尊敬を払うべき聴衆に語りかけているのです。[458]

　また、別の箇所では、

　　　聖人賞賛演説や追悼演説は、一方が古代人には知られておらず、他方はほとんど知られていませんでした。これらが賞賛をする技術を訓練し、かつてないほど頻繁に好都合に訓練するのに必要なものを雄弁にもたらすのです。[459]

と、論じることによって、ペローが最も重視する「文体」のみならず、雄弁の「題材」に関しても近代人は古代人を凌駕していることが主張されるのである。このように、「キリスト教」という優れた題材を扱う聖職者による「演説」は必然的に優れたものにしかなり得ず、ペローが近代の雄弁を主張する上で、決定的な論拠となるものであった。ボシュエ、ブールダルー、フレシエの三人の説教師を「第二巻」の巻末に収録しているが、ペローはこの三人のうち誰を最良の説教師と考えていたのであろうか。この問題を考えるに当たり、ペローが自分の意見ではないと否定している「騎士」の発言が参考になるであろう。騎士の役割にひとつとして、神父＝ペローよりも一歩踏み込んだ過激な発言を行うことがある。古代人の演説者が民衆を扇動し、身振り手振りなどの「文体」以外の演出を駆使して演説を行ったことを批判して、騎士は次のように行っている。

　　　裁判所長官：　われわれの優れた説教者はそのようにはせず、演壇でしきりに苦しんだり、古代の最も激しい演説者もしなかったほど、大きな音を立てると言

---

[457] *Parallèle*, II, pp.245-246.
[458] *Ibid.*, II, pp.267-268.
[459] *Ibid.*, II, p.255.

うことがないのでしょうか。

　騎士：　まさにそのような性質であった人をわれわれは知っております。無数の者たちが彼に駆けつけ魅了されましたが、わたしはまったく感動しませんでした。彼の説教に対してできる唯一の決断は、決して再びこれを聞きにこないということでありました。[460]

　この説教師が誰のことを指すかは判然としない。このような民衆を扇動し誘導する演説者を神父＝ペローは批判する。古典的な雄弁術における五つの要素の内、構想・配置・措辞を重視し、この三要素あとに想定された記憶・演出の二要素に関しては、近代人には必要ないものとして切り捨てている。

　　それでも、普段は声や身振りに節度があることが相応しく、非難や脅迫によって激しく攻撃をするよりも、愛と慈悲の言葉によって近づくほうがより容易く心に入ることが出来るのです。いずれにしても、ギリシャ人やローマ人は声や身振りにおいて激しさを好んでいたのですから、これらに関して余り繊細ではない趣味であったことを非難するだけでやめておきます。これらの演説者について非難しているのではありませんが、聴衆に従ったということは賞賛いたします。[461]

　と、神父が語るように、「演出」の要素は必ずしも必要のないものであり、重要なのは「愛と慈悲の言葉」という「構想」「配置」「措辞」であり、ペローによる別の用語を借りるのであれば「文体」なのである。その意味ではフレシエの演説は、ラ＝ブリュイエールが批判するようにブールダルーのそれに及ばないであろう。
　近代フランスが雄弁において、古代人に優越している理由はキリスト教という信仰によるばかりではなく、古代よりも様々な分野において「進歩」した環境にあると神父は指摘する。

　　旅に出て骨を折ることをせずとも、パリにいるだけで若い演説者が雄弁の勉強が出来ると思われますし、十分な紳士を作り出すことが出来ます。社交や会話によって瞑想や読書で得たことを磨き上げることが出来るのです。申し上げたように、修辞学の師匠をもつことは、雄弁に優れているものをただ単に聞きに行くよりも有益なことであります。美しい理由が主張されるのを若者が聞きにいったり、われわれの優れた説教師の説教や追悼演説に参加することはなにも問題のあることではありません。いずれにしても極めて有益であると考えています。[462]

---

[460] *Ibid.*, II, pp.266-267.
[461] *Ibid.*, II, pp.268-269.
[462] *Ibid.*, II, pp.274-275.

説教という分野を「第二巻」の最後にペローが置いた意図も見えて来るであろう。説教
とは、古代人の修辞学から解放されたものであり、キリスト教を持った近代人が一から作
り上げたものであるとの自負が見え隠れする。喜ばせ説得する術、というのが古代人の修
辞学の核心であったが、ラ＝ブリュイエールはこの異質の要素が混在した説教を批判した。

　ペローはここまでは厳格ではないが、「喜ばせるため」に演説者が過度の演出をする事を
諫め、信仰に理性的に導くことを求める点で、「説得させる」という点に重点を置いたもの
である。しかし、みずからの青年時代にプレシオジテに身を投じ女性を喜ばせる「ギャラ
ントリー」を「第三巻」で近代派の優越の根拠としているように、「喜ばせる」という信仰
以外の要素を多分に含んだフレシエを認めているように、キリスト教を第一としながらも、
文体上の演出を排除することはせず、むしろ近代派の優越の根拠とさえ考えた。

　「第二巻」の最後に、ペローは「雄弁」において近代フランスが優越している論拠を纏
めとして列挙している。膨大な分量ゆえに散漫となりがちな『比較論』であるが、「雄弁」
の優越を想定して書かれている一節ではあるものの、ペローもしくは近代派全般の論拠の
要点が唯一ここにおいてのみ纏められていると思われる。

　　　第一は、時であります。この効果はふつう芸術や科学を完成させ、よって数世
　　紀の経験ののち人間は概して雄弁になりました。同時に、何年もの研究ののち特
　　に個人はこれによって雄弁になりました。第二は、深化し正確になった知識であ
　　り、大いに検討し深く理解したので、これによって人間の心の底からより繊細で
　　鋭敏な感覚を得ることになりました。第三は、古代人にはほとんど知られていな
　　かった方法の使用であります。今日では話したり書いたりする人にはまったく親
　　しまれているもので、申し上げましたとおり、教え喜ばせ説得するという雄弁の
　　主要な三目的に至るために有益なものであります。四番目は、万人の手にあらゆ
　　る書物をもたらした印刷術であり、同時にあらゆる技術や科学の美しく最良で興
　　味深い知識が伝播されました。最も注意深く勉強熱心な古代人に対して、研究活
　　動や旅行、哲学についての文通がもたらした以上の助けを、ひとつの図書館が説
　　教者にもたらすのです。第五のものは、昔の人間が雄弁を用いるのにはもってい
　　なかった機会や必要の多さであります。彼らと共通で持っている弁論や演説、追
　　悼演説以上に、われわれには説教や聖人の賞賛演説があり、これは彼らにはなか
　　ったもので、雄弁が絶えずその大きな帆を広げる理由になっております。この美
　　しい技術が到達した完成の第六の理由は、古代において期待されたものよりも、
　　日々獲得されている信じがたい数の報酬があることです。帝政期や共和制期には
　　数世紀かかったもの以上が、一年で得られるのですから。[463]

---

[463] *Ibid.*, II, pp. 294-296.

9. 結論

　時ならぬ予定変更によって準備された「第二巻」であったが、科学技術の進歩のアナロジーによる知識・技法の蓄積を近代優越の根拠としていたペローにとって、「雄弁」は論じやすいテーマではなかったと思われる。古代人の政治演説や法廷演説と説教は、そもそもその内容も目的も異にしている。ペローは「措辞」のみを比較対象と考えることによって、その矛盾を回避しようと考えたが具体的にキケロや、デモステネスにおける「措辞」のどの点が、ボシュエやブールダルーに劣るのかはほとんど示されることがなかった。「雄弁」を「散文」に読み替えてみればそれは一層顕著なものとなる。トゥキディディスは歴史学的方法に従わないゆえに非難され、ティトゥス＝リウィウスに至っては理由も示されず「古代人」であるからと言うだけで、コルドモワやメズレーよりも下位におかれた。

　「信仰」の存在を近代人の優越の論拠にするとともに、そこに理性の介入を拒んだペローが、「限りなく不可知」である神の存在を「説得させる術」としての「説教」を近代人の成果であると主張することにはいささかの無理があるように思われてならない。

　雄弁についての記述は皆無ではないものの、論争相手のボワローはあくまでも「詩の立法者」であるとともに、ペロー、ボワロー両者とも元々は詩人としてそのキャリアを開始していた。「第三巻」においては、もっとも核心であったと思われる「詩歌」について論じられ、『詩法』で述べられた格率がペローの検討対象となるであろう。

第六章　『古代人近代人比較論』「第三巻」（詩歌）

第六章　『古代人近代人比較論』「第三巻」（詩歌）

1．導入

　ペローは、「第二巻」とともに「第三巻」を、『比較論』の議論において中核をなす最重要部分と考えていた。「詩歌について」と題された「第三巻」は、叙事詩や悲劇など「大ジャンル」と呼称され重視されたものだけではなく、寓話詩やコントまでも含み、「第二巻」が散文全般を範囲としていたように、韻文全体を論考対象にしており、「第二巻」とともに対話全体の最後部に論じられることが構想されていた。

　しかし、「第二巻」でも述べたように、種々の理由によって予定変更がなされ、明白な科学技術の優越性を論じたあとで、文芸におけるそれを扱うという順序が逆転をしてしまった。「第二巻」の「序文」においても、後悔の念が窺えた。しかしながら、趣味の範囲に属する詩歌や雄弁の優劣を判断することの困難さを認めながらも、「第二巻」については満足を示し、「詩歌」についても近代の優越性を証明する自信を覗かせる。

　　　　しかし、さまざまな動機によるといっても、困難の核心に至ることを望んでいる友人や敵を満足させることができないよりは、この利点を諦めることのほうを好んだのである。雄弁についてはうまくできたと誇らしく思うし、多くの人が乗り越えられるはずのない暗礁と感じて待ち伏せていたとしても、詩歌についてもやり抜けると思っている。これは読者が喜んで判断してくださることである。[464]

　詩歌について論考するにあたって、分量においても、「第一巻」、「第二巻」と比較しても、その倍以上に及ぶ分量を想定していた。「第三巻」に至り、ペローは古代派からの反論がより激しいものになることを予見していたのであろう、これまでにない周到さで準備に取りかかったことが見て取れる。結果的に長くなりすぎたことによって、比較が予告されるだけで「第三巻」は理論的な考察のみに留まることとなった。

　　　　この題材はきわめて広範で、作業しながらもわたしの手の中でそれは拡大し、たった一つの対話に閉じこめることは出来なかったので、二つにこれを分けるという解決を取らざるを得なかった。わたしはここに、「だれもが否定できないくらいに古代人の詩歌が優れているのならば、近代人は彼らにまったく劣らないし、多くのことで追い抜いてさえいる」と主張する理由を論じた。すぐに続く第二部においては、更に詳細に至り、古代人と近代人の最も美しい箇所に参照しながら

---

[464] *Parallèle*, III, Préface.

同じ命題を証明しようと思う。[465]

　予告されていた、古代人及び近代人の詩作品の具体的な比較という作業は、「第四巻」以降に回されることとなったが、1694 年夏にアルノーの仲介による和解が行われたことを主な理由として、一部が既に着手されていたと思われるこの計画も実現するに到らなかった。「第三巻」と「第四巻」の間に成された変更については後述する。「第三巻」において、ホメロス、ウェルギリウス、プラウトゥスやホラティウスなどが古代人として、モリエール、シャプラン、サラザン、コルネイユやボワローなどが近代人として扱われるが（詩人ペローはこの中に含まれることはない）、ほぼ全体の三分の一と最も分量が与えられているのがホメロスである。冒頭の三分の一もが『イリアス』、『オデュッセイア』の考察に使われていることは、ホメロスが古代人の中の古代人であり、「偏見」を第一にうち破るべき詩人であったからであろう。さらに、上に述べた予定変更が、過剰なホメロスへの頁数の割り当てという結果に影響を及ぼしているとも考えられる。

　「第二巻」が出された 1690 年を前後して、ペローの創作活動はにわかに活発化する。同年には、貴族による豪勢な狩りの幸不幸を描いてみせる八音綴詩『狩り』を発表する。また、現存する二つの劇作品のうちの一つ『フォンタンジュたち』や版画集『美術陳列室』を、翌年にはもう一つの喜劇『ウーブリ売り』そして韻文コントのひとつである『グリゼリディス』を発表している。「第三巻」が出版される 1692 年は、この二年に比べ多作な年ではないが、キリスト教叙事詩である『世界の創造』を発表している。

　いずれにしても、ペローが『比較論』の中核部分を成すと考えていた「第三巻」が出版されるまでのこの期間は、もはや六十歳代にさしかかり老境を迎えようとしながらも、きわめて活発に活動を繰り広げた時期と位置づけることができる。いずれの作品も多かれ少なかれ大課題となった新旧論争を反映していることを指摘したい。演劇作品や叙事詩については別の箇所で論じることから、ここでは『芸術陳列室』に関して述べる。

　正式なタイトルが『芸術陳列室、または芸術が描かれた天井画による版画集　絵画説明付』 *Le Cabinet des beaux-arts ou Recueil d'estampes gravées d'après les Tableaux d'un plafond où les beaux-arts sont représentés avec l'explication de ces mêmes Tableaux* は 1690 年に出版された。全四十二ページの小品であり、当時大法官であったルイ・ブシュラ Louis Boucherat (1616-1699) に献辞されている。タイトルからも想像できるようにこれに「アポロン」や「メルクリウス」、「ミネルウァ」など学芸を司る神々に加え、「雄弁」、「詩歌」、「音楽」、「建築」、「絵画」、「彫刻」、「光学」および「機械工学」を象徴する神々の描かれた扉絵を含んだ十一枚の版画が付属している。これらの絵画は実際にペロー家の部屋の天井に描かれていたという説があることをソリアノは紹介している。しかし、彼はこの説を否定し、ペローがコルベールの下で吏員としてヴェルサイユ造営に関わったおりに使用された草案を使用しているのではないかという異説を提案している。

---

[465] *Ibid.*

この説が正しいとするのであれば、数ある絵画の草案の中から、「雄弁」をはじめとするこれらのテーマを選択したのには意図があったのに違いない。これらの七つのテーマはすべて『比較論』において扱われるテーマである。「建築」、「絵画」及び「彫刻」は「第一巻」ですでに登場し、「第二巻」においては「雄弁」、「第三巻」では「詩歌」が論じられることがこの時点で予告されていた。「音楽」、「光学」および「機械工学」は「第四巻」で論じられることとなる。このようなテーマの選択からも、ペローの旺盛な創作欲が『比較論』という一大プロジェクトと連動し、ほかの創作にも多大な影響を与えていたことが指摘できよう。

　選ばれた版画のテーマだけでなく、これに与えられたテクストもその影響を大いに受けている。例えば、諸芸の冒頭に挙げられる「雄弁」の項目において、ペローは次のように述べている。

　　　極めて美しい主題に対して集められた団体（アカデミー）ほど、雄弁の完璧な
　　見解を出すことのできるものはありません。プラトン、デモステネスやホルテン
　　シウスなど、古代の偉大な演説者の作品はここにはありません。雄弁の神は彼ら
　　を愛し恩寵で満たしましたが、特別な人物として考えているのではありません。
　　アレクサンドロスやアウグストゥスの世紀に現れた古代の名声を失うどころか、
　　ルイ大王の世紀において美や輝き、華麗さにおいて多くをさらに増大させたこと
　　を自慢しようとしているだけなのです。[466]

　このように、ペローの主張は『比較論』とおおむね同一である。「詩歌」や「音楽」に関しても同工異曲であり、『比較論』で見られなかった論点が現れることはほとんどない。
　このように『美術陳列室』はテクスト面だけで考えると、『比較論』のダイジェスト版のような印象を持たざるを得ない。しかし注目すべき点もある。ペローは、「全体構想の説明」と題された序文において以下のように述べている。

　　　この構想を思いついた主な意図は、本世紀に敬意を表することであるから、こ
　　れらの芸術が古代に生み出した作品を描かせはしなかった。しかし、今世紀初頭
　　から生み出されたものはこれにはあたらない。「建築」の絵にパンテオンやコロッ
　　セオではなく、ルーヴルの正面、フォーブール＝サン＝タントワーヌの凱旋門を描
　　いた。「彫刻」にはアポロンやウェヌス、ヘラクレスはなく、ヴェルサイユの岩屋
　　の像や同宮殿の他の像が見られる。その他の絵に関しても同様に行われたが、古
　　代のすばらしい記念物に敬意を欠いているわけではなく、現在の世紀を愛し、そ
　　れが芸術に関してアレクサンドロスやアウグストゥスの時代に劣らないと信じて

---

[466] Charles Perrault, *Cabinet des beaux-arts*, G. Edelinck, 1690, pp.13-14.

いるからである。[467]

　注目すべきは、ここで言及されている近代フランスの芸術作品は、すべてペロー家の手によるものであることだ（少なくともペローはそのように主張している）。ルーヴルのファサードに関しては、その作者をペロー及び兄のクロードとすることには疑義が残ることはすでに述べた。フォーブール＝サン＝タントワーヌの凱旋門やヴェルサイユの岩屋もともにペロー設計のものとして、『回想録』にその記述が見える[468]。近代建築や彫刻の優秀さを論じるのに、自らの作品を引用するのは手前味噌を並べているようで違和感を覚えるところであるが、わざわざ、自作品のみを引用することにはそれなりの意図があったと考えるべきであろう。その理由の一つとしては、ルーヴルの作者をクロードもしくはシャルル・ペローと主張することに、各方面から異議が唱えられていた点をやはり挙げなければならない。新旧論争を展開する過程における新たな布石と考えることはできないであろうか。
　『芸術陳列室』における「建築」項目には、以下のような記述が見える。

　　　　ここにはフランスにおける近代建築のうち最も美しいものに功績のあった人の名前が書かれた。マンサールは、ヴァル・ド・グラースやメゾン城、フレヌ城などを建て、ル・ヴォーはヴェルサイユに着手しテュイルリーを完成させ、ル・メルシエはリシュリュー邸や、ソルボンヌを建て、ペローはルーヴルの主要ファサード、天文台、凱旋門、ソーの礼拝堂の計画を立てた。[469]

　ソリアノはここにペローのファースト・ネームが明記されていないことに注目している。この約十年後に書かれた『回想録』において、明示的ではないにしても、ルーヴルのファサードの設計にあたって、兄クロードは弟の書いた設計案を清書しただけであり、本来の作者はシャルル・ペローであるとも読みとれるこの箇所に注目し、ペローはクロード作とされているファサードの設計者を自らのものとして訂正するべく布石を打ったのだという。それには、クロードがこの二年前にすでに死去していたことも関係している。しかし、この指摘は不自然さを免れないであろう。ルーヴルはともかく、天文台や凱旋門の設計に関しては、『回想録』においてペローははっきりと兄クロードの設計に由るものであることを記録している[470]。『美術陳列室』に現れたペローという人物が同時に、シャルルとクロードを表しているという主張には無理があろう。むしろ、ソリアノが様々な箇所で指摘しているように、ペロー作品の「集団性」をみることのほうが妥当であろう。ルーヴルのファサードの設計を自分のみの手柄とすることなく、ペロー家全体の名誉と考え、これに対する疑義に対して強く反発したと考える方が妥当ではないであろうか。

---

[467] *Ibid.*, p.3.
[468] *Mémoires*, pp.199-201.および pp.207-209.
[469] *Cabinet des beaux-arts*, p.26.
[470] *Mémoires*, pp.144-146.

ともかく、1692年9月20日に『比較論』「第三巻」は印刷が完了した。舞台はこれまでと同様にヴェルサイユである。冒頭から論じられるテーマは「叙事詩」であった。

２．　ホメロス

　「裁判所長官氏は雄弁に関して負けてしまったと思っておられず、詩歌に関してはより有利であると主張されています」[471]、という騎士の言葉で「第三巻」は始まる。雄弁よりも詩歌の方が、古代人に勝ち目がないとの持論を持つ神父＝ペローに対し、裁判所長官は、

　　　さらに、今日詩歌というジャンルにいる何人かの素晴らしい才能についても、その作品が古代人に見られた水準にまで達することは決してないことを主張します。その理由はきわめて明白であります。物語や創作は偉大で高貴な詩歌の中でもっとも美しいものであるのは確かであり、さらに、この分野で古代人に互して楽しませるということは不可能であるのは確かであります。それは全ての創作や物語が彼らの時代には新しいものでありましたが、今日では使い古され、少なくとも優美さや目新しさがないからであります。近代人の何人かが試みているように、天使や悪魔を取り入れて、新しいものを考案しようとすることは、その創作が無益なものであり、さらには、真実や試練、悔悛のみを表すわれわれの宗教の厳格さには相応しくないとしか考えられないのです。[472]

と詩歌における古代人の優越性を主張する。「第二巻」において「雄弁」を定義することから議論が始められたように、ここでも「詩歌」とはなにかという定義付けがなされる。

　　　詩歌は心地よい絵画に他ならず、これは言葉によって想像力が着想できる全てのことを表すことで、常に肉体や魂、感情、生命を、これらを持たないものに与えるのです。[473]

　詩歌と絵画を同一視することは、ルネサンス以降の近代詩論、絵画論に多大な影響を与えたホラティウス『詩論』の「詩は絵のごとく」や、それに遡るシモニデスに由来するという「絵は黙せる詩、詩は語る絵」という言葉を受けた、古代派にも受け入れられた極めてありふれた定義である[474]。パスカルは『パンセ』において、「雄弁は思想をうつした絵画

---

[471] *Parallèle*, III, p.1.
[472] *Ibid.*, III, pp.6-7.
[473] *Ibid.*, III, pp.7-8.
[474] 『芸術陳列室』においてもペローは、詩歌を絵画という芸術ジャンルの相互依存について同様のことを述べている。「画家は自分の絵の配置を考えるとき、舞台や時間、行為の一致やその他共通した無数のことのために、詩人が自らの詩を構成する折りと殆ど同じ規則に従わなければならないことは間違いないのですから、絵画は音のない詩歌であるとの名前にふさわしいのです」(*Le cabinet des beaux arts*, p.28.).

である」[475]と「雄弁」についても絵画へのアナロジーを適用する。

> いずれにせよ、雄弁においては説得させることであるように、詩歌で肝要なことは喜ばせることであるといいたいのです。[476]

ボワローが『詩法』で、「気に入られたり感動を与えることが肝要だ／吾人の心を引きつける手立てを工夫するがよい」[477]述べるように、詩の目的が「喜ばせることにある」と定義することも、古代人とともに古代派にも共通する考え方である。ここでのペローの詩学も、ボワローが『詩法』を通じて擁護したものと何ら変わりがないのである。そのような目的を持った詩歌において、近代人が古代人に勝っているのは、古代人が使用することのなかった信仰に基づく登場人物、たとえば天使や悪魔などを使うことができるという側面とともに、建築や絵画、雄弁においてもそうであったように「時間」の要素が大きい。パスカルやベーコンが論じた「古代幼年説」がここでも再び繰り返される。

> 詩歌は古代人の間では未だ幼年時代でありましたので、最終的な完成に導かれるのに多くの物事を必要とする極めて美しい技が、生まれたばかりの時にそこまで到達していたというのは道理に合いません。それほど困難ではない他の技が数世紀の後でしか最初の粗野さから抜け出せなかったのですから。[478]

自然は変化しない。フォントネルがいうように、どんな時代であれ木々の大きさは変化しない。どの時代にでも天才は生み出されるが、時間により蓄積された人間の技がその進歩に大きく寄与しているのである。人間と自然、精神と肉体を峻別した上で前者に重点をおくデカルト主義の影響を受けている。ホメロスの問題点として、神父＝ペローは次の四点を指摘する。

> それは、主題、風俗、思想、措辞であります。最初から究極の完成に到達できるものはないのですから。ホメロスはわれわれと比べれば、既に指摘したとおり、世界の子供時代を生きました。彼は詩歌に関わった最初の人物の一人であり、彼が自然からどのような天才を受け取っていたのかということを示すのに苦労はないでしょう。彼はおそらくかつてない広大で美しい精神なのですから。しかし彼は極めて多くの間違いを犯し、彼に続く詩人たちは、才能は劣るものの、後の時代にこれを改めました。『イリアス』と『オデュッセイア』の主題を検討する前に、二十四巻の『イリアス』と二十四巻の『オデュッセイア』を作った、ホメロスほ

---

[475] 伊吹武彦他監修、『パスカル全集』、第一巻、人文書院刊、1959年、p.36.
[476] *Parallèle*, III, p.10.
[477] *Art Poétique*, III, 25-26.
[478] *Parallèle*, III, p.23.

ど有名な人間がこの世に存在しなかった、と多くの優れた批評家がいっていることを指摘しておくのがよいと思います。[479]

　以上のように、ホメロスのみならず、近代人が古代人に優越する理由はこれまでに述べられてきた論拠と同様である。ペローはここでいわゆる「ホメロス問題」を取り上げ、全体の構成すなわち「措辞」の規則が守られていないことについて言及する。「措辞」は「雄弁」においても最重要の要素であり、理性的に「説得」するためには欠かせないものであった。

　　でも、『イリアス』と『オデュッセイア』が寄せ集めに他ならず、一つに集められた様々な作者のいくかの短い詩の集合であると（古代人の批評家は）いっております。このように彼らは説明をしております。この偉大な詩人が生きた時代には、トロイの包囲戦のお話はあらゆる詩人が取り組んだ主題であったといいます。毎年、これを題材にした二、三十の短い詩が現れ、これを最も良くまとめた者には賞が与えられました。この作品の中で最良の所を組み合わせ、整理整頓して、われわれが読むような形にして、『イリアス』と『オデュッセイア』を作った人々が後に登場したことが指摘されています。[480]

　ラプソドスという語り部によって伝えられてきた口承文学に起源を持つ二大叙事詩の作者「ホメロス」をいかに捉えるかという「ホメロス問題」[481]は、紀元前三世紀以降アレクサンドリアの文献学者を中心に始まり、これを近代世界に紹介したペトラルカに受け継がれ、ルネサンスの人文主義者によって再び蒸し返されたテーマであった。裁判所長官が主張する、「ホメロス」という一人の盲目の詩人が両作品全てを作り上げたとする素朴な説は現在支持されないが、誰が、いかにしてこれを作り上げたかの研究が現在においても続けられている。古代アレクサンドリアの議論において既に、『イリアス』と『オデュッセイア』の作者が全くの別人であるという説を唱える「分離論者」という学者がいた。ペローがいうように、トロイ戦争の時代からホメロスの時代までに五百年の歳月が流れており、既に様々に準備された先行する作品が存在したことが分かっている。線文字Bが廃れギリシャ文字が導入される間、いわゆる「暗黒時代」に、これらを「ホメロス」という才能ある詩人がまとめ上げ、アテナイ全盛期の紀元前六世紀頃に文字化されたとする説明は、古代人のあいだで相当の論争を巻き起こした。個々の複雑な論争はさておき、このような「ホメロス問題」を、始めから文字を伴って創作された『アエネイス』とは決定的に異なり、ホメロスに優越する有力な理由として、神父＝ペローが考えていることが重要となる。

---

[479] *Ibid.,* III, pp.32-33.
[480] *Ibid.,* III, pp.33-34.
[481] 以下、「ホメロス問題」については、松本仁助他編、『ギリシア文学を学ぶ人のために』、世界思想社、1991年、pp.11-26.を参考にした。

多くの翻訳家が主張するように、ギリシャ人の栄光を描くためでしたら、申し上げましたとおり、この詩の中にはトロイの占領を入れるべきでありました。これがなくては、包囲して彼らがなしたことは極めて小さなことでしかありません。賞賛すべきギリシャ人にとっては極めて名誉である、この町の崩壊を排除した理由がまったくわかりません。べつの人が望むように、アキレスの勇気と怒りを目的としていたのであれば、ウェルギリウスがトゥルヌスの死で終わらせているのと同様に、ヘクトルの死で終わらせるべきでありました。トロイ人に対するギリシャ人の戦争と、トロイ包囲戦の間に起こる様々な出来事を描くことのみをホメロスは意図していたのであると確信しております。アエリアヌスのいうように、すべてが部分部分、断片断片で互いに独立しており、『イリアス』の二十四巻の配置に関しましては、彼以降の人々の作業であり、これを一緒にまとめることが出来るように、明らかに存在した祈願や題目をそれぞれの巻から取り除き、第一巻だけにこれを残したのであります。「ペレウスの息子、アキレスの怒りを、女神よ歌い賜え」という第一巻の言葉は、第一巻にしか適当ではありません。他の巻はこの怒りについてほとんど触れていないからであります。さらに、この祈願や題目やらは『イリアス』のように大きく広大な詩のために用いる規模の物ではなく、第一巻のみの巻頭に用いるのにちょうど良い大きさであることを指摘いたします。ですから、この詩の全ての歌や巻を別々に賞賛してほしいのです。これらは機知や魅力のほとんどを含んでいるからであります。しかし、物語の美しい構造や構成は見いだすことが出来ませんので、賞賛を与えることは全く出来ません。[482]

　『イリアス』においてトロイの崩壊が描かれずに、ヘクトルの葬儀を以て全二十四巻が終えられていることを典型とするように、口承文芸を起源とする故に「部分部分、断片断片で互いに独立して」いることは、近代人には見られない作品の決定的な瑕疵であると主張する。

　「第三巻」冒頭でこのように古代英雄叙事詩に関する概略的な議論が戦わされたあと、『イリアス』および『オデュッセイア』について一巻ずつ、文体、構成、風俗など、ホメロスが犯したと神父が見なす過ちについて事細かに論じられる。古典古代の高度な知識が必要とされる煩瑣な議論の詳細については控え、近代人には見られない過ちであると神父＝ペローが考えるホメロスの「長い尻尾つきの比喩」に付いて述べておきたい。「エピテトン」と呼ばれるホメロスに特徴的な付加形容辞の存在は、近代派ペローにとって、上に述べた知識や技術の集積を伴う時間の要素とともに、近代派優越の根拠となるものであった。

　　この詩人は、詩作を簡便化する為に、詩句を豪華に快適にする様々な長さの形

---

[482] *Parallèle*, III, pp.44-46.

容辞を、あらゆる英雄や神々に施すことから始めました。アキレウスは神々しく、神の一人であり、神に似て、綺麗なブーツを履き、綺麗に髪を結い、軽い脚を持っています。これらはすべて話題自体ではなく、詩句を終えるために埋めるべき残りの場所の多寡によっているのであります。ユノーは牛の目をしており、白い腕をしていて、ユピテルの妻で、サトゥルヌスの娘である。これらは詩作の必要に従っているのであって、彼女が関与する事件に対応しているのではまったくありません。大抵は、無駄で無意味な形容辞は話されている出来事に合致しないだけでなく、完全に対立しているのです。たとえば、速い足のアキレウスは、船の奥で動かなかったと語られたり、笑いを愛するウェヌスは悲嘆の涙を流していたと語られます。乞食の中でも最も醜いイロスの母親には、アキレウスの母親テティスと同じく、敬うべきという形容辞が与えられます。これは形容辞が詩句を装飾しており、母という言葉が加わると、いかに作るのが困難な詩句の部分も首尾良く終わるのであります。[483]

　このような形容語句の存在は、神父＝ペローが指摘するように口承文芸における技法上の必要から来るものである。「速い足のアキレウスは、船の奥で動かなかった」と揶揄するように、付加形容辞の語学的内容と被修飾語の内容に矛盾を来すことはしばしば見られることである。「口誦詩は、口演のために作られるのではなく、口演中に作られるのである」[484]と言われるように、口承文芸において、しばしば即興で韻律を整えるためにレディ・メイドの句を用いるという技法を、近代的ではない「措辞」の原因であると考え、ペローはその価値を認めることはない。口承文学への古典主義的視点の厳格な適用は、民間伝承、口承文芸の系譜に属しており、のちにペローが関わることになる「コント」というジャンルにも用いられることになる。ペローの『コント集』は、題材こそ民間伝承、口承文芸に起源を持つものの、きわめて古典主義的であり、『比較論』での神父の言葉を借りれば、「理性的」なものに書き換えられてしまっていたことは、様々な論者が指摘していることである。[485]

---

[483] *Ibid.*, III, pp.109-111.
[484] 松本仁助他編、『ギリシア文学を学ぶ人のために』、世界思想社、1991年、p.23.
[485] たとえば、ベッテルハイムは『昔話の魔力』において、「ペローは、自分の物語集の読み手として宮廷人を想定し、自分の語る昔話をちゃかす。たとえば人食い鬼のおきさきは、『玉ねぎいりのソース』をそえて子供たちを食べてしまいたい、という。こういう付け足しは昔話的な性格を損なう。同じような例に、目覚めた美女の衣装が流行遅れだった、という説明もある。「王子さまには、それがおばあさんのころにはやった服装のように思われました。えりも上のほうにあがりすぎています。……そういう服装でも、お姫さまはやはりおきれいだったのです。」ペローは、昔話の主人公たちが服の流行などとは関係のない国に住んでいるのを忘れたかのようだ。ペローの物語集は、昔話のファンタジーの中に、こういうつまらない合理性を雑然と持ちこんだことによって、価値がずいぶん下がっている。例えば、服についてのこまごましたことを描写したために、百年がある特定の百年に限られ、百年の眠りという神秘的、寓意的、心理的な時の意味が消えてしまう。また、こういうことで、話全体がうわついたものになり、百年の眠りからさめた聖者が、世の中の変わりようを目にして、次の瞬間ちりになってしまう、という伝説とも違っている。ペローは、聞き手を面白がらそうとして細々とした描写をつけ加え、その結果、昔話の力の重要な要素である、時というもののない感じを破壊してしまった」と述べファンタジーの中に合理的な要素をペロ

3. キリスト教叙事詩と叙事詩論争

　「第三巻」が叙事詩から議論が始まり、約三分の一の紙幅が費やされていることから、ペローが詩歌において叙事詩を最も重視していたことが見て取れる。

　叙事詩は、十七世紀において、一般的にも最も高尚なジャンルとされ、ホメロスによる二作品および『アエネイス』はその模範とされたことは周知の事実である[486]。ロンサールからヴォルテールに至るまで、様々な作家が古代作品に比肩すべく創作を行ったことは、ギリシャ語にとって『イリアス』がそうであったように、叙事詩というジャンルにおいて模範となる作品をうち立てようとする意図が働いていたと思われる。十八世紀においても、ヴォルテールは『叙事詩論』*Essai sur la poésie épique*(1733)において「われわれは叙事詩を持っていないし、現在も持ち得たのかどうかわからない。『アンリアード』は、実際の所、しばしば刷り増されている。しかし、後代に伝わるとともに、フランスが叙事詩を作り出すことが出来なかったと長らく非難されてきた汚名を雪ぐ作品であると本作を見なすことは、あまりにも自惚れが過ぎるだろう」[487]と書き、その不在を嘆くことを憚らなかった。十七世紀においても、最も高尚なジャンルとされたが故に、詩人たちは古代派であればあるほどこれらを神聖視し、実作することを忌避する傾向にあった。ペローはこの傾向を戒め、異教の神々の登場しない近代フランスに相応しい、真実に基づくキリスト教叙事詩の登場を期待するとともに、自らも実作したことはあまり知られていない[488]。

　1650 年前後から、フランス語による宗教叙事詩を作ろうとする試みが突如として盛んになるが、そのほとんどは近代派とみなされる作者によって書かれることになった。サン・タマン (1594-1661)は、『救われしモーゼ』 (1653)を、デマレ゠ド゠サン゠ソルラン (1595-1676)は『クローヴィス』 (1654)、『マグダラのマリア』 (1669)、『エステル』 (1670)を、スキュデリー (1601-1667)は『アラリック』 (1654)、『聖パウロ』 (1654)を、シャプラン (1595-1674)は、『聖処女』 (1656；前半十二章のみ)を発表するなど、フロンドの乱以降二十年はこの種の試みが数多く発表された[489]。このような試みにおいて、ペローによる

ーが持ちこんでいることを指摘しているという （水野尚、『物語の織物　ペローを読む』、彩流社、1997, pp.42-44.）。

[486] たとえばボワロー『詩法』*Art Poétique*(1674)の「第三歌」、 160 行目以降を参照。

[487] *Œuvres complètes de Voltaire*, tome V, L. Hachette et Cie, 1859, p.246.

[488] エピグラムやマドリガルなどは叙事詩や演劇作品と比して低級なジャンルとして見なされることが一般であった。叙事詩に異教の神々を登場させることを激しく拒んだ近代派の作家たちも、このような「低級な」ジャンルにそれらを登場させることはそれほど批判しなかったことは記憶しておくべきである。キリスト教文学の最も過激な擁護者であるデマレ゠ド゠サン゠ソルランも、『キリスト教的題材のみが英雄詩に相応しいことを証明するための論文』*Discours pour prouver que les sujets chrétiens sont les seuls propres à la Poésie héroïque* において、演劇や叙事詩のような「高級な」ジャンルに異教の神々を登場させることを戒める一方で、マドリガルなどそれほど「真面目」ではないジャンルに関してはこれを許容する姿勢を見せている。

[489] このほか、ル・モワンヌ Pierre Le Moyne (1602-1671)による『聖ルイ』*Saint-Louis*(1658)、ジャックラン Jacquelin による『エリー』*Hélie*(1661)、コラ Jacques de Coras (1625-1677)による『ヨナ』*Jonas*(1663)、『サムソンとヨシュア』*Samson et Josué*(1665)、ル・ラブルール Louis Le Laboureur (生年不明-1679)

『聖ポーラン』（1686）、『世界の創造』（1692)および『アダム』（1697)が、最も遅い創作であることは注目に値する。

　フランス語による叙事詩は多く試みられたものの、現在ではほとんど省みられることが無いことには、現代語によって模倣されたという言語的な問題は当たらない。むしろ、模倣しようとした作家自体に問題があったと考える方が妥当であろう。アリオスト（1474-1533）の『狂えるオルランド』（1516)やタッソー（1544-1595)による『解放されたエルサレム』（1581)は既に全ヨーロッパ的な成功を収めていた。これらはイタリア語という現代語で書かれたのは言うまでもない。また、フランスと同時期にイギリスで書かれた、ミルトン（1608-1674)による『失楽園』（1667)や『復楽園』（1671)は、現在でも古典として読み継がれる作品となった。

　『狂えるオルランド』は、フランス語を使用して叙事詩を作る試みを行ったシャプランにもボワローにも断罪されることになるが、先行する作品のなかでも、フランスにおいて古代派によってもより高い評価を得たのが、『解放されたエルサレム』の方であった[490]。これには、文壇の大御所であるシャプランが自らのキリスト教叙事詩『聖処女』を擁護するに当たって、『解放されたエルサレム』をより評価したことは少なからずの影響を及ぼしたと考えられよう。シャプランが、アリオストよりもタッソーを好んだ理由の一つには、自作の『聖処女』がジャンヌ・ダルクを題材としていたように、それがより信仰による奇跡を叙事詩の題材として扱っていたことが挙げられる。つまり、五十年代以降のフランスにおける叙事詩の試みは、最も高尚なジャンルとされる「叙事詩」において、ただ単に古代人の作品をその内容まで模倣するのではなく、近代的な信仰の問題を含んだ作品を実現させるという意図が含まれていた。

　詩歌の最高ジャンルと見なされた叙事詩において「キリスト教」文学を実現しようとする試みは、前世紀からすでに存在していた。叙事詩を作る場合、伝統的なギリシャ・ローマ神話に取材するべきか、もしくは聖書を中心としたキリスト教的な伝説に取材すべきかという問題は、ルネサンスの頃から存在する問題であった[491]。『フランシアード』*La Franciade*(1572)は、国威を発揚しロンサールがフランスのホメロス、ウェルギリウスたらんとして書かれた六千行にも及ぶ長編叙事詩であったが、『アエネイス』を模したフランス

による『シャルルマーニュ』*Charlemagne*(1664)、クルタン Nicolas Courtin (生没年不明)による『シャルルマーニュ』*Charlemagne*(1666)、コルディエ Hélie Cordier による『ヨブ』*Job*(1667)、モリヨン Gatien Morillon (1633-1694)による『ヨセフ』*Joseph*(1679)などが挙げられる。

[490] ボワローは『詩法』において、それでも、タッソーについて批判めいた発言を行っている。「タッソは巧みにこなしたと人は言うかも知れませぬ／吾人はここでこの者を遣り込めようとは思わぬが／たとい今世の人々が彼の栄光称えても／若しも賢い主人公絶えず祈りを捧げつつ／最後に到って辛うじて悪魔を折伏しなければ／ルノー アルガンタン クレドさてまた彼の想い人／揃って陰気な筋書を陽気なものにしなければ／彼の著作は伊太利亜の名声高めはしなかった」（*Art poétique*, III, 209-216.守屋訳、『詩法』、p.86.)。また、『諷刺詩』「第九歌」においても、「いつ何時でも宮廷じや人臣極めた下司殿が／的の外れたお裁きを為されようとして咎めなし／マレルブ殿やラカン殿それよりテオフィル勝るとし／タッソーの鍍金も金無垢のウェルギリウスの上に置く」（*Satire*, IX, 173-176.守屋訳、『諷刺詩』、p.147.)とあくまでも古代の叙事詩人よりも評価は低い。

[491] 杉捷夫、『フランス文芸批評史』, pp.215-222.

人のトロイ起源が説かれているように、異教とキリスト教の双方が含まれたものであった。十六世紀後半には、ガルニエ、モンクレチアン、デュ・バルタスなどがキリスト教の奇跡に基づく悲劇や物語詩を書いているが、いずれも本格的叙事詩と呼ばれるようなものではなかった。ヴォークラン＝ド＝ラ＝フレネー（1526-1606 または 1608）は、プレイヤード派からの影響を強く受けた詩人であるが、アリオストの叙事詩に積極的な意義を認めていた。その上で聖書や聖人伝を題材とした悲劇を実現させることが念願であったという。さらに、ゴドー Antoine Godeau(1605-1672)はマレルブの詩論を、古代人よりも優れたものとした近代派の系譜に属する人物であるが、リシュリューに献じた『キリスト教作品集』(1633)と同年に発表された『キリスト教的詩論』*Discours sur la poésie chrétienne* において、その実現を強く求めている。これらの人物の中でも、最も執拗に自作を含めた宗教叙事詩を擁護した人物としては、デマレ＝ド＝サン＝ソルランの名前を挙げなければならないであろう。

　ランブイエ館の常連であったデマレは、リシュリューに取り入りアカデミー初代会員に選出された。文壇でのキャリアの初期には、異教の神々が当然のごとく登場する、小説『アリアドネ』*L'Ariane*(1632)や、悲喜劇『スキピオ・アフリカヌス』*Scipion l'Africain*(1639)などの作品を書いた。なかでも最も好評を博したのは、1637 年に書かれた『妄想に憑かれた人びと』*Les Visionnaires* であった。デマレはシャプランと同い年であるが、キリスト教文学実現に取り憑かれるのはかなり遅れていたといえる。『クローヴィス』は五十年代に発表されているが、1664 年には、デマレは王太子のために「カード遊び」を考案したが、これはフランス王や王妃の事跡や系図を数行に記したもので、挿し絵と共に三歳になる王太子の教育を意図したものであった。そのなかにはペネロペイアなどの古代神話の人物が当然のごとく含まれていた[492]。六十年代半ばまでの彼は、のちに見るような狂信さが見られず、穏当なキリスト教文学の擁護者であったといえるだろう。

　そのようなデマレが、七十年代以降転向した理由は定かではないが、『詩編』や『キリストにならいて』を翻訳するに当たって、聖霊によって予言の才能を受け、『クローヴィス』は実のところ彼等が天上から舞い降り、デマレに書き取らせた作品であるとの妄想を持つようになったという。1669 年以降、デマレは取り憑かれたように、キリスト教文学の実現を擁護すると共に、異教の要素を含む文芸を徹底的に批判することになる。『マグダラのマリア』（1670）、『エステル』（1670 年。ただしボワヴァルという偽名を作者名に使用）、『フランスの語および詩のギリシャ・ラテンのそれとの比較』(1670)、『陛下への書簡詩』(1673年。『クローヴィス』の「第三版」巻頭に掲載)、『キリスト教的主題のみが英雄詩に相応しいことを証明するための論文』（1673）、『英雄詩弁護』（1674)と立て続けに作品を発表していく。デマレがこのように連続的に発表した作品で主張したかったことは何か。それはやはり、異教に対するキリスト教の優越、古代文学に対するフランス文学の優越、ひいて

---

[492] Jean Desmarets de Saint-Sorlin, *Les jeux de cartes des rois de France, des reines renommées, de la géographie et des fables*, Lambert, 1664.

は古代全体に対する近代フランスの優越である。キリスト教の優越を述べることは必然的にそれを信仰するフランスの優越性を示すことになる。基本的に、五十年代に始まる主張と相違はないが、フランスの優越がより強調されて述べられていることに特徴があろう。宗教論争を主眼としたものではないが、新旧論争において、ペローが明確に主張した近代の古代に対する優越という論点はこの時点ですでに準備されていたと考えることができよう。

　古代派にとって、天使や悪魔といった登場人物を叙事詩に使用することは不信心の誹りを免れないとともに、詩歌に求められるのは「真実らしさ」であり、キリスト教という「真実」自体に異物を混ぜ合わせるという背徳行為になるというのが、その論旨であった。この考えは、ボワローの『詩法』(1674)により定着することにより、その戒律は後々まで影響力を保つこととなった。

> 斯かるが故にわが国の詩人はそれに絶望し
> 昔ながらの装飾を彼等の詩から追い出して
> 古代の詩人が想像で作った神々同様に
> 神や聖者や預言者を活躍させんと思ったり
> 読者を地獄に引き込んでアスタロットやリュシフェール
> ベルゼブットの邪神達登場させるが無駄なこと
> 基督教徒の信仰の実に恐ろしき教義では
> 心浮き立つ装飾は受け入れられるものではない
> 福音の書を播けばあらゆる場所で人々に
> 改俊せよとか相応の苦患を受けよと言うばかり
> 尊き聖書に虚構を罰当りにも盛り込んで
> 福音の書の真実を恰も神話のようにする
> 叙事詩の主役の名声を失墜させんと謀ったり
> 屡々神と天上の覇権を求めて競いつつ
> 天に向かって吠え猛る悪魔を常に描くのは
> 一体何を吾人等に見せようとでもいうのだろう[493]

ボワローは以上のように、これらの試みを断罪している。
　さらに、同じく「第三歌」において、

> 古代神話は様々な愉しみ与えてくれるもの
> オデュッセウスにアガメムノン　イドメネウスにオレステス
> メネラーオスにヘクトール　ヘレナにパリスにアエネーイス

---

[493] *Art Poétique*, III, 193 -208. 守屋訳、『詩法』、pp.85-86.

どの名を取っても詩のために生まれたような見事な名
　　然るに数多の主役からシルドブランド選ぶとは
　　無知な詩人は何という可笑しな目論見するのだろう
　　時には名前が生硬で奇妙な響きをするだけで
　　詩全体が滑稽な或いは粗野なものとなる[494]

　と、カレル＝ド＝サント＝ガルド Jacques Carel de Sainte-Garde(1620-1684)の叙事詩
『シルドブランドまたはフランスから追放されたサラセン人』 *Childebrand, ou les*
Sarrasins chassés de France (1667)について揶揄した。『比較論』「第三巻」において、「近
代人の何人かが試みているように、天使や悪魔を取り入れて、新しいものを考案しようと
することは、その創作が無益なものであり、さらには、真実や試練、悔悛のみを表すわれ
われの宗教の厳格さには相応しくないとしか見做されません」[495]と述べる裁判所長官はボ
ワローの主張を繰り返したものに違いがない。
　一方で、近代派にとっては、古代人の信仰した異教の神々の登場しない「近代的」叙事
詩の成功は即ち近代派の勝利を表した。ペローがこのジャンルの実現に並々ならぬ意欲を
注いだのは、それが仇敵ボワローに対する勝利を意味するからであった。シャプランは、
1672年版の『聖処女』の「序文」において、「神聖なるものでも敬意を以て扱い、また天使
や聖人、悪魔などの使用に際して、良き宗教と悪き宗教を混同せず、一方が一方を破壊し、
また、その間には究極の両立不可能性があることを組み合わせ、異教の神々を使用するこ
とによる理性的対立を示した」[496]というように、異教の神々と聖書・聖典の登場人物の競
演も積極的に認めることとなる。
　デマレ＝ド＝サン＝ソルランを経てペローに受け継がれた、キリスト教叙事詩への熱望
は、1686年の『聖ポーラン』という実作によって結実し、異教の神々が盤踞する作品につ
いて不快感を表明することもあったボシュエ[497]の賞賛を受けるまでになるが、古代派の反
応は惨憺たるものであった。反論と言うよりも、黙殺とも言うべき古代派からの「反応」
が、自ら回想するように『比較論』を執筆する動機の大部分を占めた訳であるから、「叙事
詩」というジャンルは、当初から中心的なテーマとして据えられていたと想定するのは当
然である。
　『聖ポーラン』という試みは、デマレやシャプランなどの失敗を受けて、七十年代以降
キリスト教叙事詩の実作が殆ど行われなくなる事実を鑑みると時流に反した試みであった
が、ペローの最晩年に当たる新旧論争の終結(1694)ののちも、1697年に『アダム』という
作品を試みていることと照らし合わせても、ペローがこのジャンルに対して相当の勝算を

---

[494] *Ibid.,* III, 237-244.守屋訳,『詩法』, p.88.
[495] *Parallèle*, III, p.7.
[496] Jean Chapelain, *La Pucelle*, Préface.
[497] ボシュエの「不快感」については、たとえば『色欲論』 *Traité de la Concupiscence* の「第十八章」を
参照。

215

期待していたと考えることが出来る。はじめに、叙事詩とりわけキリスト教を題材とした宗教叙事詩について、ペローがどのような見解を持っていたのかを見てみたい。

　「第三巻」は、簡単に言うと前半が叙事詩に関する新旧の考察、後半が演劇およびその他のジャンルについての考察が行われている。叙事詩に関しては、とりわけホメロスの分析にその大部分が割かれ、このジャンルにおける近代人の試みについてはそれに伴い随時述べられる。ペローのホメロス批判は激しいもので、様々な論点からその欠点を批判している。いずれにしても、近代派の領袖としての論旨は、上述したように「第二巻」の最後に纏めているもの[498]をここでも踏襲している。第一に、時間の問題である。科学の発展に準え文芸においても必然的にその進歩を享受できるという考え方である。第二に、時間に伴う様々な知識の蓄積という効果、第三に、デカルトを論拠にする古代人には知られていなかった新しい「方法」の発見、第四に、印刷術による知の拡大、第五に、作品を発表する機会の増加、最後に、創作によって得られる名声と報酬の差異についてが主張されている。

　そのような進歩にもかかわらず、十七世紀フランスにおいて、悲劇におけるコルネイユやラシーヌ、喜劇におけるモリエールのような、古代人に比肩することの出来る叙事詩作家が出なかったことにペローはどのように答えるのであろうか。「第三巻」において、宗教叙事詩の推進者の一人であったシャプランによる『聖処女』が酷評を受けたことに関して[499]、その構想自体は擁護しながら次のように述べている。

　　　シャプラン氏には楽しませる才能がなかったことが理由であります。しかし、
　　その作品に天使や悪魔を入れることはまったく非難すべきことではありません。
　　神がフランスを救うために一人の娘を遣わされ、王位の簒奪者たちを追い出して
　　実際に、王に王国を取り戻させたときに、このような奇跡の後で、このような天
　　の加護の後で、偉大な王国のために神が使われるより超自然的な方法を可視化す
　　ることほど適当なことはありません。いずれにしても、フィクションに関する詩
　　歌の面において古代人よりもわれわれは優っています。われわれは彼らのように
　　寓話の人物や、許される題材ならば道徳的な人物を利用でき、それ以上に、その
　　使命が異教の神々よりもより重大で真面目な天使や悪魔を使うという自由がある
　　からであります。[500]

　叙事詩に纏わるフランスの優位性の根拠として、天使や悪魔や聖人が作品中に使用できるようになったという、常々主張する「知識量の増加」をここでもペローは掲げている。

---

[498] *Parallèle*, II, pp.294-296.
[499] たとえば、ボワロー『諷刺詩』「第七歌」の「どれほど額を擦ろうと指を嚙もうと無駄なこと／脳味噌しぼったその挙句漸くひねり出したのは／『聖処女』すらも及ばない無理矢理ひねった詩句ばかり」（守屋訳、『諷刺詩』、p.101.）を参照。
[500] *Parallèle*, III, pp.21-22.

これらの新たな「登場人物」は、古代の異教に基づくのではなくキリスト教という真実の信仰に基づくのであるから、必然的にその作品も古代の叙事詩より優れたものになるというのがペローの考えである。ボワローが、「時によっては真実は真実らしくないものだ」[501]と歌ったのに反して、古典主義における規則である「真実らしさ」よりも、「真実」のほうが重きをなしているとも考えることが出来よう。ヴァン・チーゲムがいうように、「例外として、真実が真実らしさに優先するのである」[502]。「真実らしさ」の規則は、ペローにとって必要十分なものではなく、選択可能な一つの基準でしかないことは、劇詩におけるジャンルについて神父に語らせた発言において確認することができる。

　　　しかし、彼（ボワロー）が話している詩歌の性質について考えたならば、われわれがオペラと呼んでいるような種類の演劇が劇分野の完成に欠けているということを気づいたでしょうに。真実らしさと驚異がこの詩歌の二つの軸のようなものであります。喜劇は真実らしさの上に全てが展開し、驚異は許容しませんが、悲劇は驚異と真実らしさが混じっております。全てが真実らしさの中にあるような劇詩があるように、反対に全てが驚異で構成されているような別の劇が必要であったのです。悲劇が両端の真ん中にあり、真実らしさと驚異が混ざっているいっぽうで、それは、例えばオペラのようなものであります。[503]

　「真実らしさ」はともかく、このような単純な「進歩観」を文芸に適用しようとする意図は、たやすく首肯できると言い難いが、作品に使用できる「キャラクター」の数だけは近代が優っていることは疑いようがない。知識の多さは科学技術にとっては強力な優越性の論拠と確かになりうるが、文芸にとってもそれが十分な論拠となる得るか、もしくは、ペローがつねづね主張するように、十七世紀フランスが将来にわたって最も卓越した世紀として栄えある地位を占めることの論拠になり得るかについて、ペローは十分な回答を示すことはない。おそらく、この論拠の希薄さに気が付いていたであろう彼は、この発言の直後に裁判所長官に「お望みであれば、近代詩人は古代人よりも上手に作るためにより多くの手だてを持っていることを認めます。近代人よりも古代人の作品のほうが、それでも優れているということを認められるという条件でですが」[504]と同様の反論をさせている。これに対する、「神父」の反論は、上述した「古代人幼年説」を援用した「詩歌は古代人の間では未だ幼年時代でありましたので、最終的な完成に導かれるのに多くの物事を必要とする極めて美しい技が、生まれたばかりの時にそこまで到達していたというのは道理に合いません。それほど困難ではない他の技が数世紀の後でしか最初の粗野さから抜け出せな

---

[501] *Art Poétique*, II, 48.
[502] フィリップ・ヴァン・チーゲム著、萩原弥彦他訳、『フランス文学理論史』、1973 年、紀伊国屋書店刊、p.94.
[503] *Parallèle*, II, pp.282-283.
[504] *Ibid.*, III, p.22.

かったのですから」[505]という「第二巻」などで述べられた第一の論拠「時間の問題」を引き合いに出すことに留まっている。

　いずれにしても、今日的な観点から見れば、古代作品と十七世紀フランスに書かれた叙事詩を比較するのであればフランスに分のない叙事詩というジャンルにおいても、その優越性を高らかに主張することは近代派ペローの論旨として当然すぎることであろう。しかし、演劇作品においては『アンフィトリオン』など同一の起源を持つ作品同士を比較することによって近代作家の優越性を明言している一方で[506]、叙事詩については『イリアス』や『アエネイス』に勝ると断言できる実作品をペローは明示することはない。ボワローに酷評された『聖処女』やスキュデリーの『アラリック』の名前を挙げてはいるが、その主張は他のジャンルと比べると幾分控えめである[507]。ペローが五十年代、六十年代の宗教叙事詩「ブーム」ののちにも『聖ポーラン』などの試みを続けたことには、叙事詩というジャンルにおける隠れた劣等感が潜んでいたように思われる。

　ペローは、ホメロスの作品を徹底的に批判する一方で、ウェルギリウスに関しては、古来作られた最高の叙事詩であることを認めている[508]。それは、ウェルギリウスがホメロスよりも近代人であることから必然的に優れているという結論が導かれるという以上に、彼の「天才」に依るところが大きい。

　　　ところで、ホメロスとウェルギリウスが、近代人が犯さないような無数の間違いをしていることをお見せしたときに、彼らがわれわれの持つあらゆる規則を持たなかったことを証明したと思います。当然ながら規則の効用は、間違いを犯すことを避けることにあるからです。ですから、ウェルギリウスと同等の天才を持つ人物を生み出すことを天が許されるのであれば、彼が『アエネイス』よりも美しい詩を書くことは確実であります。わたしの仮定に従えば、天才がウェルギリウスと同等であるとしても、行動するべき規則の集合をより多く持っているからであります。アウグストゥスの世紀と同じく、今世紀にこの人物が現れる可能性

---

[505] *Ibid.*, III, p.23.
[506] たとえば、*Ibid.*, III, p.288. 以降を参照。
[507] 「時と共に完成された礼節と良趣味が、古代人の作品においては許容され賞賛すらされてきた無数のことを許容できなくしたのですから。『イリアス』のように主題が何であるのかわからなかったり、『アエネイス』のように行動が不完全であるようなものを、今世紀の詩歌のなかに見いだすことはまったくないでしょう。エルサレムの解放がタッソーの作った詩の主題であり、詩が終わる前にこの解放は成し遂げられることがはっきりわかります。主題は決まっており、詩が終わる前にこれが成就されます。『クローヴィス』や『聖ルイ』、『アラリック』、『聖処女』など世の中で話題になった詩歌についても同じことをいうことができます。彼らが主人公に与える性格は賞賛すべき英雄的なものであります。一方で、ホメロスがアンキセスに与える性格は非難すべきもので、不正で不信心であって残忍性に満ちております。ウェルギリウスがアエネアスに与える性格は、泣き虫で小心者であって、英雄的なものではまったくありません。かつぎ人足のように英雄たちを口論させたりはしませんし、戦闘場面で無駄な長口上をさせることもありません。十五行に渡って詰め込んだ同じ言葉を使者に繰り返させることもありません。長い尻尾付の比喩もまったくありません。一言で言えば、指摘するような欠点をわれわれは持ち合わせていないのです」(*Ibid.*, III, pp.146-148.)。
[508] *Ibid.*, III, p.151.

218

もありました。自然は常に同一であり、われわれが同意しましたように、時と共に衰えることがまったくないからであります。[509]

　技術や知識の進歩は時間とともに蓄積する一方で、「天才」を生み出す「自然」は普遍的であるという主張は、『比較論』では繰り返し登場する論拠である[510]。このような主張は、フォントネルが同様の主張を行っているとともに、パスカルの『真空論序説』にも見ることができた。

　叙事詩について、古代人に比することのできる作品がいまだ登場していないことを理由に、「第三巻」においてペローは、上記のような近代優越の論拠を持ち出し「潜在的な」優越性を主張する一方で、古代人作品とりわけ『イリアス』および『オデュッセイア』を徹底的に批判することに終始する。演劇や詩歌一般、散文作品などは言うに及ばず、オペラやビュルレスク、プレシオジテなど古代人には知られなかったジャンルについては、その優秀な作品を取り上げ、古代人と比較することを厭わなかったペローであったが、叙事詩だけはその「潜在性」と「真実」に見いだせる優越性を述べるだけで、自作を含めて、実作品を称揚することは全くなかったといえる。

　聖書・聖典の人物を、叙事詩をはじめとした文芸に登場させることの是非は、ボシュエが『聖ポーラン』に対して一定の理解を示したことによって解決済みの問題であると思われるが、「エピグラムやマドリガルのように、楽しむために用いられるときには、詩歌は精神の遊びであります。しかし、真面目なオードや重要な題材の詩においては、詩歌は演説の偉大な雄弁や賛辞や説教のように精神の遊びではありません。ダビデやソロモンの詩が純粋な精神の遊びであるとは言えません。裁判所長官さま、あなたは『イリアス』や『オデュッセイア』に関してはそう仰いませんでした。ですから、極めて真面目な詩歌の作品があることは本当なのです。したがって、天使と悪魔の仲立ちはまったく無礼などではありません」[511]と「神父」に語らせることによって一応の持論を述べていることも付記すべきであろう。

　聖書・聖典の登場人物を文芸上でどのように扱うべきかという問題は、近代派の内でも意見が分かれる問題であった。登場人物の選択肢が増えたことは誰にとっても、ともかく歓迎すべきことかもしれないが、ペローがいうように、「真面目な詩歌の作品」であるにせよ、これらを利用すべきかどうかという問題は、近代派・古代派に限らず意見が分かれる可能性を孕んでいる。技術上の進歩や科学知識の増加といった、近代派が古代に対する優越を論じた点とは別の「信仰」に関する問題に属するからであろう。古代派よりの見解を

---

[509] *Ibid.*, III, pp.155-156.
[510] たとえば、*Ibid.*, I, pp.88-89.における、「自然は不変でありその産物は同じであって、数多の平凡で薄いワインの中にも、毎年一定量の優れたワインを作るように、ありふれ平凡な才気の群の中にも一定数の優れた天才をどの時代においても作り出すことを彼はこの根拠としています。この原則にはだれもが賛同すると思います。最初の時代と同じだけの偉人を生み出す力が、自然には残っていないと考えることほど無分別で馬鹿げたことはないからです」といった比喩が参照できる。
[511] *Ibid.*, III, pp.19-20.

示していたボシュエが、この種の文芸作品に関して理解を示した一方で、ペローとほぼ歩調を共にしていたフォントネルは天使・悪魔などの使用に懐疑的な意見を述べている[512]。

　ペローが言うように、信仰は神聖な存在であり、マドリガルやエピグラムなどといった「精神の遊び」ではなく、「真面目な詩歌の作品」である叙事詩で表現されることによってその神髄が表現される。信仰は侵すべきものではないという考えにおいて、ペローとボワローの思想に違いはない。ただ、近代人による叙事詩が、信仰を表現する媒体として適当とするかどうかに相違があるのみである。

　ボワローは、そもそも近代人に、古代人がなし得たほど優れた叙事詩が実現できるとは考えていない。『狂えるオルランド』や『解放されたエルサレム』など、この時期すでに古典になった作品に対しても非難をしていた。1650年後に相次いで現れたフランス語によるキリスト教叙事詩の実例を取ってみても、それが失敗作の集まりであることは明らかである。また、そもそも古代人に比する荘重な叙事詩体が実現できるにしても、信仰に関する事物をそこに混ぜ合わせることにボワローは反対の姿勢を崩さない。

　『諷刺詩』によってキリスト教叙事詩にとどめの一撃が加えられてのちにも、この種の擁護は消え去ることはなかった。その筆頭には、デマレやボシュエ、そしてペローの著作が挙げられようが、それ以外にも少なからぬ擁護者はいた。『アダム』をペローが書いた1697年ののちも、キリスト教文学の到来への期待自体は止むことはなかった。そのなかで最も過激と思われる主張が、ジャンセニスト、デュゲJean Joseph Duguet (1649-1733)のものである。オラトリオ会士であり、ジャンセニスムにも接近をし、「同意書」*Le Formulaire* への署名を拒むことによって、デュゲは流浪を余儀なくされる。のちに、ジャンセニスムから離れるが、最終的に彼はサヴォイアに隠遁することになる。『君主の創設』*Institution d'un prince*(1739)と題された著作は、生前サヴォイア滞在中に1710年には書かれていたものであるが、君主が古代の神々に模され賞賛されることを手放しで喜ぶことほど不信心で嘆かわしいことはない、とデュゲはいう。

　さまざまな作家や理論家がキリスト教文学の到来について議論したにもかかわらず、実作として成功したと断言できるものは十七世紀フランスにはついに現れなかった。そのような論者の論難にもかかわらず、フランス文学に異教の神々が渦巻いた状況には変化は無かった。信仰に基づく文芸への憧憬は「理性」の世紀である十八世紀にも受け継がれたの

---

[512] 当時、天使や聖人などの良性の登場人物を使用するのは躊躇われるが、悪魔を使用することに躊躇はそれほど感じられなかったようだ。« diable »という単語自体が、十七世紀のフランス語において罵りの言葉として使用されていたこともあり、喜劇的な作品において使用されることは多々あった。魔術師や魔女の存在が一般大衆だけでなく、宮廷においてもある程度信じられていた時代であり、ルイ十四世はこのような民間伝承に影響された迷信を一掃しようとした。わざわざ国王が勅令を出さねばならなかった事実に、宮廷を含めた一般社会においてどれほど悪魔や魔術師の存在や職能が信じられていたかという証拠があるように思われる。七十年代から八十年代にかけて宮廷を震撼させた「毒殺事件」にも、予言や魔術がいかに当時の宮廷にまで影響を及ぼしていたかを見ることができよう。そのような状況の中、ル・サージュの悪漢小説『びっこの悪魔』*Le Diable Boiteux*(1707)は、半世紀以上前のスペイン人ゲバラ Luis Vélez de Guevara (1579-1644)による同名の小説の焼き直しながら大当たりを取り、彼の文名が高まる契機となる作品として記憶される。

ち、それらの実現は、叙事詩という形式ではないながらも、シャトーブリアンの到来まで
待たなければならない。

4．　演劇

　「第三巻」において、叙事詩についで多くの紙幅を割かれているのが演劇というジャン
ルであった。キリスト教叙事詩を擁護し自らもその実現に奔走したペローであったが、芝
居に関してはコルネイユとモリエールを第一人者として評価する一方で、この二大劇作家
の存在もあってか実作に執着した様子はない。十七世紀に行われた大半の文学様式を実践
した彼であったが、喜劇は『ウーブリ売り』と『フォンタンジュたち』の二作を残してい
るものの、悲劇にはついに手を付けることがなかった。
　演劇を論じるにあたって、叙事詩の時のように頻繁な引用は行われない。アリストパネ
スやプラウトゥス、コルネイユやモリエールなどの名前は頻繁に登場するが作品名を挙げ
具体的な一節を例示して論じられることは、「第三巻」において「叙事詩」についてのみ行
われたといえる。三者の対話のなかに「覚え書き」という単語が頻出するようになるのは
「第三巻」で叙事詩が論じ終わってからである。これは「神父」が古今の作品を比較する
ためにつくった抜粋集であり、ここには様々な作家が抜き出されており、これを使用して
具体的な比較が行われるという設定になっていた。「第三巻」において、予定変更が再び行
われたことは上述した。これ以降『イリアス』や『アエネイス』と異なり、引用の回数が
激減するのは「第三巻」を二分割したという事情があったものと推定される。
　十七世紀の近代悲劇に関して、神父＝ペローはほかのジャンルよりもより明確にその文
学史的な概略を示している。その上で、彼がもっとも卓越した作家と指名するのは、メレ、
トリスタン＝レルミット、コルネイユの三人である。もちろん、ボワローの盟友ラシーヌ
の名前は見えない。ペローの認識によると、十七世紀初頭の演劇とは路上芝居も同様で、
品のないものであったという。ガルニエRobert Garnier(1545-1590)やアルディAlexandre
Hardy (1570-1632)の芝居は、この時代の代表的なものであるかもしれないが「これらは客
が帰るほどの作品よりはましなものでしたが、良いものでもなく退屈なものでした」[513]と
いう。
　ペローの近代は優越の論拠としては常に、技術の発展という論拠があった。それは狭義
の技術、つまり「科学技術」だけでなく、絵画における「遠近法」や詩歌における様々な
ジャンルの登場までを含むものであった。演劇の進歩に寄与した「科学技術」は、照明装
置の改良を始めとする劇場の改良であった。

　　　　そうして、蝋燭のもとで演技をしました。劇場は綴れ織りで飾られており、こ
　　　れらが重なるところは俳優の出入口になっておりました。この出入口は極めて不

---

[513] *Parallèle*, III, p.193.

便なもので、しばしば俳優のかぶり物をめちゃめちゃにしました。少ししか上に
めくられず、出入りするときに俳優の上に乱暴に落ちてくるからでした。綴れ織
りに付けられたブリキの板の上にある何本かの蝋燭が照明の全てでした。しかし、
これは俳優の後ろと側面を少ししか照らしませんでしたから、ほぼ真っ暗になっ
てしまい、舞台の前面に置くための、それぞれ四本の蝋燭を置くことの出来る二
枚の薄板を交差させた燭台を作ることが考案されました。この燭台は目立つ綱や
滑車で不細工につり下げられ、つけたり消したりするために機械ではなく人力で
上下させました。[514]

　十六世紀から十七世紀初頭に掛けての演劇と比べ、劇場という空間における装備は格段
に進歩した。たとえば、フットライトは1630年代に用いられるようになったという。古典
主義の理想である、「真実らしさ」がこのような改良を促し、路上演劇のようなものから
劇場演劇を切り離したといえる。さまざまな演出が可能になることによって、戯曲の可能
性も格段に広がり、「演劇の世紀」とよばれる盛況を世紀中盤に迎えることができた。オ
ペラにおける大がかりなスペクタクルは、科学技術が演劇ともっとも効果的に融合した一
例としてペローの論拠たりえるであろう。

　しかし、このような技術面の革新は、進歩の一要素でしかないと神父＝ペローは言う。
「演劇の偉大な美しさの証拠として、劇場の美化が進んだことを申し上げたのではありま
せん。それは、そのように至った歴史的な指摘としてであります。わたしの演劇史の根拠
になるべき証拠は、古代人の悲劇はわれらの時代のそれよりもまったく美しくなく、心地
よくもない点にあります」[515]と美的側面での優越性を神父＝ペローは強調する。

　前近代的な演劇が、父祖の代に甘受されていたのは古代への盲信という「偏見」でしか
なかったが、ある作家の登場によって一段の進歩を遂げることになると神父＝ペローはい
う。ここでフランス演劇における進歩のモデルが提示される。

　　われわれの父親たちは、上演される悲劇は古代でもっとも美しい物であると聞
　かされ、我慢してこれを聞き、楽しまなければならないとさえ考えていました。
　ギリシャ全土が恍惚とし、全時代の称賛に値したものに感動しないことは恥ずべ
　きことであったからです。それから、心の底から笑わせてくれる少々下品な笑劇
　が演じられ、退屈な悲劇の慰めになりました。この時代に、メレの『シルヴィー』
　が生まれました。これはそれほど優れた作品ではありません。若気の至りである
　と作者は言っていましたが、本作が以後に出てきたものに少々類似しているいう
　ことで、パリ中の喜び、賞賛、感動は大きく、話題で持ちきりになりました。こ
　れは新天地であったのです。皆がこれを暗記しましたし、とりわけ羊飼いの男女

---

[514] *Ibid.*, III, pp.191-192.
[515] *Ibid.*, III, p.196.

の会話は別に出版され、幼い子供のいる家庭では、食事後の食卓の隅で暗唱させるように教え込まれました。この作品に続いて同じ作者の『ソフォニスブ』が出ましたが、これは『シルヴィー』よりも優れており、大コルネイユの『ソフォニスブ』によって影が薄くなることはありませんでした。舞台はそれ相応に綺麗になり、持ち運びの出来る絵で装飾もされましたし、照明には水晶の燭台も置かれました。そうして出てきたのが、トリスタンの『マリアンヌ』であり、その主題は賞賛すべきもので、詩作法は正確、美しい表現で満ちていました。ついには、コルネイユ氏の『ル・シッド』、『オラース』、『シンナ』、『ポリュークト』、『ロドギューヌ』やその他多くの作品が同作者によって書かれ、その他よりも多くの賞賛を得て、フランス演劇、フランス王国、ひいてはヨーロッパにとって大いなる名誉になりました。実際の劇場は同時に綺麗になりました。その後に登場したオペラは、ほかの劇作品に匹敵する詩歌の美しさにせよ、どれも適わない舞台や興業の壮麗さにせよ、その最高点に押し上げました。[516]

　ブザンソン生まれの劇作家ジャン・メレJean Mairet(1604-1686)の名は、フランス古典主義演劇の代表的格率「三単一の法則」とともに語られる場合がほとんどである。田園劇『シルヴィー』*Sylvie*(1626)においては、三つの内「時間」の法則に矛盾があったとされるが、この矛盾も1630年に上演された悲喜劇『シルヴァニール』*Le Silvanire*において解消される。その内容は『アストレ』からの借用であるものの、本作品は三単一の法則を初めて厳格に適用した例としてフランス演劇史上に記憶される。

　ペローが、『シルヴィー』よりも優れており、コルネイユがのちの同じ題材を使って書くことになる『ソフォニスブ』(1663)にも勝るとも劣らないという、メレの悲劇『ソフォニスブ』は、現在では殆ど顧みられることのない作品であるが、十七世紀を通じて賞賛され続けた。大コルネイユよりも一世紀あとにも、ヴォルテールは同様に『ソフォニスブ』(1770)を発表することになる。悲喜劇などのバロック的演劇を発表していたメレがはじめて「悲劇」として書いたのが本作品であり、同作品の「読者諸氏に」において自ら語るように、題材をティトゥス=リウィウスに求めるとともに、同名の悲劇をカンで上演し成功を収めたルネサンス末期の詩人モンクレチアンAntoine de Montchrestien (1575-1621)による『カルタゴの女』*La Carthaginoise*(1604)にも着想を得ている。

　本作品の成功は、メレがティトゥス=リウィウスに範を求めたことから、十七世紀を通じてローマ史に悲劇の題材を求める傾向を決定付けたとされている。しかし、ソフォニスブが夫を手玉に取る場面などは喜劇的要素を残しており、のちの古典主義が禁じたジャンルの混交が見える。いずれにしても、『ソフォニスブ』が今後のフランス演劇の潮流を決定したという歴史的事実は変わらない。三単一の規則に従い、王や貴族などの歴史的な貴人が、とりわけローマ史における人物が登場し、心理的描写を特徴とするとともに結末は

---

[516] *Ibid.*, III, pp.193-195.

主人公の死で締めくくられる、このような十七世紀悲劇の雛形は『ソフォニスブ』により
はじめて実践された。

　ペローが、メレの次に引用するのがトリスタン＝レルミットの『マリアンヌ』(1636)であ
る。トリスタンもメレと同じく今日ではあまり言及されることはないが、当時は同年に上
演された『ル・シッド』と並んで大変な好評を博した。「主題は賞賛すべきもので、詩作
法は正確、美しい表現で満ちていました」とペローが言うように、十七世紀を通じて名作
の誉れが高く、初演ののちも様々な劇団によって演じられ、モリエール劇団は1659年から
1667年までに二十回、コメディー・フランセーズが1680年から1703年までに三十四回上演
したという。つまり、新旧論争が戦われた十七世紀後半においてもいまだ人気のある演目
であったといえる。ちなみに同一の題材でヴォルテールはこちらも作品を発表している
(『ヘロデとマリアンヌ』*Hérode et Marianne*(1725))。

　しかし、最後に言及されるオペラはさておき、神父＝ペローが悲劇というジャンルにお
いて最も卓越したと見るのはコルネイユであった。『ルイ大王の世紀』において、既にペ
ローはその悲劇を賞賛して止まなかった。

　　　　だが高名なコルネイユの運命はどうであろうか
　　　　フランス演劇の名誉であり驚異で
　　　　偉大な出来事の中に高貴な感情の
　　　　英雄的な美を加えることを知っていた彼の？[517]

　上述したように、「叙事詩」では詩句を具体的に検討し優劣の判断を行っていた三人で
あったが、悲劇について論じられた十数ページの中でコルネイユの名前は二カ所しか現れ
ない。神父＝ペローが「悲劇」という分野においてとりわけコルネイユを賞賛した理由と
して類推できるのは、論敵のラシーヌを除いて時系列的に最も後に来た劇作家であったと
ともに、近代派を公言していたフォントネルがその甥であったこと、弟のトマ・コルネイ
ユ(1625-1709)が、近代派的な指向を持った作家であったという政治的な要素が考えられる。
トマは悲劇、喜劇など四十三編の作品を残したが、中には『プシシェ』*Psyché*(1678)、『ベ
レロフォン』*Bellérophon* (1679)、『メデ』　*Médée* (1693)といったオペラ作品も残してい
ることから、ペローと同様に新しもの好き「何でも屋」の性格を持っていた。兄の後を襲
いアカデミー会員になるに至り、ペローも完成に尽力した『アカデミー辞典』を補うべく、
『技術科学用語辞典』*Dictionnaire des termes des arts et des sciences*を刊行した。これ
はペローと同様の科学技術への嗜好を示すとともに、『世界地理歴史辞典』*Dictionnaire
universel géographique et historique* (1708)の編集も行うなど、網羅的・体系的知識を構
築しようとした点においてペローと同様十八世紀的な性格をもった人物であった。トマは
いわゆる「フェードル事件」において、ペローやドノー・ド・ヴィゼと伴に陰謀に連座し

---

[517] *Siècle*, 181-184.

ている。

　ルーアン出身の「大」コルネイユは、劇作を始めるに当たって、パリの文壇で話題となっている「三単一」を知っていたわけではなかったことは良く知られている。学者に規定された「規則」ではなく、「理性」に従っていたコルネイユは近代派的な特徴を十七世紀前半において示していたことは特筆に値するであろう。『ル・シッド』論争[518]において、取り敢えずはスキュデリーなどの規則派に服従する前、彼の第二作目にあたる悲劇『クリタンドル』*Clitandre*(1630)の「序文」において、古代人を崇拝することのない近代派的な考えを披露している。

　　　わたしはここで古代人に批判を加えるといういささかの自由を敢えて試みてみよう。彼らはわたしに反論することが出来ないし、誰にもわたしのあら探しをしてほしくないからだ。彼らの時代には科学も技術もなかったのであるから、彼らが全てを知らなかったと考えるのは当然であるし、彼らが命令したことから、古代人が持たなかった光を引き出すことが出来る。荒地を開拓して、これを後人に耕すべく残した人々として尊敬を捧げわたしは心から近代人を敬う。そして彼らがたしかな知識にもとついてなしたこと、あるいは彼らがみずからに課した特別な規則によってなしたことを、偶然のせいに帰するつもりは決してない。[519]

　『クリタンドル』においては、三単一の法則の内、時の一致だけは守られていた。

　1637年1月には、フランス演劇史上一大転換点となる悲喜劇『ル・シッド』（1648年以降は「悲劇」に改められる）が発表され大当たりを取ることとなる。『ル・シッド』への熱狂には、大恐慌、スペインとの戦争の危機に瀕した国内の不安感という原因が存在した。文学史的には、十九世紀の「エルナニ」論争とともに二大論争と呼ばれる「ル・シッド論争」においては、これまでにも論じられてきた三単一の法則や真実らしさなどといった概念が問題となったことが知られている。絶対王政における中央集権化の準備が進むなかで、様々なアカデミーが設立され、統一された公式な芸術観という規範が求められた。

　「ル・シッド論争」おいて、興行的成功に反し、コルネイユがスキュデリーなどから批判されたのは、ジャンルの峻別を求める規則派に反して「悲喜劇」という中間のジャンルを用いたこととともに、「三単一の規則」（芝居は二日に跨り、舞台も移動することなど）や「真実らしさ」（父親を殺されたばかりのシメーヌが一晩でロドリーグに愛を告白することなど）、「礼節」（舞台上で殺人が行われることなど）に反しているという理由であった。「もし画家が、人間の頭に馬の頸をつないで色とりどりの羽根を身にまとわせたいと思い、あちこちから手足と胴を集めてきたなら～こうして上のほうは美しい女であった

---

[518] ル・シッド論争の顛末については、『コルネイユ名作集』所収の解説を参考にした（『コルネイユ名作集』、白水社、1975, p.488.以降参照）。

[519] *Clitandre*, Préface, 1630. 和訳は持田担訳、『コルネイユ喜劇全集』（河出書房新社刊、1996 年、pp.587-588.）において同氏がなされた部分訳を引用させていただいた。同書にないものは拙訳である。

ものが、下のほうは恐ろしくみにくい魚になってしまうなら〜招待されてその絵を見たとき、あなたたがたは笑いを抑えることができるだろうか」[520]とホラチウスが言うように、喜劇でも悲劇でもないジャンルは、「三単一」とともに調子を統一させるという目的に適わず非難をされてしかるべきであった。

『ル・シッド』に対して、スキュデリーは『ル・シッドに関する批判』*Observations sur «Le Cid»*(1637)を発表し、以上のような論拠を列挙し、最終的にはアカデミーの設立者であり、コルネイユのパトロンでもあったリシュリューが乗り出し、アカデミー・フランセーズによる裁定を待つことになる。この論争に対して裁定を起草したのはシャプランであったが、これにリシュリューが手を加えることで『悲喜劇ル・シッドに関するアカデミー・フランセーズの意見』*Sentiments de l'Académie Française sur le Cid*(1637)が発表される。これは、規則や礼節などを欠いていると、コルネイユの非を公認したものであった。

結局、「ル・シッド論争」以降のコルネイユは要らぬ議論を避けるためか規則に従うことを心がけ、『オラース』において、「場所の一致」を適用し、『シンナ』において「行為の一致」をも適用し、三つの規則を遵守するに至り傑作を次々と生み出すことになったが、のちのちまでも規則よりも創作上の必要を優先させることの合理性を主張し続けた。

ペローがこのようなコルネイユを、フランスだけでなく演劇史上最高の悲劇詩人として認識したことは、古代人の残した規則、それも『詩学』に由来する半ば強引な解釈を「偏見」から崇拝することなく、万人に与えられた「理性」によって判断しようとした姿勢がペローのものと共通していることが一つの理由であると思われる。

ペローはアリストテレスの権威に対して次のように「第三巻」で反発する。

> 彼（アリストテレス）は、悲劇は情念を浄化しなければならないといって読者を教えたと思っていますが、これは馬鹿げたことです。さまざまに説明されましたが、誰にも理解できなかったと思われます。さらに、ソフォクレスがどのように行動したかを検討するという方向転換をしております。唯一の模範であり従うべき唯一の規則であるホメロスの叙事詩についても同じことをしております。この方法はアリストテレスに相応しくありません。詩人を導くのは哲学者であって、詩人が哲学者を導くのではないからです。[521]

いわゆる「三単一の法則」の起源はアリストテレス『詩学』に有ることは周知の事実である。『詩学』においては「場所の一致」について明確に求められているわけではないが、マッジやカステルヴェルトロといったイタリアの理論家たちによる解釈を経て定着する。牧歌劇を得意としたメレは、はじめて『シルヴァニール』の序文において、意図的に三単一の法則を適用することを宣言し、三単一の法則こそが、良質な演劇を作り出す手段だと

---

[520] 松本仁助・岡道男訳、『アリストテレース詩学　ホラーティウス詩論』、岩波文庫、1997、p.231.
[521] *Parallèle*, III, p.276.

考えた。「時の一致」に関しては、これより先にすでにシャプランが主張を行っている。
マリーノ Giambattista Marino(1569-1625)による『アドニス』*L'Adone*(1623)の序文にお
いて、シャプランはこれを主張している。この傾向はシャプランに限ったことではなく、
ヴィヨーは、『ピラムとチスベ』*Pyrame et Thysbé*(1623)、ラカンは『牧人詩劇』*Les bergeries*
(1625)において一日内に収まる芝居の実作を行っていた。シャプランが 1630 年にゴドーに
宛てた手紙が、最も重要な「時の法則」のマニフェストとなった。『ル・シッド』論争の
のち、シャプランが三単一の法則を強力に推進することは、彼の遍歴と無関係なことでは
ない。アカデミーによる裁定により確立された三単一の法則は、1639 年にラ゠メナルディ
エール Hippolyte-Jules Pilet de La Mesnardière(1610-1663)の『詩論』*La poétique* によ
って法典化され、さらにはボワローによって（『詩法』「第三歌」「一つの場所で同じ日
に一つの事件が完結し / 大団円に至るまで大入りになるようにせよ」[522]）明確化された。

　　アテネにおいて喜劇役者が豚を真似ることが、喜劇役者が外套の下に隠してい
た本当の豚よりも喜ばれたときに、役者は観衆が間違っていると思いましたが、
彼等は正しかったのです。この動物を演じる喜劇役者は最も目立つ特徴的な声を
研究し、これをまとめ上げることによって、みなが持っていた概念により応えた
のですから。サヨナキドリをハッコウチョウと間違えることがよくありますが、
われわれが聞いているときには、サヨナキドリがハッコウチョウを真似ていたか
らなのです。しかし、フィルベールがサヨナキドリの歌を真似たときには、彼は
最も美しい部分を巧みに真似たのであり、これはその鳥の歌が別の鳥から区別さ
れ、誤解をしようがないのです。[523]

　神父゠ペローの例示は、十七世紀フランス演劇において規範となった「真実らしさ」の
典型ともいえるものである。この点に対して、ボワローが主導した古典主義の規範に背く
ものではない。古典主義における数ある法則の中でも根本的な「真実らしさ」の議論の源
泉もアリストテレスにある。言うまでもなく、「三単一の法則」はこの「真実らしさ」か
ら導かれる結論である。「真実らしさ」という規範の確立に大きな役割を果たしたのも、
シャプランである。1623 年の時点において「「真実らしさ」は詩歌の不動の目標である」
と断言した彼は、この格率を『二十四時間の規則にまつわるゴドーへの手紙』*Lettre à
Godeau sur la règle des vingt-quatre heures* (1630)においても取り上げることになる。
『ル・シッド』論争を経て、「真実らしさ」もアカデミー公式の美的範疇となる。ラシー
ヌが、『ベレニス』*Bérénice* の序文において、「悲劇において心を打つものは、真実らし
さしかない」と述べ、ボワローが『詩法』において「真実はしばしば真実らしくないもの
だ」と述べたように、「真実」に近づこうとしたコルネイユを除いて、「真実らしさ」の

---

[522] *Art Poétique*, III, 45-46.守屋訳、『詩法』, p.75.
[523] *Parallèle*, III, pp.216-217.

227

重要性は古代派、近代派に関わらず十七世紀の共通見解であったといえる。事実に基づく歴史にも、ボワローが「人目に晒してならぬもの語りでそれを示すこと / 実に百聞は一見に如かずの譬えはあるにせよ / さはさりながら芸術の正道歩んで行くならば / 耳にするのは構わぬが見せてはならぬものがある」[524]と戒めるように「礼節」に適わず舞台上に再現するには相応しくないものがある。だから、「真実」よりも「真実らしさ」のほうが尊重されるべきである、というのがドービニャックを始めとする古典主義理論家の主張であった。ただし、コルネイユに関しては、事情は異なる。コルネイユは、歴史や伝統に基づく真実を尊重する。『悲劇論』*Discours sur la Tragédie* において次のように述べている。

> 「真実らしさ」と「必要」といった用語について第二の指摘をすると、この哲学者（アリストテレス）においては、「必要あるいは真実らしさに従い」と言ったり、「真実らしさあるいは必要にしたがい」と言ったりしてしばしば順序が反対になる。ここからわたしが引きだした結論は、必要よりも真実らしさが好まれる状況も、真実らしさより必要が好まれる状況もあるということだ。[525]

叙事詩においては「真実」を求めたペローはこのコルネイユの宣言について語ることはない。ペローが、古代劇を十七世紀演劇よりも劣った存在として見たのも、この「真実らしさ」という公式見解から離れていたことに他ならなかった。「真実らしさ」に纏わる古代人の欠点として「独白」の存在を挙げている。

> ですから、言語の面では全て同じであります。メレの『シルヴィー』を一目見ればわかりますが、ガルニエやアルディの作品の急激な失敗は、単純すぎること、構成が不味いこと、思想が貧弱であることからのみ来ていたのです。これらはすべて古代人から取り入れたものであり、これをうち倒した『シルヴィー』の自然な美しさには似ても似つきませんし、以降に出てきた素晴らしい作品に関してはなおさらです。もしこの論証がお気に召さないのであれば、詳細に参りましょう。一幕が一景しかなく、登場人物が一人で話しながら、すぐさま二百行もの詩句を唱えたり、不幸に涙しながら、不吉な出来事について長々と語るような悲劇がそれほど心地の良いものでしょうか。[526]

ところで、ラシーヌが劇壇に『テバイード』*Thébaïde* (1664)でデビューした折りには、コルネイユが直面した論争はすでに終わっていた。ラシーヌは「三単一の法則」や「真実らしさ」といった規範に素直に従うだけで良かった。コルネイユのように、ラシーヌは自ら演劇理論を構築することも、公言することも殆どなかったことはすでに述べた。

---

[524] *Art Poétique*, III, 51-55.守屋訳、『詩法』, pp.75-76.
[525] *Théâtre complet de Pierre Corneille*, tome I, Presses Universitaires de Rouen, 1984, p.79.
[526] *Parallèle*, III, p.198.

ラシーヌは、学者によって「真実らしさ」が損なわれると糾弾され徐々に使用されなくなっていた「独白」を活用したことは良く知られている。モリエールも独白を多用した。たとえば、『女房学校』におけるアルノルフは十以上の独白を行うことになるが、これについてペローは沈黙を守っている。ペローがラシーヌを全く無視した理由は、ラシーヌがボワローの黒子として古代派の反論に協力を惜しまなかったことだけを取り上げるのは少々難があるように思われてならない。ペローは、『比較論』において伏せ字にするにしてもボワローの名前を挙げることがあり[527]、諷刺詩人として一定の評価を下している箇所があるのに反して、ラシーヌの名前は『比較論』にも『ルイ大王の世紀』にも全く現れないからである。

　ペローがこのように沈黙を貫き通していることに関して、ただその理由を推定することしかできないが、ペローとラシーヌとの関係において最も劇的なものは「フェードル事件」(1677)にプラドン派として連座していたという事実がある。この事件に関係した人物としては、コルネイユの親友ともいえるべき人物が挙げられる。デズリエール夫人やドノー・ド・ヴィゼ、トマ・コルネイユは「近代派」に属した人物といっていいであろう。さらに、ラシーヌの庇護者であるモンテスパン夫人に敵対するグループがこの陰謀に加わった。ソワッソン伯爵夫人、ヌヴェール侯爵、ブイヨン侯爵夫人などである。ラシーヌの成功を快く思わない人物として、ペローをはじめ、デマレ＝ド＝サン＝ソルラン、ル＝クレール、競作者であるプラドンNicolas Pradon(1632-1698)などである。ボワローが『諷刺詩』「第七歌」において、ラシーヌを慰藉したことをよく知られている。本年中に二十回以上プラドン作『フェードルとイポリット』*Phèdre et Hippolyte*の方が上演されるなど評判をとったが、ヴォルテールが悲劇『マリアンヌ』*Marianne*(1724)の序文で「ラシーヌの『フェードル』がなければ、プラドンが同じものを作ったことなど知られなかっただろう」[528]と言うように、後世の評価を得たのは『フェードル』のほうであった。ラシーヌは、この攻撃に関連してかこれ以降劇作を中断してしまう。修史官に選ばれたという事情があったにせよ、彼が復帰するのは、1689年になってからであり、その題材がキリスト教より取られていることは興味深い（『エステル』*Esther*(1689)、『アタリー』*Athalie*(1691)）。キリスト教文学の出現を力説していたペローにとってラシーヌの作品は、失敗作であれ成功作であれ取り上げにくい題材であったことには違いがない。ラシーヌへの沈黙には、彼の信仰への回帰が少なからず影響しているのかもしれない。

　ラ＝ブリュイエールは『カラクテール』「文学上の著作について」において、この二大劇作家の特徴を「比較」して次のように分析している。

---

[527] たとえば、「彼（ボワロー）がいくつもの箇所でホラティウスを模倣したことは事実ですが、それしかやっていないというのはまったく事実ではありません。その諷刺詩の中には、ホラティウスから引き出したものよりも優れた多くの創案があります。彼がこの作家に対して持っている過度の崇拝が、ホラティウスが自らの作品を豊かにしてくれるであろうと思わせていることは残念ですらあります。この頻繁すぎる模倣がその美しさのいくらかを減じていると思います」（*Ibid.*, III, pp. 228-229.）のように諷刺詩人としてのボワローをホラチウスよりも評価する。

[528] *Œuvres complètes*, tome II, Garnier, 1875, p.165.

しかし二詩人の間に若干の比較をして、それぞれを、各自に固有なものにより、最も常に彼等の作品の中に輝くものによつて、特性づけることが許されるならば、恐らく人はかう言ふことが出來よう。「コルネイユはその描く諸性格（即ち登場人物）諸理想に我我を服從させ、ラシーヌは我我や我我の理想の方に己を順應させる。前者は人々をかくあるべきものとして描き、後者はそれらを在るとほりに描く。前者には人が感歎する事柄、模倣さへすべき事柄が多くあり、後者には人が周圍の人々において認める事柄、自分の裡に感ずる所の事柄の方がより多くある。前者は人を高め、驚歎させ、支配し、教訓する。後者は人をよろこばせ、動かし、感激させ、胸深くしみ入る。理性の中にある最も美しい最も高貴な又最も嚴然と迫るものは前者に取扱はれ、後者には情熱の間に存する最も蠱惑的にして機微なるものが取扱はれてゐる。前者におけるは格言、規準、細則であり、後者におけるは趣味と感情である。コルネイユの作に對すると、人は心を奪はれることが多く、ラシーヌの作に對しては寧ろ動かされ涙ぐまされることが多い。コルネイユの方は道義的で、ラシーヌの方は自然的である。前者はソフォクレスを模してゐるらしく、後者はユーリビデスにより多く負うてゐるやうに思ふ。[529]

　ラシーヌの劇作は、「情念」がその特徴であると言われる。人間は情念に縛られているという思想は、ジャンセニストに特有のものである。一方で、コルネイユの劇作は高邁な「意思」を特徴にしたものだ。コルネイユの同時代人デカルトは、「情念」を「理性」と「意思」で制御すべきものであると述べた。この意味で、コルネイユの思想はデカルト的な要素をラシーヌより多分に持っている。ところで、ペローもジャンセニストの家庭に育ったことはすでに述べた。ペローがボワローと和解するに至ったのも、ジャンセニストの大物アルノーの仲介があったこそであった。新旧論争において、ペローはジャンセニスト的な立場よりも、むしろデカルト的な合理主義を主に適用していたことはすでに見た論旨においても明らかであろう。ペローがラシーヌよりも、コルネイユを好むのはこのような英雄的な「意思」と自我に基づく「理性」を基調とした劇作の特徴にあるといえるかもしれない。

　いっぽう喜劇に関して神父＝ペローが近代の成し遂げた到達点とみなしているのがモリエールの作品群であることは間違いがない。『ルイ大王の世紀』において既に「未来の人類によってどれだけ愛されるであろうか／雅なサラザン、愛すべきヴォワチュール／純なモリエール、ロトルー、トリスタンや／さらにその時代の他の数多の楽しき者たちが？」[530]と述べ、上述したトリスタンと伴に礼賛される。

　『比較論』においては、悲劇においてメレからトリスタン＝レルミットを経てコルネイ

---

[529] *Les caractères*, « Des ouvrages de l'esprit ».　関根訳、『カラクテール』（上）、p.67.
[530] *Siècle de Louis le Grand*, 177-180.

ユにおいて完成されるという道程が示されたように、喜劇の変遷についてはこのような進歩が明示的に示されることはない。上述したような予定変更を被ったことによって、アリストパネスの『雲』とモリエールの作品（神父＝ペローは特に作品名を挙げていない）が比較されること[531]、プラウトゥスの『アンフィトルオ』とモリエールの『アンフィトリオン』が比較されること[532]が予告されているものの、その比較内容はついに発表されることはなかった。モリエール喜劇について、具体的な批評が行われている箇所としては、「少し長くなりすぎ、あなたがたを退屈させてしまったこの主張を結論づけますと、老人には老人のように、若者は若者のように、下僕は下僕のように話させたことや、彼がしたように自然を模倣したと言うことはテレンティウスにとって大きな功績ではありません。これはそれほど難しいことではありません。その性格が認識されるように十分にはっきりしていればよいからであります。申し上げたような、いわば概念の完璧さにまで高めなければなりませんし、それは純粋な自然を越えるだけでなく、美しい自然自体を越えねばなりませんが、このことはテレンティウスがなしえなかったことです。付け加えますと、作品の類似箇所を比較したものにおいてこれから見ますように、登場人物の性格やその台詞においては、モリエールははるかに成功しました」[533]という神父の発言において、モリエールの科白の「自然さ」を賞賛する場面などを挙げられるに過ぎず、喜劇について割り当てられた紙幅の多くはギリシャ・ローマの古典喜劇に対する批評に使われている。

　「ル・シッド論争」を経て、後々まで『自作吟味』や『劇芸術三論』などで演劇論を提示しようと努力したコルネイユと異なり、ラシーヌ同様、モリエールは自分の演劇理論を纏まった形で明示することはなかった。『比較論』が「第三巻」から「第四巻」に移行する過程でなされた予定変更だけが神父＝ペローの沈黙の原因ではなく、『イフィジェニー』の「序文」においてのみ発言したラシーヌについてペローが論じることを拒んだのと同様に、モリエールについても論じにくい状況の原因になったのかもしれない。

　モリエールは、コルネイユと異なり進んで自らの演劇論を開陳することはなかった。『才女気取り（滑稽な才女たち）』(1659)の「序文」においては、「しかも処女作となると初めてだから、勝手がわからない。もっと前から準備できれば、もう少しどうにかなったかもしれないし、今では自分もその仲間入りをした作家先生連中がこういう場合にする用心もすべてできたのに。それに、誰か偉いお方にこの作品の庇護者をなんとか引き受けていただき、華麗な献呈文を添えてその方のご加護を求めることもできたのに。その上、立派で学のある序文をつけることもできたろう。その手の本には事欠かないから、たとえば、悲劇と喜劇という言葉の語源や起源、その定義、その他の事項についての見識を披露すること

---

[531] 「これは『雲』という喜劇で、この有名な作品はアテネで大当たりをとり、ソクラテスの死の原因でもありました。モリエールの喜劇の断片といくつかの箇所を比較してみましょう」（*Parallèle,* III, pp. 207-208.）.
[532] 「近代人がいかにこの古代人に優っているかを理解するには、彼の最も美しい作品の一つである『アンフィトルオ』を見て、これをモリエールの『アンフィトリオン』と比較するだけでいいのです。お話しした覚え書きをお読み申し上げれば、楽しくこのことがわかるでしょう」（*Ibid.,* III, p.210.）.
[533] *Ibid.,* III, pp.220-221.

もできたのに。それに友人に声をかければ、この作品を称える詩をフランス語やラテン語で書いてくれただろう。ギリシャ語で書いてくれる友人もあったかもしれない。ギリシャ語の賛辞を巻頭に掲げれば、それだけで箔が付く。しかし、急なことで、自分でも何が何だかわからない。この喜劇がどのような意図で作られたかを弁護する言葉を一筆書いている暇もなかった」[534]と述べるとともに、『うるさがた（はた迷惑な人たち）』(1661)の「緒言」において、コルネイユの『演劇三論』(1660)を揶揄して、「もっと素晴らしい作品にできたかどうかを今検証するつもりはないし、この芝居を観て楽しんでくれた人たちの笑いが規則にかなうかどうかを検証するつもりもない。自作の芝居についての見解を発表する時がくるまで待つのもいいだろう。いつの日か偉大な作家になったら、アリストテレスやホラテイウスを引き合いに出して、論じることもあるかもしれない。こういう試論を書くことはないかもしれないが、試論を世に出すまでの間は、大多数の人々の判断を仰ぐことにしよう。大衆が評価する作品の価値を認めないのは、大衆にそっぽを向かれた作品の擁護をするのと同じほど難しいことだろうから」[535]述べ、自作の判断は理論ではなく観客の賛否に委ねられていることを述べる。

　『女房学校（お嬢さんの学校）』(1662)の「序文」においては、「この芝居を見るや、けしからんと早速非難を始めた人が大勢いました。しかし、この芝居を見て笑ってくれた人たちは、この芝居の価値を認めてくれたのです。どれほどひどいことを言われたにしても、この芝居が大いに受けたことは事実ですし、私はそれで満足なのです。『お嫁さんの学校』の台本をこうして世に出すにあたっては、批判に答え、『お嫁さんの学校』を擁護するような序文をつけることを期待されていることでしょう。それに、『お嫁さんの学校』に拍手をくださったすべての人たちへの感謝の気持ちを示すためにも、彼らの判断こそが正しくて、この作品を非難するほうが間違っているということを明らかにする責任が私にはあります。しかし、この件について言うべきことはほとんど対話のかたちで書き上げてしまいました。これをどうするかはまだ思案中です」[536]と述べ理論的反論を期待させるが、いくぶん論争を意識して書かれた『女房学校是非（「お嬢さんの学校」批判）』においても、彼の演劇理論が開陳されることはなく、ドラントの「たしかに、一番重要なのは観客に喜んでもらうことだし、あの芝居は、観客に気に入ってもらえたのだから」[537]という科白でこれまでの持論を繰り返す。

　モリエール喜劇の特徴として挙げられるのは、イタリア式のファルスや性格喜劇、風俗喜劇、コメディ・バレエなどレパートリーが多岐に富んでいることにある。座付き作者として俳優として経営者として、これらのレパートリーが劇団の要請に応じて現れていく。市場原理に創作が左右されることは、一個の演劇理論を基に創作を行おうとしたラシーヌやコルネイユなどと異なる点である。悲劇をモデルに立てられた古典主義理論を、喜劇に

---

[534] ロジェ・ギシュメール他編、『モリエール全集（２）』、臨川書店、2000, pp.106-107.
[535] ロジェ・ギシュメール他編、『モリエール全集（３）』、臨川書店、2000, p.75.
[536] *Ibid.*, p.135.
[537] *Ibid.*, pp.294-295.

も適用することには無理があり、「真実らしさ」の規範に関しては、必ずしも上記のような多岐に渡る作品において守られているとは言い難い。アルノルフにしても、ジョルジュ・ダンダンにしても、タルチュフにしてもその性格が極限にまで強調されることが滑稽さの源泉となっている。アリストテレスが喜劇についてほとんど規定しなかったように、喜劇という性質から来る捕らえどころのなさが、神父＝ペローの沈黙にも繋がっているように思われる。

　「それは確信しておりますし、さらに優っていると考えています。最も偉大な古代の愛好者である北国の学者たちも、からかいや冗談が優れているシャンソンやヴォードヴィル、エピグラムなどの精神の産物は、あらゆる国やあらゆる時代に対して、わが国が優っていることを白状しています。この期に及んで、問題の優劣をわれわれとだれが争えましょうか。からかいや冗談が喜劇の真髄であることは争えないことなのですから」[538]と神父が述べるように、ペローはフランス喜劇を古代人に対してだけでなく、当時のスペインやイタリア喜劇よりも優れたものと捉えていた。十七世紀前半においてフランス喜劇は、悲劇よりも、さらには悲喜劇や牧歌劇よりも、制作数自体が少ないものであった。文学史家レイモン・ルベーグは二十年代に、少しでも名のある作者によって書かれた喜劇について、その本数を数え上げても三本にしかならないとし、ジャック・シェレル作成の出版統計によると（出版にまで至る作品は一握りであることを考慮すべきであるが）、二十年代には悲劇三十三、悲喜劇二十三、牧歌劇三十三に対し、喜劇は四本に過ぎないが、三十年代には二十三本へと飛躍的な増加を示している。1652年から1659年までの、喜劇の上演本数は、悲劇二十七編、悲喜劇二十八編、牧歌劇五本に対して、喜劇は三十九本を数えるまでになるという[539]。この喜劇の隆盛には最も貢献したのは言うまでもなくモリエールであった。

　ギリシャ・ローマの古典喜劇に関しての神父＝ペローの意見は、これまでに散々論拠となっていた「時の要素」によって基礎付けられている。アリストパネスよりも、プラウトゥス、テレンティウスが優越し、さらにモリエールが優越するという理屈である。アリストパネスに比較して、ラテン喜劇はそれ以上の評価を与えている。

　　　プラウトゥスやテレンティウスのほうが、ギリシャ喜劇よりもより整っております。先任者のよい例や悪い例を利用できるので、あとに来たものには都合がいいのですから。[540]

　さらに、プラウトゥス（紀元前254頃- 紀元前184）とテレンティウス（紀元前190頃-紀元前159）を比較して後者に軍配をあげる。騎士が「プラウトゥスやテレンティウスは両方とも好きでありますが、プラウトゥスは笑わせようとし過ぎており、テレンティウスは十分にそれを考えていないような気がします。意見を述べるのが許されるのであれば、プラウ

---

[538] *Parallèle*, III, p.204.
[539] 持田担訳、『コルネイユ喜劇全集』、河出書房新社刊、1996 年、pp.535-536.を参照。
[540] *Parallèle*, III, p.208.

トゥスは熱すぎ、テレンティウスは冷たすぎなのです」[541]と述べ、他の二人もおおむね同調するように、時間の要素と伴に笑劇的要素を色濃く残すプラウトゥスに対して、科白を中心に展開する整然としたテレンティウスのほうが好まれたのであろう。

　ところで、神父＝ペローは、ホラティウスの『詩論』における一節「劇が人気を博して再演のために舞台にのせられることを望むなら、五幕より短いのも、それより長いのもよくない」[542]が槍玉に挙げられる。ペローは、イタリア喜劇を例に挙げ、三幕しかないものでも優れたものがあると説く。

　　　　演劇作品の幕数が決定されたおり、理性に問い質していれば、五幕に延長されるよりも三幕にむしろ短縮されたでしょう。演劇には三つの本質、導入、山場、大詰めが存在するからです。主題の導入が第一幕、山場が第二幕、大詰めが第三幕にあたります。これが三幕にしてそれ以上にはしないという理由ですが、行われているように五幕に固執するという理由はありません。[543]

　このように、古代人の立てた「根拠のない」格率への理性的な反抗は『比較論』に共通する特色であった。

　既に述べたように、悲劇を実作することがついになかったペローであったが、喜劇に関して二本の作品を残している。なかでも注目に値するのが『ウーブリ売り』（1691）[544]である。

　喜劇は既にもう一つの『フォンタンジュたち』で試みられていたが、残されたテクストは一幕しかなくおそらく未完成のものである[545]。しかし、気軽に書かれたと思われるこの『ウーブリ売り』によって、喜劇は五幕でなければならないというホラティウスに反して、三幕で十分であるというペローの主張が実現されている。「第三巻」の出版を前にその実作を試みて見せたことは興味深い事実であると思われる。この二作品はともに生前に出版されることはなく、執筆から約二世紀後の十九世紀後半に初めて世に出ることになった。この経緯でもわかるとおり、両作品は出版を目的として書かれたものではないようだ。おそらく親しい者や身内の間で行われた会での上演を目的に書かれたものであろう。『フォンタンジュたち』が一幕しかなく、『ウーブリ売り』が三幕ながらごく短い理由はここにあると思われる。

　『ウーブリ売り』の登場人物は九人である。パリの善良なブルジョワであるジェローム氏、その息子の兄デランド氏、同じく弟デュヴィヴィエ氏、弁護士のド＝レタン氏、その妹のド＝レタン嬢、ド＝レタン嬢の従姉妹のデュプレ嬢、ド＝レタン嬢の召使のバベ、最

---

[541] *Ibid.*, III, p.209.
[542] 松本仁助・岡道男訳、『アリストテーレス詩学　ホラーティウス詩論』、岩波文庫,1997, p.241.
[543] *Parallèle*, III, p.274.
[544] Charles Perrault, *L'oublieux*, Académie des bibliophiles, 1868.
[545] *Petites comédies rares et curieuses du XVIIe siècle*, tome II, A. Quintin, 1884.

後にド＝レタン家の隣人であるマノン嬢とルイゾン嬢である。ド＝レタン氏の部屋が舞台となっている。

　筋立ては、だれもが指摘するように深刻ではなく他愛のないものである。身内の会での上演を目的としたものであるから、深刻な内容を含まないばかりか分量的にもごく短い。それでも、ウーブリ売り[546]という現代では消滅してしまった職業の存在や、その扮装や隣の少女たちが歌うの歌謡は十七世紀末フランスの風俗資料という価値があるであろう。アナグラムや最新号の『メルキュール・ガラン』の「謎歌」が台詞に登場するなど、当時の流行を大いに反映しており、当の観客は大いに感心したと思われる。なかでも、最も重要なのは登場人物とその描写にあると思われる。

　新旧論争期のペローの作品は、どれも自らが引き金を引いた新旧論争の影響を色濃く反映しており、これは『ウーブリ売り』のような、発表を前提としない「身内むけの」作品でも同様である。中でも、もっとも特徴的なのは、「第一幕」、「第二幕」で描かれる「変身」前のデランド氏にみられるような、古代派を象徴したと思われる人物を登場させ、貶めるという描写である。ニュース好きの弟デュヴィヴィエ氏は近代派を象徴していることは一読して判明であろう。最終的にはデランド氏はまさに雅な男に豹変してしまうが、変身前の「第一幕」「第二景」における「古代派」デランド氏の描写は、この時期のペローの真骨頂であるといえよう。

　　　　ド＝レタン氏：　彼の兄というのは、正反対の性格なんだ。人嫌いで誰にも会わないし、いま起こっていることになんの興味もないし、作り話とか大昔の物語とかの目立たない珍しいことを知ることにしか情熱がないんだよ。最近は、ヘクトルの乳母の名前を見つけただとか、クレオパトラの爪を切った女の召使の名前を見つけた、だとかいうことで考えられないくらい喜んでいたんだよ。それに、プリアム王のスリッパがメス狼の皮で裏がついていたなんていうことを知って大喜びしていたんだよ。[547]

「古代派」デランド氏は変わった興味を持っているだけでなく、紳士で雅な弟に比べてその身なりもだらしなく不潔である。以下は「第二幕」「第一景」でジェローム氏がデランド氏を論すが、デランド氏の反論に会う場面である。

　　　　デランド氏：　本当のところ、パリの社交界の流儀というのは、われわれの祖先であるゴート族やフン族などのものに比べてそれほど野蛮なものではないですが、ローマの優雅な立ち居振る舞いや洗練さには似ても似つきません。だから、

---

[546] ウーブリ oublie と呼ばれる菓子を、ウーブリ売りという商人がランタンを手に夜間売り歩く光景は、ペローの時代のパリでは一般的なものであったという(Charles Perrault, *L'oublieux*, Académie des bibliophiles, 1868, pp.7-12.)。
[547] *Ibid.*, p. 20.

お父様、アウルス・ゲリウスやマクロビウスの一章を読むだけで、どこかを訪れたりすることよりもずっと精神を形作り磨いているのであるということを理解してください。

　　ジェローム氏：　わたしはそうは思わないな。自分がどんな格好をしているのか見てみなさい。おまえのネクタイは完全に曲がっているし、ジュスト・オ・コールはボタンの羽目違いで、指四本分片方に垂れ下がっているよ。お前のストッキングが巻けているのをご覧。手袋を脱ぎなさい。何たる手だ！つめ先が真っ黒じゃないか！これが礼儀ある若者かね！読書をしても仕方がないよ、社交界に足繁く通わないと不潔でつきあい悪い男になるだけだ。だからド＝レタンさんと知り合わせることに決めたよ。とても有能な弁護士で、妹にお嬢さんがいて、親戚のお嬢さんも一人彼らと住んでいるんだ。立派な二人のお嬢さんで、きっと何回か家の前を通るのを見たことがあると思うよ。二人とも美人なんだよ。

　　デランド氏：　十人並みの美人じゃないですか。

　　ジェローム氏：　おまえはこの世にもう真の礼節が存在しないように、美人が存在しないと主張するのかね？

　　デランド氏：　アレクサンドロスやカエサルやテミストクレスやペリクレスやエパミノンダスのような人物がもう存在しないように、ヘレネーやイフィゲーニアやクレオパトラやプルケリアなどと同じような美人がもう存在しないとしても不思議ではありません。

　　ジェローム氏：　少なくともお前も彼女らを少しは可愛いと思うだろうよ。

　　デランド氏：　彼女らはきっと可愛いでしょうが、今日のもっとも愛らしいお嬢さんと美しき古代のもっとも劣ったグリケリウムの間にはいかなる差があるでしょうか！わがグリケリウム、わがテルトゥッラ、わがリュケア、わがレウコテエ、この名前においてすらどれくらいの美が存在するでしょう、これに慣れてしまうと、ナノンやマルゴやファンションやジャヴォットなんかの噂話など聞いていられるでしょうか？[548]

　古代好きの兄をこのようにペローが描写するということは当然すぎることであるが、奇妙なことに、それと対をなす新しい物好きの「近代派」デュヴィヴィエ氏も少々珍妙に描かれている。以下は「第一幕」で突然現れたデュヴィヴィエ氏が最新のニュースというものを二人に披露する場面である。

　　デュヴィヴィエ氏：　ルーアンにいる友達から手紙を受け取ったばかりでして、あなたにお知らせするのをこれ以上遅らせたくはないと思いまして。今週、三人の追い剥ぎが首吊りにされたという話を手紙で知らせてきました。そして巾着き

---

[548] *Ibid.*, pp. 36-39.

りの二人にはユリの焼き印が押され、タラを積んだ小船が三艘ついたと。同時に
ルーアン市の鐘の名前全部を、その名付け親の男女の名前とともに送ってきたん
です。

　　ド＝レタン嬢：　それはすごい好奇心ですわ！

　　デュヴィヴィエ氏：　これ全部を知っておられましたか？わたしはそんなこと
はないと思われます。大聖堂の大鐘の名前がジュルジュ・ダンボワーズであって、
アルフォンス・フェルディナンド・ド・マランヴィルとジャンヌ・シャルロット・
エレノール・ド・ヴァランクールが 1498 年にこれを手入れしたことは、おそらく
ご存知であると思います。しかし、この町にある二十七の小教区と三十二の修道
院のすべての鐘の名前はご存じないかと思います。例えば、コルドリエの大きな
真ん中のやつがフランソワーズという名前で、カルメル修道会のものはテレーズ
という名前で、それから・・・

　　デュプレ嬢：　もうその辺で話すのをやめてくださいまし。ルーアンの鐘が全
部頭の中に入ってしまったようですわ。

　　デュヴィヴィエ氏：　あなたがご命令になるからには、ここでやめておきます。
でも、ぼくがフランス全土の鐘を集め終えたときには、間違いなくこれはとても
興味深い著作になるでしょう。もう二十の本屋からの依頼があるのですよ。しか
しながら、あなたにはこのような好奇心がお好みではないことは良くわかってお
ります。しかし、わたしにはひとかたならぬ才能があるということをお分かりい
ただくために、最新の「メルキュール」の謎をわたしが解いたことを申し上げた
いと切に思います。[549]

　このようにひたすら新しいものを追い続けていたあげく、恋人をうんざりさせてしまう
ような人物がペローの考えている近代派の理想を代表しているとは考えにくい。劇作上、
みずからの近代派を戯画化したという理由も考えられる。実際に、デュヴィヴィエ氏は、
不潔でだらしないデランド氏よりも幾分ましに描かれている。しかし、この当時『比較論』
「第三巻」を執筆し論争の渦中にいたペローがわざわざ古代派を貶めると共に、近代派を
賞賛するどころか皮肉っている印象を与えるようなことを書くであろうか。

　この疑問に答えるのに適当な台詞を、ペローはド＝レタン氏に語らせている。

　　デュプレ嬢：　いずれにせよ、あの二人のお子さんはお互いに全く違う人です
ね。

　　ド＝レタン氏：　それほどでもないですよ。わたしはある意味で同じ人種だと
思いますね。というのも、二人とも些事に熱中していて、一方はそれが新しけれ

---

[549] *Ibid.*, pp. 27-29.

ば、他方はそれが古いものであれば好きになるということです。[550]

　劇中人物の発言とはいえ、これはペローの近代派としての立場を疑わせかねない記述で
あろう。些事に熱中していることは批判に値するとはいえ、近代派と古代派をただ「古い
物好き」と「新しい物好き」の差しかないとして同一視するようなことは、近代派の頭目
を自他共に認めていたペローの立場を揺るがしかねないともいえる。ペローの伝記的研究
の第一人者マルク・ソリアノがいうように、身内の上演のため即興で短時間に書いたもの
であるがゆえに、彼の思想と共にその底意が現れていると考えるべきであろう。彼はあく
までも仮定としながらも、このド＝レタン氏の台詞からペローの深層心理を分析している
[551]。新旧論争を「鎮めがたい兄弟喧嘩」ととらえ、古代派も近代派も「同じ穴の狢」であ
り、現在は互いに攻撃し合ってはいるものの、いずれは和解をするものである。ペローは
この新旧論争が激しさを強めている時期に、ボワローに対する論争に「兄弟殺し」の感覚
を感じていたのではないか。ペローは和解を夢見ながらも、裏腹にそれが不可能なように
行動している、という。ペローが双子で生まれたがその兄フランソワが生後六ヶ月で死ん
でしまったという事実から、コレージュ・ド・ボーベー時代に教師や他の生徒と論争を好
んだことを始め、ボワローとの新旧論争に至るまで、常に論敵を作ることで、双子の兄と
いう自らの分身を失ったその喪失感を埋めていたのである、という趣旨はソリアノが一貫
して主張するところである。

　ソリアノのペローの「双子性」という観点は興味深いものであり納得のいく分析も多い
が、なにかにつけても「双子性」一本槍で説明をこじつけようとする感がある。しかし、
この『ウーブリ売り』の兄弟の描写、はたまた引用したド＝レタン氏の台詞などを考える
と、本作品についてはソリアノの分析は当を得ていると思える。古代派デランド氏と近代
派デュヴィヴィエ氏は同じ父親から生まれた兄弟である。確かに兄は少し不潔なところも
あるが、その弟デュヴィヴィエ氏も兄と変わらずに変人ときている。古代派も近代派もそ
の興味の方向が異なるだけで、本質は変わらないのである。

　ただし、この作品が発表を前提とせずに書かれたということはもう一度強調すべきであ
ろう。これは近代派のリーダーと目されているペローの作品ではない。身内の親しいもの
たちだけでの上演を考えて書かれたと推定される作品であるからこそ、ペローの本音がよ
り現れていると考えることが出来るのである。それはソリアノがいうように深層心理から
無意識的に発露したという可能性もあるが、身内向けに文学論争など堅苦しい内容は努め
て避け、過度な古代派批判を避けるという意図も働いているであろう。

　いずれにしても、『ウーブリ売り』という作品は、ペローの喜劇観の全貌を窺うことは出
来ないものの、論客ペローとは違った一面が垣間見ることができるとともに、「笑い」を求
る喜劇というジャンルについて一つの規則をうち立てることの困難さを示していると思わ

---

[550] *Ibid.*, p.22.
[551] Marc SORIANO, *Le dossier*, p. 250.

れる。

5. 古代人に知られなかった三つのジャンル〜オペラ

「第三巻」において次に論じられるのが、叙事詩や演劇に含まれない様々な韻文のジャンルである。

> わたくしは、内容や作品の主題の扱い方において、古代人と異なるいくつかの詩歌について話しているのです。まず、三つのものが思い浮かびます。オペラ、雅な恋愛詩、そしてビュルレスクであります。この詩のジャンルは新しく、古代には知られていなかったことを認めざるを得ません。[552]

オペラが、新旧論争において近代優越の有力な論拠となっていたことは既に述べた。『オペラ論』(1674)は、ペローの経歴においてはじめての「論争書」というべきものであった。オペラ[553]は十六世紀末イタリア・フィレンツェで創造され、次世紀初頭には早くもモンテヴェルディという作曲家を得(『オルフェオ』*Orfeo*(1607)、『アリアンナ』*Arianna*(1608))、音楽形式を確立した。このような事情から、フランスにオペラが導入された初期には、イタリアの作品のみならず劇団そのものを直輸入する形を取った。これらは主に宮廷で上演されるにとどまり、語学的な問題や膨大な上演時間が掛かると言った問題を抱え、一般の劇場で上演されるには至らなかった。イタリア人であったマザランや、フーケの支援を受けたものの、彼らが姿を消した後には莫大な出費を賄えるパトロンは存在しなくなった。六十年代における、類似の試みとしては、むしろ、コメディ・バレエを挙げなければならないであろう。

カトリーヌ・ド・メディシス(1519-1589)によってイタリアからもたらされたバレエは、詩、音楽、舞踊の三要素によって構成される「宮廷バレエ」として演じられたきたが、自らも舞台に立ったことが知られるルイ十四世の趣味により、バンスラード Isaac de Benserade (1612-1691) の台本を得て宮廷娯楽として成長する。モリエールは幕間をバレエで繋いだ喜劇を構想し、リュリによって科白劇との融合が図られることになる。コメディ＝バレエと呼ばれたジャンルの代表作としては、上記のコンビによる『町人貴族』*Le bourgeois gentilhomme*(1670)が最も知られている。

そもそも、フランスにおけるオペラの発展の起源としては、牧歌劇の存在が挙げられる。オペラ創生期の1670年、モリエールが上述の『町人貴族』「第一幕」において、「ダンスの先生」に「音楽で人物に語らせるには、真実らしく見せかけるために、羊飼いの姿をさせ

---

[552] *Parallèle*, III, p.280.
[553] オペラ史に関しては、ロジャー・パーカー編、『オックスフォード・オペラ史』、平凡社、1999. / William Brooks, Buford Norman et Jeanne Morgan Zarucchi, « *Philippe Quinault. Alceste suivi de la Querelle d'Alceste Anciens et Modernes avant 1680* », Droz, 1994. などを参照した。

ねばなりません。歌はいつの時代にも羊飼いのものでした。王侯や町人が自分の情熱をディアローグで歌うのは自然らしくありませんからね」[554]と語らせているように、歌唱を伴う芝居といえば牧歌劇が第一に念頭に上がったのであろう。牧歌劇自体は、コルネイユの登場や古典主義規則が悲劇の制作により合致していたことにより徐々に喜劇に吸収され演じられなくなるが、その命脈は保たれていた。フランス独自のオペラという模索は、イタリアからの影響やコメディ=バレエの存在と共に、牧歌劇の伝統に則っていた。

ペラン神父はフランス・オペラの創始者と見なされ、衰退した牧歌劇に音楽を付けることによってオペラの原型を形作ったといえる。すでに音楽付き牧歌劇『イッシーの牧歌劇』 *Pastorale d'Issy*(1659 年。音楽は消失)や『アリアーヌもしくはバッカスの結婚』*Ariane ou le Mariage de Bacchus*(1669)を上演させていた彼は、作曲家のカンベールと共同し、独占上演権を得て（1669）、はじめてパリにおいて公に上演されたオペラ作品『ポモーヌ』*Pomone*(1671)を成功させる。楽譜の半分は失われたものの、台本は現存しておりこれが牧歌劇風の作品であったことが知られている。ペローはこの新しい芸術の誕生を、近い立場で見ていたらしく、『回想録』にはこのペランによる上演を鑑賞したときの思い出を見ることができた。

ペランおよびカンベールによってフランス語での創作が既に始められていたオペラは、既に人気を得ていたイタリア語作品の影響も加わり、新たな音楽・演劇ジャンルとして人気を博した。バレエへの情熱を失いつつあったルイ十四世も、この新しい様式に多大な関心を抱いていた。そのオペラに目を付けたのがリュリであった。彼はこのジャンルを独占しようと画策する。この折りのペロー自らの回想は既に「略伝」に引用した。

さらに、リュリはモリエール劇団からパレ・ロワイヤル劇場を取り上げる策謀を実行に移す。ペローはこれをコルベールに提案し認められることになるが、得たものといえば木戸銭無しにいつでも入場できたこと位であると『回想録』でぼやいている[555]。いずれにしても、音楽リュリ、脚本キノー、舞台美術ヴィガラーニの三頭体制で「王立音楽アカデミー」（オペラ座）が設立され、フランス国内の上演を独占することになる。

1674 年の夏、国王はヴェルサイユに滞在し饗宴を催したが、その折りに上演されたのがリュリ=キノーによる『アルセスト』および、ラシーヌによる『イフィジェニー』であった。『アルセスト』は王命により制作された理由もあり、ルイ十四世はいたく気に入ったが、当時の一般的な評判によると、リュリ=キノーの前作と比べれば期待はずれであると共に、ラシーヌの『イフィジェニー』のほうがより評判を得たようである。七月には、旧作『カドミュスとエルミオヌ』の再演に切り替えられてしまう。二人の成功を妬んだ三文文士や音楽家が、『アルセスト』に対して陰謀を働いたとまで考える人物が現れた。

ペローは旧友キノーとリュリを擁護するために、7 月 4 日の初演の日から二週間とたたず、同月 16 日に『オペラ論』は出版される。『オペラ論』はフランスで書かれた初めてのオペ

---

[554] 鈴木力衛訳、『モリエール全集（3）』、中央公論社、1973, p.201.
[555] *Mémoires*, pp.228-229.

ラに関する本格的な考察であると考えられている。

　近代的演劇としてのオペラを擁護した『オペラ論』を受けて、二つの副産物が生まれていることを述べなければならない。ひとつは、ペローらの『アルセスト』擁護に対して再反論をラシーヌが行ったことであり、この『イフィジェニー』「序文」は新旧論争においては多弁なボワローと正反対に、沈黙を貫き通したラシーヌが唯一持論を述べたテクストとして知られている。

　いっぽう、ラシーヌ『イフィジェニー』の発表から三年ののち、ピエール・ペロー単独で『『イフィジェニー』に関する批判および両者の比較』が書かれることになる。これはペローの『比較論』と極めて類似した構想を持っていたことは既に述べた。第一に、近代派の論拠を主張（ここでは、フランス近代演劇の古代ギリシャ演劇に対する優越性）するに当たって、「対話」という様式が用いられていること。第二に、「第一部」と題された対話ののちに「第二部」として、仏語訳したエウリピデス『タウリスのイフィゲニア』およびラシーヌ『イフィジェニー』が併録されていることである。原語ではなく仏語訳で比較して足りるという姿勢は、ペローと全く同じであった。絵画・建築などの造形芸術から始まり、文芸や科学技術までを対象とした『比較論』と構想の壮大さこそ違え、ピエール・ペローは弟が十数年後に着手する構想をすでに実現していた。

　ペローが早い時期からこの芸術に関与したことは、のちのちの新旧論争でこれを肯定的に扱う原因となった。モリエールの死後、オペラはリュリの思惑通り彼の独占物となるが、台本作家として協力を行ったのは主にペローの旧友キノーであった。さまざまな人間がオペラの成立には関係していることはいうまでもないが、近代派の主張に関して最も関連のある人物は台本作家としてのキノーであると言わねばならない。

　パン屋の息子として生を受けたキノーの前半生は、ボワローに批判されるようないくつかの悲劇や悲喜劇を書いた二流作家のそのものであった。「第三巻」で賞賛されるトリスタン＝レルミットの小姓として出発した彼のキャリアは、リュリとの出会いにより一変する。いっぽう、弁護士の資格は取ったものの「二度」しか法廷に立たなかったペローは、徴税請負人の官職を購入した兄ピエールの吏員として働くことになる。相当な閑職であったと回想するように、ペローは余った時間を読書に創作に充てるようになる。そのような折りに、彼は成人後はじめて詩作を発表する。時に 1658 年、ペロー三十才のことであった。この『イリスのポルトレ』というペロー作の作品が、キノー作であると誤って回覧されるという事件によって、よりいっそう二人の友情が深まったというエピソードは「略伝」に引用した。

　「第三巻」における、神父＝ペローのオペラ擁護も、『オペラ論』ですでに論じられていたことを中心に展開する。

　裁判所長官は、ボワローと同じくオペラを非難する。

　　　　それは同意いたしますが、だからといって近代人を大絶賛できるようなもので

はありません。これらは美しく自然な詩歌が堕落した三つの形態です。オペラは極端な悲劇に他なりませんし、必要がないのにひっきりなしに天や海、ましてや地獄から神々が現れます。結末が必要とし相応しいものでなければ、芸術のあらゆる規則に反しており、このような出現は許容されません。その理由は簡単にわかります。真実らしさを傷つけるものは全て嫌われるのです。このような神々の登場ほど、必然的に出現することが要求されるのでなければ、これを傷つけることはないのです。[556]

「単純さ」、「自然さ」や「真実らしさ」といった古典主義にと特有のキーワードをもって、オペラを批判することはボワローに限らず、オペラの登場当初から行われてきた。サン=テヴルモン Charles Marguetel de Saint-Denis, seigneur de Saint-Évremond(1614-1703)は、バッキンガム公に宛てた書簡『オペラについて』*Sur les Opéras*(1677)において、その不自然さを指摘している。

　　　主人が召使いを呼ぶのに歌いながら言付けを頼んだり、友人同士が歌いながらうち明け話をするなど想像できるでしょうか。会議中に討論しながら歌ったり、歌いながら命令を発したり、戦闘場面において美しい調べで人を斬り殺したり、突き殺したりするとはどういうことでしょう。あなたが、オペラが何かとお知りになりたければ、音楽家と詩人がお互いに嫌気がさしながらも、下らない作品を作ろうと苦労する、詩と音楽の奇妙な作業とわたしは申し上げるでしょう。[557]

　「無謬の詩人をあげるならウェルギリウスと思つても／脚韻をふむその段にや出てくる名前はキノー殿／結局何をしようとも何をしたいと思つても／鷦の嘴のくいちがいすること為すこと皆裏目」[558]と『諷刺詩』「第二歌」においてオペラ台本の制作を始める前からキノーについては批判的な言動を行っていたボワローも、キノーによる『イシス』*Isis*(1677)の失敗を受けて書かれ死後出版された『オペラのプロローグ』*Prologue d'opéra*(1678-1679 ?)なる作品の「緒言」において次のように述べている。

　　　M夫人とT夫人、その妹様はキノー氏のオペラにうんざりし、ラシーヌ氏にこれを作らせるように陛下に提案された。氏はこれに応えようと少しだけ手を付けられたが、その時にはわたしと何度も意見が合ったことを考えられていなかった。それは、オペラを作ることは決して出来ない。音楽は物語ることが出来ないからだ。必要なだけ情念を広く描くことは出来ず、さらに真に崇高で勇敢な表現を盛

---

[556] *Parallèle*, III, p.281.
[557] *Œuvres mêlées de Saint-Évremond*, tome II, Léon Techenier fils, 1865, pp.391-392.
[558] *Satire*, II, 19-22. 守屋訳、『諷刺詩』、p.32.

り込むことがしばしば出来ないということであった。[559]

　上述した裁判所長官のオペラ批判に対する、神父＝ペローの反撃はボワローの確立した格率に関する。ボワローによる『詩法』で提示された規則に裁判所長官が拘泥していると述べつつ、神父＝ペローの反論は、オペラには喜劇や悲劇とは違った独自の価値が存在することを主張することであった。

　　　しかし、彼（ボワロー）が話している詩歌の性質について考えたならば、われわれがオペラと呼んでいるような種類の演劇が劇分野の完成に欠けているということを気づいたでしょうに。真実らしさと驚異がこの詩歌の二つの軸のようなものであります。喜劇は真実らしさの上に全てが展開し、驚異は許容しませんが、悲劇は驚異と真実らしさが混じっております。全てが真実らしさの中にあるような劇詩があるように、反対に全てが驚異で構成されているような別のものが必要であったのです。悲劇が両端の真ん中にあり、真実らしさと驚異が混ざっているいっぽう、それは、例えばオペラのようなものであります。わたしが申し上げることの証明のために、喜劇で美しいことの全ては、オペラには欠点であり、オペラにおいて魅力的なことは喜劇において滑稽であることがおわかりでしょう。喜劇においては、すべてが同じ場所で起こらなければなりません。オペラにおいては、舞台の変化ほど心地よいものはなく、それは場所が変わることだけではなく、地上が天国に、天国が地獄にかわることもいいます。喜劇にいては、すべてが普通で自然でなければなりませんが、オペラにおいては、すべてがとてつもなく、自然を越えていなければなりません。[560]

　オペラは古典主義の規範であった「真実らしさ」だけでなく、「驚異」を示すものとして喜劇や悲劇と別個の地位を与えられたことが注目される。「叙事詩」の項で述べたように、「真実らしさ」はペローの詩論においても重視されるが、それだけでは十分ではないとする。近代優越の根拠となるキリスト教の「真実」も描かれるべきであるという説が、キリスト教叙事詩を擁護し実作を試みた根拠であった。演劇に関してことさら信仰の重要性を強調することはないものの、『アルセスト』「第一幕」における海上におけるページェントのような「驚異」は、キリスト教的奇跡にも繋がる可能性を秘めている。

　ただし、ボワローが演劇に「驚異」を含ませることに反対を唱えたわけではない。『詩法』において「道理に合わぬ驚嘆事吾人にゃ何の魅力もない」[561]と不条理な「驚異」には異を唱えるものの、あるべき悲劇の展開として「思いがけない表現で絶えず観客目覚めさせ ／ 目を瞠るもの次々と詩句の中を流れ行き ／ 語られるもの何もかもすぐ頭に入り込み ／ 幾久

---

[559] Nicolas Boileau, *Œuvres complètes*, p.278.
[560] *Parallèle*, III pp.282-283.
[561] *Art Poétique*, III, 49. 守屋訳、『詩法』、p.75.

しくも吾人等の記憶の中に留まるよう／斯様に悲劇は行動し進歩を遂げてゆく」[562]述べている。ボワローにとって、ペローの言う「驚異」はそれほど論じるに値する単語ではなかったと思われる。

　ともかく、ジャンル分けの規則が重視され、古代に存在した悲劇にも喜劇にも当てはまらない形態を排除しようとする古典主義が全盛となる十七世紀後半以降に、悲喜劇や牧歌劇といったジャンルが廃れてしまったあとで、新たなジャンルを定立しようとする試みとして、「驚異」と「真実らしさ」の度合いによってオペラ、悲劇、喜劇を定義付けたことは、十八世紀にラ＝ショッセが「催涙喜劇」を提唱し、ディドロが「まじめな喜劇」を提唱した先駆とも考えることが出来るであろう。

　演劇作品としてのオペラの特徴としては、叙情性を保ちつつ作品を成立するために筋の展開の速度が重要視されたことである。限られた時間に、音楽によって語りを成立させるために、単語数が極端に制限された。ラシーヌやコルネイユの悲劇が通常二千字以内に収まるのに対して、その半分の単語数しか持たない。さらに、役者の朗誦の間には音楽が入り込むため、台詞は極端に省略したものにならざるを得なかった。コルネイユやらラシーヌの悲劇に比べ、その内容は簡潔になったとも無味乾燥になったっともいえるが、筋の展開に主眼をおかなければならないことによって、登場人物の心理描写は大幅に省かれることになった。反対に、古典悲劇においては「真実らしさ」を理由に減少する傾向にあった「独白（独唱）」は、音楽的な要請から重視された。神父＝ペローが、悲劇や喜劇において「独白」を用いることに批判的であったことは既に述べた。ペローは独白に伴う「真実らしさ」の欠如よりも、「自然らしさ」を重視する。

　　　　いくらその声がはっきりしていても、声は歌ったその一部分を覆い隠すこと、
　　　そのアリアの思想や歌詞がいくら自然で一般的であっても、つねに何らかのもの
　　　が失われることをご存じですね。その思想が微妙で気取ったものであれば、これ
　　　を表現する歌詞が余り使われない言葉であり偉大で高貴な詩歌にしか現れないも
　　　のであれば、まったくこれは理解されないでしょう。歌われる言葉の中では、聞
　　　かれる音節は聞こえないものを見分けさせる必要があり、文においては、聞かれ
　　　たいくつかの言葉が耳を逃れたものを補う必要があり、そして話の一部分だけで
　　　全体を理解させるのに十分である必要があるのです。ところで、これは歌詞や表
　　　現、思想が極めて自然であり、よく使われ知られていなければ、成し遂げられる
　　　ものではありません。ですから、ムッシュー、つまり普通の表現や自然な思想で、
　　　お互いにまったく異なる多くの美しく心地よい作品を作ることが出来た最も賞賛
　　　されるべき場面をもってキノー氏を非難しているのです。ですから、音楽に登場
　　　させるのに適当な良い歌に用いるべき歌詞が見つけられないと悟って、リュリ氏
　　　がまったく嘆かなかったことがお分かりですね。実際に当時、わたしはパリの中

---

[562] *Art Poétique*, II, 155-159. 守屋訳、『詩法』、p.82.

でキノー氏に敢えて味方をしていたほとんど唯一の人間であり、様々な作者の嫉妬が彼に集まり、宮廷や街の賛同の声を台無しにしてしまっていたのです。しかし、ついには満足を得たのです。みんなが最後には彼を正当に評価し、最も彼を非難していたものも真実の力によって、この種の作品に対して彼が独自の才能を持っていることを認め、公に賞賛せざるを得なくなりました。[563]

　科白劇と異なり「言葉」の重要度が必然的に下がったことにより、舞台装置はより華美、複雑なものになった。さらに、ペローの言うように「驚異」が求められたことによって、古典劇で要求された「単一」からは必然的に逸脱したものとなり、「レシ」によって科白により語られていた「礼節に欠く」殺人場面なども舞台上で表現されるようになった。十七世紀初めから、「真実らしさ」を理由に姿を消した合唱部は音楽的な要請から復活し、二重唱や三重唱など科白劇においては存在しない作劇法も必要になるに至った。「場所」の一致も視覚的要素が重要視され 1664 年にヴェルサイユで行われた「魔法の島の悦楽」でも活躍する、ヴィガラーニなどの高名な舞台装飾家を生むこととなった。舞台美術を重視することは、ペローが主張する科学技術の進歩にも関係する。そもそもオペラの成立とは、イタリアにおいて、ギリシャ悲劇の再生という名目で始められたものである。その意味では、古典古代への回帰を謳ったルネサンスの名目に合致するものであると共に、フランス古典主義の方向性と必ずしも相反するものではないともいえる。

6.　古代人に知られなかった三つのジャンル～雅な恋愛詩

　　しかし、雅な恋愛詩に関しては、われわれの時代の趣味の汚点であるということ主張します。これは奇怪で雑種な詩歌で、冗談が愛と交ぜられ、詩歌が為すべきことがなにもなされておりません。心を動かし和らげ、その情熱の繊細なイメージを形作り、時には哀れみを催させ、喜び自体よりは多くの快楽を作り出す優しき苦悩を常に作り出すために、恋愛詩は書かれます。全てを台無しにして作品自体を破壊するわけではないですが、ここに冗談が混ぜられるのです。笑わせたければ笑いますし、まじめに話したいと思えばまじめに話すでしょうが、両方しようという気にはなりません。[564]

　裁判所長官が「趣味の汚点」と唾棄する「雅な恋愛詩」もしくは「ギャラントリー」とは、日本語に訳しにくい単語であるが、« galant »という単語は男性の夫人に対する慇懃さを表すことから、女性に対する恋愛を歌った詩歌の総称のことになろう。とりわけ十七世紀の文学史においては、プレシオジテの性格として、恋愛や結婚について盛んに論じると

---

[563] *Parallèle*, III, pp.240-242.
[564] *Parallèle*, III, p.285.

ともに、言語面においては技巧的で洗練された表現を目指すという特徴があることから、これと同一視することができる。モリエールの『才女気取り』*Les précieuses ridicules*(1659)というタイトルにも見えるように、そもそも「プレシオジテ」という単語は、この形容詞形の「お高くとまった」という否定的な意味から生まれた言葉であった。

ラ＝ブリュイエールが「ガラントリイは心情の病、いな、恐らくは体質に由来する不徳である」[565]という風潮を、ペローが擁護したのも、雅な恋愛詩なりプレシオジテなりが古代人に知られなかった様式であるほかに、悲劇など一部の例外を除いてこの当時行われていた大部分の文芸様式を実作したペローのキャリアの初期において、このいわゆる「プレシオジテ」が大きな地位を占めていたことを思い出すべきであろう。キノー作と誤って世間に流布した『イリスのポルトレ』に始まり、フーケが絶賛した『愛と友情の神の対話』や『鏡』、いくつかのロンドーはこれらの潮流に乗って書かれたものであった。女性的な感性を擁護することは、女性のサロンで流行した「コント」というジャンルを使用して夫のいかなる仕打ちも耐え抜く貞女を描いた『グリゼリディス』や、新旧論争が一旦の終息を見る 1694 年に、マルティアーリスを模倣したボワロー『諷刺詩』「第十歌」に対して、『女性礼賛』を発表し女性の美徳と結婚生活を賛美することに繋がる。

裁判所長官の非難に対する神父ペローの反論は次のようなものである。

　　　　愛の神に出番がない雅な恋愛詩というものがあります。ここでギャラントリーと呼ばれているものは、冷やかしという外見に情熱を隠した言葉における冗談の類では必ずしもありません。あらゆる繊細な礼節を含んでおり、全てのものが自由で心地の良い快活さで話されているのです。一言でいうと、しがない民衆をとりわけ社交界や紳士から区別するものであります。これはギリシャの優雅とローマの洗練が基となっており、昨今の礼節が最高の完成度に高めたものであります。愛が題材ではない詩の多くが、いまだどれほど限りなく楽しませているでしょうか。雅と呼ばれる、巧みで繊細な調子によっているからであります。陽気であるという不都合のある、愛を語る詩歌に関してですが、愛というものは、泣き呻吟しながらでないと語ることの出来ない真面目で深刻なものなのでしょうか。[566]

フランス語には洗練が求められ、現在の流行を追い求めるプレシオジテは、必然的に近代派的な考え方に近づく。ギリシャ語はもとよりラテン語などの古典的教養に基づく堅苦しい議論は求められるはずもなかった。彼女らの集まった多くのサロンは、必然的に近代派的な思想を持つ文人が集まるようになり、フォントネルが地動説を説き、ペローがコントを朗読した。このような傾向を持った作家として神父＝ペローは、ヴォワチュールとサラザンの名前を挙げ、騎士はさらにバンスラードの名前を挙げる。

---

[565] *Les caractères*, « Des femmes », § 22. 関根訳、『カラクテール』（上）、p.111.
[566] *Parallèle*, III, pp.286-287.

雄弁についてお話ししたときに、このような雅さは散文で書いた古代作家のだれもが知らなかったものであることを示しましたが、どんな詩人に対してもそうであることは変わりありません。これは最近になって初めて発見された新しい道であり、ここからどれほどの心地よいものが生み出されたかは想像が付きません。ヴォワチュール、サラザンやその他無数の天才は、それによってわれらの時代の歓びを作り出したのです。[567]

7.　古代人に知られなかった三つのジャンル〜ビュルレスク

　最初の二つよりも遙かに悪い害毒ですね。神父さま、卸売市場のように話し、下品さや汚物でしか楽しませず、全てが汚くぼろで覆われていて、長らくの間厚かましくも社交界で作られてきた詩歌、パルナッソスの恥をもってわれわれの世紀の名誉とされるなどということがありましょうか。[568]

　プレシオジテに先立ち、ペローが文芸に関与する糸口となった近代的な潮流がビュルレスクであった。すでに述べたように、兄クロード、ニコラとの共作ではあるが、ペローが詩人としてはじめて出版した創作は当時大流行をしていたスカロンの作品を真似た『トロイの壁』(1653)[569]というビュルレスクの作品であった。
　ボワローは、『諷刺詩』において流行自体はすでに終息していたものの根強く残っていたビュルレスク的様式の使用を諫めることになる。

　　　　良識などには目もくれず厚顔無恥なビュルレスク
　　　　当初は人目を欺いてその新奇さで取り入った
　　　　さてそれからは詩の中に陳腐な駄洒落を見るばかり
　　　　詩神の住まうパルナスも市場言葉を話し出し
　　　　詩的破格も何のその止め処もないほどくずれ去り
　　　　戯作アポロンではもうタバラン風情に落ちぶれた
　　　　この悪質な流行病地方にまでも伝染し
　　　　書生や町人から更に王侯達まで蔓延った
　　　　どんなに下らぬ冗談も喝采する者現れて
　　　　ダスーシーに到るまで誰でも読者を見出した

---

[567] *Ibid.,* III, pp.289-290.
[568] *Ibid.,* III, pp.291-292.
[569] 『トロイの壁』とペロー家との関係、またビュルレスクとの関係については、ソペによる考察を参考にした（Les Frères Perrault et Beaurain, *Mur de Troyes ou l'origine du burlesque, Livre I*（Biblio 17. no.127.), texte établi, présenté par Yvette SAUPÉ, Tübingen, GNV, 2001.pp.11-48.)。

しかし斯様な文辞から遂に宮廷目を覚まし
斯様な詩句の無造作な突飛さ蔑むようになり
平板ぶりや可笑しみと自然らしさを識別し
『颱風』称讃することは地方に任せることにした[570]

　イタリア語の「ビュルラ」（「冗談」の意）を語源とするビュルレスクという潮流は、スカロンによる大成を待つまでもなく、何人かの作家に見ることができた。ブラッチオリーニ Bracciolini(1380-1459)やベルニ Berni(1497-1535)、タッソーニ Tassoni (1565-1635)などの先駆者をイタリアに持つとともに、前世紀の作家、マロやラブレーなどにその兆しを見いだす向きも存在する。イタリア人のなかでも、モデナ生まれの詩人アレッサンドロ・タッソーニは、ペローの兄ピエールが、『盗まれた水桶』（1622)を仏訳(1678)したことでも知られており、ニコラ、クロード、ピエールにペローと兄弟の内四人ともがこのジャンルにのめり込んだ。

　「理性的なものでは二つの概念が一致をしているのですが、滑稽の一種であるビュルレスクとは、真実の概念に対して不均衡の概念を与えることにあります。ところで、この不均衡は二つの方法で為されます。ひとつは高められたものを低めて語ることであり、もう一つは低いものを豪華に語ることであります。話題の二つのビュルレスクがなされるのもこの二つの不均衡によるのです」[571]とは、ペローが『比較論』においてビュルレスクに与えた定義である。主に八音綴が使われ、英雄的な人物・事象を下賤な言葉で書き換えるという様式がビュルレスクの共通項であるが、後述するように、スカロンが範を示した様式に加え、風俗描写や政治的檄文など、必ずしも文芸に関わらないものにも「ビュルレスク」の冠が与えられることになった。「もう一つは低いものを豪華に語ること」とペローが定義するような「ビュルレスク」は必ずしも一般的なものではなかった。その典型はこのようなこのような風潮への反発として書かれたボワローの『書見台』 Le Lutrin(1672, 1674, 1683)にあるが、「しかし、よくよく考えてみると、いくら美しくても、『書見台』のビュルレスクは、裏返ったビュルレスクでしかありません」[572]とこれを正当なビュルレスクとペローは認めていない。そして神父＝ペローは、「バヴォレをつけたお姫様は、冠を被った村娘よりも愛らしいのでありますから、同じく、ありふれて陽気な表現の下に隠された深刻でまじめなことには、豪華で輝かしい表現による詰まらない民衆的なものよりもより楽しみがあります」[573]とボワローによる亜種に対して攻撃を加えることを忘れはしない。

　メナージュ Gilles Ménage(1613-1692)やペリソン Paul Pellisson-Fontanier(1624-1693)によると、フランスにおいてはじめてビュルレスクという様式を意図的に用いたのは、『はつかねずみ』 Galanterie à une dame à qui on avait donné en raillant le nom de

---

[570] *Art Poétique*, I, 81-94.　守屋訳、『詩法』、pp.46-47.
[571] *Parallèle*, III, p.296.
[572] *Ibid.*, III, p.295.
[573] *Ibid.*, III, p.297.

souris(1644)などを残したサラザン Jean-François Sarrasin(1614 頃-1654)であるとされているが、この分野を最終的に確立した人物はスカロン Paul Scarron (1610-1660)であることには異論がないであろう。『台風』Typhon ou la Gigantomachie(1644)、『戯作ウェルギリウス』Virgile travesti(1648)、マザラン攻撃文書のパロディーともいえる『マザリナード』Mazarinade(1651)等の作品によって様式を確立したと見られたスカロンであるが、いつでもこれを放棄する準備があると宣言をしてしまう。この理由には、書店がビュルレスクという流行り言葉を冠して出版しようとするあまり、「ビュルレスク」という単語自体がスカロンの意図しない政治的な檄文や、『ビュルレスク詩によるわれらが主の受難』Passion de Notre-Seigneur en vers burlesques(1649)などのように宗教的著作にもこれが用いられるようになったことが挙げられる。第一人者自身このような自己批判を行ったことを理由によってか、フロンドの乱を境に流行自体は収束してしまう。ペロー一家が『トロイの壁』を書くことになったのは、いったん流行が収束した以降になる。

　このような時代状況を受けて、ビュルレスクの大流行から約半世紀がたった九十年代においてペローは、ビュルレスクには二つの種類があり、それらは峻別されるべきであるという。

　　　　正直にいいまして、あなたが描写されているビュルレスクはきわめて悪質な詩歌でありますが、恥知らずではないビュルレスクも存在しており、たまに少し民衆的な言葉を使うと言っても、それは卸売市場の言葉を話しませんし、『偽作ウェルギリウス』の作者のもののように、優美さや美しさをもつビュルレスクがあるのです。この作品が出た当時には、多くの質の悪いビュルレスクが出て、このジャンル全体に嫌悪感を与えてしまいました。しかし、彼を真似たほとんどのビュルレスクが、泥臭さと魚売りの女を感じさせる一方で、彼のものは雅な人を感じさせ、宮廷と社交界の雰囲気を持っていました。[574]

　このように神父＝ペローは、ビュルレスクという様式には、スカロンの作品を代表とした良質のものと、スカロンがその安易な流行を諫める原因となった「質の悪いビュルレスク」が存在することを主張する。古代人において例えば、ペトロニウスの作品がビュルレスクの一種であるという裁判所長官の主張については、滑稽なだけで立場の逆転という決定的要素が欠けていることから、神父＝ペローはこれを退けている。

　ペローがビュルレスクという様式を擁護した理由としては、十七世紀半ばの流行期にこれを自ら実作していたこと、古代人に存在しなかったジャンルであったこととともに、『戯作ウェルギリウス』や『トロイの壁』がそうであったように、『アエネイス』など権威ある古代作品を下敷きにしながらも、それを意図的に貶めた文体で描き出すことが、古代に対する近代の優越を謳う近代派の主張に合致していたからと思われる。

---

[574] Ibid., III. p.292.

「民衆的な言葉」を使用して描かれるビュルレスクというジャンルは、ペローの民衆への反感とともに愛情も入り混じった興味を反映する。「青表紙本」という行商人が流通させた書籍をソースとし、民間伝承を起源と持つコントというジャンルに取りかかるのは、彼らへの多大な興味があってこそであった。なかでも、韻文コント『愚かな願い』はビュルレスク的な描写が見られる。上記のようにあからさまに民衆に対する嫌悪感を表明する場面も多々見られるが、『回想録』には庶民への同情を示している場面が多々存在する。チュイルリーへのパリ市民の立ち入りを禁止する計画に反対したり[575]、パレ・ロワイヤルで民衆向けのオペラ上演を企画したりした[576]との回想がある。ソリアノはこの一件矛盾した感情を「われわれの物語作家の民衆への不信感〜軽蔑にまで達する不信感〜は数多くのテキストの中で確認され、それは彼の人生の多岐にわたる節目に現れている。たとえば、すでに引用したがピエール・ペロー（父親）が子供に施した教育についての一節で、それはまた「民衆の誤謬や迷信」に対する警告についてであったし、またさらにペローが、少々ばかにした口調で、気象や不運に関する民間信仰について例をいくつか挙げている一節が思い出される」[577]と分析するとともに、「彼（ペロー）は、当時にしては、民衆の声を聞いた希有な人物の一人であり、口承文学を「立派な」文学の中において正当に位置づけた、または位置づけに貢献した人物であるが、彼は完全には「民衆の友」ではなかった。彼の民衆への共感は、恐怖と軽蔑と皮肉がない交ぜになった態度全体のうちの一要素である」[578]と述べ、その複雑な心境を明るみにしようとしている。

8. ラ＝フォンテーヌ

> 騎士：　ラ＝フォンテーヌ氏の作品はどうお考えですか。古代人には例のない新しい詩歌のジャンルであるとはお考えになりませんか。
> 神父：　まったくです。アッティカの塩を自慢されても仕方がありません。いくら繊細で鋭いと言っても、他の機知と同じ性質のものですし、多少違うというだけであります。しかし、ラ＝フォンテーヌ氏のものは、まったく新しいもので、素朴さ、驚異、冗談があり、その性質は彼特有なもので、まったく別の方法で魅了し感動させ動かします。[579]

古代人には知られていなかった三つのジャンルのあとに論じられるのが、ラ＝フォンテーヌである。

ラ＝フォンテーヌは一般に古代派の作家と見なされている。「前史」でも述べたように、

---

[575] *Mémoires*, pp. 224-225.
[576] *Ibid.*, p. 228.
[577] Marc SORIANO, *Le conte de Perrault, culture savante et traditions populaires*, Gallimard, 1978, p. 291.
[578] *Ibid.*, p. 292.
[579] *Parallèle*, III, pp.303-304.

『ルイ大王の世紀』ののちラ=フォンテーヌは、『ソワッソンの司教（ユエ）に宛てた書簡詩』(1687)において、「けっきょくだれが彼に従い、だれが今日われわれの内で / 彼の時代においてこれほど評価されている古代人に匹敵するであろうか？ / これがわたしの感想であり、あなたの感想であるに違いない」[580]というように古代派であることを自認していた。当然ながら、古代派も彼には高い評価を与えていた。たとえば、ラ=ブリュイエールは「或る人は粗野で愚鈍でぼんやりである。口もきけない。見たばかりのことを物語ることも出来ない。ところが筆をとると、實にそれは優れたるコントの模範である。彼は、禽獣草木岩石、凡て口のきけない者に口をきかせる。その著作は凡てこれ軽妙、優雅、ゆかしき自然調、可憐なる興趣ばかりである」[581]とその人物と作品を批評し、好ましい人物評ではないながらも作品自体の評価は高かった。しかし、ボワローは、ラ=フォンテーヌおろか「寓話」というジャンルを『詩法』で論じることはしなかった。もう一つの代表作『諷刺詩』においても、「第十歌」で僅かに、反女性文学に属する人物の一例として述べただけであった[582]。

　一方、ペローに関しては、『比較論』において検討対象となるボワローの作品はともかく、ラシーヌは演劇というジャンルの進歩にその論拠として全く言及されなかった。しかし、ラ=フォンテーヌ、とりわけ『寓話詩』という著作に対しては、ペローは引用のように極めて高い評価を与えている。古代派と明言しているラ=フォンテーヌが、古代派の領袖であるボワローからは沈黙され、ペローからは絶賛されるという逆説のはいかなる理由によるのだろうか。

　そもそも、ラ=フォンテーヌは、ボワローやラシーヌのように文壇の大御所と見なされるとともに、彼らが修史官を務めたように宮廷においても中心的な役割を演じた文人ではなかった。ニコラ・フーケの御用詩人であったためか、とりわけ国王は彼を評価しておらず、その高い文名にもかかわらずアカデミー・フランセーズの会員になるまでに相当の時間が掛かっていた。空席が出来たものの入会が幾度か見送られたのち、1684年にコルベールの座席番号二十四番を引き継いだ。ラ=フォンテーヌは既に六十三才になっており、四十三才で入会したペロー、四十八才のボワロー、三十三才のラシーヌなどと比べても相当高齢での入会であった。八十年代のラ=フォンテーヌは、ヴェルサイユから追放されたペローとよく似た状況におかれていた。

　また、理由の一つとして、個人的関係がある。兄のピエールの吏員を務めていたペローは、彼によってフーケの知己を得てヴォーの館に出入りすることとなり、ラ=フォンテーヌやキノーと知り合ったことは「略伝」に述べた。ラ=フォンテーヌは、古典主義の規則に則りながらも、ギャラントリーな作風も併せ持っていた。とりわけフーケの時代に、バラッド、マドリガルなどを多数作り、『「愛の判決」と題されたコントをまねて』 *Imitation d'un livre intitulé les Arrêts d'Amour*(1665)等という作品を残していることは、ボワローの

---

[580] *Œuvres de La Fontaine*, tome 6, Lefèvre, 1827, p.150.
[581] *Les caractères*, « Des jugements », § 56. 関根訳、『カラクテール』（中）、p.243.
[582] Nicolas Boileau, *Œuvres complètes*, pp.64-65.

251

戒律には収まらない創作範囲を有していたことが分かる。リュリの依頼により、オペラ台本『ダフネ』*Daphné*(1674)も書いている。ラ＝フォンテーヌは、ボワローが戒める「詩法」の一般法則を常に遵守していたのではなかった。『コント』の序文においてラ＝フォンテーヌは次のように、規則の重要性は認めながらもそこに拘泥することなく、逸脱することも辞さない。

　　　良くない脚韻、つまり句跨ぎをする詩句やエリジオンのない二つの母音について話すことはまったくなく、他のジャンルの詩歌ではそれ自体許されず、いわばこれと不可分な不注意のようなものについて通常われわれは話さない。これらを過度に避けようとすることは、コントの作者をえん曲な言い回しや美しいが生彩のないお話、全く無駄な束縛に追いやってしまう。周知のように、喜ばせる秘訣はつねに適応させることや規則性にあるのではなく、喜ばせようと思うならば妙味や心地よさが必要なのある。[583]

　さらに、ラ＝フォンテーヌは『プシシェの愛』(1669)[584]の「序文」において、目的は「喜ばせること」としながらも、ボワロー的な古典主義から外れた、プレシオジテの作家たちが重視したギャラントリーや冗談、おどけなど女性的な傾向について述べている。

　　　わたしの目的は常に喜ばせることだ。そうするためにわたしは時代の趣味を考慮する。さて、何度も実験したのちには、その趣味はギャラントリーと冗談に向かうように思われた。最初から最後までおどけなければならなかった。ギャラントリーと冗談を探さねばならなかった。もしそうする必要がなくても、わたしの性癖がそうさせたであろう。[585]

　「寓話詩」というジャンルは、古代ギリシャに直接の起源を持ちながらも新しいジャンルであると認識されていた。アリストテレスの『詩学』でアイソポスが論じられることはなく、『弁論術』においてこれが扱われていたことはすでに述べた。十七世紀古典主義文学のなかでも屈指の評価が与えられている『寓話詩』であるが、必ずしも当時の古代派の美学に全面的に一致するものではなかった。むしろ、ペローが頻りに絶賛するように、近代的な要素を含んだものであったことは意外な感を受ける。たとえば、ラ＝フォンテーヌ『寓話詩』「第一巻」の『死と木こり』*Le Bûcheron et la Mort*は何人かの古代派から批判を受けたが、そのなかにはボワローも含まれていた。ボワローはこの一編を個人的に評価

---

[583] La Fontaine, *Contes* (1666), Préface.
[584] バルシロンおよびフリンダースは、『比較論』の舞台設定としてヴェルサイユが選ばれたことについて、この『プシシェの愛』との類似性を指摘している (Jacques Barchilon & Peter Flinders, *Charles Perrault*, Boston, Twayne, 1981, p.47.)。
[585] La Fontaine, *Amours de Psyché*, Préface.

していたのか、自分流に作り直し、ラ＝フォンテーヌの死後1701年にこれを公表している。

『寓話詩』の「序文」において、ラ＝フォンテーヌはこの試みが、当時の格率には必ずしも合致しない斬新なものであることを自覚していることを述べている。

　　　わたしの寓話のいくつかにたいして示された人々の寛大さから、わたしはこの作品集にたいしても同じような好意を期待している。もっとも、わが国の雄弁の大家のだれもが寓話を詩にするという考えに難色を示されなかったわけではない。その人は、寓話の主な装飾は飾り気のないことにある、それに、詩の拘束は、わたしたちの国語の厳しさとともに、多くの点でわたしを困惑させ、これらの物語の多くに簡潔さを失わせることにもなったのであり、簡潔ということこそ物語の魂とも呼べるもので、それが失われれば、かならず物語はたるんだものになる、と考えたのである。こういう見解はすぐれた趣味をもつ人にしてはじめて言いうることであろう。わたしはただ、多少大目にみて、ラケダイモンの優美の女神たちとフランスの詩の女神たちとは、多くの場合には一緒に歩かせることができないほど仲が悪いということはない、とお考えいただきたいのである。[586]

ペローのラ＝フォンテーヌへの傾倒は、『比較論』だけに留まるものではなかった。

　　　「農夫の寓話」は、農夫がジュピターから好きな時に雨にでも天気にでもする能力をさずかったものの、風や寒さや雪その他の、植物を実らすのに必要な天候を願わなかったため、せっかくその能力を使った結果が、実の入っていない藁しか収穫できなかった、という話です。この寓話は、いわば、「愚かな願いごと」の話と同じジャンルに属します、一方が真面目でもう一方が滑稽である点を除けば。そして、どちらも、人間は自分に何がふさわしいかを知らず、かりに万事が自分の願い通りに運ぶとしても、神の摂理に導かれるほうがずっと幸福である、ということを言おうとしているのです。[587]

このように『韻文コント集』の序文において、自作をラ＝フォンテーヌの『寓話集』に準えて語っている。ペローは新旧論争も終息した最晩年の1699年、クレモナ生まれのラテン語詩人ガルブリエレ・ファエルノ Gabriele Faerno (1510頃-1561) の寓話を「韻文訳」したことからも推測できるように、このジャンルに対して近代派の論拠の一つを見いだしていたと思われる。

---

[586]　今野一雄訳、『寓話（上）』、岩波文庫、1972, p.31.
[587]　新倉朗子訳、『完訳ペロー童話集』、岩波文庫、1982, pp.8-9.

9. 結論

　「第三巻」においても、「第二巻」以前に述べられた論拠が適用され、詩歌の優越性が述べられた。とりわけ叙事詩については多くの紙幅が割かれた。「信仰」に基づくキリスト教叙事詩の潜在的な優越性が論じられた。演劇においてはコルネイユとモリエールの優越性が主張された。ジャンルとして、ビュルレスク、オペラ、プレシオジテが古代人には未知のジャンルとして「時間の要素」による「知識の蓄積」という論拠に従い、近代優越の根拠とされた。これらのジャンルは、いずれもペローと深い関係を持つものであった。新旧論争が、アルノーの介入によって和解を見ることになることから「第三巻」で予告された「覚え書き」による比較は「第四巻」において実行されることはなかったが、ペローの構想はようやっと核心に近づかんとしていた。「詩歌」に関する議論は必然的にこれまで沈黙を守っていたボワローの反論を呼び起こすことになった。次章においては、この「第三巻」で述べられた内容、とりわけ「ホメロス」を中心としてなされた「詩壇の立法者」による反論を中心に、1694 年 8 月になされる公式和解までを論じたい。

第七章　ボワローの反論と和解

第七章　ボワローの反論と和解

1．　導入

　　1692 年に出版された『比較論』「第三巻」の巻末には、「デプレオ氏への手紙」と名付けられた 1692 年 11 月 25 日付け書簡が添付されている。少し長いがその全文を引用する。

　　　ムッシュー、わたしが送りした本を読んだ数人の人々が、そこにあなたを不快にさせることが書いてあるとお考えになりました。わたしはあなたの真実に対する愛を知っておりますから、そうとは考えません。われわれの時代の諷刺詩人について書いたおり、こき下ろそうとする人物を名指ししたホラティウスを模倣するよりは、エピグラムにおいて実在の人物を名指しすることのなかったマルティアーリスを彼らはよく模倣したとわたしは言いました。ホラティウスを模倣することによって、創作の熱意においてあなたが何も欠くことはないと正直に考えられ、正真正銘の風刺詩人の性格を満たすためにあらゆることの模範にすべきであるとお考えになったと確信しております。しかし、その後、あなたは意見をお変えになり、自分の放埓さに気が咎められていると確信しております。期待できうるあらゆる栄光をあなたの作品が受けたあとでは、それらが対象としたものに対してあなたが嫌悪感を持たれていたり、風刺詩がなした汚点を雪ごうとされていることを快く感じないなどとは思いもよりません。これらの見解はわたしの友人たちを大いに満足させました。しかし、念のために同業者として、印刷所に回す前に拙著をあなたに見せるべきであると彼らは言いました。彼らの意見に従ってこれから申し上げる困難に身を投げ入れることにしました。あなたの風刺詩にあるものは、引用されたホラティウスの断片よりも遙かに価値があり、あなたの作詩法はより優れ心地がよいと『比較論』で主張しています。生きている人間はホラティウスに近づくことができないと言うあなたの確信と公言される不変の正しさによれば、この箇所を削除することをあなたは望まれたでしょう。わたしは論拠になる箇所であると考えておりましたので、わたしはこれを何が何でも残すことができたでありましょう。あなたに背いたり、わたしが試みている近代人擁護に対する背信行為をすることが余儀なくならないよう、これほどの有利さを失うよりは薦められた誠実さに背く決心をしたのであります。

　　　敬具。

ペロー[588]

---

[588] *Parallèle*, III, pp. 333-335.

『回想録』によれば、『ルイ大王の世紀』や『比較論』は明らかに、古代派とりわけボワローに対して書かれたことが明記されていた。しかし、「前史」で述べたようなエピグラムがいくつか作られたこと以外、ボワローから『ルイ大王の世紀』や『比較論』に対して明確な反論が示されることはなかったことは既に述べた。『デプレオへの手紙』は、お互いが仇同士と認識しながらも片方が沈黙している状態を良しとせず、論敵としてペローが明確にボワローを指名したものとして位置づけることが出来る。この手紙によって実際にペローに対する反論に取りかかろうとボワローが思い立ったかどうかは定かではないが、1692年を最後にボワローは沈黙を破り、新旧論争における持論を表明する。ペローが『比較論』で述べた論拠である、科学技術の進歩、知識の蓄積という「時間の問題」、キリスト教という真実の信仰の存在などといった論拠にボワローはどのように答えるのであろうか。本章では、ボワローの伝記的事実から始まり、『ナミュール占領のオード』および『ロンギノス考』によってなされた近代派＝ペローへの反論を概観するとともに、1694年にアカデミーで行われた公式和解をもって、一応の終息を見る第一次新旧論争の結末について述べる。

2. ボワローという人物

　ペローの思想を検討するにあたって、数十年もの確執を互いに抱え、攻撃をしあったボワローの略歴を簡単に述べる。

　ニコラ・ボワロー・デプレオーは、1636年11月1日、パリ高等法院の書記官であったジル・ボワローの第十五子としてパリ・シテ島に生まれている。ジルは先妻との間に十人の子供をもうけ、後妻であるアンヌ・ド・レニエとのあいだに六人の子供をもうけたが、ニコラはこの後妻アンヌの生んだ五番目の子供になる。生母は彼が一歳半になった1638年に死亡しており、その後父の所有地である郊外で養育されることになる。デプレオーという通称はこの所有地にあった牧場préauxにちなんで名付けられたものであり、ここで粗野な乳母に育てられるとともに、母親の愛情を十分に受けなかったことにより、のちの『諷刺詩』「第十歌」において女性の悪徳を描き出したことにみられるように、女性不信に陥ることになったと伝記作家は述べる。このような女性に対する不幸な生い立ちとともに、幼児期の病気がボワローの人生を左右した。十二歳のときに腎臓結石の手術を受け、このときの執刀者はペローの兄であるクロードであり、その結果は思わしくなく一生独身で過ごす結果になったといわれていることはすでに「前史」において述べた。法曹界に身を置いた町人階級出身であったことはペローと同様である。

　ユウェナーリスやホラチウスを目指したボワローであったが、文人としての出発はペローと比べても順風満帆なものではなかった。弁護士の資格を取ったものの一度弁護しただけで（いっぽう、ペローが法廷に立ったのは二度であったと『回想録』では述べられている）この職を放棄してしまう点もペローと類似している。ペローよりも八歳年少であった

ボワローが本格的な創作活動に入ったのは 1657 年のことであった。この年に最初の『諷刺詩』「第一歌」に取りかかっている。ペローが『イリスのポルトレ』および『声のポルトレ』を発表してプレシオジテのサロンにおいて評判をとるのがこの翌年のことであるから、ボワローは比較的早くの内に創作をこころざし、実行に移ったことが分かる。しかし、この翌々年にはペローは文壇の大物であったシャプランの知己を得てコルベールに紹介されることになる。この折りのシャプランの推薦が 1663 年の小アカデミー入会およびコルベールの吏員という地位に繋がる。小アカデミーにおけるペローの恩給額は千五百リーヴルであったという。

　いっぽう、ボワローは 1663 年の時点で、恩給受給者のリストに含まれてはいなかった。文人について恩給受給者の決定はシャプランの意向が大きかった。ボワローはこれを逆恨みしたのか、シャプランを攻撃する『風刺詩』「第七歌」、ペローを攻撃するソネ『ゆかりの女性の死に寄せて』*Sur la mort d'une parente* を作り出す。ボワローの嫉妬はこれに留まることなく、この翌々年にも、シャプランとコルベールを攻撃する匿名作品『カツラを取られたシャプラン』および『怒れるコルベール』の制作に参加している。これらは『ル・シッド』のパロディーであり、ラシーヌ、ラ＝フォンテーヌ、フュルチエールなどが集まった酒場「白十字亭」が発信元となっていた。

　理論家としてのボワローの思想が集約され、ボワロー作品の内で最も早く本邦に紹介され、日本においてもフランスにおいても現在でも最も多く読まれているのが『詩法』(1674) である[589]。ヴァン・チーゲムも「彼の考えを詳細にしらべてみると、彼は先人が言っていないようなことは何一つ言ってはおらず、原理の分野でも何一つ創り出してはいず、結局彼は結論であって、巻頭の一章ではないことが判る」[590]というように、本作品において表明された理性主義を第一とする詩作術の直接的な源泉は、ラパン神父による『アリストテレス『詩学』論考』*Réflexions sur la Poétique d'Aristote*(1673)などにあることがすでに指摘されており、ボワロー自らこのような古典主義理論を構築したのではなく、先行する諸作品を下敷きに作り上げられたものである。『詩法』はホラチウスの『詩論』に基づいて、自らが定義した格率に従い模倣したものであった。ボワローによる『詩法』の価値は既存の理論を利用し、より明確かつ世俗的に古典主義の理論を詩文という記憶されやすい形式で伝播する役割を担ったことにあると思われる。『詩法』において述べられた古典主義の概念である、三単一や真実らしさ、単純さやこれらの原則が導き出される「故に理性を愛し

---

[589] 1934 年に岩波文庫からでた丸山和馬訳の『詩學』が最も早いものと思われる。のちに、小場瀬卓三訳によって、『世界大思想全集』(哲学・文芸思想篇第 21 巻。河出書房新社刊) に邦訳が納められた (1960 年。本書の邦訳タイトルも『詩学』)。これらはすべて散文訳であるが、2006 年に出された守屋駿二訳の『詩法』(人文書院刊) は、テクストと翻訳の行数が一致し韻文により近い画期的なものであった。そのほか、ボワロー作品のうち邦訳があるのは、同じく守屋駿二による『諷刺詩』が 1987 年に岩波書店から発行されているが、全十二編ある『諷刺詩』のうち九編のみが翻訳されている。新旧論争において最も重要な『第十歌』は翻訳の中に含まれていない。このほかには、『書簡詩』や『わが庭師に与える書簡』の邦訳が存在するが、これらはいずれも抄訳である。詳細は巻末を参照。

[590] フィリップ・ヴァン・チーゲム著、萩原弥彦他訳、『フランス文学理論史』、1973 年、紀伊国屋書店刊、p.50.

給え常に諸君の書くものが／ただひたすらに理性から光輝と価値を借りるがよい」[591]という理性主義についての原則は、ペローが『比較論』で述べたものと本質的には変わりがなかった。

『詩法』と同時にボワローが制作していたのが「英雄滑稽詩」との副題を持つ『書見台』である。四編からなるこの作品の前半二編は1672年から74年の間に出版されたが、後半四編の出版は約十年を経た1683年になる。「しかし、よくよく考えてみると、いくら美しくても、『書見台』のビュルレスクは、裏返ったビュルレスクでしかありません」[592]と「第三巻」において神父＝ペローがその正統性を認めないように、本作は叙事詩やビュルレスクのパロディーともいうべきもので、例えばスカロンが『戯作ウェルギリウス』行ったように真面目な主題・登場人物の下にビュルレスク・戯作を行うのではなく、「書見台」という取るに足りない主題・登場人物のもとに戯作を行うものである。ホラチウスの賛美者であったボワローは、また、彼の『書簡詩』を模範とし、自らの『書簡詩』の制作にあたることになる。

3. 女性論争

八十年代以降のボワローは、幼少からの健康問題も禍するとともに、1677年にラシーヌとともに任命された修史官という職務に就いたこともあり(これに感謝し『書簡詩』「第八歌」を制作している)、七十年代の旺盛な創作活動は影を潜めていく。ラシーヌもこの年『フェードル』によって事実上劇界を引退しており、コルベールからの寵愛を失いつつあったペローの創作活動が活発化したのと好対照をなす。

このような状況でもボワローは細々と創作を続けたが、その中にこれまで「第九歌」まで出版され続編として構想されていながらも未完成であった『諷刺詩』「第十歌」という草稿があった。本作に端を発する「女性論争」は新旧論争の核心に位置するものではないが、ボワローとペローが「女性」というテーマで議論した一エピソードとして引用するに値すると思う。

ボワローによる『諷刺詩』「第十歌」は、新旧論争からさかのぼること二十年前、1677年頃にはすでに構想されていた。[593] いずれにしても、1692年の時点でよい体調であったのか、ボワローは再び完成させること意図したものと思われる[594]。さまざまな機会にその一部分が朗読されるに及んで、推敲を重ねた上で1694年に出版されるに至る。この『諷刺詩』「第十歌」の内容は、早い時点でペローに漏れ伝わることになった。

『第十歌』のボワローの主張は単純である。本人も公言するように、ラテン作家ユウェ

---

[591] *Art poétique*, I, 37-38.守屋訳、『詩法』、p.43.
[592] *Parallèle*, III, p.295.
[593] ル・ヴェリエによると二十行ほどが、この初期の段階で作られていたという(Nicolas Boileau, *Œuvres complètes*, p.926.).
[594] ラシーヌが1692年10月3日付けで「私が戻ったときにはあなたの諷刺詩が完成していることを期待しています」とボワローあて手紙で述べているという（*Ibid.*, p.926.).

ナリス『諷刺詩』「第六歌」を換骨奪胎し、当世風の例を挙げながら女性の不品行をあげつ
らい友人に結婚すべきでないことを説く。これは、「わたくしはモリエールやラ＝フォンテ
ーヌの作ったものをすべて理解した。／わたくしはヴィヨンやサン・ジュレ／アリオスト、
マロ、ボッカチオ、ラブレーの語ることをすべて読んだ／それらの自然な諷刺詩による昔
の作品集は／女性の悪意の不滅の記録である」[595]とボワローが自ら「第十歌」において謳
うように、ヴィヨンやラブレー、モリエール、ラ＝フォンテーヌなどに連なる反女性文学
という伝統に則っていた。古代派と呼ばれる作家たちはボワローが作中で指摘したように、
反女性的な作品を書いている場合が多い。ラ＝ブリュイエールは『人さまざま』において、
その一章（「女性について」）を女性の不品行など否定的な性癖を描き出すことに費やして
いる。

　いっぽう、近代派は一般的に女性を肯定する立場の人間が多かった。彼らは多かれ少な
かれ女性を中心とするパリのサロンに属していたことが指摘できる。フォントネルがサロ
ンの寵児であったことは有名である。ここに、「近代派＝女性擁護」および「古代派＝反女
性」という図式がある程度成立すると思われる。ペローと親交のあった「プレシオジテ」
の女性たちを『諷刺詩』「第十歌」において、名指しもしくはそれと分かる形で罵倒して
いることが、ボワローの置かれた立場を反映していると思われる[596]。女性を批判するだけで
なく、女性の趣味に合致するオペラや、『クレリー』を代表とする小説をも批判の矛先にし
ていることは、『諷刺詩』というシリーズの流れからは当然なことである。ここではそれら
を支持する集団として「女性」を批判することが、即ち、オペラや小説などを称揚する近
代派をも批判することに繋がってくる。

> 　繊細で優美なものに対する彼女らの判断力の正しさは良く知られています。そ
> れは、明快で鮮やかで自然で良識のあるものに対する感受性であり、曖昧で活気
> がなく硬直し不明瞭なものに対して即座に嫌悪を示すことです。いずれにしても、
> ご婦人の判断はあなたの党派には極めて重要に映りましたので、味方に付けよう
> とあらゆることが行われました。[597]

　『比較論』「第一巻」において、上記のような反女性文学の系譜に対して女性擁護の姿勢
を見せていたペローが、その名前を後世にまで残すことになった『コント集』の先駆けと
もいうべき記念すべき韻文コントの第一作『グリゼリディス』の構想が行われたのはこの
ような時期にあたる。固い信仰に基づき夫の数々の仕打ちに耐え抜いた「貞女」グリゼリ
ディスの物語について、類話として最も古いものにはボッカチオ『デカメロン』（第十夜第
十話）があり、ペローはこの十四世紀のフィレンツェ人作家の作品も参照していたと告白
している。しかし、直接的な典拠は、トロワを流通の中心として当時民間に出回っていた

---

[595] *Ibid.*, pp.64-65.
[596] たとえば、158行のスキュデリー嬢、425行のド・ラ・サブリエール嬢、438行のデュ・プレ嬢など。
[597] *Parallèle*, I, p.31.

260

「青表紙本」にある[598]。『グリゼリディス』の巻末に付された「某氏に『グリゼリディス』をお贈りするにあたって」*A Monsieur en envoyant « Grisélidis »*において以下のように語っている。

> ここにお送りする作品に寄せられた、さまざまな意見に譲歩していたなら、まるで潤いのないごく単純な昔話の段階を超えることはなかったでしょうし、その場合は、むしろ何も手を加えずに、長い歳月にわたり流布されてきた青表紙本の中に残しておいたほうがよかったでしょう。[599]

おそらく、妻を失い子どもの教育にも力を入れていたペローがそのような行商本を手に取っていた可能性は高いと思われる。その後の韻文コント、散文コント両者とも民間伝承による「民話」を題材とするものが多くあることからも推察ができよう。『グリゼリディス』の冒頭、主人公の一人「大公」の性格を描写した箇所として次のようにペローは述べる。憂鬱質の性格はのちの『女性礼賛』において、父に結婚の美徳を説かれそれを勧められる「ティマンドル」に通じている。

> この英雄的な性質に影を落とすのは、
> 体内から昇るほの暗い毒気、
> そのため、鬱々としていらだち気味、
> すべての女性は不実で裏切り者だと
> 心の奥底で思いこんでいます。[600]

『グリゼリディス』の執筆の動機となったのは、ペローが青表紙本に触れていたこともさることながら、ボワローによる「第十歌」の内容をある程度把握していたことがある。女性の不品行を批判する作品に対抗して、女性の貞節さを称揚する作品を企画したのではないか。このように信仰に基づき夫の数々の仕打ちに耐え抜いた「貞女」グリゼリディスの物語を発表したペローが、「結婚」というテーマに特化しその効用を説いたのが『女性礼賛』である。

ボワローが『諷刺詩』「第十歌」の構想を立てる数年前、女性の被る不平等の原因は自然に由来にするのではなく、文化的なものであると看破しフェミニズムの先駆者とも呼ばれるプーラン＝ド＝ラ＝バール François Poullain de La Barre(1647-1725)は、『両性平等論』*De l'Égalité des deux sexes, discours physique et moral où l'on voit l'importance de se*

---

[598] 十七世紀初頭、ウドー Nicolas Oudot によってトロワに開かれたウドー書店による廉価版印刷物。その表紙が青色であったことからその名前がある。庶民にための物語や暦、星占いの本などが、行商人によって売り歩かれたという。
[599] 新倉朗子訳、『完訳ペロー童話集』、岩波文庫、1982、p. 89.
[600] 新倉朗子訳、『完訳ペロー童話集』、p. 20.

défaire des préjugés (1673)を発表し、女性擁護の先駆的存在となっていた（こののち彼は全く逆の趣旨の『女性に対する男性の優位性』*L'Excellence des hommes contre l'égalité des sexes*(1675)を出す）。彼以降、「女性」問題は、十七世紀後半においてそれなりの議論の戦われる分野となる。『比較論』「第一巻」が上梓された 1688 年には、ド・ラ・ダイエールde la Daillhiere は、『女性に纏わるタルチュフとラブレーの奇妙な対談』*Entretiens curieux de Tartuffe et de Rabelais sur les femmes* を発表している。

　『諷刺詩』「第十歌」が発表されたのちにも、『女性礼賛』以外にもさまざまな反論がボワローに浴びせられた。近代派の一人であり、『諷刺詩』においてすでにボワローの槍玉に挙げられていたプラドン（1632-1698）は、『D 氏による『諷刺詩』「第十歌」への回答』*Réponse à la satire X du sieur D**** を（1694）発表したし、ルニャール Jean-François Regnard(1655-1709)は、『夫への諷刺詩』*Satire contre les maris*(1693)および『デプレオの墓』*Tombeaux de Despréaux*(1695)において反撃したほか、多くの群小作家がボワローに噛みついた。

　『女性礼賛』において、ペローは反論する。

　確かに不品行な女性が目に付くことが多いが、例えば病院などには、父や夫を介護するためにまめまめしく働く女性の姿が認められる。むしろ、独身で生涯を終えた男性の末路は哀れである。また、女性の不品行は男性側に原因があることが多いともしている。ペローの主張は、以上のようにボワロー同様に他愛もないことなのであるが、いくつか注目すべき点がある。まず、この『女性礼賛』は形式的には、憂鬱質の息子にたいしティマンドルという名の息子に父親が結婚をすべきであると説くのであるが、独身の男の例として次のような一節がみられる。

　　　　もっと近づいて見てご覧。狼男が
　　　　女性から遠ざかり巣穴の中で閉じこもって生きたことを。
　　　　汚らわしく、不器用で人付き合いが悪いと思うだろう
　　　　品性においては非社交的、言葉においては乱暴で
　　　　繊細なこと、気の利いたことは考えることができずに
　　　　小難しいこと、古くさいことしかいえない。
　　　　その才能にガラクタへの愛をくわえれば
　　　　今もって役に立つようなことを何もしていなければ
　　　　そして、素晴らしき近代に対して噛みつくとすれば
　　　　その才能であの「学者先生」は出来上がる
　　　　世界を這う動物のなかでも
　　　　もっとも汚らわしくうんざりするもののような。[601]

---

[601] *Apologie des femmes*, 115-126.

この一節は、幼少の頃の病気が原因で不具になり一生独身で暮らしたボワローへの激し
個人攻撃になっていると同時に、ここでもキリスト教のイメージを交えて詩作をしている
ことを示している。「世界を這う動物」は、具体的にはヘビであり、引用部分のすぐ後に出
てくる「創世記」におけるアダムとイヴのイメージと重ね合わせれば、男性と女性の仲を
裂き楽園追放に彼らを追いやった罪深きヘビが、ボワローになぞらえられていることが明
らかになる。

　しかし、このキリスト教のイメージは、ペローの女性弁護の限界も示すことになる。ソ
リアノが「しかし、世界で始めての夫婦の妹であるこの女性が、その不幸において重い責
任を負っている(...)。ここにはまさに根本的なアンチ・フェミニスムが見られ、その上それ
は当時のキリスト教を特徴づけるものであった。リンゴの話を語りながらも、『女性礼賛』
の作者はイヴの責任を軽んじようとはせず、その全く逆をいく。彼女の過ちで、真なる原
初のカップル、つまりアダムが神と作ったカップルは切り離される。つまり、天使の到来、
はたまた贖罪の人キリストの到来を人間は待たねばならない」[602]というように、ペローは
イヴの責任を軽んずることはしない。ペローにとっては、女性は本来的に男性よりも罪深
き存在なのである。さらに、ソリアノは、フォントネルの死後に友人によって編まれた詞
華集『詩の気晴らし』(1757)においてペロー作と言及をされていながらも、それまでどの作
品集にも取り入れられることのなかった田園詩『ヒツジに変身した羊飼い』*Métamorphose
d'un berger en mouton* をその文体からペロー作と断定し、1691 年作のものと推定すると
ともに『ヨーロッパ』誌にこれを全文再録したことは「研究史」において述べた。ここで、
ペローが本作を公表しなかった理由についての推定が行われている。誠実な男の羊飼いが
不実で浮気な女の羊飼いによって犠牲になるという筋立ては、1690 年の「第十歌」朗読以
来フェミニストを演じ続けたペローにとっては不適切な内容を含んでいたとソリアノは言
う[603]。

　それはともかく、『女性礼賛』においては新たな論争の焦点として「女性」が浮上したわ
けであるが、これは新旧論争の顛末を記述する上で二次的なものでしかないであろう。し
かし、「第三巻」において賞賛された「ギャラントリー」と呼ばれる女性を対象としたジャ
ンルの存在、ヴェルサイユの人士＝古代派とパリの社交界＝近代派という対立ととともに、
『比較論』でも述べられた「信仰」が『創世記』を下敷きにされて描写されていると言う
点で、終結に近づかんとしていた新旧論争におけるペロー作品の特徴を示している。「序文」
冒頭において、まずペローは、「この礼賛は女性や結婚に反対する風刺詩への反論ではない。
その風刺詩が印刷される前から、作られており様々な折りに朗読されていたからである」[604]
と女性賛美が新旧論争における対ボワローの戦術的な姿勢ではないことを明言する。

---

[602] Marc SORIANO, *Le dossier*, p. 285.
[603] Charles PERRAULT, *Métamorphose d'un berger en mouton*, présenté par Marc SORIANO,
EUROPE, No. 739-740 / novembre-décembre, 1990, pp. 95-100.
[604] *Apologie des femmes*, Préface.

この作品の作者とわたくしは意見を共にすることがないことが知られているので、このような性質の題材に関して、さらに彼に反対することについて憤慨されることはないでしょう。ここで擁護されているのは、真実だけではなく、良俗および公の礼節なのであります。風刺詩の作者は、全く誤った多くの過ちを犯させる原理に基づいて行動しております。古代人の模範に従っておけば過ちを犯すことはないと想像しており、ホラティウスはユウェナリスが破廉恥にも女性に敵対する詩を、差恥心を傷つけるような言葉で詠んだことから、この二人の詩人の時代とは今日の風俗が全く異なっていることを考慮せず、同様のことをする権利がありと思いこんでしまったからであります。彼らがいうように、当時は結婚をしないで済ませるようなさまざまな方法があり、それは色恋沙汰でしかありませんでしたが、キリスト教徒にとっては忌むべき犯罪なのであります。同じ原則に則って、風刺詩においては、気に入ったように、いつもこき下ろすことができると彼は考えているのです。自然な公平さから見れば、自分がされたら嫌なことを他人にすることが許されないことを絶えず理性が叫んでも無駄なことです。その声は彼を動かすとはありませんし、ホラティウスが別の言い方をしていればよかったのです。[605]

　ペローがここで問題とするのが「風俗」の差異である。『イリアス』や『オデュッセイア』の風俗が十七世紀フランスよりも品のないものであったという主張は、「第二巻」において主張されていたことであった。古典作家とりわけホラチウスを信奉したボワローが彼らを無闇に模倣することは風俗の退廃というのである。「キリスト教徒にとっては忌むべき犯罪なのであります」とあるように、女性の不徳を古代人のごとく攻撃することは、キリスト教という真実の信仰に支えられた近代人にとって許されるべきことではないというのが、ペローの表向きの主張であった。

４．　『ナミュール占領についてのピンダロス風オード』と『D氏への手紙』

　1692年11月または12月に、ペローは上に全文を引用した「手紙」とともに「第三巻」をボワローに送った。翌年6月もしくは7月に、ボワローは、『オード論』*Discours sur l'ode*という序論が付属した、『ナミュール占領についてのピンダロス風オード』*Ode Pindarique sur la prise de Namur*(1693)を発表する。すでに「第三巻」までに膨らんだ『比較論』をペローが発表していたのにもかかわらず、ボワローがまともな反論を行わなかったのには、のちに『アカデミー・フランセーズ、ペロー氏への手紙』*A M. Perrault, de l'Académie française*(1700)に「それどころか、私の病弱と公務が余暇を残してくれるなら、進んで、あなたに倣い、ペンを執ってこの命題を証明する仕事を自分に課したいとさえ考えている

---

[605] *Ibid.*, Préface.

のですが」[606]と述べるように、生来の健康問題があったことは既に述べた。

　太陽王による一連の対外戦争の一つであるファルツ戦争（アウグスブルク同盟戦争）は、1688年に男子後継者の絶えたファルツ公家継承を主張したフランス王家が、イギリス、オランダ、スペイン、神聖ローマ帝国やスウェーデンなどの対仏同盟と九年間に渉って繰り広げた戦闘である。その主戦場は現在のベルギーとほぼ一致する南ネーデルランドであったが、ボワローが題材に取り上げたナミュールの占領は、1692年6月5日のことであった。話題の戦闘からほぼ一年を経て出版されるに至った『ナミュール』であるが、新旧論争を記述するに当たり、とりわけ重要だと思われるのは、ピンダロス風オードそのものではなく、初版から付されていた『オード論』である。

　ピンダロスが優れた詩人であることは、近代派のような「奇癖」を持った人間以外は容易く感得することのできるものである。しかし、ギリシャ語を理解できるものでないと、ピンダロスを「ピンダロス自体」として理解することは不可能である。フランスにはギリシャ語をそこまで理解できる人間は存在しないのであるから、次善の策としては、詩歌の「ダイモン」に導かれるままにフランス語でピンダロス風に詩作を行うのが良いという考えから、ボワローは『ナミュール』の構想にあたったと告白をしている。

　　　次にあるオードはしばらく前に奇妙な対話編が発表されたおりに作られた。そこでは古代の最も偉大な作家たちが凡庸な才能として扱われ、シャプランやコタンの輩と同等のものとされている。われわれの世紀に栄光をもたらそうとするあまり、これほど良識のない物事を書くことの出来る人間がいるということを示しつつ、いってみれば、名が傷つけられたのだ。ピンダロスはその中で最も酷く扱われた一人だ。[607]

　このようにボワローは『ナミュール占領のオード』が、『比較論』を受けその反論であることを告白している。「ピンダロス風」のオードを作ったのも、ペローがことさらピンダロスに対して酷い扱いを行ったとボワローが見なしていたことを受けている。しかし、ペローが『比較論』においてピンダロスを扱ったのは、「第三巻」の三分の一を占めるホメロスやその他の作家と比べてみると、微々たるものでしかない。ピンダロスはこれまで出版された三巻のすべてに言及がされている。「第一巻」においては、モリネ夫妻の挿話[608]において、ピンダロスが引き合いに出される。しかし、この発言の殆どは「騎士」によるものであり、ペローの分身たる「神父」のものではない。「この詩歌のジャンルで最も有名なギリシャ人はピンダロスであります。彼は極めて崇高であると考えなければなりません。ホラチウスがいうようにこれを真似るにしても、ジャン・ブノワがいうようにこれを理解する

---

[606] Nicolas Boileau, *Œuvres complètes*, p.571. 邦訳は、杉捷夫氏のものを使用させていただいた（『フランス文学批評史　上巻』、筑摩書房、1977, p.237.）。
[607] Nicolas Boileau, *Œuvres complètes*, p.227.
[608] *Parallèle*, I, pp.27-30.

にしても、ここにはだれもが到達できないからであります。ジャン・ブノワは、優れた注釈者の一人であり、彼以前には、最も教養ある人でもまったくこれを理解していなかったことを証明しました。また、彼も他と同じくこれを理解していないことを、強引な解釈で示してくれました」[609]と「第三巻」で神父が語るように、生没年不詳ながらソーミュール大学でギリシャ語を講じたことが分かっている神学者ジャン・ブノワ Jean Benoît への評価は厳しく古代派への当て擦りとなっているかも知れないが、ホメロスと比べれば「ピンダロス自体」の評価はむしろ比較的高いとさえ考えることが出来る。

　ボワローの反論によるとペローがピンダロスを理解できないのには、二つの理由があるという。ラテン語はともかく、ペローはギリシャ語があまり出来なかったという厳しい指摘である。

　　　　この詩人の美しさはなによりもその言語の中に込められているのに、これらの
　　　　対話編の作者は、おそらくギリシャ語を知らずに、相当な欠陥のあるラテン語訳
　　　　でしかピンダロスを読んでこなかったので、その知性によって理解できなかった
　　　　ことすべてを訳の分からないことであると見なしたのである。[610]

　この指摘はペローにとってはいささか厳しい指摘であると思われる。ペローの言語能力については、ラテン語のある程度の理解力があったことは確認されているが、ギリシャ語をピンダロスの詩句を理解できるまで修得していたかというと怪しい。この点に関しては、ペローよりは幾分ましであるかも知れないが、ラシーヌやダシエ夫人など有力なギリシャ語の読み手に助言を請うていたボワローとて同様ではある。

　ボワローの批評は尤もなものであるし、翻訳不可能性の問題を孕んでいるのは間違いはない。しかし、ペローが散文だけでなく韻文までも仏訳によって比較しようとした背景には、「第一巻」でも述べられていたように、そもそも母国語でもないギリシャ語やラテン語を外国人が真に理解しその判定などを下せるのかという疑問が先立っていた。韻文であれば、その理解はいっそう困難になるであろう。

　次にボワローがペローの無理解の原因となっているとするのが、『詩法』において自ら主張したことを理解していなかったためであるとする。

　　　　完全に我を忘れてしまった精神を示しながら、この詩人（ピンダロス）がしば
　　　　しば決められた計画から話の筋を断ち切ってしまうという驚異的な箇所を、滑稽
　　　　なものと彼は見なした。いわば、理性によりよく触れるために、理性から飛び出
　　　　るのである。大変な注意を払いながら、抒情詩から魂を奪い去る体系的秩序や正
　　　　確な意味の連関を避けるのである。話題の検閲者さんは、ピンダロスの高貴な大

---

[609] *Ibid.*, III, pp.160-161.
[610] Nicolas Boileau, *Œuvres complètes*, p. 227.

胆さを攻撃しながらも、ダヴィデ詩編の崇高さを全く理解していないと考えさせる理由を与えてしまっている。神聖な雅歌についてこれほど俗なことを語るのが許されるのであれば、しばしば神性を感じさせる断ち切られた意味がそこにも多く存在するのである。この批評家はどう見ても、わたしがオードについて『詩法』で論じた掟を全く理解していない。[611]

　ボワローは自らの『詩法』「第二歌」の 71 及び 72 行を引用して（「オードの激しい文体はただ闇雲に突き進む / その絶妙な乱脈ぶりこれまた技巧の為せる業」[612]）、ペローの理解度の低いことを揶揄するのである。

　新旧論争においては、純粋な文学論争というよりも中傷合戦というべき面があったことはすでに指摘したとおりであるが、次のボワローの一文は、根拠の乏しいボワローのペローに対する中傷の一つとして留めておく価値があると思われる。ペローの抗議を受けて翌年の 1694 年版においては一部削除されるが、1693 年版にはペローの家族をも中傷した一節が含まれていた。

　　　　時には法則を守るなという法則をなしているこの掟は、芸術における神秘であり、クレリーやわれわれのオペラが崇高という様式の模範であるなどと信じている、趣味のない人間にはとうてい理解できないことである。テレンティウスは味気なく、ウェルギリウスは生彩なく、ホメロスは常識を欠いているなどという、いわば彼がその家族と共に持ち合わせている精神の奇癖のようなものが、普通なら人間を感動させるものに対しても無感覚にさせるのである。[613]

　論争の本筋から外れた個人的中傷合戦の一面が見えるとともに、『ナミュール』においては、科学技術、信仰の問題、時間の問題などペローが提示した論拠についてなにも触れられていないことを指摘しておく。これは新旧論争期のボワローに一貫の姿勢であり、テクストを詳細に検討してみると、論点が噛み合わない印象を持たせる原因ともなっている。
　ペローはこの『ナミュール』に対してすぐさま反論を加えた。それは『『ナミュール占領のオード』序文にまつわるD氏への手紙」 *Lettre à monsieur D*** touchant la préface de son ode sur la prise de Namur* であり、ボンヌフォンによってその一部分が雑誌に引用されているものである[614]。ペローの反論は上に掲げた引用に関するものと、個人攻撃に対する抗議が主なものであった。「わたしはオペラについても『クレリー』についても崇高のジャンルの模範などとはいっていない」[615]という反論は尤もなもので、確かにペローは「第

---

[611] *Ibid.*, p.227.
[612] *Art Poétique*, I, 71-72. 守屋訳、『詩法』、p.62.
[613] Nicolas Boileau, *Œuvres complètes*, pp.227-228
[614] Paul Bonnefon, « Charles Perrault littérateur et académicien l'opposition à Boileau », pp.590-593.
[615] *Ibid.*, p.591.

三巻」において叙事詩やピンダロスについては崇高を云々することはあったが、演劇ジャンルを論じた後半部分でこの「崇高 sublime」という単語をおいそれと使用することはなかった。そもそも、ボワローは、フランスにおける「崇高」論の元祖ともいうべき存在であり、ペローが軽々しくこの言葉を使用することは考えにくい。

　「崇高」という美的範疇は、古代世界に由来を持つ概念あるがボワローはその伝播について多大な功績を残していた。十八世紀以降バークによって規定され[616]、カントによって分析される「崇高」という美的範疇を導入することとなる、偽ロンギノスによる『崇高論』の翻訳をボワローは行った。長らくその作者がロンギノスであると比定されてきたが、十八世紀以降、真の作者について疑問が呈されるようになった本作品は、十七世紀に到りさまざまな学者によって翻訳が試みられるようになった。1612 年にはジュネーヴで、ガブリエル・ド・ペトラ Gabriel de Petra が、1636 年にはラングバーン Langbarne がオックスフォードで、1644 年にはピッツィメンティ Pizzimenti がボローニャで、1663 年にはタンギー・ル・フェーヴル Tanneguy Le Fèvre がラテン語訳を試みている。しかし、この崇高という美的範疇はボワローという詩人がそのフランス語訳により扱ったことによってヨーロッパ中に伝播したことは疑う余地がない。ボワローが本作品の翻訳を試みるようになったのは、その内容に興味を抱いていたというだけでなく、ボワローの兄であるジル・ボワローがその翻訳を試みるも完成を見ることなく 1669 年に死去したことが関係するという[617]。いずれにしても、ボワローはその古典主義理論がオリジナルな思想でなかったのと同じく、崇高に関してもその伝播者という立場をとっていることは興味深い。

　家族を中傷されたことには、ペローはいうまでもなく憤慨を隠せない。「わたしの家族に共通した精神の奇癖のようなものに由来するとあなたは仰る。ムッシュー、この箇所は文人が議論において取り得るべき自由奔放さを越えております」[618]と不快感を表すとともに、次のように続けている。

　　　ムッシュー、わたしの家族に共通の奇癖が普通の人間ならば感動するあらゆることに無感覚にしているとあなたは仰います。わたしを喜ばせないピンダロスの美しさだとか、古代人のいくつかの一節を除けば、わたしが何に関して無感覚であるとお考えですか？ムッシュー、いつも言い争ってばかりの感受性を詩歌にしかもたないあなたがそう非難されるのは適切ではありません。建築、彫刻、絵画についてほとんど何もご存じなく、哲学者や数学者とお知り合いがいるわけでも

---

[616] エドモンド・バーク Edmund Burke(1729-1797)。イギリスの政治家・思想家。フランス革命を批判した『フランス革命の省察』Reflections on the Revolution in France(1790)で有名。バークは『崇高と美の観念の起源』A Philosophical Inquiry into the Origin of Our Ideas of the Sublime and Beautiful (1575)において、ボワローの翻訳を機縁に注目を集めていた「崇高」という概念の定義付けを行った。その背景には、ロマン主義へと向かう潮流において古典主義的な「美」とはことなった美的概念が注目され始めていたことが背景にあった。

[617] 十七世紀における『崇高について』の翻訳及びジル・ボワローとの関連については Nicolas Boileau, Œuvres complètes, p.1071.を参照した。

[618] Paul Bonnefon, « Charles Perrault littérateur et académicien l'opposition à Boileau », p.591.

なく、紳士の喜びであるその種のことに馴染みのないあなたが、普通の人間なら感動することについての無感覚さをどうして非難することができましょう。わたしは今しがた名前を挙げた科学や芸術の全てに通暁しているわけではありませんが、熱心な愛好者であるとして知られていますし、これらについて書くごとに非難されるいわれはありません。[619]

　信仰であれ、科学技術であれ近代派の論拠を体現していた兄たちの名誉を守ることは、彼らの影響を受け建築、彫刻、絵画、哲学、数学などを愛好するに至った自らの名誉も守ることになる。のちの『回想録』においてとりわけ建築への執着を明かし、さまざまな技芸について『比較論』で論じてきたペローであったが、それらを実際に愛好していると自白することはほとんどなかった。たとえば科学についてはクロードが進歩の体現者であったように、あくまでもペローは愛好者としての位置に留まり、必ずしも完全な知識を有しているとは自認していない。

　この『D氏への手紙』も、ボワローからの反論が『比較論』で提示された中心課題である信仰や時間の問題から隔絶したものであったことから、中傷合戦の域をでるものではなかった。

５．　『ロンギノス考』

　ペローの攻撃に対して、ボワローはようやく本格的な反論を書くに至る。それが『ロンギノス考』であった。『ロンギノス考』は、1692年から1694年の間に書かれ、『ルイ大王の世紀』から比較論に到るペローの古代人攻撃に対する反論として書かれた著作である。ボンヌフォンも指摘するが[620]、その長々しい原題にも見て取れるように、ロンギノスの名前が引かれているゆえに彼の『崇高論』に対する注釈・解説を施した著作のような印象を受けるものの、それは口実に過ぎず、内容は『比較論』「第三巻」を中心とするペローの論拠への反論である。ロンギノスの一節が各章の巻頭に掲げられているものの、内実は本論への導入に使われているだけにすぎず、実質的にはペローへの反論の書と見做しても誤りがないであろう。エピグラムを連発することで、近代派を嘲笑することに終始したボワローが彼らに対して反論し、かつ、ある一定の分量をもつ著作としては唯一のものであるといえる。

　『ロンギノス考』は、新旧論争が一応の終結を見たあと、さらにペローの死亡後1710年まで書き継がれていくこととなるが、ここで問題としたいのは新旧論争期に書かれた最初の九つの「考察」である。つまり、初期の九つの考察ののち、第十から第十二まで三つの考察が書き加えられボワローの死後の1713年に出版されるが、このすべてが問題となるペ

---

[619] Ibid., p.592.
[620] Ibid., p.598.

ローへの直接の反論ということはできない。初期の九考察は 1694 年の『作品集』において
はじめて出版され、「第九考察」のあとに「結論」が付けられており、一応の区切りがつけ
られている。

　この九つの考察は主に「第三巻」への反論が主眼であり、とくにホメロスとピンダロス
に対するペローの攻撃に対する論駁を中心に、その過ちを指摘しつつ論が進められる形式
を取っている。「結論」において、「以上が、古代人の欠陥を攻撃しようとして P 氏が犯し
た無数の過ちのささやかな見本である。わたしはここで、ホメロスとピンダロスに関する
ものしか取り入れなかった」[621] と自ら述べているように、ボワローの反論は『ナミュール』
と同様に極めて限定的なものであるということができる。

　「第一考察」においてボワローは、『崇高論』「第一章」の言葉を引用することから始め
る。「著作については友人と相談し、われわれにお世辞をいわないように早いうちから習慣
づけさせること」がレトリックについて重要なことであることを述べる。ヴォージュラが
『フランス語考』 *Remarques sur la langue française*(1647) の序文で述べているように、
優れた著述を残した彼もロンギノスと全く同じ格率に従っていたことを述べ、また、マレ
ルブやモリエールは召使いにまでその詩句の感想を尋ねたことを述べる。しかし、このよ
うに古くから承認されてきた格率に従わないのがペローなのである。

　　　　もし彼が友人を信じていたならば、毎日このように世間でいわれることはなか
　　　ったでしょうに。「P 氏はわたしの友人の一人で、たいへんな紳士であります。率
　　　先してこれほどまでに激しく理性に反し、『比較論』において古代人の書物にある
　　　評価され、評価すべき事を彼が攻撃するのかが理解できません。二千年も以前に、
　　　彼らが良識を持ち合わせなかったことを皆に納得させたいのでしょうか。これは
　　　哀れみを催させます。ですから、彼はその作品を示すことを控えているのです。
　　　このようなことに関して、思いやりをもって彼の目を開かせてくれるような人が
　　　いないかと願っているのです」。[622]

　ボワローは自ら進んで、ペローの蒙を啓く友人の役を買って出ようというのである。『ナ
ミュール』に添えられた『オード論』において、ペローのギリシャ語能力に疑問を呈した
ボワローであったが、ペローは、『『ナミュール占領のオード』序文にまつわる D 氏への手
紙』において以下のように反論を行っていた。

　　　　わたしがギリシャ語を知らないとあなたは仰っている。わたしの翻訳にある大
　　　間違いがあなたにそのことを悟らせたのでしょう。同じく、あなたのロンギノス
　　　の翻訳に見つけられた大失敗は、あなたが見せ掛けようとするほど偉大なギリシ

---

[621] Nicolas Boileau, *Œuvres complètes*, p.537.
[622] *Ibid.*, p.494.

ャ語読みでないことをわれわれに分からせたに違いありません。もしよろしけれ
ば、その大間違いとやらをお教えいたけないでしょうか。あなたの口を塞ぐのに
わたしは自分の友人を使わないでしょう。[623]

　ボワローの反論はまず、ペロー家（クロードとシャルル）との確執を一つ一つ取り上げ、
その不当さを暴くことから始められている。先に引用したとおり、ボワローが幼少のおり
喘息治療に対して受けたクロードによる間違った施術から始まり、『諷刺詩』が発表された
際にクロードから誹謗中傷を受けたこと。それに対し、ペローに苦情を入れたが聞きいれ
られなかったので、『詩法』においてクロードを「フィレンツェの医者」として諷刺したこ
となどが語られる。
　ボワローの批判はさらに、建築家としてのクロード・ペローにまで及ぶ。

　　　　わたしは彼が偉大な功績のある人物であり、とりわけ自然学について学識ある
　　　ことは否定しないでしょう。しかし、科学アカデミーの方々は、ウィトルウィウ
　　　スの翻訳の優秀さも、彼の弟が長所として語っていることについても認められて
　　　いません。さらにお望みであれば、施工されたのは高名なル＝ヴォー氏の設計であ
　　　ることを証明してくださる建築アカデミーの著名な方々の名前を挙げることも出
　　　来るのです。この偉大な建築作品も、天文台も凱旋門も大学の医師の作品である
　　　ことは真実ではありません。[624]

　ルーヴルのファサードの作者がクロード・ペローであるかどうかに疑義の余地があるこ
とは周知の事実であるが、パリ天文台（1671年竣工）や凱旋門（バスティーユに隣接する
ポルト・ド・サン・タントワーヌに建てる計画があったが、施工されることはなかった）
の設計についてはクロードが作者であることは疑う余地がなくこの件までに疑義を挟むの
はボワローだけであろう。ボワロー流の中傷・挑発の類と捉えるべきであろう。
　「本当のところは、古代人についてこの医者は弟と同じ趣味を思っており、古代の偉大
な人物に関するすべてのことを同じく嫌悪しているのです」と、クロードをペローの同類
と断罪したのち、ラシーヌとクロードおよびピエール・ペローによる『イフィジェニー』
論争に言及する。

　　　　エウリピデスを馬鹿にしようと、オペラ『アルセスト』のご立派な擁護をお書
　　　きになったのは彼（クロード）であることは確かです。このような大間違いをし
　　　ましたが、ラシーヌ氏は『イフィジェニー』の序文においてこれを指摘されてい
　　　ます。[625]

---

[623] *Œuvres de Boileau*, tome II, Lefèvre, 1821, p.309.
[624] Nicolas Boileau, *Œuvres complètes*, p.495.
[625] *Ibid.*, pp.495-496.

『オード論』でも使用されたペロー家の「奇癖」という言葉を使用し、『比較論』だけではなく、シャルル・ペローの一家全体の批判を行うことに「第一考察」は終始し、ペローへの正面からの反論とは認めることのできないものとなっている。ボワローのこのような斜に構えた姿勢は、これまで五年以上もペローの攻勢にたいしてまともに反論を行なわなかったとともに、反論すれば「ルイ大王の世紀」の隆盛を否定することに繋がる一方で、沈黙すれば近代派の言い分を認めることになるという板挟みの状況からでたものであろう。このようなジレンマのため、ボワローはエピグラムで中傷をし、「第一考察」においても、ペロー家の存在意義そのものを否定することによって、近代派が提示した問題に回答することを避け、極力その問題を矮小化することに努めてきた。「第一考察」の末尾にある一文は、ボワローのそのような姿勢を示すものとして引用するに相応しいと考える。

> わたしはこれほど取るに足りないことを語るのを恥じている。しかし、Ｐ氏の非難は、名誉に関わることだと友人たちが言うので、その誤謬を示さざるを得なくなったのである。[626]

「第二考察」からはじめて『比較論』への具体的な反論が開始される。ここでの考察の対象は「崇高」に関するものである。

ボワローは、『詩法』においてすでに、スキュデリーによる『アラリック』の冒頭と指摘し、以下のように戒めている。

> さても天馬ペガサスに打ち跨ってのっけから
> 吾は地上の勝利者に勝利せる者歌うなり
> などと大声張り上げて読者に叫ばぬようにせよ[627]

作品の導入は簡潔であるべきであり、はじめから高貴を目指してはならないという、この格率は具体的にはホラティウス『詩論』「このように大口を叩くなら、どんな作品を世に出せばその約束を果たしたことになるだろうか。山が出産しようとしているが、生まれてくるのはこっけいな鼠一匹だろう」[628]の受け売りである。『比較論』において、ペローはこの記述をうけ、神父の発言としてスキュデリー擁護を行っている。

> 非難するどころか、一行目の美しさを祝福してもしたりません。これは良く書かれており、高貴であって、作品全体の主題である英雄詩に相応しくあります。ローマ人は世界の征服者でありました。この詩人は彼らをうち負かした君主を賞

---

[626] *Ibid.*, p.496.
[627] *Art Poétique*, III, 270-272.守屋訳、『詩法』、p.90.
[628] 松本仁助・岡道男訳、『アリストテレース詩学　ホラーティウス詩論』、岩波文庫、1997、p.238.

賛せねばならなかったのですから、これよりも良い導入があったでしょうか。一行目において不適当であるといわれている「大声」などどこにありましょう。冒頭にいくらか大げさな付加形容詞があるとしても、批判するにしても許容範囲でありましょう。しかし、そのようなものは存在しません。これは一行の中に含まれた作品の意図がごくごく率直に表出しているものなのです。構成された言葉の適切な選択と含まれた偉大な意味によって、この詩句が耳を喜ばせるものであることは真実なのです。非難されるべきことが少しでもありましょうか[629]

　ペローのスキュデリー『アラリック』擁護はこの箇所のみで、裁判所長官も騎士もこれにたいして反論を行っていない。しかし、ボワロー（またはホラティウス）の格率への反論の根拠として、

　　　　この規則はまったく真実ではないばかりか、出された例がまったく相応しくありません。寺院や宮殿の正面が壮麗だからといって、誰がこれを非難したでしょう？[630]

と神父＝ペローは述べる。建築物の主要正面が壮麗であることは寧ろ美徳であり、賞賛すべき事であるというのであろう。導入部を壮麗に飾り立てることは、とりわけ詩歌において要求されるとペローは言う[631]。建築とは、いうまでもなく、ペローが役人時代に専門としたジャンルであり、比喩としてしばしば引用されるジャンルである。
　しかし、ボワローはこれを手がかりに自身の崇高論を展開する。崇高とは思考と言葉が完全に一致し到達されるものであった。しかし、それを誤ると容易く児戯に陥ってしまう危険性を孕んでいるとボワローはいう。スキュデリーの一節はペローがいうように確かに高貴ではある。しかし、時宜を考えべきであるというのである。

　　　　しかし、これほど声高に叫び一行目からこれほど大それたことを予告することは滑稽であります。ウェルギリウスならば、『アエネイス』を始めるのにも、『全世界ともなった帝国の創設者である名高い英雄を歌おう』といったでしょう。このような大げさに叫んだあとで、作者はどのように書けばいいのでしょう。[632]

ボワローはペローの建築物の「主要正面」という比喩には、真っ向から反論している。

---

[629] *Parallèle*, III, pp.270-271.
[630] *Ibid.*, III, p.267.
[631] 「この規則は雄弁においては極めて有益です。雄弁では、なし得ること示す前に、演説者が知らずのうちに聴衆の好意につけ込むのは良いことでしょう。しかし、美しく装飾されることが格段に求められる詩歌、とりわけ叙事詩においては、勧められている謙虚さというのは、冒頭や真ん中や結末においても相応しいものではありません。」(*Ibid.*, III, pp.268-269.).
[632] Nicolas Boileau, *Œuvres complètes*, p.497.

273

　　　　宮殿の主要正面には装飾がされなければなりませんので、導入部は詩の主要正
　　　面にはならないと思われます。むしろ、そこへ導く並木道や前庭であって、そこ
　　　からこれを見渡すのです。主要正面は宮殿の本質的な部分をなし、対比を壊すこ
　　　となくしてこれを取り除くことは出来ません。しかし、詩は導入部なしでも立派
　　　に成立します。詩の一種であるわれわれの小説ですら導入部を持ちません。[633]

　ここでのボワローの反論は極めて妥当であると思われる。

　お互いがお互いに理性に導かれた「良識」に従うべし、という近代的な格率に従ってい
る以上、両者の接点はないように思われる。ただし、良識に従いながらも、ボワローがホ
ラティウスに従っており、作詩法の自由度が低い点において、必要であれば古典主義的な
格率の破壊も厭わないペローの「良識」のほうがより近代的であると思われる。

　ボワローは、「第二考察」の最後で、『比較論』におけるラテン語引用文に見える母音の
「長短」の誤りを指摘し、ふたたびペローの古典語知識に対する疑問を呈していることを
指摘しておく。

　「第三考察」は「第三巻」の前半の大部分を費やして論じられるホメロス論に対する反
論に充てられている。

　　　　凡庸な作家が、自分の欠点も見ずに、最も巧みな作者の欠点を指摘しようとす
　　　ることほど耐え難いことはない。しかし、もっと手に負えないのは。犯してもい
　　　ない失敗によってその作者を非難することによって、自分自身が過ちを犯し、お
　　　粗末な無知蒙昧に陥ってしまうことだ。これはしばしばティマイオスが陥ったこ
　　　とであるし、Ｐ氏が常に陥っていることだ。[634]

　ペローが「第三巻」において陥っている過ちとはどのようなものか。ボワローはペロー
が「第三巻」33 頁以降において、ホメロスという人物は存在せず『イリアス』や『オデュ
ッセイア』といった叙事詩はさまざまの作者が作った断片を組み合わせたものだとする主
張に反発する。いわゆる「ホメロス問題」についてである。

　　　　彼は自分がホメロスについて行ったという校閲を始めるが、これほど間違った
　　　ことはありえない。そこでは多くの優れた批評家が、『イリアス』と『オデュッセ
　　　イア』を創作したホメロスという名前を持つ人物は、かつて存在したことがない
　　　ことを主張しているとする。この二つの詩は様々な作者によるいくつもの詩の集
　　　合体でしかなく、一つに組み合わされたものであるという。すくなくとも文献上

---

[633] *Ibid.*, p.497.
[634] *Ibid.*, p.498.

でこのような戯言を主張した人物がいたというのは全く事実ではない。また、この『考察』で後述するように、Ｐ氏が証人として引き合いに出しているアエリアヌスは全く逆のことを述べているのだ。[635]

　ボワローの「ホメロス問題」に対する反論はあまり明確なものではない。「第三巻」に述べたように、前三世紀以降アレクサンドリアの文献学者を中心に始まり、これを近代世界に紹介したペトラルカに受け継がれ、ルネサンスの人文主義者によって取り上げられた由緒あるテーマであるものの、ボワローは「古代人」が既に問題提起していたことには触れようとしない。このような研究の蓄積があったにもかかわらず、ペローがその論拠としているドービニャック神父の著作の存在を否定することからボワローは始めている。

　　　わたしはドービニャック神父と知り合いでありました。ギリシャ語の知識は凡庸でありながらも、詩学に関しては功績のあるお方でありました。耄碌されてしまった晩年に思いつかれたのでなければ、これほど奇妙な構想をお持ちでなかったと確信しています。[636]

　しかし、ボワローの希望的観測に違い、ドービニャックの著作は実在した。ペローが報告するようにやはりこの時点で「覚書」の域を超えるものではなかったが、死の直前 1674 年にこれらは書かれ、1715 年になってやっと出版される『イリアスに関する学術的推論』 *Conjectures académiques sur l'Iliade* を指すのであろう。

　ドービニャックの著作はさておき、ホメロスの二大叙事詩が様々な作品の組み合わせであるとペローが主張する論拠は二つあった。これらはその証拠とまでいうべきものではないが、「強い推測」を裏付けるものという。第一には、ホメロスの出生地が未確定であること。第二には、その作品が「ラプソディア」と呼ばれていたことであった。第一の疑義に関してボワローは、ペトロニウスおよびクイントゥス・クルティウス・ルフス Quintus Curtius Rufus（ローマ帝政初期の歴史家。『アレクサンドロス大王伝』*Historiam Alexandri magni libri qui supersunt* など）の著作を挙げることのみで反論する。第二の疑義については、ここでも、まず、ペローの語学的弱点を突くことから始める。ペローは「ラプソディア」の語源として「あわせる」「縫い合わせる」といった語義を持つ「ラプテイス」を取り上げているが[637]、ほんとうは、これらを朗詠するものが手に枝を持ったことに由来する「ラプドス」が語源であるという。

　ボワローが次に疑問を呈するのは、ペローが論拠として引き合いに出しているアエリアヌスの出典が曖昧であるばかりが、曲解が含まれているという点である。ボワロー自身が、

---

[635] *Ibid.,* p.498.
[636] *Ibid.,* p.499.
[637] *Parallèle,* III, pp.34-35.

275

「第三考察」に引用しているペローのテクストを以下に挙げてみよう。

　　その証言が軽々しい物ではないアエリアヌスは、古代批評家の意見によれば、
　ホメロスは『イリアス』と『オデュッセイア』を断片的に、まとめる意図無しに
　書いたに過ぎなかったときっぱり述べています。また想像力の高まりによって順
　序も配置もなく書かれた部分には、扱っている題材の名前のみしか与えなかった
　のであり、以降『イリアス』の「第一巻」となる歌には、「アキレスの怒り」など
　と名付けました。「船を数えること」は、「第二巻」、「パリスとメネラオスの戦い」
　は、「第三巻」とされ、以降別の部分もそうでありました。スパルタのリュクルゴ
　スがイオニアからギリシャへ、このはらばらの部分を持ち込んだ最初の人であり、
　これを整理し、申し上げましたとおりアルファベットが二十四文字であることに
　敬意を表して今日見られる二十四巻の形に『イリアス』と『オデュッセイア』を
　作り上げたのが、ペイシストラトスであると付け加えられております。[638]

　ボワローが問題とするテクストについて、ペローは「脚注」を付けていることからアエ
リアノスのいかなる箇所が出典であるのかは容易に知ることが出来る。そのテクストに当
たったボワローは、「はじめはギリシャ内で切り離された状態で出回っていたホメロス作品
がイオニアで完成されたが、ギリシャでは様々なタイトルで謳われており、リュクルゴス
によってその全体がイオニアに持ち込まれ、これを復元したペイシストラトスによって聴
衆に披露された」[639]ことしかそこには書かれていないと『比較論』の作者の曲解と作為、
もしくは意図的あるいは無意識の誤訳を批判するのである。十七世紀の時点でアエリアノ
スのフランス語訳は出ておらず、ペローはおそらくラテン語訳でこれを読んだと思われる。
この件に関するボワローの批判は極めて妥当であり、誤読を認めるにしても、意図的な見
逃しを認めるにしてもペローにとっては痛い反論となっただろう。ボワローはペローが参
照したと思われるラテン語訳の不備を認めながらも、アエリアノスの一文の誤読から、「こ
のように、Ｐ氏はアエリアノスの一節だけで二十もの大間違いをしでかしているのです」[640]
とペローの論拠が全くいい加減であることを証明しようとする。
　次にボワローの反論となるのは、「騎士」の発言である。ペローの代弁者である神父の発
言ではなく、しばしば過激な発言を行うことにより、ペロー自らがその責任をとることは
ないとしている「騎士」の発言をここでわざわざ取り上げたボワローの真意はいかなるも
のであろうか。

　　『叙事詩論』を書かれたル＝ボッシュ神父はどのようにこれを聞かれていたの
　でしょう。この良き修道士が『イリアス』の物語の構造について話すときの敬意

---

[638] *Ibid.*, III, pp.36-37.
[639] Nicolas Boileau, *Œuvres complètes*, p.500.
[640] *Ibid.*, p.502.

を見ますと、聖書に注釈を付けているかのようです。この良き神父さまはどんな妄想を考えていたのでしょう。アエリアヌスが真実を言っていることは疑いようがないのですから。[641]

　ペローが全巻を通じて『比較論』において、ル＝ボッシュ神父なる人物に言及したのはこれ一回限りである。しかし、ボワローは風刺作家の性癖を発揮し、ペローの劣等感を暴きにかかる。

　　　ル＝ボッシュ神父の『叙事詩論』は、この博学の修道士が『イリアス』、『オデュッセイア』そして『アエネイス』という叙事詩の統一性、美しさそして素晴らしい構成を巧みに証明したものです。この神父様がその主題について書かれた信用に足ることに反駁する手間をかけずに、Ｐ氏は彼が妄想や空疎な視野を持つ人物と見なすことで満足しています。万人に認められた作家をこのように軽蔑を以て話すいかなる権利が彼にあるのかと問うために、わたしの指摘をここで中断することをお許し頂けるでしょう。わたしがシャプランやコタン、つまり一般的に評判の悪い二作家を馬鹿にするのを悪いことであると彼はいいます。ル＝ボッシュ神父が近代作家であり、しかも優れた近代作家であることをお忘れなのでしょうか。[642]

　ここでのボワローの戦術は一風変わったものになりそうである。ル＝ボッシュ神父を擁護するかと思いきや、神父自身のことは「近代」であるとしている。つまり、近代にも良質な作家（ル＝ボッシュ）がいる一方で、評判の悪い作家（シャプラン、コタン）がいると認め、近代全体がボワローの敵ではないことを表明している。これまでの『考察』においてもそうであるが、ペローが最も強調した近代派の論拠に反論を行うことなく、彼を含む一部の作家に対する批判に限定し、いわば、近代派内部での離反を促す戦術を取っているのであろう。
　では、近代派の作家でありながらペローが擁護したり攻撃したりする態度の差異は何に由来するのであろうか。ボワローは次のような理由を挙げている。

　　　Ｐ氏が恨んでいるのはただ単に古代派（人）なのではありません。あらゆる時代、われわれの世紀であっても素晴らしい功績を挙げた作家すべてを恨んでいるのです。地位を求めることのみが目標であり、すきあらば、凡庸な友人の作者とともに文芸の玉座に地位を見いだそうとする目的しかないのです。[643]

---

[641] *Parallèle,* III, pp.37-38.
[642] Nicolas Boileau, *Œuvres complètes*, p.502.
[643] *Ibid.,* p.502.

ペローが近代派を気取る理由は、シャプランやコタンなどを称揚することによって、その利を得ようとするためだけであって、近代派の作家全体を擁護しているわけでないというのである。「第三巻」において、ペローはシャプラン擁護を行った。表現に生硬なところがあるなど、いくつかの欠点があることを認めながらも、ペローは彼をホメロスやウェルギリウスよりも分別のある作家であると認めているのは確かである[644]。さらに、ペローの「作家論」において我慢がならないのは、マレルブ、ラカン、モリエール、コルネイユなどが古代人より上位に扱われていることよりも、それらの近代人を言及することによって、キノーの勝利を確実にしようとする意図があることだとボワローはいう。「第三考察」に引用された「第三巻」の言葉を借りれば、「叙情詩、劇詩においてフランスが生んだ最も偉大な詩人」とまで断言するペローの見解が批判に晒されるのである。ボワローは『諷刺詩』「第二歌」[645]においてキノーを批判しておきながらも、ここでは一定の功績を認めようとする。

　　　わたしここでキノー氏の評判を貶めようという気はありません。詩法上の揉め事にもかかわらず、亡くなられてもわたしの友人でありますし、正直に言いますと、彼は才気豊かで、歌曲にするのに良い詩句をつくる特別な才能を持っていました。それらの詩句は力強くも気高さもありませんでしたが、その弱さこそが主要な栄誉となっているのでした。彼の作品が求められていたのはオペラのみであったからです。[646]

　キノーはその死（1688年）までに、喜劇・悲劇・悲喜劇の十数編の演劇作品を作ったが、いずれもオペラ作家として名声を得る七十年代以前の作品であり、ボワローもいうように、その存在が忘れられて久しくなっており、「それが作られたことすら忘れられていた」[647]ものであった。そのような特殊な才能を持った人物全体を、称揚することの奇妙さをボワローは指摘しようとしているのである。

　　　さらに、キノー氏は紳士であり控えめな方でしたので、もしご存命であられたら、わたしの『諷刺詩』で投げ掛けられた毒舌と同様にP氏がここで過剰な賞賛をしていることにびっくりされるでしょう。[648]

　ボワローのキノーに対する「再評価」は、近代人ル＝ボッシュを高く評価したのと同様の戦略と考えられるであろう。近代派の功績の一部を認めることによって、ペローの論拠を無力化させるとともに孤立化させることにあった。シャプランやコタンについては、『詩

---

[644] *Parallèle*, III, p.243.など。ただし、『『ナミュール占領についてのオード』序文にまつわるD氏への手紙』において、ペローはシャプランをウェルギリウスに準えていることを否定している。

[645] *Satire*, II, 13-22.

[646] Nicolas Boileau, *Œuvres complètes*, p.503.

[647] *Ibid.*, p.503.

[648] *Ibid.*, p.503.

法』や『諷刺詩』において見せた毒舌を崩していないながら、キノーについては一定の理解を示しているということは、前者二人とは異なり宮廷内外のオペラの絶大な人気も手伝い、ボワローが新たなジャンルとしてのオペラを認知せざるを得なくなった結果であると思われる。

　「第三考察」の後半部分は、「第三巻」におけるホメロス解釈の誤りについて指摘が行われる。言語学的または文化史的なペローの無知を指摘するという試みは、確かに、ペローの見識の低さを露呈させる役割としては有効ではあるが、ここでも近代派の主張に真っ向から反論しているという印象は受けることができない。

　ボワローが最初に指摘する誤訳は、『ホメロス』「第四歌」においてメネラオスがトロイ方の射手に狙撃される一節[649]を捉え、ホメロスには完全な解剖学的知識があったという裁判所長官の指摘を受けて、神父＝ペローは、「メネラオスの踵は足の先にあったと彼が言うときに、ホメロスはその学識を示したとでも思われるのですか。これは簡単に優秀な解剖学者の名声が得られることですね」[650]と皮肉を述べるが、これがギリシャ語を知らないばかりではなく、ラテン語訳も十分に理解していない語学的誤りであるとボワローは指摘する。第二の指摘は、近代人優越の根拠でもあり、古代人と近代人を隔てる最も大きな差異である「技術」ホメロスが知らなかったというペローの指摘に対するものだ。『オデュッセイア』「第三歌」における一節[651]を批判した『比較論』「第三巻」において以下のような対話がある。

> 　神父：　翌日、ネストルは床から出ると、門の前の良く磨かれ軟膏のように輝く石畳の前に座りに行きます。そうして、生贄に捧げる牛の角を金で飾る鋳物師を探しにやらせます。職人は金床と、ハンマーと、やっとこを持ってきます。ネストルは牛の角を飾る黄金を彼に与えます。
> 　騎士：　ホメロスは何でも知っておりあらゆる諸芸の父であるといわれますが、金で飾ることはきっと知らなかったのですね。そうするのに、金床やハンマーややっとこは必要でしょうか？
> 　神父：　ホメロスに技術があり、少なくとも常人よりは知っていたということほど嘘臭いことはありません。この箇所はわれわれにそれを教えようとしています。[652]

　ボワローの反論は、ネストルが呼び寄せたのは鋳物師ではなく鍛冶屋であることを指摘しつつ、以下のように述べる。

---

[649] 松平千秋訳、『イリアス（上）』、「第四歌」、岩波文庫、1992, p.116.
[650] *Parallèle*, III, p.72.
[651] 『オデュッセイア（上）』、「第三歌」、pp.79-80.
[652] *Parallèle,* III, pp.76-77.

279

ここで語られているのは、鋳物師ではなく鍛冶屋であることを彼には最初に教えておくのがよいでしょう。この鍛冶屋というのは同時にピュロスの小都市から来た鋳物師と金箔師であり、ウシの角に金箔を張るためだけでなく、張るために打ち延ばしに来たのです。これらの道具を持ってきたのはこのためなのです。[653]

　ボワローによれば、第三の大間違いはさらに「奇妙な」なものである。ペローは上記の箇所の直後[654]に、「第六巻」におけるホメロスの礼節を欠いた記述に疑問を投げ掛けているが、これは「寝る」という動詞が複数におかれているのに単数と取り間違えていることをボワローは指摘する。
　プレイヤード版で二頁とごく短い「第四考察」は、ボワロー自ら翻訳した伝ロンギノス『崇高論』の一節に関わる。
　「第三巻」において神父は、ロンギノスがホメロスの中で最も美しい箇所として抜き出した一節を、「奇をてらう比喩」として退け、騎士もこれを「ろばの皮の話」と同列のものとして扱っている。神父は次のように語り出す。

　　ロンギノスは賞賛すべき箇所として、ホメロスがディスコルディアについて語る場面を揚げており、彼女は天に頭があり地に足を着けていると言います。他の箇所で語られていることとしては、一人の男が海岸で座って大気の空間を眺めている限り、神馬は一足で飛び越えると言います。[655]

　次に騎士が、『ギリシャのプリマレオン』や『オリーヴのパルムラン』といったルネサンス期にスペインから輸入された騎士道小説に熱中した少年が、その登場人物の馬の飛び越す距離ばかりを気にしている挿話を述べつつ、「ロンギノスが崇高の模範としたようなこの種の誇張することは、難解なことであります」[656]とロンギノス批判を行う。裁判所長官がその理由を問うと、「ろばの皮のお話」を書いたものくらいにしかこれは模倣されず、ちょうどその物語に登場する「七里の靴」のようなものであると貶める。
　騎士を受けて神父は、以下のように結論付ける。

　　騎士さまは正しいです。アレクサンドロスがパルメニオンにした回答とディスコルディアの描写を崇高について比較したとき、ロンギノスは正しくありませんでした。ダレイオスはアレクサンドロスに王国の半分と娘を嫁に与えることを提案しました。パルメニオンは、「これはわたしの意見ですが、わたしがアレクサンドルであったなら、この申し出を受けるでしょう」といいます。「パルメニオンで

---

[653] Nicolas Boileau, *Œuvres complètes*, p.504.
[654] *Parallèle*, III, pp.77-79.
[655] *Ibid.*, III, pp.117-118.
[656] *Ibid.*, III, p.119.

あったら、そうであろう」と、この君主は返答するのです。このような回答をするのには、アレクサンドロスのような偉大な魂と鋭い精神が必要であることは確実であります。しかし、ディスコルディアは空に頭があり地に足があったなどというのに、偉大な精神を持っている必要はまったくありません。大きく奇をてらう比喩を作ろうとするだけでいいのです。[657]

　『崇高論』同章にてロンギノスが共に賞賛した、アレクサンドロスとパルメニオンの挿話に比して、ディスコルディアの描写の奇妙さを神父は指摘する。ペローのロンギノス評価は以上のようなものであった。
　ボワローの第一の反論は、ペローが論難し「ろばの皮のお話」と同列にするような「過剰な比喩」は、われわれの日常会話においてもこのような比喩が頻繁に見られるという指摘である。第二に、ディスコルディアの描写は、ペローがいうようにホメロスが珍妙な巨人を描写したわけでなく、これは「寓意」であるから、どんなに大きな身長であっても、良識に反するに足りないという。このような寓意の例として、『詩編』「三十七歌（『ウルガタ訳』における三十六番）における寓意、「主に逆らうものが横暴を極め／野生の木のように勢いよくはびこるのをわたしは見た」[658]および、そこから派生したと思われるラシーヌ『エステル』における寓意を例示する。
　最後の反論としてボワローは、再び揚げ足取りともいうべき、ペローの古典語の知識の貧弱さを突く指摘を行っている。

　　　ですから、ディスコルディアについてのホメロスの詩句についてロンギノスが言った好意的な発言を弁護するのは正当なことです。しかし、本当のところは、この発言はロンギノスのものではないのです。ガブリエル・ド・ペトラに倣って、これらを部分的に借用したのはわたしだからです。この部分のギリシャ語はきわめて不完全であり、ホメロスの詩句も提示されていません。このことをP氏は見ないようにしていたのです。明らかに、彼はロンギノスをわたしの翻訳でしか読んでいません。ですから、ロンギノスに反論しようと考えていましたが、その考えよりも上手いことをしました。彼が反論していたのはわたしだったからです。しかし、わたしを攻撃しながらも、ホメロス、そして中でも念頭にあるウェルギリウスも攻撃していることを否定できませんでした。ですから、ディスコルディアの詩句を攻撃する際に、彼の論文ではディスコルディアのかわりに、思いがけなくも、ファーマと書いているのです。[659]

　『比較論』において、いつのまにかディスコルディア（エリス）がファーマ（ベーメ）

---

[657] *Ibid.*, III, p.121.
[658] 『聖書 新共同訳』、日本聖書協会刊、1995年、p.870（旧約の部）。
[659] Nicolas Boileau, *Œuvres complètes*, p.510.

に言い換えられている点についてはボワローの指摘はもっともであり、ペローの指摘の不備は非難されるべきであろう。しかし、いずれにしても、ボワローは近代派の張った罠には掛からない。

　「第五考察」は、ホメロスを酷評したことで名の知られる古代ギリシャの批評家ゾイロス[660]をペローと同一視して始められる。前半部分はこの人物に関する考察で占められている。とりわけ、まさしくクロード・ペローが仏訳したウィトルウィウス『建築書』の「第七章」には「これから数年たって、ホメーロスティックスと呼ばれる名を襲名したゾイルスがマケドニアからアレクサンドリーアにやって来てイーリアスとオデュッセーアに反論して準備されたかれの著作を王の前で朗読しました。プトレマエウスは、実に、この世にいない詩人の父あらゆる文学の指導者が傷つけられ、またその著作が万人に評価されている人がかれによって侮辱されていることを知りましたので、怒って何の返しも与えませんでした。しかし、ゾイルスはかなり長くその国にいたので窮乏に迫られ、何かがかれに与えられるよう要求して王に使を送りました。(...)カエサル、このわたくしは他人の発表したものに換えて自分の名を挿入してこの全書を世に問うのではなく、誰かの考えを罵倒してそれによって自分を認めてもらおうと企てたのでもなく、すべての著者に限りない感謝を捧げています」[661]とあることから、仇敵クロードの翻訳の改竄を長々と事細かに指摘することも同時に行われる。

　さらに、ペローが『比較論』で引用したアエリアノスによる証言、さらにオウィディウスによる証言が続き、ゾイロスという人物がより詳細に描写されていく。ボワローは言う。確かに、ロンギノスにしても、ハリカリナソスのディオニュシオスにしても、ホメロスなどの偉人についての批判を行っているのは確かなことである。しかし、彼らとゾイロス（ペロー）の差異は、「彼らの批評はきわめて道理に適っている以上に、これらの偉人の栄光を貶めようとしていることではないことが明らかに見えるのである」[662]ことであった。翻ってみるに、ゾイロスはロンギノスやディオニュシオスと全く違う立場に立っている。ボワローはいう。「これらの批評家が残したいくつかの断片やその作者が言うところから判断する限り、最も卑俗な作家の下に並べようというだけの目的で、彼はホメロスやプラトンを貶めようと試みていたのだ」[663]。

　「第五考察」の約四分の三を占める「ゾイロス」がお役後免になると、ボワローの攻撃の矛先は、再びペロー本人に向かう。語法上の揚げ足取りとも言うべき問題である。「ペダンチック Pédant」という単語について、ペローは『比較論』において極めて限定した意味でした使用していないという。「ギリシャ語やラテン語で育ち」、「古代人の作家をやみくもに賞賛し」、「アリストテレス、エピクロス、ヒポクラテスやプリニウスから離れること

---

[660] ボワローも「第五考察」で述べているが、ハリカリナソスのディオニュシオス（紀元前60-8頃：帝政ローマ期の歴史家・修辞学者）が述べるところによると、きわめて教養ある人物であったという。
[661] 森田慶一訳、『ウィトルウィーウス建築書（普及版）』、東海大学出版会、1979、p.175-176.
[662] Nicolas Boileau, *Œuvres complètes*, p.514.
[663] *Ibid.*, p.515.

なく、自然界に新発見がなされるとは思っても見ない」ような人物を「ペダンチック」と呼んでいるがこれは全くの見当はずれであるとボワローは言う。レニエ Mathurin Régnier(1573-1613)による『諷刺詩』を引用しながら、この単語は全く反対の意味を持つことを例示する。

　ボワローがその作品群において攻撃をし続けた作家としては、なによりもシャプランが挙げられるであろうが、彼に継ぐ不名誉な地位を占めた作家としてサン・タマンの名前が挙げられる。

　　　神父：　十分な分別があるのであれば、良く知られている作家を話題にしつつ、有名になることしか考えていない作家の諷刺詩に名指しされるということは名誉あることと考えるでしょう。
　　　騎士：　扱われ方にわたしが憤慨したアカデミーの会員がもう一人います。
　　　神父：　誰ですか？
　　　騎士：　サン・タマンです。わたしの意見では、われわれの最も愛すべき詩人の一人であります。出版されると同時に、彼の作品はフランス中を魅了したと聞きました。彼の『孤独』や、『雨』や『メロン』ほど心地よいものがあるでしょうか。その諷刺作品が良趣味であり、特定の人を攻撃することなく、人間一般の悪徳と不完全さを、心地よく嘲笑しているのです。
　　　神父：　このような価値のある人間を、価値のない人間として扱うということに怒りを禁じ得ないことは事実です。[664]

　マルク・アントワーヌ・ジェラール、サン・タマン（1594-1661)は、ルーアンの新教徒である船主の家に生まれ、若くしてアメリカやインド方面など海外を旅行した。のちにパリに出て、レス侯爵などの知遇を得てヴィヨーやボワロベールなどの自由思想詩人と知り合った。ギリシャ語・ラテン語などの古典語は理解しなかったといわれるが、クレキ侯爵などに従い外交使節団の一因としてイギリス、スペイン、イタリアなどに赴いた経験から各地の言語に通じていたとされる。二十年代半ばにカトリックに改宗し。1635年には、アカデミー・フランセーズの初代会員の一人に選出されている。ペローがここで引用している三作品はいずれも前中期の作品であり、「神父」もいうようにボワローの毒舌の餌食となったのは晩年の作品である『救われしモーゼ』（1653)である。

　サン・タマンは、パリ近辺から一生出ることのなかったボワローと異なり、海外経験が豊富であると共に開放的な性格を持っていた。酒場に出入りし女性を愛した性格が、ボワローにとって相容れないものであったとの指摘もされている。[665]「神父」が非難するように、ボワローは『諷刺詩』「第一歌」において「サン・タマン氏の才能は詩を作ることそれ

---

[664] *Parallèle*, III, pp.262-263.
[665] 守屋駿二、『ボワロー『諷刺詩』注解』、p.47.

だけで / 形見の品はただ一つ着たきり雀の一張羅 / 寝台に一つ床几が二脚財産といやあこればかり / 手つとり早く言うならばサン・タマン氏はすつからかん / こんな人生だらだらと続けることが嫌になり / このすつからかんを質に入れ求めに行くのは青い鳥 / 日の目を見せねばならぬ詩をよいしよとばかり背負いこんで / あだな願いにひきずられいざ宮廷にお目通り / 図に乗りすぎた詩神には一体何が起つたか / 彼は恥辱と嘲弄を一身に浴び退廷し / 帰るさ瘧に取り憑かれ命運ここに尽果てる / そうでなくともその裡にいずれ餓死する命の宿命」[666]と嘲笑しているが、彼はこのような描写とは正反対の人物であった。

　先に引用した『諷刺詩』「第一歌」の他にも、「第九歌」においてもボワローは再びさまざまな群小詩人たちと共にサン・タマンを取り上げている。なかでも、もっとも問題となるのが、『救われしモーゼ』の一節を嘲弄した、『詩法』「第一歌」における批判である。

　批判に晒されたサン・タマンの二句は以下のようなものであった。

　　　　見通すことのできる城壁の近くで、
　　　　魚たちは仰天して彼ら（イスラエル勢）が通るのを見ている。[667]

「第一歌」においてボワローは、サン・タマンについて名前を伏せながらも次のように嘲弄している。

　　　　斯くてさるもの去んぬる日ファレと連れ立ち現れて
　　　　酒亭の壁に自作の詩墨黒々と書きなぐり
　　　　場も弁えず不遜にも大きな声を張り上げて
　　　　ヘブライ人の栄光への脱出謳わんとばかりに
　　　　砂漠を数多乗り越えて予言者モーゼを追跡し
　　　　ファラオととももども駆けて行き海に溺れる体たらく[668]

　同じく、ボワローは同作品の批判として上記の二句を取り上げ詩作者の戒めとしている。

　　　　あの道化者真似るでない吾人は遥けき海原と
　　　　大波二つに裂けた中かの不正なる主人等の
　　　　軛逃れて渉りゆくヘブライ人を描くのに
　　　　彼等の姿見んとする魚共窓辺に寄らせたり
　　　　行きつ戻りつ飛び跳ねつ手にせる小石嬉しげに

---

[666] *Satire*, I, 97-108.守屋訳、『諷刺詩』、p.24.
[667] *Saint-Amant. La Solitude ; le Contemplateur ; la Jouissance ; le Palais de la volupté ; la Débauche ; les Cabarets ; le Melon ; Orgie ; sonnets et pièces variées ; Caprices ; Moïse sauvé ; lettres et préfaces ; appendice : documents, lexique et notes*, Paris, Société du "Mercure de France", 1907, p.227.
[668] *Art Poétique*, I, 21-26.守屋訳、『詩法』、pp.42-43.

284

彼の母親に見せに行く幼き童描き出す

　　　これは全く意味のない対象に目を向けたもの

　　　君が作品書くときは見合った長さにするがよい[669]

　ボワロー『詩法』の批判に応じて、上記のようにペローは『比較論』においてサン・タマン擁護を行った。『救われしモーゼ』における「魚」の描写批判を受けて、ペローは上記引用の直後に、「魚」はただ驚きをもってヘブライ人たちを見ていたことを記述したのみであり、ダヴィデが出エジプトを「山々は歓びで羊のように震え、丘は子羊のように震えた」と歌っているように、動物や無生物に感情を持たせることは許容されるべきだとサン・タマンを擁護する[670]。

　しかし、本書においてサン・タマンが言及されるのは引用した箇所のみであり、そもそも先に執筆された『ルイ大王の世紀』などの先行作品にも彼の名前が言及されないことは留意すべきであると思われる。ペローにしても、どのような理由からか判明でないが、サン・タマンを全力で擁護する必要を感じていなかったのではあるまいか。それは、ペローの代弁者たる「神父」ではなく、「騎士」によって話題が提供されていることからも想像できよう。

　以上のようなペローのサン・タマン擁護について、ボワローが反論を試みたのが、「第六考察」である。ボワローは本考察を、「確かに、小事に過度に拘ることは全体を損なうことになる」[671]というロンギノスの一節から始めている。ここで、ボワローは以前の作品のように過度にサン・タマンを否定することを行わず、その功績を認めることから始めている。「この詩人は放蕩にまつわる作品や、極端な諷刺詩においては十分な才能を持っていたし、真面目な作品においても、しばしば素晴らしい警句を書いていた」[672]と認めつつも、「彼がそこに加えた状況はすべてを台無しにしてしまう」と、ロンギノスが警告する「小事」における不備を指摘する。上に「騎士」が最良の作品であると評価した『孤独』をボワローも同様に評価するが、泡を吹くガマガエルやカタツムリ、首吊り人の骸骨などの礼節に適わぬおどろおどろしいものが不適切に描写されていることを批判する。この文脈において、『救われしモーゼ』の批判を行ったのであるとボワローは反論する。再び、上記の二句を取り上げボワローはその真意を説明する。

　　　魚らが窓からヘブライ人が通るのを褒め称えていたなどという、二句を読んで滑稽に思わないのは、この世の中にはP氏ぐらいなものだ。魚は水を通して殆ど何も見ることができないだけに滑稽であるし、あのような位置に目があると、砦から頭を出したにしても、その行進を見いだすことはきわめて困難であったであ

---

[669] *Art Poétique*, III, 261-268. 守屋訳、『詩法』、pp.89-90.
[670] *Parallèle*, III, pp.263-265.
[671] Nicolas Boileau, *Œuvres complètes*, p.517.
[672] *Ibid.*, p.517.

ろう。[673]

　これまでボワローは『比較論』における対話の内容、その殆どが「第三巻」の局所的な内容に関することを検討してきた。『比較論』全体に関わる批評、とりわけペローが論拠とする進歩主義に関しては反論することはなかった。ここでも、近代派の主張の核心に触れる反論は行われないのは同様であるが、「第六考察」におけるサン・タマン批判（むしろペロー批判であるが）の後で、「神父」、「騎士」および「裁判所長官」という三人の登場人物についての批評を行っており、作品全体の構成に触れる希有な例と捉えることができる。
　まず簡単に三人の登場人物の紹介がなされる。ボワローは神父がペローの代弁者であることを承知しているものの、上述したように、世俗のことばかり話しているこの代弁者に、聖職者たる「神父」たる役柄が与えられているのが理解できないと表明する。
　近代派寄りの発言をするかと思えば時に、神父の意見に楯突くことのある「騎士」の役割を一言で述べるのは困難であるが、ボワローは「神父の賞賛者」であると切り捨てる。「結論を補強するためのタバランのような人物であり、ときにはわざと彼に反論することもあるが、これはP氏を引き立たせるためである。わたしがここで騎士をタバランと呼んでも、P氏はおそらくその名前に気を悪くされないでしょう。この騎士さまはある箇所でプラトンよりも、モンドールやタバランの対話の方を評価していると宣言されているからです」[674]と、騎士が、神父＝ペローの論拠の正統性を強調するための存在であることを看破する。
　最後に、裁判所長官について素描がなされ、「三番目の登場人物は、古代人の擁護者、裁判所長官であり、神父や騎士よりも理解力が無く、しばしばこの世の最も取るに足らない反論にも答えることができないし、時には極めて愚かに言い分を述べ立てるので、彼が口にすると無分別よりも滑稽なものになってしまう」[675]と意図的に愚人として描かれていることを指摘し、真の古代派よりも劣った能力を持つ者であることを強調する。
　このように三人の登場人物の素描を終えた後で、ボワローは「第四考察」で僅かに取り上げた、「長い尻尾つきの比喩」の問題について反論を行う。神父＝ペローの主張においては、上述したようにメネラオスが負傷をする場面の比喩を典型とするように、冗長であり無関係な描写が繋げられ近代的な理性に反することが批判の対象であった。ボワローは、裁判所長官のみせた反論こそが良識ある人間のそれからは程遠いことを証明しようと試みる。裁判所長官による、騎士及び神父への反論は以下のようなものであった。

　　　正直にいいますと、例えば、あなたがたが長い尻尾付の比喩と呼ばれる比喩によって、ホメロスが自作を彩ったような美しさを、今日の詩人が作品中に入れたとしたならば、馬鹿にされてしまうでしょう。しかし、ホメロスがわれわれの詩

---

[673] *Ibid.*, p.517.
[674] *Ibid.*, p.518. タバランおよびモンドールは兄弟であり、この当時有名であった露天芝居の役者。とりわけ、前者の名は高くモリエールの先駆者ともされる。騎士の発言は、*Parallèle*, II, pp.115-116.を参照。
[675] Nicolas Boileau, *Œuvres complètes*, p.518.

人と同じく、素っ気なく短い比喩を使ったならば、馬鹿にされたであろうとも指摘しているのです。ギリシャ人の趣味、ホメロスの時代のギリシャ人の趣味がわれわれの趣味と大いに異なるのは、これが理由なのです。東洋語が文彩、類似、隠喩、比喩、比較などを多く用いたことを知るには、それほどの教養は必要としません。また、これらの言語は単純に表現されることはありませんし、ほとんど常に言外に理解すべきものを含んでいます。彼らの熱い精神は、一つの発言に一つの意味では満足が出来ないのです。精神の敏捷さや活発な注意力を使うのに必要なものが足りないのでしょう。彼らは同時に様々なイメージを見ることを望みます。我が国の精神は正反対に向いており、一度に一つのことしか理解しようと思いませんし、能力もありません。ただしきわめて簡潔に表現され、高い正確性がなくてはならず、少しでも余分なものがあると、不快で当惑させるものとなります。この種の文体は一般に用いるのには優れており、余分なものがまったく不必要で、少しの曖昧さも許されない契約などを結ぶ場合には顕著であります。しかし、もちろん、偉大な雄弁のためには、取り分け、美しく高貴な詩歌のためには、純粋さ、素っ気なさや単純な必要性以上のものが必要であり、これらの文彩が優美さと美を作り出すのです。みなさまが拒否出来ないであろう比較を使用したいと思います。あなた自身がわたしにこれをお教え下さったのですから。もし大きな儀式において、丈が地面まできっちりしかないドレスで君主が登場されるのをご覧になれば、けちくさい服装であると思われるでしょうし、反対に、そのドレスの裾が引きずるほど長ければ、美しいとか高貴であるとか壮麗であるとか思われるのではないでしょうか。[676]

　ボワローはまず、「修辞学の基礎を知っているいかなる人間」でも答えることのできる反論を行っていない点について指摘をする。「オードや叙事詩における比較は、単に物語を明らかにし装飾するだけのものではなく、時には主題から引き離し精神に心地よい別のイメージに案内することにより、読者の精神を楽しませ気晴らしをさせることにある」[677]ことから鑑みると、ホメロスの「尻尾つきの比喩」とは理にかなったものと主張することができる。ホメロスが最も優れていたのはこの点であり、あらゆる話がこのようなイメージに満たされており、多種多様でありながらも読者に様々なイメージを現前させると主張する。

　さらに、ボワローの批判は裁判所長官の東洋人論に及ぶ。ホメロスの比喩を東洋的なものとして許容している裁判所長官であるが、ボワローはその歴史的事実を訂正する。「東洋人がヨーロッパ人、とりわけフランス人よりも精神の活発さを有しているというが、これほど間違いはありません。われわれは活発で迅速な理解力によってどこの国でも知られているのですから」[678]と、精神の活力は東洋人の専有物でないことを主張した上で、現在小

---

[676] *Parallèle*, III, pp.62-64.
[677] Nicolas Boileau, *Œuvres complètes*, p.519.
[678] *Ibid.*, p.520.

287

アジアにおいて栄えている文彩に富む文体にしても、アラブ人の進出以来繁栄を見るようになったまでであり、それ以前のオリエントのギリシャ人教父たち、たとえば聖ユスティノス、聖バシレイオス, 聖クリュソストモス、ナジアンゾスのグレゴリオスなどにはそのような文体は見られないと反論する。ヘロドトスやハリカリナソスのディオニュソス、ルキアノスなどにも見られない。裁判所長官の発言の最後にある衣服の比喩による反論については、比喩と王女は無関係であるとして「空前の突飛な回答の一つ」あるとにべもない。

「第六考察」において、「とんでもない大間違いの一つ」とペローの誤読を再び一蹴している箇所について付記しておきたい。

ペローは「第三巻」において、『オデュッセイア』「第十二歌」においてオデュッセウスの描写[679]について、その比喩法の奇妙さを批評して以下のようにいう。

> 神父：　オデュッセウスの船が壊れると、彼はマストに馬乗りになり、ちょうど水が上がってきたときに、カリュブディスのほうへ風が運びます。水が再び降りてきたときに底まで落ちてしまうのではないかとオデュッセウスは心配し、高い岩場から生えている野生の無花果に掴まります。コウモリのようにしがみついて宙づりになりながら、沈んでしまったマストが浮き上がって来るのを待つのです。それが浮いてきたとき、いくつもの訴訟を裁いて夕餉へと席を立ち上がる判事のようにオデュッセウスは喜びを感じるのです。
>
> 騎士：　裁判所長官さま、なんという比喩なのでしょう。夕餉へと席を立ち上がることが、野生のイチジクに掴まりマストが戻ってきたのを見ている男に似ていることがあるなどと信じられますか。[680]

ペローはこのように、オデュッセウスの行為を判事の行為と喩える奇妙さに批判を加えている。

しかし、ボワローはこの揶揄に対して、「ホメロスのこの箇所には比喩など存在していない」[681]と激しい反論を加えている。結論から言えば、「役人が席を立つ」という表現はオデュッセウスの行為を喩えているのではなく、役人が入退廷する時間によって古代ギリシャでは時刻が刻まれていたのであり、これを比喩的に言い換えた典型的な表現であったという反論は、至極もっともである。ボワローが、「この箇所はどのような翻訳家によっても、これ以外に解釈されていない」というように、注に挙げた現代日本語訳を参照しても、「時」の表現として扱われるのが通例である。

さらに、「第六考察」の最後に行われる批判も、ペローの語義解釈に対するものである。こちらも、「第三巻」において『オデュッセイア』を検討する箇所にある「騎士」の以下の発言を対象としている。

---

[679] 『オデュッセイア（上）』、「第十二歌」、pp.330-331.
[680] *Parallèle*, III, pp.86-87.
[681] Nicolas Boileau, *Œuvres complètes*, p.521.

騎士：　　神父さまが報告された比喩に反するようなたった一つの比喩もあなたには言いませんでしたよ。その胴体はどれも理性的ですが、尻尾がどちらも不躾なのですから。しかし、比喩に関しては、ホメロスは、眠れずに輾転反側するオデュッセウスを網焼き器の上で焼かれるブーダンに比較していると言われています。

　　神父：　　それは本当です。[682]

　ボワローのこの揶揄に対する反論は以下のようなものであった。

　　これは全くの誤りであって、ブーダンもシチューも存在しないホメロスの時代には、ブーダンを意味するギリシャ語の単語すら存在していないのです。真実はというと、『オデュッセイア』「第二十歌」において、エウスタティオスがいうように、ペネロペイアの求婚者を殺戮しようと苛立っているオデュッセウスを、動物の脂肪の詰まった血まみれの胃袋を火に掛けて満喫しようと、絶えず転がしながら体を揺する飢えた男に喩えているのです。[683]

　このように、ボワローの批判はもっともなものであるが、ここでも細部に拘ることだけに終始し、ペローが主張しようとした近代派の論拠に答えていないことに注目すべきであろう。いくつかの誤読があろうと、ペローの論拠自体をボワローが突き崩したとは到底解釈することはできない。また、ボワロー自身もそのような行為に乗り出すことが古代派にとって危険な行為であることが理解していたのであろう。ボワローの限定的な反撃は、彼が論戦の不利を悟っていたことの証左に他ならないと思われる。

　「第七考察」におけるボワローの主張は、今日においても最も説得力を持ち、ペローの主張に一定の反論の姿勢を見せている点で、検討すべきものである。ボワローはまず、偽ロンギノスによる箴言、「後世すべてがわれわれの著作になす判定を考慮しなければならない」[684]を引用し、次のように本考察を始める。

　　作品の真の価値を決めるのは、後代の賛同でしかない。生前にどれほど作家が輝いていようとも、どれほど賛辞を受けようとも、それゆえに彼の作品が卓越していると絶対確実に結論付けることはできない。[685]

　生前の評価と後代の評価が逆転してしまった例として、ボワローは何人かの人物を想定

---

[682] *Parallèle*, III, pp.60-61.
[683] Nicolas Boileau, *Œuvres complètes*, p.522.
[684] *Ibid.*, p.523.
[685] *Ibid.*, p.523.

しているが、まず名指しされるのはロンサールの例である。

　　　　われわれはその好例をロンサールとその模倣者、デュ・ベレー、デュ・バルタス、デポルトに見ることができる。前世紀には万人の称賛を受けた彼等が、今日には読者を持っていない。[686]

　ボワローが没後名声を失った人物の典型としてロンサールを最初に挙げたのには、ペローにとっても、ラ＝ブリュイエールにとっても、十七世紀後半の人物にとってその失墜が常識的な意見となっていたことの表明と考えることが出来よう。十七世紀の半ばまで劇壇において多大な発言力を持ったシャプランも、ロンサールを「隷属的かつ不快な古代模倣」として激しく非難を行っているという[687]。『比較論』において、ロンサールの名前が引き合いに出されるのは二カ所見いだすことができる。「第三巻」において、ホラティウスがピンダロスを高く評価しているとの神父の発言に関して、騎士は以下のように述べる。

　　　　ホラティウスの証言はなにも結論にはなりません。しばしば彼がやるように、馬鹿にしていたのかもしれません。さらに、すでに申しましたように、詩人として然るべく、一般的な意見に合わせていたのかもしれません。それが真実であろうがなかろうが、なにが問題でしょうか？本心からそう話しているとしても、彼と同類の人間であり、ホラティウスに匹敵するデュ・ペロン枢機卿が、ロンサールを比類なき詩人として話しているのですし、言葉の過ちを犯すことを、「ロンサールに平手打ちを食らわす」と当時はフランス中で言われていました。説得力ある偉大な功績の証拠にもかかわらず、今日ではロンサールや彼の行った古代人のきちがいじみた模倣は馬鹿にされるばかりであります。[688]

　以上は、騎士の発言でありペローの意見と同一視することはできないが、同様の発言を「第一巻」においてすでに、神父は行っている。

　　　　仰ることはもっともですが、彼らの賞賛は宮廷や市民やフランス全土の承認を受け、言葉の中に不作法なことをすることを、「ロンサールに平手打ちを食らわす」という諺にまでなりました。のちに事態がまったく変わったのは当然で、普通の人々が何事かを知り始めると、才気や無限の才能があっても、ロンサールの詩歌は極めて可笑しなものに映り、栄光からもっとも軽蔑されるところにまで落ちてしまったのです。[689]

---

[686] *Ibid.*, p.523.
[687] 『フランス文学事典』、白水社、1974, p.304.
[688] *Parallèle*, III, p.162.
[689] *Ibid.*, I, pp.66-67.

このテクストは両者ともロンサールをはじめとするプレイヤード派の詩人の功績を極め
て低く見積もっている。一般的に、十七世紀に入ると、ロンサールの評価はおしなべて低
いものとなり、評価の対象として見なされることはほとんど無くなってしまう。『カラクテ
ール』「文学上の著作について」におけるラ＝ブリュイエールもその一例であった。

> 　ロンサール及び彼と時代を同じうする諸作家は、文章に貢献するよりは寧ろ害
> をした。彼等は、文章が完全に向はうとするのを途中でおくらせた。あやふく、
> それが何時までも完全になれないやうに、それが二度と再び完全に立ち歸れない
> やうに、した。あんなにも自然で平易なマロの作品が、しかも溌剌たる詩藻に充
> ちてゐたロンサールを、ロンサールやマロよりもずつと偉大なる詩人たらしめる
> ことが出來ずにしまつたのは、驚いたことだ。却てベロオ、ジョデル、それから
> チュ・バルタの後に忽ちにラカンとかマレルブとかいふ人々が從つたこと、そし
> て我々の國語がちよつと腐りかけたばかりで忽ちに修復せられたことは、驚いた
> ことだ。[690]

　ボワローはロンサールが失墜したことは、言語が変化してしまったからではないという。
古代ローマにおいても、ナエウィウス、リウィウス、エンニウスなどが賞賛されたが、時
が経つと権威は失墜した。その理由は彼等がそれぞれの言語において確固たる完璧な地点
にまで達していなかったからだとボワローは主張する。キケロやウェルギリウスの時代の
ラテン語も、白銀期のクインティリアヌスやアウルス・ゲッリウスの時代には変化してい
たが、その評価は変化しなかった。ロンサールの権威が失われたのも同様で、フランス語
の中に新たな表現法などが誕生したからではなく、「美しいと思われていたものが、突如、
美しくないと気付かれてしまったから」[691]なのである。それは、ロンサール以後に、ベロ
ー、マレルブ、ド・ランジャンドルやラカンなどが蒙を啓かせたからなのである。
　ロンサールが権威を失ったという現象については、ペローとボワロー（もしくはラ＝ブ
リュイエール）の意見はまったく一致していると見てよいであろう。しかし、後から来る
人物が前の人物を淘汰していくという現象だけ見れば、ペローの進歩観と似通った関係に
ある。ボワローは、ロンサールの例はあくまでも一例でしかないことを述べるために、エ
ピグラムと書簡についてわざわざ追記している。ロンサール以前の詩人、マロやサン・ジ
ュレー Saint-Gelais, Mellin de(1491-1558)によって始められた素朴なエピグラムや書簡詩
は、今日でもその命脈を保ち、たとえばラ＝フォンテーヌの文体の手本になっているとい
う。ボワローがここで最も強調しているのは、一時的な隆盛ではなく、長い歴史による承
認なのである。

---

[690] 関根訳、『カラクテール』（上）、p.56.
[691] Nicolas Boileau, *Œuvres complètes*, p.524.

ゆえに、作品の真の価値と功績を決定することができるのは、長年の歳月によるしかないことが結論できよう。[692]

　ボワローはここで、ペローの名前を直接出すことないが、長い歳月の試練を経た作品に対して盲目である人物について次のように述べ批判を行っている。

　　しかし、きわめて長い時代を作家たちが賞賛され、奇妙な趣味を持った人々に軽蔑されただけで、異常な趣味を持つ人は常にいるわけであるし、これらの作家たちの功績を疑おうとすることは軽率であるだけでなく、常軌を逸したことである。彼らの著作の美しさが解らなければ、それが存在しないと結論づけるべきではないし、盲目であり趣味を持たないということなのである。長い目で見れば大部分の人間は知性の著作に関して誤ることはない。現代においては、ホメロスやプラトン、キケロ、ウェルギリウスが驚異的な人間であるかどうかは問題ではない。二千年の間、同意されていることで、異議を受けることではない。これほど長い間賞賛させるその驚異が、どこに存在するのかを知るのが問題である。そして、万人が感じてきたことを感じられないのであるから、それらを理解する方策を探し出すか、趣味も天才もないと考えて文芸を諦める方策を探し出さなければならない。[693]

　十七世紀において支配的な論調となっていたロンサール蔑視は、ペローですら同意していることであり、近代派からの反撃を可能性は少なかった。しかし、「第二巻」において、近年評価しないという傾向が続いていることは認めながらも、ペローは散文作家としてのバルザックの価値を大いに評価していた[694]。そのバルザックに対して、ボワローは、ロンサールと同様の反応を見せる。

　　それほど遠くに実例を探し求めようとしなくとも、数年の内に栄光が失墜し賞賛されなくなった作家がどれほど我々の世紀にはいるであろうか。バルザックの作品に三十年前にはどれほどの評価が与えられただろうか。単にもっとも雄弁なものとしてではなく、唯一の雄弁家として彼は語られていた。実際に彼はすばらしい資質を持ってはいた。彼ほどの弁舌を持っており、言葉の特性や総合文の韻律についてよく理解していたものはかつてなかったといえる。これらは万人がい

---

[692] *Ibid.*, p.524.
[693] *Ibid.*, pp.524-525.
[694] 「当時は喜びでありましたし、しばらく前から評価しないとう傾向がありますが、バルザックは極めて心地よい作品をどれほど作ったでしょうか。正直にいいますと、若いときに彼の書いたものは、すこし手直しする必要があるでしょうが、それを含んでも、多くの精神と彼に特徴の表現の高貴さがないものはひとつもありません」(*Parallèle*, II, p.154.).

まだ彼に与える賞賛である。しかし、突然、彼が全人生を費やした技術は、彼が
もっとも知らなかった技術であることが気づかれた。わたしが言いたいのは、手
紙を書く技術のことである。彼の手紙は才気に溢れすばらしく巧みに語られてい
た。書簡というジャンルに反する二つの欠点が万人によって認められた。それは、
わざとらしさと誇張であった。[695]

　バルザックほど真価が疑われはしないが、その権威が揺らいでいる例としてボワローが
挙げるのは、コルネイユである。劇作家として詩人としてペローは「第三巻」において、
高い評価を彼に与えていること、また、『比較論』において一度もボワローの盟友である
ラシーヌの名前が揚げられていないことにも、ボワローのコルネイユ評は関連するであろ
う。ボワローはまず、「コルネイユはわれられの時代においてもっとも輝きを放った詩人
の一人である」[696]と一定の評価を与える。しかし、「彼の功績の全体を、坩堝に入れるよ
うに現状に照らし合わせてみると、賞賛されているのは八、九作の演劇作品に還元される」
[697]と、その作品群全体を無条件で賞賛する態度を拒む。

　　　ですから、今日ではラシーヌ氏と彼を比較することは悪いことではありません。
　　　さらに、コルネイユ氏よりもラシーヌ氏を好む多くの人がいるのです。どちらが
　　　優れているかは後世が判断することでしょう。わたしは両者の作品が来るべき時
　　　代を超えていくことを確信しています。しかし、現在のところ、両者ともエウリ
　　　ピデスやソフォクレスと同列におくべきではありません。彼らの作品はエウリピ
　　　デスやソフォクレスの作品の持っている印を持っていないからです。つまり、そ
　　　れは何世紀もの賛同なのです。[698]

　時間を経ていることが一つの基準であるにしても、ただ古代の作品であるから賞賛する
という態度を取る訳ではないことを強調することをボワローは忘れない。群小作家、例え
ばリュコプロン Lycophron、ノンヌス Nonnus、シリウス Silius、イタリクス Italicus など
と比べれば、ボワローも近代作家をより評価することは認めている。

　　　名前だけで賛辞となる驚異的な少数の第一級の作家、たとえばホメロス、プラ
　　　トン、キケロ、ウェルギリウスなどしかわたしは認めていないのです。[699]

　ボワローは、ペローの著作を読むものに与える注意として、以下のように述べこの「第

---

[695] Nicolas Boileau, *Œuvres complètes*, p.525.
[696] *Ibid.*, p.526.
[697] *Ibid.*, p.526.
[698] *Ibid.*, p.526.
[699] *Ibid.*, pp.526-527.

七考察」を締めくくっている。

　　　　われわれの批評家が遠回しに言おうとしていることを、間違って信じてしまう
　　　ような多くの人々に、警告しておいた方がよいのはこのことなのである。古代人
　　　であるからというだけで古代人を賞賛し、近代人であるからというだけで近代人
　　　を忌避する。これは全く真実ではなく、賞賛されない古代人は多くいるし、誰も
　　　が賞賛する近代人も多い。ある作家が古代人であることはその価値の確実な証拠
　　　なのではない。彼らの作品に対する古くからの継続的な賞賛が、それを賞賛すべ
　　　きと言う確実で揺るぎない証拠なのだ。[700]

　「第七考察」において、ある作品の真価を決める要因として、ペローが『比較論』での
べたのと異なる「時間」の要素を導入したボワローであったが、いくら後代が決定権を握
っているといっても、批評家は闇雲に作家の価値を断定してはならないという。本「考察」
において、「時間」の要素と共に、ボワローが重視するのが、「語学」的な要素である。
母国語であればまだしも、対象が外国作家である場合には語学能力が備わっていることが
前提条件なのである。

　　　　このようにわたしがいうときには、あなたがその作者の言語を知っていること
　　　が前提となっている。全くそれを知らないのであれば、もしくはまったくなじみ
　　　がないとすれば、その美しさを解らないからと言って非難をするまい。わたしは
　　　それを話題にすることのみを非難するであろう。ホメロスの言語を知らずに、大
　　　胆にも翻訳家の下品さについて審判を下し、幾時代もの間この偉大な詩人の作品
　　　に感嘆してきた人類に対して、あなたは失敗作を賞賛してきたのですよ、と言い
　　　にやってきたＰ氏はこの点において非難しても非難し足りない。[701]

　「第八考察」は、『ナミュール占領についてのピンダロス風オード』に続いて、ペロー
のピンダロス理解に対する批判になる。「第七考察」で行われたように「翻訳」という問題
を再び扱うことになる。ロンギノスによれば確かにピンダロスには過ちを犯すことがあっ
た。しかし、このような些細な手落ちはどんな大作家にも起こるべき事であるとボワロー
は主張する。
　『ナミュール』の項で論じたように、ペローはピンダロスをホメロスのように大々的に
批判したのではなく、ごく僅かに批判しただけであった。また、その発言はペローの代弁
者たる「神父」のものではなく、大半が「騎士」のものであったことを忘れてはならない。
しかし、ペローのピンダロス評について語学能力の貧困さに由来する無知を批判するため、

---

[700] *Ibid.,* p.527.
[701] *Ibid.,* p.525.

『比較論』「第一巻」で「騎士」によって取り上げられたピンダロスの翻訳の語学的誤りを解明し、自らがこの箇所の再訳をボワローは試みる。「第八考察」はそのような語学的解釈に纏わる批判に費やされている。

　「第九考察」も翻訳に関わる問題を取り扱う。偽ロンギノスは、ヘロドトスを批判して、次のように語っている。

　　　　　品のない言葉は表現を萎れさせる恥ずべき数多きしるしのようなものだ。[702]

　このような過ちはどのような言語においても起こることであり、偽ロンギノスが非難するように、ティトゥス＝リウィウスやウェルギリウス、サッルスティウスにも見ることができる。文体と内容との関係において言うと、「一般的に言えば、下品な言葉で表現された高貴な思想よりも、高貴な用語で表現された下品な思想のほうが耐え難いであろう」[703]と論じるが、これはビュルレスク批判にも繋がり、ボワロー『書見台』を想起させる。

　ここで、ボワローの論旨は翻訳論ともいうべき問題に入る。ロンギノスも、ヘロドトスを批判しているように、ホメロスに対しても同様の批判が行うことができるかもしれない。しかし、「第八考察」で行われた批判と同様に、そのためにはそのテクストの書かれた言語を熟知していなければ、批判は成立しない。古典語とりわけギリシャ語に関して知識の希薄な近代派の批評家たちの過ちは、フランス語やラテン語の翻訳によってギリシャ語のテクストを判断しようとしている点である。「これらの方々は、言語における単語が常に一対一で対応しているのではなく、極めて高貴なギリシャ語の単語がフランス語では極めて下品にしか表現されないことを知るべきである」[704]と、単語のレベルにおける翻訳不可能性、コノテーションの問題を提起する。たとえば、「ロバ」というフランス語の単語は、品のないものとされているが、ギリシャ語やヘブライ語ではそうでないという。

　ペローによれば、数ある言語の中でもフランス語は一級の言語であった。しかし、ボワローによれば、その確信も疑うべきである。

　　　　　たしかに、言語にはそれぞれ固有の奇妙な点がある。フランス語は主に単語の面において気まぐれである。ある種の主題においてフランス語の用語は豊富であるが、極めて貧困な部分もある。高貴に語ることの出来ない極めて多くの細かいものごとがある。ゆえに、たとえば、崇高な箇所において「ヒツジ」や「ヤギ」、「メスヒツジ」を卑しく名指しすることが出来るにもかかわらず、少しでも高貴な文体においては、「ウシ」や「メスブタ」、「ブタ」を中傷無しに名指しすることは出来ない。[705]

---

[702] *Ibid.*, p.532.
[703] *Ibid.*, p.532.
[704] *Ibid.*, p.533.
[705] *Ibid.*, p.533.

ウェルギリウスが、自らの『選集』*Ecloga*を『牧歌』*Bucolica*と名付けたのはギリシャ語の単語に由来するが、これをフランス語に文字通り翻訳してしまうと、「牛飼いによる対談」や「ウシの番人」という意味になってしまい、言語の持つ典雅さが消え失せてしまう。

　このように翻訳に頼り切って作品を判断することは、その真価を計り得ないとボワローはいう。ペローはおそらく、ホメロスであればラテン語訳に頼り自らフランス語にしたのであろう、そのような際に彼の「なにもかもを下品にいってしまうご立派な才能」が作用したのであるとボワローは揶揄するのである。例えば、オデュッセウスの家畜の世話をしていた賢明な老人（エウマイオス）を、「汚い豚飼い」と変換し、「夜は地上を闇で包み、旅人の道を隠した」と訳すべき箇所を、「道には何も見えなくなり始めていた」[706]と翻訳するなどが指摘できる。

　これまでもペローによる「長い尻尾付きの比喩」批判に反論をしてきたボワローであったが、再び別の視点から反論をここで行っていることを指摘する。

　「ギリシャ語に傾倒したことのある人間なら間違いもなく誰でも知っていることを彼はご存じないのである」[707]と、ここでの反論もペローのギリシャ文明およびギリシャ語に関する知識の欠如を論難する形式を取る。ギリシャ人の習慣として、韻文においてすら、父親の名前を息子が受け継ぐと言うことは稀であった、とボワローは言う。ゆえに、区別をする必要性から、出身地やその特技や欠点、もちろん父親の名前などを冠する形容辞が発達したのである。ホメロスはこのような言語の特性を生かし、区別を行うという実用的な目的以上に、神々や英雄たちの特徴を表現する甘美で調子の良い「長い尻尾付きの比喩」を与えたという。ペローがホメロスよりも評価する『アエネイス』において、アエネアスが「信心深き父アエネアス」と繰り返し呼ばれるのも、同様の理由に依るのである。騎士と神父によるアエネイスへの揶揄は的はずれであると言わなければならない。さらに、フランス語でも同様のことが行われていることを指摘しなければならない。「聖パウロは、聖ステパノを石打したものの外套を持っていた」[708]と言うような場合である。

　ただし、「牛の目をした」をいうユノーに対するエピテトンに対するペローの批判に対する、ボワローのホメロス擁護は贔屓の引き倒しと取られても仕方が無かろう。

　　　この詩人は、詩作を簡便化する為に、詩句を豪華に快適にする様々な長さの形容辞を、あらゆる英雄や神々に施すことから始めました。アキレウスは神々しく、神の一人であり、神に似て、綺麗なブーツを履き、綺麗に髪を結い、軽い脚を持っています。これらはすべて話題自体ではなく、詩句を終えるために埋めるべき残りの場所の多寡によっているのであります。ユノーは牛の目をしており、白い

---

[706] *Parallèle*, III, pp.85-86.
[707] Nicolas Boileau, *Œuvres complètes*, p.535.
[708] 最初の殉教者、聖ステパノを石打ちにした男たちの外套をパウロがのちのちも手放さなかった故事のことをさすのであろう。

296

腕をしていて、ユピテルの妻で、サトゥルヌスの娘である。これらは詩作の必要
に従っているのであって、彼女が関与する事件に対応しているのではまったくあ
りません。大抵は、無駄で無意味な形容辞は話されている出来事に合致しないだ
けでなく、完全に対立しているのです。たとえば、速い足のアキレウスは、船の
奥で動かなかったと語られたり、笑いを愛するウェヌスは悲嘆の涙を流していた
と語られます。[709]

　以上のペローの指摘は、形容辞とそれが形容する英雄や神々の行動との矛盾をついてお
り、この場合は必ずしもその下品さをあげつらったものではない。むしろ、詩作における
実利性を強調したもので、ボワローの反論に完全に対立するものではないといえるであろ
う。口承によって伝えられた叙事詩は、このような定型句が必要とされたのは事実であろ
し、そのような韻律上の必要が描写にとって矛盾をきたす可能性自体は存在したに違いな
い。このような定型句は当時のギリシャ人の聴衆には違和感のないものであったが、フラ
ンス語などの外国語に翻訳する場面において問題が噴出するのは確かである。これを下品
であると非難することは簡単であるが、当時の言語的社会的な文脈においてこれを見るべ
きであるというボワローの主張は正しい。しかし、「大きく見開いた目の女神」と訳すべき
であるとするボワローの主張は、あまりにも原典から離れたものであると言うべきであろ
う。翻訳論として問題になるところであろうが、現代語訳の翻訳を参照してみるといずれ
も、「ウシ」に相当する単語を使用して訳されていることを参照すべきであろう。

6.　和解

　激しい個人攻撃を含んだボワローの『ナミュール』に対して、ペローが取った直後の反
撃は、『陛下へのオード』（1693）およびこれに付された『『ナミュール占領のオード』序文
にまつわるＤ氏への手紙』であった。その要旨は、『比較論』においてウェルギリウスやホ
メロスを悪く言ったつもりはないこと、コタンについては馬鹿にされたことのみ苦言を呈
しただけであること、『クレリー』については、このジャンルに関しては優れたものである
といっただけであること、オペラには自然な美しさがあると主張しただけで、オペラも『ク
レリー』も崇高なジャンルであるとは主張しないことなど他愛のないものであった。続い
て、ボワローの『ロンギノス考』に対しても、ペローは『デプレオー氏によるロンギノス
考への反論』 *Réponse aux réflexions critiques de M. Despréaux sur Longin*(1694)を執筆
することになる。

　　　ベール氏は、アムステルダムでわたしの『比較論』が再版されたことを、わた
　　　しの友達の一人に知らせてくださいました。この手紙の一部をご覧になってもお

---

[709] *Parallèle*, III, pp.109-110.

怒りになることはないと思います。これは、弁護士であり有能な人物である高名なパンソン氏に書かれたものです。それはこのようなものであります。「わたくしは全くペロー氏と同じ意見であり、彼の論敵は理論的に抗弁してはいないことを指摘しておきます。彼らは論難しているだけで、事実に直面しようとしていないのです。彼の『比較論』はアムステルダムにおいて数ヶ月前に重版され、好事家たちの興味に的となっております。ボワロー氏への彼の書簡はまったく適切かつ丁重なもので、反論の付けようがないと思われます。わたしはこのことを、ド・ボーヴァル氏に伝えましたが、彼はフォントネル氏の親友であるとはいっても、どの陣営であるかおおっぴらに公言しようとはされていません」。[710]

　ベールという思いがけない援軍に対して、ペローは感謝を表す手紙を書いているという。しかし、ピンダロスという詩人に言及してしまったことはペローにとっては失敗だったといえよう。ラテン語はともかく、ペローのギリシャ語の読解力はそれほど高い水準であったわけではない。ボワローについてはラシーヌという一流の古典語の理解者がいる一方で、ペローにはそのような協力者が存在しなかった。ボンヌフォンは、このことに関して、ペローが助言者を捜しており、ピンダロスなどの作品の理解に窮していたことを示す書簡を紹介している[711]。

　1694年に入り、ペローが問題として提起した近代フランスの「進歩」とは一見関係のない、「女性問題」をも巻き込み両者の間で誹謗中傷合戦が続いた。『比較論』で述べられた、ペローの論拠のほとんどにボワローは答えることなく、その多くは語学上の誤解を論拠にした反論のみに終始したことは『ロンギノス考』を見れば明らかであった。さまざまな無名の文士がボワローに対してエピグラムを書き、論争はリヨンやリールにも飛び火をしたという[712]。ボワローもペローも長らく続いた論争を一旦は終結させる必要を感じていたようだ。調停者としてアルノーを受け入れたものの、「第四巻」において最も核となる個別作品の古今比較を中心とした反論を予定していたペローはともかく、ボワローにおいてはその傾向は著しい。しかし、表面的に和解をするにしても仲介者の調停なしでは、ここまで長く続いた論争を終わらせることはできなかった。タルマン神父、ル・ノワール、ボシュエやラシーヌなどを介して調整が進められた。しかし、彼等の「和解」に最も影響力を行使したのは、ブリュッセルに当時亡命中であった、大アルノーであった。二人はそれぞれ、『諷刺詩』「第十歌」および『女性礼賛』をブリュッセルに送り、このジャンセニストの大物に判断を請うた。アルノーは、ジャンセニストとしてのラシーヌと親交があったのみならず、ペロー一家とも浅からぬ関係にあったことは既に述べた。いずれにしても、ペローは『女性礼賛』を送ったことにより、アルノーは仲裁を決断した。しかし、ペローが期待していたような結果は得られようもなかった。アルノーはボワローとも友人であり、

---

[710] Bonnefon, « Charles Perrault littérateur et académicien l'opposition à Boileau », p.599.
[711] *Ibid.,* p.601.
[712] *Ibid.,* p.603.

この論争に判定を下すよりも、両者の和解を導くことを望んだ。近代派と古代派の関係が
これ以上険悪になることのないことを望み書簡を送ることになる。

　アルノーの和解に向けての評決は、『ペローへの手紙』という形で行われることになっ
た。1694年5月4日付であった。しかも、奇妙なことに「ペローへの」手紙のはずが、アル
ノーはボワローにこの手紙を見せることを第三者に許可してしまっているのである。さら
に奇妙なことにこの『ペローへの手紙』の受取人は、実際にはペローではなく、ル・ノワ
ールという、パリに住むアルノーの文通相手であった。このような奇妙なやりとりから、
実際の名宛人であるペローがこの手紙を読む前に、ラシーヌやボワローによって回覧され
ることになる。のちのち、ボワローは、このアルノーの手紙を自分の「全集」に収録させ
ている(*Lettre de Monsieur Arnault, docteur de Sorbonne, à M.P*** au sujet de la
dixième satire de Mʳ. Despréaux*)。手紙は本来の受取人にいつ到着したのであろうか。も
しくは、到着しなかったのであろうか。ソリアノの類推によれば、この手紙は1694年7月21
日以前には到着していたのではないかということである。従って、ラシーヌなどによって
手紙が回覧されていたのはこれよりも以前ということになる。

　ペローはこの状況に関して、ラシーヌにその事情を問いただしたという。ドダールDodart
という、ボワローと犬猿の仲のジャンセニストであり医師である人物よる「書簡事件」に
纏わる回想が、ソリアノによって発見されている。

　　　　自らに宛てられていながら届いてもいない書簡についての噂が流れていること
　　　に関して、ラシーヌ氏に彼は説明を求めた。その手紙について知りながらもラシ
　　　ーヌ氏は、それが感謝と礼節からなる手紙であり、その中には一家と詩作を賞賛
　　　したのち、序文にあるオペラや小説は断罪すべきであること、ペロー氏の家族や
　　　個人を攻撃することは望ましいことではなく、医者のクロード・ペロー氏に対し
　　　て述べたことを償うべきであるといったあとで、デプレオー氏にも勧めているよ
　　　うに、和解が勧められていることを知っていると述べた。これに関してペロー氏
　　　は満足しているようであった。[713]

　アルノーによる裁定は、一方的にペローに不利なものであった。とりわけ、『女性礼賛』
という詩には賞賛を送るものの、その「序文」においてボワローに行った非難はアルノー
にとって許しがたいものであり、具体的に五点を上げて非難をすることになった。しかし、
ボワローの『諷刺詩』「第十歌」におけるプレッシューに対する非難をアルノーは過小評
価した。アルノーは、ボワロー＝ペローの論争を「兄弟殺し」捕らえ、その経緯について
遺憾の意を表明している。ペローに対して一方的に厳しい内容は、この当時、ラシーヌを
中心としてアルノーの帰国運動が行われていたことに関係があるのではと類推されている。

　いずれにしても、1694年8月4日、ルーヴル宮殿におけるアカデミーの席で公式的な和

---

[713] Soriano, *Le Dossier*, p.269.

解が成立する。アルノーは和解の直後、8月8日に客死する。

　ペローが未だ論争を続ける意志を持っていたのにもかかわらず和解に応じたのは、彼が
ジャンセニストの家庭に育ち、アルノーに対して生涯尊敬の念を抱いていたこと、また失
脚を境に信仰に傾いていたことが挙げられるであろう。いずれにしても、両者の間にはし
こりが残ったのは事実のようだ。『キリスト教の思想』*Pensées chrétiennes*と題されたノ
ートの冒頭につけられた日付から、ソリアノはペローの変心を類推する。諦観と恭順を反
映したこの作品には、ペローが今までも見せたことのなかった性格が見いだすことができ
る。アルノーによるこのような厳しい書簡の内容は、ペローを一種の虚脱状態に陥れたこ
とは想像に難くない。

7.　　結論

　ボワローからの反論は、そのほとんどが「第三巻」で述べられた詩歌、とりわけホメロ
スに関するのもが大部分であった。二大叙事詩の解釈に纏わる指摘が行われるのみで、「第
七考察」における、作品の評価は後世に委ねるべきであるから過度に同時代人を賞賛する
のは控えるべきだという主張にボワローの独自性が見える位で、ペローが述べた進歩の論
拠に対して真っ向から取り組んだものではなかった。アルノーがペローを論難したのは、
『比較論』ではなく、『女性礼賛』という論争の傍流に位置する作品であったことは、大
胆な予定変更が行われるものの、続く「第四巻」の執筆を妨げるものではなかった点で、
近代派として幾分の救いになったとともに、論争として消化不良の印象をもたらした。

　公式和解を果たしたあと、ペローの文学活動は二つの方向に向かう。新旧論争の論拠と
もなったキリスト教を題材にした作品群、または韻文および散文によるコントがそれであ
る。前世紀まで未刊であった『キリスト教の思想』や、1692年に一部が刊行されまたその
断片が様々な折りに朗読されていたが、その全体が完成したのが和解後に当たる『アダム、
または人間の創造、堕落、代償』（1697）が前者になる。和解以前にすでに発表されていた
『グリゼリディス』、『愚かな願い』に加え、『ろばの皮』を加えこれらが纏めて出版される
ことにより、今日、「韻文コント」と称される作品が出揃うとともに、1696年にはメルキュ
ール・ガランに『眠れる森の美女』が発表され、翌々年、1697年には今日「ペローのコン
ト」として親しまれている版が出版される。

　「第四巻」の構想は、「第三巻」執筆の時点ですでに固まっていたと思われる。しかし、
アルノーの仲介による否応無しの和解の影響を受け、詩歌をフランス語訳で新旧比較する
という「第四巻」の構想は大幅な変更を迫られ、主に科学に関する対話を行うという内容
に方向転換する。ほぼ二年ごとに出版されていた、『比較論』の最終巻が出版をみるのは、
1697年まで待たねばならない。

第八章　『古代人近代人比較論』「第四巻」

（天文学、地理学、航海術、戦争術、哲学、音楽、医学）

第八章　『古代人近代人比較論』「第四巻」

（天文学、地理学、航海術、戦争術、哲学、音楽、医学）

1．導入

　『比較論』の「第四巻」は、「第三巻」の出版から五年の隔たりを経て出版された。二巻の間には、アカデミーにおけるボワロー及びペロー両者の公式和解を挟んでおり、「第四巻」を先行する三巻と同列に扱うには若干の躊躇いを感じざるを得ない。

　「第四巻」の副題として、「天文学、地理学、航海術、戦争術、哲学、音楽、および医学について」 *Parallèle des anciens et des modernes, où il est traité de l'astronomie, de la géographie, de la navigation, de la guerre, de la philosophie, de la musique, de la médecine* と銘打たれているように、本巻は科学知識・技術の「進歩」を扱ったものであるゆえ、古代人に比して十七世紀フランスの進歩・優越性は明確であるとともに、『比較論』にアプローチを試みるペロー研究者のほとんどが文学研究者であることから、本巻に対してそれほどの興味が払われてこなかった印象がある。

　そもそも「第四巻」で実際に述べられた内容は、「第二巻」以降に述べられるべき構想であったことは既に述べた。以上のようにさまざまな題材が扱われることから散漫になりがちな「第四巻」は、多岐に渡る興味を有したペローの、十八世紀を先取りした百科全書派的関心の発露であるともいえよう。なかでも、哲学に関する考察はペローの進歩思想、宗教観を知る上で重要であると思われる。

　1694 年 8 月 4 日にペローにとって理不尽な形で公式和解が為されてからも、彼の創作意欲は削がれることはなかった。未完の『比較論』を完成させる作業もその一環であった。アルノーを非難することなく敬意を表して、すぐさま『キリスト教の思想』（1694)を書き始めるとともに、『グリゼリディス』を「第二版」の名の下に出版。同年に出された「第三版」にはそれまでなかった「序文」が付くことになる。翌年には数年来の仕事であった三編のコント（『グリゼリディス』、『ろばの皮』、『愚かな願い』）を纏めて『韻文コント集』を出版する。また数十年来の作業であった、『アカデミー辞典』の出版にも漕ぎ着け(1694)、古代人のギリシャ・ラテン語に取って代わる、近代語フランス語の地歩を固めることに貢献をした。1696 年には、『メルキュール・ガラン』二月号に『眠れる森の美女』 *La belle au bois dormant* がはじめて掲載される。言語の面において『アカデミー辞典』は、卓越した近代語フランス語の優越性を記念する事業であったが、同時に言語のみならず様々な文芸学芸によって表現された卓越性の概観を描くことをペローは画策する。『今世紀フランスに現れた有名人たち　実物通りの肖像画付』がそれであり、「第一巻」は 1696 年に、「第二巻」は 1700 年に出版されることになる。『比較論』「第四巻」が出されるこの翌年には、『コン

ト集』*Histoires ou contes du temps passé, avec des moralités* というペローの名を不滅ならしめた小品が出版されるとともに、デマレから受け継がれた念願であったキリスト教叙事詩の実作『アダム、または人間の創造、その堕落、その償い』の出版を見ることになる。

　このように概観してみると1694年から「第四巻」が出版される1697年の間は、ペローの経歴の中でも極めて多作な時期であることが理解できよう。新旧論争に関わった1687年から和解までと同様に、良くも悪くも彼の経歴において最も充実した期間であったことは間違いがない。

　いずれにしても、当初の意図とは異なった方向性を持つ作品になったのは事実で、副題にも様々なジャンルが示されているように、多種多様な事項・人物が扱われる故に、全体として簡潔かつ記述的な印象を受ける。三人の論者が基本的には、近代の優越を認めているジャンルであるから、対話に伴う議論が白熱することが困難なことは容易に見当が付こう。一読して、全体に淡泊な印象を受けるのは、「第四巻」が、新旧論争が終息してからの作品であるという先入観よりも、科学技術を扱っているという題材の問題なのである。

　前述の通り、「第三巻」から「第四巻」が印刷されるまでには、四年というこれまでの倍の年月が掛かっている。アルノーの和解勧告の影響を受け、ペローはその文学活動の中心を「論争」から、三つの方向に切り替える。三者とも新旧論争期にすでに構想自体が存在したり、実作品のいくつかが刊行はされないまでも朗読されるなど実現に至っている場合もあるが、第一にキリスト教を題材とした叙事詩群、第二にコント、第三に『有名人』である。これらの活動に中心を移したことにより、『比較論』の執筆の速度が鈍ったのは確かなようである。ボンヌフォンは、この「路線変更」について、デュボス神父によるピエール・ベール宛ての書簡を引用している。「路線変更」のみならず、『回想録』には記されることのなかったペローの論争に関する思いや、周囲の感想、彼らとの交友関係が垣間見られ極めて興味深い。

　　ムッシュー、『比較論』の「第四巻」かつ「最終巻」が出せない理由が、すでに印刷所にある『有名人』の「第一巻」に取りかかっていたことにあることをお知らせくださったのち、こちらはペロー氏が私に書かれたことです。（あなたもこの本についてはご存じでしょう）。「あなたがベール氏にお手紙をお書きになるときには、ぜひよろしくお伝えください。氏が取りかかられているお仕事のためお手紙が書けませんが、氏の功績には多大な敬意を払い、私の有利にお書きくださったことを感謝しており、煩わしいとお考えになられることが一番の心配であることを確かにお伝えください。わたくしも氏も、われわれの共通の敵であるペダンティズムが死滅するように運動すること望んでいます。だからといって、これ以上長生きすることを求めているとお考えになりませんように。若い人はまったく違いますが、ある世代の残りが死滅すれば、もう新たに衒学者は現れないでしょう。彼らを畏れている若い人にあったことはありませんし、種族を長らえるため

303

新たな芽が出ても、縁日で見物されるほど稀な生き物になることに変わりがありません」。ペロー氏の敵対派閥である、デプレオ氏とダシエ氏は還暦を超えています。しかし、彼は六十九才なのです。彼がペダンティズムと仰ることはきわめて真実ですし、社交の作法や会話に礼節を持つこと、衒学者と非難される独断的な口調やある種の不潔な雰囲気を注意深く避けるのは必要なことです。[714]

依然として舞台はヴェルサイユ、登場人物は三人と「第三巻」から「第四巻」の間には物語としての連続は存在するが、アルノーの仲介による1694年8月4日の公式和解の影響を受け、ペローは大きな方向転換を必要とされるに至った。デュボス神父の言う「「第四巻」かつ「最終巻」」は本章で扱う「第四巻」のことを指しているのに違いない。公式に和解を行ったにしてもボワローを筆頭とする古代派に対する敵愾心は失われることはなかったようだ。和解についてペローは直接的になにも語っていない。ただし、理不尽な和解についての感情を仄めかせることが『比較論』「第四巻」の「序文」において綴られている。

> われわれの時代の揺るぎない優越性の論拠として作品を賞賛し引用したわれらの時代の卓越した人々は、彼らに与えた正当さに感謝するどころか、彼らが主張するには、わたしが為したという不正に憤慨することを好んだ。(・・・)文壇を乱し始めたこの残酷な戦争の火消しをするために、わたしは急にうち切らなければならなかった。[715]

ことの是非はともかく、『比較論』と名付けられているからには、「第三巻」の序文で述べられていたように、実際に古代人と近代人の作品を対比させる予定であった。例えば、喜劇について、アリストパネスの『雲』とモリエールの作品（神父＝ペローは特に作品名を挙げていない）が比較されること、プラウトゥスの『アンフィトルオ』とモリエールの『アンフィトリオン』を比較することが「第三巻」に既に述べられていたように、「第四巻」「序文」におけるペローの言葉を借りれば、この構想はほぼ完成されていた。

> 前の巻でわたくしは読者に、古代人と近代人詩人の最も美しい箇所の正確な検討をするとお約束した。そのために、それが含んでいる意味と思想を良く判断するために、フランス語の散文訳をした。様々なところから引き出される理由の大部分を紙に転記してはいた。一言で言うと、わたしの題材は準備されていたし、作品にするだけで良かったのである。しかし、わたしが敵としている人と同様に、大いに功績のある人と仲違いをしているよりは、平和愛からこの作品を放棄し、物書きにとっては無関係ではない、反論不可能と思われるやり方でわたしの理由

---

[714] Bonnefon, « Les dernières années de Charles Perrault », p.615.
[715] *Parallèle*, IV, Préface.

の正しさを証明する歓びを無しですませるほうを好んだのである。その友情というのはきわめて貴重なものである。[716]

　古代人の作品と近代人の作品を比較するというこの構想は、「第三巻」の執筆時点で相当意識されており、しばしば「神父」が自ら翻訳したという「覚え書き」という形で言及される。上に引用した、モリエールと古代喜劇との比較だけでなく、ボワローが得意としたエピグラムについても古今の比較が予告されている。

　　　詞華集の最も良いエピグラムをいくつか翻訳し、フランス語の散文にしたわれわれの時代のものと対置させてみました。わたしの覚え書きがあれば、これを比較できます。[717]

　神父が古今の作家において注目すべき箇所を書き抜いたというメモ書きのようなものは、既に「第二巻」の冒頭において「覚え書き帳」という別の単語によって述べられている。「それはわたしにとって考え抜かれたことのように思えますが、雄弁から始めるのはどうでしょうか。われわれに必要な書物の一部分が書かれた覚え書き帳を見ます」[718]と「第二巻」における雄弁の比較がこれを基に行われていることを示唆している。次の引用にあるように、ヴェルサイユに来る折り「覚え書き」はパリに忘れてきたとの記述があるので、これらは別のものなどであろう。
　とりわけ、「第三巻」の最後の場面はこの構想を印象づけている。

　　　裁判所長官：　われわれにご提案なさる詩歌のジャンルがまだありますか？
　　　神父：　注意をするならば、かなりの数を見つけだすことが出来ると思います。えーと、あれがありますが・・・。あ！
　　　騎士：　どうなさいましたか？
　　　神父：　カバンの中にお約束した翻訳の覚え書きがあるのを見つけました。パリの机の上に置き忘れたと思っていました。
　　　裁判所長官：　これほどいいことはありません。神父さま、お読み下さい。
　　　騎士：　どうか少し休んで、何か冷たいものを飲みましょう。それから、雨で散歩がずっと出来ないのであれば、思う存分この読書と議論をすることが出来るでしょう。
　　　神父：　騎士さまは、具体的なことをいっておられて、わたしも意見に同意します。[719]

---

[716] *Ibid.*, IV, Préface.
[717] *Ibid.*, III, p.277.
[718] *Ibid.*, II, p.3.
[719] *Ibid.*, III, pp.316-317.

このように「第四巻」への継続を暗示的に示しておきながらも、古今の「アンフィトリオン」比較やエピグラム比較など文芸に纏わる比較から科学技術の発達を論じることに方向転換した理由として、アルノー介入の公式和解を要因の一つとしてあげることはきわめて妥当であると思われる。しかも、「第三巻」や「第四巻」「序文」をみてもわかるように、その和解勧告が急なものであり、ある程度完成していた「第四巻」の内容変更に影響を及ぼしたと考えられる。前述の通り、二年ごとに「第一巻」から「第三巻」まで規則的に出版されていた『比較論』が、「第四巻」出版の完成を見るのには「第三巻」の出版から四年を待たなければならないのである。しかも、「第三巻」の出版（1692）の二年後が、1694年の公式和解の年に当たることは注目すべきことであると思われる。

　大幅な方針変更を強いられたという事実は、「第四巻」自体の構成にも当然大きな影響を与えている。ただし、ペローが「第四巻」を、公式和解に従って完全に書き換えたという見方は適当ではない。「第三巻」執筆時点での構想が、「第四巻」にも反映しており、「第三巻」以前の構成との整合性を保持するために、公式和解以前の計画がそのまま残されたと思われる箇所が存在する。そもそも「第四巻」自体がそれ以前と比べると異質な存在であるが、「第四巻」内部にも木に竹を接いだような印象を受ける箇所が存在する。

　　　　騎士：　雨が続いているので、われわれが残していた問題について議論し、神父さまの覚え書きを読むしかないように思われます。ここには古代人のもっとも美しい場所と近代人のものが対比されています。
　　　　神父：　そうしましょう。これが『イリアス』の出だしです。これを検討したあとで、『アエネイス』の出だしを読み、『解放されたエルサレム』、『聖処女』のそれを続いて読みます。
　　　　裁判所長官：　『聖処女』のですって？
　　　　神父：　はい、『聖処女』のです。あらゆる偏見を取り除けば、あなたが考えておられるほどわたしが間違っていないことがわかるでしょう。
　　　　騎士：　それはないでしょうけれども、みてみましょう。
　　　　神父：　申しましたとおり、美しい箇所を原語で読むことはしません。様々な言語の朗読法の優美さは比較することが不可能であり、問題ではないのですから。ただ意味と思想だけをお知らせしますが、これはどんな言語でも同一であり、原文で読むよりも、お互いに都合のいいフランス語の散文においてより良く判断できるものです。[720]

　以上が「第四巻」の冒頭である。ここでは、「第三巻」で予告されたことが反映されており、当初の構想が実現されていると考えられる。まず、『イリアス』、『アエネイス』という

---

[720] *Ibid.,* IV, pp.1-2.

異教の神々が題材になっている作品に加え、『解放されたエルサレム』、『聖処女』というキリスト教を土台とした作品を比較するという計画は、異教を題材とした作品を極力排除し、キリスト教を基礎とした芸術観を構築しようとしていたペローにとって、核心ともいえる題材であろう。『比較論』と題したのもこれを理由としているのであろうし、異教を題材にした古代人の文学に対して、キリスト教を題材とした近代人の文学がどのように優越しているのかをペローが論証していくのかは興味深いところである。しかし、その「覚え書き」はほとんど使われることがなかった。『イリアス』の冒頭の翻訳が紹介されるだけで、引用した「第四巻」冒頭にあるその他の三作品については、最後まで触れられないままである。少し長くなるがこの部分を引用する。

　　　神父：　さらに、裁判所長官氏がホメロスの詩句の調和についてどうして強く主張されるかがわたしには理解が出来ません。ホメロスは『イリアス』の最初の詩句で三つの量の間違いを犯しており、したがってこれは調和に反する三つの間違いなのであるのは揺るぎがないのですから。

　　　騎士：　ホメロスが『イリアス』の最初の詩句で三つの量の間違いを犯したですって。神父さまご冗談を。

　　　神父：　全然冗談ではありません。動かぬ証拠でご納得していただくのは簡単であると思います。デュディムスはこれらの三つ全てを、その『詩学』の第二巻に記していますし、ギラルドゥスとスポンタヌスも同様です。しかし、裁判所長官氏にとって最も決定的であるのは、千四百年前の極めて有名な古代作家がこれを報告しているということであります。

　　　騎士：このような命題を主張するという大胆な輩はだれでありますか？太陽にシミが見つけられたことにももう驚きはしません。

　　　神父：　その大胆な輩は賢明で判断力のあるプルタルコスであって、有徳に主張する場合の知識の方法に関する論文の中でこれをはっきりと述べています。

　　　騎士：　運不運は世の習いです。このホメロスのような書き出しが、今日は立ち直れないほど人をひっくり返らせるかもしれません。

　　　神父：　これが『イリアス』の冒頭であります。「怒りを歌え、女神よ、ペレウスの子アキレウスの〜アカイア勢に数知れぬ苦難をもたらし、あまた勇士らの猛き魂を冥府の王に投げ与え、その亡骸は群がる野犬野鳥の啖うにまかせたかの呪うべき怒りを。かくてゼウスの神慮は遂げられていったが、はじめアトレウスの子、民を統べる王アガメムノンと勇将アキレウスとが、仲違いして袂を分つ時より語り起して、歌い給えよ。そもそも二人を争わしめたのは、いかなる神であったのか。これぞレトとゼウスの御子（アポロン）、神はアトレウスの子が祭司クリュセスを辱しめたことを憤り、陣中に悪疫を起し、兵士らは次々に斃れていった」。これは祈願であり、主題の導入、『イリアス』の叙述の開始であります。

307

裁判所長官：　あなたがいまお読みになったところは、ホメロスの思想を大まかに言い表しています。しかし、おお神よ！あなたの翻訳には原典の美しさが訳されてはいません！

　神父：　わたくしの翻訳は逐語訳で、きわめて忠実です。

　騎士：　情夫は愛人の肖像画を美しく似ているとは決して思わないものです。

　神父：　偏見というものは、しばしばまったく存在しない偉大な美を見つけようとする愛情とおなじく巧妙なものであるのは事実です。

　裁判所長官：　趣味の欠落が、少しでも良識と判断力を持っていればだれでも感動する美しさを見ないという無知とおなじくらい盲目的であることも真実であります。

　神父：　裁判所長官さま、このへんで止めましょう。些事に熱くはなりたくはないですし、わたしの友人を怒らせるということも望みはしません。

裁判所長官：　わたしは怒ってはおりませんが、正直にいいますと・・・。

　神父：　あなたがふと漏らされたことを冷静に仰っているのであればきわめて残念です。さあ、別のことを話しましょう。

　騎士：　それには賛成です。この題材について神父さまのいっておられることがすっと理解できずに多くのものを失ったとしても、意見を交換できるのは楽しいことであると思います。詩歌は間違いなく心地よいものですが、そればかりを話しているのは退屈であります。気分を変えるために、天文学のことを話し、天に昇ってみましょう。われわれがいる星々の真ん中では、ホメロスはことに小さく見えて、こんな小さなことで怒っているのは恥ずかしくなります。

　裁判所長官：　天文学に関して、近代人は古代人に優っていることはわたしも同意しますし、神父さまがわざわざ証明されるに及びません。[721]

　このように唐突に、件の「覚え書き」についての対話がうち切られたあとは、以降すべて科学技術を中心とした主題に終始している。

　科学技術を題材にした部分(pp.17-295.)が、アルノーの公式和解以後に継ぎ足されたことは、その経緯からして確かであると思われるが、そのほとんどを上記に引用した部分(pp.1-17.)は、和解以前に書かれたのであろうか、それとも和解以降に書かれたのであろうか。検討は難しいと思われるが残されたテクストから考えると、和解前にある程度書かれた部分に新しく「神父」の発言「裁判所長官さま、このへんで止めましょう(...)」以降をつなげたものであると考えるのが妥当であると思える。

　「第三巻」から予告していた「覚え書き」の読み比べがここで急遽取りやめになることは物語の整合性を保つために理解できることであるが、『イリアス』に関してある程度詳し

---

[721] *Ibid.*, IV, pp.11-17.神父の語る『イリアス』冒頭部分は、松平千秋訳、『イリアス』（岩波文庫）、p.11.を利用させて頂いた。

く述べる準備をしておきながら（『イリアス』には三つの量の過ちがあること。このことは
すでに古代作家が指摘していることなど）、これを朗読したあと、裁判所長官が怒ってしま
う（裁判所長官の発言からはこの怒りは今ひとつ読みとれない）だけで、その後を放棄し
てしまうというのは、不自然である。これのみで決定的な理由になるとは思えないが、「第
一巻」から「第三巻」にいたる議論の流れを鑑みても、議論の進行を行うのは主に神父で
あり、その発言は騎士の軽口が遮ることがあったり、裁判所長官による反論が挿入される
ことがあったりもするが、ペローの代弁者たる彼の主張が中途半端に遮られることはほと
んどないからである。騎士に遮られることはあっても、神父の発言が長すぎたり、あまり
にも煩瑣な例になったりするときに行われるばかりである。

　最後に、和解以降に書かれた部分の冒頭、つまり継ぎ目にあたる部分に注目しておきた
い。「神父」の発言「裁判所長官さま、このへんで止めましょう。つまらないことに熱くは
なりたくはないですし、わたしの友人を怒らせるということも望みはしません」という部
分である。

　ところで、神父の発言にある「些事」とは、いったいなにを指し示すのであろうか。「第
一巻」から「第四巻」の冒頭にかけて議論を続けてきた、古代人と近代人のどちらが進歩
しているかという論争のことを指すのであろうか。もし、そうであればこれまで長期間を
かけ多大な労力をかけて論じてきたことを無にするような、あまりにも無遠慮な発言では
ないであろうか。この発言は、ペローの終戦宣言と解釈すべきであろうか。1687 年以来、
古代派と戦ってきた様々な論戦が、神父＝ペローにとってはただの「つまらないこと」で
あり、彼自身は「友人」を怒らせるまでの意志がなかったということを表明している。あ
くまでも、論争を止めるのは古代派＝裁判所長官に論破されたからではなく、神父＝ペロ
ーの配慮によることが強調されているように思える。さらに、公式和解以前の両者の論争
にみるように、議論に熱くなったのは、ペローではなくむしろ古代派であることが強調さ
れている。また、議論を止めること、つまり公式和解に応じたことは、史実はともかく、
アルノーの仲介によるものではなく、神父＝ペローの意志から出たものであるという主張
も読みとれるであろう。「裁判所長官」はただの論敵ではなく、配慮すべき「友人」である
と語られていることも注目に値する。ベルニーニに対して言い掛かりともいうべき批判が
『回想録』になされているように、古代派はたとえば外国人のように議論の通じない論敵
ではなく、あくまでも「友人」であり、同じ文化の共通な基礎にたったフランス人として
登場していることは指摘しておいてもよいであろう。「第三巻」で述べた、『ウーブリ売り』
におけるド・レタン氏の科白「それほどでもないですよ。わたしはある意味で同じ人種だ
と思いますね。というと二人とも些事に熱中していて、一方はそれが新しければ、他方は
それが古いものであれば好きになるということです」にも「些事」という同じ単語が使用
され共通の精神が見いだせるのではないだろうか。

２．『今世紀フランスに現れた有名人』

　コルベールの元で、フランス内外の芸術家に対する年金付与に関わる作業を行っていた
ペローにとって、十七世紀フランスに登場した「有名人」をパノラマ的に概観することは
容易な作業であったと思われる。「第四巻」の詳細を論じる前に、同時期に執筆が行われて
いた『有名人』について紹介したい。

　『比較論』が近代フランスの優越性を証明する論争書であるとするならば、『有名人』は
差詰めその具体例を列挙した証明書といえるかもしれない。この構想自体はすでに新旧論
争が始まった直後、1688 年には存在していたことが知られている。ソリアノの研究による
と、『有名人』が日の目を見るまでには、主に二人の人物が介在していることがわかってい
る。まずは、十七世紀に登場した著名人をパノラマ的に紹介するという構想を持っていた
もうひとりの人物が存在した。それがベゴン Michel Bégon(1638-1710)という人物であり、
ロッシュフォール港海軍長官およびラ＝ロシェル納税区長官を努めた人物として知られて
いる。肖像版画の蒐集家であった彼が、当代有名人の版画集を出版するという構想であっ
た。ベゴンに、ペローを紹介したのがヴィレルモン Villermont という人物であり、カイエ
ンヌ総督を務めたペローの旧友であった。ヴィレルモンは、ベゴンの構想を知り、ペロー
を紹介するが、二人の共同作業は当初から順調なものではなかったという。

　しかし、状況は好転し、ボンヌフォンが引用する 1692 年 4 月 11 日付のベゴンからヴィ
レルモンへの手紙には次のようにあり、ベゴンが最終的に出版される形式に賛意を示して
いることを見ることができる。

> 　むかし、ペロー氏もほとんど同じ構想をお持ちであるとのお手紙をいただきま
> した。今世紀における有名人、学者、科学・学芸の庇護者の人生に関する賛辞、
> いやむしろその人生の概略についての作業を行われているのですから、われわれ
> は共同作業を行うべきでしょう。収集を始めておりました覚え書きやこれから得
> るであろうものを彼にお送りするつもりですし、まだない版画については制作を
> 続けようと考えています。この計画の実行に必要なすべてについて取り決め、完
> 成させるのに配慮を行って、出費をするという貢献をしたことに満足するだけに
> して、彼の名前で出版することに同意することになりましょう。これが受け入れ
> られれば、作品に収録しようと計画していたリストをお送りすることになりまし
> ょう。[722]

　それまで実際にまみえることがなかった両者であるが、新旧論争の終期にも当たる 1693
年 11 月に、はじめてベゴンとペローは面会することになる。八十年代に公職を退いてから、
ベゴンのような大物に巡り会う機会の乏しくなったペローは、新旧論争関連で書かれた著

---

[722] Bonnefon, « Les dernières années de Charles Perrault », p.617.

作をその都度送り意見を請うていたという。一方で、新旧論争に加えて『有名人』という仕事が加り既に六十路を迎えていたペローが、滞り無くその作業を完遂できるかどうかに不安を抱えていたという。しかし、問題なく 1696 年には出版に漕ぎ着けることができた。

　ペロー一家が、パスカルが『プロヴァンシャル』を書く遠因となっていたことは既に述べた。この当時のジャンセニストに対する王権の圧迫はさらに厳しいものとなっていた。ペローがパスカルおよびジャンセニスムに親近感を持っていたことはすでに触れた。そのような経緯からか、完成した『有名人』には「パスカル」および「アルノー」の項目が含まれていた。ダランベールが『ペロー賛』*Éloge de Charles Perrault* において「立派なスペースが与えられるに値するアルノーとパスカルの項目が置かれていました。しかし、われわれの世紀はその過ちを明らかにしていますから、今日ではその陰謀を隠しても仕方ないでしょうが、仇敵イエズス会は彼の著作から二人の名前を取り除くように命じさせたのです」[723]と述べ、ヴォルテールも『ルイ十四世の世紀』において「パスカルとアルノーの仇がペローの『有名人』からその賛辞を削除させた」[724]とそのエピソードを公然の秘密として引用するように、イエズス会はこれを問題視することになった。ペローは友人であるショワジー François Timoléon, abbé de Choisy(1644-1724)を派遣するなどして談判するとともに、同じくパスカルを高く評価していたベゴンも抵抗を試みたが、「これらの偉人の選択について、かれらを指名する一般の声にしか従っていないし、打算や追従、希望や恐怖などは一切関与していない」[725]と述べているのに矛盾して、結局この二人の項目は削除されることになった（アルノーのものはオラトリオ会のトマッサン神父、パスカルのものは、カンジュ殿シャルル・ド＝フレヌのものになった）。

> 　ペロー氏ははじめ強硬でしたが、イエズス会が彼の年金を奪うことになることを示唆すると、軟化されました。彼を打ちのめすのに十分なものでした。二人の肖像と賛辞を削除し、別の二人のものに差し替えられました。[726]

　このような経緯から、パスカル及びアルノーの二項目は、主にオランダの書店において海賊出版され、イエズス会の本意に反して逆に広く伝播することになったという。

　ペローとベゴンによって選択された人物は多岐に渡り、教会関係者、軍人、政治家、文人、画家、音楽家などが含まれている。「フランスに現れた」と題されているが、外国人については含まれていない。また、物故者しか取り入れられていない。またその功績の多寡に関わらず、肖像画のページを除きその賛辞は二ページを超えることはない。

　ベゴンとの共作という性格や和解を行ったのちの作品であるという性格から、『有名人』

---

[723] *Œuvres Complètes de D'Alembert*, tome 2, Belin, 1821, p.226.
[724] *Siècle de Louis XIV,* tome II, imprimerie stéréotype de Mame, 1810, p.402.
[725] *Les Hommes illustres qui ont paru en France pendant ce siècle,* Günter Nan Verlag, Tübingen, 2003, p.8.
[726] Bonnefon, « Les dernières années de Charles Perrault », p.619.

に論争書としての側面をあからさまに見ることは少ない。このように公正を装う『有名人』であるが、選択基準は近代人ペローの趣味が反映していることは疑う余地がない。

3. 天文学

「第四巻」において当初の計画が変化したとはいえ、作品の構造自体は変化がない。三人の登場人物、舞台はヴェルサイユである。

> 裁判所長官: 天文学に関しては、近代人は古代人に優っていることはわたしも同意しますし、神父さまがわざわざ証明されるに及びません。
> 神父: それでも天文学などの近代人が優っていることを議論していないその他の科学について話すことを妨げるものではありません。わたくしの意図はただ単に、われわれが古代人に優っていることを示すことではなく、どれほどわれわれが優っているか、古代人においては貧弱で不完全な技術や科学がどの程度まで近代人において今日完成の域に達したかを示すことにあるのです。わたくしにはこんなに広範で困難な企てに必要な能力が全くないのは確かなのですが・・・。[727]

科学技術というジャンルを扱わざるを得なかった顛末についてはすでに述べたが、ペローがこのジャンルに対して専門的知識を欠いていたという指摘は当たらないであろう。兄が科学者であったことは既に述べ、当代の最先端の科学者ホイヘンスと親友であったことは『回想録』だけでなく、このオランダ人科学者の証言でも判明している[728]。

十七世紀までに発展した科学技術の中でも、それまでのパラダイムに変化を強いた事実として挙げられるのは天文学のそれであろう。ペローが「第四巻」において、筆頭においたことには、そのような歴史的意義を反映している。

近代派の中でも、フォントネルは、百年というその人生の前半期には天文学にとりわけ興味を示し、コレージュ・ド・フランス教授であったデュ・アメル Du Hamel や、王立庭園の教員であったデュ・ヴェルネ Du Vernay などと議論を交わすとともに、占星術師の欺瞞を暴くことに力を注いだ。1687 年にはさらに、『神託の歴史』を上梓し古代から続く迷信を打破することにより、一層近代派的立場を明確にした。社交的な態度で簡潔に惑星の運行について、主に女性に向けて解いた『世界の複数性についての対話』が発表されたのもこの年である。ペローも「偏見」として天文学に隠れた占星術の非合理性を指摘しており、

> 予知占星術は科学でも技術でもないのですから、これを話さなければならない

---

[727] *Parallèle*, IV, pp.17-18.
[728] ホイヘンスの書簡を調査したバルシロンの研究によると、ペロー家とはかなり親しい関係であったことが窺える(Jacques Barchilon, « Les frères Perrault à travers la correspondance et les œuvres de Christian Huygens », *XVIIᵉ siècle*, no. 56, 1962, pp.19-36.).

とは考えません。あらゆる時代の汚点に過ぎなかったとしか言えません。[729]

　と一笑に付している。しかし、「騎士」も「予知占星術」を「神父」が扱わないことに疑問を呈しているように、占星術自体が十七世紀末においていまだ一般的に信じられていたことを逆に証明している。「第四巻」に名前が挙げられている、天文学者ケプラーにしても占星術師をも兼ねていたことが知られているように、これらの科学及び疑似科学は未分化の状態であったと言わざるを得ない。近代において、コペルニクスやケプラー、ガリレイといった天才が出たばかりではなく　技術的な改良の影響が大きかったことを、ペローは指摘することを忘れない。天才はどの時代にも存在するのに反して、蓄積される技術は進歩を担保するのである。ガリレイが発明したとペローが主張する望遠鏡の登場は、天文学を飛躍的に進歩させたという。

　　　　大砲が戦争の様相を変えたように、望遠鏡は天文学の全ての様相を変化させたといえます。この素晴らしき機具によってどれほどの新発見が為されたかは計り知れません。[730]

　精密なレンズの発明はマクロの世界だけではなく、ミクロをも切り開いたことがも同時に主張される。しかし、天文学の発展を過剰に賞賛することは、キリスト教を近代人優越の根拠としているペローにとってその論理に破綻を来す可能性があるとともに、宗教界からの反撃を招く可能性があった。ペローはこのことを自覚しており聖書的な世界観との整合性を論じることを巧みに避けていた。

　　　騎士：　　地球は太陽の周りを回っているのであり、太陽が地球を廻っているのではないというコペルニクスの説のところで、どうしてあなたはお止めになりませんでしたか？
　　　神父：　　わたしはそんなところで止めはしませんが、これは天文学の本質からいえば重要ではないからです。これを前提とする体系は全ての天体の運動を容易く説明するのに発見された方策と見なされるべきなのです。
　　　騎士：　　しかし、このことはわたしにとっていくらかの注意をするに値するように思われますが。
　　　神父：　　いくら注意をしようとも、この見解についての確固たる証明をうち立てることは出来ません。これが多くの心を傷つけるので、いくら便利でもっともらしいといっても、無しですますことができますし、そうしなければなりません。[731]

---

[729] *Parallèle*, IV, pp46-47.
[730] *Ibid.*, IV, pp.40-41.
[731] *Ibid.*, IV, pp.30-31.

313

反宗教改革とともに『有名人』出版の経緯を考えれば、科学の問題と信仰の問題を峻別して提示したペローの意図は見えて来るであろう。天文学の次に論じられる「哲学」にはよりペローが近代派の論拠として散々援用したデカルト的な探求法と信仰に関する考えとの乖離がより判明になるであろう。

4.　地理学・航海術・戦争術

　　　古代人よりも現代の地理学がどれほど優越しているかを正確に考えるには、羅
　　　針盤一つで十分です。古代人は実際に、ヨーロッパのほぼ全土や小アジア、大ア
　　　ジアの一部分、地中海に面するアフリカ沿岸地帯については知っていました。こ
　　　れは今日われわれが知っている広さの十分の一にもなりません。[732]

　コロンブスをはじめとするヨーロッパ人による「地理上の発見」は、さまざまな影響を後代に与えたことはよく知られている。

　十七世紀におけるフランスの海外進出は、その後数世紀に渉る植民地支配の大枠を決定したとえいる。1664 年には、コルベールにより東インド会社が設立されインド進出の基礎が作られた。ポンディシェリの獲得はその十年後 1674 年のことであった。アメリカ大陸方面については、サミュエル・ド・シャンプランは、初代カナダ総督として 1603 年には、ニューファンドランド、ノヴァスコシア、ヌーヴェル・フランスなどを手に入れ、1608 年にはケベック市が建てられた。モントリオールの建設は 1643 年になされた。現在の合衆国に関しては、これより半世紀遅れること 1682 年に、カヴァリエ・ド・ラ・サルがミシシッピ川を遡航し流域をルイジアナと命名し領土宣言をした。ニューオリンズが建設されるのは 1718 年のことであった。コルベールの重商主義政策にもとで行われたこれらの植民政策は、経済面でフランスに影響を与えるものの、かつてルネサンスにおいて東方の文物が西欧文化に影響を与えように文化面で直ぐさまフランス人になんらかの方向転換を強いるような性質のものではなかった。

　神父＝ペローの主張は知られた面積ではなく、器具の改良を理由としてその測量方法がより正確かつ明晰であるのが重要であるとする。古代の世界観では地球が平面であったことは今日の進歩を明白に示している。アリストテレスの時代には、地球の円周は一一八八〇里であると考えられていたのに、時代が下ってプトレマイオスはこれを七二八〇里と考えている。フェルネル Jean Fernel(1497-1558)やスネリウス Willebrord van Roijen Snell (1580-1626)の発見によってより確実に簡単にその円周を計測できるようになり、それは約九千里であると神父は報告する。科学アカデミーによって、パリからアミアンにかけて行われた測量は、ストラボンやなどの方法に比べると正確極まりないものであると神父は言

---

[732] *Ibid.,* IV, p.66.

う。これらの進歩は、今日使用されている器具の精密性によると神父は主張する。

> 古代人にもわれわれの有利さがあれば、全ての物事をわれわれよりも同じか、おそらくより上手に成し遂げていただろうことと思います。ですから、わたしがどちらかを好むというのは、人に関係することではありません。[733]

　現在のカナリア諸島やイギリス、中国、インドなどの記述に関して、プトレマイオスの言う緯度や経度にはかなりの間違いがあるという一方で、ド・ラ・イール Philippe de La Hire（1640-1718）の地図の正確さは信じ難いほどであると神父は述べる。近代人、特にアカデミーによる器具の発明は、会話の舞台であるヴェルサイユ庭園の大運河の造営にも、水準器の改良として、大きな威力を発揮していることが語られる。科学アカデミーにおいて新しい水準器が考案され、ヴェルサイユの運河に使用されたときの記述が、ペロー『回想録』[734]に見える。

　ペローの言う地理学の発展とは、地図上の記述が増加したという純粋に知識の問題でしかなかった。地理上の知識は時間と共に正確性を増すが故に、古代派には反論不可能なテーマであるといえる。

　続いて論じられる航海術の進歩は、地理上の発見というテーマと密接な関係を持つことはいうまでもない。羅針盤の発明や大型艦船の建造による功績が述べられるとともに、ペロー家と親交の厚かったホイヘンスによる時計の発明が、ガリレオによる振り子の等時性の発見という航海術の進歩に由来することが述べられている。機械式時計の発明は空間的な世界の拡大を保証するだけでなく、過去から現在、未来へと至るヨーロッパ人の時間意識を変革した意味で、「モダン」の信奉者ペローがここで引用していることは示唆的である。「安定、場合によっては静止という理想に支配された、経済と文化両面において静的な」中世社会においては、「個人の時間意識が、じつに曖昧でぼやけていた」とカリネスクは指摘する[735]。機械時計の出現はルネサンス以降の時間意識の変容、古典古代からの「再生」とともに中世を暗黒時代と見なし現在と異なったものと見なす意識に繋がる。ペトラルカが古典古代の失われた時代＝中世を「闇」と呼んだ中世観は、「最新の時代がそれに先立つ時代に優るというときには、そもそもあらゆる物事が同等であるべきです。つまり大きく長い戦争が続き国を荒らしているとき、人間がその生活を守るために緊急の役目の中で研究に閉じこもることを諦めざるを得ないとき、つまり戦争が始まったときに生きていたものが死に、武器を扱うことでしか成長しなかった新しい世代がやってきたとき、芸術や科学が一時的に消え失せ、代わりに無知と野蛮が蔓延るのは奇妙なことではありません」[736]というペローのものと共通している。新旧論争が起こるのに必須の静的な時間から動的な時

---

[733] *Ibid.,* IV, pp.80-81.
[734] *Mémoires*, pp.214-215.
[735] カリネスク, *op.cit.*, p.32.
[736] *Parallèle*, I, pp.52-53.

間への中世における時間意識の変容は、「時計」という象徴的な存在によって示される。

　ともかく、ペローにとっての、十七世紀フランスにおける領土拡大がフランスの文人に与えた影響は「キナノキ」をはじめとした薬草などヨーロッパに知られない事物が持ち込まれたという実利上の利益の他は、せいぜいエキゾチズムという装飾を加えたのみで、十八世紀の、たとえばモンテスキューに見えるような思想的変革を迫るものではなかった。

5. 哲学

　新旧論争において、近代派は必ずしもデカルト主義者でなかったことは、「新旧論争前史」の引用に見えるように、デカルトの「方法」は賞賛するものの哲学そのものには批判的であったフォントネルに見ることができた。デカルト主義が近代派の思想に多大な影響を与え、ペローもその思想を無視するどころか、近代派優越の論拠としてしばしば使用してきたことは幾度か述べた。女性とりわけデカルト主義者の集うサロンは、ペローにとって無視できない存在であった。『有名人』の一件で見たように、それと同時に反デカルト主義者ともいうべき、ソルボンヌやイエズス会などの存在もペローにとって等閑視してよいものではなかった。しかし、理性尊重に偏重したデカルト主義を押し進めることは、十八世紀における啓蒙思想家の論拠の武器となる一方で、とりわけペローが大きな影響を受けたジャンセニスムの思想とも衝突することとなった。理性主義を押し進めることと、信仰を護持することという相反する方向性がペローの中には存在していることは、天文学におけるコペルニクスをどう評価するかという問題において、神父＝ペローに口を噤ませる原因となったことはすでに述べた。

　ペローによると哲学は、四種に細分することができるという。「今日では、哲学は四つの分野に分けられています。論理学、倫理学、自然学、形而上学がそれです」[737]と神父がいうように、この分類はアリストテレス『形而上学』における分類に従っている。アリストテレスの遺した枠組みに従いながらも、ペローはプラトンを「秩序も体系もない」ものとして一蹴し、アリストテレスの『形而上学』については、一四一章のうち最後の五章のみしか形而上学について語られていないと批判し、「雑多なことについて書かれた小論文」であると、これを認めない。

　まず、論理学に関して、二十世紀に至るまで基本的な概念は命脈を保ったアリストテレスの古典的形式論理学に関して、ペローはその功績を一応は認めている。しかし、その表現の簡潔さに関して近代人に劣っていると彼は言う。これに比肩する近代人による論理学の成果として引用されるのが、ニコルと大アルノーによる『ポール・ロワイヤル論理学』*Logique de Port-Royal*(1662)である。

　　　理解するには、『ポール・ロワイヤル論理学』を読むだけでよく、この題名は「考

---

[737] *Ibid.*, IV, p.125.

える技術」とされています。これは二、三センチの厚さしかない書物で、しかし
ながら十倍も分量のあるアリストテレスの書物の良いところが全て含まれており、
さらにアリストテレスにはない無数の長所が含まれているのです。[738]

　哲学における第二のジャンル、倫理学に関してペローは、「全ての哲学の分野を申し上げ
ますが、これは古代人がもっとも知らなかったものなのです」[739]と指摘する。ソクラテス
やキケロの傲慢さを指摘する神父であるが、倫理学において古代人が劣っている理由とし
てとりわけ顕著なものとしては、やはり「真実」の信仰の欠如が挙げられる。

　　　裁判所長官さま、あなたがお間違いになっているのは、キケロが行った美しい
　　　行為を混同されていることです。彼が執政官であった期間、彼は自慢をするとい
　　　う悪癖を持ち続けていました。真の道徳体系はキリスト教しか存在しないでしょ
　　　う。[740]

さらに、キケロについて神父は以下のようにも述べている。

　　　申し上げましたとおり、原罪による人間の堕落ということをまったく知らなか
　　　ったからです。[741]

　倫理学において、ペローが「原罪」について強調して語っていることは、「原罪は、人間
の眼から見れば、愚かなものである。しかしそれは、そのようなものとして与えられてい
る。諸君は、この教理には理由が欠けているといって、私を責めてはならない。というの
も、私はそれを、理由なしに存在するものとして、与えているのだからである。けれども
この愚かさは、人間のあらゆる知恵よりも一そう賢明である。「人よりも賢し。」なぜな
ら、われわれはこれなしに、人間が何であるかを、示しうるであろうか？人間のすべての
状態は、認めがたいこの一点にかかっている。どうしてそれが理性によって認知されうる
であろうか？というのも、それは理性に反することであるからであり、理性は自己の方法
によってそれを考え出すことができないのは勿論、それにぶつかると、そこから遠ざかる
からである」[742]と、『パンセ』において述べられているように、ジャンセニスムにおいて
その遍在性が強調されていることに関係があろう。「第四巻」において、パスカルやジャンセ
ニスムの名前が一切現れることがないのは、『有名人』を検討した折りに見たようにイエズ
ス会との関係を配慮したとも考えられる。身内向けに書かれた『回想録』(1702頃)におい

---

[738] *Ibid.*, IV, p.128.
[739] *Ibid.*, IV, p.133.
[740] *Ibid.*, IV, pp.144-145.
[741] *Ibid.*, IV, p.146.
[742] 伊吹武彦編、『パスカル全集』、第三巻、pp.265-266.

て、アルノーを賞賛し、『プロヴァンシャル』執筆の動機は自らの兄ニコラの発言にあることを誇らしげに述べているのと好対照を成す。

　上記のパスカルの引用において「理性」と「原罪」の対立性が述べられていたが、理性主義を押し進めるあまりデカルト主義者が神学の領域を浸食しつつあった十七世紀中盤、パスカルは、『真空論序言』において次のように述べ、行き過ぎたデカルト主義を諌めている。

　　　　このような相違が明らかになれば、自然学的問題における論拠として、推理や実験のかわりに権威のみを持ちだす人々の盲目をあわれまざるをえなくなり、また神学において、聖書と教父たちとの権威のかわりに、推理のみを用いる他の人々の悪意を恐れざるをえなくなる。[743]

　信仰に関わらない文芸や自然科学の分野においてはデカルトの「方法」を高く評価したペローであったが、信仰に関しては、パスカルに近い立場をとることになる。優れた「方法」であったが、こと信仰に関してこれを適用することは慎まねばならない。

　　　　デカルト氏がこの原則を神の存在証明のために用いたことは驚きであります。他人を疑わせ、これを疑うほどわたしが不幸であったなら、彼のように振る舞ったでしょう。悪い論理で証明することよりも、あることを疑わせることぐらいましなことはないからです。[744]

　「パスカルの賭け」という論理に見られるように、神の存在は限りなく不可知なものである。自然科学における実験のように理性を通じて確認できる性質のものではないゆえに、その存在は「賭ける」ことしかできない。「第一巻」を論じた折りに引用した、パスカル『真空論序言』における学問分類、歴史、地理、法律、外国語やとりわけ神学などの「著者たちの書いたことを知ること以外に目的をもたない学問」および幾何学、算術、音楽、自然学、医学、建築学など「実験と推理のもとにあるすべての学問」の峻別と同様の思考を見ることが出来る。『比較論』を通じて前者の学問を含み、後者の学問の進歩を根拠に近代フランスの優越を論じてきたペローであったが、「信仰」は優越性の根拠となるものの、これまで見てきたように、デカルト式にそれを直接の検討課題とすることはしてこなかった。「存在するという属性を最大に持つものが神である、ゆえに神は存在する」などといった証明に基づくデカルトによる「神の存在証明」については、これを不適切なものとし次のように述べる。

---

[743] 前田陽一・由木康・津田穣訳、『真空論序言』、p.67.（伊吹武彦他監修、『パスカル全集』、第一巻、人文書院刊、1959 年）。
[744] *Parallèle*, IV, pp.192-193.

考えるに、神の存在証明のためのデカルトの論理は彼の良い部分ではなく、良く思索するためには全てを疑い、疑えるものは誤りと見なすことから始めなければならないという箇所もそうではないのが真実なのです。[745]

デカルトが自然科学に用いた方法を神の領域にまで拡大させたことについて、

自然の産物、もっといえば神の産物は両極端を持っていると思われます。ひとつはさらに神に関わるもの、もうひとつはわれわれに関わるものであります。前者はその精髄であります。後者は、その性質、つまり、その形や、量、規模、重量、運動は完璧に知られていて、数学によって明確な証明が得られていますが、その精髄はわれわれにはほとんど知られていなくて、もっとも賢明な自然学の目からも逃れています。この仮定において、自然物の性質や属性を検討する哲学者を賞賛しても賞賛し足りません。彼らはそれらが効果を生み出す力学的な方法を出来る限り遵守し、天才の力によってその知識を一歩一歩前進させるのです。しかし、偉大な闇、むしろその起源が囲まれている偉大な光りのせいで研究に迷うに至り、これを作り上げた力や知恵、良心を崇拝するのです。また、精髄の中のもっとも単純なものから知ろうとしている哲学者の軽率な高慢は非難しても非難し足りません。[746]

と述べ暗にデカルトを批判している。

ただし、その思考方法自体は、古代人のものとりわけ「裁判所長官」が賞賛して止まないアリストテレスのものよりは遙かに優れたものである。

今わたしが言ったことはデカルトが卓越した人物であることを妨げはしませんし、彼の哲学方法はアリストテレスのそれよりも果てしなく好ましいものであることも妨げません。自然が作用する方法を機械的に説明できなければ、真に自然学者ではありませんし、デカルトがその作用する方法を首尾良く知らなかったり説明しなかったりしても、ガリレオやベーコン大法官やその他の者と同じく、彼は時間と共により知る道筋を付けてくれ、未来になされるあらゆる発見に関して、いま名前を挙げた方々とおなじく、多少なりともわれわれは恩恵を得ているのです。[747]

パスカルの思想は、十八世紀を通じて多くの啓蒙思想家に批判されることとなる（ヴォルテール、コンドルセ）。新旧論争以降、次世紀に幅を利かせたのはむしろデカルト主義に

---

[745] *Parallèle*, IV, pp.195-196.
[746] *Ibid.*, IV, pp.161-162.
[747] *Ibid.*, IV, pp.172-173.

由来する自由思想であり、パスカルが不可知であるとしペローが論じることを避けた「信仰」の領域もその例外ではなかった。パスカルの真価を認めたのはむしろ、次世代に当たるロマン主義の文人たちであったことは良く知られている。シャトーブリアンはパスカルの「恐るべき天才」を賞賛し（『キリスト教精髄』*Génie du christianisme*(1802)）、サント・ブーブは『ポール・ロワイヤル史』 *Port-Royal*(1840-1859)を書くに至った。ボードレールは『深淵』（『悪の華』*Les fleurs du mal*(1851)） という詩をパスカルに捧げた。

　「信仰」に纏わる議論をどのように扱うかという点において、新旧論争におけるフォントネルとペローとは決定的な差異を見せる。コペルニクスの地動説に口を濁したペローに対して、『世界の複数性についての対話』において最新の天文学知識を女性に啓蒙すると同時にキリスト教的世界観へ疑問を投げ掛けた新旧論争の盟友フォントネルはすでに、十八世紀的な性格を有していた。その意味で、ペローはいまだ「古代人」であったといえる。

6．　医学

　モリエールが医師を戯画化したことはよく知られている。

　「第三巻」において、喜劇人モリエールを近代演劇の精華として賞賛したペローであったが、これらの一連の風刺については批判的である。医学はなによりも兄クロードが志した学問分野であり、近代フランスの優越の証の一つであるゆえ、諷刺されることに抵抗感を感じたのは当然であろう。また、ボワローからの執拗なエピグラムなどによる医師クロード批判をも想起させたことは想像に難くない。

　　　　今日の喜劇がこれを大いに馬鹿にしたのは真実です。駄目な勇士や、駄目な学者のように、駄目な医者を出演させるだけでは飽きたりておりません。喜劇は医学自体を笑いものにしており、価値のある科学として扱っていません。この点においてモリエールが許されるとは思えません。[748]

　近代医学は三つの分野で成立していると、ペローは言う。それは、「病気を知ること、治療法を知ること、病気にあった治療法を行うこと」[749]である。古代医学と近代医学の最大の差異は、解剖の実施の有無にある。デカルトが動物の解剖に熱中していたことは良く知られている。デカルトが「第四巻」において批判される動物機械説に至ったことはさておき、これは彼の実証的精神の発露といえる。また、クロード・ペローは、1688 年 10 月 11 日、王立動物園においてラクダを解剖したことによって謎の感染症にかかって死んだことが知られている。

　十七世紀は医学にとっても重大な転換点となった時代である。1661 年には、マルピーギ

---

[748] *Ibid.*, IV, p.232.
[749] *Ibid.*, IV, p.238.

Marcello Malpighi(1628-1694)が毛細血管の存在を発見している。とりわけ、近代医学の発展の証として取り上げられるのが、1628 年にハーヴェイ William Harvey(1578-1657)が血液循環説を唱えたことで、これは『ルイ大王の世紀』[750]にも述べられており、ペローにとって強力な論拠となっていた。ペローも言うように、ヴェサリウス Andreas Vesalius(1514-1564)によって近代解剖学の基礎が確立され、同時期にアンブロワーズ・パレ Ambroise Paré(1510 頃-1590)は人体解剖を実施するとともに、外科分野の発展に功績を残した。近代医学の発展においてデカルトの遺した実証精神は、治療法としては、ヒポクラテスから受け継がれた瀉血が重視される四体液説を盲信することなく、医学分野における新たな知見を実際に検証しようとする機運を高めたことは間違いがなかろう。

7. 音楽

器楽は長らく教会の影響下において声楽の付随的な立場におかれていた。「第四巻」においてペローが述べる近代音楽の優越性は、楽器の改良とそれに伴う演奏技術の向上を論拠としている。声楽によっては演奏できない音域・表現を得ることによりその地位は逆転するに至ったという。

十七世紀の西洋音楽の最先端はイタリアであったことは異論がなかろう。「第三巻」で述べられた「オペラ」という新たなジャンルはアルプスの向こうからやって来た。クラウディオ・モンテヴェルディ Claudio Monteverdi(1567-1643)、ピエール＝フランチェスコ・カヴァッリ Pier Francesco Cavalli(1602-1676)、ジャコモ・カリッシーミ Giacomo Carissimi (1605-1674)、アルカンジェロ・コレッリ Arcangelo Corelli(1653-1713)などが十七世紀イタリア・バロック音楽の代表的作曲家として挙げられる。ドイツにおいては、ハインッリヒ・シュッツ Heinrich Schütz (1585-1672)やヨハン・パッヘルベル Johann Pachelbel (1653-1706)が出、イギリスにおいてはヘンリー・パーセル Henry Purcell (1659-1695)の活躍が知られている。

このようにヨーロッパ各国で隆盛を見たバロック音楽であったが、フランスにおいてもっとも発展したのは、ペローがその目覚ましい進歩を賞賛した器楽ではなく、むしろ声楽の分野であった。なかでも、リュリによるオペラやコメディ・バレエといった舞台と融合した形式が特筆されよう。

シャルパンティエ Marc-Antoine Charpentier(1643-1704)は、現在ではリュリと並び称されるフランス・バロック音楽の巨匠としての名声を確保しているが、その生涯は不明な点が多い。リュリと比べてあまり宮廷との接点を持たなかったことがその理由であるが、二十世紀を迎えるまでシャルパンティエは忘れられた存在となっていた。彼はパリに生まれ、ジャコモ・カリッシーミのもと、イタリアで作曲修行をした。帰国し、リュリと不仲

---

[750] 「幸いな変化の糧となる栄養が作られる／有益な血管について／彼はその構造も使い道も知らないし／自身の体の崇高なる組み立てすらも」(*Siècle*, 63-66.).

に陥る晩年のモリエールに協力、『いやいやながら医者にされ』Le Médecin malgré lui (1672)の付随音楽やコメディ・バレエ『病は気から』Le malade imaginaire(1673)の音楽を担当した。モリエールの死後、オペラ音楽はリュリがその上演権利を独占することから、こののちに彼は世俗音楽よりもイエズス会付きの楽長として宗教曲にその本領を発揮する。この時期の代表作としては、『テ・デウム』Te Deum(1690)や『聖母被昇天ミサ曲』Missa Assumpta est Maria(1698-1702)などがある。

　ミシェル＝リシャール・ドラランド Michel-Richard Delalande(1657-1726)は、オルガンやチェンバロの宮廷奏者として活躍する一方、バレエ音楽や宗教音楽も作曲した。リュリの死後、国王の寵愛を受け音楽総監に就任した。『陛下の夜食のためのシンフォニー』Symphonies pour les soupers du Roi がとりわけ有名であるが、生涯に七十一のグラン・モテも作曲している。フランソワ・クープラン François Couperin(1668-1733)も、優れたオルガン及びチェンバロ奏者であったが、これらの楽器のために作曲を行った。また、理論家としても知られ『クラヴサン奏法論』L'Art de toucher le clavecin という著作を残している。

　しかし、十七世紀後半におけるフランス音楽を代表しペローがもっとも関係を持った作曲家としては、ジャン＝バティスト・リュリ Jean-Baptiste Lulli(1632-1687)を挙げなければならない。音楽史においては、フランス・オペラ史上最初の大成者として見なされ、近代音楽の優越性を擁護するペローにとってオペラはなによりもその根拠となったものであるからだ。

　そもそもリュリはフィレンツェ生まれのイタリア人であり、少年期にギーズ公に見いだされフランスに赴くこととなった。五十年代初頭には踊り手としてルイ十四世の気に入るところとなり、王との関係を深めていった。同時に作曲家としてもバレエ音楽を多数作曲することとなり、『アルシディアーヌ』をはじめとし、その多くの台本をバンスラード Isaac de Benserade(1612-1691)が担当した。ちなみに、国王は十三歳で初舞台を踏み、1670年に引退するまで二十六ものバレエ作品の主役を演じたほどバレエに熱中した君主であったことはあまりにも有名であり、多くのリュリ＝バンスラード作品にも主演した。また、ダンスの師匠であったボーシャン Pierre Beauchamp（1631-1705）はクラシック・バレエにおける五つの足の「ポジション」や舞踊譜を体系化した人物として知られている。1661年の親政開始後には、リュリは音楽総監に任命されフランスに帰化する。リュリはこの時期から、バレエ音楽のみならずさまざまなジャンルの音楽を手がけることになる。1664年からはモリエールの台本を得て「コメディ・バレエ」というジャンルの楽曲で成功を収めた（『ヴェルサイユ即興劇』L'impromptu de Versailles(1663)、『恋する医者』L'Amour médecin (1665)、『ジョルジュ・ダンダン』George Dandin (1668)など）。

　1673年にモリエールがパレ・ロワイアルに倒れると、彼はこの劇場の独占的な使用権を得た。この手法に対して批判を受けることとなったが、王の重用は変わらなかった。これ以降、創作の中心はコメディー・リリックとも呼ばれるオペラが中心となる。台本作家と

してはキノー Philippe Quinault (1635-1688)[751]の協力を得ることにより、その創作を独占し、晩年までこのジャンルの発展に尽力した。オペラの作品の台本はキノーが大部分を担当し、その多くをオウィディウス『変身物語』に取材している。キノーと同じく近代派として知られるフォントネルやトマ・コルネイユの作品も存在する（『プシシェ』 *Psyché* (1678)。トマ・コルネイおよびフォントネルが台本。アプレイウスの『黄金のロバ』に取材）。キノー台本としては『変身物語』に取材した『カドミュスとエルミオーヌ』 *Cadmus et Hermione* (1673)、『テセウス』 *Thésée* (1675)『イシス』 *Isis* (1677)がある。『アルセスト、またはアルシードの勝利』 *Alceste ou le Triomphe d'Alcide* (1674)はエウリピデスの『アルケスティス』に取材している。晩年にはアオリストやタッソーなどの近代作品に取材した台本も書いた。ペローは『回想録』において、リュリがパレ＝ロワイヤル劇場の独占使用権を国王に誓願する折りの回想を若干の皮肉を込めて行っている。

リュリがこの下賜を得てから、舞台装置や装飾をしていたヴィガラーニ氏[752]とともに、陛下にオペラを上演するためのパレ・ロワイアル劇場を下さるように頼むことをコルベール氏に対して懇願した。わたしは名誉にもこの提案をコルベール氏に行ったが、氏はわたしの言うことを好意的に聞いてくれた。ちなみに、ローマ皇帝たちが守るように気をつけたことの一つに、ゲームや見世物を民衆に与えることであって、これ以上に民心を得て平和と平穏に貢献したものがないし、今日では君主がそのような配慮をするしきたりはないが、君主の宮殿で娯楽のようなもので満足が少なくとも得られるのであれば、それはパリの民衆にはとても愛情のこもったことである、ということを彼に言ったことを覚えている。「あなたのいうことは説得力がありますね、考えて見ます」と微笑みながらコルベール氏は答えた。彼はこのことを陛下に話し、リュリにこの恩恵を与えることに快く同意された。そうして彼らは現場を復旧し維持するために千エキュを要求した。この金額は与えられたが、彼らはこれについて一部はわたしに恩義があったのである。このような好意にもかかわらず、わたしが得たものというのは、彼らが親切にも木戸銭を一度たりとも取らなかったことぐらいであった。しかし、これ以上は望まなかったし、仕事をするあらゆる折にしたことと同じことを、ここでもしたにすぎなかった。[753].

フランス楽壇において絶対的な権力を振るっていたリュリであったが、その最晩年には、

---

[751] リュリとは異なり、ペローとキノーの関係は良好であったようだ。『回想録』においても、ペローが駆け出しの頃、処女作といってもいい『イリスのポルトレ』 *Portrait d'Iris* がキノー作としてパリ市中の評判になった時の思い出を語っている。のちにキノーが恋愛関係の上から自作として披露したことを認め、友人関係が損なわれることがなかったということである。

[752] シャルル・ヴィガラーニ(1625頃-1713)。イタリア出身の舞台監督。「魔法の島の悦楽」をはじめとした祝典や、殆どのリュリ作オペラの装飾を担当した。『回想録』の別の箇所によれば、ベルニーニに「遠近法のセンスもデッサンのセンスもない」と評されていたという（*Mémoires*, p.175.）。

[753] *Ibid.*, pp.228-229.

323

マントノン夫人の影響下に回心に向かいつつあった国王から、男色を理由として不興を受けてしまう。1687年1月8日、ルイ十四世の痔瘻からの回復を祝して『テ・デウム』を指揮したおり、リュリは足を怪我してしまう。これが原因となって、同年三月に急死する。この『テ・デウム』の演奏はアカデミーにおける『ルイ大王の世紀』の朗読と同月に行われている（『ルイ大王の世紀』の朗読は同月27日）。

　ペローとは浅からぬ縁にあったリュリであったが、音楽が論じられる「第四巻」にその名前は一度も登場しない。リュリがイタリア出身でありフランスの優越性を論じるのには微妙な存在であったからであろうか。短いながらも、音楽をテーマに論じられる「第四巻」において、ペローは一人の作曲家の名前も引用していない。

　ペローが近代人に音楽家の中で誰を評価していたのかを知る上で、『オペラ論』は勿論のこと、『美術陳列室』は見逃すことが出来ない。その「音楽」の項目において、ペローは六人の音楽関係者の名前を挙げている。そのうちのモリエールは台本作家として選択されたのであろうが、残りの五人としてボワセ Boisset、ロレンツァーニ Lorenzani、ウドー Oudot、シャルパンティエおよびリュリを、近代フランスを代表する音楽家として扱っている。特に、リュリに関しては名指しするだけでなく、近代音楽優位の根拠とするオペラを大成させた代表人物として取り上げられている。

　　　　外国音楽とりわけイタリア音楽を、情熱を込めて愛されている人でも、リュリのオペラに優るものはないことを同意されるでしょう。作曲という面においてはイタリアの作品にも同じ美しさを持ったものがいくつかあるにしても、上演においてわれわれのほうが遙かに正確で厳密であるのは確かなのですから。[754]

　「作曲」に関してはイタリアに比肩するものがいくつかあるが、その上演においては凌駕していると述べることは、一見すると演奏家をより賞賛しているように感じるが、おそらくペローは総合芸術としてのオペラを念頭に置いており、作曲家のみならず「総合演出家」としてのリュリの力量を賞賛したのであろう。

　古代人の音楽と近代人の音楽の相違点は、近代人が対位法に基づくポリフォニーであるのに対して、古代人の音楽が一つの旋律しか持たないモノフォニーであったという点にある。神父は多声音楽が欧州以外の地域には存在しないことをも指摘している。ポリフォニーの発達には和声への意識が変容したことも関連していると思われる。ペローは、音楽に関して論じられている「第四巻」の後半ではなく、その冒頭に「和音」に関して述べている。

　　　　われわれの父親の時代には、音楽家は作曲するときに完全な和音しかほとんど使用しませんでした。間違った五度や六度を強調することは控えられていました

---

[754] *Le Cabinet des beaux Arts*, p.21.

が、これは不完全な和音であったからなのです。完全な不協和音になる七度や二度を思い切って使うどころではありませんでした。今日では、これが問題になることはありませんし、最も優れた音楽は、この不完全な和音や首尾良く配置し、欠点の補われた不協和音によって作り出されているのです。ほぼ完全な和音でしか作曲されなかったわれわれの父親の時代の音楽は、もう許されることはなくなり、音楽のほんの初心者からも「大きなファ」と今日では呼ばれています。[755]

このように和声が発達したことには、楽器自体の発展が見逃せない。裁判所長官と神父は以下のようにドイツ製のチェンバロの精巧さを賞賛する。

　　　裁判所長官：　ドイツから来たといわれておりますチェンバロを見たことがありますが、この不具合を治すために一オクターブごとに三本の弦と三本のキーが追加されています。レのシャープをレとミの間に、ラのフラットをソとラの間に、ラのシャープをラとシの間というぐあいにです。[756]

　楽器の改良によって音域が広まると共に演奏技術が改良されることにより、声楽では実現できない作品の登場を可能にした。高音から低音域に至るまで様々な楽器が担当することにより、和声の在り方を変容させたことは見逃せない。声楽の伴奏楽器として二次的な位置を占めるにすぎなかった器楽が、声楽に対する一ジャンルとして確立する要因にもなった。
　ここでむしろ注目に値すべきなのは、十七世紀末の時点において十八世紀的な東洋趣味の萌芽がみられるという点である。古代人の音楽はホモフォニーでしかなく、近代のポリフォニーには及ばないものであるというのがペローの主張である。この点においては、東洋諸国においても同様であり、「コンスタンチノープルでさえ、多声の音楽を未だに全く知りません」と神父は断言する。しかし、ペティス・ド・ラ・クロワ François Pétis de La Croix(1653-1713)による報告として、東洋人の並はずれた繊細さを語りだす。ドイツから輸入されたというチェンバロを評してその機構の優秀さを裁判所長官が述べたあと、

　　　神父：　わたしもこのチェンバロの一つを見ましたが、その発明はきわめて巧妙なもので、曲の正確性と的確さについての東洋人の繊細さを可能にする物であります。さらに彼らの優位点をいいますと、われわれよりもその奏者はずっと巧みであります。ド・ラ・クロワ氏があなたがたに語るに値する例を話してくれました。ギュラーグ氏に彼が行った宴会の席では、大使のヴァイオリニストと共に当地の音楽家がおりました。何回か互いに演奏した後で、ヴァイオリンを素晴ら

---

[755] *Parallèle*, IV, pp.9-10.
[756] *Ibid.,* IV, p.269.

しく演奏したペルシャ人の老音楽家が、大使のヴァイオリニストのうち最も巧い者に、最も美しく、長くそして難しい曲を演奏するように頼みました。一人のヴァイオリニストがわれわれの長いオペラの序曲を一つ演奏しました。習慣ですので二回演奏したときに、ペルシャ人のヴァイオリニストが、一音も間違えること無しに、またライバルが加えた装飾を一つも欠かすこと無しに、同じ曲を二回演奏しました。そうして、彼は一つの曲を二回演奏しましたが、われわれのヴァイオリニストは連続で四音も演奏できませんでした。われわれの最も巧みなヴァイオリニストの誰かがここにいたならば、その名誉を失っていたでしょう。[757]

　近代フランスの優越性を論じることが主眼の『比較論』において、音楽家個人の絶技を賞賛しつつも、東洋人全体の演奏技術の優秀さ、ひいては「繊細さ」をペローは賞賛している。多声音楽を知らない古代人と同等の発展しか遂げていないペルシャ人ではあるが、その技術力をある種の神秘的なものとして認めている。このような姿勢は、十八世紀的な東洋観を先取りしていると考えることができるのではなかろうか。ペローが投げかけた東洋観は、美の相対主義を導入する先駆けともなる可能性を孕んでいよう。ド・ラ・クロワに関する挿話のなかで、神父は東洋人と西洋人の和声に関する趣味に触れつつ、それを個人差のレベルにまで押し進めて論じている。

　　　ですから、移調し、音が位置を変えたばかりの時に、耳はある種の堅さに気が付くのであって、ある人は不快に思ったり、半音階の一種として心地よく受け取りますが、ある人はこれを不協和音や、不快にさせる正確性の欠如と考えるのであります。東洋人はこのような不規則性には我慢が出来ません。[758]

　しかし、東洋と西洋、近代と古代など様々に対立する美的価値における相対性を認めると考えるのは早急であろう。以上の「第四巻」においては、東洋的な価値をある程度認めるように思えたペローであったが、論争の対象となっている古代人の趣味は勿論のこと、宮廷と庶民という対立軸において、庶民の好む美的価値を評価することが出来ないことを、すでに「第一巻」のうちに語っている。

　　　一般的に、芸術においてもっとも繊細でもっとも精神的なものは、世の中の一般を不快にさせる能力があります。これは音楽の中で特に見られ、無知なものは数パートが混在した和声をまったく好みません。この美しき芸術において、もっとも魅力的でもっとも神々しいものを作り上げる、これら様々な和声とフーガを、不快で退屈な混乱であると思い、彼らが率直に言うには、すなわち美しい声だけ

---

[757] *Ibid.*, IV, pp. 269-271.
[758] *Ibid.*, IV, p.269.

をより愛するのであります。[759]

　ここで、ペローがいう「数パートが混在した和声」や「フーガ」は、建築に関して論じるおりにペローが導入した概念、慣習に基づく「恣意的な美」にあたるだろう。民衆は宮廷人のように音楽に関する知識を持たない故に、近代音楽を完全に鑑賞することが出来ないと主張していると読み解くことが出来るであろう。いっぽうで、民衆が好む「美しい声」というのは、「自然で明確な美」に相当すると思われる。「第二巻」においても、ペローは雄弁においても建築と同様に、「普遍的、絶対的な美」および「特殊的、相対的な美」の二種類の美が存在することを述べている。[760]

　ともかく、ペローの主張する二つの美的価値、「恣意的な美」および「自然で明確な美」は、音楽分野と建築分野を比較すると明確な矛盾を引き起こしていることが理解できよう。建築分野においては、「円柱やアーキトレーヴやフリーズ、コーニスやその他の建築の要素に与えられる図案や比率」[761]などの慣習や流行に左右される前者が普遍的価値を持たないのに対して、「極めて高いであるとか、広大であるとか、つなぎ目がほとんど見えずに滑らかで平らな巨石で建てられていたり、垂直であるべきものは完璧に垂直であり、水平であるべきものは水平であったり、強いものが弱いものを支えていたり、四角の像は真四角で円形のものは真円であったり、生き生きとしてはっきりした穹稜とともにすべてが念入りに刻まれているなどといったもの」[762]として定義される後者が「それ自体愛されるもの」であった。しかし、音楽分野に関しては、前者と後者の関係は逆転している。

　おそらく、ペローはこの矛盾に気が付いていたのであろう、「雄弁」に関して述べられた「第二巻」においては、民衆の持つ趣味に対する評価に大きな変更を加えることになる。

　　　　無邪気に楽しませる作品というのは、時には楽しませるという必要においてまったく無駄なものとして見なすことは出来ませんし、このような性質の書物は民衆にとって与えることのできる小さな贈り物どころではありません。[763]

　演説者や説教僧などの「雄弁」を受容する「民衆」の趣味を完全に否定してしまうことは、議論に大きな齟齬をもたらす。ブルジョワ出身であったペローは、民衆に対しては愛情のこもった眼差しを注いでいた、といったことが、主に童話研究者から提示されることが多い。たしかに、コントというジャンルを世紀末に開拓した要因として、民衆の間で流布していた行商本に注目し、ペローなりの解釈で『コント集』という作品集に結実させたことは確かである。ペローは彼らに一定の興味を抱いていたのは間違いのない事実であろ

---

[759] *Ibid.*, I, pp.217-218.
[760] *Ibid.*, II, pp.48-52.
[761] *Ibid.*, I, p.139.
[762] *Ibid.*, I, pp.138-139.
[763] *Ibid.*, II, p.136.

う。しかし、ソリアノも指摘するように、ペローはあくまでも宮廷人として民衆を見ていたのであり、その趣味を全面的に肯定していたとは考えがたい。音楽や建築における美的価値においても、様々な論者の指摘する「日和見」な性質が表明していると考えることが出来ると思われる。

8.　結論

「第四巻」をもって足かけ十年に渡り書き続けられた『比較論』は完結した。

> これでよろしければいいのですが、雄弁と詩歌は保留として、私が十分に証明したように、全ての科学や技術において、近代人は大いに古代人に優っております。こう判断する以外の理由はないのですが、雄弁と詩歌に関しては、そっとしておくためにもこの件に関しては決定をすべきではありません。[764]

アルノー仲介の後に書かれた「第四巻」においては、近代派も古代派も一様にある程度の同意が期待される科学技術が主に論じられた。「第四巻」の最後に現れる上に引用した神父の科白にみえる妥協的な態度には、ペローがこれ以上要らぬ論争を引き起こさないように配慮したことが見て取れる。しかし、1702 年頃に書かれた『回想録』に見ることができたように、ボワローとの禍根はいずれにしても残り続けた。

「第四巻」においては、進歩が明白な科学技術だけではなく、哲学についても論じられていた。パスカルについて公に賞賛しにくい状況があったとはいえ、デカルトとともにこのジャンセニストへのペローの傾倒が読みとれる点において最も注目すべき記述であったと思われる。

---

[764] *Ibid.*, IV, pp.292-293.

結論

結論

『比較論』が 1697 年に完結したのち、ペローは『有名人』「第二巻」(1700)など近代人の優越性の証拠として企画された作品を出版するものの、1694 年以前に見られた、古代派を刺激するような記述はほとんど見いだすことができなくなる。

しかし奇妙なことに、ここでボワローからの大胆な歩み寄りが為される。1701 年の『選集』(「愛蔵版」)に収録された『アカデミー・フランセーズ、ペロー氏への手紙』*A M. Perrault, de l'Académie française* は、プラドン(1632-1698)が故人として扱われていることから 1698 年以降に書かれたと推定されている。「大衆はわたしたちのいざこざをご存じですので、われわれの和解を彼らにお教えするのが良いでしょう」[765]と、すくなくとも四年も前に行われた和解に言及することから『ペロー氏への手紙』は書き始められている。

> あなたの考えを私が十分理解したかどうかがわかりませんが、それは次のようなことになる、と思われます。あなたの意図は次のことを示すことにあります。特に美術の領域の知識で、それから文学の値打という点で、我々の時代は、というより、もっとはっきり言って、ルイ大王の世紀は、古代の名の最もとどろいた時代にくらべられるばかりでなく、それを凌いでさえいる。アウグストゥス皇帝の世紀に対してさえもそう言いうるということ、それを示すことでありましょう。それゆえ、この点に関して私があなたと全く同意見ですと申したら、いたく驚かれるに相違ありません。[766]

ボワローは、『比較論』において、近代フランスとその他の時代を一律にペローが論じていることを批判し、一つ一つ時代の順を追って検討すべきであることを述べた後、

> アウグストゥス皇帝の時代を検討する段になれば、先ず率直に、我々にはウェルギリウスやキケロにくらべられる叙事詩人も雄弁家もいないことを認めましょう。我々の最もすぐれた歴史家もティトゥス＝リウィウスやサルスティウスの前に出れば小さく見えるということに私は同意しましょう。諷刺詩と悲歌についても、こちらに分がないとあきらめましょう。すばらしいレニエの諷刺詩があり、限りない興趣を盛ったヴォワチュール、サラザン、ラ・シューズ伯爵夫人のエレジーがあることはありますが。しかし、同時に悲劇に関しては我々の方がローマ人より遙かにすぐれていることを明らかにするでしょう。[767]

---

[765] Nicolas Boileau, *Œuvres complètes*, p. 568.
[766] *Ibid.*, p. 571. 邦訳は、杉捷夫、『フランス文芸批評史』, pp.236-237.
[767] *Ibid.*, p. 572.

と、フォントネルと同様是々非々で優劣を検討していく。ボワローは自然学に関してガッサンディやデカルトよりも優れた人物はいないこと、天文学、地理学などについても同様であり、ひとりウィトルウィウスを除いては建築学においても古代人は比肩できないことを述べ、引用にある叙事詩や雄弁、歴史を除いてはペローの主張した優越性を認めてしまっている。

プレイヤード版『ボワロー全集』を校訂したエスカルが、「ボワローの論点のペローへの奇妙な接近」[768]というように、このボワローの妥協的な態度の真意はよく分からない。しかし、ペローが『比較論』完結ののち、公には古代派に対して口を噤んでしまった原因の一つとして考えることはできるであろう。

しかし、是々非々の姿勢で臨んだボワローは個別の事実は認めるものの、近代人が古代人よりも「必然的」に優越するという論拠まで認めたわけではなかった。ペローは「第四巻」において、ボワローは『ペロー氏への手紙』において妥協的態度をとるものの、ペローが提示した近代的な「進歩」の論拠そのものについて論争が行われることはついになかった。

シャルル・ペローが新旧論争において『比較論』を発表し、近代の優越を説いた理由として、伝記的事実に基づく要素を本論のはじめに取り上げた。町人階級の家庭において末っ子として生を受け、様々な分野において多少なりとも名をなすことになる兄たちに囲まれ成長したペローにとって、とりわけ、ピエール、クロード、ニコラの三人からの影響は極めて強く『比較論』にも反映されるとともに、その論拠ともなっていた。これらの影響については、ボンヌフォンが既に提示し、ソリアノも「集団性」という概念を使用してボワローとの確執の原因とするとともに、『コント集』の作者探しの問題に絡めて論じることがあったが、新旧論争でペローが提示した進歩の根拠はこの三人の兄が得意とした分野に対応していることを本論において明らかにした。ペロー研究の第一人者ソリアノは、精神分析学的アプローチで「常に論敵を造ってしまう」というペローの性質を論じている。ペローが双子として生まれてきたこと、つまり「双子性」といういささか聞き慣れない概念を彼は重視する。『回想録』の冒頭に述べられるように、シャルル・ペローには、フランソワという双子の兄がいて、しかも六ヶ月で夭逝してしまったことから、ソリアノはペローのこの幼児体験が彼の後世に決定的な影響力を与えたと考える。ペローの作品に合作が多いこと、ボワローを始めとした論敵を多く作ったことはこの乳児期に起こった片割れの欠如が原因であるとする。ソリアノは、この「双子性」という概念を拡大させ「集団性」という概念を導いた。心理学的アプローチの妥当性はともかく、おそらく社会学から借用した「集団性」という指摘は、常に群れる傾向にあったペロー（家）の性格を的確に言い表していると思われる。

ピエールは文人としてペローに影響を与えた。ペローと共同で書いた『オペラ論』（1674）および『エウリピデス、ラシーヌ氏による二つの悲劇『イフィジェニー』に関する批判お

---

[768] *Ibid.*, p.1110.

よび両者の比較』（1677）は、近代演劇の優越性の論拠となり、タッソーニの『盗まれた水桶』の翻訳(1678)は、ビュルレスクという分野を「第三巻」で擁護する一因となった。オペラはビュルレスクとともに、古代人に知られていないジャンルとして、『比較論』で主張される「時間の要素」という論拠を構成した。とりわけ、『イフィジェニー』は、本論でテーマとなった『比較論』にきわめて類似した作品であった。

　クロードはもっともペローにとって重要な存在であったと思われる。近代派の論拠とした科学知識の蓄積に関する情報源となったとともに、医学と建築学を中心に近代の優越を体現する人物として捉えられていた。クロードは、ペロー自身とともに多種多様な才能を併せ持った、来るべき十八世紀における百科全書派的な人物であった。

　ニコラは神学を専門とし、アルノーと近い立場にあるとともに、パスカル『プロヴァンシャル』執筆の原因ともなった人物であった（と少なくともペローは信じていた）。信仰に関しては、この二人のジャンセニストの大物たちと並んで、ニコラはペローが依拠した人物であるとともに、近代優越の論拠の一つ「キリスト教」の存在を体現する人物であった。

　このように家族から影響を受けるのみならず、『トロイの壁』や『オペラ論』など多くの共作を執筆したことは、ペローおよびその一家の「集団性」を特徴付けていた。のちにペローの名前を今日まで残すことになった『コント集』(1697)は、「シャルル・ペロー」ではなく三男「ピエール・ペロー＝ダルマンクール」の署名が為されており、作者探しの議論にいまだ結論を見ていないことは有名である。

　『比較論』で展開される優越の根拠は、この三人の専門分野、「時間」、「科学技術」、「信仰」を中心にまとめられたものであった。「第二巻」末で述べられた「雄弁」における進歩の六つの論拠（①「時間」の要素。②時間に伴う様々な知識の蓄積という効果。③古代人には知られていなかった新しい「方法」の発見。④印刷術による知の拡大。⑤作品を発表する機会の増加。⑥創作によって得られる名声と報酬の差異。）[769]のうち、主に雄弁のみに関わると思われる第五、第六の要素を除くとともに、三兄弟に割り当てられた分野を加えて統合すると、ペローの主張は「時間」（「科学技術」）、「信仰」、「方法」の三つに集約できると思われる。当時から進歩が自明のものであった「科学技術」の問題を、文学と絵画の問題に適用できると考えられたことから「新旧論争」が始まったとするカリネスクは、ここで論じられた「モダン」に関する議論を、「理性をめぐる議論」、「趣味をめぐる議論」、「宗教をめぐる議論」の三つに大別をしている[770]。ペローが「第三巻」においてホメロスの叙事詩を批判したのが、それは「アキレスがアガメムノンを酔っぱらいめだの、恥知らずだの、酒びたり野郎だの、犬面だのと罵る」ような古代人における風俗の「粗野」であった。『比較論』における議論においてはこのような「趣味」を巡る議論は、古代人の中の古代人であるホメロス批判にのみほぼ限定され前面に出ることはない。カリネスクの分類に従えば、ペローによる論拠のうち、「時間」と「方法」は「理性をめぐる議論」に包摂され、

---

[769] *Parallèle*, II, pp. 294-296.
[770] カリネスク、*op.cit.*, pp.41-54.

「信仰」はいうまでもなく「宗教を巡る議論」に相当するであろう。

　第一の「時間の要素」は、「科学技術」の進歩と密接な関係がある。時間とともに人間の持ちうる知識は増大する。ここには印刷術の発明や図書の普及といった物理的な側面も含まれていた。「いまアフリカの砂漠に歩くライオンやトラは、アレクサンドロスやアウグストゥスの時代と同じように誇り高く残忍であり、われわれのバラは黄金時代と同じく肉色ですが、この一般論から人間が除外されるのでしょうか。ですから古代人と近代人を比較すべきは、あらゆる時代の卓越した人間においては同質で同格の純粋に自然な才能の優秀さではなく、ただ時代によって多くの差異や不均等のあるその作品の美や、芸術や科学について持っている知識についてなのです。科学や芸術は省察や法則や教訓の蓄積でしかなく、その詩（『ルイ大王の世紀』）の作者も当然主張し、わたしも彼共々強く主張しますが、その蓄積は日々増大し、時代が進むにつれて大きくなるのです」[771]と神父＝ペローが述べるように、これは科学技術に適用されるのみならず文芸をはじめとした芸術にも当てはまることであった。自然は変化しないといえど、どの時代にでも天才は生み出され、時間により蓄積された人間の技がその進歩に大きく寄与するという思想はフォントネルにも共通したものであった。人間と自然、精神と肉体を峻別した上で前者に重点をおくデカルト主義の影響を受けている点で、デカルト的「方法」の発見という要素にも繋がる。

　この「時間の要素」によって、アリストパネスよりも、プラウトゥス、テレンティウスが、さらにモリエールが優越し（「第三巻」）、シャプランやデマレなどの近代人叙事詩が『イリアス』や『オデュッセイア』に優越した（「第三巻」）。絵画においてミケランジェロよりもル＝ブランが優越するという奇妙な論理が押し通されるのも、遠近法などの「知識」の蓄積を理由としていた（「第一巻」）。このような楽天的な直線的進歩観は、科学技術の進歩という現実を裏付けとしていた。「第四巻」で主に扱われる天文学、航海術、戦争術、医学などといった分野はその明らかな証拠として提示されていた。望遠鏡によるガリレイの天体観測やマルピーギによる顕微鏡観察、ハーヴェイの血液循環などは、『比較論』とともに『ルイ大王の世紀』にも引用されていた。「第四巻」において、古代には多声音楽が存在しなかったことを理由として、近代音楽の優越性を神父＝ペローが論じるように、知識の増大を祝福することは、とりわけ詩歌において古代人が行うことのなかった様式、とりわけビュルレスク、オペラ、ギャラントリーの存在を理由に近代の進歩を見いだすことに繋がった。叙事詩というジャンルにおいて、古代の神々だけでなくキリスト教に基づく天使や悪魔、聖人などを創作に「利用」できるようになったことが、宗教叙事詩の優越性の論拠とさえなっていた。

　第二の要素は、「信仰」であった。ペロー家はジャンセニスムを傾向として持つ敬虔な家庭であった。ペローやその兄弟たちもこの家庭で育ち、多かれ少なかれ信心深い傾向を持っていたことがその基盤にあった。さらに、1685 年にナントの勅令が廃止されるように、ルイ十四世の愛妾となったマントノン夫人の影響の下、カトリックの信仰に傾斜していっ

---

[771] *Parallèle*, I, pp.89-90.

たヴェルサイユの歓心を再び買おうとすることによって、失地回復を狙ったという伝記的な理由も存在した。「信仰」が最も前面に押し出されてその優越性が論議されたのが、もっとも高尚なジャンルとされていた叙事詩に関する議論であった。五十年代以降フランスにおいても、『イリアス』や『アエネイス』のような叙事詩を、しかもキリスト教を主題として実現させようという気運が高まるが、いずれも成功することはなかった。ペローはこのような状況の中で、『聖ポーラン』(1686)、『世界の創造』(1692)および『アダム』(1697)の三作品を実作して、身を以て証明しようとした。『ペロー氏への手紙』において大幅な妥協を行ったボワローも叙事詩については近代人の優越性を認めなかったように、近代派にとっては、古代人の信仰した異教の神々の登場しない「近代的」叙事詩の成功は即ち近代派の完全勝利を表した。ペローがこのジャンルの実現に並々ならぬ意欲を注いだのは、それが仇敵ボワローに対する勝利を意味するからであった。八十年代以降のペロー作品にはとりわけ、信仰という要素が色濃く表出していた。

　信仰についてペローがもっとも影響を受けたのが、パスカルであった。上述した『プロヴァンシャル』は「すべてがそこに存在し、言語の純粋さ、思考の高潔さ、理論の確実さ、冗談の繊細さ、いたるところに他では見られない魅力があります」[772]と、デモステネスやキケロによる散文（演説）と比しても、当時までに生み出された散文の中で最も完成されたものとして、「第二巻」で取り上げられていた。同巻では、古代人の演説と異なり説教が「信仰」を扱ったものであり、ボシュエやブールダルーのそれらは必然的に古代人に優越することが述べられていた。さらに、パスカルの『真空論序言』には、ペローが新旧論争で論じた論拠の多くが既に含まれており、彼はおそらくこれも参照していたのではないかという推定ができる。これまでデカルト主義に基づく単純な進歩主義者として見なされることの多かったペローであるが、理性による検討不可能な「信仰」を進歩しないものとして扱っていたことにもパスカルの影響を見てとることができた。

　第三の論拠は「方法」の発見であった。これは、「偏見」とりわけ古代人に対するそれに対抗する上で重要視された。「ここにわたしが発表する第一の対話は、人々が持つ古代人に対してあまりにも好意的な偏見を扱っているが、問題について公正な判断を下すことをつねに妨害する物事を出来る限り破壊することから始めなければならないと思ったからなのである」[773]という宣言によって「第一巻」が書き始められていたように、ペローは万人に分け与えられた「理性」によって古今の優劣を決定しようとした。デカルト的「方法」はいうまでもなく、第一の論拠である「科学技術」の発展に密接に関連していた。ペローにとって「方法」と「信仰」は両立しないものであった。「第四巻」において「デカルト氏がこの原則を神の存在証明のために用いたことは驚きであります」[774]と述べられているように、神の存在は限りなく不可知なものであるゆえに、自然科学における実験のように理性を通じて確認できる性質のものではなかった。

---

[772] *Ibid.*, II, pp.122-123.
[773] *Ibid.*, I, Préface.
[774] *Ibid.*, IV, p.192.

『比較論』を通じて科学技術・学芸の進歩を根拠に近代フランスの優越を論じてきたペローであったが、「信仰」は優越性の根拠となるものの、自由思想家のように直接の検討課題とすることはなかった。この意味で、フォントネルを先駆者とする十八世紀的な自由検討を重視する啓蒙思想家とは異なり、保守的な思想を持っていたことが分かる。「第一巻」において、進歩しないものとして「信仰＝キリスト教」と「法令＝王政」を挙げたように、「時間の要素」に例外を設けてしまった点は、後代の論者と最も相違する所であった。ロックに起源を持つ帰納的合理主義は、「ひとつの信仰、ひとつの法、ひとりの王」を頑なに守ろうとしたルイ十四世やペローと異なり、現実の多様性をあるがままに認識しようとする十八世紀の思想家にとって、例外を設けさせることはなかった。さらに、フォントネルと異なり、「ルイ大王の世紀」の進歩を唯一無二のものとして、未来にこれらが克服されることをペローが全く想定しなかったことは、十八世紀以降の進歩思想家がペローを語る上でマイナス点になったと思われる。

　ところで、このような「偏見」の化身として『比較論』において名指しされたボワローであったが、こと文芸に限れば（そもそもボワローはペローのように文芸以外のことを論じようとはしなかったが）、後代に古典主義と呼ばれる文学観については、大いに相違する点はなかったといえる。「ペローと近代派は、古代人における美の理想が、じぶんたちのそれと異なるとは考えなかった。かれらがホコリとしたのは、古代人が達成しえなかった理想に対し、じぶんたちが遙かに忠実でありえたという点であった」[775]とカリネスクが言うように、古今の作品の「比較」は行うものの両者の目指した方向性は殆どの点で一致していた。これは、後代の相対主義的な「モダン」の意識、たとえば、ボードレールが伝統から隔絶された常に変化する一過性の美を求めた意識とは異なるものであった。アリストテレスを源流として十七世紀全般を通じて構築された規範である、「真実らしさ」から導き出される、「単純さ」、「三単一」、「礼節」、「自然さ」などのキーワードは新旧両者ともに認めるところであった。ボワローが「作品の真の価値を決めるのは、後代の賛同でしかない」と「時代の承認」を求めるのに対して、今日では「時代の承認」を得ることなくほとんど論じられることのないキリスト教叙事詩までを一律に「後から来たもの」として賞賛したのは上述のような結論ありきのことであった。アルノーが仲裁に入った折り、二人の論争を「兄弟殺し」に喩えたことは当を得ていた。今日的に見れば、ボワローの主張のほうが極めて妥当に見えるのは、新旧流派の文学観の相違ではなく、ペローの論拠の硬直性に依るところがおおきい。「近代派の新古典主義は基本的に、古代の賞賛者たちのそれより遙かに寛容さに欠けていた」[776]とカリネスクは述べるとともに、むしろボワローをはじめとした古代派の美学の柔軟性を強調している。「ペローはその追従によってルイ一四世をもって、人類の歴史におけるすべての偉大な君主の中でもほかにその例を見ない近代派の王に仕立てあげようとしていた。王は、かれの栄光をアレクサンドロスとアウグストス、アキレス

---

[775] カリネスク、*op.cit.*, p.49.
[776] *Ibid.*, p.47.

とアエネイアスといった英雄と並べて位置づけていた古代派のほうがはるかに気に入っていたのである」[777]とフュマロリが言うように、起死回生をはかった『ルイ大王の世紀』における賞賛の対象者、ルイ十四世もペローの策略に動かされることはついになかった。

　ペローとボワローの間で戦われた新旧論争の「勝者」を求めることにフュマロリは懐疑的である[778]。不完全燃焼で論争が終結したのにもかかわらず、これまでの文学史においてその殆どで「近代派」の勝利に終わったとの結論付けが為されているのは、これ以降存在感を増していく「近代性」の論拠をペローが唱え、二十世紀半ばまでそれが有効であったことによる。

　『比較論』には、『回想録』に見えるようなペローの実体験が数多く反映されていた。今日でいう人文科学から、自然科学に至るまで数多くの学問分野に興味を持つとともに実際に触れ、その妥当性はともかく網羅的に論じ広めようとした姿勢は、十八世紀的天才が持ち得た才能をペロー（家）が先取りしていたともいうことができる。だが、「しかし、正直にいうと、わたしが話している題材について深く扱ったというのには程遠い。しかし、これほど広範な計画が必要とする能力を全てわたしが持っていても、わたしの人生では十分でないであろうからこれを試みるのを控えたであろうし、読者の我慢を限界までに至らせるだけであったろう。さらに、実際証明される必要のない命題を確立するために、必要以上のことを行っていると思う」[779]と控えめにいうように、ペローは「第四巻」を編集するにあたり、次世紀の哲学者たちが企図したように森羅万象を網羅した「百科全書」を書くことを意図していない。ピコンが「何でも屋」といみじくも呼んだように、ペロー家の兄弟が今日でいう自然科学から人文科学まで幅広い興味を有したのと同様に、末弟の彼もあらゆる分野に興味を示したという事実を示すに過ぎないであろう。網羅的に「ルイ大王の世紀」の成果を描き出そうとする試みとしては、むしろ『有名人』において次世紀とは異なった形式で実現された。

　このような「何でも屋」としての性格や日和見主義は「略伝」などで見たように、一家の性質とともに彼自身の創作歴によっても確認することが出来る。四十年代から五十年代初頭までに流行した「ビュルレスク」という文芸形式によってペローは創作（共作）を開始した（『トロイの壁』(1653)）。スカロンがこのジャンルに対して情熱を失うとともに、五十年代からは「プレシオジテ」という傾向が見られるようになった。「第三巻」において論じられる「ギャラントリー」と同一視することのできるこの様式によって、ペローは詩人として実質的なデビューをすることになった（『イリスのポルトレ』(1658)など）。一連の「肖像（ポルトレ）」によって、キノーとの友情を得るとともにシャプランの知己を得たことは、のちにコルベールの指揮下でフランス国内の建築を中心としたあらゆる文化政策を監督する立場に至る遠因ともなった。ビュルレスク、プレシオジテともに『比較論』においては、古代人に知られなかったジャンルとして近代優越の根拠となっていたことを本論で確認し

---

[777] フュマロリ、『文化国家』、p.246.
[778] Marc Fumaroli, «Querelle des anciens et des modernes: sans vainqueur ni vaincus», pp.73-88.
[779] *Parallèle*, IV, Préface.

た。

官僚としての仕事が多忙を極めたのか、とりわけ六十年代後半、七十年代には創作量が
減ってしまったことは事実であったが、ピエールとともに『オペラ論』(1674)を「共作」し
たのち、八十年代初頭にはオペラ台本を模したと思われる『神々の饗宴』(1682)を出した。
「第三巻」および「第四巻」において、オペラも近代のなし得た成果として語られること
になった。八十年代以降は、コルベールからの失寵を受け、ふたたび創作活動を活発化さ
せることになった。1686 年にはキリスト教叙事詩の『聖ポーラン』を発表し、五十年代以
降続いてきた「叙事詩論争」に実作で回答し、本作がかんばしい評価を受けなかったこと
がアカデミーにおける『ルイ大王の世紀』(1687)の朗読に繋がった。そして、新旧論争の顕
在化にともなってプラトン以来の伝統をもつ「対話編」に模した『比較論』が書かれるこ
とになった。

こののち喜劇（『フォンタンジュたち』、『ウーブリ売り』）、韻文及び散文コント、寓話詩
（ファエルノの『寓話』の翻訳）から始まり、十七世紀のフランスに登場した多種多様な
著名人を肖像画と共に紹介する『有名人』といったどのジャンルに含むべきかが判然とし
ないものも含めて、十七世紀に行われた大半の文芸様式を「実作」した。くわえて、国家
事業として始められた『アカデミー辞典』(1694)の編纂に積極的役割を果たしたことも付け
加えることが出来よう。このように多種多様なジャンルを論じ、実作したことは、「時間の
要素」による「知識の蓄積」を近代フランスの優越性の論拠としたことに深く関わるであ
ろう。このような日和見主義との関連でカリネスクは、ペローの論拠の硬直性を批判し、「ペ
ローの唱える非順応主義は、じっさいのところ、非常な順応主義と流行に対する意識過剰
の偽装にほかならない。われわれは、「新旧論争」が、たいへん流行しており、ルイ十四世
の宮廷とサロンが熱狂的にそれに参加したこと、そしてとうぜんながら、大多数が近代派
に与したことを忘れてはならない」[780]と分析する。新旧論争において近代派に立った作家
たちが、ラシーヌやラ＝フォンテーヌ、ボワローなどに比べて二流作家であったと断ぜら
れることがよくある。しかし、モダンの意識に基づくペローの活動の多様性は評価される
べきであろう。コンパニョンは言う、「ポワローやラシーヌやラ・フォンテーヌやボシュエ
らと対峙して、キノー、サン＝テヴルモン、ペロー、フォントネルといった人びとが、重
きをなすだろうか。しかしこんなふうにいうのは、問題の立て方がまずい。なぜなら、力
量が劣るとはいえ、オペラ、童話、小説といった新しいジャンルを、そして娯楽文学を擁
護した近代派は、後世にとっては正しかったからである。たとえ、彼ら自身、時間を越え
た完璧さをいぜん信じ、みずからはそれにとうてい及ばないと考えていたにすぎないとし
ても、美というものは以後国民的・歴史的な言葉で語られることになるのだから、美の相
対性を説く彼らの説は古代派の説を一掃した」[781]。

パスカルへの傾倒など「信仰」を進歩の論拠としていたことを除けば、その創作歴をは

---

[780] カリネスク、*op.cit.*, p.47.
[781] アントワーヌ・コンパニョン、中地義和訳、『近代芸術の五つのパラドックス』、水声社、1999、p.41.

337

じめとして、ペローには既に十八世紀的特徴が現れていたことを述べた。本論中にもいくつか引用したが、啓蒙の世紀の思想家はおおむねペローに関して好意的であったと思われる。ダランベールは『ラ=モット賛』*Éloge de La Motte* において『比較論』について「高く評価すべき」とする一方で、新旧論争における別の一面を指摘している。

　　　　ペローの『比較論』は、なんといっても様々な点において評価すべきである。何がこの作品を汚しているのか。いうならば、それはデプレオの少々品のない冗談ではなく、『聖ポーラン』、『ろばの皮』、『ブーダンの鼻の女』（『愚かな願い』）等々というペロー自身によるものなのだ。[782]

　オペラ論争や叙事詩論争などとともに新旧論争はすでに十七世紀半ばには始まっていたと考えることが出来る。既にさまざまな「モダン」な芸術観が準備されていたことに加えて、1687年という年に新旧論争が勃発したという事実には、ボワロー、ペロー双方に個人的な怨恨が存在した。これはボワローの少年時代にまで遡れるものであった。ダランベールが、ボワローの品のなさを指摘するように、新旧論争には私怨を含んだ中傷合戦という側面があったのは確かである。

　ボワローは、ペローの提示した上記の論拠のほとんどに答えることがなかった。

　　　　どうして古代人と近代人に関する論戦が決して止むことがなかったのであろう？その首領についてだけいうと、彼ら（ラシーヌ、ボワロー）の敵ペローとラ・モットは才能よりも才気をより多く持ち合わせていた。推論することが問題であったのか？しばしば分が良かったのは彼らのほうだ。彼らはそこから飛び出だすやこれを失い、とりわけ韻文で記そうと考えた。

　ダランベールは同箇所で、近代派が論争において有利な位置を占めていたのにもかかわらずこれを十分に生かすことが出来なかったことを指摘している。「研究史」にも述べたが、ダランベールがいうように「新旧論争」はペローおよびボワローを首魁として世紀末に戦わされた論争で終わることがなかった。アカデミーにおける公式和解から十七年後、ペローの死亡から八年後、ボワローが七十五才の生涯を閉じようとした1711年に再び、「第三巻」でもギリシャ語の翻訳家として「素晴らしい功績のある方」と神父＝ペローに賞されたダシエ夫人と、ダランベールがペローと同列に扱っているラ=モットによって、これも「第三巻」で論じられた『イリアス』を題材に論争が再燃するのである。カリネスクは、「新旧論争」の最大の成果として、「意見の対立を招くような意味合いが付加されることによって、「モダン」という用語の意味が豊かになった点」[783]を挙げている。ルネサンス以降徐々

---

[782] *Œuvres Complètes de D'Alembert*, tome III, Belin, 1821, p.158.
[783] カリネスク、*op.cit.*, p.53.

に意識されてきた「近代人」という自己意識は、美学上の模範として見なされた「古代人」に相対した「モダン」の意識を醸成した。「信仰」にせよ「理性」にせよ、ペローが述べた論拠の殆どは古代派の反論するべきものではなく、むしろ彼らが進んで同意する筈のものばかりであった。「「近代/古代」という用語上の対立が、美学的な派閥の対立構造へと発展した点は指摘してよかろう」[784]とカリネスクが言うように、ペローとボワローが為した不完全燃焼に終わった論争は、ラ・モットとダシエ夫人によって同様の論争が蒸し返されるように、フランス文学史上の「新旧論争」やイギリス文学史上の「書物戦争」に留まることのない「モダン」に纏わる議論の可能性を準備したと位置づけることができるのではないであろうか。

　『比較論』を中心に新旧論争をペローの視点から論じた。『比較論』において述べられた「近代主義」が今日的にはどのような意義を持つのかについて本稿ではほとんど触れることができなかった。昨今議論が盛んなこのような「モデルニテ（モダニティ）」と新旧論争の現代的意義については今後の研究課題になるであろう。

　最終章において少し触れる機会があったが、『今世紀フランスに現れた有名人』についての研究が不十分であったと考えている。十七世紀フランスに登場した「有名人」をパノラマ的に概観するという構想は、『比較論』と対になるものであったと思われる。『比較論』が近代フランスの優越性を証明する論争書であるとするならば、『有名人』は差詰めその具体例を列挙した証明書類といえる。アルノーの和解によって完結した新旧論争ののちペローがもっとも力を入れたと思われるのが、この『有名人』であったことは疑う余地がない。「研究史」にも述べたように、これまでスラツキンによるリプリント版のみで参照できた本作が、«biblio17»叢書で詳細な注釈付きで近年に再版されたことからより進んだ研究を期待することができるようになった。また、これまでのペロー研究の大部分を占める、「コント」研究に関しても本論では殆ど触れることができなかった。さらに、古代派、近代派限らずその他の周辺作家の著作を十分に検討することもできなかった。「新旧論争」の起こった十七世紀後半に繋がる同世紀前半や十六世紀、はたまた古典古代、または十八世紀以降についても不十分さは否めない。こちらも、今後の研究課題としたい。

---

[784] *Ibid.*

書誌

ペロー（家）のテクスト（発刊順。『コント』については本論で使用した一部に限った）

- ペロー、江口清訳、『眠れる森の美女』、角川文庫、1969.
- ペロー、花輪莞爾訳、『長ぐつをはいたねこ』、楷成社文庫、1976.
- ペロー、辻昶、寺田恕子訳、『長靴をはいた猫・ペロー童話集』、旺文社文庫、1977.
- ペロー、石沢小枝子訳、『フランス童話集サンドリヨン』、メルヘン文庫、東洋文化社、1980.
- ペロー、新倉朗子訳、『完訳ペロー童話集』、岩波文庫、1982.
- ペロー、村松定史訳、『長ぐつをはいたねこ』、ポプラ社、1985.
- ペロー、松浪未知世訳、『天才』（抄訳）（窪田般彌編、『フランス詩大系』、青土社、1989, pp.237-238.）.
- ペロー、巖谷國士訳、『完訳ペロー童話集眠れる森の美女』、講談社文庫、1992.
- ペロー、今野一雄訳、『ペローの昔ばなし』（新装版）、　白水社、1996.
- 鈴木敏弘原案監修、斑鳩サハラ他著、『鏡あるいはオラントの変身　シャルル・ペロー創作童話集』、竹書房、1999.
- ペロー、澁澤龍彦訳、『ペロー残酷童話集』、メタローグ（パサージュ叢書）、1999.
- ペロー、巖谷國士訳、『眠れる森の美女　完訳ペロー昔話集』、筑摩書房（ちくま文庫）、2002.
- Charles Perrault, *Le Miroir ou La Métamorphose d'Orante*, Grenoble, Galle, 1661.
- Claude Perrault, *Les Dix Livres d'architecture de Vitruve*, corrigés et traduits nouvellement en français avec des notes et des figures, Coignard, 1673.
- Pierre Perrault, *De l'origine des fontaines*, P. Le Petit, 1674.
- Charles Perrault, *Recueil de divers ouvrages en prose et en vers*, Coignard, 1675.
- Pierre Perrault, *Critique des deux Tragédies d'Iphigénie d'Euripide et de Mr. Racine et la comparaison de l'une avec l'autre, dialogue par Mr. PERRAULT ; receveur général des finances à Paris,* Bibliothèque nationale de France, fonds anciens No. 2385. (1677).
- Pierre Perrault, *Le seau enlevé,* poème héroïcomique du Tassoni, nouvellement traduit d'Italien en Français par Pierre Perrault, Tome I, Coignard, 1678.
- Charles Perrault, *Saint-Paulin, évêque de Nole*, Coignard, 1686.
- Charles Perrault, *Cabinet des beaux-arts*, G. Edelinck, 1690.
- Charles Perrault, *Apologie des femmes*, Coignard, 1694.
- Charles Perrault, *Le triomphe de Sainte Geneviève*, Coignard, 1694.
- Charles Perrault, *Adam ou la création de l'homme, sa chute et sa réparation,* Coignard, 1697.

- Charles Perrault, *Contes de M. Perrault, avec des moralités*, nouvelle édition, Gosselin, 1724.

- Charles Perrault, *Mémoires: contes et autres œuvres de Charles Perrault:* précédés d'une notice sur l'auteur par Paul L. Jacob, Charles Gosselin, 1842.

- Charles Perrault, *Les fontanges* (Petites comédies rares et curieuses du XVIIe siècle, tome II, A. Quintin, 1884, pp.251-290.).

- Charles Perrault, *Le portrait d'Iris et Le portrait de la paix*, 1658 (Mlle de MONTPENSIER, *Galerie des portraits*, par A. Chéruel, Charpentier, 1890, pp.172-181.) .

- Charles Perrault, «*L'Enéide burlesque*», *Revue d'histoire littéraire de la France*, 1901, p.110-142.

- Pierre Perrault, *Critique du Livre de Dom Quichotte de la Manche par Pierre Perrault* (1679). Manuscrit publié avec introduction et notes par Maurice Bardon, Imp. les Presses Modernes, 1930.

- Charles Perrault, *Apologie des femmes*,   Gilbert Jeune, 1951.

- Charles Perrault, *Tales of Mother Goose, the dedication manuscript of 1695*, reproduced in collotype facsimile with introduction and critical text par Jacques Barchilon, vol. I: Texte and vol. II: Facsimile, New York, the Pierpont Morgan Library, 1956.

- Charles Perrault, *Œuvres*, préfacé par Marc SORIANO, Club français du livre, 1958.

- Charles Perrault, *Parallèle des anciens et des modernes*, Coignard, 1688-1697 (rééd., Munich, Eidos Verlag, 1964.).

- Pierre Perrault, *On the origine of Spring*, translated by Aurele Larocque, New York, Hafner Publishing, 1967.

- Charles Perrault, *Contes*, textes établis, avec introduction, etc. par Gilbert ROUGER, Paris, Classique Garnier, 1967.

- Charles Perrault, *Les Hommes illustres qui ont paru en France pendant ce siècle avec leurs portraits au naturel*, 1696-1700 (rééd., Genève, Slatkine, 1970.).

- Charles Perrault, *Parallèle des anciens et des modernes*, Paris, Coignard, 1688-1697 (rééd., Genève, Slatkine, 1971.).

- Charles Perrault, *Contes de Perrault*, Facsimilé de l'édition originale de 1695-1697, édition de Jacques Barchilon, Genève, Slatkine, 1980.

- Perrault, *Contes,* édition de Jean-Pierre Collinet, Gallimard (folio), 1981.

- Charles Perrault, *Labyrinthe de Versailles*,   1677 (rééd., Paris, Editions du Moniteur, 1982.).

- Charles Perrault, *Pensée chrétienne* (Biblio 17), texte établi, présenté par Jacques BARCHILON, Tübingen, GNV, 1987.

- Charles Perrault, *Contes de Perrault*, préface de Bruno Bettelheim, notices, commentaires et notes de François Flahault, Livres de Poche, 1987.

- Charles Perrault, *Contes*, édition de Roger Zuber, avec des illustrations de Roland Toper, Imprimerie nationale, 1987.

- Claude Perrault, *Critique de l'opéra* (*Textes sur Lully et l'opéra français*), Genève, Minkoff, 1987.

- Charles Perrault, *Memories of my life*, edited and translated by Jeanne Morgan Zarucchi, University of Missouri Press, 1989.

- Charles Perrault, *Contes*, textes établis et présentés par Marc Soriano, GF-Flammarion, 1989.

- Charles Perrault, *Contes*, introduction, notice et notes de Catherine MAGNIEN, Librairie générale française(Le livre de poche), 1990 .

- Charles Perrault, *Métamorphose d'un berger en mouton*, présenté par Marc SORIANO, *EUROPE* , No. 739-740 / novembre-décembre, 1990, pp. 95-100.

- Charles Perrault, *Saint-Paulin, Evêque de Nole. Poème par M*^r*. Perrault de l'Académie Française*, 1686. (Avec une traduction en italien, Napoli, Loffredo, 1990.).

- Charles Perrault, *La Peinture*, édition présentée, établie et annotée par Jean-Luc GAUTIER-GENTES, Genève, Droz, 1992.

- Charles Perrault, *Mémoires de ma vie*, Renouard, 1909 (rééd., Paris, Macula, 1993.).

  Claude Perrault, *Ordonnance for the Five Kinds of Columns after the Method of the Ancients*, Santa Monica, U.S., Getty Research Institute, 1993.

- Charles Perrault, *Critique de l'opéra*, 1674 (Philippe QUINAULT, Alceste, Genève, Droz, 1994.).

- Claude Perrault, *Les dix livres d'Architecture de Vitruve, corrigés et traduits en 1684 par Claude Perrault*, Mardaga, 1995.

- Claude Perrault, *Voyage à Bordeaux* , L'insulaire, 2000.

- Les Frères Perrault et Beaurain, *Mur de Troyes ou l'origine du burlesque*, Livre I (Biblio 17. no.127.), texte établi, présenté par Yvette SAUPÉ, Tübingen, GNV, 2001.

- Charles Perrault, *Les Hommes illustres qui ont paru en France pendant ce siècle* (Biblio 17. no.142.), texte établi, avec introduction, notes, relevé de variantes, bibliographie et index par D.J. Culpin, Tübingen, GNV, 2003.

その他のテクスト（五十音・アルファベ順）

・　　　『聖書 新共同訳』、日本聖書協会刊、1995.

・　　　岩谷智・西村賀子訳、『イソップ風寓話集』（叢書アレクサンドリア図書館第十巻）、国文社、1998.

・　　　アイソーポス、中務哲朗訳、『イソップ寓話集』、岩波文庫、1999.

・　　　アリストテレス、戸塚七郎訳、『弁論術』、岩波文庫、1992.

・　　　アリストテレース・ホラーティウス、松本仁助・岡道男訳、『アリストテレース詩学 ホラーティウス詩論』、岩波文庫、1997.

・　　　ヴァザーリ、平川祐弘他訳、『ルネサンス画人伝』、白水社、1982.

・　　　ウィトルウィウス、森田慶一訳、『ウィトルウィーウス建築書（普及版）』、東海大学出版会、1979.

・　　　ウェルギリウス、泉井久之助訳、『アエネーイス（上下）』、岩波文庫、1976.

・　　　ヴォルテール、丸山熊雄訳、『ルイ十四世の世紀（1～4）』、岩波文庫、1958, 1974, 1982, 1983.

・　　　コルネイユ、岩瀬孝他訳、『コルネイユ名作集』、白水社、1975.

・　　　コルネイユ、持田担訳、『コルネイユ喜劇全集』、河出書房新社、1996.

・　　　スウィフト、深町弘三訳、『桶物語・書物戦争』、岩波文庫、1968.

・　　　セヴィニェ夫人、井上究一郎訳、『セヴィニェ夫人手紙抄』、岩波文庫、1943.

・　　　タキトゥス、田中秀央・泉井久之助訳、『ゲルマニア』、岩波文庫、1953.

・　　　テオプラストス、森進一訳、『人さまざま』、岩波文庫、1982.

・　　　デカルト、落合太郎訳、『方法序説』、岩波文庫、1953.

・　　　デカルト、竹田篤司他訳、『デカルト著作集（1～4）』、白水社、1973.

・　　　パスカル、伊吹武彦他訳、『パスカル全集』、人文書院、1959.

・　　　バルザック、『バルザック全集（23)』（『カトリーヌ・ド・メディシス』）、東京創元社、1975.

・　　　フォントネル、赤木昭三訳、『世界の複数性についての対話』、工作舎、1992.

・　　　アナトール・フランス、大塚幸夫訳、『わが友の書』、第一書房、1934.

・　　　フローベール、『フローベール全集（8）』（書簡集）、筑摩書房、1967.

・　　　ベーコン、桂寿一訳、『ノヴム・オルガヌム（新機関)』、岩波文庫、1978.

・　　　ペトロニウス、国原吉之助訳、『サテュリコン』（セネカ、『アポコロキュントシス』付き）、岩波文庫、1991.

・　　　ボッカチオ、野上素一訳、『デカメロン～十日物語（1～6）』、岩波文庫、1959.

・　　　ホメロス、松平千秋訳、『イリアス（上下）』、岩波文庫、1992.

・　　　ホメロス、松平千秋訳、『オデュッセイア（上下)』、岩波文庫、1994.

・　　　ホラティウス、鈴木一郎訳、『ホラティウス全集』、玉川大学出版部、2001.

・　　　ボワロー、丸山和馬訳、『詩學』、岩波文庫、1934.

344

- ボワロー、小場瀬卓三訳、『詩法』（『世界大思想全集　哲学・文芸思想篇　２１』、河出書房新社、1960.）.
- ボワロー、戸張智雄訳、『書簡詩八　ラシーヌへ』（抄訳）（『世界文学全集　１０３　世界詩集』、講談社、1981.）.
- ボワロー、守屋駿二訳・注解、『諷刺詩』、岩波書店、1987.
- ボワロー、松浪未知世訳、『わが庭師に与える書簡』（抄訳）（窪田般彌編、『フランス詩大系』、青土社刊、1989.）.
- ボワロー、守屋駿二訳、『詩法』、人文書院、2006.
- マルクス・アウレリウス、神谷美恵子訳、『自省録：附・ケベスの絵馬』、創元社、1949.
- モリエール、鈴木力衛訳、『モリエール全集（１～４）』、中央公論社、1972-1973.
- モリエール、ロジェ・ギシュメール他編、『モリエール全集（１～１０)』、臨川書店、2000-2003.
- モンテーニュ、原二郎訳、『エセー（１～６)』、岩波文庫、1965-1967
- モンテーニュ、関根秀雄訳、『モンテーニュ随想録（全訳縮刷版)』、白水社、1995.
- ユウェナーリス、藤井昇訳、『サトゥラェ　諷刺詩』、日中出版、1995.
- ラ・フォンテーヌ、今野一雄訳、『寓話（上下)』、岩波文庫、1972.
- ラ・フォンテーヌ、三野博司他訳、『ラ・フォンテーヌの小話』、社会思想社（現代教養文庫）、1987.
- ラ・ブリュイエール、関根秀雄訳、『カラクテール（上中下)』、岩波文庫、1952-1953.
- ラ・ロシュフコー、二宮フサ訳、『ラ・ロシュフコー箴言集』、岩波文庫、1989.
- ラシーヌ、伊吹武彦他訳、『ラシーヌ戯曲全集』、人文書院、1964-1965.
- ラブレー、渡辺一夫訳、『ラブレー第二の書パンタグリュエル物語』、ワイド版岩波文庫、1991.
- Balzac (Jean-Louis Guez de), *Œuvres diverses 1644*, ed. Roger Zuber, 1995.
- Balzac (Honoré de), *Études philosophiques*, tome II, Alexandre Houssiaux, 1855.
- Boileau (Nicolas), *Œuvres de Boileau*, tome II, Lefèvre, 1821.
- Boileau (Nicolas), *Œuvres complètes*, introduction par Antoine ADAM, édition établie et annotée par François ESCAL, Paris, Gallimard, 1966.
- Boileau (Nicolas), *Satires, Épîtres, Art poétique*, édition de Jean Pierre Collinet, Gallimard, 1985.
- Bossuet (Jacques-Bénigne), *Œuvres complètes de Bossuet, évêque de Meaux*, tome XLIII, Versailles, J.A.Lebel, 1819.
- Callières (François de), *Histoire Poétique de la Guerre nouvellement déclarée entre les Anciens et les Modernes*, P. Aubouin, 1687（rééd., Genève, Slatkine, 1971.）.

- Chantelou (Paul Fréart de), *Journal de voyage du cavalier Bernin en France*, 1885, rééd. Macula, 1994.

- Chapelain (Jean), *La Pucelle*, Courbe, 1656.

- Charpentier(François), *Excellence de la langue française*, tome I, Barbin, 1683.

- D'Alembert (Jean le Rond), *Éloge de Charles Perrault* (*Œuvres Complètes de D'Alembert*, tome II, Belin, 1821.).

- D'Alembert (Jean le Rond), *Éloge de La Motte* (*Œuvres Complètes de D'Alembert*, tome III, Belin, 1821.).

- Desmarets de Saint-Sorlin (Jean), *Les jeux de cartes des rois de France, des reines renommées, de la géographie et des fables*, Lambert, 1664.

- Desmarets de Saint-Sorlin (Jean), *La Défense de la poésie et de la langue française, adressée à Monsieur Perrault*, Legras, 1675.

- Flaubert (Gustave), *Correspondance*, tome II, Gallimard (la bibliothèque de la Pléiade) , 1980.

- Fontenelle(Bernard le Bovier de), *Éloge de Perrault* (*Œuvres de Fontenelle*, tome II, Peytieux, 1825.).

- Fontenelle(Bernard le Bovier de), *Histoire des oracles* (*Œuvres de Fontenelle*, Didier, 1852.).

- Fontenelle(Bernard le Bovier de), *Digression sur les anciens et les modernes* (*Œuvres complètes*, tome 2, Fayard, 1989.).

- La Bruyère (Jean de), *Les caractères ou les mœurs de ce siècle par La Bruyère précédé du Discours sur Théophraste*, Hachette, 1868.

- La Fontaine (Jean de), *Épître à monseigneur l'Évêque de Soissons* (*Œuvres de La Fontaine*, tome 6, Lefèvre, 1827.).

- La Fontaine (Jean de), *Œuvres complètes*, édition établie et annotée par Pierre CLARAC, Paris, Gallimard, 1958.

- Louis XIV, *Manière de montrer les jardins de Versailles par Louis XIV*, Éditions Réunion des Musées nationaux, 1992.

- Mairet (Jean), *La Sophonisbe*, Troyes, Oudot, 1653.

- Marolles (Michel de), *Le Roy, les personnes de la cour, qui sont de la première qualité, et quelques-uns de la noblesse qui ont aimé les lettres ou qui s'y sont signalés par quelques ouvrages considérables*, sans lieu ni date.

- Saint-Amant (Antoine Girard, sieur de), *Saint-Amant. La Solitude ; le Contemplateur ; la Jouissance ; le Palais de la volupté ; la Débauche ; les Cabarets ; le Melon ; Orgie ; sonnets et pièces variées ; Caprices ; Moïse sauvé ; lettres et préfaces ; appendice : documents, lexique et notes*, Société du "Mercure de France", 1907.

・　　　Sainte-Beuve(Charles-Augustin), *Causeries du lundi*, tome V, Garnier frères, 1853.

・　　　Sévigné(Marie de Rabutin-Chantal, marquise de), *Lettres de Mme De Sévigné*, Firman Didot frères, 1856.

・　　　Tacitus, *Dialogus ; Agricola ; Germania*, London, (The Loeb classical library ; 35), 1914.

・　　　Voltaire, *Siècle de Louis XIV* (*Œuvres complètes de Voltaire*, tome VIII, Hachette, 1859.).

・　　　Voltaire, *Marianne* (*Œuvres complètes*, tome II, Garnier, 1875.).

単行本（ペロー及び新旧論争に関連のあるもの：五十音・アルファベ順）

・　　　アザール(ポール)、　野沢協訳、『ヨーロッパ精神の危機』(叢書ウニベルシタス　８４)、法政大学出版会、1973.

・　　　アポストリデス（ジャン＝マリー）、水林章訳、『機械としての王』、みすず書房、1996.

・　　　カリネスク（マテイ）、富山英俊・栂正行共訳、『モダンの五つの顔』、せりか書房、1989.

・　　　コンパニョン（アントワーヌ）、中地義和訳、『近代美術の五つのパラドックス』、水声社、1999.

・　　　チーゲム（フィリップ・ヴァン）、　萩原弥彦他訳、『フランス文学理論史』、紀伊国屋書店、1973.

・　　　ドッズ他、桜井万里子他訳、『進歩とユートピア』（叢書ヒストリー・オヴ・アイディアズ：１４）、平凡社、1987.

・　　　バーク（ピーター）、石井三記訳、『作られる太陽王ルイ世１４世』、名古屋大学出版会、2004.

・　　　フュマロリ（マルク）、天野恒雄訳、『文化国家』、みすず書房、1993.

・　　　マラン（ルイ）、渡辺香根夫訳、『王の肖像』、法政大学出版局（ウニベルシタス749)、2002.

・　　　メチヴィエ（ユベール）、前川貞次郎訳、『ルイ十四世』、白水社（クセジュ文庫)、1955.

・　　　片木智年、『ペロー童話のヒロインたち』、せりか書房、1996.

・　　　杉捷夫、『フランス文学批評史　上巻』、筑摩書房、1977.

・　　　立木鷹志、『女装の聖職者ショワジー』、青弓社、2000.

・　　　水野尚、『物語の織物　ペローを読む』、彩流社、1997.

・　　　*Europe*, No. 739-740, novembre-décembre, 1990.

・　　　*La querelle des anciens et des modernes*, précédé d'un essai de Marc

FUMAROLI, Paris, Gallimard, 2001(Folio classique).

· *La spiritualité / L'Epistolaire / Le Merveilleux au Grand Siècle* : Actes de 33ᵉ congrès annuel de la North American Society for Seventeenth Century, (Biblio 17 : no. 145.), Tübingen, GNV, 1989.

· *L'aube de la modernité 1680-1760*, Amsterdam / Philadelphia, John Benjamins Publishing, 2002.

· *Tricentenaire Charles Perrault, les grands contes du XVIIᵉ siècle et leur fortune littéraire*, sous la direction de Jean Perrot, Impress, 1998.

· Adam (Antoine), *Histoire de la Littérature française au XVIIᵉ siècle*, tome I-III, Albin Michel, 1997.

· Barchilon (Jacques) & Flinders (Peter), *Charles Perrault*, Twayne Publishers, Boston, 1981.

· Bettelheim (Bruno), *Psychanalyse des contes de fées*, Paris, Laffont, 1976.

· Brooks (William), Norman (Bruno) et Zarucchi(Jeanne Morgan), *Philippe Quinault Alceste suivi de la Querelle d'Alceste Anciens et Modernes avant 1680*, Droz, 1994.

· Deschanel (Emile), *Boileau, Charles Perrault*, Calmann Lévy, 1891.

· Gareau (Michel), *Charles Le Brun- First Painter to King Louis XIV*, New York, Abrams, 1992.

· Gillot (Hubert), *La querelle des anciens et des modernes en France*, Nancy, 1914 (rééd., Genève, Slatkine, 1969.).

· Hallays (André), *Les Perrault*, Perrin, 1926.

· Herrmann (Wolfgang), *The Theory of Claude Perrault*, Londres, Zwemmer, 1973.

· Irailh(Augustin Simon), *Querelles littéraires, ou Mémoires pour servir à l'histoire des révolutions de la république des Lettres, depuis Homère jusqu'à nos jours.* Paris, Durand, 1761(Slatkine reprints, 1967.).

· Laprade(Albert), *François D'Orbay, architecte de Louis XIV*, Fréal et Cⁱᵉ,1960.

· Malarte(Claire-Lise), *Perrault à travers la critique depuis 1660* : Bibliographie annotée (Biblio 17: no.47.), Tübingen, GNV, 1989.

· Mornet (Daniel), *Nicolas Boileau*, Edition C.-L., 1942.

· Percheron (Jean-Pascal), *Charles Perrault conteur et hermétiste*, Ramuel, 1999.

· Rigault (Hippolyte), *Histoire de la querelle des anciens et des modernes*, Paris, 1859 (rééd., New York, B. Franklin, 1965.).

· Saintyves (Pierre), *Les contes de Perrault et récits parallèles. Leurs origines :*

coutumes primitives et liturgies populaires, Nourry, 1923 (rééd., Paris, Laffont, 1987).

- Soriano (Marc), *Le conte de Perrault, culture savante et traditions populaires,* Gallimard, 1968.
- Soriano (Marc), *Le dossier Charles Perrault,* Hachette, 1972.
- Zarucchi(Jeanne Morgan), *Perrault's Moral for moderns,* New York, Peter Lang Publishing, 1985.

その他の単行本

- 『西洋美術研究 :No.7　特集「美術とパラゴーネ」』、三元社、2002.
- 饗庭孝男他編、『新版　フランス文学史』、白水社、1992.
- アザール(ポール)、矢崎源九郎他訳、『本・子ども・大人』、紀伊國屋書店、1957.
- アダン（アントワーヌ）、今野一雄訳、『フランス古典劇』、白水社（クセジュ文庫）、1971.
- アリエス（フィリップ）、杉山光信他訳、『〈子供〉の誕生』、みすず書房、1980.
- 安堂信也他編、『世界演劇論事典』、評論社、1979.
- 飯塚勝久、『フランス・ジャンセニスムの精神史的研究』、未来社、1984.
- 石沢小枝子、『フランス児童文学の研究』、久山社、1991.
- 石鍋真澄、『ベルニーニ：バロック芸術の巨星』、吉川弘文堂、1985.
- 岩瀬孝他、『フランス演劇史概説』、早稲田大学出版部、1978
- 岡崎勝世、『聖書 vs 世界史』、講談社現代新書、1996.
- 金成陽一、『誰が「赤ずきん」を解放したか』、大和書房、1989.
- カラデック(フランソワ)、石澤小枝子監訳、『フランス児童文学史』、青山社、1994.
- 菊地良生、『ハプスブルク帝国の情報メディア革命：近代郵便制度の誕生』、集英社新書、2008.
- 私市保彦、『フランスの子どもの本』、白水社、2001.
- ザイプス(ジャック)、廉岡糸子他訳、『赤頭巾ちゃんは森を抜けて・社会文化学からみた再話の変遷』、阿吽社、1990.
- 田村毅・塩川徹也編、『フランス文学史』、東京大学出版会、1995.
- ダーントン(ロバート)、鷲見洋一他訳、『猫の大虐殺』、岩波書店、1986.
- 高階秀爾、『フランス絵画史・ルネッサンスから世紀末まで』、講談社学芸文庫、1990.
- 千葉治男、『フランス絶対王政の虚実』、清水書院、1984.
- ティボーデ（アルベール）、辰野隆・鈴木信太郎監修、『フランス文学史』、ダヴィッド社、1960.
- デュビィ（ジョルジュ）、マンドルー（ロベール）、前川貞次郎・島田尚一訳、『フランス文化史 II』、人文書院刊、1969.

- パーカー（ロジャー）編、『オックスフォード・オペラ史』、平凡社、1999.
- プチフィス（ジャン＝クリスティアン）、朝倉剛・北山研二共訳、『ルイ十四世宮廷毒殺事件』、三省堂、1985.
- ベニシュー（ポール）、朝倉剛・羽賀賢二訳、『偉大な世紀のモラル』、法政大学出版局（ウニベルシタス 397）、1993.
- ヘンリー（ジョン）、東慎一郎訳、『十七世紀科学革命』、岩波書店、2005.
- ホジソン（テリー）、鈴木龍一他訳、『西洋演劇用語辞典』、研究社出版、1996.
- 福井芳男他編、『フランス文学講座1〜6』、大修館書店、1976-80.
- 松本仁助他編、『ギリシア文学を学ぶ人のために』、世界思想社、1991.
- メイストーン（マドレーヌ/ローランド）、『十七世紀の美術（ケンブリッジ西洋美術の流れ4）』、岩波書店、1989.
- 森田慶一、『西洋建築入門』、東海大学出版会、1971.
- モルネ（ダニエル）、市川慎一・遠藤真人訳、『十八世紀フランス思想』、大修館書店、1990.
- 山本雅男、『ヨーロッパ「近代」の終焉』、講談社現代新書、1992.
- ランソン（ギュスターヴ）、テュフロ（ポール）、有永弘人他訳、『フランス文學史（1〜3）』、中央公論社、1965.
- ロッシ（パオロ）、伊藤和行訳、『哲学者と機械：近代初期における科学・技術・哲学』、学術書房、1989.

論文（ペロー及び新旧論争に関連のあるもの：五十音・アルファベ順）

- 天野史郎、「シャルル・ペロー〜絶対王政の理念と芸術」、『国際学研究』、明治学院大学国際学部、第十六号、1997、pp.123-136.
- 伊東英、「「新旧論争」とフリードリヒ・シュレーゲル」、『Helicon（岐阜大学教養部英語研究室）』、1、　pp.165-174.
- 大村敏郎、「ルイ十四世時代の医療事情」、『日仏医学』、vol. 17（1）, 1984, pp. 27-34.
- 大野芳材、「ル・ブランと色彩論争」（高橋明也編、『フランス近代素描展』、国立西洋美術館、1992、pp.297-303）.
- 白石嘉治、「叙事詩のなかの聖人像〜シャルル・ペロー『聖ポーラン』をめぐって」（西川宏人編、『フランス文学の中の聖人像』、国書刊行会、1998, pp.31-55.）。
- 白石嘉治、「新旧論争とラシーヌ『エステル』」、『上智大学仏語・仏文学論集』、no. 36, 1999, pp.139-156.
- 白石嘉治、「新旧論争再考のために」、『上智大学仏語・仏文学論集』、no. 34, 2001, pp.51-75.
- 田中仁彦、「フォントネルと新旧論争」、『鹿児島大学文科報告』、第六号、1956, pp.68-90.

- 田中仁彦、「フォントネルの文学観」、『鹿児島大学文科報告』、第十号、1961, pp.97-116.
- 戸張智雄、「新旧論論争をめぐる一考察〜１６９７年の古代派」、『中央大学９０周年記念論文集』、1975、pp.527-550.
- 中島潤、「シャルル・ペロー『女性礼賛』における女性観」、『日本フランス語フランス文学会中部支部研究報告集』、No.29、2005, pp.3-8.
- 中島潤、「シャルル・ペロー作　喜劇『ウーブリ売り』考」、『日本フランス語フランス文学会中部支部研究報告集』、No.30、2006, pp.31-39.
- 中島潤、「二人のシャルル〜ペローとル・ブランにみるルイ大王治世の芸術」、『名古屋大学人文科学研究』、第 35 号、2006, pp.45-56.
- 中島潤、「『古代人近代人比較論』におけるコント」、『日本フランス語フランス文学会中部支部研究報告集』、No.31、2007, pp.1-11.
- 中島潤、「シャルル・ペロー『古代人近代人比較論』における断絶と連続」、『桜花学園大学保育学部研究紀要』、第 5 号、2007, pp.53-63.
- 中島潤、「シャルル・ペロー『古代人近代人比較論』におけるキリスト教叙事詩」、『日本フランス語フランス文学会中部支部研究報告集』、第34号、日本フランス語フランス文学会中部支部、2010, pp.1-8.
- 中島潤、「シャルル・ペロー『古代人近代人比較論』におけるビュルレスク」、『愛知工業大学研究報告』、第46号、愛知工業大学、2011, pp.103-106.
- 中島潤、「シャルル・ペロー『比較論』におけるパスカル」、『桜花学園大学保育学部研究紀要』、第9号、桜花学園大学保育学部、2011, pp.121-128.
- 中島潤、「シャルル・ペロー『比較論』におけるラ=フォンテーヌ」、『名古屋短期大学研究紀要』、第49号、2011, pp.211-216.
- 中島潤、「シャルル・ペロー『比較論』における絵画」、『桜花学園大学保育学部研究紀要』、第10号、桜花学園大学保育学部、2012, pp.135-145.
- 中島潤、「シャルル・ペロー『比較論』における建築」、『名古屋短期大学研究紀要』、第50号、2012, pp.125-138.
- 中島潤、「新旧論争におけるフォントネルとシャルル・ペロー『古代人近代人比較論』」、『桜花学園大学保育学部研究紀要』、第15号、桜花学園大学保育学部、2017, pp.137-146.
- 百田みち子、「ペローの『昔話』と文芸サロン」、『長崎総合科学大学紀要』、第四十一巻第二号、2001、pp.397-409.
- 藤井康雄、「1660 年代における Boileau の文学論争」、『大阪市立大学文学部紀要』、1968, pp.16-30.
- Barchilon (Jacques), « Les frères Perrault à travers la correspondance et les œuvres de Christian Huygens », *XVIIe Siècle*, n° 56, 1962, pp. 19-36.

- Barchilon (Jacques), « Charles Perrault à travers les documents du minutier central des Archives nationales », *XVIIe Siècle*, n° 65, 1964, pp. 3-15.

- Bonnefon (Paul), 《Charles Perrault littérateur et académicien l'opposition à Boileau》 , *Revue d'Histoire littéraire de la France*, oct.-déc., 1906, pp.549-610.

- Bonnefon (Paul), « Charles Perrault, commis de Colbert, et l'administration des arts sous Louis XIV d'après des documents inédits », *Gazette des beaux-arts*, XL, 1908, pp. 198-214, 340-352, 426-433.

- Bonnefon (Paul), « Essai sur sa vie et ses ouvrages », *Revue d'histoire littéraire de la France* , 1904, pp. 365-420.

- Bonnefon (Paul), «Les dernières années de Charles Perrault», *Revue d'Histoire littéraire de la France*, oct.-déc., 1906, pp.606-657.

- Brody (Jules), «Charles Perrault, conteur (du) Moderne, D'un siècle à l'autre, Anciens et Modernes», *Actes du XVIe colloque du C.M.R.17* (janvier 1986), pp.79-90.

- Catach (Nina) et Pellat (Jean-Christophe), «Mercure ou le messager des dieux», *Europe*, No. 739-740, novembre-décembre, 1990, pp.82-94.

- Culpin (David), «Perrault as moralist : Les hommes illustres», *French studies*, 1998, vol. 52, no.2, pp. 142-151.

- Dagincourt (Jean), «Une nouvelle légende pour un nouveau Saint-Nicolas», *Europe*, No. 739-740, novembre-décembre, 1990, pp.23-39.

- Didier (Béatrice), «Perrault Féministe?», *Europe*, No. 739-740, novembre-décembre, 1990, pp.101-113.

- Doloti (Giovanni), «Perrault, écrivain burlesque», *Europe*, No. 739-740, novembre-décembre, 1990, pp.54-62.

- Fabre (Nicole), «Réinventer Perrault», *Europe*, No. 739-740, novembre-décembre, 1990, pp.123-130.

- Fleutiaux (Pierrette), «La femme de l'ogre», *Europe*, No. 739-740, novembre-décembre, 1990, pp.11-19.

- Fumaroli (Marc), «Querelle des anciens et des modernes: sans vainqueur ni vaincus», *Le débat*, avril 1999, numéro 104, pp.73-88.

- Gaucheron (Jacques) et Soriano (Marc), «Dialogue pour un dialogue», *Europe*, No. 739-740, novembre-décembre, 1990, pp.156-162.

- Gripari (Pierre), «Perrault, moderne et romantique», *Europe*, No. 739-740, novembre-décembre, 1990, pp.20-22.

- Hallays (André), «Les Contes de Perrault sont de Charles Perrault», *Journal des Débats,* 1928, p.158-160.

- Howells, R. J., « Dialogue and speakers in the «Parallèle des anciens et des modernes », *Modern Language Review,* 1983, vol. 78, no.4, pp. 793-803.

- Howells, R. J., «The use of Versailles in the «Parallèle des anciens et des modernes»», *Newsletter of the Society for Seventeenth-Century French Studies*, 5 (1983), pp.70-77.

- Loskoutoff (Yvan), «Charles Perrault : Le «Parallèle des Anciens et des Modernes», clef interprétative des «Pensées chrétiennes»», *XVIIᵉ siècle*,1989, vol. 41, no164, pp. 291-306.

- Marin (Louis), «Préface-image: le frontispice des Contes de Perrault», *Europe*, No. 739-740, novembre-décembre, 1990, pp.114-122.

- Para (Jean-Baptiste), «Perrault entre Colbert et les peintres», *Europe*, No. 739-740, novembre-décembre, 1990, pp.63-81.

- Perrot (Jean), «Le baroquisme contagieux d'un classique paradoxal», *Europe*, No. 739-740, novembre-décembre, 1990, pp.142-155.

- Picon (Antoine), «Claude Perrault», *Europe*, No. 739-740, novembre-décembre, 1990, pp.48-53.

- Sircoulon (Jacques), « Pierre Perrault, précurseur de l'hydrologie moderne », *Europe*, No. 739-740, novembre-décembre, 1990, pp.40-47.

- Soriano (Marc), «Perrault et son double», *Les Lettres Nouvelles*, janvier 1972, pp.70-93.

- Zipes (Jack), « Les plus célèbre des inconnus – Perrault aux États- Unis », *Europe*, No. 739-740, novembre-décembre, 1990, pp. 131-138.

- Zarucchi (Jeanne Morgan), «The enmity between Perrault and Boileau and le Corbeau guéri par la cigogne», *XVIIᵉ siècle*, No. 156, pp.283-289.

辞書・事典類

- 「世界文学大事典」編集委員会編、『世界文学大事典』、集英社、1996〜1998.
- 日本フランス語フランス文学会編、『フランス文学辞典』、白水社、1974.
- 日本基督教団出版局編、『キリスト教人名辞典』、日本基督教団出版局、1986.
- グラント（マイケル）、ヘイゼル（ジョン）、西田実他訳、『ギリシア・ローマ神話事典』、大修館書店、1988.
- 田中秀央編、『増訂新版羅和辞典』、研究社、1970.
- 古川晴風編著、『ギリシャ語辞典』、大学書林、1989.
- *Biographie universelle ancienne et moderne* (nouvelle édition), rédigée par une société de gens de lettres et de savants, Graz, Academische Druck-u. Verlagsanstalt, 1970.
- *Dictionary of Greek and Roman Biography and Mythology*, edited by William

SMITH, New York, AMS Press, Inc., 1967.

· *Dictionnaire des lettres française : Le XVIIe siècle*, publié sous la direction du Cardinal Georges GRENTE, Fayard, Paris, 1996 (Livre de poche).

· *Dictionnaire du français classique. Le XVIIe siècle*, Paris, Larousse, 1992.

· *Le dictionnaire universel d'Antoine Furetière*, préfacé par Pierre Bayle, Le Robert, 1978.

Nouveau Dictionnaire de l'Académie française dédié au Roi [2e édition], 1718.

· Bailly(Anatole), *Dictionnaire grec français*, rédigé avec le concours de E. Egger, Paris, Hachette, 1963.

· Cayrou (Gaston), *Dictionnaire du français classique. La langue du XVIIe siècle*(deuxième édition), Paris, 1924, Klincksieck (Livre de poche).

· Gaffiot (Félix), *Dictionnaire latin-français*(édition revue), Hachette, 2000.

· Jal (Auguste), *Dictionnaire critique de biographie et d'histoire*, Paris, 1872, (rééd., Genève, Slatkine, 1970.).

· Zuber (Roger) et Fumaroli (Marc), *Dictionnaire de littérature du XVIIe siècle*, Paris, PUF, 2001.

あとがき

　シャルル・ペローを研究の中心に据えてから十数年の歳月が過ぎた。本書は、数年前に提出した博士論文の成果を、いくらかの削除・訂正を行ったうえで、ほぼそのまま再現したものである。あらためて、読み直してみたが、やはり、シャルル・ペローという人物の魅力のすべてについて、十分に語ることができたとは思えない。幸いにも本書の読者となっていただいた方々に、さまざまな側面を持つペローという人物の魅力の一端でも伝えられることができたのであれば嬉しく思う。本書の出版によって、「知られざる作家」ペローに対する理解が深まり、本邦における研究の一助になればと望んでいる。

著者紹介

中島　潤

昭和47年、京都市生まれ。早稲田大学第一文学部演劇専修・フランス文学専修卒業。
同大文学研究科フランス文学専攻修士課程修了。リヨン第2大学に留学。
名古屋大学文学研究科フランス文学専攻博士課程修了。博士（フランス文学）。
連絡先：nnaakkaajjuunn@aol.com

知られざる論客　シャルル・ペロー　新旧論争における童話作家

2018年9月10日　　初版発行

著　者　　中島　潤

定価（本体価格3,100円＋税）

発行所　　株式会社　三恵社
〒462-0056　愛知県名古屋市北区中丸町2-24-1
TEL 052（915）5211
FAX 052（915）5019
URL http://www.sankeisha.com

乱丁・落丁の場合はお取替えいたします。
ISBN978-4-86487-930-9 C3098 ¥3100E